CW00348939

STEPHEN
KING

Né en 1947 à Portland (Maine), Stephen King a connu son premier succès en 1974 avec *Carrie*. En une trentaine d'années, il a publié plus de cinquante romans et autant de nouvelles, certains sous le pseudonyme de Richard Bachman. Il a reçu de nombreuses distinctions littéraires, dont le prestigieux Grand Master Award des Mystery Writers of America pour l'ensemble de sa carrière en 2007. Son œuvre a été largement adaptée au cinéma.

STEPHEN KING

Le Fléau

2

TRADUIT DE L'ANGLAIS PAR JEAN-PIERRE QUIJANO

LATTÈS

Titre original :

THE STAND
Doubleday, New York

L'auteur exprime ses remerciements pour avoir pu inclure dans ce livre, avec l'accord des propriétaires, les textes suivants :

« Back in the U.S.A. » by Chuck Berry. Copyright © 1959 by ARC Music Corporation. Tous droits réservés.

« Don't Fear the Reaper » by Donald Roeser. Copyright by B.O. Cult Songs, Inc. Tous droits réservés.

« Stand by me » by Ben E. King. Copyright © 1961 by Progressive Music Publishing Co., Inc., Trio Music, Inc., and A.D.T. Enterprises, Inc. All rights controlled by Unichappell Music, Inc. (Belinda Music, publisher). Tous droits réservés.

« In the Garden » by C. Austin Miles. Copyright 1912, Hall-Mack Co., renouvelé 1940, The Rodeheaver Co., © Tous droits réservés.

« The Sandman » by Dewey Bunnell. Copyright © 1917 by Warner Bros. Music, Limited. All rights for Western Hemisphere controlled by Warner Bros. Music Corp. Tous droits réservés.

« Jungle Land » by Bruce Springsteen. Copyright © 1975 by Bruce Springsteen, Laurel Canyon Music. Tous droits réservés.

« American Tune » by Paul Simon. Copyright © 1973 by Paul Simon. Tous droits réservés.

Paroles de « Shelter from the Storm » by Bob Dylan. Copyright (1974 by Ram's Horn Music. Tous droits réservés.

Paroles de « Boogie Fever » by Kenny St. Lewis and Freddie Perren. Copyright © 1975 by Perren Vibes Music Co. Tous droits réservés.

« Keep on the Sunny Side » by A.P. Carter, Copyright © 1924, Peer International Corporation, B.M.I. Tous droits réservés.

© Stephen King, 1978.
Nouvelle édition © Stephen King, 1990.
© Bernie Wrightson, 1990, pour les illustrations.
© Éditions Jean-Claude Lattès, 1991, pour la traduction française.

ISBN : 978-2-253-15142-5 - 1ʳᵉ publication - LGF

Pour Tabby
Ce sombre coffre de prodiges

LIVRE II

Fouettant l'air de ses bras, trébuchant à chaque pas, le ventre cuit par la chaleur, le cerveau rissolé par le soleil, il arriva au sommet de la longue côte. Devant lui, la route tremblotait dans l'air surchauffé. Lui, autrefois Donald Merwin Elbert, et maintenant La Poubelle, à tout jamais, lui qui découvrait la Cité légendaire, Cibola.

Depuis combien de temps marchait-il vers l'ouest ? Combien de temps, depuis que le Kid n'était plus là ? Dieu le savait peut-être ; pas La Poubelle. Des jours et des jours. Des nuits et des nuits. Oui, il s'en souvenait de ces nuits !

Et il était là, debout, vacillant dans ses vêtements en lambeaux, contemplait Cibola étendue à ses pieds, la cité promise, la cité des rêves. La Poubelle n'était plus qu'une épave. Le poignet qu'il s'était cassé en sautant du haut de l'escalier boulonné contre le flanc du réservoir de la Cheery Oil s'était mal remis, et ce poignet était maintenant une grotesque bosse enveloppée dans une bande crasseuse qui s'effilochait peu à peu. Les os des doigts s'étaient recroquevillés, transformant cette main en une griffe de Quasimodo. Son bras gauche, du coude à l'épaule, n'était qu'une masse de tissus brûlés qui se cicatrisaient lentement. L'odeur fétide avait disparu. Le pus aussi. Mais la chair qui s'était reformée était encore toute rose, sans un poil, comme la peau d'une poupée de quatre sous. La barbe rongeait son visage grimaçant, brûlé par le soleil, couvert de croûtes — souvenir de la chute qu'il avait faite quand la roue avant de sa bicyclette avait décidé de continuer toute seule. Il portait une grosse chemise bleue tachée de sueur, un pantalon de velours côtelé maculé de taches. Son sac, neuf encore il n'y avait pas si longtemps, avait maintenant pris l'allure générale de son propriétaire — une bretelle s'était cassée et La Poubelle l'avait rafistolée de son mieux. Le sac pendait de travers sur son dos, comme les volets d'une maison hantée. Les chevilles nues de La Poubelle, écorchées par le sable du désert qui s'infiltrait partout, sortaient de ses baskets lacées avec des bouts de ficelle.

Il regardait la ville, loin devant lui, tout en bas. Il leva les yeux vers le ciel de bronze, cruel, vers le soleil qui l'écrasait, l'enveloppait dans son haleine de four. Il se mit à hurler, un hurlement sauvage, triomphant, très semblable à celui que Susan Stern avait poussé lorsqu'elle avait fendu en deux le crâne de Roger Rabbit à coups de crosse.

Il se lança alors dans une danse de victoire, frappant de ses pieds pesants le bitume brûlant de la nationale 15, tandis que soufflait le vent du désert, que les montagnes bleues montraient leurs dents dans le lointain comme elles le faisaient depuis des millénaires. De l'autre côté de la route, une Lincoln Continental et une T-Bird étaient maintenant presque enterrées dans le sable, leurs occupants momifiés derrière leurs vitres. Devant, du côté où se trouvait La Poubelle, une camionnette était renversée, totalement recouverte par le sable à l'exception des roues qui dépassaient encore.

Il dansait. Ses pieds nus dans les baskets trouées tambourinaient sur la route. Le bout déchiré de sa chemise flottait au vent. Sa gourde cognait contre son sac. La bande effilochée qui lui enveloppait la main flottait dans l'haleine chaude du vent. Son bras brûlé, tout rose, brillait au soleil comme de la viande crue. Les veines de ses tempes saillaient comme des ressorts de montre. Il y avait une semaine maintenant qu'il marchait dans la poêle à frire du Seigneur, traversant l'Utah en direction du sud-ouest, puis le nord de l'Arizona, puis maintenant le Nevada. Et le soleil l'avait rendu fou à lier.

Dans sa danse il chantait un chant monotone, les mêmes mots sans cesse répétés sur un air qui avait été populaire du temps qu'il était à l'asile de Terre-Haute, une chanson d'un groupe de Noirs, Tower of Power, une chanson qui s'appelait *Down to the Nightclub*. Mais les paroles étaient de son invention :

— Ci-bola, Ci-bola, tam-tam *boum* ! Ci-bola, Ci-bola, tam-tam *boum* !

Chaque *boum* ! était suivi d'un petit saut, sans cesse répété jusqu'à ce que la chaleur fasse basculer le ciel bleu, que tout devienne gris devant ses yeux, qu'il s'effondre sur la route, à moitié évanoui, le cœur battant à tout rompre dans sa poitrine brûlée par le vent. À bout de forces, l'écume aux lèvres, grimaçant, il rampa jusqu'à la camionnette renversée et s'abrita à l'ombre qu'elle jetait sur le sable, grelottant dans la chaleur, haletant.

— Ci-bola ! croassa l'homme. Tam-tam *boum* !

Avec sa griffe qui avait été autrefois une main, il prit la gourde qu'il portait en bandoulière et la secoua. Elle était presque vide. Aucune importance. Il boirait ce qui restait, jusqu'à la dernière goutte, puis demeurerait là allongé, jusqu'à ce que le soleil baisse, et continuerait alors sa route jusqu'à Cibola, la Cité Légendaire. Ce soir, il boirait aux fontaines d'or de la ville, à ses fontaines toujours jaillissantes. Mais pas avant que le soleil ne baisse. Dieu était le chef des incendiaires. Il y avait longtemps, un jeune garçon du nom de Donald Merwin Elbert avait brûlé le chèque de pension de la vieille Semple. Ce même garçon avait mis le feu à l'église méthodiste de Powtanville et, s'il était resté quelque chose de Donald Merwin Elbert dans toutes ces flammes, ce reste avait sûrement brûlé dans le brasier des réservoirs d'essence de Gary, dans l'Indiana. Plus de neuf douzaines de réservoirs qui avaient sauté comme de gigantesques pétards. Juste à temps pour le 4 juillet, jour de la fête nationale. Joli, joli. Et, dans le souffle de la conflagration, il n'était plus resté que La Poubelle, le bras gauche fissuré comme de la boue séchée par le soleil, consumé dans le fond de son corps par un feu que rien n'éteindrait jamais... du moins pas avant que son corps ne soit aussi noir que du charbon.

Ce soir, il allait boire l'eau de Ci-bola, oh oui, et elle serait plus douce à ses lèvres que du vin.

Il renversa la gourde. Sa gorge s'ouvrit et se referma en avalant les dernières gouttes d'eau, chaudes comme de la pisse, qui gargouillèrent dans son ventre. Quand elle fut vide, il la jeta dans le désert. La sueur perlait sur son front comme des gouttes de rosée. Il était là, allongé par terre, frissonnant délicieusement, tenaillé par les crampes de son estomac.

— Cibola ! murmura-t-il. Cibola ! J'arrive ! J'arrive ! Je vais faire ce que tu veux ! Je te donnerai ma vie ! Tam-tam *boum* !

Sa soif un peu apaisée, il sombra dans la torpeur. Il était presque endormi lorsqu'une idée fulgurante traversa son cerveau comme un stylet de glace :

Et si Cibola n'était qu'un mirage ?

— Non, murmura-t-il. Non, oh non.

Mais l'idée refusait de s'en aller. Le stylet fouillait et fouillait encore, empêchait le sommeil de s'emparer de lui. Et s'il avait bu ce qu'il lui restait d'eau pour fêter un mirage ? Dans sa confusion, il était conscient de sa folie et savait qu'un fou pouvait faire ce genre de chose, oh oui. S'il s'agissait d'un mirage, il allait mourir là, dans le désert, et les vautours allaient lui picorer les entrailles.

Finalement, incapable de supporter plus longtemps l'horreur de cette image, il se remit debout et s'avança en chancelant vers la route, chassant de toutes ses forces la nausée et la torpeur qui s'acharnaient à l'abattre. Au sommet de la colline, il lança un regard inquiet vers la longue plaine qui s'étendait à ses pieds, ponctuée çà et là de yuccas et d'amarantes. Sa gorge se serra, puis s'ouvrit pour laisser échapper un soupir, comme une manche qui se déchire sur un fil de fer barbelé.

La ville était là !

Cibola, ancienne ville légendaire, celle que tant d'autres avaient cherchée, Cibola découverte par La Poubelle !

Tout en bas, très loin dans le désert, entourée de montagnes bleues, ses tours et ses avenues brillaient sous le soleil du désert. Il voyait des palmiers... des palmiers qui bougeaient... et *de l'eau !*

— Oh, Cibola..., gémit-il.

Et il revint s'asseoir à l'ombre de la camionnette. La ville était encore loin, il le savait. Ce soir, lorsque la torche du Seigneur n'embraserait plus le ciel, il allait marcher, marcher comme il ne l'avait jamais fait encore. Il irait jusqu'à Cibola et, dès qu'il arriverait là-bas, il plongerait tête baissée dans la première fontaine. Puis il le trouverait, *lui,* l'homme qui l'avait invité à venir ici. L'homme qui l'avait attiré à lui, à travers les plaines, les montagnes et le désert, un mois de route malgré son bras atrocement brûlé.

Celui qui *est* — l'homme noir, l'indomptable. Il attendait La Poubelle à Cibola et ses armées étaient celles de la nuit, cavaliers de la mort qui allaient déferler vers l'est et se dresser à la face même du soleil levant. Ils allaient arriver, hurlant leur colère, puant la sueur et la poudre. Il y aurait des cris, La Poubelle s'en foutait des cris, il y aurait des viols et des humiliations, il s'en foutait tout autant, il y aurait des meurtres, aucune importance...

... il y aurait un grand incendie.

Ça, il aimait, et beaucoup. Dans ses rêves, l'homme noir venait à lui et, très haut dans le ciel, étendait les bras pour lui montrer à lui, à La Poubelle, un pays en flammes. Des villes qui sautaient comme des bombes. Des champs qui disparaissaient dans la fumée des incendies. Des fleuves d'essence en flammes à Chicago, à Pittsburg, à Detroit, à Birmingham. Et l'homme noir lui avait dit une chose toute simple dans ses rêves, une chose qui l'avait fait courir : *Tu seras le grand maître de mon artillerie. Tu es l'homme que je veux.*

Il se tourna sur le côté. Le sable soulevé par le vent lui

piquait les joues et les paupières. Il n'espérait plus — oui, depuis le jour où sa bicyclette avait perdu une roue, il n'espérait plus. Dieu, le Dieu des shérifs qui tuaient les pères, le Dieu de Carley Yates, Dieu était donc plus fort que l'homme noir. Mais non. Il n'avait pas perdu confiance, il avait poursuivi sa marche. Et enfin, quand il croyait bientôt brûler dans la solitude de ce désert avant de jamais connaître Cibola où l'homme noir l'attendait, il avait découvert la ville, très loin là-bas, la ville qui sommeillait sous le soleil.

Cibola ! murmura-t-il avant de s'endormir.

Il avait rêvé pour la première fois à Gary, un mois plus tôt, après s'être brûlé le bras. Il s'était endormi cette nuit-là, sûr de mourir bientôt ; personne ne pouvait survivre à une pareille brûlure. Une ritournelle trottait dans sa tête : *Vivre par le feu, mourir par le feu. Vivre, mourir.*

Ses jambes l'avaient lâché dans un parc, en plein milieu d'une petite ville, et il était tombé, les bras en croix, comme une chose morte, la manche de sa chemise complètement carbonisée. La douleur était terrifiante, incroyable. Il n'avait jamais cru qu'une telle douleur puisse exister. Il courait joyeusement d'une rangée de réservoirs à l'autre, installant ses dispositifs de mise à feu, un tuyau d'acier et un mélange à base de paraffine qu'une languette d'acier séparait d'une petite quantité d'acide. Il enfonçait ses détonateurs dans la gorge des gros tuyaux qui s'ouvraient au sommet des réservoirs. Quand l'acide aurait rongé l'acier, la paraffine s'enflammerait et le réservoir sauterait. Il pensait avoir le temps d'arriver à la sortie ouest de Gary, près de l'échangeur, avant que les réservoirs ne sautent. Il voulait voir toute cette sale ville s'envoler dans une tempête de feu.

Mais il avait mal calculé son coup. Le dernier détonateur était parti quand il ouvrait encore le trop-plein d'un réservoir avec une grosse clé. Un éclair d'un blanc aveuglant s'était précipité sur lui quand la paraffine en flammes avait jailli du tube et son bras gauche s'était couvert de feu. Pas ces petites flammes innocentes que peut faire de l'essence à briquet, ces petites flammes que l'on éteint en agitant le bras en l'air comme une grosse allumette. Non, l'agonie pure et simple, comme si son bras s'était trouvé pris dans la cheminée d'un volcan.

Hurlant de douleur, il s'était mis à courir en tous sens au sommet du réservoir, renvoyé par le garde-fou comme une bille humaine sur un flipper démoniaque. Si le garde-fou n'avait pas été là, il aurait basculé dans le vide, serait tombé en tournoyant, comme une torche lancée au fond d'un puits. Un accident lui sauva la vie ; il trébucha et tomba sur son bras gauche, étouffant les flammes sous son corps.

Puis il s'était assis, à moitié fou de douleur. Plus tard, il avait pensé que la chance — ou la volonté de l'homme noir — l'avait sauvé de la mort. Le jet de paraffine ne l'avait pas touché de plein fouet. Il pouvait remercier son protecteur — mais il ne le sut que plus tard. Sur le moment, il ne put que hurler en balançant d'avant en arrière son bras dont les chairs craquaient, grésillaient, fumaient sous ses yeux.

Confusément, alors que la lumière du jour commençait à baisser, il se souvint qu'il avait posé une douzaine de détonateurs. Ils pouvaient sauter à tout moment. Il serait mort volontiers pour échapper à cette atroce douleur. Mais pas dans les flammes, pas dans cette horrible mort.

Sans trop savoir comment, il était descendu du réservoir, s'était éloigné en titubant entre les voitures abandonnées, son bras gauche carbonisé tendu devant lui.

Quand il était arrivé dans le petit parc, au centre de la ville, le soleil se couchait. Il s'était assis sur l'herbe, entre deux terrains de basket, essayant de se souvenir de ce qu'il fallait faire quand on se brûlait. Mettre du beurre, c'est ce qu'aurait dit la mère de Donald Merwin

Elbert. Mais c'était quand on se brûlait avec de l'eau chaude, ou quand la poêle trop chaude vous éclaboussait de graisse de bacon. Il ne pouvait s'imaginer en train de mettre du beurre sur cette masse de chair craquelée et noircie de l'épaule au coude ; il ne pouvait s'imaginer la toucher.

Tu n'as qu'à te tuer. Voilà, c'était tout simple. Il n'avait qu'à se tuer pour mettre fin à cette horreur, comme on tue un vieux chien...

Puis ce fut l'énorme explosion du côté est de la ville, comme si l'univers s'était déchiré en deux. Une colonne de feu s'éleva dans l'indigo profond du crépuscule. Il avait dû fermer ses yeux pleins de larmes, tant la lumière était vive.

Et dans son horrible souffrance, le feu lui avait plu... le feu l'avait ravi, comblé. Le feu était le meilleur des médicaments, encore meilleur que la morphine qu'il trouva le lendemain (en prison, il avait travaillé à l'infirmerie, en plus de la bibliothèque et du garage, et il savait parfaitement ce qu'était la morphine). Devant cette colonne de feu, il oublia ses souffrances. Le feu était bon. Le feu était beau. Le feu était ce qu'il lui fallait, ce qu'il lui faudrait toujours. Merveille du feu !

Quelques instants plus tard, un deuxième réservoir explosait et même à cinq kilomètres de distance, il sentit le souffle chaud de la déflagration. Puis un autre réservoir, et encore un autre. Une courte pause, et six explosions en succession rapide. La lumière était si forte qu'il ne pouvait plus regarder. Mais, les yeux remplis de flammes jaunes, grimaçant de bonheur, il ne pensait plus à son bras, il ne pensait plus au suicide.

Il fallut plus de deux heures pour que tous les réservoirs sautent. Quand ce fut fini, la nuit n'était pas noire. C'était une nuit fiévreuse, zébrée de flammes jaunes et orange. Du côté est, tout l'horizon était en flammes. Et il se souvint d'une bande dessinée qu'il avait vue quand il était enfant, une adaptation de *La Guerre des mondes* de H. G. Wells. Maintenant, des années plus tard, le petit garçon qui avait feuilleté l'album n'était plus là, mais

La Poubelle l'avait remplacé, et La Poubelle possédait le terrible et merveilleux secret du rayon de la mort des Martiens.

Il ne fallait pas rester dans ce parc. La température avait déjà monté de plus de cinq degrés. Il fallait qu'il parte à l'ouest, qu'il reste en avant du feu, comme il l'avait fait à Powtanville, qu'il prenne de vitesse cet arc de destruction qui s'élargissait derrière lui. Mais il n'était pas en état de courir. Il s'endormit sur le gazon et les lueurs de l'incendie jouèrent sur le visage d'un pauvre enfant épuisé et perdu.

Dans son rêve, l'homme noir arrivait dans sa longue robe, le visage caché par son capuchon... et pourtant La Poubelle croyait bien l'avoir déjà vu. Quand les voyous l'insultaient à Powtanville, devant le bar, devant le bazar, cet homme était avec eux, pensif et silencieux. Lorsqu'il avait travaillé au lave-auto (savonner les phares, relever les essuie-glaces, savonner le bas de la carrosserie, hé monsieur, un lustrage avec ça ?), le gant d'éponge enfilé sur la main droite jusqu'à ce qu'elle devienne aussi blanche qu'un poisson crevé, les ongles comme de l'ivoire poli, il croyait aussi avoir vu le visage de cet homme, féroce, grimaçant un sourire dément derrière le rideau de gouttes d'eau qui recouvrait le pare-brise. Quand le shérif l'avait envoyé chez les cinglés à Terre-Haute, il était là aussi, derrière lui, dans la salle où on donnait les chocs, ses doigts posés sur les boutons *(Je vais te frire la cervelle, mon gars, tiens-toi bien, Donald Merwin Elbert va devenir La Poubelle, un petit lustrage avec ça ?),* prêt à lui envoyer un millier de volts entre les deux oreilles. Oui, il connaissait l'homme noir, ce visage qu'il ne parvenait jamais à voir tout à fait, ces yeux plus brûlants que la flamme, son sourire venu de plus loin que la tombe du monde.

— Je ferai ce que vous voudrez, dit-il dans son rêve. Je vous donnerai ma vie !

L'homme noir levait les bras et sa robe s'était transformée en un cerf-volant noir. Ils étaient debout tous les

19

deux, très haut. À leurs pieds, l'Amérique était en flammes.

Je te ferai grand maître de mon artillerie. Tu es l'homme que je veux.

Puis il vit la racaille, une armée de dix mille hommes et femmes qui avançaient vers l'est, traversaient le désert, franchissaient les montagnes, une armée sauvage et cruelle dont l'heure était enfin venue ; ils déchargeaient des camions, des jeeps, des tanks ; chaque homme, chaque femme portait au cou une pierre noire et, au fond de certaines de ces pierres, il voyait un éclat rouge, la forme d'un œil ou peut-être d'une clé. Au milieu de leur caravane, perché sur un énorme camion-citerne, il se vit lui-même et sut que le camion était rempli de napalm... et derrière lui suivaient des camions chargés de bombes, de mines et de plastic ; lance-flammes, fusées éclairantes et missiles à tête chercheuse ; grenades, mitrailleuses et bazookas. La danse de mort allait commencer, déjà fumaient les cordes des violons et des guitares, déjà l'odeur du soufre et de la cordite embaumait l'air.

L'homme noir leva les bras une fois encore et, quand il les laissa retomber, tout fut plongé dans le froid et le silence, les incendies s'éteignirent, même les cendres étaient devenues froides, et un instant seulement il n'y eut plus que Donald Merwin Elbert, seul à nouveau, petit, terrorisé, perdu. Un moment seulement, il crut n'être qu'un pion dans l'énorme jeu d'échecs de l'homme noir, il crut avoir été trompé.

Puis il découvrit que le visage de l'homme noir n'était plus totalement invisible ; deux charbons rouge sombre brûlaient dans les creux profonds qui auraient dû abriter ses yeux, illuminaient un nez aussi tranchant qu'une lame.

— Je ferai ce que vous voudrez, dit La Poubelle dans son rêve. Je vous donnerai ma vie ! Je vous donnerai mon âme !

— Tu seras mon homme de feu, dit gravement l'homme noir. Viens dans ma ville, et tu verras clair.

— Où ? Où ?

— À l'ouest, dit l'homme noir avant de disparaître. À l'ouest. Au-delà des montagnes.

C'est alors qu'il se réveilla. Il faisait encore nuit, il faisait encore jour. Les flammes étaient plus proches. La chaleur était devenue suffocante. Les maisons explosaient partout autour de lui. Les étoiles avaient disparu, ensevelies dans un épais manteau de fumée. Une fine pluie de suie avait commencé à tomber. Les deux terrains de basket étaient à présent couverts d'une sorte de neige noire.

Et maintenant qu'il avait un but, il se rendit compte qu'il pouvait marcher. Il partit en boitillant en direction de l'ouest. Il vit quelques rescapés quitter eux aussi Gary, regarder derrière eux la ville en flammes. Imbéciles, pensa La Poubelle, presque affectueusement. Vous allez brûler. Le moment venu, vous allez brûler. Ils ne firent pas attention à lui ; pour eux, La Poubelle n'était qu'un autre survivant. Ils disparurent dans la fumée et, un peu après l'aube, La Poubelle franchit en clopinant la frontière de l'Illinois. Chicago était au nord, Joliet au sud-ouest, derrière lui l'incendie se perdait dans la fumée qui masquait l'horizon. Ainsi s'était levé le jour, le 2 juillet.

Il avait oublié son rêve de raser Chicago par le feu — son rêve de tous ces réservoirs, de tous ces wagons de marchandises remplis de gaz liquide, bien rangés sur les voies, il avait oublié ces petites maisons de bois qui auraient brûlé comme une brassée de paille. Chicago ne l'intéressait plus. Plus tard dans la journée, il défonça la porte du cabinet d'un médecin et vola une boîte pleine de doses de morphine, toutes prêtes dans leurs seringues de plastique. La morphine apaisa un peu la douleur, mais elle eut un effet secondaire plus important sans doute : qu'il ait encore mal ne l'intéressait plus.

Cette nuit-là, il prit un énorme pot de vaseline dans une pharmacie et enduisit son bras brûlé d'une épaisse couche de gelée. Il avait très soif ; il aurait voulu boire sans cesse. Des images fugitives de l'homme noir bourdonnaient dans sa tête, comme des mouches à viande. Lorsqu'il s'effondra à la tombée du jour, il savait déjà que la ville où l'homme noir l'appelait devait être Cibola, la Cité promise.

La nuit venue, l'homme noir revint le visiter en rêve et lui confirma avec un grand rire sardonique qu'il en était bien ainsi.

Quand La Poubelle se réveilla, quand s'effaça le souvenir de son rêve, il grelottait de froid. Feu ou glace, il n'y avait pas de milieu dans le désert.

Il se leva en gémissant, rentra les épaules pour se protéger de la morsure du froid. Au-dessus de lui, des milliers d'étoiles scintillaient, si proches qu'il aurait pu les toucher, baignant le désert de leur froide clarté.

Il revint à la route, grimaçant tant sa peau et ses os lui faisaient mal. Mais qu'importaient ses souffrances désormais ? Il s'arrêta un moment, regarda la ville qui rêvait dans la nuit, tout en bas (de petites étincelles de lumière jaillissaient çà et là, comme des feux de camp électriques). Puis il se remit en route.

Quand l'aube commença à colorer le ciel, des heures plus tard, Cibola paraissait presque aussi lointaine que lorsqu'il l'avait vue pour la première fois, en haut de la côte. Et, comme un pauvre fou qu'il était, il avait bu toute sa réserve d'eau, oubliant que tout paraissait plus proche dans le désert. Il ne pourrait marcher longtemps après le lever du jour. Il lui faudrait se coucher encore, avant que le soleil commence à frapper avec toute sa force.

Une heure après l'aube, il trouva une Mercedes qui était sortie de la route, le côté droit enfoncé dans le sable jusqu'à la hauteur des portières. Il ouvrit la porte avant gauche et tira dehors deux cadavres fripés, simiesques — une vieille femme couverte de bijoux, un vieil homme aux cheveux d'un blanc immaculé. En marmonnant des mots sans suite, La Poubelle prit les clés de contact, fit le tour de la voiture et ouvrit le coffre. Les valises n'étaient pas fermées à clé. Il sortit des vêtements, les étala sur le bord du toit de la Mercedes pour qu'ils retombent sur les fenêtres, puis les cala avec des pierres. Il avait maintenant sa grotte, obscure et fraîche.

Il se glissa à l'intérieur de la voiture et s'endormit. Vers l'ouest, des kilomètres et des kilomètres plus loin, Las Vegas resplendissait sous le soleil d'été.

Il ne savait pas conduire — on ne le lui avait pas appris en prison — mais il savait faire du vélo. Le 4 juillet, jour où Larry Underwood découvrit que Rita Blakemoor était morte dans son sommeil des suites d'une overdose, La Poubelle trouva une bicyclette dix vitesses et se mit en route. Au début, sa progression fut lente, car son bras gauche ne lui servait pas à grand-chose. Ce premier jour, il tomba deux fois, l'une d'elles en plein sur sa brûlure qui lui fit atrocement mal. La plaie suppurait abondamment sous l'épaisse couche de vaseline. L'odeur était horrible. De temps en temps, il pensait à la gangrène, mais jamais bien longtemps. Il décida donc de mélanger la vaseline avec une pommade antiseptique. Si cette pâte liquide, laiteuse et visqueuse qui ressemblait à du sperme ne le soulageait pas, du moins elle ne lui ferait certainement pas de mal.

Peu à peu, il apprit à rouler pratiquement d'une seule main. Le pays était plus plat et, la plupart du temps, la bicyclette filait bon train, sans trop zigzaguer. Il avançait donc à bonne allure, malgré sa brûlure et la morphine qui lui vidait la tête. Il buvait des litres et des litres d'eau, mangeait prodigieusement. Et il réfléchissait aux paroles de l'homme noir : « Tu seras le grand maître de mon artillerie. Tu es l'homme que je veux. » Douces paroles — quelqu'un avait-il jamais voulu de lui auparavant ? Et les mots défilaient sans cesse dans sa tête tandis qu'il pédalait sous le soleil de plomb. Et il se mit à chantonner un petit air, *Down to the Nightclub*. Les paroles (« Cibola ! Tam-tam *boum !* ») ne lui vinrent que plus tard. Il n'était pas alors aussi fou qu'il allait le devenir, mais il faisait des progrès. Le 8 juillet, jour où Nick Andros et Tom Cullen virent des bisons en train de brouter, dans le Kansas, La Poubelle traversa le Mississippi. Il était maintenant en Iowa.

Le 14, jour où Larry Underwood se réveilla près de la grande maison blanche dans l'est du New Hampshire, La Poubelle traversa le Missouri au nord de Council Bluffs et entra dans le Nebraska. Il avait partiellement retrouvé l'usage de sa main gauche et les muscles de ses jambes s'étaient endurcis. Il poursuivait sa route sans relâche, car le temps pressait, pressait.

Ce fut sur la rive ouest du Missouri que La Poubelle sentit pour la première fois que Dieu Lui-même pouvait s'interposer entre La Poubelle et sa destinée. Quelque chose n'allait pas dans le Nebraska, quelque chose n'allait pas du tout. Quelque chose qui lui faisait peur. Le paysage était à peu près le même que celui de l'Iowa... mais ce n'était pourtant pas la même chose. L'homme noir l'avait visité en rêve toutes les nuits précédentes, mais dès que La Poubelle avait franchi la frontière du Nebraska, il n'était plus venu.

Au lieu de lui, il s'était mis à rêver d'une vieille femme. Dans ces rêves, il était à plat ventre dans un champ de maïs, presque paralysé par la peur et la haine. C'était le matin, un beau matin. Il entendait des corneilles croasser. Devant lui s'étendait un écran de feuilles de maïs, larges et tranchantes comme des épées. Malgré lui, il écartait les feuilles d'une main tremblante pour regarder à travers. Il voyait une vieille maison au milieu d'une clairière. La maison était posée sur des parpaings, ou peut-être des vérins. Un pneu se balançait sous un pommier, au bout d'une corde. Et, assise sur la véranda, une vieille Noire jouait de la guitare et chantait un vieux spiritual d'autrefois. Le cantique variait d'un rêve à l'autre, mais La Poubelle les savait presque tous, car il avait autrefois connu une femme, la mère d'un garçon qui s'appelait Donald Elbert, une femme qui chantait ces mêmes cantiques en faisant le ménage.

Ce rêve était un cauchemar, mais pas simplement parce que quelque chose d'horrible se produisait vers la fin. Au début, on aurait cru qu'il n'y avait rien d'effrayant dans tout ce rêve. Le maïs ? Le ciel bleu ? La vieille femme ? Le pneu qui se balançait sous l'arbre ? Que pouvait-il y avoir de terrifiant là-dedans ? Les vieilles femmes ne lancent pas de pierres, elles ne vous insultent pas, surtout pas les vieilles dames qui chantent des spirituals comme *In That Great Getting-Up Morning* et *Bye-and-Bye, Sweet Lord, Bye-and-Bye*. C'était les Carley Yates du monde qui lançaient des pierres.

Mais bien avant que le rêve ne finisse, il se trouvait paralysé par la terreur, comme si ce n'était pas du tout une vieille femme qu'il épiait à travers les feuilles de maïs, mais un secret, une lumière à peine cachée, prête à tout illuminer autour d'elle, à tout illuminer avec une telle force que les flammes des réservoirs de Gary ne seraient plus que celles de petites bougies, agitées par le vent — une lumière si vive qu'elle réduirait ses yeux en cendres. Et, pendant cette partie de son rêve, il ne pensait qu'à une seule chose : *Je vous en prie, écartez-la de moi, je ne veux rien savoir de cette vieille peau, oh je vous en prie, oh je vous en prie, faites-moi sortir du Nebraska !*

Puis le cantique qu'elle chantait s'arrêtait sur une note discordante, métallique. Elle regardait droit vers l'endroit d'où il l'observait, caché derrière l'épais treillis des feuilles. Son visage était vieux, sillonné de rides, ses cheveux si clairsemés qu'on voyait son crâne brun, mais ses yeux brillaient comme des diamants, remplis de cette lumière qui le terrorisait.

D'une voix fêlée mais forte, elle criait alors : *Des belettes dans le maïs !* et il sentait le changement se produire, il se regardait, et il voyait qu'il était devenu une belette, une petite chose au pelage soyeux, brunâtre, presque noir, son nez s'allongeait en un museau pointu, ses yeux fondaient pour n'être plus que deux perles noires, ses doigts se transformaient en griffes. Il était devenu belette, chose nocturne qui s'attaque lâchement aux petits et aux faibles.

Il hurlait, et son hurlement finissait par l'éveiller, trempé de sueur, les yeux sortis de leurs orbites. Ses mains couraient sur son corps pour s'assurer que ses organes d'humain étaient encore bien là. À la fin de cette fouille panique, il se prenait la tête, pour voir si elle était toujours une tête *humaine,* et non cette chose longue, fine et poilue, en forme de balle de fusil.

Au Nebraska, poussé par la terreur qui lui donnait des ailes, il franchit près de six cent cinquante kilomètres en trois jours. Il entra au Colorado près de Julesburg et le cauchemar commença à s'estomper comme une vieille photo dont les teintes sépia fanent à la lumière.

(Mère Abigaël se réveilla dans la nuit du 15 juillet — peu après le passage de La Poubelle au nord de Hemingford Home — envahie par un grand frisson de terreur et de pitié ; pitié pour celui ou cette chose qu'elle ne connaissait pas. Elle crut avoir rêvé à son petit-fils Anders, tué idiotement dans un accident de chasse à l'âge de six ans.)

Le 18 juillet, au sud-ouest de Sterling, Colorado, encore à quelques kilomètres de Brush, il avait rencontré le Kid.

La Poubelle se réveilla au crépuscule. Malgré les vêtements qu'il avait installés par-dessus les fenêtres, il faisait chaud dans la Mercedes. Sa gorge était râpeuse comme du papier de verre. Ses tempes tambourinaient. Il sortit la langue et, quand il la toucha du bout du doigt, il eut l'impression d'une branche morte. Il s'assit, voulut poser la main sur le volant, mais la retira aussitôt en poussant un petit cri de douleur. Il dut enrouler le bout de sa chemise autour de la poignée de la porte pour l'ouvrir. Il pensait poser le pied par terre et *sortir,* tout simplement, mais il avait surestimé ses forces et sous-estimé à quel point la déshydratation avait progressé au cours de cette soirée d'août : ses jambes cédèrent sous lui et il tomba sur la route, brûlante elle aussi. Gémissant, il rampa pour se mettre à l'ombre de la Mercedes, comme une couleuvre blessée. Et il resta là, assis, haletant, la tête sur les genoux, les bras ballants, contemplant morbidement les deux corps qu'il avait sortis de la voiture, elle avec ses bracelets sur ses poignets rabougris, lui avec sa perruque blanche qui flottait au-dessus de son visage momifié de vieux singe.

Il fallait qu'il arrive à Cibola avant le lever du soleil. Sinon, il allait mourir... À quelques kilomètres du but ! L'homme noir ne pouvait être aussi cruel — non !

— Je vous donne ma vie, murmura La Poubelle.

Et, lorsque le soleil s'enfonça derrière la crête des montagnes, il se remit debout et commença à marcher vers les tours, les minarets et les avenues de Cibola où des étincelles de lumière éclataient à nouveau.

Quand monta la fraîcheur de la nuit du désert, il retrouva un peu de force. Ses baskets nouées avec des bouts de ficelle claquaient sur le bitume de la 15. Il avançait pesamment, la tête penchée comme une fleur fanée de tournesol, et il ne vit pas le grand panneau vert qui indiquait LAS VEGAS 45.

Il pensait au Kid. Le Kid aurait dû être avec lui maintenant. Ils auraient dû foncer tous les deux vers Cibola, les deux tuyaux d'échappement de la décapotable du Kid grondant dans la solitude du désert. Mais le Kid s'était montré indigne et La Poubelle était reparti seul dans les grandes solitudes.

Son pied se leva et retomba sur la chaussée.

— Ci-bola ! croassa-t-il. Tam-tam *boum !*

Vers minuit, il s'écrasa au bord de la route et s'endormit d'un sommeil agité. La cité n'était plus très loin.

Il allait y arriver.

Il était sûr d'y arriver.

Il avait entendu le Kid longtemps avant de le voir, le ronflement grave de deux échappements libres qui grondaient vers lui en provenance de l'est, déchirant le silence. Le son montait sur la 34, du côté de Yuma, dans le Colorado. Sa première impulsion avait été de se cacher, comme il s'était caché des autres survivants qu'il avait rencontrés, depuis Gary. Mais cette fois, quelque chose le fit rester là où il était, à califourchon sur sa bicyclette, regardant avec un peu de crainte ce qui venait derrière lui.

Le grondement se fit plus fort, plus fort encore, puis un pare-chocs chromé renvoya un éclat de soleil et

(? ? FEU ? ?)

quelque chose d'orange vif, couleur de feu.

Le conducteur le vit. Il rétrograda, dans une salve de détonations. Les pneus Goodyear laissèrent sur l'asphalte deux longues bandes noirâtres. Puis la voiture s'arrêta à côté de lui, non pas au ralenti, mais haletante, comme un animal féroce, peut-être dompté, peut-être pas, et le conducteur descendit. Mais au début, La Poubelle n'eut d'yeux que pour la voiture. Il connaissait les bagnoles. Il les aimait, même s'il n'avait jamais eu son permis. Et celle-ci était splendide, une bagnole fignolée pendant des années et des années, modifiée, gonflée, transformée au prix de milliers et de milliers de dollars, une bagnole d'exposition, une œuvre d'amour.

C'était un coupé Ford 1932, mais son propriétaire ne s'était pas arrêté aux enjolivements habituels. Il s'était surpassé, faisant de son véhicule une parodie de la voiture américaine, un véhicule de science-fiction, brillant de mille feux, peinture or métallisée, flammes sanglantes peintes sur le capot d'où sortaient les tuyaux d'échappement chromés. Ils couraient le long des flancs de la voiture reflétant férocement les rayons du soleil. Le pare-brise s'arrondissait comme une grosse bulle. Les pneus arrière étaient de monstrueux Goodyear pour lesquels il avait fallu élargir et surhausser considérablement les ailes. Sortant du capot comme un étrange radiateur, un turbo-compresseur. Et sur le toit, noir mat, mais saupoudré de mouchetures rouges comme des braises, un aileron de requin en acier. Sur les flancs de la voiture, deux mots dont les lettres penchées en avant semblaient filer comme le vent : THE KID.

— Dis donc, t'es sacrément grand et sacrément moche, dit le conducteur d'une voix traînante.

Et La Poubelle, oubliant un instant les flammes peintes sur cette bombe roulante, regarda l'homme qui parlait. Il mesurait à peine un mètre soixante, mais ses cheveux pommadés et brillantinés en une énorme houppe lui donnaient bien sept centimètres de plus. Aux pieds, il portait des bottes à bouts pointus et hauts talons qui rajoutaient encore sept bons centimètres, portant le total apparent de sa taille à un respectable un mètre soixante-quatorze ou soixante-quinze. Ses jeans délavés étaient si serrés qu'on pouvait lire la date gravée sur les pièces de monnaie qu'il avait dans ses poches. Ils modelaient ses deux petites fesses en une sorte de sculpture bleue et faisaient ressortir sa braguette comme s'il y avait fourré un sac plein de balles de golf Spalding. Le petit homme portait une chemise western de soie rouge, décorée de bandes jaunes et de boutons imitation saphir. Les boutons de manchettes ressemblaient à de l'os poli et La Poubelle apprit plus tard que c'était précisément de cela qu'il s'agissait. Le Kid en avait deux paires, la première faite de molaires humaines, l'autre des incisives d'un doberman. Et par-dessus cette merveille de chemise, malgré la chaleur écrasante, il portait un blouson de cuir noir, sillonné d'innombrables fermetures Éclair, avec un grand aigle dans le dos. Le cuir faisait ressortir la blancheur des dents des glissières qui brillaient comme des diamants. Des épaulettes et de la ceinture du blouson pendaient trois pattes de lapin. L'une était blanche, l'autre brune, la troisième verte comme une cravate d'Irlandais. Ce blouson, merveille encore plus étonnante que la chemise, suait une huile riche par tous ses pores. Au-dessus de l'aigle, brodés à la soie blanche, deux mots : THE KID. Le visage qui regardait maintenant La Poubelle, entre le toupet de cheveux gras de brillantine et le col retourné du blouson gras de son huile, était pâle et chétif, un visage de poupée, des lèvres qui faisaient la moue, lourdes mais impeccablement sculptées, des yeux gris sans vie, un large front sans une marque ni une ride, des joues étrangement rebondies. On aurait dit Baby Elvis.

Deux ceintures de cow-boy se croisaient sur son ventre plat et, dans l'étui de chacune, un gigantesque 45 montrait le bout du nez.

— Alors, mec, qu'est-ce que tu racontes ? grommela le Kid de sa voix traînante.

Et La Poubelle ne trouva qu'une seule chose à lui répondre :

— J'aime la bagnole.

Il avait visé juste. Cinq minutes plus tard, La Poubelle était assis à côté du conducteur et le coupé accélérait à la vitesse de croisière du Kid, c'est-à-dire qu'elle tapa bientôt le cent cinquante. La bicyclette sur laquelle La Poubelle pédalait depuis l'est de l'Illinois n'était plus qu'un point à l'horizon.

Timidement, La Poubelle crut bon de dire qu'à cette vitesse le Kid risquait ne pas voir à temps les obstacles s'ils en rencontraient (ils en avaient d'ailleurs déjà rencontré plusieurs ; le Kid s'était contenté de louvoyer pour éviter les épaves, dans un grand hurlement de ses Goodyear).

— Mon vieux, répondit le Kid, j'ai des réflexes. J'ai ça dans le sang. Trois cinquantièmes de seconde. T'as compris, ou faut que je te fasse un dessin ?

— J'ai compris, répondit mollement La Poubelle.

Il se sentait comme un homme qui vient de réveiller un nid de vipères avec son bâton.

— Je t'aime bien, dit le Kid de son étrange voix endormie.

Ses yeux de poupée fixaient la route tremblante de chaleur par-dessus l'orange fluorescent du volant. De gros dés en styrofoam, avec des têtes de mort en guise de points, pendouillaient du rétroviseur.

— Prends-toi une bière, derrière.

C'était de la Coors. Mais elle était tiède et La Poubelle

détestait la bière. Il en but une très vite et dit qu'elle était vraiment excellente.

— Mec, comme bière, y'a que la Coors. Moi je *pisserais* de la Coors si je pouvais. T'as compris, ou faut que je te fasse un dessin ?

La Poubelle répondit qu'il avait parfaitement compris, inutile de faire un dessin.

— On m'appelle le Kid à Shreveport, en Louisiane. Tu connais ? Ma bagnole a gagné tous les prix dans le sud. T'as compris, ou faut que je te fasse un dessin ?

La Poubelle répondit qu'il avait compris, ce qui lui valut une autre bière tiède. Dans les circonstances, sans doute valait-il mieux ne pas refuser.

— Et comment qu'on t'appelle, mec ?

— La Poubelle.

— La *quoi* ?

Pendant un terrible moment, les yeux morts de la poupée restèrent fixés sur le visage de La Poubelle.

— Tu veux rigoler, non ? Personne ne rigole avec le Kid. T'as compris, ou faut que je te fasse un dessin ?

— J'ai compris, s'empressa de répondre La Poubelle, mais c'est comme ça qu'on m'appelle. Parce que je foutais le feu dans les poubelles et les boîtes à lettres des gens. J'ai brûlé le chèque de pension de la vieille Semple. On m'a envoyé en maison de correction. J'ai aussi brûlé l'église méthodiste de Powtanville, dans l'Indiana.

— *T'as fait ça ?* demanda le Kid, enchanté. Mon gars, t'as l'air complètement dingue, plus dingue que ça, tu meurs. Pas de problème. J'aime les dingues. Je suis dingue moi aussi. Complètement siphonné. La Poubelle ? J'aime ! On va faire une belle paire d'enfoirés. Le Kid et La Poubelle. Allez, on se serre la main, La Poubelle.

Le Kid tendit la main et La Poubelle la serra aussi vite qu'il put pour que le Kid puisse la reposer sur le volant. Ils sortirent à fond de train d'un virage pour se retrouver devant une énorme semi-remorque Bekins qui occupait presque toute la largeur de la route. La Poubelle se cachait les yeux, prêt à faire une transition immédiate au plan astral. Mais le Kid ne broncha pas. Le coupé frétilla le long du côté gauche de la route comme une demoiselle sur l'eau d'une mare et ils évitèrent de l'épaisseur d'une couche de peinture la cabine du camion.

— C'était pas loin, dit La Poubelle quand il eut l'impression de pouvoir parler sans que sa voix tremble trop.

— Bof, répondit froidement le Kid qui cligna ensuite l'un de ses yeux de poupée. Tais-toi, c'est moi qui cause. Tu la trouves bonne, cette bière ? Pas dégueu, hein ? Ça fait du bien après un petit tour en bécane, non ?

— Oh oui, répondit La Poubelle qui avala une autre gorgée de Coors tiède.

Il était fou, mais pas suffisamment pour contredire le Kid quand il était au volant. Quand même pas.

— Bon, pas la peine de tourner autour du pot comme les mouches autour d'un tas de merde, reprit le Kid en tendant la main derrière lui pour se prendre une bière. On va sûrement au même endroit.

— Je crois que oui, répondit prudemment La Poubelle.

— On va bien rigoler. On s'en va à l'ouest. T'as compris, ou faut que je te fasse un dessin ?

— J'ai compris.

— T'as sûrement rêvé au croque-mort déguisé en aviateur, non ?

— Vous voulez parler du prêtre ?

— Quand je dis quelque chose, c'est ça que je dis, rétorqua sèchement le Kid. Faut pas me courir sur les roustons, t'as bien compris ? Une combinaison d'aviateur, noire, et le type a des lunettes sur les yeux. De grosses lunettes, tellement grosses qu'on ne voit pas sa foutue gueule. Drôle de bouffeur de cul celui-là, non ?

— Oui, dit La Poubelle en sirotant sa bière tiède.

Il sentait que sa tête commençait à tourner. Le Kid se pencha sur son volant orange pour imiter un pilote de chasse en plein combat aérien. Et le coupé valsa d'un côté à l'autre de la route, tandis que le pilote se mettait à faire dans sa tête loopings, chandelles et tonneaux.

— Brrrrrrrrrroum... tatatatata... tatatatata... Prends ça, saloperie de choucroute... commandant ! Salopard à douze heures !... Flanque-leur tous tes pruneaux dans la casserole, foutu con... *Tata... tata... tatatata !* On les a eus ! *YOUPIIIIIIII ! Accrochez-vous, les gars ! YOUPIIIII !*

Pas un instant son visage ne s'était animé pendant son petit spectacle ; pas une seule mèche brillantinée n'avait bougé pendant qu'il balançait la voiture d'un côté à l'autre de la route. La Poubelle entendait son cœur tambouriner dans sa poitrine. Une légère couche de sueur huilait tout son corps. Il avala sa bière. Il avait envie de faire pipi.

— Mais il me fait pas peur, dit le Kid, comme s'il n'avait jamais perdu le fil de la conversation. Bordel, non. C'est un foutu salopard, mais le Kid en a vu d'autres. Je vais leur fermer leurs grandes gueules. C'est le patron qui commande. T'as compris, ou faut que je te fasse un dessin ?

— J'ai compris.

— Tu fais ce que dit le patron ?

— Naturellement, répondit La Poubelle qui n'avait pas la moindre idée de qui pouvait bien être le patron.

— Tant mieux pour tes fesses. Écoute, tu sais ce que je vais faire ?

— Aller à l'ouest ? se risqua La Poubelle, sans trop s'aventurer.

Le Kid lui lança un regard impatient.

— *Après,* je veux dire *après.* Tu sais ce que je vais faire après ?

— Non. Quoi ?

— Je vais me tenir à carreau un petit bout de temps. Voir comment ça se passe. Tu comprends ça, ou faut que je te fasse un dessin ?

— Je comprends.

— Tant mieux pour tes fesses. Ouvre bien tes mirettes. Tu vas voir. Alors...

Le Kid se tut tout à coup, couché sur son volant orange.

— Alors quoi ? demanda La Poubelle d'une voix hésitante.

— Je vais le bousiller. L'envoyer bouffer les pâquerettes. T'as compris, ou faut que je te fasse un dessin ?

— J'ai compris.

— C'est moi qui vais m'occuper de la boutique. Je le
bousille, et c'est moi le patron. Tu me colles au train, La
Poubelle, et tu vas voir qu'on va pas s'emmerder. Fini de
bouffer de la merde. On va s'en foutre plein la bedaine.

Le coupé fonçait à toute allure, crachant le feu de
toutes les flammes peintes sur son capot. Et La Poubelle
était assis au fond de son siège, une canette de bière tiède
entre les cuisses, l'esprit troublé.

Le 5 août, il faisait presque jour lorsque La Poubelle
entra à Cibola, mieux connue sous le nom de Las Vegas.
Quelque part au cours des dix derniers kilomètres, il avait
perdu sa basket gauche et maintenant, tandis qu'il descendait la rampe de l'autoroute, le bruit de ses pas faisait
plutôt : *slap-FLIC, slap-FLIC, slap-Flic.* Comme le *flap*
d'un pneu crevé.

Épuisé, il eut quand même la force de s'émerveiller en
découvrant l'immense avenue, The Strip, encombrée de
voitures immobiles et d'un assez grand nombre de
cadavres tout aussi immobiles, la plupart copieusement
picorés par les vautours. Il était arrivé. Il était là, à Cibola.
Il avait passé l'épreuve.

Des centaines et des centaines de boîtes de nuit. Des
enseignes qui disaient MARIAGE EN 60 SECONDES, VALABLE
TOUTE LA VIE ! Il vit une Rolls-Royce Silver Ghost dont
le capot avait défoncé la vitrine d'une librairie porno.
Il vit une femme nue pendue la tête en bas à un
lampadaire. Il vit deux pages du *Sun* de Las Vegas,
chassées par le vent. Et un gros titre : L'ÉPIDÉMIE PRO-
GRESSE WASHINGTON NE DIT RIEN. Il vit un énorme panneau
publicitaire : NEIL DIAMOND ! AMERICANA HOTEL 15 JUIN -
30 AOÛT ! Quelqu'un avait gribouillé MEURS POUR TES

PÉCHÉS LAS VEGAS ! sur la vitrine d'une bijouterie qui semblait ne rien vendre d'autre que des bagues de fiançailles et de mariage. Il vit un piano à queue renversé en plein milieu de la rue, comme un gros cheval de bois. Ses yeux se remplirent de ces merveilles.

Et plus loin, il vit d'autres enseignes, leurs néons morts cet été pour la première fois depuis des années. Flamingo. The Mint. Dunes. Sahara. Glass Slipper. Imperial. Tous les grands casinos. Mais où étaient les gens ? Où était l'eau ? Sans trop savoir ce qu'il faisait, laissant ses pieds le porter à leur guise, La Poubelle prit une rue transversale. Sa tête tomba en avant, son menton se colla contre sa poitrine. Il dormait debout. Et quand ses pieds trébuchèrent sur le trottoir, quand il tomba en avant et se cogna le nez par terre, quand il leva les yeux et qu'il vit ce qui était là, c'est à peine s'il put y croire. Il ne sentait pas le sang couler de son nez sur sa chemise bleue déchirée. Comme s'il dormait encore, comme s'il vivait un rêve.

Un grand bâtiment blanc se dressait dans le ciel du désert, monolithe des sables, aiguille de pierre, aussi beau dans sa monumentale splendeur que le Sphinx ou la Grande Pyramide. Les fenêtres de la façade est renvoyaient le feu du soleil levant comme un présage. Et devant l'entrée monumentale de cet édifice du désert, blanc comme un os, deux énormes pyramides dorées surmontées d'une marquise. Au-dessus de la marquise, un grand médaillon de bronze où la tête d'un lion rugissant était sculptée en bas-relief.

Au-dessus, toujours gravée dans le bronze, cette légende toute simple mais remplie de majesté : MGM GRAND HOTEL.

Mais ses yeux étaient fixés sur cette chose au centre de la pelouse rectangulaire, entre le terrain de stationnement et l'entrée. La Poubelle regardait, secoué d'un tremblement orgasmique si violent qu'un moment il ne put que se soulever sur ses mains ensanglantées entre lesquelles se déroulait la bande effilochée et sale, pour contempler la fontaine de ses yeux bleus délavés, des yeux que l'éclat du soleil avait déjà rendus presque aveugles. Un gémissement s'échappa de sa bouche.

La fontaine fonctionnait. Splendide construction de pierre et d'ivoire, incrustée d'or. Des lumières de couleur jouaient dans le jet d'eau qui devenait pourpre, jaune orange, puis rouge, puis vert. L'eau retombait dans le bassin dans un tonnerre de gouttelettes.

— Cibola, murmura-t-il en essayant de se remettre debout.

Son nez saignait encore. Il s'avança en chancelant vers la fontaine. Puis se mit à trottiner, puis à courir, puis à foncer comme un fou. Ses genoux couverts de croûtes s'élevaient comme des pistons, presque à la hauteur de son thorax. Un mot s'envolait de sa bouche, un mot long comme un serpentin qui monta jusqu'au ciel et, très haut, les gens se mirent aux fenêtres (qui les voyait ? Dieu peut-être, ou le démon, mais certainement pas La Poubelle). Un mot, de plus en plus fort, de plus en plus strident, de plus en plus long à mesure qu'il approchait de la fontaine. Et ce mot était :

— CIIIIIIIIBOLAAAAAAAAA !

Le *aaaaa* s'étira à n'en plus finir, son de tous les plaisirs jamais connus par ceux qui ont vécu sur cette terre, et il ne s'arrêta que lorsque La Poubelle se frappa la lèvre contre le bord de la fontaine, se hissa par-dessus, plongea dans l'eau accueillante, incroyablement fraîche. Il sentait les pores de son corps s'ouvrir comme un million de bouches, s'imbiber d'eau comme une éponge. Il hurla. Il baissa la tête, éternua dans l'eau, cracha, éternua et toussa, projetant une grosse flaque de sang, d'eau et de morve sur le rebord de la fontaine. Il baissa la tête à nouveau et but comme une vache.

— Cibola ! Cibola ! criait La Poubelle, transporté de bonheur. Je te donne ma vie !

Comme un petit chien, il pataugea autour de la fontaine, but encore, puis enjamba le bord et se laissa tomber sur le gazon comme une masse. Toute sa peine, toutes ses souffrances étaient récompensées. Une crampe lui tenailla soudain l'estomac et il vomit avec un grognement de bête. Comme c'était bon de vomir.

Il se releva, s'appuya avec sa griffe au rebord de la fontaine, but encore. Cette fois, son ventre accepta le don de l'eau avec reconnaissance.

Plein comme une outre, il s'avança en titubant vers les marches d'albâtre qui menaient aux portes de ce fabuleux palais, les marches qui s'élevaient entre les pyramides dorées. À mi-chemin, une crampe le força à se plier en deux. La douleur passa, et il reprit joyeusement son escalade. Il lui fallut tout ce qu'il lui restait de forces pour pousser la porte, une de ces portes qui tournent dans un tambour. Et il entra dans un hall couvert d'une épaisse moquette qui lui parut s'étendre sur des kilomètres et des bkilomètres. Une moquette luxuriante, couleur de framboise, dans laquelle ses pieds s'enfonçaient. Réception, courrier, concierge, caisse, disaient les pancartes. Personne. À sa droite, derrière une rampe en fer forgé, le casino. La Poubelle regarda émerveillé les rangs de machines à sous alignées comme des soldats à la revue, et plus loin, les tables de roulette et de baccara.

— Y'a quelqu'un ? croassa La Poubelle.

Personne ne lui répondit. Et il eut peur, car c'était un lieu habité par des fantômes, un lieu où des monstres l'épiaient sans doute, mais sa fatigue l'emporta bientôt sur sa peur. Il descendit un escalier, faillit tomber, entra dans le casino, passa devant le bar où Lloyd Henreid était tapi dans l'ombre, Lloyd Henreid qui l'observait, silencieux comme une tombe, un verre d'eau minérale à la main.

Il arriva devant une table recouverte de feutre vert. La Poubelle grimpa sur la table, s'allongea dessus et s'endormit aussitôt. Peu après, une demi-douzaine d'hommes entouraient le gueux qu'était devenu La Poubelle.

— Qu'est-ce qu'on fait de lui ? demanda Ken DeMott.

— On le laisse dormir, répondit Lloyd. Flagg le veut.

— Ah bon ? Et où qu'il est, Flagg ? demanda un autre.

Lloyd se retourna vers l'homme qui avait parlé, un chauve qui le dépassait d'une bonne tête. Mais le chauve fit un pas en arrière quand il vit son regard. La pierre qui pendait au cou de Lloyd était la seule qui ne soit pas noire de jais ; en son centre brillait un petit éclat rouge, inquiétant.

— T'es pressé de le voir, Hec ? demanda Lloyd.

— Non, répondit le chauve. Hé, Lloyd, tu sais bien que j'ai pas...

— Mais oui, dit Lloyd en regardant l'homme allongé sur la table. Flagg sera bientôt là. Il attendait ce type. Un type pas comme les autres.

Sur la table, abruti de fatigue, La Poubelle dormait.

La Poubelle et le Kid avaient passé la nuit du 18 juillet dans un motel de Golden, au Colorado. Le Kid avait choisi deux chambres communicantes. La porte était fermée à clé. Le Kid, déjà passablement saoul, résolut ce problème mineur en tirant trois balles dans la serrure avec l'un de ses 45.

Puis le Kid souleva l'une de ses minuscules bottes et donna un petit coup dans la porte. Elle frissonna et s'ouvrit dans un fin brouillard de fumée bleue.

— Foutue porte de merde ! Tu prends quelle chambre ? Tu choisis, ma petite Poubelle.

La Poubelle opta pour la chambre de droite et resta seul quelque temps. Le Kid n'était plus là. La Poubelle songeait qu'il devrait peut-être s'évaporer dans la nature avant que les choses ne se gâtent vraiment — mais il y avait le problème du transport — quand le Kid revint. La Poubelle s'inquiéta fort de voir qu'il poussait devant lui un caddie rempli de packs de bière Coors. Ses yeux de poupée étaient maintenant injectés de sang. Les ondulations de sa coiffure à la Pompadour se défaisaient comme des ressorts et des mèches de cheveux gras pendaient maintenant sur ses oreilles et ses joues, ce qui le faisait ressembler à quelque dangereux (et absurde) homme des cavernes qui aurait trouvé un blouson de cuir abandonné par un voyageur remontant le temps. Les pattes de lapin pendouillaient toujours de son blouson.

— Elle est tiède. Mais on s'en tape, non ?

— Oui, oui, on s'en tape, répondit La Poubelle.

— Alors, prends-toi une bière, trou du cul, dit le Kid en lui lançant une canette.

Lorsque La Poubelle arracha la languette de métal, une bonne giclée de mousse lui sauta au visage et le Kid éclata de rire, un petit rire maigrelet, en tenant à deux mains son ventre plat. La Poubelle esquissa un timide sourire. Et il résolut que plus tard dans la nuit, lorsque le petit monstre aurait succombé au sommeil, il prendrait ses cliques et ses claques. Assez, c'est assez. Et puis, ce que le Kid avait dit du prêtre noir... La Poubelle avait si peur qu'il ne savait même pas de quoi. Dire des choses pareilles, même pour rigoler, c'est comme chier sur l'autel d'une église, ou montrer sa gueule au tonnerre en attendant que l'éclair vienne vous faire des caresses.

Le pire, c'est qu'il ne croyait pas du tout que le Kid voulait rigoler.

La Poubelle n'avait pas du tout envie de partir sur les routes de montagne, avec tous leurs virages en épingle à cheveux, en compagnie de ce nain complètement maboul qui biberonnait toute la journée (et apparemment toute la nuit) et qui parlait de faire sa fête à l'homme noir pour prendre sa place.

Entre-temps, le Kid avait englouti deux bières en deux minutes, puis il avait écrasé les boîtes d'aluminium et les avait jetées nonchalamment sur l'un des deux lits jumeaux de la chambre. Morose, il regardait la télé, une Coors toute neuve dans la main gauche, le 45 dont il s'était servi pour faire sauter la serrure de la porte dans la droite.

— Pas de merde d'électricité, alors pas de merde de télé, dit-il d'une voix que la bière rendait de plus en plus traînante. Fait chier, bon Dieu fait chier ! Sûr que je suis bien content que tous ces trous du cul soient crevés, mais nom de Dieu de merde, et les sports ? Et le catch, hein ?

Et les films cochons ? Ça, c'était bon, La Poubelle. C'est vrai qu'ils montraient jamais les types en train de faire minette, tu vois ce que je veux dire, mais les filles levaient quand même les pattes jusqu'au menton, sacré bordel de merde, tu vois ce que je veux dire ?

— Je vois.

— Ta gueule, c'est moi qui cause.

Et le Kid se plongea dans la contemplation de l'écran vide.

— Espèce de conne pourrie, cria-t-il en tirant sur la télé.

Le tube explosa avec un grand bruit creux. Du verre se répandit partout sur la moquette. La Poubelle leva le bras pour se protéger les yeux et sa bière se répandit sur le gazon artificiel de la moquette verte.

— Regarde ce que t'as fait, espèce de con ! s'exclama le Kid d'une voix vibrante d'indignation.

Et, tout à coup, le 45 fut braqué sur La Poubelle, le petit trou noir du canon aussi gros et sombre que la cheminée d'un transatlantique. La Poubelle sentit comme un creux au fond de son estomac. Il crut pisser dans son froc, mais sans en être totalement sûr.

— Je vais te ventiler la machine à gamberger ! On renverse pas sa bière. Une autre marque, je dis pas, mais c'était de la *Coors*. Moi, je *pisserais* de la Coors si je pouvais, t'as compris, ou faut que je te fasse un dessin ?

— Je comprends, murmura La Poubelle.

— Et tu crois qu'on en fabrique encore de la Coors par les temps qui courent, hein, La Poubelle ? Tu crois ça peut-être ?

— Non, murmura La Poubelle. Je ne crois pas.

— Ben t'as bien raison. Une espèce en voie d'extinction.

Il leva légèrement son pistolet. La Poubelle crut sa dernière heure arrivée. Puis le Kid abaissa son arme... légèrement. Son visage était totalement vide et La Poubelle pensa que l'autre était en train de réfléchir, profondément.

— Je vais te dire, La Poubelle, tu te prends une autre canette et tu fais cul sec. Si t'arrives à faire cul sec, je t'envoie pas bouffer les pâquerettes. T'as compris, ou faut que je te fasse un dessin ?

— Cul sec... c'est quoi, ça ?

— Nom de Dieu, t'es con à bouffer de la bite par paquets de douze ! Boire toute la boîte sans s'arrêter, c'est ça que ça veut dire ! Où que t'as fait ton éducation, en Afrique avec les Nègres ? Va pas falloir faire le mariolle, La Poubelle. Si je dois te chier un pruneau, il part direct dans l'œil. Cette pétoire-là, elle marche avec des balles doum-doum. Fendu de la gueule jusqu'au troufion. Chair à saucisse pour les cancrelats.

Il fit un geste avec son pistolet, ses yeux rouges fixés sur La Poubelle. La mousse de la bière lui faisait une petite moustache.

La Poubelle s'avança, prit une canette, arracha la languette.

— Vas-y. Jusqu'au bout. Et si tu dégueules, je te fais le cul comme une bouche de métro.

La Poubelle leva la canette et la bière fit glou-glou. Il l'avala avec des mouvements convulsifs de la pomme d'Adam, sa pomme d'Adam qui montait et descendait comme un ludion dans son bocal. Et, quand la canette fut vide, il la laissa tomber entre ses pieds, livra un combat qui lui parut interminable avec sa gorge et sauva finalement sa vie avec un long rot qui fit résonner les murs de la chambre. Le Kid renversa sa petite tête en arrière et partit d'un minuscule rire cristallin. La Poubelle vacillait sur ses pieds, souriait bêtement, malade. Tout à coup, d'un petit peu saoul qu'il était, il le fut complètement.

Le Kid rengaina son arme.

— O.K. Pas mal, La Poubelle. Pas trop mal.

Le Kid continua à boire. Les canettes écrasées s'empilèrent sur le lit du motel. La Poubelle tenait une canette de Coors entre ses genoux et prenait une petite gorgée chaque fois que le Kid semblait le regarder d'un air réprobateur. Le Kid marmonnait ses histoires, de plus en plus fort et d'une voix de plus en plus traînante à mesure que les cadavres s'amoncelaient. Il parlait de ses voyages. Des courses qu'il avait gagnées. D'un chargement de drogue qu'il avait ramené du Mexique dans une camionnette de blanchisseur, avec un moteur de sept litres sous le capot. Saloperie, dit-il. Toute cette drogue était une foutue saloperie. Lui, il n'y touchait pas, mais nom de Dieu, quelques cargaisons de cette foutue merde, et tu pouvais t'essuyer le cul avec des lingots d'or. Finalement, il commença à s'assoupir et ses paupières se fermèrent de plus en plus longtemps sur ses petits yeux rouges, ne revenant à mi-mât qu'à regret.

— Je vais lui faire la peau, La Poubelle, bafouilla le Kid. Je vais aller là-bas, voir comment ça marche, lui lécher son sale cul tant que j'aurai pas vu comment placer mes billes. Mais personne me commande à moi. Pas un fils de putain de sa mère. Pas longtemps en tout cas. Je fais pas dans la dentelle. Quand j'attaque un boulot, ça traîne pas. C'est ça mon style. Je sais pas qui il est, je sais pas d'où il vient, je sais pas comment il fait pour nous envoyer ses messages dans nos saloperies de machines à gamberger, mais je vais l'envoyer — énorme bâillement — l'envoyer chier ses boyaux au fond du trou. On va bien rigoler.

Lentement, il se laissa tomber sur son lit. De sa main s'échappa la canette de bière qu'il venait d'ouvrir. Encore une flaque de Coors sur la moquette. Il ne restait plus de bière et, selon les calculs de La Poubelle, le Kid s'était envoyé à lui tout seul vingt et une canettes. La Poubelle ne parvenait pas à comprendre qu'un si petit homme puisse boire autant de bière. Par contre, il comprenait parfaitement que c'était l'heure pour lui de s'en aller. Il le savait, mais il se sentait fin saoul, faible, malade. Par-dessus tout, il voulait dormir un peu. Et pourquoi pas ? Le Kid allait sans doute dormir comme une souche toute la nuit, peut-être même jusqu'à midi demain matin. Tout le temps de faire un petit somme. Il se rendit donc dans l'autre chambre (sur la pointe des pieds, malgré l'état comateux du Kid) et ferma de son mieux la porte communicante — c'est-à-dire qu'elle resta entrebâillée, les balles ayant complètement démoli la serrure. Il y avait un réveil sur la table de nuit. La Poubelle le remonta et, ne sachant pas l'heure juste (ce qui lui était totalement indifférent d'ailleurs), il le régla à minuit. Puis il mit la sonnerie à cinq heures du matin. Il s'allongea sur l'un des deux lits jumeaux sans même ôter ses tennis. Cinq minutes plus tard, il dormait.

Quand il se réveilla dans l'obscurité sépulcrale du petit matin, une odeur de bière lui balaya le visage comme une petite brise de mer. Il y a avait quelque chose dans le lit à côté de lui, quelque chose de chaud et de doux qui gigotait. Pris de panique, il crut d'abord que c'était une belette, sortie tout droit de son cauchemar du Nebraska. Il poussa un petit gémissement quand il comprit que l'animal qui s'était mis au lit avec lui, quoique pas très gros, l'était quand même trop pour être une belette. La bière lui faisait mal à la tête, taraudant sans pitié ses tempes.

— Prends-la, murmura le Kid dans le noir.

La Poubelle sentit qu'on lui prenait la main et qu'on la posait sur une chose dure et cylindrique qui battait comme un piston.

— Branle-moi. Allez, branle-moi, tu sais comment faire, j'ai su ça quand je t'ai vu la première fois. Allez, enfoiré de mes deux, branle-moi.

La Poubelle savait comment faire. Fort heureusement. Les longues nuits en taule s'étaient chargées de le lui apprendre. On disait que c'était pas bien, que c'était un truc de pédale. Mais ce que faisaient les pédales, c'était quand même mieux que ce que faisaient certains autres, ceux qui passaient leurs nuits à aiguiser des manches de cuillers, ceux qui restaient allongés sur leur lit et qui faisaient craquer leurs doigts en vous regardant avec un drôle de sourire.

Le Kid avait posé la main de La Poubelle sur un pistolet d'un modèle qu'il connaissait parfaitement. Si bien que La Poubelle referma la main et commença son petit travail. Quand il aurait terminé, le Kid se rendormirait. Et lui, il foutrait le camp.

La respiration du Kid était devenue saccadée et l'avor-

43

ton suivait la mesure en donnant des petits coups de hanches. Au début, La Poubelle ne comprit pas que le Kid défaisait sa ceinture, puis faisait glisser ses jeans et son slip jusqu'à ses genoux. La Poubelle le laissa faire. Tant pis si le Kid voulait la lui mettre. La Poubelle s'était déjà fait mettre. On n'en meurt pas. C'est pas du poison.

Puis sa main se figea. Cette chose qui tout à coup poussait contre son anus n'était pas de la chair. C'était de l'acier, froid, très froid.

Et tout à coup, il comprit ce que c'était.

— Non, murmura-t-il.

Terrifié, il ouvrit de grands yeux dans le noir. Et dans le miroir, il aperçut vaguement ce visage de poupée homicide qui se penchait sur lui, les cheveux tombant sur ses yeux rouges.

— Si, murmura le Kid. Et ne perds pas le rythme, La Poubelle. Ne manque pas un seul coup. Ou bien j'appuie et je te fais sauter la boîte à merde. Des doum-doum, La Poubelle. T'as compris, ou faut que je te fasse un dessin ?

La Poubelle se remit au travail en pleurnichant. Mais ses pleurnichements se transformèrent bientôt en petits halètements de douleur quand le canon du 45 fit son entrée, se fraya un passage en tournant sur lui-même, en forçant, en déchirant. Était-ce possible que La Poubelle en ressentît une quelconque excitation ? Mais oui, parfaitement.

Finalement, le Kid fut le témoin de cette excitation.

— Tu aimes ça ? haleta le Kid. Je savais bien, tas de merde. Tu aimes qu'on te la mette au cul ? Réponds oui, tas de merde. Réponds oui ou je te fais sauter le trou de balle.

— Oui, pleurnicha La Poubelle.

— Tu veux que je te branle ?

Non, il n'en avait pas envie. Excité ou pas, il ne voulait pas. Mais il n'était pas assez bête pour dire non.

— Oui.

— Non, je toucherai jamais ton pétard, même si c'était du diamant. Arrange-toi tout seul. Le bon Dieu t'a donné deux mains, non ?

Pendant combien de temps ? Dieu le savait peut-être, mais pas La Poubelle. Une minute, une heure, un siècle — quelle différence ? La Poubelle savait qu'à l'instant de l'orgasme du Kid, il sentirait deux choses en même temps : le jet chaud du sperme du petit monstre sur son ventre et le bourgeonnement d'une balle doum-doum lui déchirant les entrailles. Lavement final.

Puis les hanches du Kid se figèrent et son pénis fut pris de convulsions dans la main de La Poubelle qui sentit son poignet devenir tout visqueux, comme un gant de caout-chouc. Un instant plus tard, le pistolet se retirait. Des larmes silencieuses de soulagement ruisselèrent sur les joues de La Poubelle. Il n'avait pas peur de mourir, du moins pas au service de l'homme noir, mais il ne voulait pas mourir dans cette chambre de motel, au service d'un psychopathe. Pas avant d'avoir vu Cibola. Il aurait bien voulu prier Dieu, mais il savait instinctivement que Dieu ne prêterait pas une oreille sympathique à ceux qui avaient promis leur allégeance à l'homme noir. Et de toute façon, est-ce que Dieu avait jamais fait quelque chose pour La Poubelle ? Ou même pour Donald Merwin Elbert ?

Dans le silence entrecoupé par le bruit de leurs respira-tions, le Kid se mit à chanter d'une voix fausse, éraillée, mais sa chanson se perdit bientôt dans les ronflements de l'avorton :

— *Mes potes et moi, on nous connaît... ouais, et les voyous nous font pas chier...*

C'est le moment de partir, pensa La Poubelle, mais il avait peur de réveiller le Kid s'il bougeait. *Je fous le camp dès que je suis sûr qu'il dort vraiment. Cinq minutes. Ça devrait pas prendre plus longtemps.*

Mais, dans le noir, personne ne sait vraiment combien durent cinq bonnes minutes ; on pourrait même dire que cinq minutes, ça n'existe pas dans le noir. Il attendit donc. Il s'assoupit, puis se réveilla sans savoir qu'il s'était assoupi. Quelques instants plus tard, il était profondément endormi.

Et maintenant, il était sur une route, très haut. Il faisait noir. Les étoiles paraissaient si proches qu'on aurait pu les toucher, les décrocher du ciel et les jeter dans un bocal, comme des lucioles. Il faisait très froid. Et, à la lumière glacée des étoiles, il voyait danser les rochers vivants entre lesquels s'enfonçait la route.

Dans l'obscurité, quelque chose s'avançait vers lui.

Puis *sa* voix, venue de nulle part, venue de partout : *Je te donnerai un signe dans les montagnes. Je te montrerai ma puissance. Je te montrerai ce qui arrive à ceux qui veulent se soulever contre moi. Attends. Regarde.* Des yeux rouges commencèrent à s'ouvrir dans le noir, comme si quelqu'un avait allumé des fanaux. Et les yeux entouraient La Poubelle de toutes parts. Au début, il crut que c'était des yeux de belettes mais, quand le cercle se referma autour de lui, il vit de grands loups gris des montagnes, oreilles dressées, babines noires dégoulinantes de bave. Il avait peur.

Ils ne vont pas te faire de mal, mon bon et fidèle serviteur. Tu vois ? En un clin d'œil, les grands loups gris avaient disparu.

Regarde, disait la voix.

Attends, disait la voix.

Et ce fut la fin de son rêve. Quand il se réveilla, le soleil entrait à flots dans la chambre de motel. Le Kid était debout à la fenêtre, en pleine forme après sa séance de dégustation des produits de la Adolph Coors Company, aujourd'hui défunte. Ses cheveux avaient repris leurs anciennes ondulations, fantastiques vagues et tourbillons, et l'avorton contemplait son reflet sur la vitre. Il avait posé son blouson du cuir sur le dossier d'une chaise. Les pattes de lapin pendouillaient comme de petits cadavres sur un gibet.

— Hé, tas de merde ! J'ai cru que j'allais devoir te graisser la patte encore un coup pour te réveiller. Allez, dépêche-toi. On a du boulot aujourd'hui. On va bien rigoler, non ?

— Sûrement, répondit La Poubelle avec un curieux sourire.

46

Lorsque La Poubelle sortit de son sommeil dans la soirée du 5 août, il était toujours couché sur la table de baccara, dans le casino du MGM Grand Hotel. Devant lui, un jeune homme aux cheveux blond filasse était assis à califourchon sur une chaise, des lunettes de soleil très noires sur les yeux. La première chose que remarqua La Poubelle fut la pierre pendue à son cou, dans l'échancrure de sa chemise de sport. Noire, avec un éclat rouge au centre. Comme l'œil d'un loup dans la nuit.

Il essaya de dire qu'il avait soif, mais sa gorge refusa de laisser sortir autre chose qu'un petit chuintement.

— T'as dû rester un bon bout de temps au soleil, dit Lloyd Henreid.

— Est-ce que vous êtes... *lui ?* murmura La Poubelle. Est-ce que...

— Si je suis le patron ? Non. Flagg est à Los Angeles. Mais il sait que tu es là. Je lui ai parlé par radio cet après-midi.

— Il vient ?

— Pour quoi faire ? Pour te voir ? Sûrement pas ! Il sera là quand il faudra. Toi et moi, mon pote, on est juste des petits gars pour lui. Il reviendra quand il faudra. Tu es pressé de le voir ?

— Oui... non... je ne sais pas.

— De toute façon, oui ou non, tu le verras.

— J'ai... soif...

— Tiens, prends ça.

Il lui tendit un grand thermos rempli de Kool-Aid à la cerise. La Poubelle le vida d'un trait, puis se recoucha en gémissant et en se tenant le ventre à deux mains. Quand la crampe eut disparu, il regarda Lloyd avec des yeux pleins de gratitude.

— Tu crois pouvoir manger quelque chose ?

— Oui, je pense bien.

Lloyd se retourna vers un homme qui faisait tourner une roulette. La petite bille blanche rebondissait en cliquetant.

— Roger, va dire à Whitney ou à Stephanie-Ann de

lui préparer des hamburgers et des frites. Non ! Merde alors, à quoi je pensais ? Il va dégueuler partout. De la soupe. Apporte-lui de la soupe. Ça ira, mon vieux ?

— Ce que vous voulez, répliqua La Poubelle.

— Nous avons un ancien boucher avec nous, Whitney Horgan. C'est un gros tas de merde, mais foutre Dieu, tu peux me croire qu'il sait faire la cuisine ! Et il y met tout ce qu'il faut. Les chambres froides étaient pleines quand on est arrivé. Drôle de ville, Las Vegas ! C'est pas l'endroit le plus formidable que t'as jamais vu ?

— Si, répondit La Poubelle qui sentit qu'il aimait déjà Lloyd, sans même savoir son nom. Mais on est à Cibola.

— Qu'est-ce que tu dis ?

— Cibola, la ville que tout le monde cherche.

— Ça, tu peux dire que pas mal de gens sont venus ici avec les années. Mais la plupart auraient mieux fait de rester chez eux. En tout cas, tu peux bien l'appeler comme tu veux. Dis donc, on dirait que tu t'es fait complètement cuire en venant par ici. Comment tu t'appelles ?

— La Poubelle.

Lloyd ne trouva pas du tout ce nom étrange. Il tendit la main. Le bout de ses doigts portait encore les marques de son séjour dans la prison de Phoenix où il était presque mort de faim.

— Je m'appelle Lloyd Henreid. Content de faire ta connaissance, La Poubelle. Bienvenue à bord.

La Poubelle serra la main qu'on lui tendait et faillit verser de grosses larmes de gratitude. Aussi loin qu'il pouvait se souvenir, c'était la première fois de sa vie que quelqu'un lui tendait la main. Il était arrivé. Il était accepté. Enfin il n'était plus rejeté comme il l'avait toujours été. Il aurait traversé deux fois le désert pour connaître ce moment, se serait brûlé l'autre bras, et les deux jambes par-dessus le marché.

— Merci, murmura-t-il. Merci, monsieur Henreid.

— Merde, si tu m'appelles pas Lloyd, je vais te priver de soupe.

— D'accord, Lloyd. Merci, Lloyd.

— J'aime mieux ça. Quand t'auras bouffé, je vais t'installer dans ta chambre. Et puis demain, on verra ce qu'on va faire. Le patron a quelque chose pour toi, je crois. Mais d'ici là, ce n'est pas le travail qui manque. Nous avons remis en marche pas mal de trucs, mais pas tout, loin de là. On a une équipe au barrage de Boulder qui essaye de remettre toutes les turbines en service. Une autre s'occupe de l'eau potable. Et puis nous avons des éclaireurs qui ramènent six ou sept personnes par jour. Pour le moment, je crois que tu seras dispensé des patrouilles. J'ai l'impression que tu as pris suffisamment de soleil pour un mois au moins.

— Oui, j'en ai assez, répondit La Poubelle avec un timide sourire.

Il était déjà prêt à donner sa vie pour Lloyd Henreid. Rassemblant tout son courage, il montra du doigt la pierre qui reposait au creux du cou de Lloyd :

— C'est...

— Oui, ici tous les gars qui font tourner la boutique portent une pierre. C'est son idée. Ça s'appelle du jais. En fait, c'est pas une pierre du tout. C'est plutôt comme une bulle.

— Je veux dire... la lumière rouge. L'œil.

— Ah, c'est ça ce que tu vois, hein ? C'est un défaut. Un cadeau spécial de *lui*. Je suis pas Einstein, tu sais, loin de là. Mais je suis... merde, j'ai bien l'impression que je suis sa mascotte, dit-il en regardant attentivement La Poubelle. Et peut-être bien que toi aussi. En tout cas, on a entendu parler de toi, moi et Whitney. Et ça, c'est pas l'habitude. Y'en a trop qui arrivent pour qu'on fasse attention à eux. Sauf *lui*. S'il voulait, je crois qu'*il* pourrait connaître tout le monde.

La Poubelle hocha la tête.

— Il fait des tours de magie, reprit Lloyd d'une voix légèrement rauque. Je l'ai vu. Moi, j'aimerais pas être à la place de ceux qui sont contre lui.

— Moi non plus, répondit La Poubelle. J'ai vu ce qui est arrivé au Kid.

— Quel Kid ?

— Le type avec qui j'étais dans les montagnes, répondit La Poubelle en frissonnant. J'ai pas envie d'en parler.

— O.K. Voilà ta soupe. Et puis Whitney t'a quand même préparé un hamburger. Tu vas l'adorer. Le type est super pour les hamburgers. Mais essaye de pas dégueuler, d'accord ?

— D'accord.

— Bon, moi j'ai du monde à aller voir. Si mon bon vieux copain Poke me voyait en ce moment, il n'arriverait pas à le croire. Je suis plus occupé qu'un unijambiste dans un concours de bottage de cul. Allez, on se revoit plus tard.

— D'accord. Et merci. Merci pour tout.

— C'est pas moi qu'il faut remercier, c'est *lui*.

— C'est ce que je vais faire, dit La Poubelle, tous les soirs.

Mais ce n'était pas à l'intention de l'autre qu'il avait prononcé ces mots, car Lloyd était déjà loin, en train de parler à l'homme qui avait apporté la soupe et le hamburger. La Poubelle les regarda affectueusement s'en aller, puis il se mit à dévorer comme une bête jusqu'à ce qu'il ne reste presque plus rien. Tout aurait bien été s'il n'avait pas regardé dans le bol de soupe. C'était une crème de tomates, et elle avait la couleur du sang.

Il écarta le bol, l'appétit coupé. Pas difficile de dire à Lloyd Henreid qu'il ne voulait pas parler du Kid ; mais bien plus difficile de ne pas *penser* à ce qui lui était arrivé.

Il s'approcha de la roulette en buvant le verre de lait qu'on lui avait également apporté. Distraitement, il la fit tourner et lança la petite bille blanche. Elle commença par rouler le long du bord, puis à sautiller d'un trou à l'autre. Il pensait au Kid. Et il se demandait quand on allait venir lui montrer sa chambre. Mais surtout, il pensait au Kid. Il se demandait si la bille allait s'arrêter sur un numéro rouge ou sur un noir... mais surtout, il pensait au Kid. La petite bille sautillante finit par s'arrêter. La roulette aussi. La bille s'était logée sous le double zéro vert.

Pour la banque.

Il faisait si beau ce jour où ils étaient repartis de Golden en direction de l'ouest, directement à travers les Rocheuses, sur la 70. Pas un nuage, 27 degrés peut-être. Le Kid avait renoncé à sa Coors pour lui préférer une bouteille de whisky Rebel Yell. Deux autres bouteilles attendaient, coincées sur le tunnel de la transmission dans des cartons de lait vides pour les empêcher de se casser. Le Kid prenait une gorgée, faisait descendre le whisky avec un peu de Pepsi-Cola, puis hurlait à pleins poumons *foutre Dieu ! yahou !* ou *sexe-machine !* Plusieurs fois, il fit observer qu'il *pisserait* du Rebel Yell s'il le pouvait. Et il demanda à La Poubelle s'il comprenait, ou s'il fallait lui faire un dessin. La Poubelle, très pâle, à peine sorti de la gueule de bois que lui avaient value ses trois bières de la veille, répondit que oui, bien sûr.

Même le Kid ne pouvait pas foncer à cent cinquante sur ces routes. Il ralentit à cent en maudissant ces foutues montagnes dans sa barbe. Puis il retrouva sa belle humeur.

— Quand on aura traversé l'Utah et le Nevada, on va rattraper le temps perdu, La Poubelle. Ma petite mécanique fait du deux cent soixante en terrain plat. T'as compris, ou faut que je te fasse un dessin ?

— C'est une chouette bagnole, répondit La Poubelle avec un sourire de chien battu.

— Tu l'as dit, bouffi.

Une gorgée de Rebel Yell, une gorgée de Pepsi. *Yahou !* à pleins poumons

La Poubelle regardait d'un œil torve le paysage baigné dans la lumière du matin. La route avait été percée à flanc de montagne et s'enfonçait par endroits au milieu de deux énormes murailles de rochers. Les rochers qu'il avait vus la veille dans son rêve. Et le soir venu, ces yeux rouges s'ouvriraient-ils encore ?

Il frissonna.

Un peu plus tard, il se rendit compte qu'ils ralentissaient : quatre-vingt-dix, soixante, cinquante maintenant. Le Kid lançait des jurons aussi horribles que monotones dans sa barbe. Le coupé devait se frayer un passage à travers des véhicules de plus en plus nombreux, tous arrêtés, tous mortellement silencieux.

— Qu'est-ce que c'est que ce bordel ? grognait le Kid. Qu'est-ce qu'ils foutent là ? Ils ont tous décidé d'aller respirer l'air des montagnes avant de crever ? *Hé, bande d'enfoirés, foutez le camp ! Vous m'entendez ? Foutez-moi le camp d'ici !*

La Poubelle se cramponnait sur son siège.

À la sortie d'un village, ils se trouvèrent nez à nez avec quatre voitures empilées les unes sur les autres qui bloquaient complètement l'autoroute en direction de l'ouest. Le cadavre d'un homme, couvert d'un linceul de sang qui s'était depuis longtemps coagulé en une sorte de glaçure craquelée d'innombrables fissures, était étalé en croix sur la route, à plat ventre. Près de lui, une poupée Chatty Cathy démantibulée. Impossible de contourner les voitures par la gauche, à cause d'un garde-fou d'acier de près de deux mètres de haut. Sur la droite, un précipice qui disparaissait dans le lointain bleuté.

Le Kid s'envoya une bonne lampée de Rebel Yell et donna un coup de volant sur la droite.

— Accroche-toi, La Poubelle, on va passer.

— Y a pas la place !

La Poubelle eut l'impression d'avoir une lime à métaux dans la gorge.

— Si, juste assez, murmura le Kid.

Ses yeux brillaient. Centimètre par centimètre, il faisait sortir la voiture de la route. Les roues de droite faisaient maintenant craquer le gravier de l'accotement.

— Je me tire, bafouilla La Poubelle en saisissant la poignée de la portière.

— Reste assis, ou je te crève, tas de merde.

La Poubelle tourna la tête et vit le petit trou noir du 45. Le Kid rigolait, un peu nerveux quand même.

La Poubelle se rassit. Il aurait voulu fermer les yeux, mais impossible. De son côté, les vingt derniers centimètres d'accotement disparurent. Et ce qu'il voyait maintenant, tout en bas, n'était plus qu'un vaste panorama de pins bleu gris, d'énormes rochers semés çà et là. Il imaginait les énormes Goodyear du coupé à dix centimètres du bord... à cinq...

— Encore un centimètre, roucoula le Kid, avec un énorme sourire, les yeux sortis de leurs orbites.

Des perles de sueur apparurent sur son front pâle de poupée.

— Juste... encore... un.

Puis tout alla très vite. La Poubelle sentit les roues de droite de la voiture déraper tout à coup. Il entendit comme un bruit de pluie, d'abord des petits cailloux, puis des grosses pierres. Il hurla. Le Kid lança un horrible juron, passa en première et écrasa l'accélérateur. De la gauche où ils frôlaient le cadavre retourné d'un minibus VW vint un crissement de métal froissé.

— *Vas-y !* criait le Kid. *Vas-y, saloperie de bagnole ! Vole ! Tu vas voler, nom de Dieu ?*

Les roues arrière du coupé se mirent à patiner. Un moment, le mouvement qu'elles avaient amorcé en direction du précipice parut s'accentuer. Puis le coupé fit un bond en avant et ils se retrouvèrent sur la route, de l'autre côté de l'obstacle. L'air empestait le caoutchouc brûlé.

— *Je t'avais bien dit qu'on passerait !* hurla le Kid, triomphant. *Foutre Dieu ! on est passé, hein ? T'as vu ça, La Poubelle, gros tas de merde avaleur de foutre ?*

— J'ai vu, répondit plus bas La Poubelle.

Tout son corps était agité de tics nerveux. Et puis, pour la deuxième fois depuis qu'il avait fait la connaissance du Kid, il dit sans le vouloir la seule chose qui pouvait lui sauver la vie — s'il ne l'avait pas dite, le Kid l'aurait certainement tué, histoire de fêter ça.

— T'es drôlement bon au volant.

— Bof... pas tant que ça, répondit modestement le Kid. Je connais au moins deux types qui auraient pu faire la même chose. T'as compris, ou faut que je te fasse un dessin ?

— Si tu le dis.

— Ta gueule, ma cocotte, c'est moi qui cause. Bon. On continue. On est pas rendus.

Mais ils ne continuèrent pas longtemps. Un quart d'heure plus tard, à trois mille kilomètres de son point de départ — Shreveport, en Louisiane — le coupé du Kid dut s'arrêter pour de bon.

— Non, je rêve, dit le Kid. Non... Foutre Dieu... mais je *RÊVE* !

Il ouvrit sa porte et sauta dehors, la bouteille de Rebel Yell vide aux trois quarts toujours dans sa main gauche.

— *FOUTEZ-MOI LE CAMP* ! hurlait le Kid en se dandinant sur ses talons hauts, minuscule force naturelle de destruction, tremblement de terre en bouteille. *FOUTEZ-MOI LE CAMP, BANDE D'ENFOIRÉS, VOUS ÊTES MORTS, FOUTEZ LE CAMP AU CIMETIÈRE, VOUS N'AVEZ RIEN À FOUTRE SUR MA ROUTE À MOI* !

Il lança la bouteille de Rebel Yell qui tournoya en crachant une pluie de gouttes jaune doré. Elle éclata en mille morceaux en s'écrasant contre une vieille Porsche. Le Kid s'arrêta, silencieux, haletant, pas très solide sur ses jambes.

Cette fois, ce n'était pas un petit tas de quatre voitures. C'était bien pire. À cet endroit, une bande médiane gazonnée d'environ trois mètres séparait les deux chaussées de l'autoroute. Le coupé aurait probablement pu la traverser, mais la situation n'était pas meilleure de l'autre côté : les quatre voies étaient occupées par six files de voitures, pare-chocs contre pare-chocs, sur toute la largeur de la chaussée, bande d'arrêt comprise. Certains avaient même essayé d'utiliser la bande médiane, pourtant semée de rochers qui sortaient de la mince couche de terre grise comme des dents de dragons. Peut-être quelques véhicules tout terrain avaient-ils réussi à passer, mais ce que La Poubelle voyait sur cette bande médiane, c'était un véritable cimetière d'autos défoncées, écrasées, écrabouillées, comme si un accès de folie collective s'était emparé de tous les conducteurs, qu'ils avaient décidé d'organiser une course apocalyptique de stock-car sur l'autoroute 70, en plein milieu des montagnes. Le spectacle était si extraordinaire que La Poubelle faillit avoir le fou rire, mais il se mit vite la main devant la bouche. Si le Kid l'entendait rigoler, il ne risquait pas de rigoler bien longtemps.

Le Kid revenait, perché sur ses hauts talons, resplendissant sous ses cheveux brillantinés que le soleil faisait luire. Mais son visage était celui d'un mini-dragon. Ses yeux lançaient des flammes.

— Je vais pas laisser ma bagnole. Tu m'entends ? Certainement pas. Je vais sûrement pas la laisser. Tu vas marcher, La Poubelle. Tu montes par là et tu regardes ce qui bouche la route. C'est peut-être un camion, j'en sais rien. On peut pas faire demi-tour. On n'a plus la place maintenant. On ferait la culbute. Si c'est un camion en panne, moi je m'en fous, je les prends un par un, et je les flanque en bas. J'y arriverai, t'as compris, ou faut que je te fasse un dessin ? Vas-y maintenant.

La Poubelle ne chercha pas à discuter. Prudemment, il s'éloigna en contournant les voitures, prêt à se baisser et à prendre ses jambes à son cou si le Kid commençait à tirer. Mais le Kid ne tira pas. Lorsque La Poubelle crut être en lieu sûr (c'est-à-dire hors de portée d'un 45), il grimpa sur un camion-citerne et regarda derrière lui. Le Kid, punk miniature sorti tout droit de l'enfer, cette fois vraiment pas plus grand qu'une poupée à plus d'un kilomètre de distance, était appuyé contre son coupé. Il biberonnait pour passer le temps. La Poubelle eut envie de lui faire bonjour avec la main, mais pensa que c'était peut-être une mauvaise idée.

Ce jour-là, La Poubelle se mit en route vers dix heures et demie du matin. Il marchait lentement —

voitures et camions étaient tellement serrés qu'il lui fallait souvent grimper sur les capots et les toits — et, quand il arriva au premier panneau TUNNEL FERMÉ, il était déjà trois heures et quart. Il avait fait près de vingt kilomètres. Vingt kilomètres, ce n'était pas tellement — pas pour quelqu'un qui avait traversé vingt-cinq pour cent des États-Unis à bicyclette — mais, compte tenu des obstacles, La Poubelle jugea que ces vingt kilomètres n'étaient quand même pas de la gnognotte. Il avait longtemps qu'il aurait pu faire demi-tour pour dire au Kid qu'il était impossible de passer... s'il avait eu l'intention de faire demi-tour ; mais il n'en avait jamais eu l'intention. La Poubelle n'était pas un grand lecteur d'ouvrages historiques (après les électrochocs, la lecture lui était devenue un peu pénible), mais il n'avait pas besoin de savoir qu'à une époque aujourd'hui révolue rois et empereurs tuaient souvent par dépit les porteurs de mauvaises nouvelles. Ce qu'il savait lui suffisait amplement : il connaissait assez bien le Kid pour savoir qu'il ne voulait plus jamais le revoir.

Il était donc là devant le panneau, lettres noires sur fond orange en forme de losange. On l'avait renversé et il gisait maintenant sous la roue de ce qui semblait être le plus vieux camion du monde. TUNNEL FERMÉ. *Quel tunnel ?* Il regarda devant lui en s'abritant les yeux de la main et crut voir *quelque chose.* Il fit encore trois cents mètres, grimpant sur les voitures quand il le fallait, pour arriver devant un inquiétant fouillis de véhicules accidentés et de cadavres. Plusieurs camions et voitures avaient complètement brûlé. Un grand nombre étaient des véhicules militaires. Et beaucoup de cadavres étaient habillés en kaki. Derrière l'endroit où s'était déroulée la bataille — La Poubelle était presque sûr qu'on s'était battu — l'embouteillage recommençait. Et plus loin encore, l'autoroute disparaissait dans les trous jumeaux de ce qu'un énorme panneau boulonné sur la montagne proclamait être le TUNNEL EISENHOWER.

Il s'approcha, le cœur battant, ne sachant ce qu'il allait faire. Ces deux trous percés dans le rocher l'intimidaient et, à mesure qu'il se rapprochait, sa timidité se transformait en pure et simple terreur. Il aurait compris parfaitement ce qu'avait senti Larry Underwood dans le tunnel Lincoln. Sans le savoir, en cet instant précis, ils étaient comme deux âmes sœurs partageant une seule et même émotion, la terreur panique.

Il y avait cependant une différence importante. Alors que la passerelle réservée aux piétons dans le tunnel Lincoln se trouvait au-dessus de la chaussée, ici le passage était suffisamment bas pour que certaines voitures aient essayé de l'emprunter, une roue sur le trottoir, l'autre sur la route. Le tunnel faisait trois kilomètres. Le seul moyen de le traverser serait de se faufiler le long des voitures, dans le noir total. Il faudrait des heures.

La Poubelle sentit ses boyaux se liquéfier.

Il resta longtemps à contempler le tunnel. Un mois plus tôt, Larry Underwood était entré dans le sien, malgré sa peur. Après un long moment de contemplation, La Poubelle fit demi-tour et repartit dans la direction du Kid, le dos voûté, la commissure des lèvres agitée de tremblements. S'il rebroussait chemin, ce n'était pas simplement à cause de la longueur du tunnel, ou du fait qu'il allait avoir du mal à avancer (La Poubelle, qui avait passé toute sa vie dans l'Indiana, n'avait naturellement aucune idée de la longueur du tunnel Eisenhower). Larry Underwood avait été poussé (et peut-être manipulé) par sa propension sous-jacente à l'égocentrisme, si l'on peut s'exprimer ainsi, par la simple logique de la survie : New York était une île, il fallait en sortir. Le tunnel était le chemin le plus court. Si bien qu'il avait décidé de le traverser aussi rapidement que possible, comme on se bouche le nez en avalant un médicament que l'on sait très mauvais. La Poubelle était une épave habituée à accepter les coups du destin et de sa propre nature inexplicable... en courbant la tête. Ce qu'il lui restait de cerveau avait été complètement lessivé par sa rencontre cataclysmique avec le Kid qui l'avait promené à des vitesses suffisamment élevées pour perturber définitivement ses facultés mentales, si elles avaient encore besoin d'être perturbées. On l'avait menacé de mort s'il ne buvait pas d'un seul coup une canette de bière sans tout vomir ensuite. On l'avait sodomisé avec le canon d'un pistolet. On avait failli le faire basculer dans un précipice qui faisait bien trois cents mètres. Et surtout, pouvait-il rassembler suffisamment de courage pour ramper dans un trou percé au pied d'une montagne, un trou où il risquait de rencontrer Dieu savait quelles horreurs dans le noir ? Non, il ne pouvait pas. D'autres peut-être, mais pas La Poubelle. Et il y avait aussi une certaine logique dans sa décision de faire demi-tour. La logique du chien battu et du demi-fou, c'est vrai, mais une logique qui n'en possédait pas moins son charme pervers. Lui, il n'était pas sur une île. Il allait devoir marcher tout le reste de la journée et tout le lendemain pour trouver une route qui contourne les montagnes au lieu de les traverser ? Eh bien, il le ferait. Il retrouverait le Kid, c'est vrai, mais il n'était pas impossible que le Kid ait changé d'avis et qu'il soit déjà parti, malgré ce qu'il avait dit. Peut-être était-il ivre mort. Peut-être même (quoique La Poubelle doutât qu'une pareille chance puisse lui arriver) était-il tout simplement mort. Au pire, si le Kid était toujours là, La Poubelle pourrait attendre la nuit, puis se faufiler comme

(une belette)

un petit animal dans les fourrés. Puis il continuerait en direction de l'est, jusqu'à ce qu'il trouve la route qu'il cherchait.

Il retrouva le camion-citerne du haut duquel il avait vu pour la dernière fois le Kid et son coupé mythique. Cette fois, il ne grimpa pas sur le camion d'où sa silhouette se serait clairement découpée sur le ciel embrasé par le soleil couchant, mais se mit à ramper de voiture en voiture, essayant de ne faire aucun bruit. Le Kid montait probablement la garde. Et avec un type come le Kid, on ne savait jamais... mieux valait ne pas prendre de risques. La Poubelle se dit qu'il aurait bien fait de prendre le fusil d'un soldat, même s'il ne s'était jamais servi d'un fusil de toute sa vie. Il continuait à ramper et les gravillons s'enfonçaient dans sa pauvre main recroquevillée. Il était huit heures. Le soleil avait disparu derrière les montagnes.

La Poubelle s'arrêta devant le capot de la Porsche sur laquelle s'était écrasée la bouteille de whisky. Prudemment, il releva la tête. Oui, le coupé du Kid était là, avec sa peinture or, la bulle de son pare-brise, son aileron de requin fendant le ciel qui avait pris la couleur d'un œil au beurre noir. Le Kid était affalé derrière son volant orange fluorescent, les yeux fermés, la bouche ouverte. Et La Poubelle sentit son cœur tambouriner un victorieux chant de victoire dans sa poitrine. *Ivre mort !* proclamaient les battements de son cœur en scandant les syllabes. *Ivre mort ! Nom de Dieu ! Ivre mort !* et La Poubelle crut bien qu'il aurait le temps de faire au moins trente kilomètres avant que le Kid ne se remette de sa cuite.

Pourtant, il fallait être prudent. Il bondissait d'une voiture à l'autre, comme une demoiselle à la surface de l'eau paisible d'une mare, décida de contourner le coupé sur la droite, se faufila entre les voitures de plus en plus espacées maintenant. Le coupé était à neuf heures sur sa gauche. À sept. À six. Et maintenant, juste derrière lui. Mais pour s'éloigner de ce dingue...

— Bouge pas, connard de suceur de bites !

La Poubelle s'immobilisa, à quatre pattes. Il fit pipi dans son pantalon et son cerveau se transforma en un volettement paniqué d'oiseau fou.

Petit à petit, il se retourna. Les tendons de sa nuque craquaient comme les charnières d'une porte dans une maison hantée. Le Kid était là, debout, resplendissant dans une chemise moirée vert et or, un 45 dans chaque main et une horrible grimace de haine et de colère sur le visage.

— Je re-regardais simplement, s'entendit dire La Poubelle, pou-pour voir si tout allait bien pa-pa-par là.

— Ben voyons donc, tu regardes à quatre pattes maintenant, trou du cul. Je vais t'apprendre à danser. Debout !

Tant bien que mal, La Poubelle se remit sur ses pieds et parvint à y rester en s'agrippant à la poignée de la porte de la voiture qui se trouvait sur sa droite. Les deux canons jumeaux des 45 du Kid ressemblaient tout à fait aux deux trous du tunnel Eisenhower. C'était la mort qu'il regardait maintenant. Il le savait. Et les mots ne suffiraient pas à l'écarter cette fois-ci.

Silencieusement, il se mit à prier l'homme noir : *Par pitié... que ta volonté soit faite... je te donnerai ma vie !*

— Qu'est-ce qu'il y a là-bas ? demanda le Kid. Un accident ?

— Un tunnel. Complètement bloqué. C'est pour ça que je suis revenu, pour vous dire. S'il vous plaît...

— Un tunnel ? Foutre Jésus de nom de Dieu ! Tu te fous de ma gueule, pédale de mes deux ?

— *Non !* Je jure que non ! La pancarte dit tunnel Eisenhower. Je crois bien que c'est ça, parce que j'ai du mal à lire quand les mots sont un peu longs. Je...

— Ferme ton trou de balle. C'est loin ?

— Dix kilomètres, peut-être plus.

Tourné vers l'ouest, le Kid resta silencieux. Puis il fixa La Poubelle avec des yeux brillants.

— Tu essayes de me dire que le bouchon fait *huit kilomètres de long ?* Tu mens, tas de merde.

Le Kid arma ses deux pistolets. La Poubelle, croyant qu'il allait tirer, se mit à hurler comme une femme en se bouchant les yeux.

— *Je mens pas ! Je mens pas ! Je le jure ! Je le jure !*

Le Kid le regarda longtemps, puis finit par abaisser ses armes.

— Je vais te tuer, La Poubelle, dit-il en souriant. Je vais te trouer ta sale peau. Mais d'abord, tu vas retourner à l'endroit où on a failli pas passer, ce matin. Tu vas pousser le minibus dans le trou. Moi, je vais faire demi-tour et je trouverai bien le moyen de me tirer d'ici. Je vais sûrement pas laisser ma bagnole. Sûrement pas.

— S'il vous plaît, ne me tuez pas, murmura La Poubelle. S'il vous plaît.

— Si tu arrives à dégager le minibus en moins d'un

quart d'heure, peut-être pas, dit le Kid. T'as compris, ou faut que je te fasse un dessin ?

— J'ai compris, répondit La Poubelle.

Mais il avait bien regardé ces yeux de dingue et il ne crut pas un mot de ce que l'autre lui disait.

Et ils se mirent en route, La Poubelle devant le Kid, La Poubelle dont les jambes étaient en coton. Le Kid se dandinait derrière lui et le cuir de son blouson craquait doucement. Un vague sourire se dessinait sur ses lèvres de poupée.

Quand ils arrivèrent au minibus Volswagen, la nuit était presque tombée. Le minibus était couché sur le côté. Heureusement, la nuit tombait si vite qu'on ne voyait qu'à peine les cadavres des trois ou quatre occupants, fouillis de bras et de jambes entremêlés. Le Kid dépassa le minibus et s'arrêta sur l'accotement, regardant l'endroit où ils avaient bien failli rester dix heures plus tôt. On voyait encore la trace d'un pneu. Mais l'autre trace avait disparu avec le bas-côté.

— Non, pas moyen, dit le Kid, à moins de bouger un peu ce tas de ferraille. Ta gueule, c'est moi qui cause.

Un instant, La Poubelle eut envie de foncer sur le Kid et de le faire basculer dans le vide. Mais le Kid se retourna, les deux pistolets aux poings.

— Mais dis donc, La Poubelle, t'en as des vilaines idées dans ta petite tête. Et ne me dis pas le contraire. Tu me la feras pas à moi.

La Poubelle secoua énergiquement la tête pour protester.

— Me prends pas pour un con, La Poubelle. T'as vraiment pas intérêt. Maintenant, pousse le minibus. Grouille-toi. Je te donne un quart d'heure.

Une Austin se trouvait là, en travers de la ligne médiane. Le Kid ouvrit la portière du passager, sortit nonchalamment le cadavre gonflé d'une adolescente (quand son bras se détacha, il le lança derrière lui, comme un pique-niqueur distrait lance la cuisse de poulet qu'il vient de terminer), puis il s'assit dans le siège baquet, les pieds sur la chaussée. Commodément installé, il fit un geste amical avec ses deux pistolets dans la direction de La Poubelle qui attendait, la tête rentrée dans les épaules, tremblant de tous ses membres.

— Tu perds du temps, ma petite poule.

Puis le Kid renversa la tête en arrière et se mit à chanter :

— Tiens... voilà Johnny qui se pointe, la bite à la main, Johnny qui n'a qu'une couille, Johnny qui part au rodéo... Très bien, La Poubelle, tas de merde, au boulot, il te reste douze minutes seulement... en avant, marche ! Allez enfoiré de mes deux, oh... hisse !

La Poubelle s'appuya sur le minibus, arqua les jambes et poussa de toutes ses forces. Le minibus avança un peu, de cinq centimètres peut-être. Et dans son cœur, La Poubelle sentit renaître l'espoir — mauvaise herbe indestructible du cœur humain. Le Kid était complètement dingue, ce que Carley Yates et ses copains auraient appelé dingue comme une grenouille en rut. S'il arrivait à balancer le minibus dans le vide, s'il réussissait à dégager la voie pour le précieux coupé du Kid, le cinglé lui laisserait peut-être la vie sauve.

Peut-être.

Il baissa la tête, saisit le pare-chocs du minibus et poussa de toutes ses forces. Un éclair de douleur traversa son bras brûlé et il sut que la blessure à peine cicatrisée allait bientôt se rouvrir et que la douleur serait atroce.

Le minibus avança encore d'une dizaine de centimètres. La Poubelle était en nage. Une goutte de sueur tomba de son sourcil dans son œil, brûlante comme de l'huile de moteur.

— Tiens... voilà Johnny qui se pointe, la bite à la main, Johnny qui n'a qu'une couille, Johnny qui part au rodéo..., chantait le Kid. En avant, marche ! Oh... hisse !

La petite chanson se cassa net, comme une brindille sèche. La Poubelle leva les yeux, inquiet. Le Kid était sorti de l'Austin. Il était debout, tourné vers la pente rocailleuse et broussailleuse qui s'élevait derrière eux, masquant une bonne moitié du ciel.

— Bordel, qu'est-ce que c'était ? murmura le Kid.

— Je n'ai rien enten...

Puis il entendit quelque chose. Un petit bruit de pierre, de l'autre côté de la route. Et son rêve lui revint tout à coup, fulgurant, un souvenir qui lui glaça le sang et fit s'évaporer toute la salive de sa bouche.

— *Qui est là ?* cria le Kid. Répondez, nom de Dieu ! Répondez ou je tire !

Il obtint une réponse, mais pas d'une voix humaine. Un hurlement monta dans la nuit comme une sirène rauque, monta puis s'éteignit brusquement dans un grognement guttural.

— Merde alors ! fit le Kid d'une toute petite voix.

De l'autre côté de l'autoroute, des loups descendaient la pente, traversaient la bande médiane, des loups gris aux yeux rouges qui retroussaient leurs babines, découvrant des crocs menaçants. Ils étaient plus de deux douzaines. La Poubelle, perdu dans une extase de terreur, fit encore pipi dans son pantalon.

Le Kid fit le tour de l'Austin et tira deux fois. Des éclairs sortirent des deux canons et le bruit des coups de feu résonna dans les montagnes, comme un grondement de barrage d'artillerie. La Poubelle lança un cri et s'enfonça les doigts dans les oreilles. La fumée bleue de la poudre s'effilochait, emportée par la brise. L'odeur de la cordite lui piquait le nez.

Les loups continuaient à avancer, au petit trot, ni plus vite ni plus lentement que tout à l'heure. Leurs yeux... La Poubelle ne pouvait s'empêcher de regarder leurs yeux. Ce n'était pas des yeux de loups ordinaires, oh non. C'étaient les yeux du Maître, pensa-t-il. Leur Maître et le *sien*. Tout à coup, il se souvint de sa prière et la peur le quitta aussitôt. Il se déboucha les oreilles. Il oublia la grosse tache qui s'élargissait sur son pantalon. Et il se mit à sourire.

Le Kid avait vidé ses deux pistolets. Trois loups gisaient par terre. Il rengaina les 45 sans essayer de les recharger et se tourna vers l'ouest. Il fit une dizaine de pas, puis s'arrêta. D'autres loups s'avançaient, serpentant entre les voitures dans la nuit, comme des lambeaux de brume. L'un d'eux leva la tête et lança un hurlement. Puis un deuxième, un troisième. Et maintenant, tous hurlaient à la lune. Puis ils reprirent leur marche.

Le Kid reculait. Il essayait de recharger un de ses pistolets, mais ses doigts mous laissaient s'échapper les balles. Soudain, il renonça. Le pistolet tomba de sa main et rebondit sur la chaussée. Comme si c'était un signal, les loups se précipitèrent vers lui.

Avec un cri perçant de terreur, le Kid fit demi-tour et se précipita vers l'Austin. Son deuxième pistolet tomba par terre et rebondit sur la chaussée. Avec un grondement sourd, déchirant, un loup bondit sur lui au moment où il plongeait dans l'Austin et refermait la porte.

Il était temps. Le loup frappa contre la portière en grondant, faisant rouler ses horribles yeux rouges. D'autres vinrent le rejoindre et l'Austin fut bientôt encerclée. Derrière la vitre, le visage du Kid ressemblait à une petite lune blafarde.

Puis l'un des loups s'avança vers La Poubelle, baissant sa tête triangulaire, ses yeux scintillant dans la nuit comme deux lampes-tempête.

Je te donnerai ma vie...

D'un pas décidé, La Poubelle s'avança à la rencontre de la bête. Il lui tendit sa main brûlée et le loup la lécha. Puis la bête s'assit à ses pieds, sa grosse queue hirsute entre les jambes.

Le Kid le regardait, bouche bée.

La Poubelle se tourna vers lui, un sourire moqueur aux lèvres, puis lui fit un geste obscène avec l'index.

Avec l'index et le majeur.

— Va te faire foutre ! hurla-t-il. T'es enfermé ! Tu m'entends ? *T'AS COMPRIS, OU FAUT QUE JE TE FASSE UN DESSIN ? TA GUEULE, C'EST MOI QUI CAUSE !*

La gueule du loup se referma doucement sur la main droite de La Poubelle qui baissa les yeux. Debout à côté de lui, le loup le tirait doucement, l'entraînait vers l'ouest.

— D'accord, dit La Poubelle d'une voix très calme.
D'accord, on y va.

Il se mit à marcher et le loup lui emboîta aussitôt le
pas, comme un bon chien. Puis cinq autres vinrent les
rejoindre. La Poubelle avait maintenant son escorte, un
loup devant, un autre derrière, deux de chaque côté.

Il s'arrêta pour regarder derrière lui. Et jamais il
n'allait oublier ce qu'il vit : les loups étaient sagement
assis autour de la petite Austin, formant un cercle gris,
et derrière la vitre de la portière on voyait la bouche
du Kid s'ouvrir et se refermer au milieu de l'ovale
blafard de son visage. Les loups se léchaient les
babines, semblaient ricaner en regardant le Kid. On
aurait dit qu'ils se moquaient de lui, qu'ils lui deman-
daient s'il comptait toujours faire la peau de l'homme
noir. La Poubelle se demanda combien de temps ces
loups resteraient là, assis autour de la petite Austin,
encerclant le Kid de leurs dents menaçantes. Le temps
qu'il faudrait, naturellement. Deux jours, trois, peut-être
quatre. Le Kid allait rester assis derrière sa vitre. Rien
à manger (sauf s'il y avait eu un passager avec l'adolescente, naturellement), rien à boire, plus de cinquante
degrés dans la petite voiture quand le soleil frapperait
de plein fouet. Et les bons chiens de l'homme noir
attendraient que le Kid meure de faim, ou que la folie
lui fasse ouvrir la porte pour tenter de s'enfuir. La
Poubelle éclata de rire dans le noir. Le Kid n'était pas
très gros. À peine une bouchée pour chacun. Une bouchée qui les empoisonnerait peut-être.

— T'as compris ? cria-t-il aux étoiles. Ta gueule, c'est
moi qui cause, ou faut que je te fasse un dessin ! Enfoiré
de mes deux !

Ses compagnons trottinaient à côté de lui sans se soucier de ses hurlements. Lorsqu'ils arrivèrent à la hauteur
du coupé du Kid, le loup qui le suivait s'approcha de la
voiture, flaira l'un des énormes pneus Goodyear, puis,
avec un rictus sardonique, leva la patte et fit pipi. La
Poubelle éclata de rire, si fort que des larmes perlèrent au
coin de ses yeux, roulèrent le long de ses joues que dévo-

rait une barbe de plusieurs jours. Comme un plat qui mijote, sa folie n'attendait plus que le soleil du désert pour devenir complète, pour prendre enfin toute sa délicate saveur.

La Poubelle marchait, accompagné de son escorte. Les voitures étaient de plus en plus serrées sur la route et les loups rampaient silencieusement dessous, traînant le ventre sur la chaussée, ou grimpaient sur les toits et les capots — silencieux compagnons aux yeux si rouges, aux crocs si blancs. Quand ils arrivèrent au tunnel Eisenhower, un peu après minuit, La Poubelle n'eut pas d'hésitation et s'enfonça dans l'énorme gueule béante. De quoi aurait-il eu peur ? De quoi aurait-il pu avoir peur, entouré d'une pareille escorte ?

Mais la route était longue dans le noir et, presque aussitôt, il perdit la notion du temps. À tâtons, il passait d'une voiture à l'autre. Une fois, sa main s'enfonça dans quelque chose de mouillé et de mou. Un jet de gaz puant s'échappa en sifflant. Même alors, il ne vacilla pas. De temps en temps, il voyait des yeux rouges dans l'obscurité, devant lui, ces yeux rouges qui le conduisaient.

Puis il sentit que l'air se faisait plus frais et il pressa le pas. Il trébucha, perdit l'équilibre et se cogna la tête contre un pare-chocs Peu après, il leva les yeux et vit les étoiles qui pâlissaient dans l'aube naissante Il était sorti.

Ses gardiens s'étaient évanouis. Mais La Poubelle tomba à genoux et se lança dans une longue prière confuse, incohérente. Il avait vu à l'œuvre la main de l'homme noir, il l'avait vue de ses yeux.

Malgré tout ce qui lui était arrivé depuis qu'il s'était réveillé la veille pour découvrir le Kid en train d'admirer sa coiffure dans la glace de la chambre du Golden Motel, La Poubelle était trop énervé pour dormir. Il continua à marcher, laissant derrière lui le tunnel. La route était toujours encombrée de voitures mais, cinq kilomètres plus loin, elle commença à se dégager et il put avancer plus facilement. De l'autre côté de la bande médiane, les véhicules immobilisés s'étendaient à perte de vue devant l'entrée du tunnel.

À midi, il arriva à Vail, petite ville perdue au fond d'une vallée. La fatigue tomba sur lui d'un seul coup. Il cassa une vitre, ouvrit une porte, trouva un lit. Et il s'endormit aussitôt jusqu'au lendemain matin.

La folie religieuse a ceci de merveilleux qu'elle peut tout expliquer. Dès lors qu'on accepte Dieu (ou Satan) comme cause première de tout ce qui survient dans le monde mortel, rien n'est plus laissé au hasard. Dès lors que l'on maîtrise des phrases incantatoires comme « et maintenant nous voyons dans la nuit » ou « les voies de Dieu sont insondables », rien n'empêche plus de jeter la logique aux orties. La folie religieuse est l'un des rares moyens infaillibles de faire face aux caprices du monde, car elle élimine totalement le simple accident. Pour le véritable maniaque religieux, tout avait été prévu.

C'est fort probablement pour cette raison que La Poubelle parla à un corbeau pendant près de vingt minutes lorsqu'il sortit de Vail, convaincu que l'oiseau était un émissaire de l'homme noir... ou l'homme noir lui-même. Perché sur un fil de téléphonie, le corbeau le regarda longtemps en silence, puis finit par s'envoler, poussé par la fatigue ou la faim... à moins qu'il n'eût compris que les débordements de La Poubelle qui clamait les louanges de l'homme noir et lui promettait fidélité et loyauté étaient enfin terminés.

La Poubelle se trouva une autre bicyclette près de Grand Junction et, le 25 juin, il avait traversé l'ouest de l'Utah par la nationale 4 qui relie l'autoroute 89 à l'est à la grande artère du sud-ouest, l'autoroute 15 qui va du nord de Salt Lake City jusqu'à San Bernardino, en Californie. Et quand la roue avant de sa nouvelle bicyclette décida tout à coup de fausser compagnie au reste de la machine pour foncer toute seule dans le désert, La Poubelle pirouetta par-dessus son guidon et atterrit sur la tête, avec une violence qui aurait dû lui valoir une fracture du crâne (il roulait à plus de soixante à l'heure et ne portait pas de casque). Pourtant, moins de cinq minutes plus tard, il était debout, le visage couvert de sang, et reprenait sa petite danse incantatoire, sourire aux lèvres : *« Cibola, je te donne ma vie, Cibola, tam-tam boum ! »* Rien n'est plus réconfortant pour un esprit abattu ou pour un crâne fêlé qu'une bonne dose de « que Ta volonté soit faite ».

Le 7 août, Lloyd Henreid entra dans la chambre où l'on avait installé La Poubelle la veille, complètement déshydraté, presque comateux. C'était une belle chambre, au treizième étage du MGM Grand Hotel. Un lit circulaire, avec des draps de soie. Au plafond, un miroir lui aussi circulaire qui paraissait taillé au même diamètre que le lit.

La Poubelle regarda Lloyd.

— Comment ça va, La Poubelle ?

— Bien, beaucoup mieux.

— Un bon repas, une bonne nuit, c'est tout ce qu'il te fallait. Je t'ai apporté des vêtements propres. J'espère qu'ils sont à ta taille.

— Ça a l'air d'aller.

La Poubelle n'avait jamais pu se souvenir de sa taille. Il prit le jeans et la chemise que Lloyd lui tendait.

— Descends prendre le petit déjeuner quand tu seras habillé, dit Lloyd d'une voix étrangement respectueuse. Nous mangeons généralement à la cafétéria.

— D'accord.

Dans la cafétéria, c'était un bourdonnement continu de conversations. La Poubelle s'arrêta à la porte, tout à coup rempli de terreur. Ils allaient tous le regarder quand il entrerait. Ils allaient le regarder et éclater de rire. Quelqu'un aurait le fou rire, tout au fond de la salle. Un autre l'imiterait. Et bientôt, tous allaient éclater de rire en le montrant du doigt.

Hé, planquez vos allumettes, voilà La Poubelle !

Hé, La Poubelle ! Qu'est-ce qu'elle a dit la vieille Sample quand t'as brûlé son chèque de pension ?

T'as bien pissé dans ton lit, La Poubelle ?

La sueur perlait sur son front et il se sentit gluant, même s'il avait pris une douche quelques minutes plus tôt. Il se souvenait de son visage dans le miroir de la salle de bain, son visage couvert de croûtes qui séchaient lentement, de son corps émacié, de ses yeux trop petits dans leurs orbites creuses. Oui, ils allaient rire. Il écouta le bourdonnement des conversations, le tintement des couverts, et pensa qu'il valait mieux filer.

Puis il se souvint du loup qui lui avait pris la main, si gentiment, qui lui avait montré la route, laissant derrière lui la tombe de métal du Kid. La Poubelle redressa les épaules et entra.

Quelques personnes levèrent les yeux, puis reprirent leurs conversations. Lloyd, assis à une grande table au milieu de la salle, lui faisait signe d'approcher. La Poubelle se faufila entre les tables. Trois hommes étaient assis avec Lloyd. Tous mangeaient du jambon et des œufs brouillés.

— Sers-toi, dit Lloyd. Il y a un buffet, là-bas.

La Poubelle prit un plateau et se servit. Debout derrière le buffet, un homme en tenue de cuisinier, plutôt sale, l'observait.

— Vous êtes monsieur Horgan ? demanda timidement La Poubelle.

— Ouais, répondit Horgan avec un grand sourire édenté, mais c'est pas comme ça qu'il faut m'appeler, mon gars. Je m'appelle Whitney. Ça va mieux aujourd'hui ? T'avais l'air drôlement mal foutu quand t'es arrivé.

— Ça va beaucoup mieux.

— Prends donc des œufs. Tant que t'en veux. Mais si j'étais toi, j'irais mollo avec les frites. Elles sont plutôt dégueulasses. Content de te voir en tout cas.

— Merci.

Et La Poubelle revint à la table de Lloyd.

— La Poubelle, voici Ken DeMott. Le chauve, c'est Hector Drogan. Et ce petit mec qui essaye de se faire pousser une balayette de chiottes au-dessous du nez s'appelle l'As.

Ils le saluèrent tous en inclinant la tête.

— C'est le nouveau, expliqua Lloyd. Il s'appelle La Poubelle.

La Poubelle serra la main de tout le monde et attaqua ses œufs. Puis il se tourna vers le jeune homme à la petite moustache et demanda très poliment :

— Vous voulez bien me passer le sel, s'il vous plaît, monsieur l'As ?

Les autres se regardèrent, étonnés, puis éclatèrent de rire. La Poubelle sentit la panique monter en lui, puis il entendit les rires et comprit qu'ils n'étaient pas méchants. Personne n'allait lui demander pourquoi il n'avait pas brûlé l'école au lieu de l'église. Personne n'allait se foutre de lui à propos du chèque de pension de la vieille Semple. Il pouvait sourire lui aussi, s'il en avait envie. Ce qu'il fit.

— *Monsieur l'As,* répéta Hector Drogan entre deux éclats de rire. Ça, te fera les pieds, As. *Monsieur l'As,* j'adore. *Môôôsieur l'As.* Ça, c'est vraiment bien trouvé.

L'As tendit la salière à La Poubelle.

— Appelle-moi l'As tout court, mon pote. Ça suffit amplement.

— D'accord, répondit La Poubelle en souriant. Pas de problème.

— Môôôsieur l'As, gloussait Heck Drogan en prenant une petite voix de fausset. As, je te jure que je vais pas l'oublier, celle-là.

— En tout cas, c'est pas ça qui va m'empêcher de bouffer, dit l'As en se levant pour aller reprendre des œufs.

En passant, sa main se referma un instant sur l'épaule de La Poubelle. Une main chaude, solide. Une main amicale qui ne faisait pas mal.

La Poubelle sentit une vague de chaleur s'emparer de lui. Une chaleur qui lui était si étrangère qu'il crut presque être malade. Et, tout en mastiquant, il commença à comprendre. Il leva les yeux, regarda ces visages autour de lui, et se dit que — oui — il comprenait maintenant.

C'était le bonheur.

Quels braves types, pensa-t-il.

Et tout de suite après : *Je suis chez moi.*

Il passa le reste de la journée à dormir. Le lendemain, on l'emmena au barrage de Boulder en autocar avec un groupe. Toute la journée, il bobina du fil de cuivre sur des rotors qui avaient grillé. Il travaillait devant un établi d'où il voyait l'eau — le lac Mead — et personne ne le surveillait. La Poubelle se dit que, s'il n'y avait pas de contremaître, c'est que tout le monde adorait son travail, comme lui l'adorait déjà.

Mais il apprit le lendemain qu'il s'était trompé.

Il était dix heures et quart du matin. La Poubelle était assis sur son établi, toujours en train de bobiner du fil, l'esprit à des millions de kilomètres de ses doigts qui travaillaient tout seuls. Il composait dans sa tête un psaume à la louange de l'homme noir. Et il s'était dit qu'il devrait se procurer un gros livre (un Livre) pour noter ce qu'il pensait de *lui*. Un Livre que les gens liraient plus tard. Les gens qui sentaient la même chose que La Poubelle.

Ken DeMott s'approcha de l'établi. Il était pâle. Il avait l'air terrorisé.

— Viens. C'est fini pour aujourd'hui. On rentre à Las Vegas. Tout le monde. Les bus attendent.

— Ah bon ? Pourquoi ?

— Je sais pas. Ce sont *ses* ordres. Lloyd nous a

informés. Magne-toi le cul, La Poubelle. Vaut mieux pas poser de questions.

Si bien qu'il n'en posa pas. Dehors, trois autobus scolaires attendaient, moteurs au ralenti. Des hommes et des femmes montaient. On ne parlait pas beaucoup. Et le trajet du retour, alors qu'il n'était pas midi, se fit dans un silence qui étonna La Poubelle. Pas de bousculade, presque pas de conversations, rien des habituelles taquineries entre la vingtaine de femmes et la trentaine d'hommes qui composaient le groupe. Tous semblaient s'être enfermés derrière un mur de silence.

Ils étaient presque arrivés quand La Poubelle entendit un homme assis de l'autre côté de l'allée dire à voix basse à son voisin :

— C'est Heck. Heck Drogan. Nom de Dieu, comment ça se fait qu'il sait tout celui-là ?

— Tais-toi, répondit l'autre en lançant un regard méfiant à La Poubelle.

La Poubelle détourna les yeux et regarda par la fenêtre. Une fois de plus, son pauvre esprit était troublé.

— Mon Dieu, soupira l'une des femmes en descendant de l'autobus.

Mais elle n'en dit pas plus.

La Poubelle regardait autour de lui, étonné. Tout le monde était là, tous ceux qui vivaient à Cibola. On les avait rappelés, à l'exception des quelques éclaireurs qui sillonnaient le pays, quelque part entre la basse Californie et l'ouest du Texas. Ils étaient rassemblés en demi-cercle autour de la fontaine, sur six ou sept rangs, plus de quatre cents en tout. Ceux qui se trouvaient derrière étaient montés sur des chaises pour mieux voir et La Poubelle crut que c'était la fontaine qu'ils regardaient. Puis il s'approcha, tendit le cou et vit qu'il y avait quelque chose sur la pelouse, devant la fontaine, mais il voyait mal ce que c'était.

Une main le prit par le coude. C'était Lloyd. Il était blanc comme un linge.

— Je te cherchais. *Il* veut te voir plus tard. En attendant, il faut faire ce truc. Crois-moi, j'aime pas ça. Allez viens. J'ai besoin d'aide et on t'a élu.

Tout tourbillonnait dans la tête de La Poubelle. *Il* voulait le voir ! *Lui !* Mais avant, il y avait ce... mais qu'est-ce que c'était ?

— Qu'est-ce que tu dis, Lloyd ? Qu'est-ce que c'est ?

Lloyd ne répondit pas. Il tenait toujours La Poubelle par le coude, le poussait vers la fontaine. La foule s'écarta pour les laisser passer, créant devant eux un étroit corridor qui semblait enveloppé dans une couche glacée de peur et de mépris.

Whitney Horgan était debout devant la foule. Il fumait une cigarette. Son pied chaussé d'un Hush Puppies était posé sur l'objet que La Poubelle n'avait pas pu distinguer tout à l'heure. C'était une croix de bois, longue d'environ quatre mètres, semblable à un T.

— Tout le monde est là ? demanda Lloyd.

— Ouais, répondit Whitney, je crois bien. Winky a fait l'appel. Neuf types sont en balade. Flagg a dit que ça n'avait pas d'importance. Comment ça va, Lloyd ?

— Ça ira, répondit Lloyd. J'aime pas trop, tu sais — mais ça ira.

Whitney se tourna vers La Poubelle.

— Qu'est-ce qu'il sait, celui-là ?

— Je sais rien, répondit La Poubelle, de plus en plus perdu. Qu'est-ce que c'est ? Quelqu'un disait que Heck...

— Ouais, c'est Heck, répondit Lloyd. Il s'envoyait en l'air dans son petit coin. Foutue connerie, sacrée foutue connerie. Allez, Whitney, dis-leur de l'amener.

Whitney s'éloigna en enjambant un trou rectangulaire qui s'ouvrait dans le sol. Ses parois étaient cimentées. Il semblait avoir exactement la dimension voulue pour recevoir le pied de la croix. Quand Whitney escalada au petit trot les larges marches qui montaient entre les deux pyramides dorées, La Poubelle sentit sa salive sécher dans sa bouche. Il se tourna tout à coup, vit d'abord la foule silencieuse qui attendait en croissant sous le ciel bleu, puis Lloyd, pâle et silencieux lui aussi, qui regardait la croix en faisant éclater un bouton d'acné sur son menton.

— Vous... vous le clouez ? réussit enfin à dire La Poubelle. C'est ça ?

Lloyd chercha quelque chose dans la poche de sa chemise.

— Tu sais, j'ai quelque chose pour toi. *Il* m'a dit de te la donner. Tu n'es pas obligé de la prendre. Heureusement que j'ai pas oublié. Tu la veux ?

Il sortit de sa poche une petite chaîne d'or à laquelle pendait une pierre noire, du jais. La pierre était marquée en son centre d'un point rouge, comme celle de Lloyd. Il la fit balancer devant les yeux de La Poubelle, comme le pendule d'un hypnotiseur.

La Poubelle lisait la vérité dans les yeux de Llyod, une vérité si claire qu'il ne pouvait pas ne pas la comprendre, et il sut qu'il ne pourrait jamais pleurer et se mettre à plat ventre — pas devant *lui,* pas devant un autre non plus, mais certainement pas devant *lui* — et prétendre qu'il n'avait pas compris. *Prends cela, et tu prends tout,* disaient les yeux de Lloyd. *Ce que je veux dire ? Heck Drogan, bien sûr. Heck et le trou cimenté, le trou juste assez grand pour la croix de Heck.*

Il tendit lentement la main, mais s'arrêta juste avant que ses doigts ne touchent la chaîne d'or.

C'est ma dernière chance. Ma dernière chance d'être encore Donald Merwin Elbert.

Mais une autre voix, plus forte (douce pourtant, comme une main fraîche sur un front brûlant), lui disait que l'heure des choix était depuis longtemps passée. S'il choisissait d'être Donald Merwin Elbert, il allait mourir. C'est librement qu'il était parti à la recherche de l'homme noir (s'il existe une liberté pour les poubelles du monde), qui avait accepté ses faveurs. L'homme noir lui avait sauvé la vie quand il avait fait la rencontre du Kid (que l'homme noir puisse avoir *envoyé* le Kid dans cette intention précise ne lui traversa jamais l'esprit), et donc il devait sa vie à ce même homme noir... une dette envers cet homme que certains ici appelaient le Promeneur. Sa vie ! Ne l'avait-il pas offerte lui-même, maintes et maintes fois ?

Mais ton âme... as-tu aussi offert ton âme ?

Trop tard maintenant, pensa La Poubelle et, tout doucement, il prit d'une main la chaîne d'or, de l'autre la pierre noire, froide et lisse. Il la garda quelque temps dans le creux de sa main pour voir s'il parvenait à la réchauffer. Il ne croyait pas pouvoir y parvenir, et il avait raison. Il la mit donc autour de son cou où elle toucha sa peau, comme une petite boule de glace.

Mais cette sensation glacée n'était pas désagréable.

Cette sensation glacée calmait le feu qu'il sentait déjà dans sa tête.

— T'as qu'à te dire que tu le connais pas, dit Lloyd. Je veux parler de Heck. C'est toujours comme ça que je fais. C'est plus facile. C'est...

Deux des grandes portes de l'hôtel s'ouvrirent brutalement. On entendit des hurlements hystériques. La foule poussa un soupir.

Neuf hommes descendaient l'escalier. Hector Drogan était au centre. Il se débattait comme un tigre pris dans un filet. Son visage était d'une pâleur mortelle, à l'exception de deux taches de fièvre sur ses pommettes. La sueur coulait à flots sur tout son corps. Il était nu comme un ver. Cinq hommes le tenaient. L'un d'eux était l'As, le jeune type dont Heck s'était gentiment moqué.

— As ! balbutiait Hector. As, qu'est-ce que tu fous ? Tu vas pas me laisser tomber ? Dis-leur d'arrêter — je vais changer, je le jure, je vais changer. Une dernière petite chance ! *Je t'en prie,* As !

L'As ne dit rien et serra plus fort le bras de Heck qui se débattait toujours. La réponse était claire et Hector Drogan se remit à hurler. Il fallut le traîner jusqu'à la fontaine.

Derrière lui, en cortège comme de lugubres croque-morts, trois hommes suivaient : Whitney Horgan, qui portait un grand sac ; Roy Hoopes, armé d'un escabeau ; et enfin Winky Winks, un chauve qui clignait constamment les yeux. Winky tenait une petite planchette sur laquelle était fixée une feuille de papier.

On traîna Heck jusqu'au pied de la croix. Une horrible odeur de terreur émanait de son corps ; ses yeux roulaient dans leurs orbites, découvrant le blanc sale des globes, les yeux d'un cheval laissé dehors en plein orage.

— Hé ! La Poubelle ! dit-il d'une voix rauque quand Roy Hoopes installa son escabeau derrière lui. La Poubelle ! Dis-leur d'arrêter. Dis-leur que je vais changer. Dis-leur qu'ils m'ont flanqué une sacrée trouille, que ça suffit comme ça. Dis-leur, s'il te plaît.

La Poubelle regarda par terre. Quand il se pencha en avant, la pierre noire fit un petit mouvement de pendule et il la vit devant ses yeux. L'éclat rouge, l'œil, semblait le regarder fixement.

— Je ne te connais pas, murmura-t-il.

Du coin de l'œil, il vit Whitney mettre un genou à terre, cigarette au coin de la bouche, l'œil gauche fermé à cause de la fumée. Il ouvrit le sac. Il en sortit de gros clous de bois. Horrifié, La Poubelle se dit qu'ils étaient presque aussi gros que des piquets de tente. Il les posa sur le gazon, puis sortit un maillet de son sac.

Malgré le murmure de la foule, la réponse de La Poubelle avait apparemment percé le brouillard de panique qui enveloppait le cerveau de Hector Drogan.

— Comment ça, que tu m'connais pas ? cria-t-il. On a pris le petit déjeuner ensemble il y a deux jours ! Et celui-là, tu l'as appelé monsieur l'As. *Qu'est-ce que tu veux dire, que tu m'connais pas, espèce de petit salopard de menteur ?*

— Je ne vous connais pas du tout, répéta La Poubelle, un peu plus fort cette fois.

Et il se sentit soulagé. Devant lui, il ne voyait plus qu'un étranger, un étranger qui ressemblait un peu à Carley Yates. Sa main se serra sur la pierre noire. Le froid de la pierre le rassura encore.

— *Espèce de menteur !* hurla Heck qui recommença à se débattre, tous les muscles tendus, la sueur dégoulinant

76

sur sa poitrine, le long de ses bras. *Espèce de menteur !*
Tu me connais ! Sale menteur !

— Non, je ne vous connais pas. Je ne vous connais
pas et je ne *veux* pas vous connaître.

Heck hurlait comme un fou. Haletants, ses quatre gardiens avaient du mal à le retenir.

— Allez-y, dit Lloyd.

L'un des gardiens fit un croc-en-jambe à Heck qui s'effondra en travers de la croix. Pendant ce temps, Winky
avait commencé à lire pour la foule le message tapé à la
machine sur la feuille de papier, si fort que sa voix couvrit
les hurlements de Heck comme le sifflement d'une scie
mécanique.

— Attention, attention, attention ! Par décision de
Randall Flagg, Chef du Peuple et Premier Citoyen, cet
homme, Hector Alonzo Drogan, coupable d'avoir
consommé de la drogue, sera exécuté par crucifixion.

— *Non ! Non ! Non !*

Le bras gauche de Heck, luisant de sueur, échappa à
l'As. Sans réfléchir, La Poubelle s'agenouilla et écrasa de
tout son poids le poignet de Heck sur le bois de la croix.
Une seconde plus tard, Whitney était à genoux à côté de
La Poubelle, armé de son gros maillet et de deux grands
clous. La cigarette pendait toujours au coin de sa bouche.
On aurait dit un homme en train de réparer une clôture
au fond de sa cour.

— C'est ça, très bien, tiens-le comme ça, La Poubelle.
Je vais le clouer. Ça va prendre une minute.

— L'usage de la drogue est strictement interdit dans
la Société du Peuple car la drogue empêche celui qui
la consomme de contribuer pleinement à la Société du
Peuple, lisait Winky d'une voix saccadée, comme s'il
vendait des bestiaux à la criée, et ses yeux papillotaient
follement pendant sa lecture. Dans le cas particulier,
l'accusé, Hector Drogan, a été trouvé en possession
d'un matériel chimique et d'un stock important de
cocaïne.

Les hurlements de Heck avaient maintenant pris une
telle intensité qu'ils auraient sans doute fait voler en

éclats un verre de cristal, s'il y en avait eu un aux alentours. L'écume aux lèvres, il donnait de grands coups avec sa tête. Des rivières de sang couraient le long de ses bras quand les cinq hommes et La Poubelle redressèrent la croix et la firent descendre dans le trou cimenté. Et maintenant, la silhouette d'Hector Drogan se découpait sur le ciel, la tête renversée en arrière, le visage déformé par un rictus de douleur.

— ... pour le bien de la Société du Peuple, continuait Winky, imperturbable, en guise d'avertissement solennel. Salutations au peuple de Las Vegas. Que ce message soit cloué au-dessus de la tête du mécréant et qu'il soit marqué du sceau du Premier Citoyen, *RANDALL FLAGG*.

— *Mon Dieu, j'ai mal !* hurlait Hector Drogan du haut de sa croix. *Mon Dieu, mon Dieu, mon Dieu, mon Dieu, mon Dieu !*

La foule resta là près d'une heure, chacun craignant d'être le premier à partir. Le dégoût se lisait sur de nombreux visages, une sorte d'excitation hébétée sur de nombreux autres... mais s'il existait un dénominateur commun, c'était la peur.

La Poubelle n'avait pas peur. Pourquoi aurait-il eu peur ? Il ne connaissait pas cet homme.

Il ne le connaissait pas du tout.

Il était dix heures et quart, ce soir-là, quand Lloyd revint dans la chambre de La Poubelle.

— Tu es encore habillé. Parfait. Je pensais que tu t'étais peut-être déjà couché.

— Non. Pourquoi ?

La voix de Lloyd se fit plus basse.

— Maintenant, La Poubelle. Il veut te voir. Flagg.

— Il...

— Oui.

La Poubelle était transporté de bonheur.

— Où ça ? Je lui donnerai ma vie, oh oui...

— Au dernier étage, répondit Lloyd. Il est arrivé

quand nous avons terminé de brûler le corps de Drogan. Il venait de la côte. Whitney et moi, on avait fini de reboucher la fosse quand on l'a vu. Personne ne le voit venir, La Poubelle, mais tout le monde sait quand il s'en va ou quand il revient. Allez, on y va.

Quatre minutes plus tard, l'ascenseur s'arrêta au dernier étage et La Poubelle en sortit, rayonnant, les yeux écarquillés. Lloyd resta dans la cabine.

— Tu ne..., dit La Poubelle en se tournant vers lui.

Lloyd se força pour esquisser un sourire.

— Non, il veut te voir tout seul. Bonne chance, La Poubelle.

Avant que La Poubelle puisse répondre, la porte de l'ascenseur s'était refermée et Lloyd n'était plus là.

La Poubelle se retourna. Il se trouvait dans un large couloir, somptueusement décoré. Deux portes... et celle du fond s'ouvrait lentement. Il faisait noir, mais La Poubelle put voir une forme dans l'embrasure de la porte. Et des yeux. Des yeux rouges.

Le cœur battant, la bouche sèche, La Poubelle s'avança vers la forme. Et l'air parut devenir de plus en plus froid. La Poubelle sentit qu'il avait la chair de poule sur ses bras brûlés par le soleil. Quelque part au fond de lui, très profond, le cadavre de Donald Merwin Elbert se retourna dans sa tombe et lança un grand cri.

Puis ce fut à nouveau le silence.

— La Poubelle, fit une voix grave et chaleureuse. Comme je suis content de te voir.

Et les mots tombèrent comme des grains de poussière de la bouche de La Poubelle :

— Je... je vous donnerai ma vie.

— Oui, dit la forme d'une voix rassurante, et La Poubelle vit s'écarter deux lèvres, découvrant des dents d'une blancheur éclatante. Mais nous n'en sommes pas encore là. Entre donc. Laisse-moi te regarder.

Les yeux brillants, le visage impassible comme celui

d'un somnambule, La Poubelle entra. La porte se referma, et ce fut l'obscurité. Une main terriblement chaude se referma sur le poignet glacé de La Poubelle... et tout à coup, il se sentit en paix.

— Une tâche t'attend dans le désert, La Poubelle. Une grande tâche. Si tu le veux.

— Ce que vous voudrez, murmura La Poubelle. Tout.

Randall Flagg le prit par les épaules.

— Tu vas aller brûler. Allez, viens, allons en parler devant un verre.

Et ce fut un très bel incendie.

49

Quand Lucy Swann se réveilla, il était minuit moins le quart à la montre Pulsar qu'elle portait au poignet. Des éclairs de chaleur illuminaient le ciel, à l'ouest, du côté des montagnes — les *Rocheuses,* précisa-t-elle mentalement, un peu impressionnée, elle qui n'avait jamais été plus à l'ouest que Philadelphie où vivait son beau-frère. Avait vécu, plus exactement.

L'autre moitié du sac de couchage double était vide ; et c'était cela qui l'avait réveillée. Elle pensa se retourner et se rendormir — il reviendrait se coucher quand il en aurait envie — mais décida finalement de se lever et se dirigea sans bruit vers le côté ouest du camp où elle croyait le trouver. Elle marchait à pas de loup et personne ne l'entendit. Sauf le juge, naturellement ; il était de garde de dix heures à minuit, et personne n'aurait pu surprendre le juge Farris en train de dormir quand il était de garde. Le juge avait soixante-dix ans et il s'était joint à leur groupe à Joliet. Ils étaient dix-neuf maintenant, quinze adultes, trois enfants et Joe.

— Lucy ? fit le juge d'une voix basse.

— Oui. Est-ce que vous avez vu...

Un petit gloussement étouffé.

— Oui, naturellement. Il est au bord de la route, comme hier soir, comme avant hier.

Elle s'approcha de lui et vit sa bible ouverte sur ses genoux.

— Vous allez vous faire mal aux yeux.

— Pas du tout. La lumière des étoiles est la meilleure pour ce genre de bouquin. Peut-être la seule d'ailleurs. Qu'est-ce que vous pensez de ça ? « *N'est-ce pas un service de soldat que fait le mortel sur terre, et ses jours ne sont-ils pas des jours de mercenaire ? Tel un esclave aspirant après l'ombre, et tel un mercenaire attendant son salaire, ainsi ai-je hérité de mois de déception, et des nuits de peine me sont échues.* »

— Super, dit Lucy sans trop d'enthousiasme. Vraiment joli.

— Non, ce n'est pas joli. Il n'y a rien de très joli dans le Livre de Job, Lucy, dit le juge en refermant sa bible. « *Des nuits de peine me sont échues.* » C'est le portrait de votre ami, Lucy, le portrait de Larry Underwood.

— Je sais, soupira-t-elle. Si seulement je savais ce qui le tracasse.

Le juge, qui avait sa petite idée là-dessus, ne répondit rien.

— Ce n'est sûrement pas à cause des rêves, reprit-elle, nous ne rêvons plus maintenant, sauf peut-être Joe. Et Joe est... différent.

— Oui, c'est vrai. Pauvre garçon.

— Tout le monde est en pleine forme. Du moins, depuis la mort de Mme Vollman.

Deux jours après le juge, un homme et une femme qui s'étaient présentés comme Dick et Sally Vollman étaient venus grossir le groupe de Larry et de ses compagnons. Lucy s'était dit qu'il était extrêmement peu probable que la grippe ait épargné un homme et sa femme. Elle en avait déduit qu'ils n'étaient sans doute pas vraiment mariés et qu'ils ne se connaissaient que depuis très peu de temps. Ils étaient tous les deux dans la quarantaine, et manifestement très épris l'un de l'autre. Et puis, il y avait de cela une semaine, chez la vieille dame, à Hemingford Home, Sally Vollman était tombée malade. Ils étaient restés là-bas deux jours, attendant qu'elle se rétablisse ou qu'elle meure. Elle était morte. Dick Vollman était toujours avec eux, mais il n'était plus le même à présent — silencieux, pensif, pâle.

— Il a vraiment très mal pris sa mort, vous ne croyez pas ? demanda-t-elle au juge Farris.

— Larry est un homme qui s'est trouvé relativement tard, répondit le juge en s'éclaircissant la gorge. En tout cas, c'est l'impression qu'il me donne. Et les hommes qui se découvrent tard ne sont jamais sûrs d'eux. Ils sont exactement ce que les manuels d'instruction civique nous disent qu'un bon citoyen doit être : engagés, mais jamais fanatiques ; respectueux des faits, sans jamais vouloir les déformer à leur convenance ; mal à l'aise dans un poste de commandement, mais rarement capables de décliner cette responsabilité lorsqu'elle leur est offerte... ou imposée. Dans une démocratie, ce sont les meilleurs chefs, car ils ne risquent pas d'aimer le pouvoir pour le pouvoir. Tout au contraire. Et quand les choses tournent mal... quand une Mme Vollman meurt...

Le juge s'interrompit.

— Et si c'était le diabète ? reprit-il un instant plus tard. Ce n'est pas impossible. La peau cyanosée, le coma rapide... Oui, c'est possible. Mais alors, où était son insuline ? S'est-elle laissée mourir ? Était-ce un suicide ?

Le juge s'arrêta encore, les mains sous le menton. Perdu dans ses pensées, il ressemblait à un oiseau de proie.

— Vous alliez dire quelque chose...

— Oui, quand les choses tournent très mal, quand une Sally Vollman meurt, du diabète, d'une hémorragie interne, d'autre chose, un homme comme Larry se sent responsable. Ces hommes connaissent rarement une fin heureuse. Melvin Purvis, le super-agent du FBI dans les années trente, s'est tué avec son arme de service en 1959. Quand Lincoln a été assassiné, il était déjà un vieillard avant l'âge, sur le point de faire une dépression nerveuse. À la télévision, nous avons tous vu les présidents s'user de mois en mois, et même de semaine en semaine — sauf Nixon, naturellement, Nixon qui vivait du pouvoir comme un vampire vit du sang de ses victimes, et Reagan, sans doute un peu trop stupide pour jamais vieillir. Gerald Ford était peut-être de la même espèce.

— Je pense qu'il y a autre chose, dit Lucy d'une voix triste.

Il lui lança un regard interrogateur.

— Comment disiez-vous tout à l'heure ? *Des nuits de peine me sont échues ?*

Le vieil homme hocha la tête.

— La description d'un homme amoureux, vous ne croyez pas ?

Il la regarda, surpris qu'elle ait su depuis le début ce qu'il ne voulait pas dire. Lucy haussa les épaules et sourit — tressaillement amer de ses lèvres.

— Les femmes savent ces choses-là, dit-elle. Les femmes savent presque toujours.

Avant qu'il n'ait eu le temps de répondre, elle était déjà repartie vers la route, là où Larry était sûrement assis, en train de penser à Nadine Cross.

— Larry ?

— Je suis là. Qu'est-ce que tu fais ?

Larry était assis en tailleur au bord de la route, comme s'il méditait.

— J'avais froid. Tu me fais un peu de place ?

— Bien sûr.

Il se poussa un peu. La grosse pierre sur laquelle il s'était installé avait conservé un peu de la chaleur du jour. Lucy s'assit. Il la prit par les épaules. Selon les calculs de Lucy, ils devaient se trouver à environ quatre-vingts kilomètres à l'est de Boulder. S'ils repartaient à neuf heures demain matin, ils arriveraient dans la Zone libre de Boulder pour le déjeuner.

C'était l'homme de la radio, Ralph Brentner, qui l'appelait la Zone libre de Boulder. Et il avait expliqué (avec un peu de gêne) que la « Zone libre de Boulder » était essentiellement un indicatif radio. Mais Lucy aimait ce nom, un joli nom qui faisait penser à un nouveau départ. Nadine Cross l'avait adopté avec une ferveur presque religieuse, comme un talisman.

À Stovington, Larry, Nadine, Joe et Lucy avaient trouvé le centre épidémiologique complètement désert. Trois jours plus tard, Nadine leur avait proposé de se procurer une radio C.B. et d'écouter systématiquement les quarante canaux. Larry avait aussitôt accepté son idée — comme il acceptait d'ailleurs presque toutes ses idées, pensa Lucy. Mais elle ne comprenait pas du tout Nadine Cross. Larry était amoureux d'elle, c'était évident, mais Nadine ne semblait rien vouloir savoir de lui. On aurait même dit qu'elle cherchait à l'éviter.

En tout cas, Nadine avait eu une excellente idée, même si le cerveau dans lequel elle avait germé semblait aussi gelé que le Grand Nord (sauf lorsqu'il s'agissait de Joe). La C.B. serait le moyen le plus facile de localiser d'autres groupes et de les rejoindre, avait expliqué Nadine.

Ce qui avait entraîné une assez longue discussion. Ils étaient six maintenant, avec Mark Zellman, un soudeur qui vivait autrefois au nord de l'État de New York, et Laurie Constable, une infirmière de vingt-six ans. Une discussion qui avait mal tourné lorsqu'ils avaient reparlé de leurs rêves.

Laurie avait commencé par dire qu'ils savaient tous *exactement* où ils allaient. Ils suivaient Harold Lauder et son groupe, en route pour le Nebraska. Pas de doute. Et s'ils allaient là-bas, c'était pour la même raison que lui. La force de ces rêves était tout simplement trop grande pour qu'on puisse les ignorer.

Après quelques échanges d'arguments, Nadine était devenue complètement hystérique. Elle, elle ne rêvait pas. Point final. Si les autres voulaient jouer à l'auto-hypnose, tant mieux pour eux. Tant qu'il y avait une raison plus ou moins valable d'aller au Nebraska, par exemple la pancarte du Centre de Stovington, pas de problème. Mais elle voulait qu'il soit parfaitement clair qu'elle ne croyait pas un mot de toutes ces histoires métaphysiques. Et s'ils n'y voyaient pas d'inconvénient, elle préférait faire confiance aux radios plutôt qu'aux visions.

Mark s'était tourné vers Nadine en lui souriant gentiment.

— Mais si tu ne rêves pas, comment ça se fait que tu parlais en dormant hier soir ? Tu m'as même réveillé.

Nadine était devenue blanche comme un linge.

— Tu veux dire que je suis une menteuse ? Si c'est ça, il y en a un de nous qui est de trop ici !

Joe s'était blotti contre elle en pleurnichant. Larry avait essayé de calmer les choses. Oui, la C.B. était une bonne idée. En fait, depuis à peu près une semaine, ils captaient des messages qui venaient, non pas du Nebraska (abandonné avant leur arrivée — ils l'avaient su dans leurs rêves — mais les rêves eux-mêmes s'étaient estompés, s'étaient faits de moins en moins pressants), mais de Boulder, au Colorado, mille kilomètres à l'ouest — des signaux émis par le puissant émetteur de Ralph.

Lucy se souvenait encore de la joie de ses compagnons lorsqu'ils avaient entendu la voix nasillarde de Ralph Brentner, avec son accent traînant de l'Oklahoma, à moitié couverte par les parasites : « Ici Ralph Brentner, Zone libre de Boulder. Si vous m'entendez, répondez sur le canal 14. Je répète, canal 14. »

Ils entendaient Ralph, mais leur radio n'était pas assez puissante pour lui répondre. Ils s'étaient rapprochés cependant et, depuis ce premier message, ils avaient appris que la vieille femme, celle qu'on appelait Abigaël Freemantle (mais pour Lucy elle était toujours mère Abigaël), et son groupe étaient arrivés les premiers. Depuis, d'autres étaient venus les rejoindre, deux, trois, parfois trente personnes d'un coup. Et ils étaient deux cents à Boulder quand Brentner avait reçu leur premier message. Tout à l'heure, quand ils s'étaient parlé — ils étaient maintenant à portée d'antenne de leur C.B. — le groupe de Ralph comptait plus de trois cent cinquante personnes. Avec leur propre groupe, ils seraient bientôt près de quatre cents.

— À quoi penses-tu ? dit Lucy en posant la main sur le bras de Larry.

— Je pensais à cette montre et à la mort du capitalisme, répondit-il en montrant sa montre Pulsar. Autrefois, c'était pousse-toi de là que je m'y mette — et celui qui poussait le plus fort finissait par avoir la Cadillac bleu, blanc, rouge et la montre Pulsar. Maintenant, c'est la vraie démocratie. Toutes les Américaines peuvent avoir leur Pulsar à affichage numérique et leur manteau de vison.

— Peut-être. Mais je vais te dire quelque chose, Larry. Je ne suis peut-être pas très forte sur ces histoires de capitalisme et tout le reste, mais je peux te dire que cette montre de mille dollars ne vaut absolument rien.

— Ah bon ? Et pourquoi ?

Il l'avait regardée en souriant, surpris, et elle avait été heureuse de voir son sourire.

— Parce que plus personne ne sait l'heure qu'il est. Il y a quatre ou cinq jours, j'ai demandé l'heure à M. Jackson, à Mark et à toi. Vous m'avez tous donné des heures différentes et vous m'avez dit que vos montres s'étaient arrêtées au moins une fois... tu as entendu parler de ce laboratoire où on calculait l'heure pour le monde entier ? J'ai lu un article là-dessus, chez un médecin. C'était formidable. À la micro-micro-seconde près. Ils avaient des pendules, des horloges solaires, tout. Et maintenant, je pense à cet endroit, et je deviens folle. Toutes les horloges du labo sont sûrement arrêtées. Et moi, j'ai une Pulsar de mille dollars qui ne peut plus me donner l'heure juste, à la seconde près. À cause de la grippe. À cause de cette saleté de grippe.

Elle se tut et ils restèrent un moment silencieux. Puis, Larry montra quelque chose dans le ciel.

— Regarde !

— Quoi ? Où ?

— À trois heures... à deux heures maintenant.

Elle regarda, mais ne vit pas ce qu'il lui montrait. Il colla alors ses deux mains chaudes sur ses joues pour lui faire tourner la tête. Cette fois, elle vit, et sa gorge se serra. Un éclat de lumière, comme une étoile, mais fixe, qui traversait rapidement le ciel d'est en ouest.

— Mon Dieu ! s'exclama-t-elle. Un avion ! C'est bien un avion ?

— Non. Un satellite. Il va continuer à tourner là-haut pendant sept cents ans, probablement.

Ils regardèrent le petit point de lumière disparaître derrière la masse sombre des Rocheuses.

— Larry ? fit-elle tout bas. Pourquoi Nadine ne veut-elle pas admettre qu'elle rêve ?

Elle le sentit se raidir imperceptiblement et elle regretta aussitôt sa question. Mais le mal était fait. Autant continuer...

— Elle dit qu'elle ne rêve pas.

— Mais elle rêve sûrement — Mark avait raison. Elle parle en dormant. Tellement fort qu'elle m'a réveillée une nuit.

Il la regardait.

— Et qu'est-ce qu'elle disait ? demanda-t-il après un long silence.

Lucy réfléchit, essayant de se souvenir.

— Elle se retournait dans son sac de couchage et répétait : « Non, c'est si froid, non, je ne veux pas, c'est si froid, si froid. » Ensuite, elle a commencé à s'arracher des cheveux. Elle s'arrachait les cheveux. Et elle gémissait. J'ai eu froid dans le dos.

— Les gens font des cauchemars, Lucy. Ça ne veut pas dire qu'ils rêvent de... qu'ils rêvent de *lui*.

— Mieux vaut ne pas trop parler de *lui* dans le noir, non ?

— Je crois que tu as raison.

— On dirait qu'elle va craquer, Larry. Tu comprends ce que je veux dire ?

— Oui.

Il savait. Elle prétendait ne pas rêver, mais les cernes bruns qui s'étaient formés sous ses yeux depuis qu'ils étaient arrivés à Hemingford Home la trahissaient. Ses splendides cheveux avaient visiblement blanchi. Et quand on la touchait, elle sursautait. Elle avait *peur*.

— Tu l'aimes, c'est ça ? dit Lucy.

— Oh, Lucy..., répondit-il d'une voix où l'on sentait comme un reproche.

— Non, je veux simplement que tu saches... je dois te

le dire. J'ai vu comment tu la regardais... comment elle te regarde parfois, quand tu es occupé... quand il n'y a pas de danger. Elle t'aime, Larry. Mais elle a peur.

— Peur de quoi ? Peur de *quoi* ?

Il se souvenait de ce jour où il avait essayé de lui faire l'amour, trois jours après le fiasco de Stovington. Depuis, elle était devenue renfermée — joyeuse parfois, mais elle se forçait manifestement. Joe dormait. Larry était allé s'asseoir à côté d'elle et ils avaient parlé quelques minutes, pas de leur situation actuelle, mais de l'époque d'autrefois, quand tout était différent. Larry avait essayé de l'embrasser. Elle l'avait repoussé, avait tourné la tête, et Larry avait senti ces choses dont Lucy venait lui parler. Il avait essayé encore, doux et brutal à la fois, lui qui la voulait tellement. Un instant, elle s'était abandonnée à lui, lui avait montré comment elle aurait pu être si...

Mais elle s'était écartée aussitôt, livide, les bras croisés sur ses seins, les mains serrant ses coudes, la tête basse.

— *Ne refais plus jamais ça, Larry. S'il te plaît. Ou je devrais m'en aller avec Joe.*

— *Pourquoi ? Pourquoi, Nadine ? Pourquoi en faire toute une histoire ?*

Elle n'avait pas répondu. Elle était restée là, tête basse, avec ses cernes violacés qui commençaient déjà à se dessiner sous ses yeux.

— *Si je pouvais, je te le dirais,* avait-elle répondu finalement avant de s'éloigner sans jeter un regard derrière elle.

— J'ai eu une amie qui lui ressemblait beaucoup, dit Lucy. Elle s'appelait Joline. Joline Majors. Elle n'était pas au lycée avec moi. Elle avait abandonné ses études pour se marier. Son type était dans la marine. Elle était enceinte quand ils se sont mariés, mais elle a fait une fausse couche. Le type était souvent parti, et Joline... aimait bien s'amuser. Elle aimait ça, mais son mari était très jaloux. Alors, il lui a dit que, s'il découvrait un jour qu'elle faisait des trucs derrière son dos, il lui casserait les deux bras et lui esquinterait la figure. Tu imagines sa vie ? Ton mari rentre et te dit : « Bon, je m'en vais pour quelques semaines, ma chérie. Tu m'embrasses, on va batifoler un petit peu dans le foin, et puis, pendant que j'y pense, si j'apprends à mon retour que tu n'as pas été très sage, je te casse les deux bras et je t'esquinte la figure. »

— Oui, pas terrible.

— Alors, un peu plus tard, elle rencontre un type. Prof de gym au lycée de Burlington. Ils font leurs petites affaires, toujours en regardant derrière eux pour voir s'il y a quelqu'un. Je ne sais pas si son mari les faisait espionner, mais au bout d'un certain temps ça n'avait plus d'importance. Au bout d'un certain temps, Joline a complètement perdu la boule. Dès qu'elle voyait un type en train d'attendre l'autobus au coin de la rue, elle pensait que c'était un ami de son mari. Ou le représentant qui les voyait prendre une chambre dans un motel minable. Ou le flic qui leur indiquait la route pour trouver un endroit où pique-niquer. Finalement, elle poussait un cri dès que le vent faisait claquer une porte. Elle sursautait chaque fois que quelqu'un montait l'escalier. Et comme elle vivait dans un immeuble où il y avait sept petits appartements, il y avait toujours quelqu'un en train de monter l'escalier. Herb, son type, a fini par avoir peur et l'a laissée tomber. Il n'avait pas peur du mari de Joline — il avait peur d'*elle*. Juste avant le retour de son mari, Joline a fait une dépression. Tout ça, simplement parce qu'elle aimait un peu trop faire l'amour... et parce qu'il était dingue de jalousie. Nadine me fait penser à cette fille, Larry. J'ai de la peine pour elle. J'ai l'impression que je ne l'aime pas tellement, mais j'ai quand même de la peine pour elle. Elle a vraiment l'air d'avoir des problèmes.

— Est-ce que tu essayes de me dire que Nadine a peur de moi comme ta copine avait peur de son mari ?

— Peut-être. Mais une chose est sûre — si Nadine a un mari, il n'est pas ici avec nous.

Larry eut un petit rire gêné.

— On devrait aller se coucher. On va avoir une journée difficile demain.

— Oui, répondit-elle, persuadée qu'il n'avait pas compris un mot de ce qu'elle lui avait dit.

Et, tout à coup, elle éclata en sanglots.

— Mais qu'est-ce qui se passe ? dit Larry en essayant de la prendre par le cou.

Elle se dégagea brutalement.

— Tu as eu ce que tu voulais avec moi ! Pas la peine de faire ton cirque !

Il restait encore en lui suffisamment du Larry d'autrefois pour qu'il se demande si les autres l'avaient entendue.

— Lucy, je n'ai jamais voulu te forcer.

— Ce que tu peux être *stupide !* cria-t-elle en lui donnant un coup de pied. Les hommes sont stupides ! Pour vous, tout est noir ou tout est blanc. Non, tu ne m'as jamais forcée. Je ne suis pas comme *elle.* Si tu essayes de la forcer, elle va te cracher en pleine figure et serrer les cuisses. Les filles comme moi, je sais comment les hommes les appellent. On voit ça écrit partout dans les toilettes publiques, si mes renseignements sont exacts. Mais tout ce que je veux, c'est de l'affection. J'ai *besoin* d'affection. J'ai besoin qu'on m'aime. C'est mal ?

— Non. Pas du tout. Mais, Lucy...

— Tu dis non, mais tu continues à cavaler derrière la Miss aux yeux pochés. En attendant, tu as toujours la petite Lucy pour faire la planche quand il fait noir.

Il ne répondit rien. C'était vrai. Absolument vrai. Et il était trop fatigué pour discuter. Elle parut le comprendre. Son visage s'adoucit et elle posa la main sur son bras.

— Si tu y arrives, Larry, je serai la première à applaudir. Je ne suis pas rancunière. Essaye... essaye seulement de ne pas être trop déçu.

— Lucy...

— Figure-toi que je pense que l'amour est très important, qu'il n'y a plus que ça ; autrement, c'est la haine ; ou pire, le vide.

Elle avait parlé d'une voix tout à coup très forte, amère, et Larry sentit un frisson dans son dos.

— Mais tu as raison, reprit-elle d'une voix plus douce. Il est tard. Je vais me coucher. Tu viens ?

— Oui, répondit-il en la prenant dans ses bras. Je t'aime de mon mieux, Lucy.

Et il l'embrassa en la serrant contre lui.

— Je sais, fit-elle avec un sourire las. Je sais, Larry.

Cette fois, lorsqu'il posa la main sur son épaule, elle le laissa faire. Ils retrouvèrent ensemble leur sac de couchage, firent maladroitement l'amour et s'endormirent.

Nadine se réveilla comme un chat dans le noir une vingtaine de minutes après que Larry Underwood et Lucy Swann eurent retrouvé leur sac de couchage, dix minutes après qu'ils eurent fini de faire l'amour.

Comme une enclume qui sonne sous les coups de marteau, la terreur chantait dans ses veines.

Quelqu'un me désire, pensa-t-elle en écoutant les battements affolés de son cœur ralentir peu à peu. Ses yeux, grand ouverts et remplis de l'obscurité de la nuit, étaient fixés sur les branches d'un orme qui cisaillaient le ciel de leurs ombres. *C'est bien cela. Quelqu'un me désire. C'est vrai.*

Mais... il fait si froid.

Ses parents et son frère étaient morts dans un accident de voiture quand elle avait six ans ; elle n'était pas allée avec eux ce jour-là chez sa tante et son oncle, préférant rester jouer avec une petite voisine. C'était surtout son frère qu'elle aimait. Un frère qui n'était pas comme *elle,* l'enfant naturel volé dans un berceau d'orphelinat à l'âge de quatre ans et six mois. Les origines de son frère étaient parfaitement claires. Son frère était *bien à eux,* sonnerie de trompettes s'il vous plaît. Alors que Nadine n'avait jamais été et ne serait jamais qu'à Nadine. Elle, l'enfant de la terre.

Après l'accident, elle était allée habiter avec sa tante et son oncle, seuls parents qu'il lui restait. Les montagnes Blanches, dans l'est du New Hampshire. Elle se souvenait qu'ils l'avaient emmenée en excursion dans le petit tortillard du mont Washington pour son huitième anniversaire.

Elle avait saigné du nez, à cause de l'altitude, et ils s'étaient fâchés. Oncle et Tante étaient trop vieux, la cinquantaine bien avancée quand elle avait eu ses seize ans, l'année où elle s'était mise à courir sur l'herbe humide de rosée, au clair de lune — la nuit de l'ivresse, une nuit où les rêves suintaient de l'air frais, comme une poussière d'étoiles. Une nuit d'amour. Et si le garçon l'avait rattrapée, elle l'aurait laissé prendre ce qu'il voulait. Quelle importance, s'il l'avait attrapée ? Ils avaient couru, n'était-ce pas là la seule chose importante ?

Mais il ne l'avait pas rattrapée. La lune s'était cachée derrière un nuage. La rosée était devenue froide, désagréable, terrifiante. Dans sa bouche, le vin avait pris un goût de salive acide, aigre sur sa langue. Une sorte de métamorphose s'était produite, et elle avait senti qu'elle *devait* attendre.

Où était-il donc, son fiancé, l'homme noir auquel elle était promise ? Dans quelle rue, sur quelle route de terre, arpentant la nuit, tandis que derrière les fenêtres les conversations anodines découpaient le monde en petits segments propres, bien rationnels ? Quels vents glacés étaient les siens ? Combien de bâtons de dynamite dans son sac usé jusqu'à la corde ? Qui savait quel était son nom à lui quand elle avait seize ans ? Qui savait son âge ? Où vivait-il ? Quelle mère l'avait tenu contre son sein ? Elle ne savait qu'une chose, qu'il était orphelin comme elle, que son heure n'avait pas encore sonné. Les routes qu'il parcourait n'étaient même pas encore construites, et elle n'osait qu'à peine y poser le pied. Le carrefour où ils se rencontreraient était loin, très loin. C'était un Américain, elle le savait, un homme qui aimait le lait et la tarte aux pommes, un homme qui apprécierait la simplicité d'un tissu à carreaux. Il était chez lui en Amérique, mais ses manières étaient secrètes, les manières du fugitif, de l'homme qui se cache, de l'homme à qui l'on remet des messages codés en vers. C'était l'autre, l'autre visage, l'homme noir, le Promeneur, et ses bottes éculées faisaient sonner les chemins parfumés des nuits d'été.

Qui sait quand le fiancé viendra ?

Elle l'avait attendu, intacte. À seize ans, elle avait failli commettre la faute. Et une autre fois, à l'université. Elle et lui s'étaient séparés, étonnés et fâchés, comme Larry maintenant qui sentait ces étranges carrefours dans son âme, point de rendez-vous mystique et inéluctable.

Boulder était le lieu où les chemins se séparaient.

L'heure était proche. *Il* l'avait appelée, l'invitait à venir.

Ses études terminées, elle s'était plongée dans le travail, avait loué une maison avec deux autres jeunes filles. Qui étaient-elles ? À vrai dire, elles changeaient souvent. Seule Nadine restait. Elle était agréable avec les jeunes gens que ramenaient ses compagnes. Mais elle n'avait jamais connu de jeune homme. Sans doute parlaient-ils d'elle, future vieille fille, peut-être même pensaient-ils qu'elle était tout simplement une lesbienne un peu trop prudente. Ce n'était pas cela. Elle était simplement...

Intacte.

Elle attendait.

Elle avait eu parfois l'impression que les choses allaient changer. Elle rangeait les jouets dans la salle de classe silencieuse à la fin de la journée et s'arrêtait tout à coup, les yeux inquiets, oubliant l'ours en peluche qu'elle tenait dans la main. Et elle pensait : *Les choses vont changer... un grand vent va souffler.* Il lui arrivait alors de regarder derrière elle comme un animal traqué. Puis cette idée s'envolait et elle se mettait à rire, d'un rire nerveux.

Ses cheveux avaient commencé à grisonner dès sa seizième année, l'année où le garçon l'avait poursuivie sans l'attraper — quelques mèches d'abord, très visibles au milieu de tout ce noir, pas gris, non, le mot n'était pas juste... des mèches *blanches,* complètement *blanches.*

Des années plus tard, des étudiants l'avaient invitée à une soirée. Les lumières étaient tamisées et des couples n'avaient pas tardé à se former. La plupart des filles — Nadine était du nombre — ne comptaient pas rentrer chez elles ce soir-là. Oui, sa décision était prise... mais quelque chose l'avait empêchée d'aller plus loin, une fois de plus. Et le lendemain, dans la froide lumière du matin, à sept heures tapant, quand elle s'était regardée dans la glace de la salle de bain, elle avait vu que le blanc avait encore progressé, apparemment en une seule nuit — bien que ce fût naturellement impossible.

Les années avaient passé ainsi, saisons de sécheresse. Pourtant, elle avait eu des sensations, oui, des sensations, et parfois, en plein cœur de la nuit, elle se réveillait à la fois chaude et froide, baignée de sueur, délicieusement consciente de son corps dans la tranchée de son lit, rêvant d'une débauche de sexe dans une sorte de caniveau, et elle se vautrait dans un liquide chaud, jouissait et mordait de toutes ses forces. Le lendemain, quand elle se levait, elle s'avançait vers la glace et s'étonnait de voir encore d'autres mèches blanches.

Pendant toutes ces années, elle n'avait cessé d'être Nadine Cross, extérieurement : douce, gentille avec les enfants, excellente institutrice, célibataire. À une époque, une telle femme aurait fait parler d'elle dans une petite ville, mais les temps avaient changé. Et sa beauté était si singulière qu'il paraissait tout à fait normal qu'elle soit simplement qui elle était.

Mais bientôt les choses allaient changer.

Dans ses rêves, elle avait commencé à connaître son fiancé, à le comprendre un peu, même si elle n'avait jamais vu son visage. Il était celui qu'elle attendait. Elle voulait aller à lui... et elle ne voulait pas. Elle était faite pour lui, mais il la terrisait.

Puis Joe était arrivé, et après lui, Larry. Les choses étaient devenues terriblement compliquées. Elle avait eu l'impression d'être une sorte de prix qu'on se disputait dans une lutte acharnée. Elle savait que l'homme noir voulait qu'elle soit pure, qu'elle soit vierge. Que si elle laissait Larry (ou un autre homme) la posséder, le sombre enchantement prendrait fin aussitôt. Mais elle se sentait attirée par Larry. Elle voulait qu'il la prenne — une fois de plus, elle avait voulu aller jusqu'au bout. Qu'il la

prenne, et qu'on en finisse, une bonne fois. Elle était
lasse, et Larry était un type bien. Elle avait trop attendu
l'autre, durant de trop longues années de sécheresse.

Mais Larry n'était pas un type bien... du moins, c'est
ce qu'elle avait cru au début. Elle avait repoussé ses premières avances avec mépris, comme une jument chasse
une mouche d'un coup de queue. Elle se souvenait qu'elle
avait alors pensé : *S'il ne pense qu'à ça, qui pourrait me
reprocher de ne pas vouloir de lui ?*

Pourtant, elle l'avait suivi. C'était vrai. Mais elle cherchait désespérément la compagnie d'autres personnes, pas
simplement à cause de Joe, mais parce qu'elle en était
presque arrivée au point d'abandonner l'enfant pour partir
toute seule à l'ouest, à la recherche de l'homme. Pourtant
elle se sentait responsable de Joe, héritage de toutes ces
années passées à travailler avec des enfants, et elle n'avait
pu s'y résoudre... sachant aussi que, si elle l'abandonnait,
Joe mourrait certainement.

*Dans un monde où tant sont morts, être la cause d'une
nouvelle mort est certainement le plus impardonnable des
crimes.*

Si bien qu'elle était partie avec Larry qui, tout compte
fait, valait mieux que rien, ou que personne.

Mais il s'était trouvé que Larry Underwood était beaucoup plus que rien ou que personne — il était comme une
de ces illusions d'optique (peut-être même pour lui-même)
qui vous font croire que l'eau est peu profonde, à peine
quelques centimètres, mais quand vous plongez la main
dedans, tout à coup votre bras est mouillé jusqu'à l'épaule.
D'abord, la manière dont il avait appris à connaître Joe.
Ensuite, la manière dont Joe l'avait accepté. Enfin, sa
propre réaction à elle, sa jalousie face à cette relation
qu'elle voyait grandir entre Joe et Larry. À Wells, dans le
magasin de motos, Larry avait tout misé sur l'enfant, et il
avait gagné.

S'ils n'avaient pas eu les yeux fixés sur la trappe du
réservoir d'essence, ils auraient vu sa bouche s'arrondir
en un *oh* de totale surprise. Elle était là, debout, incapable
de faire un geste, les yeux braqués sur le métal scintillant

du levier, attendant qu'il tressaille, puis qu'il tombe. Elle attendait les hurlements de Larry. Mais ce n'est que lorsque tout avait été fini qu'elle l'avait véritablement compris.

Puis la trappe s'était soulevée et elle avait dû admettre son erreur, une erreur totale de jugement. Ainsi Larry connaissait Joe mieux qu'elle, sans aucune formation particulière, sans le temps d'apprendre vraiment à connaître l'enfant. Rétrospectivement, elle voyait bien à quel point l'épisode de la guitare avait été important, avec quelle rapidité il avait fondamentalement défini les relations de Larry et de Joe. Et quel était l'essentiel de cette relation ?

La dépendance, naturellement — quoi d'autre aurait pu provoquer cette brusque bouffée de jalousie qu'elle avait sentie en elle ? Que Joe soit dépendant de Larry, c'était somme toute normal, acceptable. Mais ce qui la perturbait, c'est que Larry était également dépendant de Joe, avait besoin de Joe alors qu'elle n'en avait pas besoin... *et Joe le savait.*

S'était-elle trompée à propos de Larry ? Oui, sans doute. Cette nervosité, cet égocentrisme n'était qu'un vernis. N'était-ce pas grâce à lui qu'ils étaient restés ensemble tout au long de cet interminable voyage ?

La conclusion était claire. Elle laisserait Larry lui faire l'amour. Mais une partie d'elle-même était encore promise à l'autre homme... et faire l'amour avec Larry reviendrait à tuer à tout jamais cette partie d'elle-même. Pouvait-elle le faire ? Elle n'en était pas sûre.

Et puis, elle n'était plus la seule à rêver de l'homme noir.

La chose l'avait d'abord troublée, puis effrayée. De la peur, c'est tout ce qu'elle avait ressenti lorsqu'elle n'avait eu que Joe et Larry autour d'elle ; mais lorsqu'ils avaient rencontré Lucy Swann, lorsqu'elle leur avait dit qu'elle faisait les mêmes rêves, la peur s'était transformée en folle terreur. Elle ne pouvait plus se dire que leurs rêves à eux *ressemblaient* aux siens. Et si tout le monde faisait ces mêmes rêves ? Si l'heure de l'homme noir était enfin venue — pas simplement pour elle, *mais pour tous ceux qui vivaient encore sur la planète*?

Cette idée, plus que toute autre, lui inspirait des émotions contradictoires — terreur irraisonnée, attraction irrésistible. Elle s'était désespérément accrochée à l'idée de retrouver des survivants à Stovington — symbole de certitude dans cette marée montante de magie noire qu'elle sentait tout envahir autour d'elle. Mais Stovington était désert, caricature du havre qu'elle s'était construit dans son imagination. Car au lieu de la certitude, c'est la mort qu'elle y avait trouvée.

À mesure qu'ils avançaient vers l'ouest, que leur groupe se faisait plus nombreux, l'espoir qu'elle avait eu que tout pourrait se terminer sans confrontation inévitable pour elle s'était peu à peu évanoui. Cet espoir était mort à mesure que Larry grandissait dans son estime. Il couchait maintenant avec Lucy Swann, mais quelle importance? C'était écrit. Les autres faisaient deux rêves opposés : l'homme noir et la vieille femme. La vieille femme paraissait représenter une sorte de force élémentaire, comme l'homme noir. La vieille femme était le pôle d'attraction autour duquel les autres peu à peu se regroupaient. Nadine n'avait jamais rêvé d'elle.

Elle n'avait rêvé que de l'homme noir. Et quand les rêves des autres avaient tout à coup disparu, aussi inexplicablement qu'ils étaient venus, ses propres rêves à elle avaient semblé grandir en force et en clarté.

Elle savait tant de choses qu'ils ignoraient. L'homme noir s'appelait Randall Flagg. À l'ouest, ceux qui s'opposaient à lui étaient crucifiés. Ou bien, on les rendait fous et on les lâchait pour qu'ils errent sans fin dans la chaleur infernale de la Vallée de la mort. Il y avait de petits groupes de techniciens à San Francisco et à Los Angeles, mais leur présence là-bas n'était que temporaire. Bientôt, ils se rendraient à Las Vegas où grandissaient les forces de l'homme noir. Pour lui, rien ne pressait. L'été tirait à sa fin. La neige obstruerait bientôt les cols des montagnes Rocheuses. Bien sûr, il y avait des chasse-neige. Mais ils ne pourraient mobiliser suffisamment d'hommes pour les conduire. Et il y aurait un long hiver, tout le temps de consolider ses forces. En avril... ou peut-être en mai...

Allongée dans le noir, Nadine regardait le ciel.

Boulder était son dernier espoir. La vieille femme était son dernier espoir. Les certitudes qu'elle avait espéré trouver à Stovington avaient commencé à prendre forme à Boulder. Ces gens-là étaient bons. Si seulement les choses pouvaient être aussi simples pour elle, prise dans un inextricable écheveau de désirs contradictoires...

Comme un accord de dominante inlassablement répété, elle était absolument convaincue que le meurtre dans ce monde dépeuplé était le plus grave des crimes et son cœur lui disait sans aucune équivoque possible que la mort était le domaine de Randall Flagg. Mais comme elle désirait son baiser froid — plus qu'elle n'avait désiré les baisers de ce garçon, quand elle avait seize ans, ou de cet autre, à l'université... plus même, craignait-elle, qu'elle ne désirait les baisers et l'amour de Larry Underwood.

Nous serons à Boulder demain, pensa-t-elle. *Peut-être saurais-je alors si mon voyage est terminé ou...*

Une étoile filante déchira le ciel et, comme un enfant, elle fit un vœu.

conduiraut HVA y aurait un John River, et le John y du
consolidaient-il restait-il veut, qui pourrait-il enan
Allonger dans le noir, son le corps qu'il le cret
Boulder-fray on faring espoi, la, seule le musela,
son dernier esson. Les actitudes qu'elle à vie eu'el

50

Le jour se levait, teintant le ciel d'un rose délicat. Stu Redman et Glen Bateman approchaient du sommet du mont Flagstaff, à l'ouest de Boulder où les premiers contreforts des Rocheuses surgissent de la plaine comme une vision de la préhistoire. Dans la lumière du petit matin, Stu pensa que les pins qui s'accrochaient aux parois nues et presque perpendiculaires ressemblaient à des veines sillonnant une main de géant jaillie de la terre. Plus à l'est, quelque part, Nadine Cross trouvait enfin le sommeil. Un sommeil agité.

— Je vais avoir mal à la tête cet après-midi, dit Glen. Il y a des années que je n'ai pas passé une nuit blanche à boire comme un trou, depuis le temps où j'étais étudiant.

— Le lever du soleil mérite bien ça, répliqua Stu.

— Oui, c'est magnifique. Vous connaissiez les Rocheuses ?

— Non, mais je suis bien content d'être ici, répondit Stu en levant sa bouteille de vin pour prendre une bonne gorgée. J'ai la tête qui tourne.

Il contempla le paysage, puis se retourna vers Glen avec un sourire en coin :

— Et maintenant ?

— Maintenant ? fit Glen en haussant les sourcils.

— Oui, maintenant. C'est pour ça que je suis monté avec vous ici. J'ai dit à Frannie : « Je vais le saouler comme une bourrique, et puis je vais voir ce qu'il a au fond de la tête. » Elle était d'accord.

— Figurez-vous, mon jeune ami, qu'il n'y a pas de marc au fond d'une bouteille de vin, répondit Glen avec un grand sourire.

— Non, mais elle m'a bien expliqué ce que vous faisiez autrefois. Sociologie. L'étude des interactions de groupes. Alors, j'aimerais bien avoir votre opinion.

— Ô toi qui aspires à la connaissance, il faudra d'abord me graisser la patte.

— Vous ne pensez qu'au fric, le prof. Si vous voulez, on va demain à la First National Bank de Boulder et je vous donne un million de dollars. D'accord ?

— Sérieusement, Stu, qu'est-ce que vous voulez savoir ?

— La même chose que le petit muet, Andros. Qu'est-ce qui va arriver maintenant ? Je ne sais pas comment vous poser la question autrement.

— Une société va se former, expliqua lentement Glen. De quel genre ? Impossible de le savoir pour le moment. Nous sommes déjà près de quatre cents. Au rythme des arrivées, je suppose que nous serons quinze cents d'ici le 1er septembre. Quatre mille cinq cents le 1er octobre et peut-être huit mille quand la neige commencera à tomber en novembre et que les routes seront fermées. Notez bien, c'est ma prévision numéro un.

Sous l'œil amusé de Glen, Stu sortit un carnet de la poche de son jeans et nota ce que le professeur venait de dire.

— J'ai du mal à vous croire, dit Stu. Nous venons de l'autre bout du pays et nous n'avons pas vu cent têtes de pipe.

— Oui, mais ils continuent à arriver. Vous n'êtes pas de cet avis ?

— Oui... à la goutte.

— À la quoi ? demanda Glen en souriant.

— À la goutte. Au compte-gouttes, si vous préférez. Ma mère parlait comme ça. Vous n'allez quand même pas en chier une pendule ?

— Plaise au ciel que je ne connaisse jamais le jour où je chierai une pendule sur la manière dont votre respectable mère s'exprimait, mon cher Stuart.

— Bon, ils arrivent, c'est sûr. Ralph est en contact avec cinq ou six groupes en ce moment, ce qui donnera un total de cinq cents à la fin de la semaine.

— Oui, et mère Abigaël est avec lui dans sa « station de radio », mais elle refuse de parler au micro. Elle a peur de recevoir une décharge.

— Frannie adore cette vieille dame. En partie parce qu'elle sait accoucher les femmes, en partie... parce qu'elle l'aime, c'est aussi simple que ça. Vous comprenez ?

— Oui. Nous pensons tous à peu près la même chose.

— Alors, vous dites huit mille au début de l'hiver ? C'est beaucoup.

— Question d'arithmétique. Disons que la grippe a rayé de l'état civil quatre-vingt-dix-neuf pour cent de la population. Peut-être moins. Mais prenons ce chiffre comme base. Si la grippe était mortelle à quatre-vingt-dix-neuf pour cent, elle a donc fait près de deux cent dix-huit millions de victimes, simplement dans ce pays. Oui, encore une fois, peut-être moins, mais mon chiffre ne doit pas être très loin de la vérité. Les nazis étaient loin du compte, hein ? Des rigolos !

— Mon Dieu, dit Stu d'une voix blanche.

— Ce qui nous laisse quand même plus de deux millions de personnes, un cinquième de la population de Tokyo avant l'épidémie, un quart de celle de New York. Dans ce pays seulement. Bien. Je pense aussi que dix pour cent de ces deux millions de personnes n'ont peut-être pas survécu très longtemps après l'épidémie. Celles que j'appellerais les victimes de l'effet boomerang. Comme le pauvre Mark Braddock avec son appendicite. Mais aussi les accidents, les suicides et les assassinats. Ce qui nous ramène à un million huit cent mille. Mais nous soupçonnons aussi l'existence d'un grand adversaire, n'est-ce pas ? L'homme noir dont nous rêvons tous. À l'ouest, quelque part. Sept États nous séparent de lui,

103

sept États qu'on pourrait légitimement appeler son terri-toire... *à condition* qu'il existe vraiment.

— Moi, je suis sûr qu'il existe.

— C'est ce que je pense également. Mais exerce-t-il sa domination sur toute la population de son territoire ? Je ne le crois pas, pas plus que mère Abigaël ne règne sur les quarante et un autres États du territoire continental des États-Unis. Il me semble que les choses ont évolué assez lentement jusqu'à présent, mais que cette phase touche à sa fin. Les gens se regroupent. Quand nous avons parlé de tout cela, au New Hampshire, je pensais à des dizaines de sociétés minuscules. Je n'avais pas tenu compte — car je l'ignorais alors — de l'effet d'attraction pratiquement irrésistible de ces deux rêves opposés. C'est un fait nouveau que personne n'aurait pu prévoir.

— Est-ce que vous voulez dire que nous allons nous retrouver avec neuf cent mille personnes dans notre camp, et *lui,* avec neuf cent mille dans le sien ?

— Non. D'abord, l'hiver va faire des dégâts. Ici natu-rellement, mais plus encore dans les petits groupes qui ne nous rejoindront pas avant les premières neiges. Vous vous rendez compte que nous n'avons pas un seul méde-cin dans la Zone libre ? Notre personnel médical se compose en tout et pour tout d'un vétérinaire et de mère Abigaël qui a oublié plus de remèdes de bonnes femmes que vous et moi n'avons jamais eu la chance d'en connaître. Vous les voyez vous installer une petite plaque d'acier dans le crâne si vous vous cognez un peu trop fort la tête ?

— Le bon vieux Rolf Dannemont sortirait probable-ment son Remington et me ferait un joli trou dans la tête.

— Je suppose que la population américaine ne dépas-sera pas un million six cent mille habitants au printemps prochain — dans la meilleure hypothèse. Sur ce nombre, j'aimerais penser que nous serons un million.

— Un million ! s'exclama Stu en regardant la ville de Boulder, presque déserte, qui s'étendait au fond de la val-lée, éclairée par les premiers rayons du soleil. Je n'arrive pas à le croire. La ville serait pleine à craquer.

104

— C'est vrai, elle sera trop petite. Je sais que c'est difficile à imaginer quand on voit toutes ces rues vides, mais c'est pourtant la vérité. Il faudra essaimer un peu plus loin. La situation sera en fait assez paradoxale : une énorme agglomération et le reste du pays, à l'est, totalement vide.

— Qu'est-ce qui vous fait penser que la plupart des survivants viendront avec nous ?

— Une raison qui n'a absolument rien de scientifique, reprit Glen en passant la main sur son crâne dégarni. J'aime à croire que la plupart des gens sont bons. Et je suis persuadé que celui qui est aux commandes à l'ouest est franchement mauvais. Mais j'ai dans l'idée que...

Il n'acheva pas sa phrase.

— Allez, crachez le morceau.

— D'accord, parce que je suis saoul. Mais ça doit rester entre nous, Stuart.

— C'est d'accord.

— J'ai votre parole ?

— Ma parole.

— J'ai l'impression que la plupart des techniciens vont se retrouver dans son camp. Ne me demandez pas pourquoi, ce n'est qu'une impression. Mais les techniciens aiment travailler dans une atmosphère très disciplinée, avec des buts bien précis. Ils aiment que les trains soient à l'heure. En ce moment, à Boulder, c'est la confusion totale. Chacun en fait à sa tête... et, comme auraient dit mes étudiants, c'est le bordel. Mais l'autre... je suis prêt à parier qu'avec lui les trains sont à l'heure et que tout le monde marche au pas de l'oie. Les techniciens sont des hommes comme les autres ; ils vont aller là où ils se sentiront chez eux. Je soupçonne que notre adversaire veut qu'ils soient aussi nombreux que possible. Tant pis pour les agriculteurs, il préfère sûrement quelques hommes capables de dépoussiérer les silos à missiles de l'Idaho. Même chose pour les tanks et les hélicoptères. Et pourquoi pas un bombardier B-52 ou deux, histoire de s'amuser un peu. Je ne pense pas qu'il en soit encore là — en fait, je suis sûr que non. Nous le saurions déjà. En ce moment, il en est sans doute encore à remettre les centrales électriques en marche, à rétablir les communications... peut-être a-t-il même commencé à faire une purge parmi les indécis. Rome ne s'est pas faite en un jour, et il le sait. Il a le temps. Mais, quand je vois le soleil se coucher le soir — c'est la vérité, Stuart, je ne rigole pas —, j'ai vraiment peur. Je n'ai plus besoin de faire des cauchemars pour avoir peur. Je n'ai qu'à penser à ces gens-là, de l'autre côté des Rocheuses, obéissants et travailleurs comme de bonnes abeilles ouvrières.

— Qu'est-ce qu'on devrait faire ?

— Vous voulez une liste ?

Syuart montra son carnet de notes. Sur la couverture rose phosphorescent, on voyait la silhouette de deux danseuses, et ces deux mots : COOL MAN !

— Oui, répondit Stu.

— Vous plaisantez ?

— Non, pas du tout. Vous l'avez dit vous-même, Glen, c'est le bordel ici. Je suis d'accord avec vous. On perd du temps. On peut pas rester comme ça sans rien foutre, à écouter la C.B. On risque de se réveiller un beau matin et de voir débouler ce type à la tête d'une colonne de tanks, avec couverture aérienne et tout le tremblement.

— Ce n'est pas pour demain.

— Non. Mais en mai ?

— Possible. Oui, tout à fait possible.

— Et alors, qu'est-ce qui va nous arriver ?

Glen se contenta de faire le geste d'appuyer sur une gâchette, puis il se précipita sur la bouteille de vin et but ce qui restait du précieux liquide.

— Vous voyez bien, reprit Stu. Il faut se mettre au boulot. Par où on commence ?

Glen ferma les yeux. Les rayons du soleil caressaient ses joues et son front ridés.

— D'accord. Alors voilà, Stu. Premièrement : recréer l'Amérique. Notre petite Amérique. Par tous les moyens, bons ou mauvais. Priorité absolue à l'organisation et au gouvernement. Si nous commençons tout de suite, nous aurons le gouvernement que nous voulons. Si nous attendons que la population triple, nous aurons des problèmes. Disons que nous convoquons une assemblée dans une semaine, c'est-à-dire le 18 août. Tout le monde y assiste. Avant la réunion, constitution d'un comité organisateur. Sept membres, par exemple. Vous, moi, Andros, Fran, Harold Lauder peut-être, quelques autres. Son travail consistera à établir l'ordre du jour de l'assemblée du 18 août. Et je peux déjà vous donner quelques points qui devront figurer dans cet ordre du jour, si vous voulez.

— Allez-y.

— Premièrement, lecture et ratification de la Déclaration de l'indépendance. Deuxièmement, lecture et ratification de la Constitution. Troisièmement, lecture et ratification de la Déclaration des droits du citoyen. Scrutin à main levée.

— Vous y allez fort, Glen, nous sommes tous des Américains...

— Non, c'est là où vous vous trompez, répondit Glen en ouvrant ses yeux injectés de sang. Nous ne sommes plus qu'une bande de survivants, sans aucun gouvernement. Un méli-mélo de groupes d'âges, de groupes religieux, de groupes de classes, de groupes ethniques. Le gouvernement est une *idée,* Stu. Rien de plus, une fois que vous supprimez les fonctionnaires et toute la merde. J'irais même plus loin. C'est une doctrine, rien d'autre qu'un sentier que l'habitude a gravé dans nos mémoires. Nous avons cependant un atout : l'inertie culturelle. La plupart des gens qui sont ici croient encore au gouvernement représentatif, à la république — ce qu'ils pensent être la « démocratie ». Mais l'inertie culturelle ne dure jamais longtemps. Au bout de quelque temps, ils vont commencer à réagir avec leurs tripes : le président est mort, le Pentagone est à louer, personne ne discute plus de rien à la chambre ni au sénat, sauf peut-être les termites et les cancrelats. Les gens vont vite comprendre que les structures d'autrefois ont bel et bien disparu, et qu'ils peuvent remodeler la société comme bon leur semble. Nous voulons — nous *devons* — les prendre en main avant qu'ils se réveillent et qu'ils fassent des bêtises.

Glen pointa le doigt vers Stu.

— Si quelqu'un se levait à l'assemblée du 18 août et proposait de donner le pouvoir absolu à mère Abigaël, avec vous et moi comme conseillers, et aussi le petit Andros, la proposition serait adoptée à l'unanimité. Personne ne se rendrait compte que nous viendrions de voter pour la première dictature américaine depuis l'époque de Huey Long.

— Je ne peux pas vous croire. Il y a des universitaires ici, des avocats, des gens qui ont fait de la politique...

— Autrefois. Maintenant, ce ne sont plus que des gens fatigués, des gens qui ont peur, qui ne savent pas ce qui va leur arriver. Certains protesteraient peut-être, mais ils la fermeraient quand vous leur diriez que mère Abigaël et ses conseillers se démettraient de leurs fonctions au bout de soixante jours. Non, Stu, c'est très important : la première chose que nous devons faire, c'est de ratifier l'*esprit* de l'ancienne société. C'est ce que je veux dire quand je parle de recréer l'Amérique. Et il faudra qu'il en soit ainsi tant que nous serons directement menacés par l'homme que nous appelons l'Adversaire.

— Continuez.

— D'accord. Deuxième point de l'ordre du jour : que le gouvernement fonctionne comme dans les villages de Nouvelle-Angleterre, au début de la colonisation. Démocratie directe. Tant que nous ne serons pas trop nombreux, le système fonctionnera très bien. À la place des édiles, nous aurons sept... comment les appeler ?... sept représentants. Représentants de la Zone libre. Vous trouvez que ça fait bien ?

— Très bien.

— Moi aussi. Et nous ferons en sorte que les représentants élus soient les mêmes que les membres du comité organisateur. Nous ne perdrons pas de temps et nous passerons au vote avant que les gens aient eu le temps de penser à leurs petits copains. Nous choisirons nous-mêmes ceux qui proposeront nos candidatures et la proposition passera comme une lettre à la poste.

— Vous avez pensé à tout.

— Évidemment, répondit Glen d'un air lugubre. Si vous voulez court-circuiter le processus démocratique, demandez comment faire à un sociologue.

— Ensuite ?

— Une proposition qui sera très populaire : « Il est décidé de donner à mère Abigaël le droit de veto sur toute décision proposée par le conseil. »

— Nom d'un chien ! Et vous croyez qu'elle sera d'accord ?

— Je pense que oui. Mais je ne crois pas qu'elle exerce son veto, du moins pas dans des circonstances que je peux prévoir actuellement. Nous ne pouvons tout simplement pas espérer avoir ici un gouvernement viable si nous faisons d'elle notre chef en titre. Elle représente tout ce que nous avons en commun. Nous avons eu tous une expérience paranormale qui tournait autour d'elle. Et elle a... elle a quelque chose en elle. Tout le monde se sert des mêmes adjectifs pour la décrire : bonne, gentille, douce, vieille, sage, droite. Tous ces gens ont eu un rêve qui leur fout une trouille de tous les diables, et un autre qui les rassure. Ils aiment celle qui est la source du rêve qui les rassure d'autant plus que l'autre les terrorise. Et nous pouvons parfaitement lui dire qu'elle n'est notre chef qu'en titre. Je suppose que c'est ce qu'elle veut de toute façon. Elle est vieille, fatiguée...

Stu secouait la tête.

— Elle est peut-être vieille et fatiguée, mais pour elle la lutte contre l'homme noir est une sorte de croisade religieuse. Elle n'est pas la seule à le penser d'ailleurs. Vous le savez bien, Glen.

— Vous croyez qu'elle pourrait prendre le mors aux dents ?

— Pas exactement. Mais après tout, c'est d'*elle* que nous avons rêvé, pas d'un conseil de représentants.

— Non, répondit Glen, rêves ou pas, je ne peux quand même pas croire que nous sommes tous des pions dans une sorte de jeu post-apocalyptique entre le Bien et le Mal. Ce serait quand même trop irrationnel !

— L'avenir nous le dira, dit Stu en haussant les épaules. Pour le moment, je pense que votre idée de lui donner le droit de veto est bonne. En fait, je crois que vous n'allez pas assez loin : nous devrions lui donner le pouvoir de proposer autant que celui de disposer.

— Oui, mais pas de pouvoir absolu de ce côté de la balance, s'empressa d'ajouter Glen.

— Non, ses idées devront être ratifiées par le conseil des représentants. Mais nous risquons de ne plus avoir rien d'autre à faire que d'approuver ses décisions, au lieu du contraire.

Il y eut un long silence. Glen réfléchissait, le front dans la main.

— Vous avez raison, dit-il finalement. Elle ne peut pas être une simple figurante... Au minimum, nous devons accepter la possibilité qu'elle ait ses idées à elle. Et c'est là où je dois remballer ma boule de cristal, mon vieux. Car mes collègues sociologues diraient sans doute d'elle qu'elle est à l'écoute de l'*autre*.

— Qu'est-ce que vous voulez dire ? Quel autre ?

— Dieu ? Thor ? Allah ? Aucune importance. Elle ne se laissera pas nécessairement influencer par les besoins de notre société, ni par les usages qu'elle adoptera. Elle écoutera une autre voix. Comme Jeanne d'Arc. Ce que vous venez de me faire comprendre, c'est que nous pourrions bien finir avec une théocratie sur les bras.

— Une théo quoi ?

— À devenir des fous de Dieu, répondit Glen, pas très satisfait de son explication. Quand vous étiez petit garçon, Stu, avez-vous jamais rêvé de devenir l'un des sept grands prêtres ou prêtresses d'une vieille femme noire de cent huit ans que vous seriez allé chercher au Nebraska ?

Stu le regarda un long moment.

— Il reste encore du vin ? demanda-t-il enfin.

— Plus une goutte.

— Merde.

— Comme vous dites.

En silence, ils s'étudièrent longuement, puis tout à coup éclatèrent de rire.

C'était certainement la plus jolie maison où mère Abigaël avait jamais vécu. Et d'être assise là, sous la véranda grillagée, lui fit penser à ce voyageur de commerce qui était venu faire un tour à Hemingford, en 1936 ou 1937. Comme il savait parler celui-là ! Il aurait convaincu jusqu'aux petits oiseaux perchés sur leurs branches. Elle avait demandé à ce jeune homme, M. Donald King, c'était son nom, ce qu'il voulait. Et l'autre lui avait répondu : « Ce que je veux, Madame, c'est le bonheur. *Votre* bonheur. Vous aimez lire ? Écouter la radio peut-être ? Ou simplement poser vos jambes lasses sur un joli coussin, écouter le monde rouler dans le grand bowling de l'univers ? »

Elle avait bien dû admettre qu'elle aimait toutes ces choses, sans avouer cependant qu'ils avaient vendu la radio Motorola un mois plus tôt, pour acheter quatre-vingt-dix bottes de foin.

— Voyez-vous, c'est tout cela que je vends, lui avait dit le voyageur de commerce qui parlait si bien. Vous pouvez l'appeler un aspirateur Électrolux avec tous les accessoires, mais ce dont il s'agit vraiment, c'est de temps libre, de loisirs. Branchez-le et vous découvrirez un océan de détente. Et vous verrez que les mensualités seront presque aussi faciles que de faire votre ménage avec cet appareil.

On était en plein cœur de la dépression, elle n'avait même pas pu trouver vingt cents afin d'acheter des rubans à ses petites filles pour leurs anniversaires, comment songer à cet Électrolux ? Mais comme il parlait bien, ce M. Donald King, de Peru, Indiana. Mon Dieu ! Elle ne l'avait pas revu, mais elle n'avait jamais oublié son nom. Sans doute avait-il continué sa route, sans doute avait-il brisé quelque part le cœur d'une dame blanche. Elle n'avait eu son premier aspirateur qu'à la fin de la guerre contre les nazis, quand tout à coup on eût dit que tout le monde pouvait se payer n'importe quoi, quand même les pauvres petits Blancs avaient leur Mercury cachée derrière la réserve à bois.

Et maintenant, cette maison, la sienne lui avait dit Nick, cette maison du quartier Mapleton Hill de Boulder (mère Abigaël était sûre que les Noirs n'avaient pas été trop nombreux à y vivre avant l'épidémie), équipée de tous les gadgets dont elle avait jamais entendu parler et de quelques autres encore. Lave-vaisselle. *Deux* aspirateurs, un réservé pour l'étage du haut. Un broyeur dans l'évier. Un four à micro-ondes. Machine à laver, sèche-linge. Il y avait aussi un appareil dans la cuisine. On aurait dit une simple boîte d'acier. Mais Ralph Brentner, l'ami de Nick, lui avait expliqué que c'était un « compacteur d'ordures ». Vous y mettiez cinquante kilos de cochonneries et il vous rendait un petit paquet pas plus gros qu'un tabouret pour les pieds. On n'arrêtait pas le progrès.

Pourtant, à bien y penser, on pouvait l'arrêter.

Assise sous la véranda, dans un fauteuil à bascule, ses yeux étaient tombés par hasard sur une prise électrique encastrée dans la plinthe. Sans doute pour que les gens puissent s'installer là l'été, écouter la radio ou même regarder le match de base-ball sur cette mignonne petite télé toute ronde. Rien de plus banal que ces petites plaques de plastique sur les murs. Elle en avait, elle aussi, dans sa cabane de Hemingford. On n'y pensait jamais... sauf quand elles ne fonctionnaient plus. C'est alors que vous compreniez toute l'importance qu'elles avaient eue dans votre vie. Tout ce temps libre, tous ces plaisirs dont Donald King lui avait parlé autrefois... tout cela sortait de ces petites plaques au bas des murs. Sans électricité, autant se servir de toutes ces mécaniques, comme le four à micro-ondes et le « compacteur d'ordures », pour poser son chapeau dessus.

Ma parole ! Sa petite maison était mieux équipée que

celle-ci maintenant que toutes ces petites plaques étaient mortes. Ici, quelqu'un devait lui apporter de l'eau qu'on allait puiser très loin, à la rivière, et il fallait la faire bouillir avant de s'en servir, pour plus de sûreté. Là-bas, elle avait sa pompe. Ici, Nick et Ralph avaient dû lui apporter en camion une vilaine petite guérite de plastique, une toilette portative ; ils l'avaient installée dans la cour. Chez elle, elle avait ses cabinets derrière la maison. Et elle n'aurait pas hésité à échanger sa machine à laver Maytag contre sa lessiveuse. Nick avait d'ailleurs fini par lui en trouver une et Brad Kitchner lui avait apporté une grosse brosse et de la bonne vieille lessive d'autrefois. Ils pensaient sans doute qu'elle n'était qu'une vieille emmerdeuse à vouloir faire elle-même sa lessive — et souvent avec ça — mais la propreté du corps et du linge était le reflet de la propreté de l'âme, jamais elle n'avait fait laver son linge de toute sa vie, et ce n'était pas maintenant qu'elle allait commencer. Elle avait de temps en temps de petits accidents, comme bien des vieilles gens, mais tant qu'elle pouvait laver elle-même son linge, personne n'en saurait rien.

Naturellement, ils allaient rétablir l'électricité. C'était l'une des choses que Dieu lui avait fait voir dans ses rêves. Elle en savait des choses sur ce qui allait bientôt se passer — certaines vues dans ses rêves, certaines que son bon sens imaginait tout simplement. Mais où s'arrêtait le rêve, où commençait le bon sens ?

Bientôt, tous ces gens allaient cesser de courir comme des poulets auxquels on a coupé la tête. Ils allaient se regrouper. Elle n'était pas sociologue comme ce Glen Bateman (qui la regardait toujours comme un caissier examine un billet de dix dollars sur un champ de courses), mais elle savait que les gens finissent toujours par s'unir. C'était à la fois la malédiction et la bénédiction de la race humaine. Voyez donc : une inondation, et six malheureux s'en vont à la dérive sur le Mississippi, perchés sur le toit d'une église ; mais dès que le toit s'échoue sur un banc de sable, ils organisent aussitôt une partie de bingo.

D'abord, ils allaient vouloir former un gouvernement, probablement organisé autour d'elle. Et cela, elle ne pouvait pas le permettre, naturellement, même si elle l'eût bien voulu ; ce n'était pas la volonté de Dieu. Qu'ils s'occupent des choses de la terre. Rétablir le courant ? Parfait. Elle, la première chose qu'elle ferait alors, ce serait d'essayer cette machine, le compacteur d'ordures. Rétablir le gaz pour qu'ils ne se gèlent pas le derrière cet hiver. Qu'ils adoptent leurs résolutions, qu'ils fassent leurs plans, tout cela était bien. Elle ne mettrait pas son nez là-dedans. Elle insisterait cependant pour que Nick ait son mot à dire, et peut-être Ralph. Ce Texan semblait avoir la tête sur les épaules et il était assez malin pour ne pas ouvrir la bouche quand son cerveau tournait dans le vide. Ils voudraient sans doute aussi de ce gros garçon, Harold. Elle ne les en empêcherait pas, mais elle ne l'aimait pas celui-là. Harold la rendait nerveuse. Toujours le sourire aux lèvres, mais jamais dans les yeux. Il était gentil, il disait ce qu'il fallait dire, mais ses yeux étaient comme deux silex froids sortant de la terre.

Harold avait sans doute un secret. Une sale petite chose enveloppée dans un cataplasme puant, tout au fond de son cœur. Elle ne savait pas du tout ce que c'était ; si Dieu n'avait pas voulu qu'elle le sache, c'est que cela n'avait pas d'importance pour Ses desseins. Quand même, elle s'inquiétait que ce gros garçon fasse partie de leur grand conseil... mais elle ne dirait rien.

Sa place à elle, pensait-elle paisiblement, assise dans son fauteuil à bascule, son rôle dans leurs conseils et délibérations ne concernait que l'homme noir.

Il n'avait pas de nom, même s'il aimait se faire appeler Flagg... au moins pour le moment. Et, de l'autre côté des montagnes, son travail était déjà bien avancé. Elle ne connaissait pas ses plans ; ils étaient aussi invisibles pour ses yeux que les secrets cachés dans le cœur du gros Harold. Mais elle n'avait pas besoin d'en connaître les détails. Le but de l'homme noir était clair et simple : les détruire tous.

114

Elle comprenait parfaitement qui était cet homme. Les gens qui arrivaient dans la Zone libre venaient tous la voir ici, et elle les recevait même s'ils la fatiguaient parfois... et tous voulaient lui dire qu'ils avaient rêvé d'elle et de *lui*. L'homme noir les terrifiait. Elle les écoutait, les réconfortait, les calmait de son mieux, sachant pourtant que la plupart d'entre eux n'auraient pas reconnu ce Flagg s'ils l'avaient croisé dans la rue... à moins que lui ne *veuille* qu'ils le remarquent. Peut-être auraient-ils *senti* sa présence — un froid soudain, ou au contraire comme un accès de fièvre, une douleur vive mais brève aux oreilles ou aux tempes. Mais ces gens se trompaient s'ils pensaient qu'il avait deux têtes, ou six yeux, ou de grosses cornes sur le crâne. Sans doute n'était-il pas tellement différent de l'homme qui livrait autrefois le lait ou distribuait le courrier.

Elle supposait que derrière le mal conscient se cachait une noirceur inconsciente. C'était ce qui distinguait les enfants de la noirceur sur cette terre ; ils ne pouvaient faire les choses, seulement les briser. Dieu le créateur avait fait l'homme à Son image, ce qui voulait dire que tout homme (et toute femme) qui vivait dans la lumière de Dieu était un créateur d'une sorte ou d'une autre, une personne qui voulait mettre la main à la pâte, donner au monde une forme rationnelle. L'homme noir ne voulait — ne pouvait — que défaire. L'Antéchrist ? Peut-être, mais tout aussi bien l'anticréation.

Il aurait ses adeptes, naturellement ; il en avait toujours été ainsi. L'homme noir était un menteur, et son père était le Père des Mensonges. Comme une énorme enseigne au néon, il se dresserait très haut dans le ciel devant eux, émerveillerait leurs yeux avec ses feux d'artifice. Et eux ne verraient pas, ces apprentis de la destruction, qu'il ne faisait que répéter sans cesse les mêmes gestes simples, comme une enseigne au néon. Ils ne comprendraient pas que, si vous laissez échapper le gaz qui crée ces jolis motifs dans cet assemblage complexe de tubes, le gaz se dissipe silencieusement, ne laissant derrière lui aucun goût, pas même une légère odeur.

Certains comprendraient avec le temps que son royaume ne serait jamais un royaume de paix. Mais les sentinelles et les fils barbelés aux frontières de son domaine seraient là autant pour écarter l'envahisseur que pour retenir les convertis.

Finirait-il par l'emporter ?

Elle n'était pas absolument sûre du contraire. Elle savait qu'il la connaissait comme elle le connaissait lui, et que rien ne lui procurerait plus de plaisir que de voir son corps maigre crucifié sur deux poteaux téléphoniques, offert à la voracité des corbeaux. Elle savait que quelques-uns avaient rêvé comme elle de crucifixions, mais ils n'étaient pas nombreux. Ceux qui avaient fait ces rêves lui en avaient tous parlé. Mais personne n'avait répondu à cette question :

Allait-il l'emporter ?

Il ne lui était pas donné de le savoir. Dieu œuvrait dans le secret, comme Il lui plaisait. Il Lui avait plu que les enfants d'Israël peinent sous le joug égyptien pendant des générations. Il Lui avait plu de réduire Joseph en esclavage, de lui arracher son somptueux manteau. Il Lui avait plu d'infliger d'innombrables souffrances au pauvre Job, et il Lui avait plu de permettre que Son fils soit crucifié sur l'arbre de mort, une mauvaise plaisanterie inscrite sur une pancarte au-dessus de sa tête.

Dieu était joueur. S'il avait été mortel, Il aurait passé son temps penché sur un damier, devant l'épicerie de Pop Mann, là-bas, à Hemingford Home. Il jouait les Blancs contre les Noirs, les Noirs contre les Blancs. Pour Lui, le jeu valait plus que la chandelle, le jeu *était* la chandelle. Avec le temps, Il finirait par l'emporter. Mais pas nécessairement cette année, ni dans mille ans... Et elle se gardait bien de sous-estimer l'habileté et la fourberie de l'homme noir. Si lui était comme un tube au néon, elle était comme l'une de ces minuscules particules de terre noire que le vent fait tourbillonner dans le ciel par temps de sécheresse. Un soldat parmi tant d'autres — depuis longtemps atteint par la limite d'âge, c'était vrai ! — au service du Seigneur.

— Ta volonté sera faite, dit-elle en cherchant dans la poche de son tablier un sachet de cacahuètes Planters.

Son dernier médecin, le docteur Staunton, lui avait dit d'éviter tout ce qui était salé. Mais qu'en savait-il ? Elle avait enterré les deux médecins qui avaient cru pouvoir lui donner des conseils depuis le jour de ses quatre-vingt-six ans, et elle prendrait quelques cacahuètes si elle en avait envie. Elles lui faisaient affreusement mal aux gencives, mais mon Dieu ! comme elles étaient bonnes !

Ralph Brentner arrivait justement, son chapeau solidement planté sur la tête. Il se découvrit cependant quand il frappa à la porte.

— Vous êtes réveillée, mère ?

— Ça, oui, répondit-elle, la bouche pleine. Entre, Ralph, je n'arrive plus à mâcher ces méchantes cacahuètes. C'est un vrai carnage.

Ralph entra en riant.

— Il y a des gens à la grille qui aimeraient bien venir vous dire bonjour, si vous n'êtes pas trop fatiguée. Ils sont arrivés il y a une heure. Des gens bien, à mon avis. Le type qui est leur chef a les cheveux longs, mais ça n'a pas l'air de l'avoir dérangé. Il s'appelle Underwood.

— Alors, fais-les venir, Ralph, je serai heureuse de les voir.

— Très bien.

— Où est Nick ? Je ne l'ai pas vu de la journée, et pas davantage hier. Est-ce qu'il nous bouderait par hasard ?

— Il est allé au réservoir du barrage, avec l'électricien, Brad Kitchner, pour voir un peu la centrale électrique, répondit Ralph en se frottant le nez. Je me suis promené ce matin. Et je trouve qu'il y a beaucoup de chefs, et pas assez d'indiens.

Mère Abigaël gloussa. Elle aimait bien ce Ralph. C'était un homme simple, mais il était loin d'être bête. Il comprenait comment les choses fonctionnent. Rien d'étonnant si c'était lui qui avait mis en place ce que tout le monde appelait maintenant la Radio de la Zone libre. C'était le genre d'homme qui n'hésiterait pas à essayer de réparer avec de la colle époxy une batterie de tracteur qui commence à se fendre. Et si la réparation tenait, eh bien, il enlèverait tout simplement son chapeau cabossé pour gratter son crâne chauve, avec un grand sourire, le sourire d'un garçon de onze ans qui part avec sa canne à pêche sur l'épaule, ses devoirs terminés. Le genre d'homme qu'il fait bon avoir à côté de soi quand tout va plutôt mal, et qui s'efface ensuite quand tout le monde se sent bien. Le type qui sait adapter la valve d'un pneu de vélo quand le raccord de la pompe est trop gros, qui comprend du premier coup d'œil ce qui fait ce drôle de bruit dans le four, mais aussi le type qui pointe toujours trop tard à l'usine, qui repart toujours trop tôt et qui finit par se faire mettre dehors. Le genre de type qui sait engraisser un champ de maïs avec du purin de porc, dans les bonnes proportions, qui sait faire des conserves de concombres, mais qui ne comprendra jamais un mot du papier qu'il signe à la banque pour emprunter l'argent dont il a besoin afin de s'acheter une voiture, qui ne comprendra jamais comment le concessionnaire arrive chaque fois à le blouser. Rempli par Ralph Brentner, un formulaire de demande d'emploi aurait eu l'air de sortir d'un mixer électrique... fautes d'orthographe, pages cornées, taches d'encre et de graisse. Son curriculum vitae, d'un jeu de cartes qui aurait fait le tour du monde sur un caboteur poussif. Mais, lorsque le tissu du monde commençait à se déchirer, c'étaient les hommes comme Ralph Brentner qui n'avaient pas peur de dire : « Mettons un petit peu de colle ici, on va voir si ça tient. » Et le plus souvent, ça tenait.

— Tu es un brave type, Ralph, tu le savais ? Tu es un brave type.

— Vous aussi, mère. Non, pas un brave type... Enfin, vous comprenez. Bon, ce gars-là, Redman, est venu nous trouver pendant qu'on était en train de travailler. Il voulait parler à Nick, lui dire qu'il devait être membre d'un comité... je ne sais pas trop quoi.

— Et qu'est-ce que Nick a répondu ?

— Oh là là ! Il en a écrit des pages ! Mais ça peut se

118

résumer comme ça : si mère Abigaël est d'accord, je suis d'accord. Qu'est-ce que vous en dites ?

— Qu'est-ce que tu veux qu'une vieille dame comme moi ait à dire sur ces choses-là ?

— Beaucoup, répondit Ralph, presque choqué. C'est à cause de vous que nous sommes ici. Et je crois que nous ferons tout ce que vous voulez.

— Eh bien, ce que je veux, c'est de continuer à vivre libre comme je l'ai toujours fait, comme une Américaine. Je veux simplement dire ce que j'ai sur le cœur quand j'en ai envie. Comme une Américaine.

— Vous aurez votre mot à dire.

— Les autres pensent comme toi, Ralph ?

— Oui, vous pouvez en être sûre.

— Alors, tout va très bien, dit-elle en se balançant dans son fauteuil. Le temps passe. Et tous ces gens se tournent les pouces. Ils attendent que quelqu'un vienne leur dire où se poser le derrière.

— Alors, je peux y aller ?

— Quoi faire ?

— Nick et Stu m'ont demandé de trouver une imprimerie et de voir si je pouvais la faire fonctionner, si eux me trouvaient un peu d'électricité. Je leur ai dit que je n'avais pas besoin d'électricité, que j'allais simplement trouver une école quelque part, avec une bonne vieille ronéo à manivelle. Ils veulent imprimer des tracts. Et beaucoup ! Sept cents. Je me demande pourquoi, puisque nous sommes juste un peu plus de quatre cents.

— Plus les dix-neuf qui attendent devant la grille et qui vont sans doute avoir une insolation si nous continuons à papoter. Va donc les chercher, mon enfant.

— J'y vais, dit Ralph en s'éloignant.

— Ralph ?

Il se retourna.

— Tu ferais bien d'en imprimer mille.

Ralph leur ouvrit la barrière et ils entrèrent. Elle sentit alors son péché, celui qu'elle considérait comme la mère des péchés. Le père des péchés était le vol ; les dix commandements se résumaient en fait à « Tu ne voleras point ». Le meurtre était le vol d'une vie, l'adultère le vol d'une épouse, l'envie, le vol secret et furtif qui se cachait dans l'ombre d'un cœur. Le blasphème était le vol du nom de Dieu, chassé de la maison du Seigneur, profané dans la rue comme une putain sur ses talons hauts. Elle n'avait jamais connu vraiment le vol, à peine un petit chapardage de temps en temps.

La mère du péché était l'orgueil.

L'orgueil était le côté féminin de Satan dans la race humaine, l'œuf paisible du péché, toujours fertile. C'est l'orgueil qui avait empêché Moïse de connaître le pays de Canaan où les grappes de raisins étaient si grosses qu'il fallait se mettre à plusieurs pour les porter. *Qui a fait jaillir l'eau du rocher quand nous avions soif ?* avaient demandé les enfants d'Israël. Et Moïse avait répondu : *moi.*

Elle avait toujours été fière. Fière du plancher qu'elle lavait à grande eau, à quatre pattes (mais Qui lui avait donné ces mains, ces genoux et l'eau qui remplissait son seau ?), fière que tous ses enfants aient bien tourné — pas un seul en prison, pas un seul pris par la drogue ou la bouteille, pas un seul possédé par le vice qui doit taire son nom — mais les mères des enfants étaient les filles de Dieu. Elle était fière de sa vie, mais ce n'était pas elle qui l'avait faite. La fierté était la malédiction des forts car, comme une femme, la fierté avait ses artifices. Malgré son grand âge, elle n'avait pas encore appris toutes ses illusions, pas encore maîtrisé ses chants de sirène.

Et lorsqu'ils franchirent la barrière, un par un, elle pensa : *C'est moi qu'ils sont venus voir.* Sur les talons de ce péché, une série d'images blasphématoires surgit toute seule dans son esprit : ils entraient un par un, comme des communiants, et elle voyait leur jeune chef baisser les yeux à terre, à son côté une jeune femme aux cheveux blonds, un petit garçon derrière lui accompagné d'une femme aux yeux sombres dont les cheveux noirs étaient parcourus de mèches grises. Et derrière eux, les autres, à la queue leu leu.

Le jeune homme gravit les marches de la véranda, mais sa femme s'arrêta au pied de l'escalier. Il avait les cheveux longs, comme Ralph l'avait dit, mais ils étaient propres. Il avait une barbe rousse semée de fils d'or, très longue. Un visage fort, récemment buriné par les soucis, des rides toutes fraîches autour de la bouche, en travers du front.

— Vous existez vraiment, dit-il à voix basse.

— Figurez-vous que je n'en avais jamais douté. Je m'appelle Abigaël Freemantle, mais par ici, on m'appelle généralement mère Abigaël. Soyez les bienvenus chez vous.

— Merci, répondit-il d'une voix étouffée et elle vit qu'il avait peine à retenir ses larmes. Je suis... nous sommes très heureux d'être ici. Je m'appelle Larry Underwood.

Elle lui tendit la main et il la serra tout doucement, respectueusement. Elle sentit à nouveau poindre en elle la fierté, cette chose qui vous fait raidir la nuque. Comme si ce jeune homme croyait qu'elle avait en elle un feu qui allait le brûler.

— J'ai... j'ai rêvé de vous.

Elle hocha la tête en souriant. Il se retourna maladroitement, manquant de trébucher, et redescendit les marches, le dos voûté. Bientôt il serait soulagé de son fardeau, pensa-t-elle, quand il comprendrait qu'il n'avait pas à porter tout le poids du monde sur ses épaules. Un homme qui doute de lui ne doit pas être trop longtemps mis à l'épreuve, pas avant qu'il n'ait mûri, et cet homme, ce Larry Underwood, était encore un peut vert, comme une jeune tige qu'un rien fait fléchir. Mais elle l'aimait.

Sa femme, une jolie petite chose aux yeux comme des violettes, vint ensuite. Elle regarda mère Abigaël droit dans les yeux, mais sans aucune arrogance.

— Je m'appelle Lucy Swann. Je suis heureuse de faire votre connaissance.

Elle portait un pantalon. Pourtant, elle esquissa une petite révérence.

— Heureuse de vous voir, Lucy.

— Est-ce que je peux vous demander... je voudrais...

Le rouge lui monta aux joues et elle baissa les yeux.

— Cent huit ans, sauf erreur, répondit-elle gentiment. Mais il y a des jours où j'ai l'impression d'en avoir deux cent seize.

— J'ai rêvé de vous, dit Lucy qui redescendit aussitôt l'escalier, un peu mal à l'aise.

Ce fut ensuite le tour de la femme aux yeux sombres et du garçon. La femme la regarda gravement, sans ciller ; quant au garçon, il semblait totalement émerveillé. L'enfant ne l'inquiétait pas. Mais quelque chose chez cette femme lui fit froid dans le dos. *Il est ici,* pensa-t-elle. *Il est venu sous la forme de cette femme... car sachez qu'il revêt bien d'autres formes que la sienne... le loup... le corbeau... le serpent.*

Elle aussi pouvait connaître la peur et, un instant, elle eut l'impression que cette étrange femme aux cheveux parcourus de mèches blanches allait tendre la main, presque nonchalamment, et lui briser la nuque. Un instant, mère Abigaël crut que le visage de la femme avait disparu et qu'elle voyait devant elle un trou dans l'espace et le temps, un trou au sein duquel deux yeux sombres et damnés la fixaient — des yeux perdus, hagards, désespérés.

Mais ce n'était qu'une femme, pas *lui.* L'homme noir n'oserait jamais s'approcher d'elle, même pas sous une forme autre. Ce n'était qu'une femme — une très jolie femme d'ailleurs — avec un visage expressif et sensible. Elle tenait le petit garçon par les épaules. Mais oui, elle avait rêvé, c'était tout. Certainement.

Pour Nadine Cross, la rencontre fut un moment de totale confusion. Elle s'était sentie bien quand elle avait franchi la barrière. Elle s'était sentie bien jusqu'à ce que Larry commence à parler à la vieille dame. Mais alors, un sentiment presque intolérable d'horreur et de terreur s'était emparé d'elle. La vieille femme pouvait... pouvait quoi ?

Pouvait voir.

Oui, elle avait peur que la vieille femme puisse voir en elle, découvre cette noirceur déjà ensemencée qui commençait à germer. Elle avait peur que la vieille femme se lève, la dénonce, exige qu'elle quitte Joe et qu'elle aille vers ceux (vers *lui*) auxquels elle appartenait.

L'une comme l'autre agitées par leurs troubles frayeurs, les deux femmes se regardèrent dans les yeux. Elles se jaugèrent. Un instant seulement, mais qui leur parut à toutes deux interminable.

Il est en elle, la créature du Diable, pensa Abby Freemantle.

Tout leur pouvoir est là, pensa Nadine à son tour. *Ils n'ont rien d'autre qu'elle, même s'ils l'ignorent peut-être.*

Joe s'agitait à côté d'elle, la tirait par la main.

— Bonjour, dit-elle d'une petite voix blanche. Je m'appelle Nadine Cross.

— Je sais qui vous êtes, répondit la vieille femme.

Les mots planèrent dans l'air, et toutes les conversations s'interrompirent brusquement. Les gens se retournèrent, étonnés, pour voir ce qui se passait.

— Vraiment ?

Tout à coup, elle eut l'impression que Joe était sa seule protection, l'unique. Elle fit passer l'enfant devant elle, comme un otage. Les étranges yeux couleur de mer de Joe se levèrent vers mère Abigaël.

— Voici Joe. Vous le connaissez lui aussi ? demanda Nadine.

Les yeux de mère Abigaël restaient fixés sur ceux de la femme qui se faisait appeler Nadine Cross, mais un mince voile de sueur lui baignait maintenant la nuque.

— Je ne pense pas qu'il s'appelle Joe, pas plus que je m'appelle Cassandre, et je ne pense pas que vous soyez sa maman.

La vieille femme baissa les yeux vers le petit garçon, soulagée d'une certaine manière, incapable de s'empêcher de croire que cette femme venait de remporter une victoire — qu'elle avait placé ce petit bonhomme entre elles, qu'elle l'avait utilisé pour l'empêcher de faire ce que son devoir lui commandait... ah, mais tout avait été si vite, elle n'avait pas eu le temps de se préparer.

— Comment t'appelles-tu, mon petit ?

L'enfant voulait répondre, mais on aurait cru qu'un os s'était pris dans sa gorge.

— Il ne peut pas vous le dire, dit Nadine en posant la main sur l'épaule de l'enfant. Il ne peut pas vous le dire. Je ne crois pas qu'il se souv...

Joe s'écarta brusquement.

— *Leo !* dit-il tout à coup d'une voix forte et claire. Leo Rockway, c'est moi ! Je suis Leo !

Et il se précipita dans les bras de mère Abigaël en riant aux éclats. Les autres rirent eux aussi et certains applaudirent. Personne ne semblait s'intéresser à Nadine. Abby sentit à nouveau que quelque chose venait de basculer.

— Joe ! lança Nadine.

Elle avait retrouvé son calme. Son visage paraissait si lointain. Le garçon s'écarta un peu de mère Abigaël et regarda Nadine.

— Viens, dit Nadine en soutenant le regard d'Abby. Elle est vieille. Tu vas lui faire mal. Elle est très vieille et... plus très forte.

— Oh, je crois être bien assez forte pour aimer un peu un petit garçon comme lui, répondit mère Abigaël, mais sa voix lui parut étrangement incertaine. On dirait qu'il a fait un bien long voyage.

— Oui, il est fatigué. Et vous l'êtes vous aussi. Allez, viens, Joe.

— Je l'aime beaucoup, dit le petit garçon sans bouger.

Nadine tressaillit. Sa voix se durcit :

— Allez, viens tout de suite, Joe !

— *Ce n'est pas mon nom ! Leo ! Leo ! C'est comme ça que je m'appelle !*

Les conversations cessèrent de nouveau. Tous comprenaient que quelque chose d'imprévu s'était produit, pouvait se produire encore, mais sans savoir quoi au juste.

Les deux femmes se regardaient comme si elles croisaient le fer.

Je sais qui vous êtes, disaient les yeux d'Abby.

Et Nadine répondait : *Oui. Et je vous connais moi aussi.*

Mais, cette fois, ce fut Nadine qui baissa les yeux la première.

— Très bien, dit-elle. Leo, ou ce que tu voudras. Mais viens, avant de trop la fatiguer.

L'enfant quitta à regret les bras de mère Abigaël.

— Reviens me voir quand tu veux, dit Abby, sans regarder Nadine.

— D'accord, répondit le petit garçon en lui envoyant un baiser.

Nadine était de glace. Elle ne disait pas un mot. Quand ils redescendirent les marches, le bras de Nadine sur ses épaules parut lourd à l'enfant, comme une chaîne de forçat. Mère Abigaël les regarda s'éloigner, sachant que tout allait se dissiper dans le brouillard. Maintenant qu'elle ne voyait plus le visage de la femme, cette impression d'avoir eu une révélation commençait à s'estomper. Elle n'était plus très sûre de ce qu'elle avait ressenti. Ce n'était qu'une femme parmi d'autres, sans aucun doute... mais était-ce bien vrai ?

Le jeune homme, Underwood, était toujours en bas des marches, le visage tourmenté comme un nuage d'orage.

— Pourquoi as-tu fait ça ? demanda-t-il tout bas à la femme, mais mère Abigaël le comprit parfaitement.

La femme fit comme si elle n'avait pas entendu et s'éloigna sans répondre. Le petit garçon lança un regard suppliant à Underwood, mais la femme commandait, au moins pour le moment, et l'enfant la laissa l'emmener, l'emporter avec elle.

Il y eut un moment de silence et elle ne sut comment le combler, alors qu'il le fallait —

— il le fallait ?

N'était-ce pas sa *mission* de le combler ?

Une voix demandait doucement : *Oui ? Ta mission ?*

C'est pour cela que Dieu t'a emmenée, ici, femme ? Pour être celle qui accueille aux portes de la Zone libre ?

Je ne peux plus penser, protesta-t-elle. *Cette femme avait raison : je suis fatiguée.*

Il revêt bien d'autres formes que la sienne, poursuivait la petite voix intérieure. *Loup, corbeau, serpent... femme.*

Qu'est-ce que cela voulait dire ? Que s'était-il passé ? Mon Dieu, quoi ?

J'étais assise, heureuse, attendant qu'ils se prosternent — oui, c'est bien cela que je faisais, inutile de me le cacher — et cette femme approche, quelque chose arrive, et je ne sais plus quoi. Mais il y avait quelque chose dans cette femme... est-ce bien vrai ? En es-tu sûre ?

Dans le silence, tous semblaient la regarder, attendant qu'elle fasse ses preuves. Et elle en était incapable. La femme et l'enfant avaient disparu ; ils étaient partis comme si eux étaient les justes et elle, rien d'autre qu'une vieille pharisienne grimaçante dont aussitôt ils avaient vu le jeu.

Oh, mais je suis vieille ! Ce n'est pas juste !

Et tout de suite vint une autre voix, toute petite, claire et précise, une voix qui n'était pas la sienne : *Pas trop vieille pour ne pas savoir que la femme est...*

Un autre homme s'approchait, hésitant, respectueux.

— Bonjour, mère Abigaël. Je m'appelle Zellman. Mark Zellman. De Lowville, État de New York. J'ai rêvé de vous.

Elle se trouva tout à coup en face d'un choix qui ne resta parfaitement clair que quelques instants seulement dans son esprit agité. Elle pouvait répondre au salut de cet homme, le taquiner un peu pour le mettre à l'aise (mais pas trop à l'aise, car ce n'était pas précisément ce qu'elle voulait), puis passer au suivant, et encore au suivant, recevant leurs hommages comme de nouvelles palmes, ou bien elle pouvait l'ignorer, lui et les autres. Elle pouvait suivre le fil de ses pensées, tout au fond de son cœur, chercher au plus profond ce que le Seigneur voulait qu'elle sache.

La femme est...

... quoi ?

Était-ce important ? La femme n'était plus là.

— J'ai eu un petit-neveu qui vivait dans cette région, répondit-elle d'une voix placide à Mark Zellman. Une petite ville qui s'appelait Rouse's Point. Au bord du lac Champlain, tout près du Vermont. Vous n'en avez sans doute jamais entendu parler.

Et Mark Zellman répondit que si, il en avait entendu parler ; comme tout le monde dans l'État de New York. Y avait-il jamais été ? Et son visage s'assombrit. Non, jamais. Mais il aurait tant voulu.

— D'après ce que Ronnie me disait dans ses lettres, vous n'avez pas manqué grand-chose.

Et Zellman repartit, un large sourire aux lèvres.

Les autres montèrent tour à tour présenter leurs respects comme tant d'autres l'avaient fait avant eux, comme d'autres le feraient encore dans les jours et dans les semaines à venir. Un adolescent, Tony Donahue. Un mécanicien, Jack Jackson. Une jeune infirmière, Laurie Constable — elle allait être bien utile. Un vieil homme, Richard Farris, que tout le monde appelait Le Juge ; il la regarda avec une telle intensité qu'elle en fut presque mal à l'aise. Dick Vollman. Sandy DuChien — joli nom, sûrement une descendante de trappeurs français. Harry Dunbarton, un homme qui, trois mois plus tôt, gagnait sa vie en vendant des lunettes. Andrea Terminello. Un certain Smith. Un certain Rennett. Et tant d'autres. Elle leur parla à tous, hochant la tête, souriant, faisant de son mieux pour les mettre à l'aise, mais le plaisir qu'elle avait senti les autres jours avait disparu maintenant. Elle ne sentait plus que ses rhumatismes dans ses poignets, ses doigts et ses genoux, et puis aussi cette impression lancinante qu'elle devrait bientôt utiliser la toilette portative si elle ne voulait pas mouiller sa robe.

Tout cela, et l'impression de plus en plus vague (elle aurait complètement disparu à la tombée de la nuit) qu'elle avait manqué quelque chose de très important et qu'elle allait peut-être beaucoup le regretter plus tard.

Comme il avait les idées plus claires lorsqu'il écrivait, il notait tout ce qui lui paraissait important avec deux crayons-feutres : un bleu et un noir. Nick Andros était assis dans le petit bureau de la maison qu'il partageait avec Ralph Brentner et l'amie de Ralph, Elise. Il faisait presque nuit. La maison était très jolie, tapie à l'ombre du mont Flagstaff, mais un peu au-dessus de la ville. À travers la baie vitrée du salon, les rues de la ville paraissaient dessiner un gigantesque damier. Les vitres étaient revêtues d'une pellicule réfléchissante qui permettait de voir à travers sans être vu de l'extérieur. Nick supposait que la maison devait valoir entre 450 000 et 500 000 dollars... et le propriétaire et sa famille avaient mystérieusement disparu.

Au cours du long périple qui l'avait conduit de Shoyo à Boulder, d'abord tout seul, puis en compagnie de Tom Cullen et des autres, il avait traversé des dizaines et des dizaines de villes, grandes et petites, toutes des charniers qui empestaient à des kilomètres à la ronde. Boulder n'aurait pas dû être différente... et pourtant elle l'était. Naturellement, il y avait des cadavres, par milliers, et il faudrait faire quelque chose avant la fin de la saison sèche, quand les pluies d'automne accéléreraient la décomposition des corps, avec les risques de maladie qui pourraient en résulter... mais il n'y avait pas *suffisamment* de cadavres. Nick se demandait si quelqu'un d'autre, à part lui et Stu Redman, l'avait remarqué... Lauder, peut-être. Lauder remarquait presque tout.

Pour une maison ou un immeuble que vous trouviez rempli de cadavres, il y en avait des dizaines d'autres totalement vides. Durant les derniers spasmes de l'épidémie, la plupart des habitants de Boulder, malades et valides, avaient donc décidé de quitter la ville. Pourquoi ? La réponse n'avait probablement pas d'importance et sans doute ne la connaîtraient-ils jamais. Le fait étonnant demeurait que mère Abigaël, sans avoir vu la ville, avait réussi à les conduire tous vers ce qui était peut-être la seule petite ville des États-Unis qui ne soit pas littéralement jonchée de cadavres. Même pour un sceptique comme lui, c'était suffisant pour qu'il se demande d'où elle tirait ses informations.

Nick s'était installé dans trois jolies chambres au sous-sol, meublées en pin. Ralph avait eu beau insister pour qu'il utilise le reste de la maison, il s'y était absolument refusé — il se sentait déjà comme un intrus, mais il aimait bien Ralph et Elise... et jusqu'à ce voyage qui l'avait mené de Shoyo à Hemingford Home, il ne s'était pas rendu compte à quel point la compagnie des autres lui avait manqué. Un manque qui n'était toujours pas comblé.

Cette maison était certainement la plus belle de toutes celles où il avait habité. Nick disposait de sa propre entrée, à l'arrière, où il gardait son vélo dont les roues s'enfonçaient jusqu'aux moyeux dans une épaisse couche de feuilles de trembles qui pourrissaient en dégageant une douce odeur. Il avait commencé à se constituer une petite bibliothèque, chose qu'il avait toujours voulu faire au cours de ses années d'errance. Il lisait beaucoup à l'époque (depuis quelque temps, il n'avait que rarement le loisir de s'asseoir pour entreprendre une longue conversation avec un livre), et certains de ceux qui s'alignaient sur les étagères encore pratiquement vides étaient de vieux amis, la plupart empruntés dans des bibliothèques publiques pour la somme de deux cents par jour ; ces dernières années, il n'était jamais resté suffisamment longtemps au même endroit pour pouvoir obtenir une carte de lecteur. Les autres volumes étaient des livres qu'il n'avait pas encore lus, mais que ses lectures précédentes lui avaient donné envie de connaître. Et, tandis qu'il était assis dans le petit bureau devant sa feuille de papier et ses deux crayons-feutres, un de ces livres était juste à côté de lui sur la table — *Les Confessions de Nat Turner,* de William Styron. Il avait marqué l'endroit où il avait interrompu sa lecture avec un billet de dix dollars trouvé dans la rue. Il y avait beaucoup d'argent dans les rues, des billets que le vent balayait dans les caniveaux, et il était encore surpris et amusé de voir combien de gens — dont lui — s'arrêtaient pour les ramasser. Pourquoi ? Les livres ne coûtaient plus rien à présent. Les *idées* ne coûtaient plus rien. Parfois cette pensée le remplissait d'enthousiasme. Parfois aussi elle l'effrayait.

La feuille sur laquelle il écrivait provenait d'un classeur dans lequel il notait toutes ses idées — sorte de journal, sorte d'aide-mémoire. Il avait découvert qu'il prenait grand plaisir à dresser ces listes, au point de se demander s'il n'avait pas eu un comptable parmi ses ancêtres. Quand il se sentait troublé et inquiet, cette activité suffisait souvent à le tranquilliser.

Il revint à sa page blanche, gribouillant distraitement dans la marge.

Il avait l'impression que tout ce qu'ils voulaient ou désiraient de leur ancienne vie se trouvait dans la centrale électrique de Boulder, aujourd'hui silencieuse, comme un trésor caché dans une cassette poussiéreuse, au fond d'un placard. Les gens qui s'étaient rassemblés à Boulder semblaient partager une même sensation confuse, vaguement désagréable — ils étaient comme des enfants cherchant leur chemin dans une maison hantée. D'une certaine façon, Boulder était une ville fantôme. Tous avaient l'impression de n'y être que de passage. Il y avait aussi ce type, Impening, qui avait autrefois habité Boulder où il travaillait à l'usine IBM. Impening semblait vouloir semer le trouble. Il ne cessait de dire à qui voulait l'entendre qu'en 1984, le 14 septembre pour être précis, il était tombé quatre centimètres de neige sur la ville et qu'en novembre il faisait assez froid pour geler les roupettes d'un singe de béton. C'était le genre de conversation que Nick ne souhaitait pas voir se répandre. Le défaitisme d'Impening lui aurait valu des ennuis s'il avait été dans l'armée, mais il ne s'agissait pas d'une armée ici. L'important, c'était que le bavardage d'Impening ne risquait pas de faire de mal si les gens pouvaient s'installer dans des maisons où les ampoules s'allument, où le chauffage se met en marche dès qu'on pousse le doigt sur un bouton. Et si ce résultat n'était pas obtenu d'ici les premiers froids, Nick craignait que les gens ne commencent à s'en aller. Toutes les assemblées, tous les représentants, toutes les ratifications du monde ne pourraient les en empêcher.

Selon Ralph, il n'y avait rien de bien sérieux à la centrale électrique, du moins à première vue. Les techniciens avaient arrêté certaines machines ; d'autres s'étaient arrêtées toutes seules. Deux ou trois des grosses turbines avaient sauté, peut-être à la suite d'une dernière surtension. Il faudrait remplacer quelques circuits, avait dit Ralph, mais il pensait que Brad Kitchner, lui et une douzaine d'hommes pourraient s'en charger. Par contre, il faudrait beaucoup plus de main-d'œuvre pour refaire les bobinages des alternateurs qui avaient sauté. Mais ce n'était pas le fil de cuivre qui manquait à Denver ; Ralph et Brad avaient fait une tournée de reconnaissance dans les entrepôts la semaine précédente. S'ils disposaient de suffisamment de bras, ils pourraient sans doute avoir de la lumière dans une ou deux semaines.

— Et alors, on va organiser une bringue de tous les diables, une foire comme il n'y en a jamais eu dans cette ville, avait dit Brad.

La loi et l'ordre. C'était un autre point qui l'inquiétait. Stu Redman pouvait-il s'en charger ? Il ne souhaiterait certainement pas cette responsabilité, mais Nick espérait parvenir à le persuader... Et au besoin, demander à Glen de lui donner un coup de main. Ce qui l'inquiétait vraiment, c'était le souvenir, encore trop frais et trop douloureux pour qu'il veuille y penser longtemps, de sa courte et terrible expérience comme gardien de la prison de Shoyo. Vince et Billy en train de mourir, Mike Childress qui sautait à pieds joints dans son assiette : *Je fais la grève de la faim ! Tu m'entends, ordure ?*

L'idée qu'ils puissent avoir besoin de tribunaux, de prisons... peut-être même d'un bourreau, lui faisait mal. Après tout, ils étaient les fils de mère Abigaël, pas ceux de l'homme noir ! Mais l'homme noir ne s'embarrasserait sans doute pas de tribunaux et de prisons. Son châtiment serait rapide, sûr, brutal. Il n'aurait pas besoin de prisons pour faire peur aux gens, quand les cadavres s'aligneraient le long de l'autoroute 15, crucifiés sur les poteaux de téléphone, offerts aux oiseaux.

Nick espérait que la plupart des délits seraient mineurs. Il y avait déjà eu quelques cas d'ivresse sur la voie publique et de tapage nocturne. Un jeune adolescent, beaucoup trop jeune pour conduire, s'était promené à fond de train sur Broadway, semant la panique sur son passage. Il avait finalement embouti le camion d'un boulanger et son aventure s'était soldée par une belle entaille au front — il avait eu de la chance de s'en tirer à si bon compte, pensait Nick. Bien des gens l'avaient vu, avaient compris qu'il était beaucoup trop jeune, mais personne ne s'était senti en droit de l'arrêter.

Autorité. Organisation. Il écrivit ces deux mots sur sa feuille et les entoura de deux cercles. Les enfants de mère Abigaël n'étaient pas à l'abri de la faiblesse, de la stupidité, des mauvaises compagnies. Nick ignorait s'ils étaient ou non les enfants de Dieu, mais ce qu'il savait, c'est que, lorsque Moïse était descendu de la montagne, ceux qui n'étaient pas en train d'adorer le veau d'or étaient occupés à faire des conneries. Un jour, quelqu'un finirait bien par tricher dans une partie de poker, ou déciderait de piquer la femme d'un autre.

Autorité. Organisation. Il entoura d'un autre cercle les deux mots qui semblaient maintenant prisonniers derrière leur triple clôture. Comme ils allaient bien ensemble... et comme Nick n'aimait pas ces deux mots.

Quelques minutes plus tard, Ralph entra dans le petit bureau.

— Nous attendons quelques personnes demain, et toute une ribambelle après-demain. Plus de trente dans le deuxième groupe.

132

— *Parfait,* écrivit Nick. *Je suis sûr que nous allons bientôt avoir un médecin. La loi des grands nombres.*

— Oui, nous devenons une vraie petite ville.

Nick hocha la tête.

— J'ai parlé avec le type qui était le chef du groupe d'aujourd'hui. Il s'appelle Larry Underwood. Un type intelligent. Malin comme un singe.

Nick haussa les sourcils et dessina en l'air un point d'interrogation.

Ralph savait ce que voulait dire ce signe : donne-moi plus de détails, si tu peux.

— Eh bien, voilà. Il a six ou sept ans de plus que toi, je crois, et peut-être huit ou neuf de moins que Redman. Mais c'est le genre de type que tu nous as demandé de chercher. Il pose les bonnes questions.

?

— D'abord, qui commande ici. Ensuite, qu'est-ce qu'on fait maintenant. Enfin, qui va le faire.

Nick hocha la tête. Oui — les bonnes questions. Mais était-il l'homme qu'ils cherchaient ? Ralph avait peut-être raison. Mais il pouvait aussi se tromper.

— *Je vais essayer d'aller lui dire bonjour demain,* écrivit Nick sur une nouvelle feuille de papier.

— Oui, tu devrais. Je t'assure qu'il est bien. Et j'ai parlé un petit peu à la mère avant que Underwood et ses copains viennent lui dire bonjour. Je lui ai parlé de ce que tu m'avais dit.

?

— Elle m'a donné le feu vert. Elle trouve que les gens tournent en rond et qu'ils ont besoin qu'on leur dise où se poser le derrière.

Nick se renversa dans sa chaise et rit silencieusement :

— *J'étais presque sûr qu'elle serait d'accord. Je vais parler à Stu et à Glen demain. Est-ce que tu as imprimé les affiches ?*

— Oh ! Je n'y pensais plus ! Évidemment. Ça m'a pris presque tout l'après-midi, figure-toi.

Il montra à Nick une affiche qui sentait encore l'encre

fraîche. Ralph l'avait dessinée lui-même. De gros caractères pour attirer l'œil :

ASSEMBLÉE GÉNÉRALE ! ! !
NOMINATION DES CANDIDATS ET
ÉLECTION DU CONSEIL !

18 août 1990 à 20 h 30
Parc Bandshell s'il fait BEAU
Salle Chautauqua s'il fait MAUVAIS

DES RAFRAÎCHISSEMENTS SERONT SERVIS

Au-dessous, un petit plan à l'intention de ceux qui ne connaissaient pas encore très bien Boulder. Puis, en petits caractères, les noms que Stu, Glen et Nick avaient retenus un peu plus tôt, après quelques discussions :

Comité spécial

Nick Andros
Glen Bateman
Ralph Brentner
Richard Ellis
Fran Goldsmith
Stuart Redman
Susan Stern

Nick montra du doigt la phrase qui parlait des rafraîchissements et haussa les sourcils.

— Oh, oui, c'est une idée de Frannie. Elle pense que les gens seront plus nombreux si on leur donne quelque chose à boire. Elle va s'en occuper avec son amie, Patty Kroger. Gâteaux secs et limonade, précisa Ralph en faisant la grimace. Si je devais choisir entre de la limonade et de la tisane, eh bien figure-toi que je réfléchirais un bon coup. Je te laisse ma part, Nicky.

Nick lui répondit avec un sourire.

— La seule chose dans tout ce truc, c'est que vous voulez que je fasse partie du comité. Et moi, je sais ce que c'est un comité. Ça veut dire : « Félicitations pour votre dévouement, pour votre excellent travail. » D'accord, j'aime bien les compliments et j'ai travaillé dur toute ma vie. Mais les comités, c'est fait pour donner des idées. Et moi, je suis pas tellement fort là-dedans.

Sur son bloc-notes, Nick dessina rapidement un gros émetteur radio et une antenne qui lançait des ondes dans le ciel.

— D'accord, mais ça c'est complètement différent.

— *Tout ira bien, tu verras.*

— Si tu le dis... Je vais essayer en tout cas. Mais je crois que vous feriez mieux de prendre ce type, Underwood.

Nick hocha la tête et lui donna une tape amicale sur l'épaule. Ralph lui souhaita bonne nuit et sortit. Seul dans le petit bureau, Nick regarda longtemps l'affiche. Si Stu et Glen l'avaient vue — et c'était certainement le cas — ils savaient maintenant qu'il avait décidé sans les consulter de rayer le nom de Harold Lauder sur la liste des membres du comité spécial. Comment allaient-ils le prendre ? Il n'en savait rien. Mais le fait qu'ils ne soient pas venus aussitôt le voir était probablement un bon signe. Peut-être attendaient-ils de lui qu'il fasse maintenant des concessions. Et s'il le fallait, il n'hésiterait pas à en faire, mais à condition d'écarter ce Harold. S'il le fallait, il renoncerait à Ralph. De toute façon, Ralph ne tenait pas vraiment à ce poste. Mais Ralph avait la tête sur les épaules. C'était un type qui savait ne pas s'arrêter à la surface des choses. Il serait précieux comme membre d'un comité permanent. Quant à Stu et à Glen, ils avaient déjà nommé tous leurs amis dans ce comité. Si lui, Nick, voulait tenir Lauder à l'écart, il allait falloir qu'ils acceptent. Pour qu'ils réussissent leur coup, il ne fallait pas de dissension entre eux. Dis, maman, comment il fait le monsieur pour sortir le lapin de son chapeau ? Eh bien, mon fils, je ne sais pas exactement, mais je pense qu'il a *peut-être* utilisé le vieux truc des gâteaux secs et de la limonade. Ça marche presque à tous les coups.

Il revint à la feuille sur laquelle il griffonnait lorsque Ralph était entré. Et il contempla les deux mots qu'il avait entourés de trois cercles, comme pour les empêcher de s'échapper. *Autorité. Organisation.* Tout à coup, il en écrivit un autre au-dessous — il y avait juste assez de place. Trois mots maintenant à l'intérieur des trois cercles :

Autorité. Organisation. Politique.

Mais s'il essayait d'écarter Lauder, ce n'était pas simplement parce qu'il avait l'impression que Stu et Glen Bateman essayaient de prendre toute la couverture. Il était un peu agacé, naturellement. Il aurait été étrange qu'il ne le soit pas. D'une certaine manière, lui, Ralph et la mère Abigaël étaient les *fondateurs* de la Zone libre de Boulder.

Nous sommes des centaines maintenant et des milliers vont bientôt arriver si Bateman a raison, pensait-il en tapotant la feuille de papier avec son crayon. Et plus il regardait ces trois mots, plus ils lui paraissaient vilains. *Mais quand Ralph, moi, la mère, Tom Cullen et les autres, quand nous sommes arrivés ici, il n'y avait plus que des chats dans les rues de Boulder, et les cerfs qui étaient descendus du parc national pour se nourrir dans les potagers... et même dans les magasins. Tu te souviens de celui qui avait réussi à entrer dans le supermarché et qui ne trouvait plus la sortie ? Il courait dans les allées comme un fou en renversant tout par terre.*

Bien sûr, il n'y a pas longtemps que nous sommes ici, même pas un mois, mais nous étions les premiers ! Il y a certainement un peu de dépit dans mon attitude, mais ce n'est pas pour ça que je veux écarter Harold. Si je veux l'écarter, c'est parce que je ne lui fais pas confiance. Il sourit tout le temps, mais il y a une cloison étanche entre sa bouche et ses yeux. Il y a eu des frictions entre lui et Stu à une époque, à propos de Frannie, mais tous les trois disent que c'est terminé

136

maintenant. Je me demande si c'est vrai. Parfois, je vois que Frannie observe Harold et elle a l'air mal à l'aise, comme si elle essayait de savoir dans quelle mesure tout est bien « fini ». Il n'est pas bête du tout, mais j'ai l'impression qu'il est instable.

Nick secouait la tête. Ce n'était pas tout. En plusieurs occasions, il s'était en fait demandé si Harold Lauder n'était pas fou.

C'est surtout ce sourire. Je ne veux pas partager de secrets avec quelqu'un qui sourit de cette façon, quelqu'un qui donne l'impression de ne jamais dormir bien la nuit.

Pas de Lauder. Il faudra bien qu'ils l'acceptent.

Nick referma son classeur et le rangea dans le dernier tiroir du bureau. Puis il se leva et commença à se déshabiller. Il avait envie de prendre une douche. Confusément, il se sentait sale.

Le monde, pensait-il, non pas selon Garp, mais selon la super-grippe. Le nouveau monde, le meilleur des mondes. Mais il ne lui semblait pas particulièrement meilleur que l'autre, ni particulièrement nouveau. C'était comme si l'on avait caché un gros pétard dans le coffre à jouets d'un enfant. Bang ! et les jouets s'étaient éparpillés partout. Certains étaient fichus, d'autres pouvaient être réparés, surtout, ils étaient éparpillés d'un bout à l'autre de la pièce. Encore un peu trop chauds pour qu'on les touche. Mais bientôt ils se seraient suffisamment refroidis.

En attendant, il fallait faire un tri. Jeter ce qui ne servait plus. Mettre de côté les jouets qu'on pouvait réparer. Faire une liste de tout ce qui fonctionnait encore. Trouver un nouveau coffre pour tout ranger, un joli coffre à jouets. Un coffre *solide*. Il y a quelque chose de maladivement terrifiant dans la facilité — presque la volonté — qu'ont les choses de vouloir sauter en l'air. Le plus difficile, c'est ensuite de remettre de l'ordre. De trier. De réparer. De faire la liste. De jeter ce qui ne sert plus à rien, naturellement.

Mais... peut-on *jamais* se résoudre à jeter ce qui n'est plus bon ?

Nick s'arrêta devant la porte de la salle de bain, nu, ses vêtements dans les bras.

Oh, la nuit était si silencieuse... Mais toutes ses nuits n'étaient-elles pas des symphonies de silence ? Pourquoi donc avait-il tout à coup la chair de poule ?

Pourquoi ? Parce qu'il sentit tout à coup que ce n'était pas des jouets que le comité de la Zone libre allait devoir ramasser, pas des jouets du tout. Il sentit tout à coup qu'il faisait partie d'un cercle d'étranges couturiers de l'esprit humain — lui, Redman, Bateman, mère Abigaël, et oui, même Ralph avec sa grosse radio et ses amplis qui envoyaient le signal de la Zone libre à travers l'immense solitude du continent. Ils avaient chacun une aiguille et peut-être travaillaient-ils ensemble à confectionner une couverture douillette qui leur tiendrait bien chaud en hiver... ou peut-être ne faisaient-ils, après une brève pause, que recommencer à coudre un grand linceul pour ensevelir la race humaine, en commençant modestement par les orteils.

Après avoir fait l'amour, Stu s'était endormi. Il ne dormait pas beaucoup depuis quelque temps et, la veille, il avait passé une nuit blanche à se saouler avec Glen Bateman, préparant l'avenir. Frannie avait mis une chemise de nuit et elle était sortie sur le balcon.

L'immeuble où ils habitaient se trouvait en plein centre, à l'angle de Pearl et de Broadway. Leur appartement était au deuxième et, du balcon, elle pouvait voir le carrefour ; Pearl, dans le sens est-ouest, Broadway dans le sens nord-sud. Elle aimait cet endroit. Comme si elle et Stu se trouvaient au centre de la rose des vents. La nuit était douce. Pas une brise. Un million d'étoiles faisaient briller la dalle noire du ciel. Et sous leur clarté glacée, Fran voyait la masse imposante des Flatirons se dresser plus à l'ouest.

Lentement, elle se caressa du cou jusqu'aux cuisses. Sous sa chemise de nuit en soie, elle était nue. Sa main frôla ses seins puis, au lieu de continuer tout droit vers le petit promontoire de son pubis, elle traça un arc de cercle sur son ventre, suivant une courbe qui n'était pas aussi prononcée quinze jours plus tôt.

On commençait à voir qu'elle était enceinte. Pas beaucoup, mais Stu lui en avait fait la remarque dans la soirée. Très décontracté, il avait préféré poser une question drôle : *Et combien de temps peut-on continuer sans que... hum... sans que je le coince ?*

Quatre mois. Ça te va ?

Parfait, avait-il répondu. Et, délicieusement, il était entré en elle.

Plus tôt, la conversation avait été beaucoup plus sérieuse. Peu après leur arrivée à Boulder, Stu lui avait dit qu'il avait parlé du bébé à Glen. Le prof pensait, sans en être sûr, que le virus de la super-grippe n'avait peut-être pas encore disparu. Si c'était le cas, le bébé risquait de mourir. Une idée troublante (on pouvait toujours compter, songea-t-elle, sur Glen Bateman pour vous glisser une ou deux Idées Troublantes à l'oreille), mais si la mère était immunisée, il était clair que l'enfant... ?

Oui, mais bien des gens ici avaient perdu leurs enfants durant l'épidémie.

Oui, mais cela voudrait dire...

Qu'est-ce que cela voudrait dire ?

Eh bien, cela pourrait vouloir dire que tous ces gens réunis ici n'étaient que l'épilogue de la race humaine, une brève coda. Elle ne voulait pas le croire, ne *pouvait* pas le croire. Si c'était vrai...

En bas, dans la rue, quelqu'un s'approchait, se tournait de côté pour se faufiler entre la vitrine d'un restaurant et l'avant d'un camion qui s'était immobilisé sur le trottoir. Une veste légère jetée sur l'épaule, il portait à la main quelque chose, soit une bouteille, soit une arme à long canon. Dans l'autre main, il tenait un bout de papier où une adresse était sans doute inscrite, car il semblait examiner les numéros des portes. Finalement, il s'arrêta devant leur immeuble. Il regardait la porte, ne sachant encore ce qu'il allait faire. Frannie trouva qu'il ressemblait un peu à un détective dans une vieille émission de télévision. Elle était à moins de dix mètres au-dessus de sa tête, mais la situation n'avait rien de facile. Si elle l'appelait, elle risquait de lui faire peur. Si elle se taisait, il allait sans doute frapper à la porte et réveiller Stuart. Et puis, que faisait-il avec un fusil à la main... si c'était un fusil ?

L'homme regarda en l'air, sans doute pour voir s'il y avait de la lumière dans l'immeuble. Frannie était toujours en train de l'observer. Leurs yeux se rencontrèrent.

— Mon Dieu ! cria l'homme sur le trottoir.

Et, sans le vouloir, il fit un pas en arrière, trébucha dans le caniveau et tomba par terre.

— Oh ! s'écria Frannie au même instant.

Et elle aussi fit un pas en arrière sur son balcon.

Une plante grimpante dans un grand pot était posée sur un socle derrière elle. Frannie le heurta en reculant. Il hésita un peu, décida presque de vivre plus longtemps, puis s'écrasa sur le balcon.

Dans la chambre, Stu grogna en se retournant dans son lit.

Comme c'était à prévoir, Frannie fut prise d'une crise de fou rire. Les mains collées sur la bouche, elle essayait de se pincer les lèvres, sans parvenir à étouffer son rire qui fusait en petits hennissements rauques. Et c'est reparti, pensa-t-elle. S'il était venu me chanter la sérénade avec une mandoline, j'aurais pu lui faire tomber le pot sur la tête. *O sole mio... BOUM !* Elle cherchait si fort à s'empêcher de rire qu'elle en avait mal au ventre.

Un murmure de conspirateur monta jusqu'à elle de la rue :

— Eh, vous... sur le balcon... *Psssst !*

— *Psssst,* murmura Frannie pour elle-même. *Psssst,* il ne manquait plus que ça.

Elle dut prendre la fuite pour ne pas se mettre à braire comme un âne. Rien ne pouvait l'arrêter quand elle avait

140

le fou rire. Elle traversa donc à pas de loup la chambre plongée dans le noir, décrocha derrière la porte de la salle de bain un peignoir et fila vers la porte de l'appartement en essayant d'enfiler les manches. Son visage était parcouru de tressaillements bizarres, comme un masque de caoutchouc. Elle arriva sur le palier et se précipita dans l'escalier avant que son rire n'éclate, victorieux. Et c'est ainsi qu'elle descendit les deux étages en cancanant comme une folle.

L'homme — c'était un jeune homme — s'était relevé. Il était mince, bien bâti. Une barbe qui était sans doute blonde, ou peut-être légèrement roussâtre à la lumière du jour, lui dévorait le visage. Des cercles noirs soulignaient ses yeux, mais il souriait timidement.

— Qu'est-ce que vous avez renversé ? Un piano ?

— Un pot de fleurs. Il... il...

Mais le fou rire la reprit et elle ne put que le montrer du doigt, secouée par un rire silencieux, se tenant le ventre à deux mains. Des larmes ruisselaient sur ses joues.

— Vous étiez irrésistible, reprit-elle. Je sais que ce n'est pas très gentil de dire ça à quelqu'un qu'on ne connaît pas mais... Je vous jure ! C'était tellement drôle !

— Autrefois, répondit-il avec un grand sourire, je vous aurais fait un procès pour au moins deux cent cinquante mille dollars. Monsieur le juge, j'ai levé la tête et cette jeune femme me regardait. Eh oui, je crois bien qu'elle faisait une grimace. En tout cas, c'est ce que j'ai vu. Le tribunal statue en faveur du demandeur, pauvre garçon. L'audience est suspendue pour dix minutes.

Ils rirent un peu. Le jeune homme était vêtu d'un jeans propre et d'une chemise bleu foncé. La nuit d'été était chaude. Frannie était contente finalement d'être sortie.

— Vous ne vous appelleriez pas Fran Goldsmith, par hasard ?

— Si. Mais je ne vous connais pas.

— Larry Underwood. Nous sommes arrivés aujourd'hui. En réalité, je cherchais un certain Harold Lauder. On m'a dit qu'il habitait au 261 Pearl, avec Stu Redman, Frannie Goldsmith et quelques autres.

Le fou rire de Frannie s'arrêta aussitôt.

— Harold habitait l'immeuble quand nous sommes arrivés à Boulder. Mais il est parti il y a déjà pas mal de temps. Il habite rue Arapahoe, du côté ouest de la ville. Je peux vous donner son adresse si vous voulez, et vous dire comment y aller.

— J'aimerais bien, si c'est possible. Mais j'attendrai demain pour aller le voir. Je n'ai pas envie de me retrouver dans la même situation que tout à l'heure.

— Vous connaissez Harold ?

— Oui et non — comme je vous connais un peu, mais sans vous connaître vraiment. Pour être franc, je dois dire que vous ne ressemblez pas à celle que j'imaginais. Dans ma tête, je vous voyais comme une blonde germanique, probablement avec deux 45 à la ceinture. Mais je suis quand même très content de faire votre connaissance.

Il lui tendit la main et Frannie la serra avec un petit sourire un peu étonné.

— Figurez-vous que je ne comprends pas un mot de ce que vous me racontez.

— Asseyons-nous sur le trottoir une minute. Je vais tout vous expliquer.

Elle s'assit. Un coup de vent venu de nulle part souleva quelques papiers et agita les vieux ormes qui se dressaient sur la pelouse du palais de justice, trois rues plus loin.

— J'ai quelque chose pour Harold Lauder. Mais en principe, c'est une surprise. Alors, si vous le voyez avant moi, ne dites rien.

— Naturellement, répondit Frannie, de plus en plus perplexe.

Et il souleva ce qu'elle avait pris pour le canon d'une arme. En fait, c'était une bouteille de vin. Frannie lut l'étiquette à la lumière des étoiles : BORDEAUX 1947.

— La meilleure année du siècle, expliqua Larry. Au moins, c'est ce qu'un de mes amis me disait. Il s'appelait Rudy.

— Mais... 1947... ça fait quarante-trois ans. Est-ce que... il ne risque pas d'être un peu... abîmé ?

— Rudy disait qu'un bon bordeaux ne s'abîme jamais.

De toute façon, il a fait la route depuis l'Ohio. Si c'est un mauvais vin, au moins c'est un mauvais vin qui a beaucoup voyagé.

— Et vous l'avez apporté pour Harold ?

— Oui, avec toute une provision de ces trucs-là.

Il sortit quelque chose de la poche de sa veste. Cette fois, elle vit aussitôt ce que c'était et éclata de rire.

— Une tablette de chocolat Payday ! Harold en raffole... mais comment pouviez-vous le savoir ?

— C'est ce que je voulais vous expliquer.

— Alors, racontez-moi tout !

— Très bien. Il était une fois un type qui s'appelait Larry Underwood. Il habitait en Californie et était allé à New York voir sa chère vieille maman. Ce n'était pas la seule raison de son voyage, mais les autres raisons étaient un peu moins jolies. Restons-en à la première explication, d'accord ?

— Pourquoi pas ?

— Et voilà que la grande sorcière, ou peut-être un imbécile du Pentagone, déclenche une terrible épidémie qui dévaste tout le pays. En moins de deux, pratiquement tout le monde à New York est mort. Y compris la mère de Larry.

— Je suis désolée. Ma mère et mon père sont morts eux aussi.

— Oui, tout le monde a perdu son père et sa mère. Si nous devions nous envoyer des condoléances, il n'y aurait plus assez d'enveloppes. Mais Larry a eu de la chance. Il est parti de New York avec une dame qui s'appelait Rita et qui n'avait pas exactement tout ce qu'il fallait pour faire face à la situation. Malheureusement, Larry n'avait pas ce qu'il fallait non plus pour l'aider à s'en sortir.

— Personne ne l'avait.

— Mais certains l'ont trouvé plus vite que les autres. Bref, Larry et Rita ont pris la direction de la côte du Maine. Ils sont allés jusqu'au Vermont. Là, la dame a malheureusement pris quelques pilules de trop.

— C'est terrible.

— Et Larry a très mal digéré la chose. En fait, il y a

143

vu plus ou moins un signe de Dieu, un jugement sur son caractère. J'ajouterai qu'une ou deux personnes qui l'avaient connu pensaient que son principal trait de caractère était un égocentrisme à toute épreuve, aussi visible et manifeste qu'une Sainte Vierge phosphorescente sur le tableau de bord d'une Cadillac 59.

Assise au bord du trottoir, Frannie bougea un peu.

— J'espère que je ne vous embête pas avec mes histoires, mais tout ça me trotte dans la tête depuis pas mal de temps, et il y a un rapport avec Harold. Je continue ?

— Allez-y.

— Merci. J'ai l'impression que depuis notre arrivée, depuis que nous avons rencontré cette vieille dame, je cherche quelqu'un de gentil pour lui raconter mes affaires. Et je pensais que ce serait Harold. Je continue. Larry a poursuivi sa route, toujours en direction du Maine. En fait, il ne savait pas où aller. Il faisait des cauchemars. Mais comme il était seul, il ne pouvait pas savoir que d'autres personnes en faisaient elles aussi. Il s'est simplement dit qu'il ne s'agissait que d'un symptôme supplémentaire de sa constante détérioration mentale. Il est arrivé dans une petite ville, sur la côte, Wells, où il a rencontré une femme qui s'appelait Nadine Cross et un curieux petit garçon qui finalement s'appelle Leo Rockway.

— Wells...

— Nos trois voyageurs ont tiré au sort, si on veut, pour savoir dans quelle direction ils devraient prendre la nationale 1. Comme ils ont tiré pile, ils sont partis vers le sud et ont fini par arriver à...

— Ogunquit !

— Exactement. Et là, sur le toit d'une grange, en énormes lettres, j'ai vu pour la première fois les noms de Harold Lauder et de Frances Goldsmith.

— C'était l'idée de Harold ! Oh, Larry, vous pouvez être sûr qu'il va être content !

— Nous avons suivi l'itinéraire indiqué, d'abord jusqu'à Stovington. Puis jusqu'au Nebraska, chez mère Abigaël, et enfin jusqu'à Boulder. Nous avons rencontré des gens en cours de route. Notamment une fille qui s'appelle Lucy Swann et qui est ma femme. J'aimerais bien, que vous fassiez sa connaissance un de ces jours. Je crois que vous l'aimerez. Mais quelque chose s'était produit en cours de route, quelque chose que Larry n'avait pas vraiment voulu. Son petit groupe de quatre personnes a grandi. D'abord six. Un peu plus tard, dix. Lorsque nous sommes arrivés devant la porte de mère Abigaël et que nous avons lu le message de Harold, nous étions seize. Dix-neuf lorsque nous sommes repartis. Et Larry était à la tête de cette petite bande. Il n'y avait pas eu de vote, pas de décision. Les choses s'étaient faites toutes seules. Il ne voulait pas vraiment de cette responsabilité. Pour lui, c'était plus un fardeau qu'autre chose. Il n'arrivait plus à dormir la nuit. Mais la tête fonctionne d'une drôle de manière. Je ne pouvais pas les laisser tomber. Question d'honneur peut-être. Pourtant j'avais une peur terrible de tout bousiller, de me réveiller un jour et de trouver quelqu'un mort dans son sac de couchage, comme Rita, là-bas dans le Vermont, et tout le monde en train de me montrer du doigt : « C'est ta faute. Tu n'étais pas meilleur que nous, c'est ta faute. » Mais je n'avais personne à qui en parler, même pas au Juge...

— Quel juge ?

— Le juge Farris, un vieux bonhomme de Peoria. Je crois qu'il a vraiment été juge vers les années cinquante, mais il était depuis longtemps en retraite quand l'épidémie est arrivée. Il a une tête de première classe. Quand il vous regarde, vous avez l'impression qu'il vous passe aux rayons X. Bon, tout ça pour dire que Harold était devenu important pour moi. Plus ils devenaient nombreux, plus il devenait important, proportionnellement, si on veut. Et quand je repense au toit de la grange... la dernière ligne, celle de votre nom... je me demande comment il a fait. Il devait avoir les fesses dans le vide.

— Oui. Je dormais. Sinon, je l'aurais empêché.

— Je m'étais fait une certaine idée de lui. J'avais trouvé un papier de chocolat dans le grenier de cette

145

grange, à Ogunquit, et puis ce qu'il avait gravé sur la poutre...

— Qu'est-ce qu'il avait gravé ?

Elle sentit que Larry l'observait dans le noir. Elle tira le bas de son peignoir sur ses jambes... pas un geste de pudeur, car elle ne sentait rien de menaçant chez cet homme, mais un geste de nervosité.

— Ses initiales, reprit Larry d'une voix neutre. H.E.L. Mais s'il n'y avait eu que ça, je ne serais pas là aujourd'hui. Ensuite, il y a eu le magasin de motos, à Wells...

— Nous avons été là-bas !

— Je sais. J'ai vu qu'on avait pris deux motos. Et ce qui m'a encore plus impressionné, c'est que Harold avait siphonné de l'essence dans le réservoir. Vous avez dû l'aider, Fran. J'ai failli me couper le doigt moi, en faisant la même chose.

— Non. Harold a cherché un peu partout jusqu'à ce qu'il trouve quelque chose, une prise d'air je crois...

Larry grogna et se frappa le front.

— La prise d'air ! Nom de Dieu ! Je n'y ai même pas pensé ! Vous voulez dire qu'il a simplement cherché le tuyau... dévissé le bouchon... mis son tuyau dedans.

— Mais... oui.

— Oh, Harold, dit Larry avec dans la voix une note d'admiration qu'elle n'avait jamais entendue auparavant, du moins pas à propos de Harold Lauder. Eh bien, là, il m'a eu. Bon. Finalement, nous sommes arrivés à Stovington. La surprise a été si mauvaise pour Nadine qu'elle est tombée dans les pommes.

— Moi, j'ai pleuré, dit Fran. J'ai beuglé comme une vache. J'ai cru que je ne m'arrêterais jamais. J'avais imaginé que, lorsque nous arriverions là-bas, quelqu'un allait nous dire : « Bonjour ! Entrez donc, salle de désinfection sur la droite, cafétéria sur la gauche. » Ça semble tellement bête maintenant.

— Moi, je n'ai pas été étonné. L'indomptable Harold était arrivé avant moi, avait laissé ses instructions, puis était reparti. J'avais l'impression d'être un petit gars de la ville en train de suivre les instructions d'un grand chef sioux.

L'opinion qu'il se faisait de Harold la fascinait et l'étonnait. N'était-ce pas Stu qui avait en fait dirigé le groupe depuis qu'ils avaient quitté le Vermont, en route pour le Nebraska ? Honnêtement, elle ne s'en souvenait plus. Ils étaient tous trop préoccupés par leurs rêves. Larry lui rappelait des choses qu'elle avait oubliées... ou pire, dont elle ne s'était pas aperçue. Harold, qui avait risqué sa vie pour inscrire son message sur le toit de la grange — une idée qu'elle avait trouvée un peu idiote à l'époque, mais qui avait quand même servi à quelque chose. Siphonner de l'essence dans cette citerne... Apparemment une opération de première importance pour Larry, mais Harold s'en était tiré les doigts dans le nez. Elle se sentait coupable, inutile. Ils avaient tous plus ou moins supposé que Harold n'était qu'un fantoche un peu ridicule. Mais Harold avait eu plus d'une bonne idée au cours de ces six semaines. Avait-elle donc été tellement amoureuse de Stu qu'il lui avait fallu attendre ce parfait étranger pour comprendre certaines choses à propos de Harold ? Ce qui la rendait encore plus mal à l'aise, c'était qu'une fois la situation acceptée, Harold s'était comporté vraiment comme un adulte avec elle et Stuart.

— Et naturellement, reprenait Larry, des instructions nous attendaient à Stovington, avec un itinéraire détaillé, comme d'habitude. Dans l'herbe, un autre papier de chocolat Payday. Un peu comme un jeu de piste, mais au lieu de flèches, c'était des papiers de chocolat que Harold nous laissait. Nous n'avons pas toujours suivi votre itinéraire. Nous sommes partis un peu au nord près de Gary, en Indiana, à cause d'un terrible incendie qui brûlait là-bas. On aurait dit que tous les réservoirs des compagnies pétrolières de la ville avaient pris feu. En cours de route, nous avons rencontré Le Juge et nous nous sommes arrêtés à Hemingford Home — nous savions qu'elle n'était plus là, à cause des rêves, mais nous voulions tous

voir cet endroit. Le maïs... la balançoire... vous comprenez ?

— Oh oui, je comprends.

— J'avais l'impression de devenir fou. Je pensais toujours que quelque chose allait nous arriver, que nous
allions nous faire attaquer par une bande de motards,
manquer d'eau, n'importe quoi. Ma mère avait un livre
qu'elle avait reçu de sa grand-mère, je crois. *Dans les pas
de Jésus,* c'était le titre. Une collection de petites histoires
à propos de gens qui se trouvaient dans des situations
épouvantables. Des problèmes de morale, la plupart du
temps. Et le type qui avait écrit ce livre disait que pour
résoudre les problèmes, il suffisait de se demander :
« Que ferait Jésus ? » Et tout s'arrangeait aussitôt. Vous
savez ce que je pense ? Que c'est une question Zen. Pas
une question en réalité, mais une manière de faire le vide
dans votre tête, comme ces types qui murmurent *Om...
Om...* en se regardant le bout du nez.

Fran sourit. Elle savait parfaitement ce que sa mère
aurait dit si elle avait entendu *ça.*

— Alors, quand je me sentais vraiment mal, Lucy —
c'est la fille avec qui je suis, je vous l'ai dit ? — Lucy
me disait : « Vite, Larry, pose la question. »

— Que ferait Jésus ? demanda Fran, un peu ironique.

— Non, que ferait *Harold* ? répondit Larry, très
sérieusement.

Fran n'en croyait pas ses oreilles. Et elle se dit qu'elle
aimerait bien être là quand Larry rencontrerait Harold.
Comment allait-il réagir ?

— Un soir, nous campions dans une ferme et nous
n'avions presque plus d'eau. Il y avait bien un puits, mais
impossible de s'en servir, naturellement, puisqu'il n'y
avait pas d'électricité et que la pompe ne fonctionnait
donc pas. Joe — Leo, je suis désolé, son vrai nom est
Leo — Leo n'arrêtait pas de venir me dire : « Soif, Larry,
très soif. » Il commençait à me rendre complètement
dingue. J'étais pratiquement à bout et, s'il était venu
encore une autre fois, je crois bien que je l'aurais frappé.
Pas mal, hein ? Frapper un pauvre petit garçon plutôt per-

turbé. Mais on ne change pas du jour au lendemain. J'ai encore pas mal de progrès à faire.

— Vous les avez quand même emmenés tous jusqu'ici, dit Frannie. Dans notre groupe, nous avons eu un mort. Appendicite. Stu a essayé de l'opérer, mais ça n'a pas marché. Tout compte fait, Larry, je dirais que vous vous en êtes très bien tiré.

— Vous voulez dire, avec l'aide de Harold. En tout cas, Lucy m'a dit : « Vite, Larry, pose la question. » Et c'est ce que j'ai fait. Il y avait une éolienne un peu plus loin pour amener l'eau jusqu'à l'étable. Elle tournait. Mais, quand j'ai ouvert les robinets dans l'étable, l'eau ne coulait pas. Alors, j'ai regardé dans une grosse boîte au pied de l'éolienne, une boîte qui protégeait le mécanisme. J'ai vu que l'axe était sorti de son logement. Je l'ai simplement remis en place, et ça a marché ! Toute l'eau que nous voulions. Bien fraîche, très bonne. Grâce à Harold.

— Grâce à *vous*. Harold n'était pas là, quand même.

— Il était là, dans ma tête. Et maintenant, je suis ici, je lui apporte du vin et du chocolat. Vous savez, continua-t-il en lui lançant un regard oblique, j'ai presque cru que vous étiez son amie.

Elle secoua la tête et regarda le bout de ses doigts.

— Non... je ne suis pas avec Harold.

Il ne répondit rien, mais elle sentit qu'il l'observait.

— Bon, dit-il enfin. Je me suis trompé à propos de Harold ?

Frannie se leva.

— Il faut que je rentre. J'ai été contente de faire votre connaissance, Larry. Revenez demain. Je vous présenterai Stu. Et venez avec Lucy, si elle n'a rien d'autre à faire.

— Mais... Harold ?

— Oh, je ne sais pas, répondit-elle d'une voix chevrotante et elle sentit tout à coup qu'elle allait bientôt se mettre à pleurer. À vous entendre, j'ai l'impression que... que je me suis vraiment mal comportée avec Harold. Et je ne sais pas... pourquoi ni comment j'ai fait ça... est-ce

149

qu'on peut m'en vouloir si je ne l'aime pas de la même manière que Stu... est-ce que c'est ma faute ?

— Non, pas du tout, naturellement. Écoutez, je suis vraiment désolé. Je devrais apprendre à m'occuper de mes affaires. Je m'en vais maintenant.

— Il a *changé* ! Je ne sais pas pourquoi. Et parfois, je crois qu'il est mieux qu'avant... mais... mais je n'en suis pas vraiment sûre. Parfois j'ai peur.

— Peur de Harold ?

Elle regarda par terre sans lui répondre. Elle avait déjà sans doute trop parlé.

— Est-ce que vous pouvez me dire comment je peux le trouver ? demanda doucement Larry.

— Très facile. Tout droit sur la rue Arapahoe, jusqu'à ce que vous trouviez un square, sur votre droite. Harold habite une petite maison, juste en face.

— D'accord. Et merci. J'ai vraiment été très heureux de faire votre connaissance, Fran, avec le pot de fleurs et tout le reste.

Elle sourit, mais le cœur n'y était plus. Sa belle humeur de tout à l'heure s'était envolée.

Larry leva sa bouteille en l'air.

— Et si vous le voyez avant moi... vous ne lui dites rien, d'accord ?

— Naturellement.

— Bonne nuit, Frannie.

Elle le regarda disparaître dans la nuit, puis remonta se coucher à côté de Stu qui dormait toujours à poings fermés.

Harold, pensa-t-elle en tirant les couvertures sous son menton. Comment aurait-elle pu dire à ce Larry, qui semblait si gentil et tellement perdu (mais n'étaient-ils pas tous un peu perdus ?), que Harold Lauder était un gros garçon sans maturité, complètement perdu lui-même ? Devait-elle lui dire qu'un jour, il n'y avait pas si longtemps, elle était tombée sur le sage Harold, le Harold plein de ressources, le Harold qui avait la réponse à tout comme Jésus, en train de tondre sa pelouse en costume de bain, pleurant à chaudes larmes ? Devait-elle lui dire que le Harold parfois grognon, souvent effrayé qu'elle avait connu à Ogunquit, était devenu un politicien redoutable, un type qui distribuait les poignées de main en souriant, mais qui vous regardait avec les yeux vides et glacés d'un monstre de Gila ?

Elle allait certainement avoir du mal à s'endormir. Harold était tombé follement amoureux d'elle et elle était tombée follement amoureuse de Stu Redman. Non, la vie n'était pas rose. Et maintenant, chaque fois que je vois Harold, j'ai *froid dans le dos*. Même s'il a bien perdu cinq kilos et qu'il soit moins boutonneux qu'avant, j'ai...

Sa gorge se serra tout à coup et elle se dressa sur ses coudes, écarquillant les yeux dans le noir.

Quelque chose avait bougé dans son ventre.

Ses mains coururent vers la petite bosse que l'on commençait à voir. Mais il était sûrement trop tôt. Elle avait dû imaginer que...

Non, elle n'avait rien imaginé.

Elle se recoucha lentement, le cœur battant. Elle pensa réveiller Stu mais se ravisa. Si seulement c'était lui qui lui avait fait ce bébé, au lieu de Jess. Si c'était lui, elle l'aurait réveillé, elle aurait partagé ce moment avec lui. Elle le ferait pour le prochain. S'il y en avait un, naturellement.

Puis le mouvement reprit, si discret qu'elle aurait pu croire simplement que ses intestins lui jouaient des tours. Mais elle savait. C'était le bébé. Et le bébé était vivant.

— Mon Dieu, murmura-t-elle.

Elle ne pensait plus à Larry Underwood ni à Harold Lauder. Elle ne pensait plus à ce qui lui était arrivé depuis que sa mère était tombée malade. Elle attendait qu'il bouge encore, elle guettait le moindre signe de sa présence. Et elle s'endormit ainsi. Son bébé était vivant.

Harold était assis sur la pelouse de la petite maison qu'il s'était choisie. Il regardait le ciel en pensant à une vieille chanson rock qu'il avait entendue autrefois.

Il détestait le rock, mais il se souvenait pourtant de presque toutes les paroles de cette chanson, et même du nom du groupe : Kathy Young and The Innocents. La chanteuse avait une voix prenante, un peu rauque. Harold s'était imaginé une blondinette de seize ans, pâle, plutôt quelconque. Comme si elle chantait devant une photo qui restait la plupart du temps au fond d'un tiroir, une photo qui ne sortait que tard le soir, quand tous les autres dormaient à la maison. Elle chantait comme si elle n'avait plus aucun espoir. Et la photo devant laquelle elle chantait avait peut-être été chipée dans l'album de sa sœur aînée, une photo du beau mec local — capitaine de l'équipe de football et président de l'association des étudiants. Le beau mec était en train de s'amuser avec une splendide majorette au fond d'une ruelle déserte tandis que, perdue dans sa banlieue, cette pauvre fille aux nichons plats, avec un gros bouton au coin de la bouche, chantait :

« Mille étoiles dans le ciel... me disent et me répètent...
que tu es celui que j'aime... celui que j'adore... dis-moi
que tu m'aimes... dis-moi que je suis à toi... »

Il y avait bien plus de mille étoiles dans le ciel ce soir-là, mais ce n'étaient pas des étoiles d'amoureux. La Voie lactée était muette. Ici, à plus de mille cinq cents mètres au-dessus du niveau de la mer, les étoiles étaient dures et cruelles comme un milliard de trous dans un voile de velours noir, coups de poignard divins. Étoiles de haine. Et leur présence donna envie à Harold de faire un vœu. Je déteste, un peu, beaucoup, passionnément, à la folie. Crevez tous, les potes.

Il était assis, la tête renversée en arrière, astronome perdu dans sa lugubre contemplation. Il avait les cheveux plus longs que jamais, mais bien propres, soigneusement brossés. Il ne sentait plus la bouse de vache. Même ses boutons disparaissaient, maintenant que le chocolat ne l'intéressait plus. Et avec tout ce travail, toute cette longue marche, il avait maigri. Il commençait à être parfaitement présentable. Ces dernières semaines, il lui était arrivé de se voir dans une vitrine et de se retourner, surpris, comme s'il découvrait un étranger.

Il changea de position sur sa chaise. Un livre était posé sur ses genoux, un grand livre relié en similicuir. Chaque fois qu'il sortait de chez lui, il le cachait sous une pierre de la cheminée. Si quelqu'un avait trouvé ce livre, sa carrière à Boulder aurait été terminée. Un mot s'étalait en lettres d'or sur la couverture du livre : REGISTRE. C'était le journal qu'il avait commencé à tenir après avoir lu celui de Fran. Il avait déjà rempli de sa petite écriture serrée les soixante premières pages, sans laisser de marge. Aucun paragraphe, un texte d'un seul bloc, débordement de haine, comme un abcès laissant s'échapper son pus. Il n'avait jamais cru posséder une telle réserve de haine. Une réserve qui aurait dû être épuisée déjà, mais dont il semblait n'avoir fait qu'effleurer la surface.

Mais pourquoi cette haine ?

Il se redressa, comme si quelqu'un lui avait posé la question. Une question à laquelle il n'était pas facile de répondre, sauf peut-être pour quelques rares élus. Einstein n'avait-il pas dit que seulement six personnes au monde comprenaient toutes les incidences de la formule $E = mc^2$? Et cette équation-là, dans son crâne ? La relativité de Harold. L'énergie de la haine. Oh, il aurait pu écrire encore des pages et des pages sur la question, de plus en plus obscures, jusqu'à se perdre dans les rouages de son cerveau sans avoir pourtant trouvé le ressort qui les faisait tourner. Presque... un viol. Il se violait lui-même. Était-ce bien cela ? Pas très loin, en tout cas. De l'auto-sodomisation.

Il n'allait plus rester bien longtemps à Boulder. Un mois ou deux, pas davantage. Quand il aurait finalement trouvé le moyen de régler ses comptes. Alors il partirait vers l'ouest. Et quand il arriverait là-bas, il parlerait, vomirait tout ce qu'il savait sur cet endroit. Il leur raconterait ce qu'on disait aux assemblées publiques et, bien plus important, aux réunions à huis clos. Il était sûr d'être nommé au comité de la Zone libre. On l'accueillerait à bras ouverts et le type qui s'occupait de tout là-bas lui donnerait une belle récompense... non pas en mettant fin à sa haine, mais en lui donnant le parfait véhicule pour l'exprimer, une Cadillac de la haine, longue, noire, menaçante. Il prendrait le volant et il foncerait sur eux. Flagg et lui renverseraient cette minable colonie comme on donne un coup de pied dans une fourmilière. Mais d'abord, il fallait s'occuper de Redman qui lui avait menti, qui lui avait volé sa femme.

Oui, Harold, mais pourquoi cette haine ?

Non, il n'y avait pas de réponse satisfaisante à cette question, seulement une sorte de... d'évidence, crue et brutale. Était-ce même une question que l'on pouvait poser ? Autant demander à une femme pourquoi elle a donné naissance à un enfant handicapé.

Il y avait eu un temps, une heure ou une seconde, où il avait pensé se débarrasser de sa haine. Après avoir terminé de lire le journal de Fran, quand il avait découvert qu'elle était irrémédiablement attachée à Stu Redman. Cette découverte lui avait fait l'effet d'un jet d'eau froide sur une limace. Elle se contracte, se met en boule. À ce moment précis, il avait compris qu'il pouvait simplement *accepter les choses,* découverte qui l'avait à la fois terrifié et rempli d'une sorte d'ivresse. Il avait compris qu'il pouvait devenir une autre personne, un nouveau Harold Lauder, copie améliorée de l'ancien grâce au scalpel de la super-grippe. Mieux que tous les autres, il comprenait que la Zone libre de Boulder, c'était cela. Les gens avaient changé. La société qui s'était formée dans cette petite ville ne ressemblait en rien à celles qui avaient existé avant. Les gens ne s'en rendaient pas compte, parce qu'ils ne prenaient pas leurs distances comme lui le faisait. Hommes et femmes vivaient en couple, sans désir apparent d'instituer à nouveau la cérémonie du mariage. Des groupes de personnes habitaient ensemble en petites sous-communautés, comme des communes. Les disputes étaient rares. Tout le monde semblait s'entendre. Et le plus étrange, c'est que personne ne semblait se douter des profondes implications théologiques de leurs rêves... et de l'épidémie elle-même. Boulder avait fait table rase, à tel

154

point qu'elle était incapable d'apprécier sa nouvelle beauté.

Harold le comprenait, et cette compréhension alimentait sa haine.

Très loin, de l'autre côté des montagnes, une autre créature était née d'une obscure tumeur maligne, cellule en folie prélevée sur le cadavre de l'ancien corps politique, seul représentant du carcinome qui avait dévoré vivante l'ancienne société. Une seule cellule, mais elle avait déjà commencé à se reproduire, à engendrer d'autres cellules anarchiques. Et pour la société, ce serait bientôt la lutte de toujours, la lutte des tissus sains pour rejeter l'intrusion maligne. Mais pour chaque cellule individuelle, c'était la vieille, vieille question, celle qui remontait au jardin d'Éden — As-tu mangé la pomme ou l'as-tu laissée sur l'arbre ? De l'autre côté des montagnes, à l'ouest, ils s'empiffraient déjà de tartes aux pommes. Les assassins de l'Éden étaient là, les sombres fusiliers.

Et lui, quand il avait compris qu'il était libre de s'*accepter,* il avait rejeté cette nouvelle option. La saisir au vol aurait été comme se tuer lui-même. Le fantôme de toutes les humiliations qu'il avait subies était revenu le hanter. Ses rêves brisés, ses ambitions anéanties étaient revenus défiler devant ses yeux, lui demander s'il pouvait oublier si facilement. Dans la nouvelle société de la Zone libre, il ne serait jamais que Harold Lauder. Là-bas, il pouvait être un prince.

C'était le cancer qui l'attirait, le carnaval de la noirceur — les grandes roues brillant de toutes leurs lumières qui tournaient au-dessus de la terre plongée dans l'obscurité, défilé incessant de monstres comme lui, et sous le chapiteau les lions mangeaient les spectateurs. Ce qui l'attirait, c'était la musique discordante du chaos.

Il ouvrit son journal et, d'une main ferme, se mit à écrire à la lumière des étoiles :

> *12 août 1990 (tôt le matin).*
> *On dit que les deux grands péchés de l'homme sont*
> *l'orgueil et la haine. Est-ce vrai ? Je préfère y voir*
> *les deux grandes vertus de l'homme. Renoncer à*
> *l'orgueil et à la haine, c'est dire que vous voulez*
> *changer pour le bien d'autrui. Les cultiver, leur*
> *donner libre cours est cent fois plus noble, car c'est*
> *dire que le monde doit changer pour votre bien à*
> *vous. Je me suis embarqué dans une grande*
> *aventure.*
>
> HAROLD EMERY LAUDER

Il referma le registre, rentra dans la maison, cacha le
livre dans son trou, replaça soigneusement la grosse
pierre. Puis il se rendit à la salle de bain, posa sa lampe
Coleman sur le lavabo pour qu'elle éclaire le miroir et,
pendant un bon quart d'heure, s'entraîna à sourire. Il faisait de grands progrès.

51

Les murs de Boulder se couvrirent des affiches de Ralph annonçant l'assemblée du 18 août. Les conversations allaient bon train, la plupart du temps sur les qualités et les défauts des sept membres du comité spécial.

Il faisait encore jour quand mère Abigaël décida de se coucher, complètement épuisée. Toute la journée, elle avait reçu un flot ininterrompu de visiteurs qui voulaient tous savoir ce qu'elle pensait. Elle avait bien voulu dire que la plupart des membres du comité lui paraissaient tout à fait acceptables. Mais on voulait savoir aussi si elle accepterait de faire partie d'un comité permanent, au cas où l'assemblée déciderait d'en constituer un. Elle avait répondu qu'une telle charge serait trop fatigante pour elle, mais qu'elle aiderait certainement un comité de représentants élus, si on lui demandait son aide. Et ces visiteurs n'avaient cessé de lui répéter qu'un comité permanent qui refuserait son aide serait aussitôt désavoué. Mère Abigaël alla se coucher fatiguée mais contente.

Nick Andros était fatigué et content lui aussi ce soir-là. En un seul jour, grâce à une seule affiche reproduite sur une malheureuse ronéo à manivelle, la Zone libre s'était transformée d'un groupe informe de réfugiés en une société d'électeurs. Et les gens étaient contents. Ils avaient l'impression de retrouver la terre ferme sous leurs pieds, après des semaines de chute libre.

Dans l'après-midi, Ralph l'avait emmené à la centrale électrique. Ralph, Nick et Stu avaient décidé de tenir une réunion préliminaire chez Stu et Frannie le surlendemain. Ce qui leur donnait encore deux jours pour écouter ce que les gens avaient à dire.

Nick avait souri en faisant semblant de se déboucher les oreilles.

— On écoute encore mieux en lisant sur les lèvres, lui avait dit Stu. Tu sais, Nick, je crois bien qu'on va pouvoir remettre en marche les turbines. Brad Kitchner fait un boulot formidable. Si nous en avions dix comme lui, toute la ville fonctionnerait comme une machine à coudre le 1er septembre.

Ce même après-midi, Larry Underwood et Leo Rockway avaient pris la rue Arapahoe, en direction de l'ouest, pour se rendre chez Harold. Larry portait le sac à dos qui l'avait accompagné durant tout son voyage, mais cette fois il était vide, à l'exception d'une bouteille de vin et d'une demi-douzaine de barres de chocolat Payday.

Lucy était partie avec cinq ou six personnes à bord de deux dépanneuses pour commencer à dégager les rues et les routes. Le problème, c'est qu'ils travaillaient tous sans méthode, quand l'envie les en prenait. De bonnes petites abeilles ouvrières, pensa Larry, mais plutôt bordéliques. C'est alors qu'il vit, clouée sur un poteau de téléphone, une des affiches annonçant l'assemblée. Peut-être était-ce là la solution. Les gens étaient manifestement pleins de bonne volonté ; ce qu'il leur fallait, c'était quelqu'un pour coordonner les activités, pour leur dire quoi faire. Et par-dessus tout, les gens voulaient effacer le souvenir de ce qui s'était passé ici au début de l'été (l'été qui tirait déjà à sa fin, était-ce possible ?) comme on prend un chiffon pour effacer un gros mot sur le tableau noir. Peut-être pourrons-nous faire la même chose d'un bout à l'autre de l'Amérique, songea Larry, mais nous devrions pouvoir y parvenir ici à Boulder avant les premières neiges, si la nature n'est pas trop méchante.

Un bruit de verre cassé le fit se retourner. Leo venait

de lancer une grosse pierre dans la lunette arrière d'un vieux camion Ford. Sur le pare-chocs du camion, un sticker d'inspiration humoristico-touristique : POUR VOUS REMUER LES FESSES, EXPLOREZ LE GRAND CANYON.

— Ne fais pas ça, Joe.

— Je m'appelle Leo.

— C'est vrai, Leo. Ne fais pas ça.

— Pourquoi ?

Larry tarda à trouver une réponse satisfaisante.

— Parce que ça fait un vilain bruit, dit-il finalement.

— Ah bon. D'accord.

Ils reprirent leur marche. Larry enfonça ses mains dans ses poches. Leo fit la même chose. Larry donna un coup de pied dans une canette de bière. Leo shoota aussitôt dans une pierre. Larry se mit à siffler. Leo fit un drôle de bruit pour l'accompagner. Larry ébouriffa les cheveux de l'enfant. Leo le regarda avec ses étranges yeux bridés et sourit. Et Larry se dit : *Merde alors, je suis en train de tomber amoureux de ce mioche. C'est quand même plutôt bizarre.*

Ils arrivèrent devant le square dont Frannie avait parlé. De l'autre côté de la rue se trouvait une maison verte à volets blancs. Sur l'allée de ciment qui menait à la porte d'entrée, une brouette pleine de briques. À côté, un couvercle de poubelle rempli de mortier. Accroupi, le dos tourné, un type large d'épaules, torse nu, et sur le dos un mauvais coup de soleil qui achevait de peler. Une truelle à la main, il construisait un muret de brique autour d'un massif de fleurs.

Larry pensa à ce que lui avait dit Fran : *Il a changé... Je ne sais pas comment ni pourquoi, je ne sais même pas s'il est mieux qu'avant... et parfois j'ai peur.*

Il s'avança, prononçant les mots qu'il avait préparés tout au long de ce si long voyage :

— Harold Lauder, je présume ?

Harold sursauta, puis il se retourna, une brique dans une main, sa truelle dégoulinante de mortier dans l'autre, à moitié levée, comme une arme. Du coin de l'œil, Larry crut voir que Leo avait un mouvement de recul. Et sa première pensée fut que Harold ne ressemblait pas du tout à ce qu'il s'était imaginé. Sa deuxième, ce fut à propos de la truelle : *Nom de Dieu, il ne va quand même pas me la balancer dans la figure ?* Les yeux de Harold, profondément enfoncés dans leurs orbites, étaient sombres et durs. Une mèche retombait lourdement sur son front trempé de sueur. Ses lèvres étaient presque blanches, tant il les serrait.

Puis la transformation fut si soudaine et si complète que Larry ne parvint jamais tout à fait à comprendre plus tard comment il avait pu voir un Harold aussi tendu, aussi peu souriant, avec le visage d'un homme prêt à se servir de sa truelle pour emmurer quelqu'un dans sa cave, plutôt que pour construire un muret autour d'un massif de fleurs.

Harold souriait maintenant d'un large sourire bon enfant qui lui creusait de petites fossettes. Ses yeux avaient perdu leur éclat menaçant (ils étaient vert bouteille, comment des yeux si clairs et si limpides avaient-ils jamais pu paraître menaçants ?). Il plongea la truelle dans le mortier — *plof !* — s'essuya les mains sur son pantalon, puis s'avança en tendant la main. *Mon Dieu,* pensa Larry, *c'est encore un gosse. S'il a dix-huit ans, je veux bien bouffer toutes les bougies de son dernier gâteau d'anniversaire.*

— Je ne crois pas vous connaître, dit Harold, toujours souriant.

Sa poigne était ferme. Il pompa exactement trois fois la main de Larry, puis la relâcha. Et Larry se souvint du jour où George Bush lui avait serré la main, à l'époque où le vieux politicard était candidat à la présidence. La chose s'était passée lors d'un meeting politique auquel il avait assisté sur les conseils de sa mère, conseils qu'elle lui avait donnés bien des années plus tôt : si tu n'as pas assez d'argent pour aller au cinéma, alors va au zoo ; si tu n'as pas assez d'argent pour aller au zoo, alors va voir un politicien.

Mais le sourire de Harold était contagieux et Larry se laissa convaincre. Très jeune ou pas, poignée de main de politicard ou pas, le sourire lui parut absolument authentique. Et après tout ce temps, après tous ces papiers de chocolat, il avait enfin Harold Lauder devant lui, en chair et en os.

— Non, vous ne me connaissez pas, répondit Larry. Mais moi, oui.

— Vraiment ! s'exclama Harold, et son sourire s'élargit encore.

S'il pousse encore d'un cran, pensa Larry, les coins de sa bouche vont se rejoindre derrière sa tête et les deux tiers supérieurs de son crâne vont foutre le camp.

— Je vous ai suivi à travers tout le pays, depuis le Maine.

— Non ? C'est vrai ?

— Mais si, dit Larry en défaisant son sac à dos. Tenez, je vous ai apporté quelque chose.

Il sortit la bouteille de bordeaux et la tendit à Harold.

— Vous n'auriez pas dû, dit Harold en regardant la bouteille, un peu étonné. Quarante-sept ?

— Une bonne année. Et j'ai encore autre chose.

Il lâcha une bonne demi-douzaine de barres de chocolat Payday dans l'autre main de Harold. Une tablette glissa entre les doigts du jeune homme et tomba sur le gazon. Harold se pencha pour la ramasser. À cet instant précis, Larry crut retrouver l'expression que le jeune homme avait eue tout à l'heure. Mais Harold était déjà debout, tout sourire.

— Comment saviez-vous ?

— J'ai suivi vos instructions... et les papiers de chocolat.

— Eh bien... pour une surprise... mais entrez donc. Nous allons bavarder un peu, comme disait mon père. Le petit garçon prendra bien un Coca ?

— Certainement. Leo, est-ce que tu...

Il regarda autour de lui, mais Leo n'était plus là. L'enfant s'était réfugié sur le trottoir et contemplait les fissures de l'asphalte comme si c'était la chose la plus intéressante du monde.

— Hé, Leo ! Tu veux un Coca ?

Leo marmonna quelque chose que Larry ne put entendre.

— Parle plus fort ! Tu as une langue, non ? Je t'ai demandé si tu voulais un Coca.

D'une voix à peine audible, Leo répondit :

— Je crois que je vais aller voir maman Nadine.

— Qu'est-ce qui se passe ? On vient d'arriver !

— Je veux rentrer ! fit Leo en levant les yeux.

Le soleil les faisait briller très fort. *Mais qu'est-ce qui arrive ? Il va se mettre à pleurer,* pensa Larry.

— Une seconde, dit-il à Harold.

— Naturellement. Les enfants sont parfois timides. J'étais comme ça.

Larry s'approcha de Leo et s'accroupit pour le regarder dans les yeux.

— Qu'est-ce qui ne va pas, la puce ?

— Je veux rentrer, répondit Leo sans le regarder. Je veux voir maman Nadine.

— Bon, tu...

Et Larry s'arrêta, ne sachant que faire.

— Je veux rentrer.

Leo jeta un rapide coup d'œil à Larry, ses yeux cherchèrent derrière son épaule la silhouette de Harold debout au milieu de sa pelouse, puis ils revinrent se fixer sur l'asphalte.

— Tu n'aimes pas Harold ?

— Je ne sais pas... il n'a pas l'air méchant... je veux simplement rentrer.

Larry soupira.

— Tu sauras retrouver ton chemin ?

— Naturellement.

— Bon, alors vas-y. Mais j'aurais bien aimé que tu viennes prendre un Coca avec nous. Il y a longtemps que j'ai envie de connaître Harold. Tu sais ça, non ?

— Oui...

— Et on pourrait rentrer ensemble.

— Je ne veux pas entrer dans cette maison, répondit Leo d'une voix sifflante, et un instant il redevint le Joe d'autrefois, l'enfant aux yeux fous.

— Bon, d'accord, se hâta de dire Larry en se relevant. Rentre tout de suite. Je ne veux pas que tu traînes dans la rue.

— Promis.

Et tout à coup Leo murmura quelque chose :

— Pourquoi tu rentres pas avec moi ? Tout de suite ? On rentre ensemble. S'il te plaît, Larry. D'accord ?

— Écoute, Leo, qu'est-ce que...

— Ça fait rien.

Avant que Larry ait pu ouvrir la bouche, Leo était parti. Larry le regarda disparaître. Puis il revint vers Harold, les sourcils froncés.

— Ne vous en faites pas, dit Harold, les enfants sont souvent bizarres.

— Celui-là l'est certainement, mais il a sans doute le droit de l'être. Il a eu son compte de problèmes.

— Sans aucun doute.

Larry se sentit mal à l'aise. Cette sympathie instantanée de Harold pour un enfant qu'il n'avait jamais vu lui parut à peu près aussi authentique que des jaunes d'œufs en poudre.

— Entrez donc, dit Harold. Vous savez, vous êtes pratiquement la première personne que je reçois chez moi. Frannie et Stu sont venus plusieurs fois, mais ils ne comptent pas vraiment.

Son large sourire était devenu un peu amer et Larry éprouva soudain de la pitié pour ce garçon — c'était encore un adolescent, après tout. Il se sentait seul et voilà que Larry, le Larry de toujours, jamais une parole agréable pour personne, le jugeait sur de simples impressions. Ce n'était pas juste. Il était temps qu'il cesse de se méfier de tout le monde.

— Eh bien, je suis content d'être le premier.

Le salon était petit mais confortable.

— Je vais changer les meubles quand j'en aurai le temps. Du moderne. Chrome et cuir. Maintenant que j'ai la carte American Express... comme tout le monde d'ailleurs.

Larry rit de bon cœur.

— Il y a des verres pas trop moches au sous-sol. Je vais aller les chercher. Oh, je peux vous tutoyer ?

— Naturellement.

— Parfait. Si tu n'y vois pas d'inconvénient, tes chocolats, ce sera pour une autre fois. J'ai arrêté de bouffer ces cochonneries, j'essaye de perdre du poids. Mais on va certainement faire un sort à ton vin pour saluer l'événement. Tu arrives de l'autre côté du pays, du Maine, rien que ça, et tu suivais mes — nos — instructions. C'est quand même quelque chose. Il faudra que tu me racontes ça. En attendant, installe-toi dans le fauteuil vert. C'est le moins mauvais.

Larry eut une dernière hésitation devant ce débordement d'amitié : *Il parle même comme un politicien — vite, vite, et je t'embobine.*

Harold sortit et Larry s'installa dans le fauteuil vert. Il entendit une porte s'ouvrir, puis les pas lourds de Harold qui descendait un escalier. Larry regarda autour de lui. Non, ce n'était pas le plus joli salon du monde, mais avec un bon tapis et des meubles modernes il ne serait sans doute pas trop mal. La cheminée était même assez belle. Beau travail d'artisan. Une pierre était descellée cependant. Larry eut l'impression qu'on l'avait remise en place un peu n'importe comment. Et la laisser comme ça, c'était un peu comme un puzzle où il manque une pièce, ou comme un tableau accroché de travers.

Il se leva et souleva la pierre. Harold était toujours en bas. Larry allait la remettre en place quand il vit un livre caché dans le trou, la couverture légèrement saupoudrée de débris de pierre, mais pas assez pour masquer ce mot écrit en lettres d'or : REGISTRE.

Un peu honteux, comme s'il avait voulu être indiscret, il remit la pierre en place juste au moment où Harold commençait à remonter l'escalier. Cette fois, la pierre était parfaitement à sa place et, lorsque Harold revint dans le salon avec deux verres dans les mains, Larry s'était rassis dans son fauteuil.

— J'ai dû les rincer. Ils n'avaient pas servi depuis longtemps.

— Ils ont l'air impeccables. Écoute, je ne suis pas sûr que ce bordeaux soit encore bon. C'est peut-être du vinaigre.

— Qui n'ose rien n'a rien, répondit Harold avec son sourire habituel.

Une fois de plus, Larry se sentit vaguement mal à l'aise et se souvint du registre — était-ce celui de Harold, ou avait-il appartenu aux anciens propriétaires de la maison ? Et si c'était celui de Harold, qu'est-ce qu'il pouvait bien y avoir écrit ?

Larry déboucha la bouteille et ils découvrirent à leur satisfaction mutuelle que le bordeaux était parfait. Une demi-heure plus tard, ils étaient tous les deux agréablement pompettes, Harold un peu plus que Larry. Même ainsi, Harold gardait son perpétuel sourire, encore plus radieux si c'était possible.

La langue un peu déliée par l'alcool, Larry se risqua à aborder un sujet délicat.

— Ces affiches. La grande assemblée du 18. Comment ça se fait que tu ne fasses pas partie du comité, Harold ? J'aurais cru qu'un type comme toi aurait fait un candidat idéal.

Le sourire de Harold devint béat.

— C'est que je suis très jeune. Ils ont sans doute trouvé que je n'avais pas assez d'expérience.

— Je trouve que c'est dommage.

Le pensait-il vraiment ? Ce sourire... Cette expression de méfiance qu'il avait devinée. Le pensait-il vraiment ? Il ne savait pas.

— Mais qui peut prédire l'avenir ? dit Harold, sourire aux lèvres. Chacun son tour, tôt ou tard.

Larry prit congé de Harold vers cinq heures. Ils se serrèrent la main amicalement. Avec un grand sourire,

Harold lui dit de revenir le voir bientôt. Mais Larry eut la vague impression que Harold se moquait éperdument qu'il revienne ou pas.

Arrivé sur le trottoir, au bout de l'allée de ciment, il se retourna pour lui faire un signe de la main, mais Harold était déjà rentré et la porte s'était refermée. Il faisait très frais dans la maison, car les stores vénitiens étaient baissés. À l'intérieur, Larry ne s'en était pas vraiment aperçu. Mais, une fois dehors, il se rendit compte tout à coup que cette maison était la seule de Boulder dont les stores étaient baissés. Naturellement, il y en avait des tas d'autres dont les rideaux étaient fermés ou les stores baissés : les maisons des morts... Quand les gens étaient tombés malades, ils avaient fermé leurs rideaux pour se mettre à l'abri du monde, pour mourir dans le secret de leurs chambres, comme tous les animaux préfèrent se cacher pour crever. Mais les vivants — peut-être par peur inconsciente de la mort — ouvraient tout grands leurs rideaux.

Le vin lui faisait un peu mal à la tête et il essaya de se convaincre que cette sensation de froid venait de là, une petite gueule de bois, juste punition administrée pour avoir englouti un excellent vin comme s'il s'agissait d'une minable piquette. Mais l'explication ne tenait pas très bien — non, vraiment pas.

Ses idées étaient un peu brouillées. Il eut soudain la certitude que Harold l'observait derrière son store, que ses mains s'ouvraient et se refermaient comme celles d'un étrangleur, que son sourire s'était transformé en une grimace de haine... *Chacun son tour, tôt ou tard.* Au même moment, il se souvint de cette nuit à Bennington, quand il dormait sous le kiosque à musique et qu'il s'était réveillé avec l'impression horrible que quelqu'un était là... puis qu'il avait entendu (ou imaginé ?) des talons de bottes qui s'éloignaient en direction de l'ouest.

Arrête. Arrête de te faire du cinéma.

Arrête ça, je n'aurais jamais dû penser à tous ces morts, derrière leurs rideaux, leurs volets, leurs stores, enfermés dans le noir, comme dans le tunnel, le tunnel

166

Lincoln, et s'ils se mettaient tous à bouger, à grouiller partout, nom de Dieu, arrête ça...

Tout à coup, il pensa à ce jour où il était allé au zoo du Bronx avec sa mère, quand il était petit. Ils étaient entrés dans la maison des singes et l'odeur l'avait frappé en plein visage, comme un objet physique, un poing qui lui aurait écrasé le nez. Il avait voulu s'enfuir à toutes jambes, mais sa mère l'avait arrêté.

Respire normalement, Larry. Dans cinq minutes, tu ne remarqueras plus que ça sent mauvais.

Il était resté, sans la croire, essayant de son mieux de ne pas vomir (même à sept ans, il détestait dégueuler). Et sa mère avait eu raison. Quand il avait regardé sa montre, un peu plus tard, il avait vu qu'ils étaient restés une demi-heure dans la maison des singes et il ne pouvait plus comprendre pourquoi ces dames, à la porte, se bouchaient le nez en prenant un air dégoûté. Il l'avait dit à sa mère. Alice Underwood avait ri.

Oh, ça sent toujours mauvais. Mais plus pour toi.

Mais comment, maman ?

Je ne sais pas. C'est comme ça pour tout le monde. Maintenant, dis-toi : « Je veux sentir comment la maison des singes sent VRAIMENT » et prends une grande respiration.

C'est ce qu'il avait fait. L'odeur était toujours là, encore plus forte même que lorsqu'ils étaient entrés. Et il avait senti les hot dogs et la tarte aux cerises remonter en une grosse bulle dégueulasse. Il s'était précipité vers la porte, vers l'air frais, juste à temps — tout juste — pour se retenir.

C'est ce qu'on appelle la perception sélective, pensait-il maintenant. *Elle le savait, même si elle ignorait le mot.* Cette idée s'était à peine formée dans sa tête qu'il entendit la voix de sa mère : *Dis-toi seulement : « Je veux sentir comment Boulder sent VRAIMENT. »* Et curieusement, il le put. Il sentit ce qui se cachait derrière toutes ces portes closes, tous ces rideaux fermés, tous ces stores baissés, il sentit l'odeur de putréfaction qui progressait lentement, même dans cette ville dont presque tous les habitants avaient fui.

Il accéléra le pas, se mit presque à courir, sentant maintenant cette riche odeur dont lui — et tous les autres — avaient cessé d'être conscients car elle était partout, imprégnait tout, colorait leurs pensées, et vous ne fermiez pas les rideaux même lorsque vous faisiez l'amour, car seuls les morts sont couchés derrière des rideaux fermés, et les vivants veulent toujours voir le monde.

Il avait envie de vomir, pas des hot dogs et de la tarte aux cerises cette fois, mais du vin et une barre de chocolat Payday. Car de cette maison de singes, il ne parviendrait jamais à sortir, à moins de s'installer sur une île où personne n'aurait jamais habité, et même s'il avait toujours horreur de dégueuler, c'est ce qu'il allait faire dans un instant...

— Larry ? Ça va ?

Il fut tellement surpris que sa gorge fit un petit bruit — *yik !* — et il sursauta. C'était Leo, assis au bord du trottoir, trois rues plus loin que la maison de Harold. Il jouait avec une balle de ping-pong qu'il faisait rebondir par terre.

— Qu'est-ce que tu fais ici ?

Le cœur de Larry retrouvait peu à peu son rythme normal.

— Je voulais rentrer avec toi, répondit timidement l'enfant. Mais je ne voulais pas entrer dans la maison de ce type.

— Pourquoi ? demanda Larry en s'asseyant à côté de Leo.

L'enfant haussa les épaules et recommença à jouer avec sa balle de ping-pong. Elle faisait un petit *poc ! poc !* en heurtant l'asphalte, puis rebondissait dans sa main.

— Je ne sais pas.

— Leo !

— Quoi ?

— C'est très important pour moi, tu sais. Parce que j'aime Harold... et je ne l'aime pas. Je sens deux choses différentes quand je pense à lui. Ça t'est déjà arrivé ?

168

— Moi, je sens seulement une chose.

Poc ! Poc !

— Qu'est-ce que tu sens ?

— J'ai peur, répondit simplement Leo. Est-ce qu'on peut rentrer maintenant pour voir maman Nadine et maman Lucy ?

— On y va.

Ils se mirent en marche et restèrent silencieux un moment. Leo continuait à jouer avec sa balle de ping-pong.

— Tu as attendu bien longtemps. Je suis désolé, dit Larry.

— Oh, ça fait rien.

— Si j'avais su, je me serais dépêché.

— Je me suis pas ennuyé. J'ai trouvé ça sur une pelouse. C'est une balle de pong-ping.

— Ping-pong, corrigea distraitement Larry. À ton avis, pourquoi Harold ferme ses stores ?

— Pour que personne le voie. Comme ça, il peut faire des secrets. Comme les morts...

Poc ! Poc !

Ils arrivèrent à l'angle de Broadway et prirent au sud. Ils n'étaient plus seuls dans la rue ; des femmes regardaient des vêtements derrière les vitrines, un homme armé d'une pioche rentrait de quelque part, un autre examinait des cannes à pêche sur l'étalage d'un magasin d'articles de sport. Larry vit Dick Vollman, son compagnon de route, qui s'en allait en bicyclette dans l'autre direction. Il leur fit un grand signe de la main.

— Des secrets, murmura Larry comme s'il se parlait à lui-même.

— Peut-être qu'il prie l'homme noir.

Larry tressaillit, comme s'il venait de recevoir une décharge électrique. Leo ne s'en rendit pas compte. Il faisait ricocher sa balle, d'abord sur le trottoir, puis contre le mur de brique qu'ils longeaient... *Poc-plac !*

— Tu crois vraiment, demanda Larry d'une voix qu'il voulait aussi neutre que possible.

— Je ne sais pas. Mais il n'est pas comme nous. Il

169

sourit tout le temps. Mais je pense qu'il est plein de vers quand il sourit. Des gros vers blancs qui lui mangent le cerveau. Comme des asticots.

— Joe... je veux dire Leo...

Les yeux de Leo — lointains, bridés — s'éclairèrent tout à coup. Et il sourit.

— Regarde, voilà Dayna. Je l'aime bien. Bonjour, Dayna ! Tu as du chewing-gum ?

Dayna qui graissait le pignon d'une magnifique bicyclette ultra-légère se retourna et leur sourit. Elle fouilla dans sa poche et en sortit cinq tablettes de chewing-gum Juicy Fruit qu'elle étala en éventail dans sa main, comme un joueur de poker étale ses cartes. Avec un rire joyeux, Leo bondit vers elle, ses longs cheveux flottant au vent, serrant dans sa main sa balle de ping-pong, laissant derrière lui Larry. Ces vers blancs derrière le sourire de Harold... Où Joe *(non, Leo, il s'appelle Leo, du moins je crois)* avait-il pu trouver une idée aussi bizarre... et horrible ? L'enfant semblait être parfois en état de transe. Et il n'était pas le seul ; combien de fois, depuis quelques jours qu'il était ici, Larry avait-il vu quelqu'un s'arrêter net en pleine rue, regarder dans le vide, puis reprendre sa route ? Les choses avaient changé. La perception humaine semblait s'être aiguisée.

Et c'était un peu terrifiant.

Larry se remit en marche et rejoignit Leo et Dayna qui se partageaient les tablettes de chewing-gum.

Le même après-midi, Stu trouva Frannie en train de faire la lessive dans la petite cour de leur immeuble. Elle avait rempli d'eau une lessiveuse, y avait versé près de la moitié d'une boîte de Tide et remué le tout avec un manche à balai jusqu'à obtenir une épaisse mousse. Elle n'était pas tout à fait sûre de la marche à suivre, mais elle n'allait certainement pas demander conseil à mère Abigaël pour étaler ainsi son ignorance. Elle jeta ses vêtements dans l'eau savonneuse, absolument glacée, puis

170

sauta à pieds joints dans la lessiveuse et commença à piétiner le linge, comme un Sicilien écrasant ses raisins. *Machine à laver dernier cri, Maytag 5000,* pensa-t-elle. *Système d'agitation à double pied, parfait pour la couleur, les lainages délicats et...*

Elle se retourna et découvrit son ami, à l'entrée de la cour, qui la regardait d'un air amusé. Frannie s'arrêta, un peu essoufflée.

— Ha-ha, très drôle. Il y a longtemps que tu es là, espèce de voyeur ?

— Une minute ou deux. Et comment ça s'appelle, ton petit numéro ? La danse nuptiale du petit canard sauvage ?

— Ha-ha, de plus en plus drôle. Moque-toi encore, et tu peux passer la nuit sur le divan, ou à Flagstaff avec ton ami Glen Bateman.

— Je ne voulais pas...

— Je lave aussi votre linge, monsieur Stuart Redman. Vous avez beau être un respectable père fondateur, vous laissez quand même de temps en temps des traces de pneus dans vos caleçons.

Stu éclata de rire.

— C'est un peu grossier, tu ne trouves pas ?

— En ce moment, je n'ai pas particulièrement envie d'être distinguée.

— Bon, sors de ta bassine une minute. J'ai quelque chose à te dire.

Elle ne demandait pas mieux, même si elle allait devoir se laver les pieds avant de rentrer. Son cœur battait plutôt vite, mais sans entrain, comme une fidèle machine maltraitée par son propriétaire insouciant. Si c'était comme ça que mon arrière-arrière-grand-mère devait faire, pensa Fran, alors je comprends qu'elle se soit réservé cette pièce qui est finalement devenue le précieux salon de ma mère. Une prime de risque, ou quelque chose du genre.

Un peu découragée, elle regarda ses pieds et ses mollets, couverts d'une mousse grisâtre un peu dégoûtante qu'elle essaya de racler avec les mains.

— Quand ma femme décidait de laver à la main, dit

Stu, elle se servait d'un... comment appelle-t-on ça ? Une planche à lessive, je crois. Ma mère en avait trois, je m'en souviens très bien.

— Je sais, je sais. J'ai fait la moitié de Boulder avec June Brinkmeyer pour en trouver une et nous sommes rentrées bredouilles. Vive la technologie.

Stu souriait d'un air vaguement ironique.

Frannie se mit les mains sur les hanches :

— Est-ce que par hasard tu voudrais me mettre en colère ?

— Pas du tout, madame. Je pensais simplement que je crois savoir où trouver une planche à lessive. Et une autre pour June, si elle en veut une.

— Où ça ?

— Il faut que j'aille voir d'abord, répondit-il en la prenant par la taille. Tu sais que je trouve très bien que tu laves mon linge, dit-il en collant son front contre le sien, et je sais qu'une femme enceinte sait parfaitement ce qu'elle doit faire, mieux que son bonhomme. Mais pourquoi te donner tant de mal, Frannie ?

— *Pourquoi ?* Mais qu'est-ce que tu vas te mettre si je ne lave pas ton linge ? Tu veux te balader avec des vêtements sales ?

— Frannie, les magasins sont pleins de vêtements. Et je suis bâti sur un modèle tout à fait courant.

— Tu veux jeter tes fringues simplement parce qu'elles sont *sales* ?

Il haussa les épaules, mal à l'aise.

— Eh bien, certainement pas, ça non, dit-elle. Ça, c'était autrefois, Stu. Comme les boîtes de Big Mac, ou les bouteilles qu'on jetait partout. Il ne faut pas recommencer.

Il lui donna un baiser.

— D'accord. Mais alors, la prochaine fois, c'est mon tour.

— Si tu veux. Et ce sera quand ? Quand j'aurai mon bébé ?

— Quand on aura l'électricité. Je vais te trouver une

énorme machine à laver et je la brancherai tout seul, comme un grand.

— Proposition acceptée.

Elle lui planta un solide baiser sur la joue. Il l'embrassa lui aussi en lui caressant les cheveux. Et elle sentit couler en elle une douce chaleur (une forte chaleur, soyons francs, je suis en chaleur, il me met toujours en chaleur quand il fait ça) qui d'abord fit se dresser la pointe de ses seins, puis réchauffa son bas-ventre.

— Tu ferais mieux d'arrêter, dit-elle entre deux soupirs, à moins que tu n'aies envie de faire autre chose que de parler.

— On pourrait peut-être parler plus tard.

— La lessive...

— Il faut faire tremper longtemps quand la saleté s'est incrustée.

Elle se mit à rire. Il l'arrêta en collant sa bouche sur la sienne. Quand il la prit dans ses bras, la reposa par terre, puis l'emmena chez eux, elle fut surprise par la chaleur du soleil sur ses épaules. *Le soleil était aussi chaud avant ? Je n'ai plus un seul bouton sur le dos... les rayons ultraviolets, ou l'altitude ? C'est comme ça tous les étés ? Il fait toujours aussi chaud ?*

Mais il avait commencé sa petite affaire, en plein dans l'escalier, il la déshabillait, la touchait, lui faisait l'amour.

— Non, assieds-toi.

— Mais...

— Je suis sérieux, Frannie.

— Stuart, la lessive va *congeler*. J'ai mis une demi-boîte de Tide là-dedans.

— Ne t'inquiète pas.

Elle s'assit donc sur la chaise de jardin qu'il avait installée à l'ombre de leur immeuble. En fait, il en avait descendu deux de leur appartement. Stu retira ses chaussures et ses chaussettes, retroussa ses pantalons jusqu'aux genoux. Quand il grimpa dans la lessiveuse et se mit à piétiner gravement le linge, Frannie fut naturellement prise de son habituel fou rire.

— Tu veux passer la nuit sur le divan ? lui dit Stu en la regardant d'un air sévère.

— Non, Stuart, fit-elle d'un air contrit.

Mais le fou rire repartit... jusqu'à ce que les larmes ruissellent sur ses joues, que les muscles de son estomac commencent à lui faire mal, si mal...

— Pour la troisième et dernière fois, qu'est-ce que tu voulais me dire ? finit-elle par demander quand elle se fut un peu calmée.

Stu piétinait toujours la lessive qu'une épaisse mousse recouvrait maintenant. Un blue-jeans remonta à la surface. Il l'enfonça d'un coup de pied, envoyant un petit jet crémeux d'eau savonneuse sur le gazon. Et Frannie pensa : *On dirait du... oh non, pense à autre chose, sinon tu vas encore te mettre à rire et tu vas finir par faire une fausse couche.*

— C'est à propos de la première réunion du comité spécial, ce soir.

— J'ai préparé deux caisses de bière, des crackers au fromage, du saucisson, de la crème de gruyère... Ça devrait suffire.

— Je ne veux pas parler de ça, Frannie. Dick Ellis est venu me dire aujourd'hui qu'il ne voulait pas faire partie du comité.

— Ah bon ?

Elle était vraiment surprise. Dick ne lui avait pas fait l'impression d'un type qui cherche à éviter les responsabilités.

— Il m'a expliqué qu'il ne demanderait pas mieux de donner un coup de main dès que nous aurons un vrai médecin, mais que pour le moment il ne peut pas. Un groupe de vingt-cinq personnes est encore arrivé aujourd'hui. Une femme avait la gangrène, à la jambe. Une simple égratignure en passant sur des barbelés rouillés, apparemment.

— Oh ! C'est très grave, non ?

— Dick a pu la sauver... Dick et cette infirmière qui

est arrivée avec Underwood. Une belle fille. Elle s'appelle Laurie Constable. Dick m'a dit que la femme serait morte sans elle. Ils lui ont coupé la jambe au genou, et ils sont tous les deux complètement épuisés. Il leur a fallu trois heures. Il y a aussi un petit garçon qui a des convulsions. Dick s'arrache les cheveux. Il ne sait pas si c'est de l'épilepsie, peut-être le diabète, ou encore quelque chose qui ferait pression dans le crâne, tu vois le genre. En plus, plusieurs cas d'intoxication alimentaire. Les gens mangent n'importe quoi. Et il est sûr que nous allons avoir des morts bientôt si on ne sort pas très vite une affiche pour expliquer aux gens comment choisir ce qu'ils mangent. Et quoi encore ? Deux bras cassés, un cas de grippe...

— Quoi ! Tu as dit la *grippe* ?

— Pas de panique. La grippe ordinaire. Avec de l'aspirine, la fièvre tombe toute seule... et elle ne revient pas. Pas de taches noires sur le cou non plus. Mais Dick ne sait pas trop quels antibiotiques utiliser et il se donne un mal de chien pour essayer de trouver. Il a peur que la grippe se répande et que les gens se mettent à paniquer.

— Qui est le malade ?

— Une certaine Rona Hewett. Elle est arrivée à pied de Laramie, dans le Wyoming. Tellement fatiguée qu'elle était prête à se faire avoir par n'importe quel microbe.

Fran hocha la tête.

— Heureusement pour nous, on dirait que cette Laurie Constable a un petit béguin pour Dick, même s'il est à peu près deux fois plus âgé qu'elle. Mais je pense que ce n'est pas un problème.

— Tu es quand même bien gentil de leur donner ta bénédiction, Stuart.

— De toute façon, Dick a quarante-huit ans et il a eu des ennuis cardiaques. Pour le moment, il a l'impression qu'il doit quand même se ménager un peu. Et puis, à toutes fins utiles, il est en train de faire ses études de médecine. Je comprends que cette Laurie lui trouve quelque chose. Moi, je dirais que c'est un héros. Imagine-toi : un vétérinaire de campagne qui joue les médecins.

Et il a une trouille de tous les diables de tuer quelqu'un. Il sait que les gens vont continuer à arriver et que certains seront pas mal amochés.

— Alors, il faut trouver quelqu'un d'autre pour le comité.

— Oui. Ralph Brentner pense à ce Larry Underwood. D'après ce que tu disais, tu le trouves bien tôi aussi.

— Oui. Je crois qu'il ferait l'affaire. J'ai fait la connaissance de son amie aujourd'hui. Elle s'appelle Lucy Swann. Délicieuse. Et elle adore Larry.

— J'ai l'impression qu'il fait pas mal d'effet sur les bonnes femmes. Mais, pour être franc, je n'aime pas beaucoup la façon dont il a raconté sa vie à quelqu'un qu'il venait à peine de rencontrer.

— C'est sans doute simplement parce que j'ai été avec Harold depuis le début. Je ne crois pas qu'il ait compris pourquoi j'étais avec toi et pas avec lui.

— Je me demande quelle idée il se faisait de Harold.

— Tu n'as qu'à le lui demander.

— C'est ce que je vais faire.

— Est-ce que tu vas l'inviter à faire partie du comité ?

— Sans doute, répondit Stuart en se levant. J'aimerais aussi avoir ce vieux bonhomme qu'ils appellent Le Juge. Mais il a soixante-dix ans, et c'est vraiment trop vieux.

— Est-ce que tu lui as parlé de Larry ?

— Non, mais Nick l'a fait. Ce Nick Andros n'est pas bête du tout, Fran. Il nous a fait changer d'avis, Glen et moi. Glen était un peu agacé, mais il a quand même dû admettre que les idées de Nick n'étaient pas mauvaises. En tout cas, Le Juge a dit à Nick que Larry était exactement le genre de personne que nous recherchions, que c'était un type qui venait de se rendre compte qu'il valait quelque chose et qu'il n'allait sûrement pas s'arrêter là.

— Comme recommandation, ça se pose un peu là.

— Oui. Mais je veux d'abord savoir ce qu'il pense de Harold avant de lui demander d'entrer dans l'équipe.

— Qu'est-ce qui ne va pas avec Harold ? interrogea-t-elle, déjà inquiète.

— Je pourrais aussi bien te demander ce qui ne va pas avec *toi,* Fran. Tu te sens encore responsable de lui.

— Tu crois ? Je ne sais pas. Quand je pense à lui, je me sens encore un peu coupable, ça c'est vrai.

— Pourquoi ? Parce que j'ai pris la place qu'il voulait ? Fran, est-ce que tu as jamais eu envie de lui ?

— Non, certainement pas, répondit-elle en frissonnant.

— Je lui ai menti une fois. Ou plutôt... ce n'était pas vraiment mentir. Le jour où nous nous sommes rencontrés, tous les trois. Le 4 juillet. Je pense qu'il avait peut-être déjà compris ce qui allait se passer. Je lui ai dit que je n'avais pas envie de toi. Je ne pouvais pas savoir, non ? Les coups de foudre, ça existe peut-être dans les livres, mais dans la vie réelle...

Il s'arrêta. Un grand sourire se dessina sur ses lèvres.

— Qu'est-ce qui te fait sourire, Stuart Redman ?

— Je pensais simplement que, dans la vie réelle, ça m'a pris au moins... au moins quatre bonnes heures.

Elle l'embrassa sur la joue.

— C'est très gentil quand même.

— Mais c'est la vérité. Mais je suis presque sûr qu'il m'en veut encore de ce que je lui ai dit.

— Il ne m'a jamais dit un mot contre toi, Stu... ni à personne d'autre.

— Non. Il *sourit.* C'est ça que je n'aime pas.

— Tu ne crois pas qu'il... cherche à se venger ?

— Non, pas Harold, répondit Stu en se levant. Glen pense qu'un parti d'opposition finira peut-être par se rassembler autour de lui. Pourquoi pas ? Mais j'espère qu'il ne foutra pas en l'air ce que nous essayons de faire.

— N'oublie pas qu'il a peur et qu'il est seul.

— Et qu'il est jaloux.

— Jaloux ? Je ne crois pas, vraiment pas. Je lui ai parlé. J'ai l'impression que j'aurais vu s'il était jaloux. Il peut se sentir rejeté, ça oui. Je pense qu'il s'attendait à faire partie du comité spécial...

— C'est une des décisions... unilatérales de Nick — c'est bien ça, le mot ? — une de ces décisions que nous avons tous acceptées. En fait, personne ne lui faisait tout à fait confiance.

— À Ogunquit, c'était le type le plus imbuvable de toute la création. Sans doute à cause de sa situation familiale... ses parents ont dû se demander comment ils avaient fait pour pondre un oiseau pareil... mais, après la grippe, on aurait dit qu'il avait changé. C'est ce que j'ai cru, en tout cas. Il semblait essayer de devenir... comment dire, un homme. Et puis il a changé encore une fois. D'un seul coup. Il s'est mis à sourire tout le temps. Impossible de lui parler vraiment. Il s'est... enfermé dans son cocon. Comme les gens qui se convertissent à la religion ou qui lisent...

Elle s'arrêta tout à coup et un éclair de frayeur sembla traverser ses yeux.

— Qui lisent quoi ?

— Quelque chose qui change leur vie. *Das Kapital. Mein Kampf.* Ou des lettres d'amour qui ne leur sont pas adressées.

— De quoi parles-tu ?

— Quoi ? répondit-elle en regardant autour d'elle, comme si elle sortait d'un rêve. De rien. Tu n'allais pas voir Larry Underwood ?

— Si... si tu es d'accord.

— Mais naturellement. La réunion est à sept heures. Si tu te dépêches, tu as juste le temps de revenir pour dîner.

— D'accord.

Stu s'en allait déjà quand elle le rappela.

— Et n'oublie pas de lui demander ce qu'il pense de Harold.

— Ne t'inquiète pas. Je ne vais pas oublier.

— Et regarde bien ses yeux quand il te répondra, Stuart.

Lorsque Stu demanda à Larry Underwood ce qu'il pensait de Harold (Stu ne lui avait pas encore parlé de la place vacante au comité spécial), Larry parut étonné et un peu inquiet.

— Fran t'a parlé de ma fixation à propos de Harold, c'est ça ?

— Exactement.

Larry et Stu se trouvaient dans le salon d'une petite maison de Table Mesa. Dans la cuisine, Lucy préparait le dîner. Elle faisait réchauffer des conserves sur un petit réchaud à butane que Larry avait bricolé pour elle. Elle chantait en travaillant et semblait parfaitement heureuse.

Stu alluma une cigarette. Il n'en fumait plus que cinq ou six par jour. Dick Ellis ne lui paraissait pas être un choix idéal pour l'opérer d'un cancer des poumons.

— Bon. Tout ce temps que j'ai suivi Harold, je me répétais qu'il ne ressemblerait sans doute pas à l'image que je me faisais de lui. Et je ne me suis pas trompé. Mais j'essaye encore de comprendre exactement qui il *est*. Il a été extrêmement gentil. Nous avons bu ensemble une bouteille de vin que je lui avais apportée. J'ai passé un moment très agréable. Mais...

— Mais ?

— Quand nous sommes arrivés, Leo et moi, il nous tournait le dos. Il était en train de construire un mur de brique autour d'un massif de fleurs... Il ne nous a pas entendus arriver. Quand je lui ai parlé, il s'est retourné d'un seul coup et... un instant, je me suis dit : « Ce type va me tuer. »

Lucy apparut à la porte.

— Stu, tu restes à dîner ? Il y a tout ce qu'il faut.

— Merci, mais Frannie m'attend à la maison. Je ne vais rester qu'un petit quart d'heure.

— Sûr ?

— La prochaine fois, Lucy, merci.

— Comme tu veux, répondit Lucy qui retourna à sa cuisine.

— Alors, tu es simplement venu me demander ce que je pensais de Harold ?

— Non. Je voulais te demander si tu accepterais d'être

membre de notre petit comité spécial. Dick Ellis a dû se désister.

Larry s'approcha de la fenêtre et regarda la rue silencieuse.

— Tout de suite ? J'espérais un peu redevenir pioupiou.

— À toi de décider, naturellement. Mais nous avons besoin de quelqu'un. Et on t'a recommandé.

— Qui ça, si je peux...

— Nous nous sommes renseignés un peu partout. Frannie pense que tu es un type bien et Nick Andros a parlé de toi — bon, il est muet, mais tu comprends ce que je veux dire — il a parlé à l'un des types qui sont arrivés avec toi. Le juge Farris.

Larry eut l'air content.

— Comme ça, Le Juge m'a recommandé ? C'est sympa. Vous savez, vous devriez le prendre avec vous. Il a une cervelle du tonnerre.

— C'est ce que Nick nous a dit. Mais il a soixante-dix ans, et nos services médicaux sont plutôt primitifs.

Larry regarda Stu avec un petit sourire.

— Si je comprends bien, ce comité n'est pas aussi temporaire que ça, non ?

Stu se détendit un peu. Il ne savait pas encore vraiment ce qu'il pensait de Larry Underwood, mais il était clair que l'homme n'était pas né de la dernière pluie.

— Heu... disons que nous voudrions que notre comité présente sa candidature aux élections.

— De préférence sans opposition, reprit Larry en lançant à Stu un regard amical pénétrant — très pénétrant. Je peux te servir une bière ?

— Je préfère pas. J'ai un peu trop bu avec Glen Bateman il y a quelques jours. Fran est patiente, mais pas plus qu'il ne faut. Alors, Larry ? Tu marches avec nous ?

— Je crois que... oui, d'accord. Je pensais que je n'aurais plus de responsabilités en arrivant ici, que quelqu'un se chargerait de décider à ma place, pour changer un peu. Mais, apparemment, il faut que je me fasse pomper jusqu'à la moelle, pardonnez l'expression, je vous prie.

180

— Nous avons une petite réunion ce soir, chez moi. Nous allons parler de la grande assemblée du 18. Tu pourrais venir ?

— Certainement. Lucy peut m'accompagner ?

Stu secoua la tête.

— Et tu ne dois pas lui en parler non plus. Pour le moment, nous voulons être discrets sur certaines choses.

Le sourire de Larry s'évanouit.

— Tu sais, Stu, je n'aime pas tellement les mystères, les petits trucs en dessous. Je préfère te le dire tout de suite pour éviter les problèmes. Cette catastrophe du mois de juin, je suis sûr qu'elle est arrivée parce qu'un tas de petits malins voulaient faire leurs petites affaires en dessous. Ce n'était pas la malchance. Ni la fatalité. De la pure connerie humaine.

— Sur ce point, tu ne seras vraiment pas d'accord avec mère Abigaël. Moi je pense plutôt comme toi. Mais est-ce que tu dirais la même chose si nous étions en temps de guerre ?

— Je ne comprends pas.

— Cet homme dont nous rêvions... Je n'ai pas l'impression qu'il se soit évaporé dans la nature.

Larry eut l'air très étonné.

— Glen dit qu'il comprend pourquoi personne ne veut en parler, reprit Stu, les gens sont encore en état de choc. Ils en ont vu de toutes les couleurs pour arriver jusqu'ici. Et tout ce qu'ils veulent, c'est panser leurs plaies et enterrer leurs morts. Mais si mère Abigaël est ici, alors *lui* est là-bas — et Stu fit un signe du menton dans la direction de la fenêtre d'où l'on voyait les Flatirons enveloppés dans la brume. La plupart des gens qui sont ici ne pensent peut-être pas à lui. Mais moi, je parierais ma chemise que *lui* pense à nous.

Larry lança un coup d'œil vers la porte de la cuisine, mais Lucy était sortie bavarder avec Jane Hovington, la voisine.

— Tu penses qu'il veut notre peau ? dit-il à voix basse. Pas si mal de penser à tout ça juste avant le dîner... Ça ouvre l'appétit.

— Larry, je ne suis sûr de rien. Mais mère Abigaël dit que rien ne sera terminé, dans un sens ou dans l'autre, tant que l'un des deux camps n'aura pas été battu.

— J'espère qu'elle ne raconte pas ça à tout le monde. Les gens foutraient le camp jusqu'en Australie.

— Je croyais que tu n'aimais pas beaucoup les secrets.

— C'est vrai, mais ça...

Larry s'arrêta. Stu lui souriait. Larry lui rendit son sourire, un peu à regret.

— D'accord, tu as gagné. On parle entre nous et on ne dit rien à personne pour le moment.

— Parfait. On se voit à sept heures.

— Entendu.

— Et remercie encore Lucy pour son invitation. Ce sera pour une autre fois, avec Frannie peut-être.

— D'accord.

Stu arrivait à la porte quand Larry le rappela.

— Une minute !

Stu se retourna.

— Il y a encore ce garçon qui est venu du Maine avec nous. Il s'appelle Leo Rockway. Il a eu des tas de problèmes. Lucy et moi, on le partage — si on peut dire — avec une femme qui s'appelle Nadine Cross. Nadine sort un peu de l'ordinaire elle aussi, tu es au courant ?

Stu fit signe que oui. On lui avait parlé de la petite scène un peu bizarre entre mère Abigaël et Nadine Cross, lorsque Larry était allé voir la vieille dame avec son groupe.

— Nadine s'occupait de Leo avant que j'arrive. Et Leo semble voir très clair dans les gens. Il n'est pas le seul d'ailleurs. Il y a peut-être toujours eu des gens comme ça, mais on dirait qu'il y en a un peu plus maintenant, depuis la grippe. Et Leo... Leo n'a pas voulu entrer chez Harold. Il n'a même pas voulu rester sur la pelouse. C'est... un peu bizarre, tu ne trouves pas ?

— Oui, répondit Stu.

Ils se regardèrent, puis Stu s'en alla. Pendant le dîner, Fran parut préoccupée et ne parla pas beaucoup. Elle lavait la dernière assiette dans un seau de plastique rempli d'eau chaude quand les membres du comité spécial de la Zone libre commencèrent à arriver pour leur première réunion.

Quand Stu s'en était allé chez Larry, Frannie était aussitôt montée dans sa chambre. Au fond du placard se trouvait le sac de couchage qui avait fait tout le voyage avec elle et quelques objets personnels rangés dans un petit sac de voyage : plusieurs flacons de lotion pour la peau — elle avait eu une forte éruption de boutons après la mort de sa mère et de son père — une boîte de mini-serviettes Stay-Free au cas où elle se mettrait à saigner (elle avait entendu dire que cela arrivait parfois aux femmes enceintes), deux boîtes de mauvais cigares, une avec l'inscription C'EST UN GARÇON ! et l'autre C'EST UNE FILLE ! et enfin, son journal.

Elle le sortit et resta quelque temps à le regarder. Elle n'y avait écrit que huit ou neuf fois depuis leur arrivée à Boulder, la plupart du temps des notes plutôt courtes, presque elliptiques. Le grand débordement s'était produit pendant qu'ils étaient encore sur la route, puis il s'était tari... un peu comme un accouchement, pensa-t-elle, étonnée elle-même de cette comparaison. Depuis quatre jours, elle n'avait rien écrit. En réalité, elle avait complètement oublié son journal, alors qu'elle avait eu la ferme intention de le tenir plus régulièrement lorsqu'ils se seraient installés. Pour le bébé. Mais pour une fois, elle y repensait. Autant profiter de l'occasion.

Comme les gens qui se convertissent à la religion... ou qui lisent quelque chose qui change leur vie... comme des lettres d'amour qui ne leur étaient pas adressées...

Tout à coup, il lui sembla que son journal était plus lourd, que le simple fait de tourner la couverture de carton avait fait jaillir des gouttes de sueur sur son front et... et...

Elle regarda derrière elle, le cœur battant. Quelque chose avait bougé ?

Une souris qui grattait derrière le mur, peut-être. Sûrement pas. Plus probablement, son imagination, tout simplement. Il n'y avait aucune raison, vraiment aucune raison, de penser tout à coup à l'homme à la robe noire, à l'homme au cintre en fil de fer. Son bébé était vivant, bien à l'abri, et ce qu'elle tenait dans ses mains n'était qu'un livre. De toute façon, aucun moyen de savoir si quelqu'un l'avait lu, et même s'il y avait eu un moyen, impossible de savoir si cette personne qui l'avait lu était Harold Lauder.

Elle ouvrit le livre et commença à le feuilleter lentement, instantanés de son passé récent, comme des photos noir et blanc d'amateur. Instantanés de la mémoire.

Ce soir, nous les admirions et Harold débitait des histoires de couleur, de texture, de timbre. Stu m'a fait un clin d'œil. Vilaine, vilaine ! Je lui ai répondu...

Naturellement, Harold n'est pas d'accord, pour des raisons de principe. Tu nous emmerdes, Harold ! Essaye de grandir un peu !

... et j'ai vu qu'il était prêt à lancer une de ses conneries brevetées Harold Lauder...

(mon Dieu, Fran, pourquoi dis-tu des choses pareilles sur lui ? Mais *pourquoi ?*)

Harold... sous ses apparences pontifiantes... un petit garçon qui n'a pas confiance en lui...

C'était le 12 juillet. Avec une petite grimace, elle tourna rapidement les pages, pressée d'arriver à la fin. Des phrases lui sautaient cependant aux yeux, sautaient de la page comme pour la gifler : *Harold sentait plutôt bon pour une fois... L'haleine de Harold aurait fait peur à un dragon ce soir...* Et cette phrase, presque prophétique : *On dirait qu'il court après les coups sur la gueule, comme les pirates courent après leurs trésors.* Pourquoi ? Pour s'encourager dans son sentiment de supériorité et de persécution ? Ou pour se punir ?

Il fait une liste... il l'a refaite deux fois... il veut savoir... qui sont les gentils et qui sont les méchants...

Et puis, le 1er août, il y avait donc seulement quinze jours. Le texte débutait au bas de la page. *Rien écrit hier soir.*

Trop nerveuse. Trop heureuse. Nous sommes ensemble maintenant, Stu et moi. Nous

Fin de la page. Et les premiers mots en haut de la page suivante : *avons fait l'amour deux fois.* Elle les avait à peine lus que ses yeux glissèrent au milieu de la page. Là, à côté d'une phrase bébête sur l'instinct maternel, quelque chose attira son regard.

Une tache sombre, l'empreinte d'un pouce.

Elle réfléchissait, affolée : je faisais de la moto toute la journée, tous les jours. Naturellement, je me lavais chaque fois que je pouvais, mais on se salit les mains et...

Elle tendit la main et ne s'étonna pas de voir qu'elle tremblait très fort. Elle posa son pouce sur l'empreinte. La tache était nettement plus grande.

Naturellement, pensa-t-elle, quand on écrase quelque chose avec le pouce, la tache est plus grande. C'est pour ça, c'est simplement pour *ça*...

Mais cette marque de pouce était parfaitement nette. On y voyait très bien les sillons, les boucles, les tourbillons.

Et ce n'était ni de la graisse ni de l'huile. Inutile de jouer les autruches.

C'était du chocolat.

Payday, pensa Fran avec un haut-le-cœur. *Des barres de chocolat Payday.*

Un instant, elle eut peur de se retourner — peur de voir le sourire grimaçant de Harold derrière elle, comme le sourire du chat Cheshire dans *Alice au pays des merveilles.* Les lèvres épaisses de Harold en train de prononcer : *Chacun son tour, Frannie, tôt ou tard. Les chiens sont lâchés.*

Mais même si Harold avait jeté un coup d'œil à son journal, est-ce que cela voulait dire qu'il préparait une vendetta secrète contre elle, Stu ou les autres ? Non, évidemment.

Mais Harold a changé, murmurait une voix intérieure.

— Pas tant que ça ! cria-t-elle dans la pièce vide.

Le son de sa voix lui fit un peu peur, puis elle éclata d'un rire nerveux. Elle redescendit et commença à prépa-

rer le dîner. Ils allaient manger tôt, à cause de la réunion...
mais tout à coup la réunion ne lui parut plus aussi importante que tout à l'heure.

*Extraits du compte rendu
de la séance du comité spécial
13 août 1990*

La séance a eu lieu dans l'appartement de Stu Redman
et de Frances Goldsmith. Tous les membres du comité
spécial étaient présents, à savoir : Stuart Redman, Frances
Goldsmith, Nick Andros, Glen Bateman, Ralph Brentner,
Susan Stern et Larry Underwood...

Stu Redman a été élu président et Frances Goldsmith
rapporteur...

Ces notes (plus l'enregistrement complet des moindres
rots, gargouillements et apartés, le tout enregistré sur cas-
settes Memorex à l'intention de ceux qui pourraient être
assez fous pour vouloir les écouter) seront placées dans
un coffre de la First Bank of Boulder...

Stu Redman a présenté un projet d'affiche sur la question des intoxications alimentaires, préparé par Dick Ellis
et Laurie Constable (avec ce titre accrocheur : SI VOUS
MANGEZ, LISEZ !). Il a expliqué que Dick souhaitait qu'elle
soit imprimée et affichée partout dans la ville avant la
grande assemblée du 18 août, car il y a déjà eu quinze
cas d'intoxication alimentaire à Boulder, dont deux assez
graves. Le comité a décidé à l'unanimité que Ralph
devrait imprimer mille exemplaires de l'affiche de Dick
et trouver dix personnes pour l'aider à les poser en ville...

Susan Stern a ensuite présenté une autre proposition de
Dick et de Laurie (nous aurions tous voulu qu'au moins
l'un des deux soit là). Ils sont d'avis qu'il faudrait instituer un comité des inhumations ; selon Dick, il faudrait
inscrire la question à l'ordre du jour de l'assemblée générale et la présenter non pas comme un danger pour la
santé publique — afin de ne pas provoquer de panique
— mais comme une chose « plus convenable ». Nous
savons tous qu'il y a très peu de cadavres à Boulder,

compte tenu de la population de la ville avant l'épidémie, mais nous ne savons pas pourquoi... ce qui n'a pas d'importance d'ailleurs. Il reste quand même des milliers de cadavres et il faudra bien s'en débarrasser si nous avons l'intention de rester ici.

Stu a demandé si la situation était grave. Sue a répondu qu'elle ne le serait probablement pas avant la fin de la saison sèche, c'est-à-dire avant l'automne, au début des pluies.

Larry a proposé d'inscrire la suggestion de Dick — constitution d'un comité des inhumations — à l'ordre du jour de l'assemblée du 18 août. La proposition a été adoptée à l'unanimité.

Nick Andros a alors demandé la parole et Ralph Brentner a lu le texte qu'il avait préparé et que je cite ici dans son intégralité :

« L'une des questions les plus importantes que doit aborder ce comité consiste à savoir s'il veut ou non mettre mère Abigaël totalement au courant et s'il faut tout lui dire de ce qui se passe à nos séances, aussi bien les séances publiques que les séances à huis clos. La question peut également se poser à l'envers : "Mère Abigaël acceptera-t-elle de mettre au courant le comité — et le comité permanent qui lui succédera — de toutes ses activités et informera-t-elle le comité de tout ce qui se passe au cours de ses entretiens avec Dieu, ou qui vous voudrez... particulièrement lorsqu'il s'agit d'entretiens à huis clos ?" »

« Ça va vous paraître peut-être idiot, mais je voudrais vous expliquer ce que j'ai derrière la tête. C'est en fait une question très pratique. Nous devons décider dès maintenant de la place de mère Abigaël dans la communauté, car il ne s'agit pas simplement de nous "remettre debout". Si ce n'était que ça, nous n'aurions pas vraiment besoin d'elle. Comme nous le savons tous, il y a un autre problème, celui de l'homme que nous appelons parfois l'homme noir, celui que Glen appelle l'Adversaire. Pour moi, son existence se démontre très simplement, et je pense que la plupart des gens de Boulder seraient d'accord avec moi — s'ils avaient envie de penser à cette question. Voici ma démonstration : "J'ai rêvé de mère Abigaël ; or elle existe ; j'ai rêvé de l'homme noir, donc il doit exister, même si je ne l'ai jamais vu." Ici, tout le monde aime mère Abigaël, et je l'aime moi aussi. Mais nous n'irons pas loin — en fait, nous n'irons nulle part — si nous ne commençons pas par lui faire approuver ce que nous sommes en train de faire.

« Cet après-midi, je suis allé la voir et je lui ai posé directement la question, sans fioritures : Est-ce que vous allez nous appuyer ? Elle a répondu que oui — mais à certaines conditions. Elle a été parfaitement claire. Elle m'a dit que nous serions totalement libres de guider la communauté dans tout ce qui concerne les "questions terrestres" — c'est son expression : nettoyer les rues, attribuer les logements, remettre en marche l'électricité.

« Mais elle a dit aussi très clairement qu'elle voulait être consultée sur *toutes* les questions qui concernent l'homme noir. Elle croit que nous sommes tous des pions dans une partie d'échecs entre Dieu et Satan. Que le principal agent de Satan dans cette partie est l'Adversaire, qui s'appelle Randall Flagg selon elle ("le nom qu'il utilise cette fois") ; que pour des raisons connues de Lui seul, Dieu l'a choisie comme *Son* agent dans cette affaire. Elle croit, et je suis d'accord avec elle sur ce point, qu'un affrontement se prépare et que ce sera une lutte à mort. Pour elle, cette lutte passe avant tout et elle veut absolument être consultée lorsque nous en parlerons... ou lorsque nous parlerons de *lui*.

« Je ne veux pas entrer dans des considérations religieuses, ni savoir si elle a tort ou raison. Mais il est évident que nous nous trouvons devant une certaine situation et que nous *devons* y faire face. J'ai donc plusieurs propositions à faire. »

Un débat s'est alors engagé sur la déclaration de Nick.

Puis Nick a présenté une première proposition : Le comité peut-il accepter de ne pas parler des questions théologiques, religieuses ou surnaturelles concernant l'Adversaire durant ses séances ? À l'unanimité, le comité a décidé de ne pas parler de ces questions, du moins pas « en séance ».

Nick a ensuite présenté une deuxième proposition : Le comité estime-t-il que sa véritable mission secrète consiste à savoir comment faire face à cette force connue sous le nom de l'homme noir, l'Adversaire ou Randall Flagg ? Glen Bateman a appuyé la proposition en ajoutant que le comité pourrait de temps en temps juger nécessaire de garder le secret sur certaines autres questions — comme la véritable raison d'être du comité des inhumations. La proposition a été adoptée à l'unanimité.

Nick a alors présenté sa dernière proposition : Que nous tenions mère Abigaël au courant de toutes les affaires publiques et confidentielles dont s'occupera le comité.

La proposition a été adoptée à l'unanimité.

Ayant réglé la question de mère Abigaël pour le moment, le comité est passé à celle de l'homme noir, à la demande de Nick qui a proposé d'envoyer trois volontaires à l'ouest pour rejoindre les forces de l'homme noir, dans le but d'obtenir des renseignements sur ce qui se passe réellement là-bas.

Sue Stern s'est immédiatement portée volontaire. Après une discussion animée, Stu a donné la parole à Glen Bateman qui a présenté la proposition suivante : Le comité décide qu'aucun membre du comité spécial ou du comité permanent ne pourra se porter volontaire pour cette mission de reconnaissance. Sue Stern a voulu savoir pourquoi.

Glen : Nous comprenons tous que vous cherchez sincèrement à vous rendre utile, Susan, mais le fait est que nous ne savons tout simplement pas si les gens que nous envoyons là-bas reviendront, ni quand ils reviendront, ni dans quel état. Parallèlement, nous avons un travail à faire à Boulder qui n'est pas du tout négligeable, à savoir remettre de l'ordre dans tout ce bordel, si vous me passez l'expression. Si vous partez, nous devrons expliquer à la personne qui vous remplacera tout ce que nous aurons fait jusque-là. Je crois tout simplement que nous ne pouvons pas nous permettre de perdre tout ce temps.

Sue : Je suppose que vous avez raison... ou du moins que vous êtes raisonnable... mais je me pose quand même des questions. Ce que vous dites en réalité, c'est que nous ne pouvons envoyer aucun membre du comité, parce que nous sommes des types formidables et qu'on ne peut pas se passer de nous. Alors nous restons... nous restons simplement... je ne sais pas...

Stu : Nous restons assis sur nos fesses ?

Sue : Oui. Merci. C'est exactement ce que je voulais dire. Nous restons assis sur nos fesses et nous envoyons là-bas un pauvre type qui va peut-être se faire crucifier sur un poteau de téléphone, ou même pire.

Ralph : Comment ça, pire ?

Sue : Je ne sais pas, mais si quelqu'un sait, c'est Flagg. Je n'aime pas du tout ça.

Glen : Vous n'aimez peut-être pas ça, mais vous avez très bien résumé notre position. Nous sommes des hommes politiques, les premiers d'une nouvelle époque. Nous espérons simplement que notre cause est plus juste que certaines de celles pour lesquelles d'autres hommes politiques ont envoyé des gens se faire tuer, ou risquer de se faire tuer.

Sue : Je n'aurais jamais cru que je ferais de la politique.

Larry : Bienvenue à bord.

La proposition de Glen — qu'aucun membre du comité spécial ne soit envoyé en éclaireur — a été adoptée à l'unanimité, mais sans enthousiasme. Fran Goldsmith a alors demandé à Nick quelles qualités devraient posséder les candidats et ce qu'on pouvait attendre de leur mission clandestine.

Nick (lu par Ralph) : Nous ne le saurons pas tant qu'ils ne seront pas revenus. S'ils reviennent. Nous n'avons absolument aucune idée de ce qui se passe là-bas. Nous partons à la pêche, avec des appâts humains.

Stu a dit que le comité devrait sélectionner un certain nombre de personnes à qui il proposerait de se porter volontaires. Le comité a été d'accord. Par décision du comité, la majeure partie des débats à partir de ce point sont transcrits textuellement. Il nous a paru important de disposer d'un compte rendu complet de nos délibérations sur la question des éclaireurs (ou des espions), question extrêmement délicate et troublante.

Larry : Je voudrais vous proposer un nom, si vous permettez. Vous serez peut-être un peu surpris si vous ne connaissez pas cette personne, mais je crois que ce serait une très bonne idée. J'aimerais proposer le juge Farris.

Sue : Quoi ! Le vieux ! Larry, tu pédales dans la choucroute !

Larry : C'est le type le plus malin que j'aie jamais vu. Il n'a que soixante-dix ans, soit dit en passant. Ronald Reagan était plus vieux quand il était président.

Fran : Ce n'est pas exactement ce que j'appellerais une très bonne recommandation.

Larry : Mais il est pétant de santé. Et je suppose que l'homme noir ne soupçonnera peut-être pas que nous lui envoyons un vieux corbeau comme Farris pour l'espionner... car l'homme noir se méfie sûrement. Je ne serais pas tellement surpris s'il avait des gardes frontières pour contrôler les gens qui arrivent sur son territoire. D'après un certain « profil type », comme pour les terroristes aux aéroports. Et je sais que je vais vous paraître un peu brutal — excuse-moi, Fran — mais si nous le perdons, nous ne perdrons pas quelqu'un qui a encore devant lui cinquante bonnes années à vivre.

Fran : Comme tu disais, c'est plutôt brutal.

Larry : Tout ce que je voudrais ajouter, c'est que je sais que Le Juge serait d'accord. Il veut vraiment donner un coup de main. Et je pense qu'il pourrait parfaitement s'en tirer.

Glen : Vous marquez un point. Que pensent les autres ?

Ralph : Je ne sais pas. Je ne connais pas ce monsieur. Mais je ne crois pas que nous devrions l'écarter simplement à cause de son âge. Après tout, regardez qui mène la danse ici — une vieille dame qui a bien plus de cent ans.

Glen : Encore un point.

Stu : On dirait que vous arbitrez un match de tennis, monsieur le prof.

Sue : Écoute, Larry. Suppose qu'il arrive à tromper l'homme noir et qu'il tombe raide mort, victime d'une crise cardiaque, en essayant de se dépêcher pour rentrer ici ?

Stu : Ça pourrait arriver à n'importe qui. Un accident aussi.

Sue : D'accord... mais avec un vieillard, les risques sont plus élevés.

Larry : C'est vrai, mais tu ne connais pas Le Juge, Sue. Si tu le connaissais, tu verrais que les avantages pèsent plus lourd que les inconvénients. C'est un type vraiment très fort.

Stu : Je crois que Larry a raison. Flagg pourrait bien ne pas avoir prévu un coup du genre. J'appuie la proposition. Qui vote pour ?

Le comité a adopté la proposition à l'unanimité.

Sue : Bon, j'ai voté pour toi, Larry — peut-être que tu pourrais me renvoyer l'ascenseur maintenant.

Larry : Puisque nous sommes en train de faire de la politique, d'accord. [Rires.] À qui penses-tu ?

Sue : Dayna.

Ralph : Dayna qui ?

Sue : Dayna Jurgens. Elle est incroyablement gonflée pour une femme. Naturellement, elle n'a pas soixante-dix ans. Mais je crois que, si on lui propose l'idée, elle marchera.

Fran : Oui... si nous devons vraiment en arriver là. Je crois qu'elle serait bien. J'appuie la candidature.

Stu : Bon. On nous propose de demander à Dayna Jurgens de se porter volontaire. La proposition est appuyée. Qui vote pour ?

Le comité a adopté la proposition à l'unanimité.

Glen : O.K. Qui pour le numéro trois ?

Nick (lu par Ralph) : Si Fran n'a pas aimé la proposition de Larry, j'ai peur qu'elle n'aime pas du tout la mienne. Je propose...

192

Ralph : Nick, tu es complètement dingue... tu n'es pas sérieux !

Stu : Continue, Ralph. Lis son truc.

Ralph : Eh bien... il dit qu'il veut proposer... Tom Cullen.

Tumulte dans la salle.

Stu : S'il vous plaît ! Nick a la parole. Il n'arrête pas d'écrire, celui-là. Tu ferais mieux de commencer à le lire, Ralph.

Nick (lu par Ralph) : Tout d'abord, je connais Tom aussi bien que Larry connaît le juge, et probablement mieux. Il adore mère Abigaël. Il ferait n'importe quoi pour elle, y compris se faire cuire à petit feu. Je ne blague pas. Il se jetterait dans le feu si elle le lui demandait.

Fran : Oh, Nick, personne ne dit le contraire, mais Tom est...

Stu : Attends un peu, Fran. C'est Nick qui a la parole.

Nick (lu par Ralph) : Mon deuxième argument est le même que celui de Larry à propos du Juge. L'Adversaire ne pensera pas qu'un retardé mental est un espion. Vos réactions sont peut-être le meilleur argument en faveur de mon idée.

Mon troisième et dernier argument est que Tom est peut-être retardé, mais il n'est sûrement pas idiot. Il m'a sauvé la vie un jour quand j'aurais pu me faire tuer par une tornade, et je ne connais personne qui aurait réagi plus vite que lui. Tom est comme un enfant, mais un enfant peut apprendre, naturellement. Je suis sûr que nous n'aurions aucun mal à lui faire apprendre par cœur une histoire très simple. Et les autres supposeront probablement que nous l'avons renvoyé parce que...

Sue : Parce que nous ne voulions pas polluer notre patrimoine génétique ? Ce n'est pas idiot du tout.

Nick (lu par Ralph) : ... parce qu'il est retardé. Il pourrait même dire qu'il en veut terriblement à ces gens qui l'ont renvoyé et qu'il veut se venger. La chose qu'il faudrait absolument lui apprendre, c'est de ne jamais modifier son histoire, quoi qu'il arrive.

Fran : Oh, non, je ne peux pas croire...

Stu : Attends, Nick a la parole. Il faut quand même un peu d'ordre.

Fran : Oui... je suis désolée.

Nick (lu par Ralph) : Vous pensez peut-être que Tom est retardé et qu'il serait donc plus facile de le forcer à dire la vérité, mais...

Larry : Oui, c'est ce que je pense.

Nick (lu par Ralph) : ... mais en réalité, c'est le contraire. Si je dis à Tom qu'il *doit* toujours raconter la même histoire, *toujours, quoi qu'il arrive,* il le fera. Une personne dite normale ne résistera qu'à tant de gouttes d'eau, à tant de chocs électriques, à tant d'éclisses sous les ongles...

Fran : Ils ne vont quand même pas aller jusque-là... vous croyez ? Non, personne ne croit sérieusement qu'ils feraient ça ?

Nick (lu par Ralph) : ... avant de dire : *O.K., j'abandonne. Je vais vous dire tout ce que je sais.* Tom ne fera tout simplement jamais ça. S'il répète son histoire suffisamment souvent, il ne la saura pas simplement par cœur ; il finira presque par croire qu'elle est vraie. Personne ne pourra lui faire dire le contraire. À mon avis, le fait que Tom soit retardé est en réalité un atout dans une mission comme celle-ci. Une mission, c'est peut-être un mot prétentieux, mais c'est pourtant exactement ce dont il s'agit.

Stu : C'est tout, Ralph ?

Ralph : Non, pas tout à fait.

Sue : S'il commence à croire que son histoire est vraie, Nick, comment veux-tu qu'il sache quand ce sera le moment de revenir ?

Ralph : Pardonnez-moi, chère madame, mais je crois bien que j'ai la réponse sur ce bout de papier.

Sue : Pardon.

Nick (lu par Ralph) : Nous pouvons hypnotiser Tom avant de l'envoyer là-bas. Encore une fois, ce n'est pas un truc en l'air que je vous dis là. Quand j'ai eu cette idée, je suis allé demander à Stan Nogotny s'il pouvait essayer d'hypnotiser Tom. Je l'avais entendu dire qu'il faisait parfois un peu d'hypnotisme pour amuser les gens. Stan ne croyait pas que ça marcherait... mais Tom est parti en moins de six secondes.

Stu : Comme ça, Stan sait faire ce genre de truc ? J'aurais jamais cru.

Nick (lu par Ralph) : Je pense que Tom est peut-être ultrasensible à l'hypnose depuis que je l'ai rencontré en Oklahoma. Apparemment, il a appris depuis des années à s'hypnotiser *tout seul,* jusqu'à un certain point en tout cas. On dirait que ça l'aide à établir un rapport entre les choses. Il ne comprenait pas du tout ce que je voulais, le jour où je l'ai rencontré — pourquoi je ne lui parlais pas, pourquoi je ne répondais pas à ses questions. Pour lui montrer que j'étais muet, je mettais ma main sur ma bouche, sur ma gorge, je recommençais, mais il ne pigeait rien du tout. Et puis d'un seul coup, j'ai eu l'impression qu'il se débranchait. Je ne trouve pas de meilleur mot. Il est devenu totalement immobile. Ses yeux étaient complètement vides. Et puis il est revenu sur terre, exactement comme le patient se réveille quand l'hypnotiseur lui en donne l'ordre. Et il avait compris. Comme ça, c'est tout. Il a fait le vide autour de lui, et puis il est revenu avec la réponse.

Glen : C'est tout à fait étonnant.

Stu : Comme vous dites, le prof.

Nick (lu par Ralph) : Quand nous avons fait notre expérience, il y a cinq jours, j'ai demandé à Stan d'essayer quelque chose. Quand Stan lui dirait : *J'aimerais bien voir un éléphant,* Tom devrait avoir très envie d'aller dans un coin et de faire le poirier. Après l'expérience, quand Tom s'est réveillé, nous avons attendu à peu près une demi-heure. Et puis, Stan a essayé son truc. Tom est parti se mettre dans un coin, et il a fait le poirier. Tous les jouets et les billes qu'il avait dans ses poches sont tombés par terre. Ensuite, il s'est assis, il a souri, et il nous a dit : *Je me demande pourquoi Tom Cullen est allé faire ça ?*

Glen : C'est lui tout craché.

Nick (lu par Ralph) : Toute cette histoire d'hypnose se résume à deux choses très simples. Premièrement, nous pouvons hypnotiser Tom pour qu'il revienne à un moment donné. Le plus simple serait d'utiliser la lune. La pleine lune. Deuxièmement, en le mettant en hypnose profonde, il se souviendra presque parfaitement de tout ce qu'il aura vu quand il reviendra.

Ralph : Et j'ai fini de lire le papier de Nick. Ouf !

Sue : Je voudrais poser une question, Nick. Est-ce que vous programmeriez aussi Tom — je pense que c'est le mot juste — pour qu'il ne donne pas de renseignements sur ce qu'il est en train de faire ?

Glen : Nick, permettez-moi de répondre. Si votre raisonnement est différent, vous n'aurez qu'à me faire signe. Je dirais que Tom n'a pas besoin d'être programmé du tout. Laissons-le cracher tout ce qu'il sait sur nous. Pour tout ce qui concerne Flagg, nous travaillons à huis clos de toute façon, et le reste, il pourrait sans doute parfaitement le deviner tout seul... même si sa boule de cristal est pleine de toiles d'araignée.

Nick (lu par Ralph) : Exactement.

Glen : Je suis prêt à appuyer tout de suite la proposition de Nick. Nous avons tout à gagner et rien à perdre. Une idée tout à fait audacieuse et originale.

Stu : Proposition appuyée. Nous pouvons en discuter encore un peu si vous voulez, mais pas trop. Sinon nous allons rester ici toute la nuit. Est-ce que vous voulez vraiment discuter encore de la proposition ?

Fran : Pas qu'un peu. Vous dites que nous avons tout à gagner et rien à perdre, Glen. Peut-être, mais Tom ? Et notre foutue *conscience* ? Peut-être que ça ne vous dérange pas de penser qu'on flanque des... des choses sous les ongles de Tom, qu'on lui donne des chocs électriques. Mais moi, ça me dérange. Et toi, Nick. L'hypnotiser, pour qu'il fonctionne comme... comme un poulet quand on lui met la tête dans un sac ! Tu devrais avoir honte... je croyais que c'était ton *ami* !

Stu : Fran...

Fran : Non, je veux dire ce que j'ai sur le cœur. Je ne vais pas m'en laver les mains et partir en claquant la porte si vous n'êtes pas d'accord avec moi. Je veux vous dire

196

ce que je pense. Vraiment, vous voulez prendre ce pauvre garçon, complètement perdu, tellement gentil, pour en faire un U-2 humain ? Vous ne comprenez pas que ça revient à recommencer toute cette merde d'autrefois ? Vous ne voyez donc pas *ça* ? Et qu'est-ce que nous ferons s'ils le tuent, Nick ? Qu'est-ce que nous ferons s'ils les tuent *tous* ? Concocter un nouveau petit microbe ? Une version améliorée de l'Étrangleuse, du Grand Voyage ?

Moment de silence pendant que Nick écrit sa réponse.

Nick (lu par Ralph) : Ce que vient de dire Fran me fait très mal, mais je maintiens ma proposition. Non, je n'aime pas que Tom fasse le poirier quand on lui dit de le faire. Non, je n'aime pas qu'il risque d'être torturé et même tué. Je répète simplement qu'il le ferait pour *mère Abigaël,* pour ses idées, pour son Dieu, pas pour nous. Je crois aussi que nous devons nous servir de tous les moyens dont nous disposons pour mettre fin à la menace que cet être pose. Il crucifie des gens là-bas. J'en suis sûr. Je l'ai vu dans mes rêves, et je sais que certains d'entre vous ont fait le même rêve. Mère Abigaël a vu la même chose que moi. Je sais que Flagg est mauvais. Si quelqu'un invente une nouvelle version du Grand Voyage, Frannie, ce sera lui, pour s'en servir contre nous. J'aimerais l'arrêter pendant qu'il est encore temps.

Fran : Tout ce que tu dis est vrai, Nick. Je ne peux pas dire le contraire. Je sais qu'il est mauvais. Qu'il pourrait même être la créature de Satan, comme dit mère Abigaël. Mais nous tirons sur le même levier que lui pour l'arrêter. Tu te souviens du bouquin d'Orwell, *Les Animaux* ? « Ils regardèrent les porcs puis les hommes, et ne purent voir la différence. » Je crois que ce que j'aimerais vraiment t'entendre dire — même si c'est Ralph qui le lit — c'est que si nous *devons* tirer ce levier pour l'arrêter... si nous le *faisons*... eh bien, que nous serons capables de le lâcher ensuite. Est-ce que tu peux dire ça ?

Nick (lu par Ralph) : ... Je n'en suis pas sûr. Non, je ne peux pas le dire.

Fran : Dans ces conditions, je vote non. Si nous devons

envoyer des gens à l'ouest, alors au moins envoyons des gens qui savent ce qui les attend.

Stu : Quelqu'un veut ajouter quelque chose ?

Sue : Je suis contre moi aussi, mais pour des raisons plus pratiques. Si nous continuons comme ça, nous allons nous retrouver avec un vieux bonhomme et un débile mental. Excusez-moi, je l'aime bien moi aussi, mais c'est ce qu'il est. Je suis contre, et je n'ai plus rien à dire.

Glen : Posez la question, Stu.

Stu : D'accord. On va faire un tour de table. Je vote pour. Frannie ?

Fran : Contre.

Stu : Glen ?

Glen : Pour.

Stu : Sue ?

Sue : Contre.

Stu : Nick ?

Nick : Pour.

Stu : Ralph ?

Ralph : Eh bien... je n'aime pas trop ça moi non plus, mais si Nick est pour, je vote comme lui. Pour.

Stu : Larry ?

Larry : Vous voulez que je parle franchement ? Je trouve que cette idée pue tellement que j'ai l'impression de me trouver dans une vieille pissotière. Mais il faut sans doute en passer par là. Je déteste tout ça, mais je vote pour.

Stu : Proposition adoptée, cinq voix contre deux.

Fran : Stu ?

Stu : Oui ?

Fran : Je voudrais modifier mon vote. Si nous devons vraiment envoyer Tom là-bas, nous ferions mieux de nous serrer les coudes. Je suis désolée d'avoir fait toute cette histoire, Nick. Je sais que je t'ai fait du mal — je le vois sur ta figure. C'est tellement dingue ! Pourquoi tout ça ? Franchement, je préférerais faire partie du comité des fêtes... Bon, je vote pour.

Sue : Puisque c'est comme ça, moi aussi. Front uni. Je vote pour.

Stu : Après modification du vote, la proposition est adoptée à l'unanimité. Et voilà un mouchoir pour toi, Fran. J'aimerais ajouter pour le procès verbal que je t'adore.

Larry : Puisqu'on en est rendu là, je pense qu'on devrait lever la séance.

Sue : Proposition appuyée.

Stu : Le monsieur et la dame disent que nous devons lever la séance. Ceux qui sont pour, levez la main, ceux qui sont contre, préparez-vous à recevoir une bouteille de bière sur la tête.

À l'unanimité, le comité a décidé de lever la séance.

— Tu viens te coucher, Stu...
— Oui. Il est tard ?
— Près de minuit.

Stu qui était sorti sur le balcon rentra dans la chambre. Il n'était vêtu que d'un caleçon dont la blancheur contrastait violemment avec sa peau bronzée. Frannie, un oreiller derrière le dos, une lampe Coleman posée sur la table de nuit à côté d'elle, s'étonna encore de l'amour qu'elle éprouvait pour cet homme qu'elle avait la certitude d'aimer.

— Tu pensais à la réunion ?
— Oui.

Stu prit une carafe qui se trouvait elle aussi sur la table de nuit et se versa un verre d'eau. Il but une gorgée et fit la grimace. L'eau bouillie était parfaitement insipide.

— Je trouve que tu as très bien présidé. Glen t'a demandé de diriger l'assemblée générale, non ? Ça t'ennuie ? Tu as refusé ?

— Non. Je suppose que j'arriverai à m'en tirer. Je pensais aux trois personnes que nous allons envoyer de l'autre côté des montagnes. Une sale histoire. Tu avais raison, Frannie. Le seul problème, c'est que Nick avait raison lui aussi. Et quand c'est comme ça, qu'est-ce qu'on doit faire ?

— Voter selon ta conscience, et puis dormir si tu peux.
Je peux éteindre ? demanda-t-elle en tendant la main vers
la lampe Coleman.

— Oui. Bonne nuit, Frannie. Je t'aime.

Elle éteignit la lampe et il s'allongea à côté d'elle.

Fran ne s'endormit pas tout de suite. Longtemps, elle
resta les yeux ouverts. Elle était en paix maintenant à
propos de Tom Cullen... mais elle ne pouvait s'empêcher
de penser à l'empreinte de ce pouce taché de chocolat.

*Chacun son tour, Fran, tôt ou tard. Les chiens sont
lâchés.*

Je devrais peut-être en parler tout de suite à Stu, pensa-
t-elle. Mais s'il y avait un problème, c'était son problème
à elle. Elle n'avait qu'à attendre... garder l'œil ouvert...
et voir s'il se passait quelque chose.

Elle fut bien longue à s'endormir.

52

Il était encore très tôt. Mère Abigaël ne dormait pas. Elle essayait de prier.

Elle se leva dans le noir, s'agenouilla dans sa robe de nuit de coton blanc et posa le front sur sa bible ouverte aux Actes des apôtres. La conversion de Saül sur le chemin de Damas. La lumière l'avait aveuglé et les écailles qui recouvraient ses yeux étaient tombées. Les Actes, dernier livre de la Bible, où la doctrine s'appuyait sur des miracles. Et qu'étaient les miracles sinon la divine main de Dieu à l'œuvre sur terre ?

Oh, elle aussi avait des écailles sur les yeux. Tomberaient-elles jamais ?

Dans la chambre silencieuse, on n'entendait que le petit sifflement de la lampe à pétrole, le tic-tac de son vieux réveil Westclox, le murmure de sa prière.

— Montre-moi mon péché, Seigneur. Je l'ignore. Je sais que j'ai manqué quelque chose que Tu voulais me faire voir. Je ne peux pas dormir, je ne peux pas aller au cabinet, je ne Te vois plus, Seigneur. J'ai l'impression de parler dans un téléphone en panne quand je Te prie. Ce n'est pourtant pas le moment. En quoi T'ai-je offensé ? Je T'écoute, Seigneur. J'attends que parle la petite voix dans mon cœur.

Elle écoutait. Elle posa ses doigts gonflés par l'arthrite sur ses yeux et se pencha encore plus en avant, essayant de voir clair dans sa tête. Mais tout était noir, noir comme sa peau, noir comme la terre en friche qui attend la bonne semence.

Je t'en prie Seigneur, Seigneur, je t'en prie...

Mais l'image qui lui apparut fut celle d'une route solitaire de terre dans une mer de maïs. Une femme portait un sac de jute plein de poulets fraîchement tués. Et les belettes arrivèrent. Elles fonçaient en avant et donnaient des coups de dents dans le sac. Elles sentaient le sang — le vieux sang du péché, le sang frais du sacrifice. Elle entendit la vieille femme appeler Dieu, mais sa voix geignarde ne portait pas, c'était une voix récriminatrice qui ne priait pas humblement que la volonté de Dieu soit faite, quelle que soit sa place à elle dans l'ordre des choses décidé par le Seigneur, une voix qui exigeait que Dieu la sauve pour qu'elle puisse accomplir son travail... son travail... comme si elle lisait dans l'esprit de Dieu et qu'elle pût subordonner Sa volonté à la sienne. Les belettes se firent plus audacieuses ; le sac de jute commença à se déchirer sous leurs coups de dents. Et ses doigts à elle étaient trop vieux, trop faibles. Quand il n'y aurait plus de poulets, les belettes auraient encore faim et reviendraient la manger. Oui. Elles reviendraient...

Puis les belettes s'éparpillèrent, piaillant dans la nuit, laissant le sac à moitié dévoré, et elle pensa, ivre de joie : *Dieu m'a sauvée finalement ! Loué soit Son nom ! Dieu a sauvé Sa bonne et fidèle servante.*

Pas Dieu, vieille femme. Moi.

Dans sa vision, elle se retourna et, dans sa gorge que la peur étranglait, elle sentit comme un goût de cuivre. Là, se frayant un passage à travers le maïs comme un fantôme d'argent, avançait un énorme loup des montagnes, mâchoires béantes en une grimace sardonique, ses yeux comme des braises. Il portait autour du cou un collier d'argent massif d'une beauté barbare, duquel pendait une petite pierre du jais le plus noir. Et au centre de la pierre, un petit éclat rouge, comme un œil. Ou une clé.

Elle se signa et fit le geste qui chasse le mauvais œil, mais les mâchoires de la bête ne s'en ouvrirent que plus grand, et entre elles pendait le muscle rose de sa langue.

Je viens te chercher, mère. Pas maintenant, mais bientôt. Nous te chasserons comme les chiens chassent le cerf. Je suis tout ce que tu penses, mais plus encore. Je suis l'homme magique. Je suis l'homme de la dernière heure. Tes gens me connaissent mieux que toi, mère, ils m'appellent Jean le Conquérant.

Va-t'en ! Laisse-moi, au nom du Dieu tout-puissant !

Mais elle avait si peur ! Pas pour les gens qui l'entouraient, représentés dans son rêve par les poulets dans le sac, mais bien pour elle. Elle avait peur dans son âme, peur *pour* son âme.

Ton Dieu n'a pas de pouvoir sur moi, mère. Sa flamme vacille.

Non ! Ce n'est pas vrai ! Ma force est celle de dix, je monterai au ciel avec des ailes, comme les aigles...

Mais le loup grimaçait toujours et se rapprocha encore. Elle s'écarta de son haleine, lourde et sauvage. C'était la terreur de l'heure de midi, la terreur de la nuit profonde. Elle avait peur, affreusement peur. Et le loup, toujours grimaçant, se mit à parler avec deux voix différentes, répondant aux questions qu'il se posait.

— *Qui a fait jaillir l'eau du rocher quand nous étions assoiffés ?*

— *Moi !* claironna le loup.

— *Qui nous a sauvés quand nous manquions de forces ?* demanda le loup grimaçant dont la gueule n'était plus qu'à quelques pouces d'elle, dont l'haleine respirait le charnier.

— *Moi !* répondit le loup, toujours plus près, la gueule pleine de crocs acérés, les yeux rouges et remplis de morgue. *Tombe à genoux et loue mon nom, je suis celui qui fait jaillir l'eau dans le désert, loue mon nom, je suis le bon et fidèle serviteur qui fait jaillir l'eau dans le désert, et mon nom est aussi le nom de mon Maître...*

La gueule du loup s'ouvrit toute grande pour l'engloutir.

— ... mon nom, murmurait-elle. Loue mon nom, béni soit Dieu qui nous prodigue ses bienfaits, que la création tout entière loue Son nom...

Elle leva la tête et regarda autour d'elle, comme si elle était ivre. Sa bible était tombée par terre. L'aube embrasait déjà la fenêtre qui donnait vers l'est.

— Oh mon Dieu ! cria-t-elle d'une voix tremblante.

Qui a fait jaillir l'eau du rocher quand nous étions assoiffés ?

Était-ce cela ? Dieu du ciel, était-ce cela ? Était-ce pour cela que des écailles avaient recouvert ses yeux, l'empêchant de voir les choses qu'elle aurait dû connaître ?

Des larmes amères roulèrent de ses yeux. Péniblement, elle se releva et s'avança vers la fenêtre. Ses hanches et ses genoux lui faisaient si mal, comme si on lui transperçait les articulations avec de grosses aiguilles émoussées.

Elle regarda dehors et sut alors ce qu'il lui fallait faire.

Elle se dirigea vers le placard, fit passer sa chemise de nuit de coton blanc par-dessus sa tête, la laissa tomber sur le plancher. Elle était nue maintenant et son corps était sillonné de rides si nombreuses qu'il aurait pu être le lit du grand fleuve du temps.

— Que Ta volonté soit faite.

Elle commença à s'habiller.

Une heure plus tard, elle descendait l'avenue Mapleton en direction de l'ouest, vers les forêts et les ravins qui bordaient ce côté de la ville.

Stu était à la centrale électrique avec Nick quand Glen les rejoignit, hors d'haleine.

— Mère Abigaël ! Elle est partie !

Nick lui lança un regard dur.

— Qu'est-ce que vous dites ? s'écria Stu en l'attirant aussitôt à l'écart des ouvriers qui refaisaient le bobinage d'un alternateur.

Glen hocha la tête. Il était venu en bicyclette, plus de

huit kilomètres, et il essayait encore de reprendre son souffle.

— Je suis allé la voir pour lui parler de la réunion d'hier soir et pour lui passer l'enregistrement si elle voulait l'entendre. Je voulais qu'elle soit au courant de l'histoire de Tom. Cette idée me tracasse beaucoup... tout ce que Frannie nous a dit m'a travaillé pendant la nuit. Je voulais la voir assez tôt, parce que Ralph m'avait dit que deux autres groupes arrivent aujourd'hui, et vous savez qu'elle aime accueillir les nouveaux. Je suis arrivé chez elle vers huit heures et demie. J'ai frappé. Comme elle ne répondait pas, je suis entré. Je pensais repartir si elle dormait encore... mais je voulais être sûr qu'elle n'était pas... pas morte... elle est si *vieille*.

Les yeux de Nick étaient rivés sur les lèvres du professeur.

— Mais elle n'était pas là. Et j'ai trouvé ça sur son oreiller.

Il leur tendit une serviette de papier sur laquelle était écrit ce message, en grosses lettres tremblées :

Je dois partir un bout de temps. J'ai péché par présomption en croyant connaître la volonté de Dieu. J'ai commis le péché d'ORGUEIL, et Il veut que je retrouve ma place dans Son œuvre.

Je serai bientôt de retour parmi vous, si telle est la volonté de Dieu.

Abby Freemantle

— Putain de bordel, dit Stu. Qu'est-ce qu'on fait maintenant ? Qu'est-ce que tu en penses, Nick ?

Nick prit le message et le relut, puis il le rendit à Glen. L'expression dure qu'il avait eue tout à l'heure avait complètement disparu. Son visage n'était plus marqué que d'une infinie tristesse.

— Je pense qu'il faut convoquer l'assemblée pour ce soir, dit Glen.

Nick secoua la tête. Il sortit son bloc-notes, écrivit sa réponse, déchira la feuille et la tendit à Glen. Stu lisait par-dessus son épaule.

— *L'homme propose, Dieu dispose. Mère A. aimait cette maxime. Elle la citait souvent. Glen, vous avez dit vous-même qu'elle obéissait à une voix intérieure, qu'elle obéissait aux commandements de Dieu, ou à ses illusions. On ne peut rien faire. Elle est partie. Nous n'y pouvons rien.*

— Mais la réaction..., commença Stu.

— Naturellement, il va y avoir des réactions, dit Glen. Nick, tu ne penses pas que nous devrions au moins nous réunir pour en discuter ?

— *Pour quoi faire ? Pourquoi une réunion qui ne servira à rien ?*

— Mais nous pourrions organiser des recherches. Elle ne peut pas être bien loin.

Nick entoura de deux cercles la phrase *L'homme propose, Dieu dispose.* Et au-dessous, il écrivit : *Si vous la trouviez, comment feriez-vous pour la ramener ? Vous lui mettriez des chaînes ?*

— Non, certainement pas ! s'exclama Stu. Mais nous ne pouvons pas la laisser comme ça se promener toute seule. Elle s'est mis dans la tête qu'elle a offensé Dieu. Et si elle se disait maintenant qu'elle doit aller faire pénitence dans la solitude du désert, comme un prophète de l'Ancien Testament ?

— *Je suis presque sûr que c'est exactement ce qu'elle a fait,* répondit Nick.

— Alors, tu vois bien !

Glen posa la main sur le bras de Stu.

— Du calme, mon garçon. Voyons d'abord quelles sont les conséquences de tout ça.

— Je m'en fous des conséquences ! On ne va pas laisser une vieille femme se promener jour et nuit jusqu'à ce qu'elle meure de froid ou de faim !

— Ce n'est pas simplement une vieille femme. C'est mère Abigaël. Et ici, elle est le pape. Si le pape décide qu'il doit aller à pied à Jérusalem, est-ce que vous allez discuter avec lui si vous êtes un bon catholique ?

— Bon sang, ce n'est pas la même chose, et vous le savez bien !

— Si, c'est la même chose. Absolument. Du moins, c'est ainsi que les gens de la Zone libre vont le comprendre. Stu, seriez-vous prêt à dire que vous êtes sûr que Dieu ne lui a pas dit d'aller se perdre dans le désert ?

— Non... mais...

Nick avait écrit quelque chose et il tendit son message à Stu qui eut du mal à déchiffrer certains mots. L'écriture de Nick était généralement impeccable, mais cette fois il était pressé, peut-être impatient.

— *Stu, ça ne change rien. Sauf que le moral de la Zone libre va probablement en souffrir. Mais ce n'est même pas sûr. Les gens ne vont pas s'en aller parce qu'elle est partie. En revanche, ça veut dire que nous n'aurons plus pour le moment à lui demander son approbation. Et c'est peut-être préférable.*

— Je deviens dingue, dit Stu. Parfois, nous parlons d'elle comme si c'était un obstacle à contourner. Parfois vous parlez d'elle comme si c'était le pape, comme si elle était incapable de rien faire de mal, même si elle le voulait. Mais il se trouve que je l'aime, moi. Qu'est-ce que tu veux, Nicky ? Que quelqu'un tombe sur son cadavre à l'automne, dans un de ces canyons à l'ouest de la ville ? Tu veux qu'on la laisse là-bas où elle va faire un... un beau festin pour les corbeaux ?

— Stu, dit doucement Glen, c'est elle qui a décidé de partir.

— Mon Dieu, quelle merde !

À midi, toute la communauté savait que mère Abigaël avait disparu. Comme Nick l'avait prévu, la réaction générale fut plus de la résignation attristée que de l'inquiétude. Mère Abigaël était partie « prier pour voir plus clair », afin de pouvoir les aider à trouver le droit chemin lors de l'assemblée du 18.

— Je ne veux pas blasphémer en disant qu'elle est Dieu, dit Glen au cours du pique-nique qu'ils firent dans le parc, mais elle est quand même une sorte de Dieu par procuration. La force de la foi d'une société se mesure à la dégradation que cette foi subit quand son objet empirique disparaît.

— Vous voulez bien répéter ?

— Quand Moïse a détruit le veau d'or, les Israélites ont cessé de l'adorer. Quand le temple de Baal a été détruit par une inondation, les adorateurs de Baal ont décidé que leur dieu n'était pas si formidable que ça tout compte fait. Toutefois Jésus est parti à la pêche depuis deux mille ans et les gens continuent non seulement à suivre ses enseignements, mais ils vivent et meurent en croyant qu'il finira par revenir, et que tout redeviendra comme avant quand il sera revenu. C'est la même chose qui se passe avec mère Abigaël pour les gens de la Zone libre. Ils sont parfaitement sûrs qu'elle va revenir. Est-ce que vous leur avez parlé ?

— Oui, répondit Stu. J'ai vraiment du mal à le croire. Une vieille femme se promène en pleine nature et tout le monde dit : j'espère bien qu'elle va ramener les tables de la Loi à temps pour l'assemblée.

— C'est peut-être ce qui va arriver, reprit Glen sans enthousiasme. Mais tout le monde n'est pas aussi décontracté. Ralph Brentner s'arrache les cheveux. S'il continue, il sera bientôt aussi chauve que moi.

— Bon point pour Ralph, dit Stu en regardant Glen dans les yeux. Et vous, le prof ? Comment vous réagissez ?

— Je préférerais que vous m'appeliez autrement. Ce n'est quand même pas très digne. Mais je vais vous répondre... C'est quand même drôle. Voilà qu'un bon gars du Texas est beaucoup plus insensible aux paroles d'évangile de cette vieille dame que le vieux sociologue agnostique et mal embouché que je suis. Je pense qu'elle va revenir. Je ne sais pas pourquoi. Et qu'en pense Frannie ?

— Je n'en sais rien. Je ne l'ai pas vue de toute la matinée. Elle pourrait tout aussi bien être en train de bouffer des sauterelles et du miel sauvage avec mère Abigaël, répondit Stu en contemplant les monts Flatirons qui se dressaient dans le brouillard bleuté du début de l'après-midi. Nom de Dieu, Glen, j'espère que la vieille va bien.

Fran ne savait pas que mère Abigaël était partie. Elle était restée enfermée toute la matinée à la bibliothèque, en train de feuilleter des ouvrages de jardinage. Elle n'était pas la seule étudiante, d'ailleurs. Deux ou trois autres personnes consultaient des livres sur l'agriculture. Un jeune homme à lunettes d'environ vingt-cinq ans était plongé dans un livre intitulé *Sept moyens de faire vous-même votre électricité*. Une jolie petite blonde d'environ quatorze ans était absorbée dans la lecture de *Six cents recettes faciles*.

Elle sortit de la bibliothèque vers midi et descendit la rue Walnut pour rentrer chez elle. À mi-chemin, elle tomba sur Shirley Hammett, la femme d'un certain âge qui avait fait partie du groupe de Dayna, Susan et Patty Kroger. Shirley allait beaucoup mieux depuis qu'elle était arrivée à Boulder. Jolie, pleine d'assurance. Elle s'arrêta pour dire bonjour à Fran.

— Quand pensez-vous qu'elle reviendra ? Je pose la question à tout le monde. Si nous avions un journal, ce serait un sujet formidable pour faire un sondage. Comme dans le temps : « Que pensez-vous de la position du sénateur Bouchetrou sur la crise pétrolière ? » Vous voyez ce que je veux dire.

— Mais de qui parlez-vous ?

— De mère Abigaël, naturellement. Vous débarquez, ma chère ?

— Je ne comprends pas du tout. Que s'est-il passé ?

— Personne n'en sait rien.

Et Shirley raconta à Fran ce qu'elle savait.

— Elle est partie... comme ça ?

— Oui. Naturellement, elle va revenir. C'est ce que disait son message.

— *Si telle est la volonté de Dieu...*

— C'est simplement une façon de parler, j'en suis sûre, répondit Shirley en regardant Fran avec une certaine froideur.

— Oui... je l'espère en tout cas. Merci de la nouvelle, Shirley, Vous avez encore la migraine ?

— Non. Plus du tout. Je vais voter pour vous, Fran.

— Pardon ?

Fran avait l'esprit ailleurs. Elle essayait encore d'assimiler la nouvelle de la disparition de mère Abigaël. Un instant, elle n'eut pas la moindre idée de ce que voulait dire Shirley.

— Je veux parler du comité permanent !

— Oh ! Merci. Je ne suis même pas sûre de vouloir en faire partie.

— Vous vous en tirerez très bien. Vous et Susy. Je dois m'en aller, Fran. À bientôt.

Elles se séparèrent. Fran se dépêcha de rentrer, espérant que Stu en saurait plus long. La disparition de la vieille dame, juste après leur réunion de la veille au soir, lui inspirait une sorte de crainte superstitieuse. Elle n'aimait pas que la vieille dame ne soit plus là pour approuver leurs grandes décisions — comme d'envoyer des espions à l'ouest. Elle partie, Fran avait l'impression que ses responsabilités n'en seraient que plus lourdes.

L'appartement était vide quand elle arriva. Stu était parti depuis un quart d'heure. Le mot laissé sous le sucrier disait simplement : *De retour à neuf heures et demie. Je suis avec Ralph et Harold. Ne t'inquiète pas. Stu.*

Ralph et Harold ? pensa-t-elle. Et elle sentit une vague crainte qui n'avait rien à voir avec mère Abigaël. Mais pourquoi aurait-elle peur ? Mon Dieu, si Harold essayait de faire quelque chose... quelque chose de pas très correct... Stu n'en ferait qu'une bouchée. À moins... à moins que Harold n'arrive par-derrière et...

Elle eut froid tout à coup. Elle se prit les coudes. Que pouvait bien faire Stu avec Ralph et Harold ?

De retour à neuf heures et demie.

Mon Dieu, c'est encore bien loin.

Elle resta un moment dans la cuisine en regardant le sac à dos qu'elle avait posé sur la table.

Je suis avec Ralph et Harold.

La petite maison de Harold, rue Arapahoe, serait donc vide jusqu'à neuf heures et demie ce soir. À moins, naturellement, qu'ils ne soient tous là. Et s'ils étaient là, elle pouvait les rejoindre et satisfaire sa curiosité. Une affaire de quelques minutes à bicyclette. S'il n'y avait personne, elle découvrirait peut-être quelque chose qui la tranquilliserait... ou... mais elle préférait ne pas y penser.

Te tranquilliser ? lui dit une petite voix. *Ou te rendre encore plus folle ?*

Suppose que tu trouves quelque chose de bizarre ? Alors quoi ? Qu'est-ce que tu feras ?

Elle n'en savait rien. Pas la moindre idée, pas la plus minuscule.

Ne t'inquiète pas. Stu.

Mais il y avait de quoi s'inquiéter. À cause de l'empreinte de ce pouce dans son journal. Parce qu'un homme qui vole votre journal, qui fouille dans vos pensées intimes, cet homme-là n'a pas beaucoup de principes ni de scrupules. Et cet homme peut parfaitement se glisser derrière quelqu'un qu'il déteste et le pousser dans le vide. Ou prendre une grosse pierre. Ou un couteau. Ou un revolver.

Ne t'inquiète pas. Stu.

Mais si Harold faisait ça, il serait fini à Boulder. Qu'est-ce qu'il ferait ensuite ?

Fran savait ce qu'il ferait. Elle n'était pas encore sûre que Harold soit le genre d'homme qu'elle imaginait maintenant, mais elle savait dans son cœur qu'il y avait un endroit pour les gens comme lui. Oh oui, sans aucun doute.

Elle remit son sac à dos et sortit. Trois minutes plus tard, elle remontait Broadway en direction de la rue Arapahoe, sous un soleil éclatant. *Ils sont sûrement dans le salon de Harold. Ils prennent le café et ils parlent de mère Abigaël. Tout va bien. Tout va parfaitement bien.*

Mais la petite maison de Harold était vide, plongée dans le noir, et fermée à clé.

Une chose étrange à Boulder. Autrefois, vous fermiez derrière vous pour que personne ne vole votre télé, votre stéréo, les bijoux de votre femme. Mais maintenant, les stéréos et les télés ne coûtaient rien. De toute façon, elles ne vous auraient pas servi à grand-chose puisqu'il n'y avait pas d'électricité. Et pour les bijoux, il suffisait d'aller à Denver pour en ramasser un plein sac.

Pourquoi fermes-tu ta porte, Harold, quand il n'y a rien à voler ? Parce que personne n'a aussi peur de se faire voler qu'un voleur ? C'est ça ?

Frannie n'avait pas l'étoffe d'un cambrioleur. Elle s'était résignée à repartir quand elle eut l'idée d'essayer les vasistas du sous-sol. Le premier qu'elle poussa bascula en grinçant et la poussière qui recouvrait la vitre tomba à l'intérieur.

Fran regarda derrière elle, mais il n'y avait personne. Harold était seul à habiter ce quartier plutôt excentrique. Étrange. Harold pouvait bien sourire à s'en décrocher la mâchoire, il pouvait bien vous donner des tapes dans le dos, passer toute la journée à bavarder avec les gens, il pouvait bien vous offrir un coup de main quand c'était nécessaire et parfois même quand ça ne l'était pas, il pouvait bien tout faire pour que les gens l'aiment — et les gens l'estimaient beaucoup à Boulder. Mais cet endroit où il avait choisi de vivre... encore autre chose, non ? Autre chose qui révélait un aspect légèrement différent de la vision que Harold se faisait de la société et de la place qu'il y occupait... peut-être. Ou peut-être aimait-il simplement le calme.

Elle se glissa par le vasistas, salissant son chemisier, et se laissa tomber à l'intérieur. Le vasistas était maintenant à hauteur de ses yeux. Frannie n'avait pas plus l'étoffe d'un gymnaste que d'un cambrioleur. Pour ressortir tout à l'heure, elle allait devoir grimper sur quelque chose.

Elle jeta un coup d'œil autour d'elle. Le sous-sol avait été aménagé en salle de jeu. Un projet dont son père avait toujours parlé mais qu'il n'avait jamais entrepris, pensa-t-elle avec un petit pincement de tristesse. Pin noueux sur les murs. Haut-parleurs quadraphoniques encastrés. Faux plafond insonorisé. Un grand coffre rempli de puzzles et de livres. Un train électrique. Un circuit de petites voitures. Et puis un baby-foot sur lequel Harold avait posé une caisse de Coca. C'était la pièce des enfants. Des posters partout sur les murs — le plus grand, un peu jauni déjà, montrait George Bush à la sortie d'une église de Harlem, les bras levés, un grand sourire aux lèvres. Et une énorme légende en lettres rouges : PAS DE BOOGIE-WOO-GIE POUR LE PRINCE DU ROCK AND ROLL !

Tout à coup, elle se sentit plus triste qu'elle ne l'avait été depuis... elle ne s'en souvenait pas, à vrai dire. Elle avait eu son compte de chocs, de peurs, de terreurs, elle avait connu le chagrin sauvage, ravageur, mais cette tristesse profonde et tranquille était quelque chose de nouveau. Et avec elle déferla soudain une vague de nostalgie pour Ogunquit, pour l'océan, pour les jolies collines et les forêts du Maine. Sans aucune raison, elle pensa à Gus, le gardien du parking de la plage municipale d'Ogunquit, et un instant elle crut que son cœur allait éclater. Que faisait-elle ici, prise entre les immenses plaines et les montagnes qui séparaient le pays en deux ? Ce n'était pas son pays. Elle n'avait rien à faire ici.

Elle laissa échapper un sanglot qui lui parut si désolé, si solitaire qu'elle colla ses deux mains sur sa bouche, pour la deuxième fois de la journée. *Ça suffit, Frannie, vieille savate. Ces choses-là ne s'oublient pas comme ça. Petit à petit. Si tu veux pleurer, pleure plus tard, pas ici, dans la cave de Harold Lauder. Le boulot d'abord.*

Elle s'avança vers l'escalier et elle eut un petit sourire amer en passant devant le poster de George Bush, rayonnant. Ils t'ont quand même fait danser le boogie-woogie, pensa-t-elle. Quelqu'un, en tout cas.

En haut des marches, elle crut que la porte allait être fermée, mais elle s'ouvrit sans difficulté. La cuisine était propre et bien rangée, la vaisselle faite et mise à sécher dans l'égouttoir, le petit réchaud à gaz Coleman brillant comme un sou neuf... mais une odeur de graillon flottait dans l'air, comme un fantôme de l'ancien Harold, le Harold qui était entré dans cette partie de sa vie au volant de la Cadillac de Roy Brannigan, alors qu'elle était en train d'enterrer son père.

Je serais bien embêtée si Harold rentrait maintenant, pensa-t-elle. L'idée la fit tout à coup regarder derrière elle. Elle s'attendait presque à voir Harold debout à la porte du salon, avec son éternel sourire. Il n'y avait personne, mais son cœur s'était mis à cogner un peu trop fort dans sa poitrine. Rien dans la cuisine. Elle se dirigea donc vers le salon. Il faisait sombre, si sombre qu'elle en fut mal à l'aise. Non seulement Harold fermait ses portes à clé, mais il ne levait pas ses stores. Une fois de plus, elle eut l'impression de découvrir une manifestation inconsciente de la vraie personnalité de Harold. Pourquoi garder les stores baissés dans une petite ville où, pour les vivants, stores baissés et rideaux fermés marquaient les maisons des morts ?

Le salon, comme la cuisine, était d'une propreté impeccable, mais meublé sans aucun goût. La cheminée était belle pourtant, une énorme cheminée de pierre dont le foyer était si grand qu'on aurait pu s'asseoir à l'intérieur. Ce qu'elle fit un instant, en regardant autour d'elle. Elle sentit une pierre bouger en s'asseyant. Elle allait se lever pour la regarder lorsqu'on frappa à la porte.

Comme étouffée sous un énorme matelas de plumes, elle sentit la peur tomber sur elle. Paralysée par la terreur, elle ne respirait plus et ce n'est que plus tard qu'elle se rendit compte qu'elle s'était mouillée un peu.

On frappait encore, une demi-douzaine de coups secs, décidés.

Mon Dieu, au moins les stores sont baissés, heureusement.

Mais aussitôt elle se rappela qu'elle avait laissé sa bicyclette dehors où tout le monde pouvait la voir. L'avait-elle vraiment laissée là ? Elle essayait désespérément de réfléchir, mais rien ne lui venait à l'esprit, sauf cette phrase sans queue ni tête qui lui rappelait cependant quelque chose : avant de retirer la taupe de l'œil de ton voisin, retire la tarte du tien...

Des coups encore, et une voix de femme :

— Il y a quelqu'un ?

Fran était figée comme une statue. Elle se souvint tout à coup qu'elle avait laissé sa bicyclette derrière la maison, sous la corde à linge. On ne la voyait pas de devant. Mais si le visiteur décidait d'essayer la porte de derrière...

Le bouton de la porte de devant — Frannie pouvait le voir au fond du petit couloir — commença à tourner dans un sens et dans l'autre.

Je ne sais pas qui c'est, mais j'espère qu'elle est aussi gourde que moi avec les serrures, pensa Frannie. Et elle dut aussitôt s'écraser les deux mains sur la bouche pour étouffer un bêlement insensé qui faillit bien sortir malgré elle. C'est alors qu'elle vit la tache sur son pantalon de coton et qu'elle comprit à quel point elle avait eu peur. *Au moins, elle ne m'a pas fait chier dans mon froc,* se dit-elle. *Pas encore.* Et le rire voulut repartir de plus belle, hystérique.

Puis, avec un soulagement indescriptible, elle entendit des pas qui s'éloignaient de la porte, s'éloignaient sur l'allée de ciment de Harold.

Fran ne décida pas consciemment de faire ce qu'elle fit ensuite. À pas de loup, elle courut à la fenêtre et souleva légèrement le store. Elle vit une femme dont les longs cheveux noirs étaient parcourus de mèches blanches. La femme monta sur un petit scooter Vespa et, quand le moteur démarra, elle rejeta ses cheveux en arrière et les attacha avec une barrette.

C'est Nadine Cross — celle qui est arrivée avec Larry Underwood ! Elle connaît Harold ?

Puis le scooter démarra avec une petite secousse et disparut bientôt. Les jambes molles, Fran poussa un profond soupir. Elle ouvrit la bouche pour laisser fuser le rire qu'elle retenait depuis si longtemps, sachant le bruit qu'il ferait, un petit rire chevrotant. Mais au lieu de rire, elle éclata en sanglots.

Cinq minutes plus tard, trop nerveuse pour poursuivre ses recherches, elle grimpa sur une chaise d'osier pour sortir par le vasistas du sous-sol. Une fois dehors, elle parvint à repousser suffisamment loin la chaise pour ne pas laisser un indice trop révélateur. Elle n'était quand même plus à la même place, mais les gens remarquent rarement ce genre de choses... et Harold ne semblait utiliser le sous-sol que pour ranger ses caisses de Coca-Cola.

Elle referma le vasistas et alla chercher sa bicyclette. Elle avait eu si peur qu'elle se sentait très faible et que la tête lui tournait un peu. Au moins, ma culotte est en train de sécher, pensa-t-elle. La prochaine fois, mets-toi des culottes de caoutchouc, Frances Rebecca.

Elle sortit de la cour de Harold et s'éloigna de la rue Arapahoe dès qu'elle put. Un quart d'heure plus tard, elle était de retour chez elle.

L'appartement était silencieux. Elle ouvrit son journal, contempla la tache de chocolat et se demanda où pouvait bien être Stu.

Et elle se demanda si Harold était avec lui.

Oh Stu, rentre s'il te plaît. J'ai besoin de toi.

Après le déjeuner, Stu avait quitté Glen pour rentrer chez lui. Assis dans le salon, il pensait à mère Abigaël. Nick et Glen avaient-ils vraiment raison de ne rien vouloir faire ? C'est alors qu'on frappa à la porte.

— Stu ? Tu es là ?

C'était Ralph Brentner.

Harold Lauder était avec lui. Son sourire était plus discret que d'habitude, comme quelqu'un qui essaye de prendre un air compassé à un enterrement.

Ralph, encore sous le coup de la disparition de mère Abigaël, avait rencontré Harold une demi-heure plus tôt. Ralph aimait ce Harold qui semblait toujours avoir le temps d'écouter ce que vous aviez à dire quand quelque chose n'allait pas... Harold qui ne semblait jamais attendre quoi que ce soit en retour. Ralph lui avait raconté toute l'histoire de la disparition de mère Abigaël et lui avait fait part de ses inquiétudes : la vieille femme risquait d'avoir une crise cardiaque, de se casser quelque chose, de mourir de faim ou de froid.

— Et tu sais qu'il pleut presque tous les après-midi, dit Ralph tandis que Stu leur servait du café. Si elle se mouille, elle va certainement attraper froid. Et ensuite ? La pneumonie. À coup sûr.

— Qu'est-ce qu'on peut faire ? demanda Stu. On ne peut pas la forcer à revenir si elle ne veut pas.

— Non, répondit Ralph. Mais Harold a une idée.

Stu se tourna vers le jeune homme.

— Et comment ça va, Harold ?

— Très bien. Et toi ?

— Pas mal.

— Et Fran ? Tu t'occupes bien d'elle ?

Harold regardait Stu avec des yeux légèrement moqueurs. Mais Stu eut l'impression que les yeux de Harold étaient comme le soleil sur l'eau de l'ancienne carrière de Brakeman, dans son petit village — l'eau avait l'air si agréable, mais elle cachait un trou si profond que le soleil n'y avait jamais pénétré. Quatre jeunes garçons s'étaient noyés dans la jolie carrière de Brakeman.

— De mon mieux, répondit-il. Et cette idée, Harold ?

— Voilà. Je peux comprendre la position de Nick. Et celle de Glen. Ils ont compris que mère Abigaël est un symbole théocratique pour la Zone libre... et apparemment ils vont bientôt devenir les porte-parole de la Zone.

Stu avala une gorgée de café.

— Qu'est-ce que tu veux dire avec ton symbole théocratique ?

— Un symbole matériel d'une alliance avec Dieu, expliqua Harold dont les yeux se voilèrent un peu.

Comme la sainte communion, ou les vaches sacrées de l'Inde.

Stu commençait à comprendre.

— Oui, je vois. Ces vaches... elles marchent dans la rue et empêchent les voitures de circuler, c'est bien ça ? Elles peuvent se balader dans les magasins, décider de s'en aller où elles veulent.

— Oui, c'est bien ça. Mais la plupart de ces vaches sont malades, Stu. Elles meurent de faim. Certaines ont la tuberculose. Et tout cela parce qu'elles sont un symbole. Les gens sont convaincus que Dieu s'occupera d'elles, comme les gens de la Zone sont convaincus que Dieu s'occupera de mère Abigaël. Mais j'ai mes doutes sur un Dieu qui dit de laisser une pauvre vache se balader toute seule jusqu'à ce qu'elle en crève.

Ralph avait l'air mal à l'aise. Stu comprenait sa réaction. Il n'aimait pas qu'on parle ainsi de mère Abigaël. Harold n'était pas loin du blasphème.

— De toute façon, reprit Harold, nous ne pouvons pas changer les gens, ni l'idée qu'ils se font de mère Abigaël.

— Et nous ne voulons pas d'ailleurs, s'empressa d'ajouter Ralph.

— C'est exact ! s'exclama Harold. Après tout, c'est elle qui nous a rassemblés ici. Mon idée, c'est d'enfourcher nos fidèles coursiers et d'explorer cet après-midi les environs de Boulder, du côté ouest. Si nous ne nous éloignons pas trop, nous pourrons rester en liaison par walkie-talkie.

Stu hochait la tête. C'était exactement ce qu'il voulait faire. Vaches sacrées ou pas, Dieu ou pas, ce n'était pas juste de laisser une vieille dame toute seule dans la nature. Rien à voir avec la religion ; on ne pouvait tout simplement pas la laisser toute seule.

— Et si nous la trouvons, dit Harold, nous lui demanderons si elle a besoin de quelque chose.

— Par exemple, qu'on la ramène, ajouta Ralph.

— Au moins, nous saurons où elle est, dit Harold.

— D'accord, je pense que c'est une très bonne idée,

Harold. Laisse-moi simplement le temps d'écrire un mot pour Fran.

Mais tandis qu'il écrivait son mot, il sentit le besoin de regarder derrière lui — de voir ce que Harold faisait quand Stu ne le regardait pas, de voir l'expression de ses yeux.

Avec l'accord des autres, Harold avait choisi de prendre la route sinueuse de Nederland, pour la bonne raison que la vieille femme ne se trouverait sans doute pas dans les parages. Si lui n'aurait pas pu faire à pied la route de Boulder à Nederland en un jour, encore moins cette vieille conne. Mais le trajet était joli et la promenade lui donnerait l'occasion de réfléchir.

Il était maintenant sept heures moins le quart et Harold était sur le chemin du retour. Il avait laissé sa Honda au bord de la route et il s'était assis à une table de pique-nique. Un Coca devant lui, il mangeait une saucisse fumée avec les doigts. Le walkie-talkie accroché au guidon de la Honda, antenne sortie, crachota un peu. C'était la voix de Ralph Brentner. Les radios ne portaient pas très loin. Et Ralph était plus haut, sur le mont Flagstaff.

— ... au cirque Sunrise... rien par ici... de l'orage.

Puis la voix de Stu, plus forte. Il était dans le parc Chautauqua, à six kilomètres environ de Harold.

— Répète, Ralph.

Ralph répéta son message en criant tant qu'il pouvait dans son micro. Il va avoir une attaque, pensa Harold. Splendide façon de terminer la journée.

— Elle n'est pas par ici ! Je redescends avant qu'il fasse nuit ! Terminé !

— Bien compris, répondit Stu d'une voix découragée. Harold, tu es là ?

Harold se leva et s'essuya les doigts sur son pantalon.

— Harold ? Tu es là ? Harold, tu m'entends ?

Harold fit un geste obscène avec son index — l'index que ces crétins d'hommes des cavernes appelaient le gratte-con au lycée d'Ogunquit ; puis il appuya sur le bouton du micro et dit d'une voix agréable, avec juste ce qu'il fallait de découragement :

— Je suis là. Je m'étais éloigné un peu... J'avais cru voir quelque chose dans le fossé. Simplement un vieux blouson. À toi.

— D'accord. Tu veux venir à Chautauqua, Harold ? On pourrait attendre Ralph tous les deux.

Tu aimes donner des ordres, enfoiré ? J'ai peut-être une petite surprise pour toi. Peut-être.

— Harold, tu m'entends ?

— Oui. Excuse-moi, Stu. J'étais dans les nuages. J'arrive dans un quart d'heure.

— *Tu as bien entendu, Ralph ?* hurla Stu.

Harold fit une grimace et pointa son gratte-con dans la direction de la voix de Stu en esquissant un petit sourire. Prends *ça,* enfoiré de mes deux.

— Bien compris, on se retrouve dans le parc Chautauqua, répondit la voix lointaine de Ralph au milieu des craquements des parasites. J'arrive. Terminé.

— J'arrive moi aussi, dit Harold. Terminé.

Il éteignit le walkie-talkie et rentra l'antenne. Mais il resta à califourchon sur la Honda sans démarrer. Il portait un gros blouson rembourré des surplus de l'armée ; très confortable quand on fait de la moto à mille huit cents mètres d'altitude, même au mois d'août. Mais le blouson avait une autre utilité. Il était pourvu de nombreuses poches à fermeture Éclair et dans l'une de ces poches se trouvait un 38 Smith & Wesson. Harold sortit le revolver et le soupesa. L'engin était chargé. Il était lourd, très lourd, comme s'il comprenait que sa mission était de donner la mort.

Ce soir ?

Pourquoi pas ?

Il s'était embarqué dans cette expédition dans l'espoir de se trouver seul avec Stu. Et ce moment n'allait plus tarder, tout à l'heure, dans le parc Chautauqua, dans moins d'un quart d'heure. Mais il n'avait pas perdu son temps en cours de route.

220

Harold n'avait jamais eu l'intention d'aller jusqu'à Nederland, un misérable petit village perché au-dessus de Boulder dont le seul titre de gloire avait été de servir autrefois de refuge à Patty Hearst quand elle était en fuite. Mais, alors qu'il montait de plus en plus haut, la Honda bourdonnant doucement entre ses cuisses, que l'air froid coupant comme une lame de rasoir lui taillait le visage, quelque chose s'était produit.

Si vous posez un aimant à un bout d'une table et un bout de fer à l'autre, il ne se passe rien. Si vous rapprochez progressivement le bout de fer de l'aimant (il aimait bien cette image, il fallait qu'il la note dans son journal ce soir), il arrive un moment où le mouvement que vous imprimez au bout de fer semble le propulser plus loin qu'il n'aurait dû aller. Le bout de fer s'arrête, mais comme s'il hésitait à le faire, comme s'il était devenu vivant, comme s'il en voulait à cette loi physique de l'inertie. Encore une petite poussée ou deux, et vous pouvez presque voir — ou même vous voyez vraiment — le bout de fer trembloter sur la table, comme s'il vibrait légèrement. Une dernière poussée et l'équilibre entre frottement (inertie) et attraction de l'aimant se rompt. Le bout de fer, bien vivant maintenant, se déplace tout seul, de plus en plus vite, et vient finalement se coller à l'aimant.

Horrible et fascinante expérience.

Lorsque le monde s'était écroulé en juin dernier, on ne comprenait pas encore très bien le magnétisme, mais Harold croyait savoir (même s'il n'avait jamais eu une tournure d'esprit très scientifique) que les physiciens qui étudiaient ces choses estimaient que le phénomène était intimement lié à celui de la gravité, et que la gravité était la clé de voûte de l'univers.

Et tandis que Harold approchait de Nederland, qu'il avançait en direction de l'ouest, qu'il montait, que l'air devenait de plus en plus froid, que les cumulo-nimbus s'entassaient toujours plus haut derrière Nederland, Harold avait senti la même chose. Il s'approchait du point d'équilibre... et presque aussitôt après, il atteindrait le point de rupture. Il était ce bout de fer, si proche de l'aimant qu'une petite poussée le propulserait plus loin que l'élan ainsi donné ne l'aurait fait en temps normal. Il se sentait vibrer.

Jamais il n'avait connu d'aussi près une expérience religieuse. Les jeunes rejettent le sacré, car l'accepter revient à accepter que tous les objets empiriques finissent par mourir. Harold n'était pas différent. La vieille femme était une sorte de médium. Et Flagg aussi, l'homme noir. Ils étaient des radios humaines, en quelque sorte. Rien de plus. Leur véritable pouvoir résiderait dans les sociétés qui se formeraient autour de leurs signaux, si différents. C'est ce qu'il avait cru.

Mais assis sur sa moto au bout de cette rue minable de Nederland, tandis qu'un voyant vert brillait sur le tableau de bord de sa Honda comme l'œil d'un chat, alors qu'il écoutait hurler le vent dans les pins et les trembles, il avait ressenti plus qu'une simple attraction magnétique. Il s'était senti investi d'un effroyable pouvoir, d'une puissance irrationnelle venue de l'ouest, d'une attraction si grande que de trop y repenser maintenant le rendrait fou. Il avait senti que, s'il s'aventurait beaucoup plus loin sur le fléau de la balance, toute volonté propre finirait par l'abandonner. Et il se retrouverait comme il était, les mains vides.

Et pour cela, même s'il n'en était pas responsable, l'homme noir le tuerait.

Il avait donc reculé, avec ce froid soulagement du candidat au suicide qui tourne le dos après avoir longtemps contemplé le précipice. Mais il pouvait revenir ce soir, s'il le voulait. Oui, il pouvait tuer Redman d'une seule balle tirée à bout portant. Et puis, rester tranquille, attendre l'arrivée du plouc de l'Oklahoma. Une autre balle dans la tempe. Personne ne remarquerait les coups de feu ; le gibier était abondant et les gens avaient commencé à faire des cartons sur les cerfs qui s'aventuraient jusque dans les rues de Boulder.

Il était maintenant sept heures moins dix. Il en aurait fini avec eux avant sept heures et demie. Fran ne donnerait pas l'alarme avant dix heures et demie, au plus tôt.

Ce qui lui laisserait amplement le temps de prendre la fuite, de s'en aller en direction de l'ouest, son journal caché au fond de son sac à dos. Mais pour cela, il ne fallait pas rester là assis sur sa moto, en attendant que le temps passe.

La Honda démarra au deuxième essai. Une bonne moto. Harold sourit. Harold au large sourire. Harold à la si belle humeur. Et il prit la direction du parc Chautauqua.

La nuit commençait à tomber quand Stu entendit la moto de Harold. Un instant plus tard, il apercevait son phare entre les arbres qui bordaient la route. Puis le casque de Harold, Harold qui tournait la tête à gauche et à droite, Harold qui le cherchait.

Assis sur une grosse pierre, Stu l'appela en faisant de grands gestes. Une minute plus tard, Harold le vit, agita la main et continua à monter en seconde.

Après cet après-midi dans la montagne, Stu avait bien meilleure opinion de Harold... pour la première fois peut-être. C'était Harold qui avait eu cette idée, une excellente idée même si elle n'avait rien donné. Et Harold avait insisté pour prendre la route de Nederland... il avait dû avoir très froid, malgré son blouson. Quand Harold arriva près de lui, Stu vit son perpétuel sourire qui ressemblait tellement à une grimace ; son visage était blanc, marqué par la fatigue. Déçu de n'avoir rien trouvé, pensa Stu. Et tout à coup il se sentit coupable de la manière dont Frannie et lui l'avaient traité, comme si son sourire perpétuel et ses manières un peu trop amicales avec tout le monde avaient été une sorte de camouflage. Avaient-ils jamais pensé que le type essayait peut-être tout simplement de tourner la page, et qu'il s'y prenait peut-être un peu bizarrement, parce que pour lui c'était la première fois ? Non, ils n'y avaient sans doute jamais pensé.

— Rien trouvé, hein ? demanda-t-il à Harold en sautant en bas de la pierre où il était assis.

— *Nada.*

Le sourire réapparut, mais un sourire mécanique, sans force, comme un rictus. D'une pâleur mortelle, son visage avait une étrange expression. Harold avait les mains enfoncées dans les poches de son blouson.

— Tant pis, c'était une bonne idée quand même. Et puis, elle est peut-être déjà rentrée chez elle. Sinon, on pourra recommencer demain.

— Et nous risquons de tomber sur un cadavre.

— Peut-être, soupira Stu, c'est bien possible. Tu veux venir dîner chez nous, Harold ?

— Quoi ?

Harold tressaillit dans la pénombre qui s'épaississait sous les arbres. Son sourire parut encore plus forcé que d'habitude.

— Dîner, répéta patiemment Stu. Frannie serait contente de te voir. C'est vrai. Elle serait vraiment contente.

— C'est vraiment gentil, répliqua Harold, manifestement mal à l'aise. Mais je suis... bon, tu sais bien qu'elle me plaisait. On ferait peut-être mieux... de s'abstenir pour le moment. Rien contre toi en particulier. Vous avez l'air de bien vous entendre tous les deux. Je sais.

Et son sourire réapparut, débordant de sincérité, contagieux.

— Comme tu veux, Harold. Mais la porte est ouverte, quand tu voudras.

— Merci.

— Non, c'est moi qui te remercie, répondit Stu très sérieusement.

— Moi ?

— De nous avoir aidés à chercher mère Abigaël quand tous les autres avaient décidé de laisser la nature suivre son cours. Même si nous n'avons rien trouvé. On se serre la main ?

Stu tendit la main. Harold la regarda et Stu crut un instant qu'il allait refuser son geste. Puis Harold sortit la main de la poche de son blouson — elle parut accrocher quelque chose, la fermeture Éclair peut-être — et serra rapidement la main que lui tendait Stu. La main de Harold était moite.

Stu lui tourna le dos pour regarder la route.

— Ralph devrait déjà être arrivé. J'espère qu'il ne s'est pas cassé la figure en descendant la montagne. Ah... le voilà.

La lumière d'un phare clignotait en jouant à cache-cache avec les arbres.

— Oui, c'est lui, dit Harold d'une voix étrangement blanche, derrière Stu.

— Il est avec quelqu'un.

— Quoi ?

— Regarde.

Stu montrait un deuxième phare, derrière le premier.

— Ah bon.

Encore cette voix blanche. Cette fois, Stu se retourna.

— Ça va, Harold ?

— Je suis fatigué, c'est tout.

Le deuxième phare était celui du vélomoteur de Glen Bateman qui ne voulait rien savoir des motos. À côté de sa petite machine, la Vespa de Nadine aurait presque fait l'effet d'une Harley. Nick Andros était assis derrière Ralph. Nick les invitait tout à prendre le café dans la maison qu'il partageait avec Ralph. Un café arrosé de cognac si le cœur leur en disait. Stu accepta, mais Harold déclina l'invitation. Il avait l'air épuisé.

Il est tellement déçu, pensa Stu, et il se dit que c'était le premier mouvement de sympathie qu'il ressentait pour Harold, une sympathie qui s'était trop longtemps fait attendre. Il reprit l'invitation de Nick à son compte, mais Harold secoua la tête. Non, décidément, il était complètement crevé. Il allait rentrer chez lui et dormir un bon coup.

Quand il arriva chez lui, Harold tremblait si fort qu'il eut du mal à glisser sa clé dans la serrure. La porte s'ouvrit finalement et il fonça à l'intérieur comme s'il se croyait poursuivi par un maniaque. Il claqua la porte derrière lui, ferma à double tour, tira le verrou. Puis il s'appuya contre la porte, la tête penchée, les yeux fermés, au bord de la crise de larmes. Quand il se fut ressaisi, il s'avança à tâtons vers le salon et alluma ses trois lampes à gaz. Il faisait clair maintenant dans la pièce. Et c'était mieux ainsi.

Il s'assit dans son fauteuil favori et ferma les yeux. Quand les battements de son cœur eurent un peu ralenti, il s'avança vers la cheminée, retira la pierre et prit son REGISTRE. Sa présence le rassura. Un registre, c'est un livre où vous tenez vos comptes, tant de prêté, tant de rendu, intérêt et principal. Le livre où vous finissez par régler tous vos comptes.

Il s'assit, chercha l'endroit où il s'était arrêté, hésita, puis se mit à écrire : *14 août 1990.* Il écrivit pendant près d'une heure et demie. Son stylo bille courait d'une ligne à l'autre, page après page. Et son visage, tandis qu'il écrivait, était tantôt férocement ironique, tantôt vertueusement indigné, terrifié et joyeux, blessé et grimaçant. Quand il eut terminé, il lut ce qu'il avait écrit *(Voici mes lettres au monde / qui ne m'a jamais écrit...)* tout en se massant distraitement la main droite.

Il remit le journal à sa place et reposa la pierre. Il était calme ; il avait vidé ce qu'il avait en lui ; sa terreur et sa fureur habitaient désormais les pages du journal ; sa détermination était plus forte que jamais. Et c'était bien ainsi. Parfois, écrire le rendait encore plus nerveux. Il savait alors qu'il n'écrivait pas la vérité, ou qu'il n'écrivait pas avec l'effort nécessaire pour affûter le bord émoussé de la vérité afin de lui donner une arête tranchante — d'en faire une lame capable de faire jaillir le sang. Mais, ce soir, il pouvait ranger son livre, l'esprit serein. La rage, la peur, la frustration avaient trouvé leur exacte transcription dans le livre, le livre qui resterait caché sous sa pierre pendant qu'il dormirait.

Harold releva l'un des stores et regarda dans la rue silencieuse. En voyant les monts Flatirons, il pensa calmement qu'il avait bien failli continuer quand même, sortir le 38 et essayer de les abattre tous les quatre. Il en aurait fini une bonne fois avec leur comité spécial qui puait l'hypocrisie. Sans eux, ils n'auraient même pas eu le quorum.

Mais, au dernier moment, un dernier fil avait tenu au lieu de casser. Il avait réussi à lâcher son arme, à serrer la main de ce plouc, de ce salaud de traître. Comment ? Il ne le saurait jamais. Mais grâce à Dieu, il l'avait fait. La marque du génie est qu'il sait attendre son heure — et il attendait.

Il avait sommeil ; la journée avait été longue, mouvementée.

Tandis qu'il déboutonnait sa chemise, Harold éteignit deux des lampes et prit la troisième pour l'emporter dans sa chambre. Il traversait la cuisine quand il s'arrêta net. La porte du sous-sol était ouverte.

Il s'approcha en tenant bien haut sa lampe, descendit les trois premières marches. La peur montait en lui, chassait la sérénité de tout à l'heure.

— Qui est là ?

Pas de réponse. Il pouvait voir le baby-foot. Les posters. Et, au fond de la pièce, les maillets de croquet debout dans leur râtelier.

Il descendit encore trois marches.

— Il y a quelqu'un ?

Non. Il était sûr qu'il n'y avait personne. Mais la peur refusait de s'en aller.

Il descendit jusqu'en bas, sa lampe brandie bien haut au-dessus de sa tête.

Sur le mur du fond, une ombre monstrueuse, énorme et noire comme un grand singe, imita son geste.

Y avait-il quelque chose par terre, là-bas ? Oui.

Il passa derrière le circuit de voitures électriques, s'approcha du vasistas par où Fran était entrée. Sur le sol, il y avait un petit tas de poussière brune. Harold posa sa lampe à côté. Au centre, aussi nettes qu'une empreinte digitale, les marques laissées par une chaussure de tennis... pas en quadrillé, pas en zigzag, mais des groupes de cercles et de lignes. Il contempla l'empreinte, la grava dans sa mémoire, puis l'effaça d'un coup de pied. Son visage était blanc comme de la cire à la lumière de la lampe Coleman.

— Tu me le paieras ! siffla Harold. Je ne sais pas qui tu es, mais tu me le paieras ! Tu peux en être sûr !

Il remonta l'escalier et fouilla toutes les pièces de la maison, à la recherche d'un autre signe de profanation. Il n'en trouva aucun. Quand il revint au salon, il n'avait plus du tout envie de dormir. Il était sur le point de conclure que quelqu'un — un enfant peut-être — s'était introduit chez lui par pure curiosité quand l'idée de son REGISTRE explosa dans son esprit comme une fusée en plein cœur de la nuit. Le motif de l'effraction était si clair, si terrible, qu'il avait failli ne pas y penser.

Il courut vers la cheminée, souleva la pierre, sortit le REGISTRE. Pour la première fois, il se rendait compte à quel point son journal était dangereux. Si quelqu'un l'avait trouvé, tout était PERDU. Il était payé pour le savoir. Tout n'avait-il pas commencé à cause du journal de Fran ?

Le REGISTRE. L'empreinte d'un pied. Allait-il en conclure qu'on avait découvert son secret ? Naturellement pas. Mais comment en être sûr ? Aucun moyen d'être sûr. C'était la pure vérité, dans toute son horreur.

Il remit la pierre en place, emportant le REGISTRE dans sa chambre avec lui. Il le glissa sous son oreiller avec le revolver Smith & Wesson, pensant qu'il devrait le brûler, sachant qu'il ne s'y résoudrait jamais. Les meilleures pages qu'il avait jamais écrites de toute sa vie se trouvaient dans le REGISTRE, seule fois où il avait jamais écrit ce qu'il pensait vraiment.

Il s'allongea, résigné à passer une nuit blanche, cherchant une nouvelle cachette. Sous une lame de parquet ? Au fond d'un placard ? Peut-être ce vieux truc : le laisser bien en évidence sur une étagère, un volume parmi d'autres, coincé entre *La Femme totale* d'un côté et un volume du Reader's Digest de l'autre ? Non — c'était quand même trop risqué. Il ne pourrait plus sortir de chez lui sans être rongé par l'inquiétude. Un coffre à la banque ? Non — il le voulait à côté de lui, à portée de la main, il voulait pouvoir l'ouvrir et le lire.

Il finit cependant par s'assoupir et son esprit, libéré par le sommeil tout proche, partit lentement à la dérive, comme une balle de flipper au ralenti. *Il faut le cacher, c'est certain... si Frannie avait mieux caché le sien... si je n'avais pas lu ce qu'elle pensait réellement de moi... son hypocrisie... si elle avait...*

Harold se redressa tout d'un coup dans son lit en poussant un petit cri, les yeux écarquillés.

Il resta assis un long moment, puis se mit à frissonner. Savait-elle ? Était-ce les traces de pas de Fran ? Journal... registre...

Finalement il se recoucha, mais le sommeil tarda long-temps à venir. Il se demandait si Fran Goldsmith portait des tennis. Et si c'était le cas, à quoi ressemblait le motif de leurs semelles ?

Motif des semelles, motif des âmes. Lorsqu'il s'endor-mit, il fit de mauvais rêves et cria plusieurs fois dans le noir, comme pour écarter des choses qui désormais ne pouvaient plus l'être.

Stu rentra à neuf heures et quart. Fran était pelotonnée sur le double lit. Elle était vêtue d'une de ses chemises — elle lui arrivait presque jusqu'aux genoux — et lisait un livre, *Cinquante plantes utiles*. Elle se leva quand elle l'entendit.

— Où étais-tu passé ? J'étais inquiète !

Stu lui expliqua que Harold avait eu l'idée d'essayer de retrouver mère Abigaël, au moins pour savoir où elle était. Il ne parla pas des vaches sacrées.

— On t'aurait emmenée, dit-il en déboutonnant sa chemise, mais je ne savais pas où tu étais partie.

— J'étais à la bibliothèque, répondit-elle en le regar-dant retirer sa chemise qu'il jeta dans le sac à linge sale, derrière la porte.

Stu était très poilu, aussi bien sur la poitrine que dans

le dos, et elle se souvint qu'avant de le connaître elle avait toujours trouvé les hommes velus un peu dégoûtants. Et elle se dit aussi que son soulagement à le voir revenu la rendait vraiment un peu bête.

Harold avait lu son journal, elle le savait maintenant. Elle avait eu terriblement peur que Harold ne s'arrange pour se retrouver seul avec Stu et... eh bien, pour lui faire quelque chose. Mais pourquoi aujourd'hui, quand elle venait de le découvrir ? Si Harold avait laissé si longtemps le chat dormir, n'était-il pas logique de supposer qu'il ne voulait tout simplement pas réveiller le chat ? Et n'était-il pas tout aussi logique de supposer qu'en lisant son journal Harold avait finalement compris qu'il était inutile de courir après elle ? Encore sous le coup de la nouvelle de la disparition de mère Abigaël, elle s'était trouvée dans l'état d'esprit voulu pour voir de mauvais présages dans les entrailles d'un malheureux poulet, mais tout compte fait, c'était simplement son *journal* que Harold avait lu, pas une confession des crimes du monde. Et si elle racontait à Stu ce qu'elle avait découvert, elle aurait l'air d'une idiote et ne réussirait sans doute qu'à le mettre en colère contre Harold... et probablement contre elle, vraiment trop bête.

— Alors, vous n'avez rien trouvé ?

— Non.

— Et Harold ?

— Il avait l'air crevé, répondit Stu en enlevant son pantalon. Je regrette que son idée n'ait rien donné. Je l'ai invité à dîner quand il voulait. J'espère que tu es d'accord. Tu sais, j'ai vraiment l'impression que je pourrai finir par aimer ce connard. Je ne l'aurais jamais cru, ce jour-là, quand je vous ai rencontrés tous les deux dans le New Hampshire. J'ai eu tort de l'inviter ?

— Non, répliqua-t-elle après un instant de réflexion. Non, j'aimerais être en bons termes avec Harold.

Je suis assise chez moi, je me dis que Harold veut lui faire sauter le caisson, et Stu l'invite à dîner. Quand on dit que les femmes enceintes ont de drôles d'idées !

— Si mère Abigaël n'est pas rentrée demain, je crois

que je vais demander à Harold s'il veut repartir avec moi pour essayer de la trouver.

— J'aimerais bien vous accompagner. Et il y en a d'autres qui ne sont pas totalement convaincus que les corbeaux vont la nourrir. Dick Vollman, par exemple. Et aussi Larry Underwood.

— C'est d'accord, dit Stu en se couchant à côté d'elle. Dis donc, tu as quelque chose sous cette chemise ?

— Un grand garçon comme toi devrait pouvoir trouver ça tout seul.

Sous sa chemise, elle était nue.

Le lendemain, les recherches reprirent dès huit heures, modestement d'abord, avec un groupe de six personnes — Stu, Fran, Harold, Dick Vollman, Larry Underwood et Lucy Swann. À midi, ils étaient vingt et, à la tombée de la nuit (accompagnée comme d'habitude par de brèves averses et des orages dans les montagnes), plus de cinquante personnes passaient la forêt au peigne fin, pataugeaient dans les rivières, parcouraient dans tous les sens les canyons, s'appelaient par radio dans une confusion indescriptible.

La résignation et l'appréhension avaient peu à peu remplacé l'insouciance de la veille. Malgré la puissance des rêves qui conféraient à mère Abigaël un statut presque divin dans la Zone, la plupart avaient traversé suffisamment d'épreuves pour être réalistes quand il s'agissait de survie : la vieille femme avait plus de cent ans et elle avait passé la nuit seule, en pleine nature. Une deuxième nuit allait bientôt commencer.

Le Louisianais qui était arrivé la veille à midi avec un groupe de douze personnes trouva les mots qu'il fallait pour résumer la situation. Lorsqu'il apprit que mère Abigaël était partie, cet homme, Norman Kellog, jeta sa casquette de base-ball par terre.

— C'est bien ma veine... j'espère que vous avez envoyé des gars lui courir au derrière ?

Charlie Impening, qui était devenu le prophète de malheur de la Zone (c'est lui qui avait parlé des premières neiges en septembre), commençait à dire un peu partout que, si mère Abigaël avait foutu le camp, c'était peut-être un signe pour qu'eux foutent le camp aussi. Après tout, Boulder était bien trop près. Trop près de quoi ? Beaucoup trop près de ce que tu sais. Charlie se sentirait bien plus en sécurité à New York ou à Boston. Mais il n'y avait pas eu preneurs. Les gens étaient fatigués. S'il faisait froid et s'il n'y avait toujours pas d'électricité, ils s'en iraient peut-être, mais pas avant. Ils pansaient leurs blessures. On demanda poliment à Impening s'il persistait dans son idée. Impening répondit qu'il allait sans doute attendre que d'autres voient la lumière comme lui l'avait vue. Et on entendit Glen Bateman opiner que Charlie Impening aurait fait un bien mauvais Moïse.

Appréhension et résignation — si la réaction de la communauté se résumait à ces deux mots, pensait Glen Bateman, c'est parce qu'elle n'avait pas encore perdu toute rationalité, malgré les rêves, malgré cette profonde peur de ce qui se passait à l'ouest des Rocheuses. La superstition, comme le véritable amour, a besoin de temps pour grandir et pour se connaître. Quand on construit une grange, dit-il à Nick, à Stu et à Fran lorsque la nuit eut mis un terme à leurs recherches, on cloue un fer à cheval sur la porte, comme porte-bonheur. Mais, si l'un des clous tombe et que le fer à cheval bascule, on n'abandonne pas la grange pour autant.

— Le jour viendra peut-être où nous et nos enfants abandonnerons la grange si le fer à cheval annonce un malheur, mais pas avant des années. En ce moment, nous nous sentons tous un peu étranges, un peu perdus. Mais ça passera, je crois. Si mère Abigaël est morte — et Dieu sait si j'espère qu'elle ne l'est pas — sa mort n'aurait probablement pas pu tomber à un meilleur moment pour la santé mentale de cette communauté.

— *Mais si elle était là pour faire obstacle à notre Adversaire*, écrivit Nick, *si quelqu'un l'avait mise là pour maintenir l'équilibre...*

— Oui, je sais, fit Glen d'un air pensif. L'époque où le fer à cheval n'avait pas d'importance tire peut-être à sa fin... ou même est déjà révolue. Crois-moi, je sais.

— Vous ne pensez pas vraiment que nos petits-enfants vont devenir des espèces de sauvages superstitieux, demanda Frannie ? Qu'ils vont se mettre à brûler les sorcières, à cracher par terre pour conjurer le mauvais sort ?

— Je ne lis pas l'avenir, répondit Glen et, à la lumière de la lampe, son visage paraissait vieux et usé — peut-être le visage d'un magicien déchu. Je ne parvenais même pas à me faire une idée convenable de l'effet que mère Abigaël avait sur la communauté jusqu'à ce que Stu m'en parle un soir, sur le mont Flagstaff. Mais je sais ceci : nous sommes tous ici à cause de deux événements. La super-grippe, nous pouvons l'imputer à la stupidité de la race humaine. Peu importe si c'est nous qui avons fait ce splendide coup, ou les Russes, ou les Lettons. Peu importe qui a renversé l'éprouvette. Subsiste cette vérité d'application générale : *À la fin de tout rationalisme, la fosse commune.* Les lois de la physique, les lois de la biologie, les axiomes des mathématiques, tout cela fait partie de la même illusion mortelle, car nous sommes ce que nous sommes. S'il n'y avait pas eu le Grand Voyage, il y aurait eu autre chose. Autrefois, il était à la mode de blâmer la *technologie,* mais la technologie n'est que le tronc de l'arbre, pas ses racines. Les racines, c'est le rationalisme, et je définirais ce mot comme ceci : le rationalisme est l'idée que nous pouvons tout comprendre de l'existence. Une illusion mortelle, un trip mortel. Il en a toujours été ainsi. Alors, vous pouvez bien rendre le rationalisme responsable de la super-grippe si vous voulez. Mais l'autre raison pour laquelle nous sommes ici, ce sont ces rêves, et les rêves sont *irrationnels.* Nous avons décidé de ne pas parler de ce fait tout simple quand nous sommes réunis en comité. Mais nous ne sommes pas en séance en ce moment. Alors, je vais vous dire ce que nous savons tous : nous sommes ici parce que des puissances que nous ne comprenons pas nous l'ont ordonné. Pour moi, cela veut dire que nous commençons peut-être à accepter — encore au niveau subconscient, avec d'innombrables retours en arrière dus à l'inertie culturelle — à accepter une définition différente de l'existence. L'idée que nous ne pourrons jamais comprendre *quoi que ce soit* à l'existence. Et si le rationalisme est un trip de mort, alors l'irrationalisme pourrait fort bien être un trip de vie... en tout cas jusqu'à preuve du contraire.

— Moi, j'ai mes petites superstitions, dit Stu d'une voix très lente. On s'est moqué de moi, mais tant pis. Je sais bien que ça ne fait aucune différence si un type allume deux cigarettes ou trois avec la même allumette, mais quand j'en allume deux, je ne sens rien du tout et, si j'en allume trois, je suis nerveux. Je ne passe pas sous les échelles et je n'aime pas voir un chat noir traverser devant moi. Mais vivre sans la science... adorer le soleil peut-être... penser que des monstres font rouler de grosses boules dans le ciel quand il y a du tonnerre... je ne peux pas dire que tout ça m'excite beaucoup, le prof. Pour moi, ça ressemble un peu trop à de l'esclavage.

— Et si toutes ces choses étaient vraies ? demanda doucement Glen.

— Quoi ?

— Supposez que l'âge du rationalisme soit révolu. J'en suis d'ailleurs pratiquement convaincu. La chose s'est déjà produite, vous savez ; le rationalisme a failli nous quitter au cours des années soixante, ce qu'on appelait l'ère du Verseau, et il a pris des vacances qui ont bien failli être permanentes au Moyen Âge. Et supposez... supposez que, lorsque le rationalisme s'en va, ce soit comme si une lumière éblouissante s'éteignait et que nous ne puissions voir...

Il ne termina pas sa phrase. Ses yeux étaient perdus dans le vague.

— Voir quoi ? demanda Fran.

Le professeur leva les yeux vers elle ; ils étaient gris, étranges, brûlants d'une sorte de lumière intérieure.

— Magie noire, répondit-il doucement. Un univers de merveilles où l'eau remonte les collines, où les lutins vivent au fond des bois, où les dragons se tapissent sous

234

les montagnes. Merveilles des merveilles, Lazare, lève-toi. L'eau transformée en vin. Et... et peut-être... l'exorcisme des démons.

Il s'arrêta, puis sourit.

— Le voyage de vie.

— Et l'homme noir ? demanda Fran à voix basse.

— Mère Abigaël l'appelle la créature de Satan, répondit Glen en haussant les épaules. Peut-être n'est-il que le dernier magicien de la pensée rationnelle, celui qui rassemble les outils de la technologie contre nous. Peut-être est-il bien davantage, bien plus sombre. Je sais seulement qu'il *est,* et je ne crois plus que la sociologie, que la psychologie ou qu'une autre discipline vienne jamais à bout de lui. Je crois seulement que la magie blanche y parviendra... Et notre bonne magicienne est là-bas quelque part, en train d'errer dans la solitude.

La voix de Glen s'était presque brisée. Il regardait par terre. Dehors, la nuit était opaque. Le vent chassait la pluie qui crépitait contre la vitre du salon de Stu et de Fran. Glen alluma sa pipe. Stu avait sorti une poignée de pièces de monnaie de sa poche et jouait à pile ou face. Nick faisait des gribouillis compliqués sur son bloc-notes. Et, dans sa tête, il revoyait les rues vides de Shoyo, il entendait — oui, il entendait — une voix murmurer : *Il vient te chercher, sale muet, il se rapproche.*

Puis Glen et Stu firent du feu dans la cheminée et tous regardèrent les flammes sans dire grand-chose.

Quand les autres furent repartis, Fran se sentit abattue, malheureuse. Stu n'était pas en très grande forme lui non plus. Il avait l'air fatigué, pensa-t-elle. Nous devrions rester à la maison demain, nous parler, faire une petite sieste dans l'après-midi. Décompresser un peu. Elle regarda la lampe Coleman et se dit qu'elle aurait préféré la lumière électrique, la belle lumière électrique qui s'allume en posant le doigt sur un interrupteur.

Elle sentit ses yeux se mouiller. Et elle se le reprocha.

Non, il ne fallait pas commencer, compliquer encore les choses, mais cette partie d'elle-même qui contrôlait les grandes eaux ne semblait pas vouloir l'écouter.

Tout à coup, le visage de Stu s'éclaira.

— Eh bien ! J'ai failli oublier !

— Oublier quoi ?

— Je vais te montrer ! Ne bouge pas !

Il sortit et elle l'entendit descendre l'escalier. Elle s'avança jusqu'à la porte, mais il revenait déjà. Il avait quelque chose à la main, et c'était un... un...

— Stuart ! Où as-tu trouvé *ça* ? demanda-t-elle, heureuse et surprise.

— Dans un magasin d'instruments de musique.

Elle prit la planche à laver, la regarda sous tous les angles. La planche était encore tachée de bleu de lessive.

— Où ça ?

— Rue Wallnut.

— Une planche à laver dans un magasin de *musique* ?

— Oui. On frotte ça avec une baguette. Ça fait un drôle de son. Il y avait aussi une lessiveuse formidable, mais quelqu'un avait déjà percé un trou pour en faire une contrebasse.

Elle éclata de rire, posa la planche à laver sur le sofa, s'approcha de Stu, le prit par la taille. Quand ses mains coururent jusqu'à ses seins, elle le serra encore plus fort.

— Le médecin a dit qu'il fallait lui jouer de temps en temps un peu de trombone, murmura-t-elle.

— Quoi ?

Elle se colla contre son cou.

— On dirait qu'il aime ça. Et moi aussi. Tu veux bien jouer du trombone ?

— Je veux bien essayer.

Le lendemain après-midi, à deux heures et quart, Glen Bateman fit irruption dans leur appartement sans frapper. Fran était chez Lucy Swann. Les deux femmes essayaient de faire un quatre-quarts. Stu lisait un roman de cow-boys et d'Indiens. Quand il vit Glen, pâle, les yeux hagards, il jeta son livre par terre.

— Stu ! Oh, mon vieux Stu ! Je suis content que vous soyez là.

— Qu'est-ce qu'il y a ? C'est... on l'a trouvée ?

— Non, répondit Glen en se laissant tomber dans un fauteuil, comme si ses jambes avaient tout à coup refusé de le porter. Ce ne sont pas de mauvaises nouvelles, ni de bonnes nouvelles. Mais c'est très étrange.

— Quoi ? Qu'est-ce qui se passe ?

— Kojak. J'ai fait la sieste après le déjeuner. Quand je me suis réveillé, Kojak était là, sous la véranda. Il dormait. Il est en très mauvais état. On dirait qu'il est passé à la moulinette. Mais c'est lui.

— Vous voulez parler du *chien* ? De *Kojak* ?

— Exactement.

— Vous êtes sûr ?

— La même médaille — Woodsville, N.H. Le même collier de cuir rouge. Le même *chien*. Il est vraiment squelettique. Et il s'est battu. Dick Ellis — Dick était ravi de s'occuper d'un animal pour changer un peu — Dick m'a dit qu'il a perdu un œil. Il a de vilaines blessures sur les flancs et le ventre, certaines infectées, mais Dick s'en est occupé. Il lui a donné un sédatif et lui a bandé le ventre. Le vétérinaire pense qu'il a dû se battre avec un loup, peut-être plusieurs. Mais il n'a pas la rage, c'est certain. Ce foutu chien, continua Glen en hochant lentement la tête, et deux larmes roulèrent sur ses joues, ce foutu chien est revenu me voir. Si j'avais su, je ne l'aurais jamais laissé, Stu. J'ai l'impression d'être un salaud.

— Vous ne pouviez pas l'emmener, Glen. Pas en moto.

— Oui, mais... il m'a *suivi*, Stu. Ces choses-là, ça n'arrive que dans *Sélection... Trois mille kilomètres à la poursuite de son maître.* Comment a-t-il pu ? Mais comment ?

— Peut-être comme nous. Les chiens rêvent, vous savez — j'en suis sûr. Vous avez déjà vu un chien endormi dans la cuisine, quand ses pattes se mettent à tressaillir ? Je connaissais un vieux bonhomme à Arnette,

Vic Palfrey. Il disait que les chiens font deux rêves, un bon et un mauvais. Le bon, quand les pattes gigotent. Le mauvais, quand ils grognent. Réveillez un chien en plein milieu d'un mauvais rêve, et il risque de vous mordre.

Glen secouait la tête, médusé.

— Vous dites qu'il *a rêvé*...

— Ce que je dis, c'est pas tellement plus bizarre que ce que vous nous disiez hier soir.

— Oh, je peux parler de *ça* pendant des heures et des heures. Le plus grand moulin à paroles de tous les temps. Mais quand ça arrive *vraiment*...

— Bon pour la théorie, zéro pour la pratique.

— Allez vous faire foutre ! Vous voulez voir mon chien ?

— Évidemment.

Glen habitait à deux rues de l'hôtel Boulderado. Le lierre qui grimpait sur le treillis de la véranda était moribond, comme la plupart des pelouses et des fleurs à Boulder — sans arrosage quotidien, l'aridité du climat avait fait des ravages.

Sous la véranda, une petite table ronde avec un gin-tonic.

— Vous trouvez pas que ce truc-là est dégueulasse ? demanda Stu.

— Si, mais ça n'a plus tellement d'importance après le troisième, répondit Glen.

À côté du verre, un cendrier avec cinq pipes, quelques livres *Le zen et la motocyclette, Tout du cru, Macho Pistolet,* — tous ouverts. Et un sachet de crackers Kraft au fromage.

Kojak était couché par terre, son museau lacéré appuyé sur ses pattes de devant. Maigre comme un clou, le chien avait manifestement passé un mauvais quart d'heure, mais Stu le reconnut aussitôt. Il s'accroupit et lui caressa la tête. Kojak se réveilla et le regarda d'un air joyeux. Il semblait sourire, à la manière des chiens, naturellement.

— Bon chien, dit Stu en sentant un gros noyau monter et descendre bêtement dans sa gorge.

Comme un jeu de cartes que l'on étale sur la table, il vit tous les chiens qu'il avait eus depuis ce jour où sa maman lui avait donné Old Spike pour ses cinq ans. Combien de chiens ? Peut-être pas autant que de cartes dans un jeu, mais beaucoup quand même. Il aimait les chiens et, à sa connaissance, Kojak était le seul à Boulder. Il jeta un coup d'œil à Glen, mais détourna aussitôt les yeux. Même un vieux sociologue chauve qui lit trois livres d'un seul coup n'aime pas trop qu'on le voie faire de l'eau avec ses yeux.

— Bon chien.

Kojak frappait les planches avec sa queue, acceptant probablement le fait qu'il était effectivement un bon chien.

— Je reviens dans une minute, dit Glen d'une voix enrouée. Il faut que je fasse un petit tour à la salle de bain.

— D'accord, dit Stu sans le regarder. Bon chien, hein, mon bon vieux Kojak. Oh oui, le bon chien.

Et la queue de Kojak continuait à tambouriner.

— Tu peux te retourner ? Fais le mort, mon vieux. Tourne-toi.

Et Kojak se tourna sur le dos, pattes de derrière écartées, pattes de devant en l'air. Stu eut l'air inquiet quand il passa doucement la main sur les bandes blanches qui couvraient le ventre de la bête, comme un accordéon. Plus haut, il vit de vilaines marques rouges. Le pansement recouvrait sûrement des plaies très profondes. Kojak s'était fait attaquer, c'était sûr, et certainement pas par un autre chien errant. Un chien aurait attaqué au museau ou à la gorge. Ce qu'il voyait là était l'œuvre d'un animal plus petit qu'un chien. Plus sournois. Une meute de loups, peut-être, mais Stu ne croyait pas vraiment que Kojak ait pu échapper à une meute. En tout cas, il avait eu de la chance de ne pas se faire tailler en pièces.

La porte claqua. Glen était revenu.

— Il a eu de la chance de s'en tirer, dit Stu.

— Les blessures étaient profondes et il a perdu beaucoup de sang. Et moi qui l'ai laissé...

— Dick parlait de loups ?

— Des loups, ou peut-être des coyotes... mais il ne croyait pas vraiment que des coyotes puissent faire autant de dégâts. Je suis de son avis.

Stu donna une petite tape amicale sur la croupe du chien qui se remit sur le ventre.

— Je n'arrive pas à comprendre qu'il n'y ait pratiquement plus un chien et qu'il reste suffisamment de loups dans un seul endroit — et à l'est des Rocheuses, pardessus le marché — pour abîmer autant un brave chien.

— Nous ne saurons sans doute jamais pourquoi. Pas plus que nous ne saurons pourquoi cette foutue épidémie a éliminé tous les chevaux, mais pas les vaches, et la plupart des êtres humains, mais pas nous. Je ne veux même pas y penser. Je vais essayer de lui trouver de la viande hachée, ou du moins ce qu'on vous vendait comme de la viande hachée, ces espèces de trucs tout secs en sacs de plastique.

Stu regardait Kojak qui avait refermé les yeux.

— Il est vraiment amoché, mais rien d'irréparable — je l'ai vu quand il s'est retourné. On pourrait peut-être lui trouver une chienne, qu'est-ce que vous en pensez ?

— Bonne idée. Vous voulez un gin-tonic bien tiède, le Texan ?

— Sûrement pas. Je n'ai peut-être pas fait beaucoup d'études, mais je ne suis quand même pas un barbare. Vous avez une bière ?

— Je crois bien pouvoir mettre la main sur une boîte de Coors. Tiède, naturellement.

— Je suis preneur, répondit Stu en suivant Glen, mais il s'arrêta à la porte et regarda le chien endormi. Dors bien, mon vieux. Content de te revoir.

Kojak ne dormait pas.

Il se trouvait quelque part dans cette région nébuleuse

où la plupart des êtres vivants passent pas mal de temps lorsqu'ils sont gravement blessés, mais pas suffisamment pour se trouver plongés dans l'ombre de la mort. Son ventre le démangeait férocement, son ventre brûlant qui commençait à se cicatriser. Glen allait devoir passer des heures à essayer de lui faire oublier cette démangeaison, pour qu'il n'arrache pas ses bandes, rouvre ses plaies, les réinfecte. Mais tout cela viendrait plus tard. Pour le moment, Kojak (qui se prenait encore parfois pour Big Steve, le nom que lui avait donné son premier propriétaire) se contentait de flotter dans cette région incertaine. C'est au Nebraska que les loups étaient tombés sur lui, alors qu'il flairait la maison posée sur des vérins, dans la petite ville de Hemingford Home. L'odeur de L'HOMME l'avait conduit jusqu'à cet endroit, puis s'était évanouie. Où était-elle passée ? Kojak ne le savait pas. C'est alors que les loups, quatre d'entre eux, étaient sortis du champ de maïs comme des esprits de la mort. Fourrures hirsutes, yeux étincelants, babines retroussées qui découvraient leurs crocs, et ce sourd grondement qui ne laissait aucun doute sur leurs intentions. Kojak avait battu en retraite en grondant lui aussi, toutes griffes dehors. Sur sa gauche, le pneu de la balançoire jetait son ombre circulaire. Le chef de la meute avait attaqué juste au moment où l'arrière-train de Kojak se glissait dans l'ombre de la véranda. Il avait attaqué bas, au ventre, et les autres avaient suivi. Kojak avait sauté en l'air par-dessus la gueule du chef de la meute, offrant au loup son ventre, et quand la bête avait mordu, Kojak avait plongé profondément ses crocs dans le cou du loup. Le sang coulait, le loup hurlait et essayait de s'enfuir, tout son courage envolé. Avec la vitesse de l'éclair, les mâchoires de Kojak se refermèrent sur la truffe du loup qui poussa un hurlement abject, le museau en lambeaux. Il s'enfuit en poussant des cris, secouant la tête comme un fou, projetant autour de lui des gouttes de sang, et par cette télépathie rudimentaire que partagent tous les animaux de même genre, Kojak comprit assez clairement ce que l'animal pensait :

(les guêpes oh les guêpes les guêpes dans ma tête les guêpes montent dans ma tête oh)

Puis les autres foncèrent sur lui, l'un sur la gauche, l'autre sur la droite, comme d'énormes balles de fusil, le dernier du trio restant à l'écart, échine basse, babines retroussées, prêt à lui arracher les intestins. Kojak était parti sur la droite en poussant des aboiements rauques, d'abord tuer celui-là pour se glisser sous la véranda s'il pouvait y arriver, et là il parviendrait à les tenir à distance, peut-être indéfiniment. Et maintenant, couché sous l'autre véranda, il revivait le combat au ralenti : les grognements, les hurlements, les attaques et les feintes, l'odeur du sang qui avait fini par s'emparer de son cerveau, faisant peu à peu de lui une machine parfaitement insensible à la douleur. Il expédia d'abord le loup qui l'avait attaqué sur sa droite, un œil crevé, une énorme blessure ruisselante de sang, probablement mortelle, à la gorge. Mais le loup ne l'avait pas épargné ; la plupart de ses blessures étaient superficielles, sauf deux, extrêmement profondes, des blessures qui plus tard laisseraient un long sillon de chairs dures. Et même lorsqu'il serait devenu un très, très vieux chien (Kojak vécut encore seize ans, bien longtemps après la mort de Glen Bateman), ses cicatrices lui feraient encore mal les jours de pluie. Il s'était dégagé, avait rampé sous la véranda et, lorsque l'un des deux loups qui restaient, enivré par l'odeur du sang, voulut se faufiler derrière lui, Kojak s'élança sur lui, le cloua au sol, lui ouvrit la gorge d'un coup de dents. L'autre recula presque jusqu'au champ de maïs, hurlant d'une voix mal assurée. Si Kojak s'était élancé à sa poursuite, il se serait enfui la queue entre les jambes. Mais Kojak ne sortit pas, pas alors. À bout de forces, il se coucha sur le flanc, haletant, lécha ses plaies, grondant sourdement chaque fois qu'il voyait s'approcher l'ombre du dernier loup. Puis ce fut la nuit. Une demi-lune brumeuse monta dans le ciel du Nebraska. Et chaque fois que le loup entendait Kojak bouger, sans doute prêt à se battre, il reculait en hurlant. Un peu après minuit, il s'en alla, laissant Kojak seul, entre la vie et la mort. Aux petites heures du matin, il avait senti la présence d'un autre animal et, terrorisé, s'était mis à pousser des gémissements plaintifs. Il y avait quelque chose dans le champ, une chose qui marchait au milieu du maïs, qui le cherchait peut-être. Tremblant de tous ses membres, Kojak attendait de voir si cette chose allait le trouver, cette chose horrible qui faisait penser à un Homme, à un Loup, à un Œil, une chose noire comme un vieux crocodile dans le maïs. Plus tard, beaucoup plus tard, quand la lune eut disparu du ciel, Kojak sentit que la chose était partie. Il s'endormit. Et il resta couché trois jours sous la véranda, ne sortant de sa cachette que pour manger et boire. Il y avait toujours une flaque d'eau sous le bec de la pompe, dans la cour, et dans la maison une bonne provision de délicieux restes, ceux du repas que mère Abigaël avait préparé pour Nick et ses amis. Quand Kojak se sentit la force de repartir, il savait où aller. Ce n'était pas une odeur ; c'était comme une chaleur profonde venue de nulle part, une poche de chaleur qui l'attirait vers l'ouest. Et il repartit donc, parcourut en boitillant sur trois pattes les huit cents derniers kilomètres, rongé par cette douleur qui ne cessait de lui tenailler le ventre. Parfois, il parvenait à flairer l'odeur de L'HOMME, sachant alors qu'il était sur la bonne voie. Et finalement il le trouva. Il trouva L'HOMME. Désormais, il n'y aurait plus de loups. Et il y aurait de quoi manger. Il ne sentait plus cette chose noire... l'Homme qui puait le loup, l'homme qui vous faisait croire qu'un Œil pouvait vous voir à des kilomètres de distance s'il se tournait vers vous. Pour le moment, tout allait bien. Et Kojak se laissa aller plus profond, se laissa emporter par le sommeil, et maintenant par un rêve, un bon rêve de course après des lapins dans un champ de trèfle et de fléoles des prés qui lui arrivaient jusqu'au ventre, humides de rosée. Et il s'appelait Big Steve. Et là-bas, c'était la route 40. Comme il y avait des lapins ce matin, ce matin gris qui n'en finissait plus...

Ses pattes tressaillaient tandis qu'il rêvait.

53

Extraits du compte rendu
de la séance du comité spécial
17 août 1990

La séance a eu lieu chez Larry Underwood, Quarante-deuxième rue Sud, quartier de Table Mesa. Tous les membres du comité étaient présents...

Le premier point à l'ordre du jour portait sur l'élection du comité spécial comme comité permanent de Boulder. Fran Goldsmith a pris la parole.

Fran : Stu et moi, nous pensons que le meilleur moyen de nous faire tous élire aurait été que mère Abigaël appuie globalement toutes nos candidatures. Nous aurions évité de voir vingt petits copains présenter la candidature de leurs vingt petits copains, ce qui pourrait tout foutre par terre. Comme ce n'est plus possible maintenant, il faut trouver une autre solution. Je n'ai pas l'intention de proposer quelque chose qui ne soit pas parfaitement démocratique. Je voudrais simplement rappeler que nous devons tous nous assurer que quelqu'un présentera notre candidature et l'appuiera. Nous ne pouvons pas le faire entre nous, évidemment — nous ne voulons pas donner l'impression d'être une mafia. Mais si vous ne pouvez pas trouver quelqu'un pour présenter votre candidature et un autre bonhomme pour vous appuyer, autant tout laisser tomber.

Sue : Ça sent quand même un peu la combine, Fran.

Fran : Oui, un peu.

Glen : Nous revenons à la question de la moralité du comité, question que nous trouvons tous absolument fascinante, je n'en doute pas. J'aimerais qu'elle soit inscrite à l'ordre du jour pour les quelques mois à venir. Mais il me semble que nous essayons tous de servir les intérêts de la Zone libre et que nous ferions mieux d'en rester là pour le moment.

Ralph : Vous avez l'air un peu fâché, Glen.

Glen : Effectivement, je suis un peu fâché. Le fait que nous ayons passé tant de temps à nous ronger les sangs sur cette question devrait quand même nous faire comprendre que nos intentions sont pures.

Sue : L'enfer est pavé...

Glen : De bonnes intentions, oui. Et, comme nous semblons tous nous méfier tellement de nos intentions, nous sommes sûrement en route pour le paradis.

Glen a dit ensuite qu'il avait pensé aborder la question des éclaireurs — ou des espions — mais qu'il préférait maintenant proposer formellement que nous nous réunissions le 19 pour en parler. Stu lui a demandé pourquoi.

Glen : Parce que nous ne serons peut-être pas là le 19. Nous ne serons peut-être pas tous élus. C'est une possibilité assez peu probable, mais personne ne peut vraiment prédire le comportement d'un groupe important dans ces circonstances. Nous devons être aussi prudents que possible.

Long moment de silence, puis le comité a décidé à l'unanimité de se réunir le 19 — comme comité permanent — pour parler de la question des éclaireurs... ou des espions... ou de ce qu'on voudra bien les appeler.

Stu a pris la parole pour proposer l'inscription d'un troisième point à l'ordre du jour du comité, à propos de mère Abigaël.

Stu : Comme vous le savez, si elle est partie, c'est qu'elle a cru devoir le faire. Son message nous dit qu'elle sera absente « un bout de temps », ce qui est bien vague, et qu'elle reviendra « si telle est la volonté de Dieu », ce qui n'est pas très encourageant. Nous la cherchons depuis trois jours, et nous n'avons rien trouvé. Nous ne voulons pas la ramener de force si elle n'en a pas envie, mais si elle est couchée quelque part, inconsciente ou avec une jambe cassée, ce n'est plus du tout la même chose. Le problème est en partie que nous ne sommes pas assez nombreux pour explorer la région. Mais ce n'est pas tout. Comme pour notre travail à la centrale électrique, nous n'avançons pas vite parce que nous ne sommes pas organisés. Je demande donc l'autorisation d'inscrire la question des recherches à l'ordre du jour de l'assemblée de demain soir, comme pour la centrale électrique et pour les inhumations. Et j'aimerais que Harold Lauder soit nommé responsable, car c'est lui qui a eu l'idée de faire ces recherches.

Glen a répondu qu'il ne croyait pas que les recherches puissent donner grand-chose maintenant. Le comité a été de cet avis, puis il a adopté à l'unanimité la proposition de Stu. Afin que ce compte rendu soit aussi fidèle que possible, je dois ajouter que plusieurs n'étaient pas tout à fait d'accord pour confier ce travail à Harold... mais comme Stu l'a fait remarquer, c'était lui qui avait eu cette idée. À moins de vouloir lui donner une gifle en pleine figure, nous devions lui confier la responsabilité des recherches.

Nick : *Je retire mon objection, mais je maintiens mes réserves. Je n'aime pas beaucoup Harold.*

Ralph Brentner a demandé si Stu ou Glen pouvait rédiger la proposition de Stu sur les opérations de recherches pour qu'elle puisse figurer dans l'ordre du jour qu'il compte imprimer ce soir au lycée. Stu a répondu qu'il ne demandait pas mieux.

Larry Underwood a alors proposé de lever la séance. Ralph l'a appuyé. La proposition a été adoptée à l'unanimité.

Frances Goldsmith, secrétaire

Le lendemain soir, presque tout le monde assista à l'assemblée et, pour la première fois, Larry Underwood qui n'était arrivé dans la Zone que depuis une semaine prit vraiment conscience de l'importance de la communauté. C'était une chose de voir les gens circuler dans les rues, généralement seuls ou deux par deux, et une autre de les voir tous rassemblés en un seul endroit — l'auditorium Chautauqua. La salle était pleine à craquer. Pas un fauteuil de libre. Certains durent même s'asseoir dans les allées ou rester debout au fond. Une foule étrangement silencieuse. Peu de conversations, toutes à voix basse. Pour la première fois depuis qu'il était arrivé à Boulder, il avait plu toute la journée, une petite bruine qui semblait suspendue dans l'air, une sorte de brouillard qui vous mouillait à peine, et même dans une salle où près de six cents personnes s'étaient réunies, on pouvait entendre la pluie tambouriner doucement sur le toit. Mais ce qu'on entendait surtout, c'était un bruit constant de pages tournées, tandis que les gens lisaient les feuillets ronéotypés que l'on avait empilés sur deux tables de jeu à l'entrée.

ZONE LIBRE DE BOULDER
Ordre du jour de l'Assemblée générale
18 août 1990

1. Lecture et ratification de la Constitution des États-Unis d'Amérique.

2. Lecture et ratification de la Déclaration des droits du citoyen.

3. Présentation des candidatures et élection de sept représentants qui formeront le conseil de direction.

4. Attribution d'un droit de veto à Abigaël Freemantle sur toutes les décisions des représentants de la Zone libre.

5. Constitution d'un comité des inhumations composé d'au moins vingt personnes dans un premier temps, dont le mandat sera de donner une sépulture décente aux personnes mortes de la super-grippe à Boulder.

6. Constitution d'un comité de l'énergie électrique composé d'au moins soixante personnes dans un premier temps pour rétablir l'électricité avant la mauvaise saison.

7. Constitution d'un comité des recherches d'au moins quinze personnes dont le mandat sera de retrouver Abigaël Freemantle, si possible.

Larry s'aperçut qu'il avait déjà fait un avion de papier avec son ordre du jour. Il est vrai qu'il le connaissait presque mot à mot. Les séances du comité spécial lui avaient paru plutôt amusantes, une sorte de jeu — des enfants qui jouent aux députés devant des verres de Coca, qui grignotent le gâteau préparé par Frannie, qui parlent et qui parlent encore. Même cette histoire d'envoyer des espions de l'autre côté des montagnes, en plein cœur du territoire de l'homme noir, lui avait semblé un jeu, en partie parce qu'il ne pouvait pas s'imaginer dans cette situation. Il fallait être complètement cinglé pour se foutre dans un pareil merdier. Mais dans leur petit salon, à la lumière de la lampe Coleman, tout cela leur avait paru parfaitement normal, ou presque. Et si le juge, si Dayna Jurgens, si Tom Cullen se faisait prendre, pas tellement plus d'importance que de perdre une tour ou une reine dans une partie d'échecs. C'est du moins l'impression qu'il avait eue jusque-là.

Mais maintenant, assis au milieu de la salle, entouré de Lucy et de Leo (il n'avait pas vu Nadine de toute la journée, et Leo ne semblait pas non plus savoir où elle était ; « sortie » avait-il répondu distraitement), la vérité s'imposait à ses yeux, violente et brutale, comme un coup de bélier. Cinq cent quatre-vingts personnes étaient là. Et la plupart d'entre elles ne se doutaient pas le moins du monde que Larry Underwood n'était pas un brave type, que la première personne dont Larry Underwood avait essayé de s'occuper après l'épidémie était morte d'une overdose.

Il avait les mains moites. Nerveux, il allait faire un

autre avion, mais il s'arrêta. Lucy lui prit la main, la serra, lui sourit. Il voulut lui répondre, mais ne parvint qu'à esquisser ce qui lui parut être plutôt une grimace. Et, dans son cœur, il entendit la voix de sa mère : *Il te manque quelque chose, Larry.*

La petite phrase le fit paniquer. Y avait-il encore moyen de s'en sortir, ou les choses étaient-elles déjà allées trop loin ? Il ne voulait pas de cette responsabilité. Dans le secret d'un salon, il avait déjà fait une proposition qui risquait d'envoyer le juge Farris à la mort. S'il n'était pas élu maintenant, les autres devraient revoter avant d'envoyer le juge chez l'homme noir. Bien sûr. Et ils décideraient d'envoyer quelqu'un d'autre. Quand Laurie Constable présentera ma candidature, je me lèverai et je dirai que je préfère m'abstenir. Personne ne peut me forcer. Personne. Est-ce que j'ai vraiment envie de toutes ces emmerdes ?

Wayne Stukey, sur cette plage, il y avait si longtemps : *Ça grince chez toi, comme quand tu bouffes le papier avec ton chocolat.*

— Tu vas t'en tirer, tu vas voir, lui dit tout doucement Lucy.

Larry sursauta.

— Quoi ?

— J'ai dit que tu allais t'en tirer. Pas vrai, Leo ?

— Oh oui, répondit l'enfant en hochant énergiquement la tête.

Les yeux de Leo ne cessaient de faire le tour de la salle, comme s'il n'arrivait pas encore à comprendre que tant de gens puissent être réunis en un même endroit.

Tu ne comprends rien, connasse, pensa Larry. Tu me tiens la main, et tu ne comprends pas que je risque de prendre une mauvaise décision, que je risque de vous faire tuer tous les deux. J'ai déjà fait tout ce qu'il fallait pour tuer le juge Farris et le pauvre vieux appuie ma candidature. Je me suis foutu dans un beau merdier. Un petit bruit s'échappa de sa gorge.

— Tu disais quelque chose ? demanda Lucy.

— Non.

Stu s'avançait maintenant sur la scène, en pull-over rouge et en jeans. On le voyait très bien dans la lumière aveuglante des projecteurs alimentés par une génératrice Honda que Brad Kitchner et ses camarades de la centrale électrique avaient installée. Des applaudissements s'élevèrent quelque part au milieu de la salle, Larry ne sut jamais très bien où. Mais, cynique comme d'habitude, il eut toujours la conviction que le coup avait été arrangé par Glen Bateman, spécialiste attitré des arts et techniques de la manipulation des foules. Ça n'avait d'ailleurs pas tellement d'importance. Et les premiers bravos solitaires grandirent bientôt en un tonnerre d'applaudissements. Sur la scène, Stu s'arrêta, très étonné. Cris et hurlements dans la foule.

Puis tout le monde se mit debout et les applaudissements grondèrent comme une averse torrentielle. *Bravo ! Bravo !* Stu leva les bras, mais la foule en délire ne voulait plus s'arrêter ; au contraire, le bruit redoubla d'intensité. Larry lança un coup d'œil à Lucy et vit qu'elle applaudissait de toutes ses forces, les yeux rivés sur Stu, un grand sourire sur les lèvres. Elle pleurait. De l'autre côté, Leo applaudissait lui aussi, si fort que Larry se dit qu'il allait se casser les poignets s'il continuait beaucoup plus longtemps. Ivre de joie, Leo avait reperdu le vocabulaire qu'il avait eu tant de mal à retrouver, comme il arrive qu'on oublie une langue étrangère. Frénétique, Leo ululait à pleins poumons.

Brad et Ralph avaient également branché un ampli sur la génératrice. Stu souffla dans le micro :

— Mesdames et messieurs...

Mais les applaudissements continuaient.

— Mesdames et messieurs, si vous voulez bien vous asseoir...

Non, ils ne voulaient pas s'asseoir. Les applaudissements crépitaient dans un bruit assourdissant et Larry se rendit compte qu'il avait mal aux mains. C'est alors qu'il vit qu'il applaudissait d'aussi bon cœur que les autres.

— Mesdames et messieurs...

Les applaudissements résonnaient toujours dans la salle. Une famille d'hirondelles qui avait élu domicile dans cette salle, si tranquille depuis l'épidémie, se mit à voler en tous sens, bien résolue à trouver au plus vite un abri plus tranquille.

Nous sommes en train de nous applaudir, pensa Larry, de nous applaudir d'être vivants, d'être ensemble. Peut-être saluons-nous la renaissance d'une société, je ne sais pas. Salut, Boulder. Enfin ! Content d'être ici, content d'être vivant.

— Mesdames et messieurs, si vous voulez bien vous asseoir, s'il vous plaît...

Peu à peu, les applaudissements commencèrent à s'éteindre. Et l'on put entendre des femmes — et quelques hommes aussi — renifler bruyamment. Coups de trompette dans des mouchoirs. Murmures de conversations. Et puis, comme dans un bruissement de feuilles, les gens s'assirent.

— Je suis heureux de vous voir tous ici, dit Stu. Et je suis très heureux d'être parmi vous.

Un sifflement aigu sortit des haut-parleurs.

— Saloperie ! grommela Stu.

Et le micro amplifia fidèlement ce qu'il venait de dire. Des rires fusèrent un peu partout et Stu devint tout rouge,

— Apparemment, plus ça change, plus c'est pareil, reprit-il, et les applaudissements repartirent de plus belle. Pour ceux d'entre vous qui ne me connaissent pas, je m'appelle Stuart Redman et je viens d'un petit bled du Texas, Arnette.

Il s'éclaircit la gorge et les haut-parleurs recommencèrent à siffler. Stu fit un pas en arrière pour s'écarter du micro.

— Comme vous voyez, je suis plutôt nerveux. Alors, je vais vous demander d'être patients...

— T'en fais pas, Stu ! hurla Harry Dunbarton.

Des rires encore. On se croirait chez les scouts, pensa Larry. Bientôt, on va se mettre à chanter des cantiques.

Si mère Abigaël était là, je suis sûr qu'on aurait déjà commencé.

— La dernière fois qu'autant de gens me regardaient, c'est quand l'équipe de football de notre lycée est arrivée jusqu'aux éliminatoires. Mais il y avait vingt et un types à côté de moi, plus quelques jolies filles en minijupes.

Rires.

Lucy prit Larry par le cou et s'approcha de son oreille :

— De quoi est-ce qu'il a peur ? On dirait qu'il a fait ça toute sa vie !

Larry hocha la tête.

— Mais si vous êtes patients, je vais finir par y arriver.

Applaudissements.

Cette foule applaudirait le discours de démission de Nixon et lui demanderait un bis au piano, songea Larry.

— Pour commencer, je voudrais vous parler du comité spécial et vous dire pourquoi je suis ici. Nous sommes sept. Nous nous sommes réunis pour préparer cette assemblée, parce que nous pensions qu'il fallait organiser un peu les choses. Nous avons pas mal de travail à faire aujourd'hui, mais je voudrais vous présenter les membres du comité. Et j'espère que vous avez gardé des applaudissements en réserve, parce que ce sont eux qui ont préparé cette assemblée et l'ordre du jour que vous avez maintenant sous les yeux. Tout d'abord, mademoiselle Frances Goldsmith. Tu veux bien te lever, Frannie ? Montre-nous de quoi tu as l'air quand tu as une robe.

Fran se leva. Elle portait une jolie robe vert pomme et un modeste rang de perles qui aurait bien coûté deux mille dollars autrefois. Vigoureux applaudissements, accompagnés de quelques sifflets admiratifs.

Fran se rassit, rouge jusqu'aux oreilles, et Stu reprit avant que les applaudissements ne s'éteignent tout à fait :

— Monsieur Glen Bateman, de Woodsville, dans le New Hampshire.

Glen se leva et la foule l'applaudit. Les bras levés, il fit le signe de la victoire et ce fut un rugissement d'approbation dans la foule.

Après Ralph Brentner, Richard Ellis et Susan Stern, ce fut le tour de Larry. Sentant que Lucy lui souriait, Larry se laissa porter par la vague chaude des applaudissements qui grandissaient autour de lui. Autrefois, pensa-t-il, dans un autre monde, du temps des concerts, on aurait réservé ces applaudissements pour la fin, pour une petite chose de rien du tout qui s'appelait *Baby, tu peux l'aimer ton mec ?* Cette fois-ci, c'était beaucoup mieux. Il ne resta debout qu'une seconde, mais une seconde qui lui parut durer une éternité. Et il sut qu'il accepterait qu'on présente sa candidature.

Ce fut finalement le tour de Nick à qui la foule réserva une vibrante ovation.

— Ce n'est pas à l'ordre du jour, reprit Stu, mais je me demande si nous ne pourrions pas chanter l'hymne national. Je suppose que vous vous souvenez de l'air et des paroles.

Un bruit de pieds tandis que la foule se mettait debout. Puis un silence. Chacun attendait qu'un autre commence. Finalement, une douce voix de femme monta dans la salle, bientôt rejointe par celles des autres. C'était la voix de Frannie, mais un instant Larry crut qu'une autre voix l'accompagnait, la sienne, et qu'il ne se trouvait pas à Boulder, mais dans le Vermont, que c'était le 4 juillet, deux cent quatorzième anniversaire de la fondation de la république, et que Rita était morte dans la tente derrière lui, la bouche pleine de vomi vert, un flacon de comprimés dans sa main déjà raide.

Il frissonna et sentit tout à coup qu'on l'observait, qu'il était observé par quelque chose capable de voir à des kilomètres et des kilomètres de distance. Quelque chose d'horrible, de sombre, d'étranger. Un moment, il eut envie de s'enfuir, de courir pour ne plus jamais s'arrêter. Non, ce n'était pas un jeu. C'était infiniment sérieux. Un jeu de mort. Peut-être pis.

Lucy chantait en lui serrant la main, pleurait. Et d'autres pleuraient aussi ce qu'ils avaient perdu, le rêve américain qui s'était envolé, pare-chocs chromés, injection électronique, et d'un seul coup l'image de Rita morte dans la tente s'effaça, remplacée par le souvenir de lui et de sa mère au Yankee Stadium — c'était le 29 septembre, les Yankees talonnaient les Red Sox, tout était encore possible. Vingt-cinq mille spectateurs debout dans le stade, les joueurs sur le terrain, casquette sur le cœur, papillons de nuit qui s'écrasaient sur les énormes projecteurs dans la nuit pourpre, New York tout autour d'eux, grouillante, ville de nuit et de lumière.

Larry se mit à chanter. Et quand tout fut fini, quand les applaudissements s'éteignirent une fois de plus, il pleurait doucement. Rita n'était plus là. Alice Underwood n'était plus là. New York n'était plus là. *L'Amérique* n'était plus là. Même s'ils parvenaient à battre Randall Flagg, le monde ne serait jamais plus celui des ruelles obscures et des rêves éclatants de lumière.

Transpirant à grosses gouttes sous la chaleur des projecteurs, Stu passa aux deux premiers points de l'ordre du jour : lecture et ratification de la constitution et de la déclaration des droits du citoyen. L'hymne national l'avait profondément ému, mais il n'était pas seul. La moitié du public était en larmes, peut-être plus.

Personne ne demanda que lecture soit faite des deux documents, ce que quelqu'un aurait parfaitement pu exiger — et Stu se sentit soulagé, car la lecture n'était pas son fort. Les citoyens de la Zone libre adoptèrent donc sans autre forme de procès la section « lecture » des deux premiers points. Puis Glen Bateman proposa d'adopter les deux documents qui deviendraient les textes fondamentaux de la Zone libre.

— Proposition appuyée ! lança une voix au fond de la salle.

— La proposition est appuyée, dit Stu. Quels sont ceux qui sont pour ?

Tous les bras se levèrent. Kojak qui dormait aux pieds de Glen ouvrit les yeux, les referma, puis reposa la tête sur ses pattes. Un moment plus tard, il regarda encore autour de lui quand la foule repartit dans un tonnerre d'applaudissements. Ils aiment voter, pensa Stu. Ils ont l'impression de reprendre leurs affaires en main. Ils en avaient besoin. Nous en avions tous besoin.

Ces préliminaires terminés, Stu sentit la tension le gagner. C'est maintenant, songea-t-il, que nous allons savoir s'il y a des surprises.

— Le troisième point de notre ordre du jour...

Il dut s'éclaircir la gorge une nouvelle fois. Les haut-parleurs sifflèrent de plus belle, ce qui rendit Stu encore plus nerveux. Fran, très calme, lui faisait signe de continuer.

— Ce point de l'ordre du jour se lit comme suit : présentation des candidatures et élection des sept représentants de la Zone libre, ce qui veut dire...

— Monsieur le président ? Monsieur le président !

Stu consultait ses notes. Il leva les yeux et il eut peur, comme s'il savait déjà ce qui allait se passer. C'était Harold Lauder. Harold en costume, cravaté, soigneusement coiffé, debout en plein milieu de l'allée centrale. Glen leur avait bien dit que l'opposition risquait de se regrouper autour de Harold. Mais si vite ? Peut-être pas. Il eut l'idée de ne pas accorder la parole à Harold. Mais Nick et Glen l'avaient bien mis en garde. En aucun cas, il ne fallait donner l'impression que l'assemblée était truquée. Harold avait-il vraiment tourné la page ? Avait-il changé ? On n'allait plus tarder à le savoir.

— La parole est à Harold Lauder.

Les têtes se tournèrent. Tout le monde voulait voir Harold.

— Je propose que tous les membres du comité spécial soient élus en bloc comme membres du comité permanent. S'ils acceptent, naturellement.

Et Harold se rassit.

Il y eut un moment de silence. Puis les applaudissements grondèrent, remplirent la salle, et des douzaines de voix s'élevèrent pour appuyer la proposition. Très décontracté, Harold souriait et remerciait les gens qui venaient lui donner des tapes amicales dans le dos.

Stu dut plusieurs fois rappeler l'assemblée à l'ordre.

Il avait préparé son coup, pensa-t-il. Les gens vont nous élire, mais c'est de Harold dont ils se souviendront. Il est allé droit au but. Personne n'y avait pensé. Même pas Glen. Presque un coup de génie. Mais pourquoi se sentait-il mal à l'aise ? La jalousie peut-être ? Les bonnes résolutions qu'il avait prises à propos de Harold, l'avant-veille seulement, s'étaient-elles déjà envolées ?

— Nous sommes saisis d'une proposition, hurla-t-il dans le micro, sans s'inquiéter du sifflement des haut-parleurs. Nous sommes saisis d'une proposition ! On nous propose que les membres du comité spécial soient tous élus membres du comité permanent de la Zone libre. La proposition a été appuyée. Avant d'ouvrir le débat et de passer au vote, je voudrais demander si les membres du comité ont des objections, ou si quelqu'un souhaite se désister.

Silence dans la salle.

— Très bien. Quelqu'un veut-il prendre la parole sur la proposition ?

— Je ne crois pas que nous ayons besoin d'un débat, Stu, dit Dick Ellis. C'est une très bonne idée. Passons au vote.

Son intervention fut saluée par des applaudissements et Stu décida d'aller de l'avant. Charlie Impening agitait la main pour demander la parole, mais Stu fit semblant de ne pas le voir — bon exemple de perception sélective, comme aurait dit Glen Bateman.

— Ceux qui sont en faveur de la proposition de Harold Lauder, veuillez lever la main.

Des centaines de mains se levèrent.

— Contre ?

Personne ne se manifesta, même pas Charlie Impening. Pas une seule voix contre. Si bien que Stu passa au point suivant de l'ordre du jour, légèrement étourdi, comme si quelqu'un — à savoir Harold Lauder — s'était faufilé derrière lui pour lui donner un bon coup sur le crâne avec une grosse masse de caoutchouc.

— On fait un bout à pied ? demanda Fran. Je suis crevée.

— Si tu veux, répondit Stu en descendant de sa bicyclette. Ça va, Fran ? Le bébé te fait mal ?

— Non, je suis simplement fatiguée. Il est quand même très tard, une heure moins le quart. Tu n'avais pas remarqué ?

— Oui, il est tard.

Et ils repartirent en poussant leurs bicyclettes. L'assemblée avait pris fin une heure plus tôt. Le débat avait surtout porté sur les recherches qu'il fallait faire pour retrouver mère Abigaël. Les autres points avaient été adoptés pratiquement sans discussion, mais le juge Farris avait cependant donné une information extrêmement intéressante qui expliquait pourquoi les cadavres étaient relativement peu nombreux à Boulder. Selon les quatre derniers numéros de *Camera,* le quotidien de Boulder, une rumeur insensée avait circulé dans la ville : selon cette rumeur, la super-grippe venait du centre de contrôle de la pollution atmosphérique de Boulder. Les porte-parole du centre — ceux qui étaient encore valides — avaient aussitôt démenti la nouvelle et invité ceux qui n'étaient pas convaincus à visiter le centre où ils ne trouveraient rien de plus dangereux que des appareils pour mesurer la pollution et suivre les mouvements des masses atmosphériques. Malgré tout, la rumeur avait persisté, sans doute alimentée par l'hystérie qui régnait durant cette terrible journée de la fin du mois de juin. Le centre avait été saboté, une bombe ou un incendie, et la majeure partie de la population de Boulder avait pris la fuite.

La création du comité des inhumations et du comité de l'énergie électrique avait été approuvée sous réserve d'un amendement présenté par Harold Lauder — qui semblait s'être très bien préparé pour l'assemblée — stipulant que, chaque fois que la population de la Zone libre augmenterait de cent personnes, deux nouveaux membres seraient ajoutés à chaque comité.

La création du comité des recherches avait, elle aussi, été adoptée sans opposition, mais on avait très longuement parlé de la disparition de mère Abigaël. Avant l'assemblée, Glen avait conseillé à Stu ne pas limiter le débat sur ce point, sauf nécessité absolue. La disparition de la vieille dame les inquiétait tous, particulièrement le fait que leur chef spirituel ait cru qu'elle avait commis une sorte de péché. Mieux valait les laisser exprimer leur inquiétude.

Au verso de son message, la vieille femme avait griffonné deux références bibliques : Proverbes 11 : 1-3 et Proverbes 21 : 28-31. Le juge Farris avait consulté les textes avec la minutie d'un avocat qui prépare sa plaidoirie et, au début du débat, il s'était levé pour lire les deux citations de sa voix fêlée et apocalyptique de vieil homme. Il commença par la citation du onzième chapitre des Proverbes : *La balance fausse est en horreur à Yahvé, mais le poids juste lui est agréable. Si l'orgueil vint, viendra aussi l'ignominie ; mais la sagesse est avec les humbles. La perfection des hommes droits les guide, mais les détours des perfides les ruinent.* La citation du vingt et unième chapitre était de la même veine : *Le témoin menteur périra, mais l'homme qui écoute pourra parler toujours. Le méchant prend un air effronté, mais l'homme droit ordonne ses voies. Il n'y a ni sagesse, ni prudence, ni conseil en face de Yahvé. On équipe le cheval pour le jour du combat, mais de Yahvé dépend la victoire.*

Le débat qui avait suivi la déclamation du juge

(déclamation, c'était bien le mot juste) avait porté sur de multiples sujets — certains plutôt comiques. Quelqu'un avait fait observer d'une voix lugubre que, si l'on additionnait les numéros des chapitres, on obtenait trente et un, soit le nombre des chapitres de l'Apocalypse. Le juge Farris s'était levé une nouvelle fois pour préciser que l'Apocalypse ne comptait que vingt-deux chapitres, du moins dans *sa* version de la Bible, et qu'en tout état de cause vingt et un plus onze faisaient trente-deux, et non trente et un. L'aspirant numérologue grogna un peu, mais ne répondit pas.

Un autre déclara qu'il avait vu des lumières dans le ciel la nuit qui avait précédé la disparition de mère Abigaël, et que le prophète Isaïe avait confirmé l'existence des soucoupes volantes... Ça vous en bouche un coin, non ? Le juge Farris s'était relevé, cette fois pour préciser que l'éminent orateur confondait Isaïe et Ézéchiel, que le prophète n'avait jamais parlé de soucoupes volantes, mais d'une « roue dans une roue », et que, d'autre part, il était d'avis que les seules soucoupes volantes dont l'existence eût été démontrée jusqu'à présent étaient les soucoupes que l'on voyait parfois voler lors des scènes de ménage.

Le reste du débat avait été en grande partie une resucée des rêves d'autrefois, qui d'ailleurs avaient apparemment complètement cessé. Les uns après les autres, les gens s'étaient levés pour dire que mère Abigaël n'était pas coupable de ce péché d'orgueil dont elle s'accusait. Ils parlaient de sa gentillesse, du don qu'elle avait de vous mettre à l'aise avec un simple mot, une simple phrase. Ralph Brentner, qui paraissait impressionné par cette foule et n'avait pratiquement rien dit jusque-là, se leva et fit pendant près de cinq minutes l'éloge de la vieille dame, concluant qu'il n'avait jamais rencontré une femme aussi bonne depuis que sa mère était morte. Et, lorsqu'il s'était rassis, il était au bord des larmes.

Tout ce débat avait fait à Stu l'impression d'une sorte de veillée funèbre. Dans leurs cœurs, il était clair que les gens avaient déjà pratiquement accepté sa disparition. Si elle revenait maintenant, Abby Freemantle serait accueillie à bras ouverts, elle serait écoutée... mais elle constaterait aussi, pensait Stu, que la place qu'elle occupait avait subtilement évolué. S'il y avait un jour une épreuve de force entre elle et le comité de la Zone libre, sa victoire ne serait plus décidée d'avance, avec ou sans veto. Elle était partie, et la communauté avait continué à exister. La communauté n'allait pas oublier cela, comme elle avait déjà à moitié oublié les rêves qui un jour l'avaient rassemblée.

La réunion terminée, une trentaine de personnes étaient allées s'asseoir sur la pelouse, derrière la salle ; il ne pleuvait plus, les nuages s'effilochaient peu à peu et la soirée était agréablement fraîche. Stu et Frannie s'étaient assis avec Larry, Lucy, Leo et Harold.

— Tu as failli nous faire renvoyer au vestiaire, dit Larry à Harold. Je t'avais bien dit que c'était un as, non ? ajouta-t-il en donnant un coup de coude à Frannie.

Harold se contenta de sourire et de hausser modestement les épaules.

— Quelques petites idées, c'est tout. Mais c'est vous qui avez réamorcé la pompe, à vous sept. Vous deviez au moins avoir le privilège de voir la fin du commencement.

Et maintenant, un quart d'heure après cette conversation, encore à dix bonnes minutes de leur appartement, Stu reposait sa question :

— Tu es sûre que tu te sens bien ?

— Mais oui. Les jambes un peu fatiguées, c'est tout.

— Tu devrais faire attention, Frances.

— Ne m'appelle pas comme ça, tu sais que je n'aime pas ça.

— Excuse-moi. Je ne recommencerai plus, Frances.

— Les hommes sont tous des cons.

— J'essaye pourtant, je t'assure que j'essaye, Frances — je t'assure.

Elle lui tira la langue qui fit une petite pointe fort

intéressante, mais il comprit que le cœur n'y était pas et il laissa tomber. Elle avait l'air pâle, nerveuse, contraste frappant avec la Frannie qui avait chanté l'hymne national avec tant de cœur quelques heures plus tôt.

— Un petit peu de cafard ?

Elle secoua la tête, mais il vit qu'elle avait les larmes aux yeux.

— Qu'est-ce qui se passe ? Dis-moi.

— Rien du tout. Absolument rien du tout. Tout va bien. C'est fini, et je viens de le comprendre, c'est tout. Moins de six cents personnes qui se mettent à chanter l'hymne national. Et j'ai compris d'un seul coup. Plus de hot dogs, plus de stands à frites. La grande roue ne va pas tourner sur Coney Island ce soir. Personne ne va se saouler à mort dans les bars de Seattle. Quelqu'un a finalement trouvé le moyen de nettoyer les drogués du centre de Boston et les putains de Time Square. C'était horrible avant, mais je pense que le remède est encore pire que le mal. Tu comprends ?

— Oui, je crois.

— Dans mon journal, il y a une petite section que j'appelle *Choses dont je veux me souvenir*. Pour que le bébé sache... toutes les choses qu'il ne connaîtra jamais. Et ça me donne un peu le cafard d'y penser. J'aurais dû l'appeler *Choses qui n'existent plus*.

Elle laissa échapper un petit sanglot, s'arrêta pour couvrir sa bouche de sa main, essaya de ne pas pleurer.

— Tout le monde a senti la même chose, dit Stu en la prenant par la taille. Je suis sûr que bien des gens vont s'endormir en pleurant ce soir. Tu peux me croire.

— Je ne vois pas comment je peux avoir du chagrin pour un pays tout entier, dit-elle en sanglotant de plus en plus fort, mais j'ai l'impression que c'est possible quand même. Ces... ces petites choses n'arrêtent pas de me trotter dans la tête. Les vendeurs de voitures d'occasion. Frank Sinatra. La plage d'Old Orchard en juillet, pleine de monde, des Québécois surtout. Cet imbécile de présentateur à la télé — je crois qu'il s'appelait Randy. Toutes ces fois... oh, mon Dieu.

Il lui donnait de petites tapes dans le dos, se souvenant d'un jour où sa tante Betty s'était mise à pleurer à chaudes larmes à propos d'un pain qui n'avait pas voulu lever — elle attendait son petit cousin Laddie à l'époque, elle en était à son septième mois à peu près — et Stu se souvenait qu'elle s'était essuyé les yeux avec le coin d'un torchon, qu'elle lui avait dit de ne pas s'en faire, que pratiquement toutes les femmes enceintes sont bonnes à mettre à l'asile, parce que leurs glandes ne savent plus trop ce qu'elles fabriquent.

— Ça va, ça va mieux. On repart, dit Frannie au bout d'un moment.

— Frannie, je t'aime.

Et ils repartirent à pied, en poussant leurs bicyclettes.

— Est-ce que tu te souviens d'une chose en particulier ? D'une chose plus importante que les autres ? demanda-t-elle.

— Si je te disais...

Il s'arrêta en poussant un petit rire.

— Vas-y, Stuart.

— C'est complètement idiot.

— Dis-moi.

— Je ne sais pas si j'en ai vraiment envie. Tu vas aller chercher deux costauds avec une camisole de force.

— Dis-moi !

Elle avait vu Stu sous bien des angles, mais cet embarras était tout à fait nouveau pour elle.

— Je n'en ai jamais parlé à personne, dit-il, mais j'y pense depuis quelques semaines. Il m'est arrivé quelque chose, en 1982. À l'époque, je travaillais à la station-service de Bill Hapscomb. Il me donnait du boulot quand il pouvait, parce que je travaillais dans une usine de calculatrices électroniques, mais pas souvent. Travail à temps partiel, de onze heures du soir jusqu'à la fermeture, c'est-à-dire à peu près trois heures du matin. Il n'y avait plus beaucoup de clients une fois que les gens qui travaillaient de huit à onze à la Dixie Paper étaient rentrés chez eux... Il y avait des tas de nuits où pas une seule voiture s'arrêtait entre minuit et trois heures. Alors, j'étais là, en train de lire un livre ou une revue. Et, plus d'une fois, j'étais à moitié endormi. Tu comprends ?

— Oui.

Elle pouvait se l'imaginer, l'homme qui était devenu le sien, quand le moment était venu, quand les événements l'avaient décidé. Cet homme aux larges épaules endormi dans une chaise de plastique de chez Woolco, un livre ouvert sur les genoux. Elle le voyait dormir dans une île de lumière blanche, une île entourée de toutes parts par la grande mer de la nuit du Texas. Elle aimait se l'imaginer ainsi, comme elle aimait le voir dans toutes les images qu'elle se faisait de lui.

— Eh bien, un soir, il était à peu près deux heures et quart, j'étais assis, les pieds posés sur le bureau de Hap, et je lisais un roman de cow-boys, un roman de Louis L'Amour, ou peut-être de Elmore Leonard. Arrive une grosse Pontiac, un vieux modèle, toutes vitres baissées, une cassette qui jouait à fond la gomme, du Hank Williams. Je me souviens de la chanson — *Movin'On*. Le type, ni jeune ni vieux, tout seul dans sa bagnole. Plutôt belle gueule, mais il me faisait un peu peur quand même — je veux dire, il donnait l'impression de pouvoir faire des trucs vraiment un peu bizarres sans trop se poser de questions. Cheveux foncés, bouclés. Une bouteille de vin coincée entre ses jambes. Il y avait aussi des dés en styrofoam qui pendaient du rétroviseur. Il m'a dit : *super !* Je lui ai répondu : *Pas de problème,* mais je suis resté à le regarder au moins une bonne minute. J'avais l'impression de le connaître. Et j'essayais de savoir qui c'était.

Ils étaient arrivés devant leur appartement. Ils s'arrêtèrent. Frannie regardait Stu avec beaucoup d'attention.

— Alors, je lui ai dit : *Est-ce que je vous connais ? Vous n'êtes pas de Corbett ou de Maxim ?* En réalité, je ne pensais pas qu'il était du coin. Alors, il me

263

répond : *Non, mais je suis passé par Corbett une fois,
avec ma famille, quand j'étais petit. On dirait que je
suis passé presque partout en Amérique quand j'étais
petit. Mon père était dans l'armée de l'air.* Je fais le
tour de la voiture et je commence à faire le plein. Mais
la tête du type me disait vraiment quelque chose. Et,
tout d'un coup, j'ai compris. Et j'ai bien failli pisser
dans mon froc, parce que l'homme qui était au volant
de la Pontiac, en principe il était mort.

— Mais c'était qui, Stuart ? *Qui ?*

— Attends, Frannie. Laisse-moi raconter à ma
manière. De toute façon, c'est une histoire complètement dingue. Je reviens à côté du type et je lui dis :
Ça fera six dollars et trente cents. Il me donne deux
billets de cinq dollars en me disant de garder la monnaie. Moi, je me jette à l'eau : *Je crois que je vous
reconnais maintenant.* Et le type me dit : *Peut-être
bien,* avec un de ces sourires bizarres, un sourire qui
m'a mis vraiment mal à l'aise. Pendant tout ce temps-
là, Hank Williams continuait à beugler sa chanson. *Si
vous êtes celui que je crois, vous devriez être mort.* Il
me répond : *Vous n'allez quand même pas croire tout
ce qu'on écrit dans les journaux, non ?* Je lui dis : *Vous
ressemblez pas mal à Hank Williams, je me trompe pas,
hein ?* C'est tout ce que j'ai pu trouver. Parce que j'ai
bien vu que, si je disais rien, il allait simplement
remonter sa vitre et foutre le camp... et je voulais qu'il
s'en aille, mais en même temps je voulais pas. Pas
encore. Pas avant d'être sûr. Dans ce temps-là, je ne
savais pas qu'on n'est jamais très sûr de certaines
choses, même si on a bien envie de l'être.

Frannie l'écoutait, très étonnée.

— Alors, le type me dit : Hank Williams, c'est
vraiment un des meilleurs. J'aime beaucoup sa musique.
Je vais à New Orleans, je vais conduire toute la nuit,
dormir toute la journée de demain, et puis faire de la
musique toute la nuit. C'est pareil à New Orleans ?
Moi, je n'ai pas compris : *Pareil à quoi ?* Il me
répond : *Vous savez bien.* Moi je lui dis : *Bon, tout*

ça c'est le sud, mais il y a bien plus d'arbres par là-bas. Ça l'a fait rire. *Je vous reverrai peut-être,* qu'il m'a dit. Moi, je n'avais pas envie de le revoir. Parce qu'il avait les yeux d'un homme qui a essayé de regarder dans le noir trop longtemps, un homme qui a peut-être commencé à voir ce qu'il y a dans tout ce noir. Et je crois que, si je vois un jour ce Flagg, ses yeux seront peut-être un peu pareils.

Stu secoua la tête. Ils traversèrent la rue et posèrent leurs bicyclettes contre le mur de leur immeuble.

— J'ai souvent repensé à cette histoire. Je me suis dit que je devrais acheter ses disques, mais en même temps je n'en voulais pas. Sa voix... il chante bien, mais il me donne froid dans le dos.

— Stuart, de quoi est-ce que tu es en train de parler ?

— Tu te souviens d'un groupe de rock qui s'appelait The Doors ? Le type qui s'est arrêté cette nuit-là pour faire le plein à Arnette, c'était Jim Morrisson, j'en suis sûr.

Elle ouvrit la bouche toute grande.

— Mais il est mort ! Il est mort en France ! Il...

Elle s'arrêta. N'y avait-il pas eu quelque chose de bizarre dans la mort de Morrisson ? Quelque chose dont on ne voulait pas parler ?

— Ah bon ? dit Stu. Je me demande. Peut-être, après tout. Et le type que j'ai vu était sans doute quelqu'un qui lui ressemblait, mais...

— Tu crois vraiment ça ?

Ils étaient assis sur les marches de leur immeuble, épaule contre épaule, comme deux petits enfants attendant que leur maman les appelle pour le dîner.

— Oui. Oui, je le crois. Et jusqu'à cet été, j'ai toujours cru que c'était la chose la plus étrange qu'il m'arriverait jamais. Ce que je pouvais me tromper !

— Tu n'en as jamais parlé à personne ? Tu as vu Jim Morrisson des années après sa mort, en tout cas selon les journaux, et tu n'en as jamais parlé à personne ? Le bon Dieu t'a donné un triple cadenas au

lieu d'une bouche quand il t'a envoyé dans ce bas
monde.

Stu sourit.

— Les années ont passé, comme on dit dans les
livres, et chaque fois que je pensais à cette nuit-là —
ça m'arrivait de temps en temps — j'étais de plus en
plus sûr que ce n'était pas lui finalement. Simplement
quelqu'un qui lui ressemblait un peu. J'en étais pratiquement sûr. Mais, depuis quelques semaines, je me
pose des questions. Et je pense de plus en plus que
c'était bien lui. Peut-être même qu'il est toujours
vivant. Ça serait vraiment incroyable, non ?

— S'il est vivant, il n'est pas ici.

— Non. Je ne pense pas qu'il viendrait ici. J'ai vu
ses yeux, tu sais.

— Tu parles d'une histoire, dit-elle en posant la
main sur son bras.

— Oui. Et il y probablement vingt millions de personnes dans ce pays qui pourraient en raconter une
pareille... à propos d'Elvis Presley, de Howard Hughes.

— Plus maintenant.

— Non, c'est vrai, plus maintenant. Harold a drôlement bien joué ce soir, tu ne trouves pas ?

— J'ai l'impression que tu veux changer de sujet.

— J'ai l'impression que tu as raison.

— Oui, il a drôlement bien joué.

Il sourit. Frannie avait un peu froncé les sourcils.

— Tu n'as pas trop aimé son numéro, j'ai l'impression.

— Non, mais je ne vais pas t'en parler. Tu es dans
le camp de Harold maintenant.

— Tu n'es pas juste, Fran. Moi non plus, je n'ai pas
trop aimé. Nous avions tout préparé... tout prévu... au
moins, c'est ce que nous pensions... et voilà Harold
qui arrive. *Couac* par-ci et *couac* par-là. Et voilà qu'il
nous dit : *Ce n'est pas plutôt ça que vous vouliez dire ?*
Et nous, on lui répond : *Mais oui, merci, Harold, c'était
exactement ça.* Élire tous les membres en bloc, comment

ça se fait qu'on n'y ait pas pensé ? C'était très habile. Nous n'en avions même pas parlé.

— Nous ne savions pas au juste comment les autres réagiraient. Je croyais, surtout après le départ de mère Abigaël, qu'ils seraient plutôt sombres, peut-être même méchants. Avec cet Impening qui leur dit n'importe quoi, comme un oiseau de mort...

— Je me demande s'il la ferme de temps en temps celui-là.

— Mais ça ne s'est pas du tout passé comme ça. Ils étaient... absolument ravis d'être ensemble. C'est ce que tu as senti ?

— Absolument.

— J'ai l'impression que Harold n'en savait rien lui non plus. Il a simplement saisi l'occasion au vol.

— Je ne sais vraiment pas quoi penser de lui, dit Stu. Ce soir-là, quand nous sommes rentrés sans avoir trouvé mère Abigaël, je me sentais vraiment mal pour lui. Quand Ralph et Glen sont arrivés, il avait l'air en piteux état, comme s'il allait tomber dans les pommes. Mais tout à l'heure, sur la pelouse, quand tout le monde venait le féliciter, il se gonflait comme une grenouille. Et j'ai eu l'impression qu'il souriait extérieurement, mais qu'à l'intérieur il se disait : *Alors, vous voyez ce qu'il vaut votre comité, bande de crétins.* Pour moi, c'est un mystère.

Fran allongea les jambes et regarda ses pieds.

— À moi de changer de sujet. Regarde mes pieds, tu trouves qu'ils ont quelque chose de drôle ?

Stu les regarda attentivement.

— Non... à part que tu as mis ces drôles de godasses que tu as trouvées dans le magasin, au coin de la rue. Et, naturellement, tu as des pieds énormes.

Elle lui donna une petite gifle.

— Ce sont des Earth Shoes, très confortables. Tu saurais ça si tu lisais des revues. Et ma pointure est tout à fait raisonnable, si tu veux savoir.

— Très bien, mais alors pourquoi tu me parles de tes pieds ? Il est tard. On devrait rentrer.

Stu s'était déjà relevé.

— Je ne sais pas trop, mais Harold regardait constamment mes pieds. Après l'assemblée, quand on s'est assis sur la pelouse pour parler. Je me demande bien ce que Harold peut leur trouver à mes pieds.

Larry et Lucy rentrèrent seuls chez eux, la main dans la main. Un peu plus tôt, Leo les avait quittés pour aller retrouver maman Nadine.

— Tu parles d'une réunion, dit Lucy en arrivant devant la porte. Je n'aurais jamais cru...

Les mots s'étranglèrent dans sa gorge. Une silhouette noire se dépliait dans l'ombre devant eux. Larry sentit son estomac se nouer. *C'est lui, il vient me chercher... je vais voir son visage.*

Puis il se demanda comment une pareille idée avait pu lui traverser l'esprit, car c'était tout simplement Nadine Cross. Elle était vêtue d'une robe bleu-gris. Ses cheveux dénoués flottaient sur ses épaules et son dos, des cheveux noirs veinés d'un blanc très pur.

À côté d'elle, Lucy a toujours l'air d'une vieille bagnole déglinguée, ne put-il s'empêcher de penser. Mais il le regretta aussitôt. Toujours le même, ce vieux Larry... Ce vieux Larry ? Autant dire ce vieil Adam.

— Nadine, fit Lucy d'une voix tremblante, une main sur le cœur. Tu m'as fait une de ces peurs ! J'ai cru... non, je ne sais pas ce que j'ai cru.

Nadine ignora Lucy.

— Je peux te parler ? demanda-t-elle à Larry.

— Maintenant ?

Il lança un coup d'œil à Lucy, ou crut le faire... car plus tard il ne put se souvenir d'avoir vu Lucy en cet instant précis. Comme si elle avait été éclipsée par une étoile noire.

— Maintenant. Il faut absolument.

— Demain matin, nous...

— Maintenant, Larry. Ou jamais.

Il regarda encore une fois Lucy. Et cette fois il la vit, il découvrit la résignation sur son visage quand elle le regarda, puis Nadine, puis lui encore. Il vit qu'elle avait mal.

— J'arrive tout de suite, Lucy.

— Non, je ne te crois pas.

Des larmes brillaient au coin de ses yeux.

— Dans dix minutes.

— Dix minutes... ou dix ans, dit Lucy. Elle est venue le chercher. Tu as apporté ton collier et ta muselière, Nadine ?

Lucy Swann n'existait pas pour Nadine. Ses yeux étaient fixés sur Larry, des yeux noirs, très grands. Pour Larry, ce serait toujours les yeux les plus étranges, les plus beaux qu'il eût jamais vus, des yeux qui revenaient vous hanter, calmes et profonds, quand vous aviez mal, quand vous ne saviez plus où vous en étiez, quand vous étiez fou de chagrin.

— Je reviens tout de suite, Lucy, dit-il d'une voix mécanique.

— Elle...

— Rentre sans moi.

— Je crois que je n'ai pas le choix. Elle est venue. J'ai perdu.

Elle monta quatre à quatre l'escalier, trébucha sur la dernière marche, reprit son équilibre, ouvrit la porte, la claqua derrière elle. Et, lorsqu'ils s'éloignèrent, ils n'entendirent pas ses sanglots.

Nadine et Larry s'arrêtèrent, se regardèrent un moment. C'est comme ça que ça arrive, pensa-t-il. Quand deux regards se croisent à travers une pièce, et que les deux ne l'oublient plus jamais. Quand on voit son sosie au milieu d'une foule, à l'autre bout d'un quai de métro. Quand on entend un rire dans la rue, un rire qui pourrait être celui de la première fille avec qui on a fait l'amour...

Mais il avait un curieux goût amer dans la bouche.

— Faisons le tour du pâté de maisons, proposa Nadine d'une voix très basse. Tu veux bien ?

— Je devrais rentrer. Tu tombes vraiment à un mauvais moment.

— S'il te plaît... juste le tour du pâté de maisons. Si tu veux, je vais te supplier à genoux. C'est ce que tu veux ? Voilà. Tu vois ?

Horrifié, il la vit se mettre à genoux et sa jupe remonta un peu, découvrant ses cuisses nues. Et il eut l'étrange certitude que le reste aussi était nu. Pourquoi ? Il n'en savait rien. Elle le regardait, et ses yeux lui donnaient le vertige. Un sentiment enivrant de la voir ainsi prosternée devant lui, sa bouche à la hauteur de son...

— Lève-toi ! dit-il brutalement.

Il lui prit les mains et la força à se remettre debout, essayant de ne pas voir que la jupe remontait encore un peu plus haut ; ses cuisses étaient d'un blanc laiteux, pas le blanc de la mort, mais un blanc vigoureux, sain, appétissant.

— Viens !

Et ils partirent en direction de l'ouest, vers les lugubres montagnes dont les silhouettes triangulaires masquaient les étoiles qui avaient percé dans le ciel après la pluie. Chaque fois qu'il marchait vers ces montagnes la nuit, il se sentait mal à l'aise, mais aussi aventureux, intrépide. Et maintenant, Nadine à son côté, sa main posée légèrement sur le creux de son coude, l'impression était encore plus forte. Trois ou quatre jours plus tôt, il avait rêvé de ces montagnes ; il avait rêvé que d'étranges créatures y vivaient, hideuses, les yeux vert vif, têtes énormes de crétins hydrocéphales, doigts crochus, mains fortes comme des serres. Des mains d'étrangleurs. Trolls débiles gardant les cols des montagnes. Qui attendaient *son* heure. L'heure de l'homme noir.

Une douce brise parcourut la rue, soulevant les feuilles mortes. Ils passèrent devant le supermarché King Sooper's. Quelques caddies étaient restés au milieu de l'immense parking, comme des sentinelles de mort. Et il pensa au tunnel Lincoln. Aux trolls du tunnel Lincoln. Ceux-là étaient morts, ce qui ne voulait pas dire que tous les trolls du Nouveau monde l'étaient.

— C'est dur, murmura Nadine. Elle rend les choses plus difficiles, parce qu'elle a raison. J'ai envie de toi. Mais j'ai peur qu'il ne soit trop tard. Je veux rester ici.

— Nadine...

— *Non !* dit-elle d'une voix rauque. Laisse-moi finir. *Je veux rester ici,* tu ne comprends pas ? Et si nous sommes ensemble, j'y arriverai. Tu es ma dernière chance. Joe est parti.

Sa voix s'était cassée.

— Mais non ! Nous l'avons laissé chez toi en passant. Il n'est pas là ?

— Non. Celui qui dort dans son lit s'appelle Leo Rockway.

— Mais qu'est-ce que...

— Écoute. Écoute-moi. Tu peux *écouter* ? Tant que j'ai eu Joe, tout allait bien. Je pouvais... être assez forte. Mais il n'a plus besoin de moi. Et j'ai besoin qu'on ait besoin de moi.

— Mais si, il a besoin de toi !

— Bien sûr qu'il a besoin de moi.

Larry avait peur. Il comprenait qu'elle ne parlait plus de Leo. Mais alors, de *qui* parlait-elle ?

— Il a besoin de moi, reprit Nadine. C'est de ça que j'ai peur. C'est pour ça que je suis venue te voir.

Elle s'avança vers lui, le regarda en levant le menton. Il sentit son odeur secrète, si douce. Et il la désira. Mais une partie de lui-même voulait revenir à Lucy. Cette partie de lui-même dont il avait besoin s'il voulait rester ici à Boulder. S'il couchait avec Nadine, s'il laissait tout tomber, autant s'en aller tous les deux en cachette, ce soir même. Et tout serait fini. Le vieux Larry aurait gagné.

— Je dois rentrer. Je suis désolé. Il faudra que tu t'en tires toute seule, Nadine.

Que tu t'en tires toute seule — n'avait-il pas bien des fois prononcé ces mots sous une forme ou une autre, toute sa vie ? Pourquoi fallait-il qu'il les retrouve maintenant qu'il savait avoir raison, pourquoi fallait-il qu'ils viennent le torturer, le faire douter de lui-même ?

— Fais-moi l'amour, dit-elle en le prenant par le cou.

Elle se colla contre lui et il sentit à la chaleur de son corps qu'il avait eu raison tout à l'heure. Elle n'avait rien sous sa robe. Nue comme un ver, pensa-t-il. Et l'idée l'excita.

— Je te sens, murmurait-elle en se frottant contre lui, de gauche à droite, de haut en bas. Fais-moi l'amour, et ce sera fini. Je serai sauvée. Je serai sauvée.

Il prit ses mains, et plus tard il ne put comprendre comment il avait été capable de le faire alors qu'il aurait pu connaître sa chaleur en trois mouvements rapides, en une poussée brutale, comme elle le voulait, mais il lui prit les mains et la repoussa avec une telle force qu'elle faillit tomber. La femme poussa un gémissement.

— Larry, si tu savais...

— Je ne sais pas. Pourquoi n'essayes-tu pas de m'expliquer au lieu de... de me violer ?

— Te violer ! lança-t-elle avec un rire strident. C'est trop drôle ! Moi ! te violer ! Oh, Larry !

— Ce que tu veux, tu aurais pu l'avoir. Tu aurais pu l'avoir la semaine dernière, ou la semaine d'avant. La semaine d'avant, je te l'ai proposé. Je voulais te le donner.

— C'était trop tôt, murmura-t-elle.

— Et maintenant, c'est trop tard ! répondit-il sans pouvoir maîtriser sa colère.

Il tremblait de tous ses membres, fou de désir. Pas facile d'être aimable dans ces conditions.

— Très bien. Au revoir, Larry.

Elle s'en allait. Et, en cet instant, elle était plus que Nadine qui s'en allait à tout jamais. Elle était l'hygiéniste dentaire. Elle était Yvonne, la fille avec qui il partageait un appartement à Los Angeles — elle avait décidé de l'emmerder et il avait tout simplement enfilé ses chaussures à semelles de caoutchouc, lui laissant le loyer sur les bras. Elle était Rita Blakemoor.

Pire que tout, elle était sa mère.

— Nadine ?

Elle ne se retourna pas, forme noire qu'il ne put distinguer des autres formes noires que lorsqu'elle traversa la rue. Puis elle disparut, se confondant avec l'ombre des montagnes. Il l'appela encore une fois. Elle ne répondit pas. Il y avait quelque chose de terrifiant dans la manière dont elle l'avait quitté, dans la manière dont elle s'était fondue dans ce sinistre décor noir.

Les poings serrés, le front moite de sueur malgré la fraîcheur de la nuit, Larry était debout devant l'entrée du supermarché King Sooper's. Ses fantômes l'avaient retrouvé et il savait enfin le prix qu'il faut payer quand on est un sale type : ne jamais voir clair dans ses motivations, ne jamais savoir que faire mal, ne jamais pouvoir se débarrasser de ce goût amer dans la bouche, le goût du doute et...

Il leva la tête brusquement. Ses yeux s'ouvrirent très grand, comme s'ils voulaient sortir de leurs orbites. Le vent soufflait plus fort, hurlait quelque part dans une entrée déserte, et plus loin, beaucoup plus loin, il crut entendre des talons de bottes sonner dans la nuit, des talons usés quelque part dans les montagnes, des talons qui venaient vers lui, portés par le vent glacé de la nuit.

Des talons usés qui s'enfonçaient méthodiquement dans la tombe de l'Occident.

Lucy l'entendit rentrer et son cœur se mit à battre furieusement. Non, il revenait sans doute simplement chercher ses affaires, mais les battements affolés de son cœur lui disaient : *Il m'a choisie... il m'a choisie...*

Folle d'espoir, elle attendait pourtant, allongée sur son lit, raide comme une planche, les yeux au plafond. Elle n'avait fait que lui dire la vérité quand elle lui avait expliqué que le seul défaut des femmes comme elle et son amie Joline, c'était d'avoir trop besoin d'aimer. Mais elle avait toujours été fidèle. Elle ne truquait pas. Elle n'avait pas trompé son mari, elle n'avait jamais trompé Larry. Et si avant de les connaître elle n'avait pas été précisément une enfant de Marie... le passé était le passé. On ne pouvait plus rien y faire. Peut-être les dieux pouvaient-ils revenir sur le passé, mais pas les hommes ni les femmes, ce qui était probablement tout aussi bien. Car autrement, les gens mourraient sans doute en essayant encore de récrire leur adolescence.

Et lorsqu'on sait qu'on ne peut rien faire pour changer le passé, peut-être peut-on pardonner.

Des larmes roulaient doucement sur ses joues. La porte s'ouvrit, et elle le vit, une simple silhouette.

— Lucy ? Tu dors ?

— Non.

— Je peux allumer ?

— Si tu veux.

Elle entendit le gaz siffler, puis la flamme apparut, mince et fragile. Larry était pâle.

— Je veux te dire quelque chose.

— Non, ne dis rien. Couche-toi, c'est tout.

— Il faut que je te parle. J'ai...

Il posa sa main sur son front, puis se passa les doigts dans les cheveux.

— Larry ? dit Lucy en se redressant. Ça va ?

Et il se mit à parler comme s'il ne l'avait pas entendue, sans la regarder.

— Je t'aime. Si tu veux de moi, je suis à toi. Mais je ne sais pas si je te donne grand-chose. Je ne serai jamais vraiment le type qu'il te faut, Lucy.

— Je n'ai pas peur. Viens te coucher.

Il se coucha. Ils firent l'amour. Et, quand ils eurent terminé, elle lui dit qu'elle l'aimait, que c'était vrai, sûr et certain. Elle eut l'impression que c'était ce qu'il voulait, ce qu'il avait besoin d'entendre. Mais sans doute Larry ne dormit-il pas très longtemps. Une fois,

274

elle se réveilla en pleine nuit (ou rêva qu'elle s'était réveillée) et elle crut le voir devant la fenêtre, la tête penchée comme s'il écoutait, et les ombres en jouant sur son visage lui donnaient l'aspect d'un masque hagard. Mais, à la lumière du jour, elle se dit qu'elle avait sûrement rêvé, à la lumière du jour, il semblait être redevenu lui-même.

Ce n'est que trois jours plus tard qu'ils apprirent de Ralph Brentner que Nadine s'était installée chez Harold Lauder. En apprenant la nouvelle, Larry sembla se crisper un peu, mais Lucy ne put s'empêcher de se sentir soulagée. Tout était arrangé.

Après avoir quitté Larry, elle ne fit que repasser chez elle. Elle entra dans le salon, alluma la lampe, la leva devant elle, se dirigea vers l'arrière de la maison. Elle s'arrêta un instant pour regarder dans la chambre de l'enfant. Elle voulait voir si ce qu'elle avait dit à Larry était vrai. Oui, elle avait dit la vérité.

Leo, en slip, était entortillé dans ses draps et ses couvertures. Les coupures et les égratignures s'étaient estompées, avaient même presque toutes disparu. Et sa peau, si bronzée quand il courait presque nu dans la nature, était redevenue beaucoup plus claire. Mais il y avait autre chose. Quelque chose dans son expression avait changé — elle pouvait le voir, même si l'enfant dormait. Son expression avide et sauvage avait disparu. Il n'était plus Joe. Ce n'était plus qu'un petit garçon qui dormait après une longue journée.

Elle se souvint de cette nuit où elle dormait presque lorsqu'elle s'était rendu compte qu'il n'était plus à côté d'elle. C'était à North Berwick, dans le Maine — à l'autre bout du continent. Elle l'avait suivi jusqu'à cette maison où Larry dormait sous la véranda. Joe brandissait son couteau. Rien entre lui et Larry, sinon un fragile grillage. Et elle l'avait persuadé de repartir avec elle.

Un éclair de haine la traversa comme une gerbe d'étincelles jaillissant entre silex et acier. La lampe Coleman tremblait dans sa main, faisant follement danser les ombres autour d'elle. Elle aurait dû le laisser faire ! Elle aurait même dû lui ouvrir la porte, le laisser entrer sous la véranda pour qu'il puisse frapper, déchirer, couper, tailler, éventrer, détruire. Elle aurait dû...

Le garçon se retourna et se racla la gorge, comme s'il se réveillait. Puis ses mains se levèrent et frappèrent dans le vide, comme pour chasser l'ombre d'un rêve. Nadine recula, les tempes battantes. Il y avait encore quelque chose d'étrange dans ce garçon, et elle n'aimait pas la manière dont il venait de bouger, comme s'il avait lu dans ses pensées.

Elle devait s'en aller maintenant. Elle devait faire vite.

Elle entra dans sa chambre. Un tapis. Un petit lit étroit de vieille fille. C'était tout. Pas même un cadre au mur. Une pièce totalement nue, sans aucune personnalité. Elle ouvrit la penderie et écarta les vêtements. Elle était à genoux maintenant, en sueur. Elle sortit une boîte de couleurs vives dont le couvercle était décoré d'une photo représentant des adultes en train de rire, en train de jouer. Un jeu vieux d'au moins trois mille ans.

Elle avait trouvé sa planchette oui-ja dans un bazar, mais elle n'osait pas s'en servir chez elle, pas quand le garçon était là. En fait, elle n'avait pas encore osé l'utiliser... pas jusqu'à maintenant. Quelque chose l'avait poussée à entrer dans ce magasin et, lorsqu'elle avait vu la planchette dans sa jolie petite boîte, elle s'était sentie écartelée, entraînée dans un terrible combat — la sorte de combat que les psychologues appellent aversion/compulsion. Elle avait abondamment transpiré, comme elle transpirait maintenant, partagée entre deux désirs : sortir à toute vitesse de ce magasin sans regarder derrière elle, s'emparer de la boîte, de cette si jolie boîte, pour la rapporter chez elle. Et c'est cela précisément qui lui avait fait si peur, car elle n'avait pas eu l'impression d'obéir alors à sa propre volonté.

Finalement, elle avait pris la boîte.

C'était il y avait quatre jours. Et, chaque soir, la compulsion était devenue de plus en plus forte, jusqu'à cette nuit où, à moitié rendue folle par des peurs qu'elle ne comprenait pas, elle était allée chercher Larry dans sa jupe bleu-gris, sans rien dessous. Elle était allée le voir pour mettre un terme à cette peur. Et, tandis qu'elle attendait devant la porte qu'ils rentrent de l'assemblée, elle avait eu la certitude de faire finalement ce qu'il fallait faire. Elle avait senti cette chose, une sorte de légère ivresse, qu'elle n'avait plus vraiment éprouvée depuis ce jour où elle avait couru dans l'herbe humide de rosée, poursuivie par ce garçon. Mais, cette fois-ci, le garçon allait la rattraper. Elle le laisserait la rattraper. Et ce serait la fin.

Mais lorsqu'il l'avait rattrapée, il n'avait pas voulu d'elle.

Debout, serrant la boîte contre sa poitrine, Nadine éteignit la lampe. Il s'était moqué d'elle. Il l'avait dédaignée. Et une femme dédaignée n'est pas loin de frayer avec le démon... ou avec son homme de main.

Elle s'arrêta, le temps de prendre une grosse torche électrique sur la petite table de l'entrée. Au fond de la maison, l'enfant poussa un cri dans son sommeil. Nadine se figea un instant. Elle crut que ses cheveux se dressaient sur sa tête. Puis elle sortit.

La Vespa dont elle s'était servie quelques jours plus tôt pour se rendre chez Harold Lauder était rangée contre le trottoir. Pourquoi était-elle allée là-bas ? Elle n'avait pas échangé plus de dix mots avec Harold depuis son arrivée à Boulder. Pourtant, ne sachant que faire de la planchette, terrorisée par les rêves qui ne la quittaient pas alors que tous les autres avaient cessé de rêver, elle avait cru devoir en parler à Harold. Mais elle avait eu peur de cette impulsion, se souvint-elle en tournant la clé de contact de la Vespa. Comme de cette idée soudaine de prendre la planchette (*amusez-vous, étonnez vos amis avec la planchette oui-ja!* disait la boîte). Comme si cette idée lui était imposée de l'extérieur. *Son* idée, peut-être. Mais quand elle avait cédé, quand elle était finalement allée chez Harold, il n'était pas là. La maison était fermée à clé, la seule à Boulder, et les stores étaient baissés. Amère déception. S'il avait été là, il l'aurait fait entrer, puis aurait refermé la porte à double tour derrière elle. Ils se seraient assis dans le salon, auraient parlé, auraient fait l'amour peut-être, auraient fait ensemble des choses innommables, et personne ne l'aurait jamais su.

La maison de Harold était un lieu secret.

— Qu'est-ce qui m'arrive? murmura-t-elle dans la nuit.

Mais la nuit ne lui répondit pas. Elle fit démarrer la Vespa et le *pout-pout* du moteur lui sembla profaner la nuit. Elle embraya et partit en direction de l'ouest.

Le vent frais de la nuit lui fit du bien. Chasse toutes ces toiles d'araignée, vent de la nuit. Quand tu n'as plus aucun choix possible, que fais-tu? Tu choisis d'accepter. Tu choisis le destin qu'on t'a préparé. Tu laisses Larry avec sa stupide petite poule au pantalon trop serré, cette idiote qui n'a jamais rien lu d'autre que des revues de cinéma. Tu les laisses derrière toi. Et tu risques... ce qu'il faut risquer.

Ta vie.

La route se déroulait devant elle, éclairée par le petit phare de la Vespa. Elle dut passer en seconde quand la route commença à monter vers la montagne noire. Laisse-les avec leurs assemblées. Ils ne pensent qu'à remettre en marche une malheureuse centrale électrique. Ton amant pense au *monde*.

Le moteur de la Vespa peinait. Une peur à la fois horrible et douce s'emparait d'elle. Et les vibrations de la selle commencèrent à l'échauffer (*dis donc, mais tu es en chaleur, ma vieille,* pensa-t-elle avec une gaieté acide, *vilaine, vilaine, VILAINE*). Sur sa droite, un ravin à pic. Rien là-bas, sinon la mort. Et là-haut? Eh bien, elle allait voir. Trop tard pour rebrousser chemin,

et à cette pensée, elle se sentit paradoxalement et délicieusement libre.

Une heure plus tard, elle était arrivée au cirque Sunrise — le cirque du soleil levant — mais le soleil
n'allait pas se lever avant trois ou quatre heures. Le
cirque était tout près du sommet du mont Flagstaff et
presque tous les habitants de la Zone libre étaient venus
le visiter. Quand le ciel était clair, c'est-à-dire la plupart
du temps à Boulder — au moins pendant l'été — on
pouvait voir Boulder et l'autoroute 25 qui filait vers
Denver, au sud, puis se perdait dans le brouillard en
direction du Nouveau-Mexique, trois cents kilomètres
plus loin. À l'est, le plateau qui s'étendait vers le
Nebraska. Plus près, Boulder Canyon, une déchirure
béante aux parois tapissées de pins qui courait à travers
les collines. Autrefois, les planeurs s'élevaient comme
des oiseaux au-dessus du cirque Sunrise, portés par les
courants ascendants.
Mais Nadine ne voyait que ce qu'éclairait sa torche
électrique à six piles qu'elle avait posée sur une table
de pique-nique, en bordure de la route : un grand bloc
de papier à dessin et, perchée dessus sur ses trois
pattes, comme une araignée, la planchette triangulaire.
Comme l'aiguillon d'une araignée, du ventre de la planchette sortait un crayon qui effleurait le bloc.
Nadine était fiévreuse, partagée entre l'euphorie et la
terreur. En montant jusqu'ici avec sa petite Vespa qui
n'était vraiment pas faite pour l'escalade, elle avait
ressenti la même chose que Harold à Nederland. Elle
l'avait senti, *lui*. Mais alors que Harold avait analysé
cette sensation d'une façon précise et technique, comme
un bout de fer attiré par un aimant, une *attraction*,
Nadine le percevait comme une sorte de phénomène
mystique, le passage d'une frontière. Comme si ces
montagnes, dont elle n'était encore que sur les premiers
contreforts, étaient un no man's land entre deux zones

d'influence — Flagg à l'ouest, la vieille femme à l'est. Ici, les deux flux magiques se confondaient, se mêlaient, produisant une concoction qui n'appartenait ni à Dieu ni à Satan, une concoction totalement païenne. Elle eut l'impression de se trouver dans un endroit hanté.

Et la planchette...

Elle avait jeté la boîte aux couleurs vives, MADE IN TAÏWAN, que le vent ne tarderait pas à emporter. La planchette n'était qu'une petite plaque d'aggloméré, mal découpée. Mais quelle importance ? Elle ne s'en servirait qu'une seule fois — elle *n'oserait* s'en servir qu'une seule fois — et même un mauvais outil peut faire ce qu'il est censé faire : fracturer une porte, fermer une fenêtre, écrire un Nom.

Les mots imprimés sur la boîte lui trottaient dans la tête : *Étonnez vos amis !*

Mais quelle était cette chanson que Larry chantait parfois à tue-tête sur sa moto ? *Allô, standardiste ? La ligne est dérangée. Je voudrais parler à...*

Parler à qui ? C'était justement la question.

Elle se souvint du temps où elle avait joué à la planchette, à l'université. Deux ans plus tôt... Mais elle avait l'impression que c'était hier. Elle était montée au troisième étage de la résidence des étudiantes pour voir une certaine Rachel Timms. La chambre était pleine de jeunes filles, sept ou huit, peut-être plus, qui riaient aux éclats. Nadine s'était dit qu'elles avaient sans doute fumé ou sniffé quelque chose.

— Arrêtez ! disait Rachel, morte de rire. Comment voulez-vous que les esprits nous parlent si vous gigotez comme des guenons ?

L'idée d'être devenues des guenons leur avait paru délicieusement drôle, et les fous rires étaient repartis de plus belle. La planchette était posée comme elle l'était maintenant, araignée triangulaire perchée sur ses trois pattes, crayon effleurant une feuille de papier. Et, pendant que les autres riaient, Nadine avait pris une liasse de grandes feuilles de papier à dessin, puis avait parcouru ces « messages venus du plan astral » captés par la planchette.

Tommy dit que tu t'es encore lavé le machin avec un truc aux fraises.

Maman dit qu'elle va bien.

Chunga ! Chunga !

John dit que tu pèteras beaucoup moins si tu manges moins de fayots à la cafétéria !

Et d'autres encore, tout aussi bêtes.

Les rires s'étaient suffisamment calmés pour qu'elles puissent recommencer. Trois étudiantes étaient assises sur le lit. Chacune posa le bout des doigts sur un des côtés de la planchette. Tout d'abord, il ne se passa rien. Puis la planchette frissonna.

— Tu la fais bouger, Sandy !

— Non !

— *Chhhut !*

La planchette frissonna de nouveau et les jeunes filles se turent. Elle bougea, s'arrêta, repartit. Elle venait d'écrire la lettre P.

— P... comme dans pute, dit celle qui s'appelait Sandy.

— On dirait que tu connais ça...

Fou rire général.

— Chhhut !

La planchette bougeait plus rapidement, traçant les lettres E, R et E.

— Père chéri, ta petite fille est là, dit une certaine Patty en riant nerveusement. C'est certainement mon père, il est mort d'une crise cardiaque quand j'avais trois ans.

— La planchette continue, dit Sandy.

D, I, écrivait laborieusement la planchette.

— Qu'est-ce qui se passe ? murmura Nadine à l'oreille d'une grande fille au profil chevalin qu'elle connaissait de vue.

La jument aux grandes dents contemplait la scène, les mains dans les poches, l'air manifestement dégoûté.

— Des idiotes qui jouent avec quelque chose

281

qu'elles ne connaissent pas, répondit-elle. Voilà ce qui se passe.

— PÈRE DIT QUE PATTY, lut Sandy. C'est ton petit papa, pas de doute possible, Pats.

Éclats de rire.

La jument portait des lunettes. Elles sortit les mains des poches de sa salopette et s'en servit pour retirer ses besicles, puis les essuyer méticuleusement.

— C'est une planchette oui-ja, un instrument dont se servent les médiums. Les kinesthéologues...

— Les quoi ?

— Les savants qui étudient le mouvement et l'interaction des muscles et des nerfs.

— Ah bon.

— Ils prétendent que la planchette réagit en fait à de petits mouvements des muscles, probablement guidés par le subconscient. Naturellement, les médiums prétendent que la planchette obéit aux esprits...

Des rires hystériques fusaient du groupe rassemblé autour de la planchette. Nadine jeta un coup d'œil pardessus l'épaule de la jument et lut le message : PÈRE DIT QUE PATTY DEVRAIT ARRÊTER.

— ... d'aller si souvent aux toilettes, proposa une des spectatrices, pour le plus grand plaisir de ses camarades.

— Mais elles jouent avec le feu, ces imbéciles, reprit la jument avec une moue dédaigneuse. Elles sont idiotes. Les médiums et les hommes de science sont d'accord pour dire que l'écriture automatique peut être très dangereuse.

— Tu crois que les esprits ne sont pas de bonne humeur ce soir ? demanda Nadine.

— Les esprits ne sont peut-être *jamais* de bonne humeur, répondit la jument en lui lançant un regard sévère. Ou vous risquez de recevoir un message de votre subconscient que vous n'êtes absolument pas prête à assimiler. La littérature spécialisée parle de très nombreux cas d'expériences d'écriture automatique qui ont totalement dégénéré. Les gens sont devenus fous.

— Oh, c'est peut-être aller un peu loin, ce n'est qu'un *jeu.*

— Les jeux sont parfois terriblement sérieux.

Un énorme éclat de rire collectif mit un point final à l'exposé de la jument avant que Nadine ait eu le temps de répondre. Patty était tombée du lit et se roulait par terre en se tenant le ventre, morte de rire. Le message était complet maintenant : PÈRE DIT QUE PATTY DEVRAIT ARRÊTER DE JOUER AUX CONCOURS DE CIGARES AVEC LEONARD KATZ.

— C'est toi qui la faisais bouger ! dit Patty à Sandy en se rasseyant.

— Non, je le jure !

— C'était ton père... Ton père qui te parlait de l'au-delà ? dit une autre fille en imitant — très bien jugea Nadine — la voix de Boris Karloff. Surtout, n'oublie pas qu'il te regarde la prochaine fois que tu enlèveras ta culotte dans la Dodge de Leonard.

Une nouvelle explosion de rires salua cette fine plaisanterie. Nadine s'approcha et prit Rachel par le bras. Elle voulait simplement lui demander à quelle date devait être remis le prochain T.P., puis s'en aller.

— Nadine ! s'exclama Rachel, les yeux pétillants, les joues empourprées. Assieds-toi. On va voir si les esprits ont envie de te parler !

— Non, je voulais simplement savoir quand le T.P...

— On s'en fiche du T.P. ! Ça, c'est *important,* Nadine ! Une expérience unique ! Il faut que tu essayes. Allez, assieds-toi à côté de moi. Janey, tu prends l'autre côté.

Janey s'assit en face de Nadine et, cédant aux supplications de Rachel Timms, Nadine se retrouva avec huit doigts posés légèrement sur la planchette. Sans savoir pourquoi, elle regarda derrière elle la fille qui ressemblait à une jument. L'autre secoua la tête énergiquement et la lumière des tubes au néon du plafond se refléta dans les verres de ses lunettes, transformant ses deux yeux en une paire de gros éclairs blancs.

Elle avait eu peur alors, se souvenait-elle en regardant cette autre planchette à la lumière de sa torche à six piles, mais elle s'était souvenue de ce qu'elle avait dit à la jument — que ce n'était qu'un *jeu*. Que pouvait-il bien arriver de terrible au milieu d'une bande de jeunes filles en plein délire ? Difficile d'imaginer une atmosphère plus négative pour évoquer les esprits, hostiles ou pas.

— Taisez-vous maintenant, dit Rachel. Esprit, as-tu un message pour notre sœur, camarade, collègue et néanmoins amie, Nadine Cross ?

La planchette ne bougea pas. Nadine se sentait un peu embarrassée.

— *Picoti, picota, tourne la queue et puis s'en va,* chantonna la fille qui avait imité Boris Karloff tout à l'heure, mais cette fois avec une voix fluette de toute petite fille. Les esprits vont parler !

Fou rire général.

— Chhhut !

Nadine se dit alors que, si les deux autres ne se décidaient pas bientôt à faire bouger la planchette pour écrire n'importe quelle idiotie, elle allait le faire elle-même — lui faire écrire quelque chose de clair et net, très court, BOU ! par exemple, pour pouvoir s'en aller ensuite.

Au moment où elle allait se décider, la planchette donna un coup très net sous ses doigts. Le crayon laissa une marque noire en diagonale sur la page blanche.

Hé ! Il ne faut pas secouer, messieurs les esprits, dit Rachel d'une voix mal assurée. C'est toi qui as fait ça, Nadine ?

— Non.

— Janey ?

— Non, franchement.

La planchette donna un autre coup, si fort qu'elles faillirent la lâcher, et fila jusqu'à l'angle supérieur gauche de la feuille.

— Ouch ! dit Nadine. Vous avez senti...

Elles avaient toutes senti, même si ni Rachel ni Jane Fargood, dite Janey, ne voulurent lui en reparler plus tard. D'ailleurs, elle ne s'était jamais plus sentie la bienvenue dans la chambre de ces deux filles depuis cette soirée. Comme si toutes les deux avaient eu peur de la fréquenter de trop près après cette expérience.

Soudain, la planchette avait commencé à frémir sous leurs doigts, comme lorsqu'on effleure le pare-chocs d'une voiture qui tourne au ralenti. Une vibration très régulière, inquiétante. En aucun cas un mouvement qui puisse être provoqué par une personne sans qu'elle en ait parfaitement conscience.

Les jeunes filles étaient devenues très silencieuses. Leurs visages avaient pris une expression particulière, celle que l'on voit sur les visages de tous ceux qui ont assisté à une séance de spiritisme où il s'est véritablement passé quelque chose — quand la table commence à bouger, quand une main invisible frappe contre le mur, quand le médium se met à souffler par les narines la fumée grisâtre du téléplasme. Une expression d'*attente,* comme si l'on voulait que cette chose s'arrête, comme si l'on voulait qu'elle continue. Une expression d'excitation distraite, craintive... et, lorsqu'il prend cette expression, le visage humain ressemble beaucoup au crâne qui n'est jamais qu'à quelques millimètres sous la peau.

— Arrêtez ! hurla tout à coup la jument. Arrêtez tout de suite, ou vous allez le regretter !

Et Jayne Fargood avait hurlé d'une voix terrifiée :

— *Je ne peux plus retirer les doigts !*

Au même instant, Nadine s'était rendu compte que ses doigts étaient collés sur la planchette. Elle avait beau tirer de toutes ses forces, ils refusaient de bouger.

— Ça suffit, la plaisanterie est finie, dit Rachel d'une voix blanche. Qui...

Et, tout à coup, la planchette s'était mise à écrire.

Elle se déplaçait avec une rapidité fulgurante, entraînant leurs doigts dans sa course, entraînant leurs bras dans une danse qui aurait été drôle si elle n'avait pas été parfaitement involontaire. Nadine pensa plus tard qu'elle avait eu l'impression de se trouver aux prises avec une machine de conditionnement physique. Auparavant, sur les autres messages, l'écriture était très penchée, très lente — comme si les mots avaient été écrits par un enfant de sept ans. Mais maintenant, c'était une écriture déliée, puissante... en grosses majuscules qui s'étalaient sur toute la page. Il y avait dans cette écriture quelque chose d'implacable, de méchant.

NADINE, NADINE, NADINE, écrivait follement la planchette. COMME J'AIME NADINE MON AMOUR MA NADINE MA REINE SI TU SI TU SI TU RESTES PURE POUR MOI SI TU RESTES PROPRE POUR MOI SI TU SI TU MEURS POUR MOI TU ES

La planchette bascula, vira de bord et recommença à écrire, plus bas.

TU ES MORTE AVEC LES AUTRES TU ES DANS LE LIVRE DES MORTS AVEC LE RESTE DES AUTRES NADINE EST MORTE AVEC EUX NADINE POURRIT AVEC EUX A MOINS A MOINS

La planchette s'arrêta. Vibra. Nadine pensa, espéra — oh comme elle l'espérait — que c'était fini. Puis elle recommença à courir plus bas. Jane poussa un hurlement. Les autres étaient pâles, effrayées, épouvantées.

LE MONDE LE MONDE BIENTÔT LE MONDE MOURRA ET NOUS NOUS NOUS NADINE MOI MOI MOI NOUS NOUS NOUS SOMMES NOUS SOMMES NOUS

Et les lettres parurent *hurler* à travers la page :

NOUS SOMMES DANS LA MAISON DES MORTS NADINE

Le dernier mot courut en travers de la page en lettres de trois centimètres de haut, puis la planchette tournoya sur elle-même, quitta la feuille de papier, laissant derrière elle une longue trace noire de plombagine, avant de tomber par terre et de se casser en deux.

Il y eut alors un instant de silence incrédule, puis Jane Fargood éclata en sanglots hystériques. La surveillante était enfin montée voir ce qui se passait, Nadine s'en souvenait maintenant, et elle allait appeler l'infirmerie pour qu'on s'occupe de Jane quand la jeune fille avait finalement réussi à se ressaisir un peu.

Tout ce temps, Rachel Timms était restée assise sur son lit, calme et pâle. Quand la surveillante et la plupart des autres jeunes filles (y compris la jument qui pensait sans aucun doute qu'on n'est jamais prophétesse dans son pays) furent reparties, elle avait demandé à Nadine d'une voix creuse, étrange :

— Qui était-ce, Nadine ?

— Je n'en sais rien.

Effectivement, elle n'en avait pas la moindre idée. Pas à cette époque.

— Tu n'as pas reconnu l'écriture ?

— Non.

— Bon... Tu ferais sans doute mieux d'essayer de... d'oublier tout ça... et de retourner dans ta chambre.

— Mais c'est toi qui m'as demandé de rester ! Comment pouvais-je savoir que quelque chose allait... j'ai voulu te faire plaisir... Tu m'entends ?

Rachel avait eu le bon esprit de devenir toute rouge et même de s'excuser. Mais Nadine ne l'avait pratiquement plus fréquentée par la suite. Pourtant, Rachel Timms avait été l'une des rares étudiantes dont Nadine s'était vraiment sentie très proche pendant ses trois premiers trimestres à l'université.

Depuis, elle n'avait jamais retouché à une de ces araignées triangulaires découpées dans une plaque d'aggloméré.

Mais les temps... les temps avaient changé, n'est-ce pas ?

Oui, en vérité.

Le cœur battant, Nadine s'assit sur le banc et posa légèrement les doigts sur deux des trois côtés de la planchette. Presque immédiatement, elle la sentit commencer à bouger, comme une voiture dont le moteur tourne au ralenti. Mais qui était au volant ? Qui était-il *réellement* ? Qui allait monter dans cette voiture, claquer la portière, poser ses mains brûlées par le soleil sur le volant ? À qui appartenaient ces pieds lourds et brutaux, dans leurs vieilles bottes poussiéreuses de cowboy, ces pieds qui allaient écraser l'accélérateur et l'emporter... mais où, où donc ?

Chauffeur, où allons-nous ?

Perdue, désespérée, Nadine était assise toute droite sur son banc, au sommet du mont Flagstaff, dans la noire tranchée du matin, les yeux grands ouverts, sentant plus que jamais qu'elle était au bord de la frontière. Elle regardait vers l'est, mais elle sentait *sa* présence venir de derrière, l'écraser de tout son poids, l'attirer vers le fond comme des blocs de ciment attachés aux pieds d'un cadavre : la présence de Flagg, une présence sombre qui arrivait sur elle en vagues régulières, inexorables.

Quelque part, l'homme noir errait dans la nuit et elle prononça deux mots, comme une incantation à tous les mauvais esprits qui ont jamais été, comme une incantation, comme une invitation :

— Dis-moi.

Et sous les doigts de Nadine, la planchette se mit à écrire.

54

Extraits du compte rendu
de la séance du comité permanent de la Zone libre
19 août 1990

La séance a eu lieu dans l'appartement de Stu Redman et Fran Goldsmith. Tous les membres du comité de la Zone libre étaient présents.

Stu Redman a félicité les membres, sans s'oublier, de leur élection au comité permanent. Il a proposé d'adresser une lettre de remerciements à Harold Lauder, signée par les membres du comité. La proposition a été adoptée à l'unanimité.

Stu : Quand nous aurons réglé nos affaires, Glen Bateman veut nous parler de différentes choses. Je n'en sais pas plus long que vous, mais je suppose qu'il s'agit de la prochaine assemblée. C'est ça, Glen ?

Glen : Je vais attendre mon tour.

Stu : Vraiment trop aimable. La principale différence entre un vieil ivrogne et un vieux professeur chauve, c'est que le prof attend son tour avant de vous casser les pieds.

Glen : Merci de nous faire tous bénéficier de votre immense sagesse, Texan de mes deux.

Fran a dit qu'elle voyait bien que Stu et Glen s'amusaient beaucoup, mais qu'elle voulait savoir si on ne pourrait pas se mettre au travail, étant donné que ses émissions favorites de télé commençaient à neuf heures. Cette observation a été accueillie par des rires plus généreux qu'elle ne le méritait probablement.

La première question était celle des éclaireurs que nous devions envoyer à l'ouest. Pour récapituler, le comité a décidé de demander au juge Farris, à Tom Cullen et Dayna Jurgens de se charger de cette mission. Stu a proposé que les personnes qui avaient présenté ces noms s'occupent elles-mêmes de leur expliquer de quoi il s'agissait — à savoir, Larry Underwood irait voir le juge, Nick parlerait à Tom — avec Ralph Brentner — et Sue s'occuperait de Dayna. Nick a ajouté qu'il faudrait compter plusieurs jours pour préparer Tom, et Stu que cela posait la question de la date à laquelle nos éclaireurs partiraient. Larry a répondu qu'il ne fallait pas qu'ils partent en même temps, sinon ils risqueraient de se faire prendre tous ensemble. Il a ajouté que le juge et Dayna se douteraient sans doute que nous avions envoyé plus d'un espion, mais tant qu'ils ne sauraient pas leurs noms, ils ne risqueraient pas de se mettre à table. Fran a dit que l'expression n'était vraiment pas très bien choisie, considérant ce que l'homme de l'ouest pouvait leur faire — si c'est un homme. [Excusez mon style, ajoute ici la secrétaire.]

Glen : À votre place, je ne serais pas aussi pessimiste, Fran. Si nous concédons à notre Adversaire ne serait-ce qu'une médiocre intelligence, il saura que nous n'aurons pas donné à nos agents — je suppose qu'on peut les appeler ainsi — des informations que nous considérons vitales pour nous. Il saura que la torture ne lui servira pas à grand-chose.

Fran : Vous croyez vraiment qu'il va leur donner une petite tape sur la joue et leur dire de ne plus recommencer ? J'ai dans l'idée qu'il pourrait plutôt les torturer, simplement parce qu'il *aime* la torture. Qu'est-ce que vous en dites ?

Glen : Pour être franc, je n'en sais rien.

Stu : La décision a été prise, Frannie. Nous avons tous compris qu'il s'agit d'une mission dangereuse et nous savons tous que prendre cette décision n'a pas été très facile.

Glen a proposé que nous nous mettions d'accord sur ce calendrier : le juge partirait le 26 août, Dayna le 27 et Tom le 28 ; aucun ne saura rien sur les deux autres et tous partiront par des routes différentes. Glen a ajouté que ce calendrier devrait nous donner le temps de préparer Tom.

Nick a ensuite expliqué qu'à l'exception de Tom Cullen avec qui on utiliserait l'hypnose pour qu'il sache quand revenir, les deux autres décideraient eux-mêmes du moment de leur retour, mais qu'ils devraient tenir compte des conditions météorologiques — il peut y avoir beaucoup de neige dans les montagnes dès la première semaine d'octobre. Nick était d'avis que les trois agents ne devraient pas rester plus de trois semaines à l'ouest.

Fran a répondu qu'ils pourraient passer plus au sud s'il commençait à neiger dans les montagnes ; mais Larry a fait remarquer que c'était impossible : il leur faudrait de toute façon traverser la chaîne Sangre de Cristo, à moins de faire un long détour par le Mexique. Et, s'ils prenaient cette route, ils ne seraient probablement pas rentrés avant le printemps.

Il a ensuite proposé de donner un peu d'avance au juge, compte tenu des circonstances. Il a donc proposé la date du 21 août, après-demain.

Et nous en avons ainsi terminé avec la question des éclaireurs... ou des espions, si vous préférez.

Glen a ensuite pris la parole et je vais maintenant transcrire l'enregistrement magnétique :

Glen : Je propose de convoquer une autre assemblée générale le 25 août. Et voici les questions que nous pourrions aborder à cette réunion. Pour commencer, quelque chose qui va peut-être vous surprendre. Nous avions supposé que nous étions environ six cents personnes dans la Zone et Ralph a tenu un compte admirablement précis des groupes *importants* qui sont arrivés. C'est sur la base de ces chiffres que nous avons évalué la population de la Zone. Mais d'autres gens sont arrivés seuls, peut-être une dizaine par jour. Aujourd'hui, je suis allé dans la salle Chautauqua avec Leo Rockway et nous avons compté les fauteuils. Il y en a six cent sept. Vous voyez où je veux en venir ?

Sue Stern a dit que c'était impossible, puisque des gens n'avaient pas trouvé de place. Certains étaient restés debout au fond de la salle et d'autres s'étaient assis dans les allées. Nous avons tous compris à quoi Glen voulait en venir et il serait juste de dire que les membres du comité ont été absolument stupéfaits, sauf Glen bien entendu.

Glen : Nous ne pouvons pas savoir exactement combien de personnes étaient debout ou assises dans les allées, mais je me souviens assez bien de la réunion et je dirais qu'une centaine serait une estimation tout à fait conservatrice. En d'autres termes, nous sommes plus de sept cents dans la Zone. Compte tenu des conclusions de Leo et de votre serviteur, je propose d'inscrire à l'ordre du jour de la prochaine assemblée générale la question de la création d'un comité du recensement.

Ralph : Nom de Dieu ! J'ai fait une belle boulette !

Glen : Non, ce n'est pas votre faute. Vous ne pouvez pas être au four et au moulin, Ralph. Et je crois pourtant que vous vous êtes très bien occupé du four et du moulin, si je peux me permettre cette...

Larry : Nous sommes tous d'accord.

Glen : ...mais si nous ne comptons que quatre solitaires par jour, nous arrivons quand même à un total de près de trente par semaine. Et j'ai l'impression qu'il faudrait plutôt compter une douzaine d'arrivées individuelles par jour. Après tout, ils ne viennent pas nous voir pour se présenter. Quand mère Abigaël était là, ils allaient tous lui rendre visite. Mais elle n'est plus là.

Fran Goldsmith a alors appuyé la proposition de Glen à l'effet d'inscrire à l'ordre du jour de l'assemblée du 25 août la question de la création d'un comité du recensement, ledit comité ayant pour mandat de tenir une liste de tous les membres de la Zone libre.

Larry : Je suis tout à fait d'accord si on peut me donner une raison pratique pour faire ce recensement. Mais...

Nick : *Mais quoi, Larry !*

Larry : Eh bien... est-ce que nous n'avons pas suffisamment de pain sur la planche pour nous emmerder avec des conneries de bureaucrates ?

Fran : Moi, je vois une raison très concrète, Larry.

Larry : Laquelle ?

Fran : Si Glen a raison, il va falloir trouver une salle plus grande pour la prochaine assemblée. Si nous sommes huit cents le 25, nous ne pourrons jamais tous tenir dans l'auditorium Chautauqua.

Ralph : Eh merde ! Je n'y avais pas pensé. Je vous avais bien dit que je n'étais pas fait pour ce boulot.

Stu : Du calme, Ralph, tu t'en tires très bien.

Sue : Alors, où va-t-on se réunir maintenant ?

Glen : Une minute, une minute. Une chose à la fois. Si je ne m'abuse, chers collègues, vous êtes saisis d'une proposition !

Le comité a décidé à l'unanimité d'inscrire la création d'un comité du recensement à l'ordre du jour de la prochaine assemblée générale.

Stu a alors proposé de tenir l'assemblée du 25 août dans l'auditorium Munzinger qui peut sans doute accueillir plus de mille personnes.

Glen a redemandé la parole.

Glen : Avant de continuer, je voudrais préciser qu'il y a une autre très bonne raison pour créer un comité du recensement, beaucoup plus importante que de savoir combien de sacs de chips nous devons prévoir. Il nous faut savoir qui arrive, certainement... mais aussi qui s'en va. Et je crois que des gens s'en vont. Je suis peut-être un peu paranoïaque, mais je jurerais que certains visages ont disparu depuis quelque temps. Un exemple. En sortant de l'auditorium Chautauqua, Leo et moi sommes allés chez Charlie Impening. Vous devinez la suite ? Non ? Eh bien, la maison est vide, les affaires de Charlie ne sont plus là, et leur propriétaire non plus.

Vive réaction parmi les membres, plus quelques gros

mots qui, malgré leur saveur indéniable, seraient déplacés dans ce procès verbal.

Ralph a demandé alors pourquoi nous voulions savoir qui s'en allait. Selon lui, si des gens comme Impening veulent s'en aller chez l'homme noir, bon débarras. Plusieurs membres du comité ont applaudi Ralph qui a rougi comme une jeune fille, si je peux ajouter cette précision.

Sue : Non, je vois bien ce que Glen veut dire. Ces gens-là peuvent donner des tas d'informations sur nous.

Ralph : Et qu'est-ce qu'on peut faire ? Les mettre en prison ?

Glen : Ce n'est certainement pas très agréable, mais je crois qu'il faudra très sérieusement envisager cette option.

Fran : Non. Envoyer des espions... j'arrive à peu près à l'avaler. Mais enfermer les gens qui viennent ici parce qu'ils n'aiment pas notre manière de faire les choses ? Mon Dieu, Glen ! Vous avez travaillé pour la police secrète ?

Glen : Non, mais il faudra bien en venir là. Notre situation est extrêmement précaire. Vous m'obligez à me faire l'avocat de la répression, et je crois que c'est parfaitement injuste. Je vous demande si vous voulez laisser partir des gens qui vont ensuite se mettre au service de notre Adversaire.

Fran : Je ne suis toujours pas d'accord. Dans les années cinquante, le sénateur McCarthy faisait la chasse aux communistes. Et nous, nous recommençons la même chose. Nous sommes mal partis.

Glen : Fran, êtes-vous prête à courir le risque de laisser partir quelqu'un qui serait en possession d'une information capitale ? Le départ de mère Abigaël, par exemple ?

Fran : Charlie Impening va pouvoir lui raconter ça. Vous voyez d'autres informations capitales, Glen ? Pour le moment, nous tournons en rond et c'est tout. Vous ne trouvez pas ?

Glen : Est-ce que voulez qu'il sache combien nous sommes ? Comment nous nous en tirons sur le plan technique ? Que nous n'avons même pas de médecin ?

294

Fran a répondu qu'elle préférait encore cette possibilité et qu'il n'était pas question d'enfermer les gens parce qu'ils n'aiment pas notre manière de faire les choses. Stu a alors proposé d'écarter l'idée d'enfermer ceux qui ne partageraient pas nos opinions. La proposition a été adoptée, avec une voix contre, celle de Glen.

Glen : Vous auriez intérêt à vous faire à l'idée que nous devrons attaquer ce problème tôt ou tard, et probablement plus tôt que vous ne pensez. Le fait que Charlie Impening raconte tout ce qu'il sait à Flagg est déjà très embêtant. La question que vous devez vous poser, c'est de savoir si vous voulez multiplier ce que sait Impening par un coefficient théorique x. Bon, vous avez pris une décision, mais il y a encore autre chose... Nous avons été élus pour une période indéterminée. Vous y avez réfléchi ? Nous ne savons pas si nous allons rester à nos postes pendant six semaines, six mois, six ans. Pour ma part, je pense à un an... ce qui devrait nous emmener à la fin du commencement, pour reprendre l'expression de Harold. J'aimerais qu'on inscrive cette question du mandat d'un an à l'ordre du jour de la prochaine assemblée. Encore un dernier point, et j'ai terminé. La démocratie directe — et c'est exactement ce que nous faisons en ce moment — va très bien fonctionner pendant quelque temps, jusqu'à ce que nous soyons à peu près trois mille. Mais ensuite, quand nous serons trop nombreux, la plupart des gens qui assisteront aux assemblées viendront pour régler leurs petites affaires à eux, leurs intérêts personnels... ceux qui ne veulent rien savoir de la fluoration, ceux qui veulent un drapeau plutôt qu'un autre, des choses de ce genre. À mon avis, nous devrions réfléchir très sérieusement à la manière de transformer Boulder en une république d'ici un an, à la fin de l'hiver ou au début du printemps.

Les membres du comité ont un peu parlé de la proposition de Glen, mais aucune décision n'a été prise. Nick a demandé la parole. Sa déclaration a été lue par Ralph.

Nick : *J'écris ceci le matin du 19, en préparation de la réunion de ce soir. Je demanderai à Ralph de lire mon texte à la fin de l'assemblée. Il n'est pas toujours facile*

d'être muet, mais j'ai essayé de réfléchir à toutes les
conséquences possibles de ce que je vais maintenant pro-
poser. Je voudrais que la question suivante soit inscrite
à l'ordre du jour de la prochaine assemblée : « *Création*
dans la Zone libre d'un service de la sûreté publique
dirigé par Stu Redman. »

Stu : Ce n'est pas un cadeau que tu me fais, Nick.

Glen : Très intéressant. Nous en revenons à ce dont
nous parlions il y a un instant. Laissez-le terminer, Stuart
— vous direz tout ce que vous voulez plus tard.

Nick : *Ce service de la sûreté publique serait installé*
au palais de justice de Boulder. Stu pourrait recruter de
sa propre initiative jusqu'à trente hommes. Au-delà de
trente hommes, la question serait présentée au comité de
la Zone libre qui se prononcerait à la majorité des voix.
Au-delà, il faudrait recueillir l'approbation de la majo-
rité des membres de la Zone libre réunis en assemblée.
Voilà la résolution que je voudrais faire inscrire à l'ordre
du jour de la prochaine assemblée. Naturellement, nous
pouvons bien décider tout ce que nous voulons, ça ne
servira à rien si Stu n'est pas d'accord.

Stu : Comme tu dis !

Nick : *Nous sommes maintenant suffisamment nom-*
breux pour avoir besoin d'une loi, sous une forme ou une
autre. Sinon, ça sera bientôt la pagaille. Il y a par exem-
ple le cas de Gehringer, ce jeune type qui fonçait à toute
allure sur la rue Pearl. Il a finalement eu un accident et
il a eu bien de la chance de s'en tirer simplement avec
une belle coupure au front. Il aurait pu se tuer, ou tuer
quelqu'un. Tous ceux qui l'ont vu faire savaient que les
choses allaient mal tourner. Mais personne ne s'est senti
en droit de l'arrêter. Il y a aussi le cas de Rich Moffat.
Certains d'entre vous le connaissent sans doute, mais
pour ceux qui n'ont pas fait sa connaissance, je dirais
que Rich est probablement le seul alcoolique pratiquant
de la Zone. Il est à peu près potable quand il est sobre,
mais dès qu'il a un verre dans le nez, il ne sait absolu-
ment plus ce qu'il fait. Et il faut dire qu'il est souvent
dans les vignes du Seigneur. Il y a trois ou quatre jours,

il s'est saoulé et s'est mis en tête de casser toutes les vitrines de la rue Arapahoe. Je lui en ai parlé quand il a eu repris un peu ses esprits — à ma façon, en lui écrivant ce que je voulais dire. Il n'était vraiment pas fier de lui. Il m'a même dit : « Regarde ça. Regarde ce que j'ai fait. Du verre partout sur le trottoir ! Et si un enfant se blessait ? Ce serait ma faute. »

Ralph : Ça ne m'impressionne pas du tout. Vraiment pas du tout.

Fran : Allez, Ralph. Tout le monde sait bien que l'alcoolisme est une maladie.

Ralph : Une maladie, mon cul ! Ces types-là se laissent aller, c'est tout.

Stu : Vous n'avez pas la parole, vous deux. Allez, fermez-la un peu.

Ralph : Désolé, Stu. Je vais continuer à lire la lettre de Nick.

Fran : Et je vais me tenir tranquille pendant les deux prochaines minutes, monsieur le président. C'est promis.

Nick : *Bref, j'ai donné un balai à Rich et il a nettoyé les dégâts. Assez bien d'ailleurs. Mais il m'a demandé pourquoi personne ne lui avait dit de s'arrêter. Et il avait raison. Autrefois, un type comme Rich n'aurait pas eu les moyens de se payer tout l'alcool qu'il voulait. Aujourd'hui, les bouteilles sont entassées sur les étagères des magasins et attendent simplement qu'on vienne les prendre. Je suis convaincu qu'on aurait dû arrêter Rich avant qu'il ait eu le temps de s'attaquer à sa deuxième vitrine. Pourtant, il a démoli toutes les vitrines du côté sud de la rue, sur près de trois cents mètres. S'il s'est arrêté, c'est simplement parce qu'il était fatigué. Encore un autre exemple : un certain monsieur dont je tairai le nom a découvert que sa femme, dont je tairai également le nom, passait l'heure de la sieste en compagnie d'un autre monsieur. Je suppose que nous savons tous de qui il s'agit.*

Sue : Oui, je crois bien. Le gros avec des poings comme des battoirs.

Nick : *De toute façon, l'homme en question a cassé la*

gueule du tiers et de la dame à la cuisse un peu légère.
Nous ne voulons pas savoir qui a raison et qui a tort...

Glen : Tu te trompes, Nick.

Stu : Laissez-le terminer, Glen.

Glen : Je vais me taire, mais je veux revenir sur ce point.

Stu : Très bien. Continue, Ralph.

Ralph : À vos ordres — j'ai presque fini.

Nick : *... ce qui importe, c'est que cet homme s'est rendu coupable de voies de fait et qu'il se promène, tranquille comme Baptiste. Des trois cas que j'ai mentionnés, celui-là est celui qui inquiète le plus les citoyens ordinaires. Notre société est un mélange de tout ce qu'on peut imaginer. Et il y aura des tas de conflits, des tas de tensions. Je ne crois pas que nous voulions créer un nouveau Far-West à Boulder. Pensez à ce qui serait arrivé si l'homme en question s'était trouvé un 45 quelque part et s'il avait tué l'homme et la femme. Nous aurions maintenant un meurtrier en train de se promener tranquillement en ville.*

Stu : Mais qu'est-ce qui t'arrive, Nicky ? C'est ça ta pensée du jour ?

Larry : Pas très encourageant, mais il a raison. Comme dit l'autre : si ça *risque* de tourner mal, vous pouvez être *sûrs* que ça va tourner mal.

Nick : *Stu arbitre déjà nos délibérations, en public et à huis clos. Les gens lui reconnaissent une certaine autorité. Personnellement, je suis convaincu qu'on pourrait lui faire confiance.*

Stu : Merci, Nick. Si ça continue, je ne vais plus savoir où me fourrer. Sérieusement, j'accepte le poste si c'est ce que vous voulez. Je n'ai pas vraiment envie de faire ce foutu travail — d'après ce que j'ai vu au Texas, le travail d'un flic consiste essentiellement à nettoyer sa chemise quand un type comme Rich Moffat décide de dégueuler sur lui, ou à faire la chasse aux petits cons, comme ce Gehringer. Tout ce que je vous demande, c'est que lorsque nous poserons la question à l'assemblée, nous fixions la même limite d'un an, comme pour le comité. Et je précise dès maintenant que je ne me représenterai pas au bout d'un an. Si c'est d'accord, je marche.

Glen : Je ne crois pas me tromper en disant que nous sommes tous d'accord. Je voudrais remercier Nick de sa proposition et préciser pour le procès-verbal qu'il s'agit à mon humble avis d'une idée de génie. J'appuie la proposition.

Stu : D'accord. La proposition a été présentée et appuyée. Quelqu'un veut prendre la parole ?

Fran : Oui. Je voudrais poser une question. Et si quelqu'un décide de te faire sauter la tête ?

Stu : Je ne pense pas...

Fran : Non, tu ne *penses* pas. C'est vrai. Mais qu'est-ce que Nick aura à me répondre si tu te trompes complètement ? « Oh, je suis désolé, Fran ! » C'est ça qu'il va me dire ? « Ton mec est au palais de justice. Il a un gros trou dans la tête. J'ai bien peur que nous ayons commis une *erreur*. Jésus, Marie, Joseph, je vais bientôt avoir un *bébé* et vous voulez que Stu joue les shérifs !

La discussion s'est prolongée une dizaine de minutes, sans grand résultat. Fran, notre fidèle secrétaire, s'est payé une bonne crise de larmes, puis s'est calmée. Par six voix contre une, il a été décidé de présenter la candidature de Stu comme shérif de la Zone libre. Cette fois, Fran a refusé de modifier son vote. Glen a demandé de prendre la parole sur un dernier point avant de lever la séance.

Glen : Encore une chose qui me passe par la tête. Je crois que nous devrions y réfléchir un peu. Il s'agit du troisième exemple que Nick nous a donné. Il a raconté l'affaire et il a terminé en disant que nous n'avions pas à nous demander qui avait raison et qui avait tort. Je pense qu'il se trompe. À mon avis, Stu est l'un des hommes les plus justes que j'aie jamais connus. *Mais une police sans système judiciaire n'est qu'une parodie de justice.* On aboutirait très vite à la loi du plus fort. Supposons que ce personnage que nous connaissons tous ait eu un 45 et qu'il ait tué sa femme et son amant. Supposons de plus que Stu, notre shérif, lui mette la main au collet et l'envoie au trou. Qu'est-ce qui se passe ensuite ? Combien de temps le gardons-nous en prison ? Légalement, nous ne pourrions pas le garder une minute, du moins selon la constitution que nous avons adoptée lors de notre assemblée d'hier soir, car en vertu de ce document un homme est innocent à moins d'être reconnu coupable par un tribunal. Dans les faits, nous savons tous que nous le laisserions derrière les barreaux. Nous ne nous sentirions pas en sécurité s'il se promenait dans les rues. Donc, nous l'enfermerions, bien que cette décision soit manifestement anticonstitutionnelle, car lorsque la sûreté publique et la constitutionnalité sont en bisbille, c'est la sûreté publique qui doit gagner. Mais il nous appartient de faire en sorte que la sûreté publique et la constitutionnalité soient synonymes aussi rapidement que possible. Nous devons réfléchir à un système judiciaire.

Fran : Très intéressant. Je suis d'accord pour que nous y réfléchissions. Pour le moment, je propose de lever la séance. Il est tard et je suis fatiguée.

Ralph : Ouf ! J'appuie la proposition. On parlera des tribunaux la prochaine fois. J'ai la tête tellement pleine que ça tourne dedans. Réinventer un pays, ce n'est pas si facile finalement.

Larry : Amen.

Stu : On nous propose de lever la séance. Êtes-vous d'accord ?

La proposition a été adoptée à l'unanimité.

Frances Goldsmith, secrétaire

Stu se rangea contre le trottoir et descendit de sa bicyclette.

— Pourquoi est-ce que tu t'arrêtes ? lui demanda Fran, étonnée. C'est une rue plus loin.

Ses yeux étaient encore rouges d'avoir pleuré pendant la réunion. Stu se dit qu'il ne l'avait jamais vue si fatiguée.

— Cette histoire de shérif..., commença-t-il.

300

— Stu, je ne veux pas en parler.

— Il faut bien que quelqu'un le fasse, ma chérie. Et Nick avait raison. Logiquement, je suis l'homme de la situation.

— Je m'en fous de la logique. Est-ce que tu penses à moi ? Au bébé ? Est-ce que nous avons une place nous aussi dans ta logique ?

— Je sais ce que tu veux pour le bébé, répondit-il doucement. Tu me l'as dit cent fois. Tu veux l'élever dans un monde qui ne soit pas totalement fou. Tu veux pour lui — ou pour elle — un monde sûr. C'est ce que je veux moi aussi. Mais je n'allais pas le dire devant les autres. Il faut que ça reste entre nous deux. Toi et le bébé sont les deux principales raisons qui m'ont fait dire que j'étais d'accord.

— Je sais, dit-elle d'une voix étranglée par l'émotion.

Il lui prit le menton et lui releva la tête. Il lui souriait et elle fit un effort pour lui répondre. Mais ce fut un sourire fatigué et inquiet. Des larmes coulaient sur ses joues. Un pauvre sourire vraiment, mieux que rien quand même.

— Tout ira bien, dit Stu.

Elle hocha lentement la tête et plusieurs larmes s'envolèrent dans la chaude nuit d'été.

— Je ne crois pas, répondit-elle. Non, je ne crois vraiment pas.

Elle chercha longtemps le sommeil, pensant qu'il ne peut y avoir de chaleur sans feu — Prométhée avait payé très cher pour l'apprendre — et que l'amour s'épanouit toujours dans le sang.

Et une étrange certitude s'empara d'elle, aussi étourdissante qu'un anesthésique, la certitude qu'ils finiraient par patauger dans le sang. À cette idée, elle posa les mains sur son ventre pour le protéger. Et, pour la première fois depuis des semaines, elle pensa à son rêve : l'homme noir avec son féroce sourire... et son cintre de fil de fer.

À ses moments perdus, Harold Lauder continuait à chercher mère Abigaël avec un groupe de volontaires. Mais il faisait aussi partie du comité des inhumations et, le 21 août, il passa toute la journée avec cinq hommes dans la benne d'un camion, tous munis de grosses bottes et d'épais gants de caoutchouc. Leur chef, Chad Norris, était déjà sur ce qu'il appelait, avec un calme presque macabre, le site d'enfouissement numéro un, à une quinzaine de kilomètres au sud-ouest de Boulder, dans une région où l'on avait jadis exploité des mines de charbon à ciel ouvert. L'endroit était aussi lugubre que les montagnes de la lune sous le brillant soleil d'août. Chad, qui avait travaillé autrefois pour un entrepreneur de pompes funèbres à Morristown, dans le New Jersey, avait accepté son poste à regret.

Ce matin-là, à la gare routière Greyhound où le comité des inhumations s'était installé, il avait allumé une cigarette avec une allumette de bois. Puis il avait fait un grand sourire aux vingt hommes assis autour de lui.

— Vous savez, j'ai peut-être travaillé pour un croquemort, mais moi, les cadavres, ça ne me met toujours pas en appétit.

Quelques hommes avaient souri à contrecœur. Harold avait fait de son mieux pour les imiter. Son ventre ne cessait de protester car il n'avait pas osé prendre son petit déjeuner. Pas trop sûr de pouvoir le garder, compte tenu de la nature du travail qui l'attendait. Il aurait pu continuer à chercher mère Abigaël et personne n'aurait murmuré, même s'il était évident pour tous ceux qui réfléchissaient (si quelqu'un réfléchissait, à part lui — ce qui pouvait certainement prêter à discussion), même s'il était évident que chercher la vieille femme avec quinze hommes était un exercice futile et plutôt comique lorsqu'on considérait les milliers de kilomètres carrés de forêts et de plaines qui entouraient Boulder. Et naturellement, il se pouvait fort bien qu'elle n'ait *jamais* quitté

Boulder. Personne ne semblait y avoir pensé (ce qui ne surprenait pas outre mesure Harold). Elle pouvait s'être installée un peu à l'écart du centre de la ville et ils ne la trouveraient jamais à moins de fouiller les maisons une par une. Redman et Andros n'avaient pas pipé lorsque Harold avait proposé que le comité des recherches n'exerce plus ses activités que le week-end et en soirée, ce qui montrait bien qu'ils savaient eux aussi que l'affaire était classée.

Il aurait donc pu se contenter de participer aux recherches. Mais qui se fait aimer dans une communauté ? À qui fait-on confiance ? À l'homme qui fait le sale boulot, naturellement, et qui le fait avec le sourire. À l'homme qui fait le travail dont vous ne voudriez pas pour un empire.

— Dites-vous que vous allez enterrer des bûches, leur avait dit Chad. Si vous vous mettez ça dans la tête, tout ira bien. Certains d'entre vous vont peut-être avoir envie de vomir ici, avant de commencer. Il n'y a pas de honte à avoir ; essayez simplement que les autres ne vous voient pas trop. Quand vous aurez dégueulé, vous aurez moins de mal à penser comme je vous dis : on va enterrer des bûches. Simplement des bûches.

Les hommes se regardaient, mal à l'aise.

Chad les divisa en trois équipes de six hommes. Lui et les deux hommes qui restaient allaient préparer l'endroit où seraient enterrés les cadavres. Chaque équipe fut chargée d'un secteur particulier de la ville. Le camion de Harold s'occupa du quartier Table Mesa en partant de la sortie de l'autoroute de Denver — Boulder. Ils avaient remonté Martin Drive jusqu'au carrefour de Broadway. Puis ils avaient descendu la Trente-Neuvième Rue, remonté la Quarantième, sillonnant cette banlieue qui avait maintenant une trentaine d'années, un quartier qui datait du début de la grande expansion de Boulder.

Chad leur avait fourni des masques à gaz qu'il avait trouvés dans l'arsenal de la Garde nationale. Mais ils n'eurent pas à les utiliser jusqu'après le déjeuner (déjeuner ? quel déjeuner ? celui de Harold s'était résumé à une boîte de compote de pommes ; il aurait été incapable d'avaler autre chose), quand ils entrèrent dans un temple mormon. Les malades étaient venus s'y réfugier et c'est là que plus de soixante-dix d'entre eux étaient morts. La puanteur était effroyable.

— Des bûches, avait lancé un des compagnons de Harold d'une voix stridente.

Harold s'était retourné et il était sorti à toute vitesse. Il avait fait le tour du beau bâtiment de brique et c'est alors que la compote de pommes avait décidé de retrouver sa liberté. Harold avait compris que Norris avait eu bien raison : il se sentait vraiment mieux l'estomac vide.

Il leur fallut deux voyages et la majeure partie de l'après-midi pour vider le temple. Vingt hommes, pensa Harold, pour évacuer tous les cadavres de Boulder. C'est presque drôle. Bon nombre des habitants de Boulder s'étaient enfuis comme des lapins lorsqu'on avait commencé à parler du Centre d'étude de la pollution atmosphérique, mais *quand même*... Et Harold se dit que, même si le comité des inhumations grandissait avec l'arrivée des nouveaux, ils auraient bien du mal à enterrer le gros des cadavres avant la première tempête de neige (mais il n'avait pas l'intention d'être là). Et que la plupart des habitants de la Zone libre ne sauraient jamais à quel point le danger d'une nouvelle épidémie — une épidémie contre laquelle ils n'auraient *pas* été immunisés — avait été réel.

Ces crétins du comité de la Zone libre étaient pleins d'idées brillantes, pensa-t-il. Le comité n'aurait pas de problèmes... tant qu'il aurait ce bon vieux Harold Lauder pour rattraper ses bêtises, naturellement. Il était assez bon pour ça, mais pas suffisamment pour être membre de leur foutu comité permanent. Grand dieu, non ! Il n'avait jamais été tout à fait assez bon, pas même pour trouver une fille qui veuille bien l'accompagner aux cours de danse du lycée d'Ongunquit, même pas une grosse pleine de boutons. Non, juste ciel, quand même pas Harold ! Souvenons-nous, mesdames et messieurs, que lorsque nous regardons au fond du pot de chambre, souvenons-nous qu'il ne s'agit plus alors d'analyse logique, ni même de bon sens. Lorsque nous regardons au fond du pot de chambre, mesdames et messieurs, tout se résume à une connerie de concours de beauté.

Mais oui, quelqu'un se souvient. Quelqu'un compte les points, mes petits. Et le nom de ce quelqu'un est — roulement de tambour, s'il vous plaît, maestro — Harold Emery Lauder.

Il revint à l'église, s'essuyant la bouche, souriant de son mieux, hochant énergiquement la tête pour dire que tout allait bien. Quelqu'un lui donna une tape dans le dos et le sourire de Harold s'élargit : *Un jour, tu seras manchot pour ta peine, tas de merde.*

Ils firent leur dernier voyage à quatre heures et quart. La benne du camion était remplie des derniers cadavres du temple mormon. En ville, le camion devait zigzaguer entre les voitures immobilisées dans les rues. Mais sur la route 119, trois dépanneuses avaient travaillé toute la journée, remorquant les voitures dans le fossé où elles gisaient, couchées sur le côté, comme les jouets d'un petit géant.

Les deux autres camions orange étaient déjà arrivés sur le site d'enfouissement. Les hommes étaient descendus et avaient retiré leurs gants. Leurs doigts étaient blancs et crevassés après avoir transpiré une journée entière dans leur enveloppe de caoutchouc. Les hommes fumaient et parlaient distraitement. La plupart étaient très pâles.

Norris et ses deux aides possédaient parfaitement leur technique. Ils étendirent une énorme feuille de plastique sur le sol rocailleux. Norman Kellogg, le Louisianais qui conduisait le camion de Harold, recula jusqu'au bord de la feuille. Le panneau arrière de la benne s'ouvrit et les premiers cadavres tombèrent sur la feuille de plastique comme des poupées de chiffon un peu raides. Harold eut envie de se retourner, mais il eut peur que les autres n'y voient un signe de faiblesse. Ce n'était pas tellement de voir les cadavres tomber qui le dérangeait ; c'était le *bruit*. Le bruit qu'ils faisaient quand ils tombaient sur ce qui allait devenir leur linceul.

Le régime du moteur du camion monta d'un degré, puis il y eut un sifflement de vérins hydrauliques et la benne commença à basculer. Les cadavres culbutaient maintenant comme une grotesque pluie humaine. Harold fut un instant saisi par la pitié, une pitié si profonde qu'elle lui fit mal. *Des bûches,* pensa-t-il. *Il avait bien raison. C'est tout ce qu'il en reste. Rien que... des bûches.*

— Ohé ! cria Chad Norris.

Kellogg fit avancer son camion et coupa le moteur. Chad et ses aides montèrent sur la feuille de plastique, armés de grands râteaux. Cette fois, Harold se retourna en faisant semblant de regarder le ciel pour voir s'il allait bientôt pleuvoir. Il n'était d'ailleurs pas seul à ne pas vouloir regarder. Mais il entendit un bruit qui allait hanter ses rêves, le bruit des pièces de monnaie qui tombaient des poches de ces hommes et de ces femmes tandis que Chad et ses aides étalaient les corps avec leurs râteaux. En tombant sur la feuille de plastique, les pièces faisaient un bruit qui rappelait à Harold celui des jetons d'un jeu de puce. L'odeur douceâtre de la chair en putréfaction montait dans l'air tiède.

Lorsqu'il se retourna, les trois hommes tiraient de toutes leurs forces sur les bords du linceul de plastique pour les ramener au centre. Certains allèrent leur donner un coup de main, dont Harold. Chad Norris s'empara d'une grosse agrafeuse industrielle. Vingt minutes plus tard, le travail était terminé et la feuille de plastique ressemblait maintenant à une énorme gélule. Norris grimpa dans la cabine d'un bulldozer jaune vif et démarra. La pelle heurta le sol en faisant un bruit sourd. Le bulldozer s'avança.

Un homme du nom de Weizak qui se trouvait lui aussi dans le camion de Harold s'éloigna avec la démarche saccadée d'une marionnette. La cigarette qu'il tenait entre ses doigts tremblait.

— Je ne peux pas regarder ça, dit-il en passant devant Harold. C'est drôle, je ne m'étais jamais senti juif jusqu'à aujourd'hui.

Le bulldozer fit rouler le gros paquet dans une longue

tranchée. Chad recula, coupa le moteur, redescendit. Puis il fit signe aux hommes de se rassembler. Il s'avança vers l'un des camions et posa une de ses bottes sur le marchepied.

— Ce n'est peut-être pas le moment de faire des discours, commença-t-il, mais vous avez fait un sacré boulot. Nous avons évacué près d'un millier d'unités aujourd'hui, selon mes calculs.

Des *unités,* pensa Harold.

— Je sais que ce n'est pas un travail très agréable. Le comité nous promet deux autres hommes avant la fin de la semaine, mais je sais que vous ne vous sentirez pas mieux — moi non plus d'ailleurs. Tout ce que je veux dire, c'est que si vous en avez assez vu, ne vous sentez pas obligés de revenir demain. Et vous n'aurez pas besoin de faire un détour si vous me rencontrez dans la rue. Mais si vous avez l'impression que c'est trop pour vous, n'oubliez surtout pas qu'il est extrêmement important de vous trouver un remplaçant pour demain. En ce qui me concerne, notre travail est le plus important pour la Zone. La situation n'est pas encore critique, mais si nous avons encore vingt mille cadavres à Boulder le mois prochain quand il commencera à pleuvoir, les gens vont tomber malades. Si vous vous en sentez capables, nous nous retrouverons demain matin à la gare routière.

— J'y serai, répondit quelqu'un.

— Moi aussi, dit Norman Kellogg. Après une trempette de six bonnes heures dans la baignoire.

Quelques rires fatigués.

— Tu peux compter sur moi, lança Weizak.

— Sur moi aussi, dit doucement Harold.

— C'est un sale boulot, reprit Norris d'une voix que l'émotion faisait un peu trembler. Vous êtes des types formidables. Je ne sais pas si les autres sauront jamais à quel point.

Harold se sentit tout à coup très proche de ses camarades, mais il lutta contre ce sentiment, effrayé tout à coup. Il ne faisait pas partie de son plan.

— À demain, Faucon, dit Weizak en le prenant par l'épaule.

Aussitôt sur la défensive, Harold esquissa un sourire méfiant. *Faucon ?* Encore une plaisanterie ? Et mauvaise, naturellement. Leurs éternelles moqueries. Harold Lauder, le gros, le boutonneux, l'appeler Faucon ! Il sentit monter son ancienne haine, dirigée cette fois contre Weizak, mais elle disparut tout à coup dans la plus totale confusion. C'est qu'il n'était plus gros. On n'aurait même pas pu dire qu'il était un peu fort. Quant à ses boutons, ils avaient disparu au cours des sept dernières semaines. Weizak ignorait qu'on s'était moqué de lui au lycée. Weizak ignorait que son père lui avait demandé un jour s'il était homosexuel. Weizak ignorait que Harold avait été le souffre-douleur de sa sœur que tout le monde aimait et, s'il l'avait su, Weizak s'en serait probablement foutu comme de l'an quarante.

Harold monta à l'arrière d'un des camions, perdu dans ses réflexions. D'un seul coup, les anciennes rancœurs, les anciennes blessures, toutes ces dettes impayées semblaient aussi inutiles que les billets de banque qui encombraient tous les tiroirs-caisses d'Amérique.

Était-ce possible ? Était-ce vraiment possible ? Il paniquait, tout seul, terrorisé. Non, finit-il par décider. Ce ne pouvait pas être possible. Et voilà pourquoi. Si vous étiez assez fort pour faire face à la mauvaise opinion des autres quand ils croyaient que vous étiez un pédé, un pauvre type, ou tout simplement un minable, un sac de merde, alors vous avez sûrement la force de résister...

De résister à quoi ?

À leur *bonne* opinion ?

Est-ce que cette sorte de logique... oui, est-ce que cette sorte de logique n'était pas de la folie ?

Son esprit troublé se souvint de ce qu'avait dit un général pour justifier l'internement des Américains d'origine japonaise au cours de la Deuxième Guerre mondiale. On avait fait observer à ce général qu'aucun acte de sabotage n'avait été commis sur la côte du Pacifique où résidaient la plupart des Japonais naturalisés. Et le général avait répondu ceci : « Le simple fait qu'aucun sabotage n'ait eu lieu devrait nous inquiéter. »

Raisonnait-il ainsi ?

Ainsi ?

Leur camion s'arrêta devant la gare routière. Harold sauta du haut de la benne, parfaitement conscient que même sa coordination s'était incroyablement améliorée, soit parce qu'il avait perdu du poids, soit parce qu'il n'avait cessé de prendre de l'exercice.

Et cette pensée revint le troubler encore, une pensée tenace qui refusait de se laisser enterrer : *Je pourrais être utile à cette communauté.*

Mais ils l'avaient exclu.

Aucune importance. Je suis assez malin pour crocheter la serrure de la porte qu'ils m'ont claquée à la figure. Et je crois que j'ai assez de cœur au ventre maintenant pour ouvrir cette porte lorsque je l'aurai déverrouillée.

Mais...

Arrête ! Arrête ! Pourquoi ne pas te mettre une pancarte autour du cou : Mais ! Mais ! Mais ! Tu ne peux pas t'arrêter, Harold ? Pour l'amour de Dieu, tu n'es donc pas foutu de descendre de ton putain de cheval ?

— Hé, ça va, mon bonhomme ?

Harold sursauta. C'était Norris qui sortait du bureau du chef de gare où il s'était installé. Il avait l'air fatigué.

— Moi ? Oui, ça va. J'étais en train de penser.

— Alors, continue, mon gars. Chaque fois que tu penses, on dirait que tu trouves quelque chose pour nous sortir du pétrin.

Harold secoua la tête.

— Ce n'est pas vrai.

— Non ? Comme tu veux. Je peux te conduire quelque part ?

— Heu... j'ai ma moto.

— Tu veux que je te dise quelque chose, Faucon ? J'ai l'impression que la plupart des types vont revenir demain matin.

— Oui, et moi aussi.

Harold enfourcha sa moto. À contrecœur, il dut bien admettre qu'il aimait son nouveau surnom.

— Je l'aurais jamais cru. Je pensais que, lorsqu'ils auraient tâté de ce foutu boulot, ils se seraient trouvé cent mille excuses pour ne pas revenir.

— Je vais vous dire ce que je pense. Je crois qu'il est plus facile de faire un sale boulot pour soi que pour quelqu'un d'autre. Certains de ces types, c'est la première fois qu'ils travaillent vraiment pour eux-mêmes.

— Oui, c'est sans doute vrai. Alors à demain, Faucon.

— D'accord.

Harold fit démarrer sa moto et descendit la rue Arapahoe jusqu'à Broadway. Sur sa droite, une équipe composée essentiellement de femmes s'occupait de dégager avec une dépanneuse une semi-remorque qui bloquait partiellement la rue. Une petite foule les regardait faire. La ville grandit, se dit Harold. Je ne connais pas la moitié de ces gens.

Il repartit en direction de sa maison, ressassant dans sa tête le problème qu'il croyait avoir résolu depuis longtemps. Lorsqu'il arriva chez lui, une petite Vespa blanche était garée le long du trottoir. Une femme attendait, assise sur l'escalier.

Elle se leva et tendit la main à Harold. C'était une des plus belles femmes que Harold ait jamais vues — il l'avait déjà rencontrée, naturellement, mais rarement de si près.

— Je m'appelle Nadine Cross, dit-elle d'une voix grave, presque rauque.

Sa poignée de main était ferme et glacée. Les yeux de Harold glissèrent involontairement sur son corps, une habitude que les femmes détestaient. Il le savait, mais semblait incapable de s'en empêcher. Celle-ci ne parut pas s'en offusquer. Elle portait un pantalon léger de coton qui moulait ses longues jambes et un chemisier à manches courtes bleu clair. Pas de soutien-gorge. Quel âge pouvait-elle avoir ? Trente ans ? Trente-cinq ? Plus jeune peut-être, malgré ses cheveux qui grisonnaient par endroits.

Et les poils ? demanda le côté éternellement cochon de son esprit (et éternellement puceau, apparemment). Son cœur se mit à battre un peu plus vite.

— Harold Lauder, répondit-il en souriant. Vous êtes arrivée avec le groupe de Larry Underwood, c'est ça ?

— Oui.

— Vous nous suiviez, Stu, Frannie et moi... Larry est venu me voir la semaine dernière. Il m'a apporté une bouteille de vin et du chocolat.

Sa voix sonnait un peu faux et il eut tout à coup la conviction qu'elle avait compris qu'il était en train de la cataloguer, de la déshabiller dans sa tête. Il eut très envie de se passer la langue sur les lèvres, mais il parvint à s'en empêcher... pour le moment du moins.

— C'est un très chic type, reprit-il.

— Larry ? répondit la femme avec un petit rire étrange. Oui, Larry est un type fantastique.

Ils se regardèrent un moment. Jamais une femme n'avait regardé Harold avec des yeux aussi francs, aussi interrogateurs. Il sentit quelque chose de chaud dans son ventre.

— Et qu'est-ce qui vous amène ici, mademoiselle Cross ?

— Vous pourriez m'appeler Nadine, pour commencer. Et ensuite, vous pourriez m'inviter à dîner chez vous, ce qui nous permettrait de commencer à faire un petit bout de chemin ensemble.

La sensation de chaleur se fit plus forte.

— Nadine, accepteriez-vous de dîner chez moi ce soir ?

— Mais certainement, répondit-elle avec un sourire. Merci beaucoup.

Elle posa sa main sur son avant-bras et il sentit comme une petite décharge électrique. Elle ne le quittait pas des yeux.

Harold eut un peu de mal à trouver le trou de la serrure : *Et maintenant, elle va me demander pourquoi je ferme à clé, et je vais bafouiller, je vais chercher une réponse, je vais avoir l'air d'un imbécile.*

Mais Nadine ne posa pas la question.

Il n'eut pas à préparer le dîner, elle s'en chargea.

Harold en était arrivé au point où il croyait impossible de préparer quelque chose d'à peu près convenable avec des boîtes de conserve, mais Nadine s'en sortit tout à fait bien. Harold se souvint tout à coup de son emploi du temps de la journée. Horrifié, il demanda à la jeune femme si elle voulait bien l'excuser une vingtaine de minutes (elle avait sûrement sa petite idée derrière la tête, se dit-il), le temps de prendre une douche.

Quand il revint, elle s'affairait dans la cuisine. De l'eau bouillait tranquillement sur le réchaud à gaz. Lorsqu'il entra, elle versa un demi-sachet de macaronis dans la casserole. Quelque chose mijotait dans une poêle, sur l'autre réchaud. Harold sentit une odeur de soupe à l'oignon, de vin rouge et de champignons. Son estomac se rappela à son bon souvenir.

L'horrible travail de la journée avait tout à coup perdu son emprise sur son appétit.

— Ça sent très bon. Vous n'auriez pas dû vous donner autant de mal, mais je ne me plains pas.

— J'ai dû improviser, dit-elle en se retournant, le sourire aux lèvres. Il faut bien se débrouiller avec ce qu'on a. Le bœuf en boîte n'est sans doute pas idéal, mais...

— Vous êtes vraiment gentille.

— Non, pas du tout...

À nouveau, elle le fixa avec ces yeux interrogateurs, à moitié tournée vers lui, son chemisier collé contre son sein gauche dont il épousait délicatement la forme. Harold sentit le sang lui monter au visage et décida qu'il ne fallait à aucun prix avoir une érection. Mais il soupçonnait fort que sa volonté faillirait bientôt à la tâche. Eh oui, voilà, c'était déjà fait...

— Nous allons être de très bons amis, dit-elle.

— Nous... nous ?

— Oui.

Elle revint à sa casserole, laissant Harold se dépêtrer dans cette forêt de possibilités qu'elle venait de lui laisser entrevoir.

Puis ils parlèrent de tout et de rien, des petits potins de la Zone libre, essentiellement. Une fois, au milieu du repas, il essaya encore de lui demander ce qui l'avait amenée chez lui, mais elle se contenta de sourire en secouant la tête.

— J'aime regarder un homme manger.

Un instant, Harold crut qu'elle devait parler de quelqu'un d'autre. Puis il comprit qu'elle s'adressait *à lui*. Et il mangea. Il se servit trois fois. Le bœuf en conserve n'était pas mauvais du tout. La conversation paraissait se dérouler toute seule, ce qui lui laissait le loisir d'apaiser le lion qui grondait dans son ventre et de la regarder.

Belle ? Non, elle était splendide. Mûre et splendide. Ses cheveux qu'elle avait noués en queue de cheval pour faire plus facilement la cuisine étaient parcourus de mèches blanches, et non pas grises comme il l'avait cru tout d'abord. Ses yeux sombres étaient graves et, lorsqu'ils se fixaient sur lui sans la moindre gêne, Harold se sentait comme pris de vertige. Sa voix était basse, secrète. Son timbre commençait à l'ensorceler d'une manière qui était à la fois désagréable et douloureusement plaisante.

Le repas terminé, il voulut se lever, mais elle le devança.

— Café ou thé ?

— Vraiment, je pourrais...

— Vous pourriez, c'est vrai. Alors café, thé... ou moi ?

Elle sourit, non pas du sourire de quelqu'un qui vient de faire une plaisanterie un peu osée (« badinage de mauvais goût » aurait dit sa chère vieille maman en pinçant les lèvres), mais avec un petit sourire très lent, riche et onctueux comme une crème anglaise qui vient napper votre dessert. Et à nouveau, ses yeux interrogateurs.

Harold crut voir trente-six chandelles, mais il répondit d'un ton détaché :

— Je prendrais bien les deux derniers.

Et il eut bien du mal à s'empêcher d'éclater de rire, comme un adolescent.

— Très bien, deux thés pour commencer, répondit Nadine en se dirigeant vers le réchaud.

Dès qu'elle eut tourné le dos, une vague de sang brûlant se précipita dans la tête de Harold et son visage devint certainement aussi violet qu'un navet. *Quel crétin tu fais !* se reprocha-t-il fiévreusement. *Tu as mal interprété une phrase parfaitement innocente et tu as probablement manqué une magnifique occasion. Bien fait pour toi ! Vraiment, bien fait pour toi !*

Lorsqu'elle revint avec les deux tasses de thé, Harold n'avait plus le visage aussi violacé. L'ivresse de tout à l'heure avait soudain cédé la place au désespoir. Il avait l'impression (et ce n'était pas la première fois) que son corps et son esprit jouaient malgré eux aux montagnes russes avec les émotions. Il avait horreur de ce jeu, mais il était incapable de descendre en marche.

Si elle s'intéressait à moi le moins du monde, pensa-t-il (et je me demande pourquoi elle le ferait, ajouta-t-il aussitôt), j'ai sans aucun doute remédié à cette subite attraction en exposant dans toute sa splendeur la richesse de mon esprit de potache.

Tant pis. Il avait déjà fait des choses semblables. Et sans doute pourrait-il continuer à vivre en sachant qu'il avait une fois de plus cédé à son péché mignon.

Elle le regarda par-dessus sa tasse avec ses yeux étrangement francs et elle lui sourit encore. L'apparence de calme qu'il était parvenu à retrouver s'évanouit aussitôt.

— Puis-je vous rendre service en quelque chose ? lui demanda-t-il d'une voix hésitante.

Aussitôt, il eut l'impression d'avoir lâché un sous-entendu plutôt lourdaud, mais il devait bien dire quelque chose, car elle ne pouvait pas être venue chez lui pour rien. Atrocement gêné, il sentit son sourire protecteur s'évanouir sur ses lèvres.

314

— Oui, répondit-elle en reposant énergiquement sa tasse. Oui, vous pouvez m'être utile. Nous pouvons nous rendre service tous les deux. Voulez-vous venir au salon ?

— Bien sûr.

Sa main tremblait. Lorsqu'il voulut reposer sa tasse et se lever, il renversa un peu de thé. Quand il la suivit au salon, il remarqua que son pantalon lui moulait les fesses. Généralement, l'ourlet de la culotte venait briser cette joyeuse harmonie chez la plupart des femmes, avait-il lu quelque part, peut-être dans une de ces revues qu'il gardait au fond du placard de sa chambre, derrière les boîtes à chaussures, et l'article continuait : si une femme veut vraiment présenter une courbe parfaite, elle ne doit mettre qu'un cache-sexe ou rien du tout.

Il avala sa salive, ou du moins essaya. Une chose énorme semblait obstruer sa gorge.

Le salon était plongé dans l'obscurité, à peine éclairé par la lumière qui filtrait encore à travers les stores. Il était plus de six heures et demie et la nuit n'allait pas tarder à tomber. Harold s'avançait vers l'une des fenêtres pour relever le store quand elle posa la main sur son bras. Il se retourna vers elle, la bouche sèche.

— Non. Je préfère l'obscurité. C'est plus intime.

— Intime..., croassa Harold.

Une voix de perroquet, rouillée par l'âge.

— Pour que je puisse faire ça, dit-elle en se blottissant dans ses bras.

Elle s'était collée contre lui, sans aucune réserve. Première fois dans sa vie que pareille chose lui arrivait. Son étonnement fut total. Il sentait la douce pression de chaque sein au travers de sa chemise blanche de coton et de son chemisier bleu. Le ventre de Nadine, ferme mais vulnérable, pressé contre le sien, acceptant son érection. Elle sentait bon. Son parfum peut-être, ou peut-être simplement *sa propre odeur,* comme un secret tout à coup dévoilé. Les mains de Harold cherchèrent ses cheveux et s'y enfoncèrent.

Ils s'embrassèrent longtemps. Quand ils eurent fini, elle ne s'écarta pas. Elle resta collée contre lui comme un

315

feu tranquille. Plus petite que lui, elle devait lever la tête. Harold pensa vaguement que c'était sans doute l'un des paradoxes les plus étranges de sa vie : quand il trouvait finalement l'amour, ou une imitation raisonnable de l'amour, il dérapait aussitôt pour s'écraser dans les pages d'une revue féminine, à la section roman d'amour. Les auteurs de ces romans, avait-il écrit un jour dans une lettre anonyme au rédacteur en chef d'un de ces magazines, étaient l'un des rares arguments convaincants en faveur de l'eugénisme obligatoire.

Mais elle levait la tête vers lui, ses lèvres entrouvertes étaient humides, ses yeux étaient brillants et presque... presque... oui, presque éblouis. Le seul détail qui n'était pas strictement compatible avec la vision que les auteurs de romans à l'eau de rose se faisaient de la vie, c'était son érection, d'une puissance vraiment étonnante.

— Allons sur le canapé, murmura-t-elle.

Ils y arrivèrent tant bien que mal et ils y firent bientôt la bête à deux dos. Les cheveux de Nadine s'étaient défaits et retombaient sur ses épaules. Son parfum embaumait la pièce. Harold posa les mains sur ses seins, et *elle ne le repoussa pas.* En fait, elle se tortillait même pour lui laisser la voie libre. Il ne la caressa pas. Non, dans sa hâte frénétique, il pilla le trésor.

— Tu es puceau, dit Nadine.

Ce n'était pas une question... et il était plus facile de ne pas mentir. Il hocha la tête.

— Alors, on y va tout de suite. La prochaine fois, on prendra notre temps. C'est meilleur.

Elle déboutonna son jeans et la fermeture Éclair s'ouvrit toute seule, jusqu'en bas. Du bout de l'index, elle effleura son ventre, juste au-dessous du nombril. Harold sursauta, frissonna.

— Nadine...

— Chhhut !

Ses cheveux retombaient sur son visage et Harold ne pouvait voir son expression.

Nadine écarta les deux côtés de sa braguette et la Ridicule Chose, rendue encore plus ridicule par le coton blanc qui l'enveloppait (heureusement, il s'était changé après sa douche), sauta en l'air comme un diable sort de sa boîte. La Ridicule Chose n'avait pas conscience du comique de son apparition, car elle était toute à son affaire, une affaire mortellement sérieuse. Les affaires de puceaux sont toujours mortellement sérieuses — point de plaisir, mais la soif de l'expérience.

— Mon chemisier...

— Je peux... ?

— Oui, j'en ai envie... Ensuite, je m'occuperai de toi.

Je m'occuperai de toi. Les mots sonnèrent dans sa tête comme des cailloux jetés au fond d'un puits. Et déjà il tétait avidement son sein, savourant le sel et le sucre de sa chair.

Elle poussa un long soupir.

— J'aime ça, Harold.

Je m'occuperai de toi, les mots se bousculaient dans sa tête.

Les mains de Nadine se glissèrent dans le caleçon de Harold qui se retrouva avec son jeans descendu jusqu'aux chevilles, dans un ridicule tintement de clés.

— Remonte un peu, murmura-t-elle.

Il s'exécuta.

L'affaire ne dura pas une minute. Il poussa un cri au moment de l'orgasme, incapable de se retenir. Comme si quelqu'un avait approché une allumette des nerfs qui couraient sous sa peau, qui s'enfonçaient au plus profond du réseau vivant de son bas-ventre. Il comprenait maintenant pourquoi tant d'écrivains avaient rapproché l'orgasme de la mort.

Puis il laissa retomber sa tête sur le canapé, haletant, la bouche ouverte. Il avait peur de regarder par terre. Il avait sûrement envoyé des litres de sperme un peu partout.

Eh bien ! Ça pressait !

Il la regarda, embarrassé d'avoir été si rapide. Mais elle lui souriait avec ses yeux sombres et calmes qui semblaient tout savoir, les yeux d'une très jeune fille dans un tableau victorien. Une petite fille qui en sait trop, peut-être, sur son père.

— Je suis désolé, murmura-t-il.

— De quoi ?

Les yeux de Nadine ne le quittaient pas.

— Je ne t'ai pas fait grand-chose.

— Mais si, au contraire. Tu es jeune. On peut recommencer aussi souvent que tu voudras.

Incapable d'ouvrir la bouche, il la regardait.

— Mais tu dois savoir quelque chose, reprit-elle en posant doucement la main sur sa poitrine. Tu es puceau ? Eh bien moi, je suis vierge.

— Tu...

Son étonnement dut paraître un peu comique, car Nadine rejeta la tête en arrière et éclata de rire.

— La virginité n'a pas de place dans ta philosophie, peut-être ?

— Non... oui... mais...

— Je suis vierge. Et j'entends bien le rester. Car je me réserve pour un autre... un autre qui prendra ma virginité.

— Qui ?

— Tu le sais.

Il la regarda, transi de froid tout à coup. Elle ne détourna pas les yeux.

— *Lui ?*

Elle se retourna un peu et fit signe que oui.

— Mais je peux te montrer des choses, reprit-elle sans le regarder. Nous pouvons faire des choses. Des choses que tu n'as jamais... non je retire ça. Tu y as peut-être rêvé, mais tu n'as jamais rêvé de les faire. Nous pouvons jouer. Nous pouvons nous enivrer. Nous pouvons nous vautrer dans *ça*. Nous pouvons...

Elle s'était arrêtée et le regardait, timide et sensuelle, d'un regard qui l'émoustilla aussitôt.

— Nous pouvons faire ce que nous voulons, reprit-elle, nous pouvons tout faire, à part cette petite chose. Et cette petite chose n'est pas vraiment si importante, n'est-ce pas ?

Des images se bousculaient dans la tête de Harold.

Foulard de soie... bottes... cuir... caoutchouc. Jésus ! *Fantasmes solitaires d'un collégien.* D'un collégien un tantinet vicieux. Mais c'était un rêve, non ? Un fantasme né d'un fantasme, enfant d'un rêve ténébreux. Il voulait toutes ces choses. Il la voulait, *elle,* mais il voulait davantage encore.

La question était le prix qu'il lui faudrait payer.

— Tu peux tout me dire. Je serai ta mère, ou ta sœur, ou ta putain, ou ton esclave. Tu n'as qu'à me dire ce que tu veux, Harold.

Quel ineffable frisson ces paroles éveillaient-elles chez Harold ! Quelle étrange ivresse s'était emparée de lui !

Il ouvrit la bouche et, quand il se mit à parler, sa voix n'avait plus de timbre, comme une cloche fêlée.

— Mais il y a un prix à payer, c'est bien ça ? Un prix. Rien n'est jamais gratuit, même pas maintenant, quand il suffit de tendre la main pour prendre ce qu'on veut.

— Je veux ce que tu veux, dit-elle. Je sais ce qu'il y a dans ton cœur.

— Personne ne le sait.

— Ce qui est dans ton cœur se trouve dans ton journal. Je pourrais le lire... je sais où il est — mais je n'en ai pas besoin.

Harold sursauta. Affolé, il la regardait d'un air coupable.

— Tu le cachais sous cette pierre, dit-elle en montrant la cheminée, mais tu l'as changé de place. Ton journal est maintenant dans le grenier, sous la laine de verre.

— Comment peux-tu le savoir ? *Comment ?*

— Je le sais, parce qu'il me l'a dit. Il... il m'a écrit une lettre, si tu veux. Mais surtout, il m'a parlé de *toi,* Harold. Du cow-boy qui a pris ta femme, qui t'a écarté du comité de la Zone libre. Il *veut* que nous soyons ensemble, Harold. Et il est généreux. À partir de maintenant, nous sommes en vacances jusqu'à ce que nous partions d'ici.

Elle le toucha en souriant.

— À partir de maintenant, c'est la récréation. Tu comprends ?

319

— Je...

— Non, tu ne comprends pas. Pas encore. Mais tu comprendras bientôt, Harold. Bientôt.

Tout à coup, il eut une folle envie de lui demander de l'appeler Faucon.

— Et ensuite, Nadine ? Qu'est-ce qu'il veut ensuite ?

— Ce que tu veux. Et ce que je veux. Ce que tu as failli faire à Redman le premier soir où tu es parti à la recherche de la vieille femme... mais sur une bien plus grande échelle. Et, quand ce sera fait, nous pourrons aller le rejoindre, Harold. Nous pourrons être avec lui. Nous pourrons rester avec lui.

Ses yeux étaient mi-clos, comme si elle était dans une sorte d'extase. Paradoxalement peut-être, le fait qu'elle aimait l'autre et qu'elle se donnait à lui, Harold — qu'elle y prenait peut-être même du plaisir — éveilla une fois de plus son désir, brûlant, pressant.

— Et si je disais non ?

Les lèvres de Harold étaient froides et sèches.

Nadine haussa les épaules et ses seins tressaillirent.

— La vie continuera, Harold, tu ne crois pas ? J'essaierai de trouver le moyen de faire ce que je dois faire. Tu suivras mon chemin. Tôt ou tard, tu trouveras une fille qui fera... qui fera cette petite chose pour toi. Mais cette minuscule petite chose devient très ennuyeuse à la longue. Très.

— Comment le sais-tu ? lui demanda Harold avec un sourire rusé.

— Je le sais, parce que le sexe, c'est la vie en plus petit, et que la vie est ennuyeuse — du temps passé dans une interminable succession de salles d'attente. Tu pourras y trouver de petites gloires, Harold, mais... à quoi bon ? En fin de compte, ce sera une vie terne, une longue glissade, et tu te souviendras toujours de moi sans mon chemisier, et tu te demanderas toujours de quoi j'aurais eu l'air si j'avais été complètement nue. Tu te demanderas ce que tu aurais senti quand je t'aurais dit des cochonneries dans le creux de l'oreille... quand je t'aurais couvert de miel... quand je t'aurais léché partout... et tu te demanderas...

— Arrête !

Harold tremblait de tous ses membres.

Mais elle ne voulut pas s'arrêter.

— Et je crois aussi que tu te demanderas comment aurait été la vie de *son* côté du monde. Plus que toute autre chose peut-être.

— Je...

— Décide-toi, Harold. Je remets mon chemisier, ou bien je me déshabille complètement ?

Combien de temps resta-t-il à réfléchir ? Il l'ignorait. Plus tard, il ne fut même pas sûr de s'être vraiment posé la question. Mais, lorsqu'il parla, les mots qu'il prononça avaient un goût de mort dans sa bouche :

— Dans la chambre... Allons dans la chambre.

Elle lui sourit, d'un sourire triomphant qui promettait la jouissance. Il frissonna. Il eut peur de son corps qui vibrait follement.

Elle lui prit la main.

Et c'est ainsi que Harold Lauder succomba à son destin.

55

La maison du juge Farris donnait sur un cimetière.

Larry et lui avaient dîné ensemble. Assis sous la véranda, derrière la maison, ils fumaient des cigares en regardant le coucher de soleil virer à l'orange pâle au-dessus des montagnes.

— Quand j'étais enfant, dit le juge, nous vivions à côté du plus beau cimetière de l'Illinois. On l'appelait le Mont de l'espoir, figurez-vous. Tous les soirs après le dîner, mon père qui était alors dans la soixantaine sortait se promener. Je l'accompagnais parfois. Et, si notre promenade nous conduisait devant cette nécropole magnifiquement entretenue, il me disait : « Qu'est-ce que tu crois, Teddy ? Est-ce qu'il y a de l'espoir ? » Et je lui répondais invariablement : « Oui, il y a le Mont de l'espoir. » Chaque fois, il éclatait de rire, comme si c'était la toute première fois. J'ai souvent eu l'impression que nous nous promenions devant ce champ de macchabées uniquement pour répéter une fois de plus cette plaisanterie. Mon père était riche, mais son répertoire de blagues était passablement pauvre. C'était, je crois, la plaisanterie la plus drôle qu'il connaissait.

Le juge fumait, la tête penchée, rentrée entre ses deux épaules.

— Il est mort en 1937. Je n'étais pas encore sorti de l'adolescence, reprit-il. Il m'a toujours manqué depuis. Un enfant n'a pas besoin d'un père, mais d'un bon père. Pas d'espoir, sauf le Mont de l'espoir. Comme il aimait répéter cette blague ! Il avait soixante-dix-huit ans quand il est mort. Une mort royale, Larry. Il était assis sur le trône dans la plus petite pièce de notre maison, son journal sur les genoux.

Ne sachant trop quoi dire après ce bizarre accès de nostalgie, Larry s'abstint de tout commentaire.

Le juge poussa un soupir.

— Nous allons bientôt avoir une vraie petite ville ici, dit-il. Je veux dire, si vous arrivez à remettre la centrale électrique en marche. Si vous n'y arrivez pas, les gens vont s'énerver et partir au sud avant que le mauvais temps ne leur tombe sur le râble.

— Ralph et Brad disent que ça va marcher. Je leur fais confiance.

— Eh bien, espérons que votre confiance est fondée. Finalement, c'est peut-être aussi bien que la vieille dame soit partie. Elle en avait peut-être conscience. Les gens doivent peut-être être libres de décider par eux-mêmes s'ils voient un phare ou une étoile dans le ciel, s'ils voient un fantôme dans la forêt ou la silhouette d'un arbre. Vous me comprenez, Larry ?

— Non, monsieur. Honnêtement, pas très bien.

— Je me demande si nous avons vraiment besoin de réinventer toute cette ennuyeuse histoire des dieux, des sauveurs et des au-delà avant de réinventer la chasse d'eau. Voilà ce que je veux dire. Je me demande si le moment est bien choisi pour penser aux dieux.

— Vous croyez qu'elle est morte ?

— Elle est partie depuis six jours maintenant. Le comité des recherches n'a pas trouvé un seul indice. Oui, je crois qu'elle est morte, mais je n'en suis pas totalement sûr. C'était une femme étonnante qui sortait complètement de tout cadre rationnel. Et l'une des raisons pour lesquelles je suis presque content qu'elle soit partie, c'est que je suis un vieux radoteur pétri de rationalité. J'aime ma petite routine quotidienne, arroser mon jardin — avez-vous vu comme les bégonias sont repartis ? j'en suis très fier — lire mes livres, prendre des notes pour le livre que je compte écrire sur l'épidémie. J'aime faire toutes ces

323

choses, puis prendre un verre de vin avant de me coucher et m'endormir l'esprit en paix. Oui. Aucun d'entre nous ne veut voir des signes et des présages, même si nous raffolons des histoires de fantômes et des films d'horreur. Personne d'entre nous ne veut *réellement voir* une étoile se lever à l'Orient ou une colonne de feu se dresser dans la nuit. Nous voulons la paix, le rationalisme, la routine. S'il nous faut voir Dieu dans le visage noir d'une vieille femme, immanquablement nous nous souvenons qu'il existe un démon pour chaque dieu — et que notre démon est peut-être plus près de nous que nous ne le souhaiterions.

— C'est ce qui m'a amené ici, dit Larry, horriblement gêné.

Il aurait donné n'importe quoi pour que le juge ne parle pas de son jardin, de ses livres, de ses notes, du verre de vin qu'il prenait avant de se coucher. Il avait eu un éclair de génie lors d'une réunion avec des amis. Le cœur léger, il avait fait une proposition. Et maintenant, il se demandait comment continuer sans donner l'impression d'être un crétin cruel et opportuniste.

— Je sais pourquoi vous êtes ici. J'accepte.

Larry sursauta dans son fauteuil de rotin qui grinça.

— Qui vous en a parlé ? En principe, c'est un secret. Si un membre du comité a tout raconté, nous sommes dans de beaux draps.

Le juge leva sa main constellée de taches brunâtres. Ses yeux brillaient malicieusement au milieu de son visage usé par le temps.

— Tout doux, mon garçon... tout doux. Aucun membre du comité n'a dit quoi que ce soit, que je sache en tout cas, et pourtant j'ai de grandes oreilles. Non, je me suis murmuré ce secret à moi-même. Pourquoi êtes-vous venu ce soir ? Votre visage se lit comme un livre, Larry. J'espère que vous ne jouez pas au poker. Lorsque j'ai parlé tout à l'heure de mes petits plaisirs tout simples, j'ai vu votre visage se décomposer... une expression de stupeur plutôt comique...

— C'est si drôle ? Et qu'est-ce que je devrais faire, avoir l'air content de... de...

— De m'envoyer à l'ouest, continua le juge d'une voix douce. Pour reconnaître le terrain. Pour espionner. Je me trompe ?

— Non, pas du tout.

— Vous savez, je me demandais quand cette idée ferait surface. C'est une décision extrêmement importante, naturellement, tout à fait nécessaire si nous voulons donner à la Zone libre une chance de survivre. Nous ne savons pas vraiment ce qui se passe de l'autre côté. L'homme noir pourrait aussi bien se trouver de l'autre côté de la lune.

— S'il est vraiment là-bas.

— Oh oui, il est là-bas. Sous une forme ou une autre, il est là. Vous pouvez en être sûr.

Le vieil homme sortit une pince à ongles de la poche de son pantalon et se mit au travail. Le bruit sec de la pince ponctuait ses phrases.

— Dites-moi, est-ce que le comité s'est posé la question de savoir ce qui se passerait si nous préférions rester là-bas ?

Larry regarda le vieil homme, interloqué. Puis il répondit qu'à sa connaissance personne n'y avait pensé.

— Je suppose qu'ils ont de l'électricité, reprit le juge d'une voix faussement nonchalante. Ce n'est pas sans attraits pour certains, vous savez. Cet homme qui est parti, Impening, était manifestement de cet avis.

— Bon débarras, c'était un emmerdeur !

Le juge rit de bon cœur.

— Bon, reprit-il. Je vais m'en aller demain. Dans une Land-Rover, je crois. Au nord en direction du Wyoming, puis à l'ouest. Grâce à Dieu, je peux encore conduire ! Je vais traverser en ligne droite l'Idaho, vers le nord de la Californie. Le voyage devrait me prendre une quinzaine de jours, plus pour rentrer. Au retour, il y aura peut-être de la neige.

— Oui, nous avons parlé de cette possibilité.

— Et je suis vieux. Les vieillards sont particulièrement

325

exposés aux accidents cardiaques et aux accès de stupidité. Je suppose que je ne serai pas le seul à partir ?

— Eh bien...

— Non, vous ne devez pas m'en parler. Je retire ma question ?

— Écoutez, vous pouvez refuser. Personne ne vous force...

— Essayeriez-vous de vous décharger de votre responsabilité sur moi ? demanda le juge d'une voix sèche.

— Peut-être. Je me dis peut-être que vos chances de revenir sont de une sur dix, et vos chances de revenir avec des renseignements qui puissent vraiment nous permettre de prendre des décisions, de une sur vingt. J'essaye peut-être tout simplement de dire d'une façon détournée que j'ai peut-être fait une erreur. Vous êtes peut-être trop vieux.

— Je suis trop vieux pour courir les aventures, répondit le juge en remettant la pince à ongles dans sa poche, mais j'espère ne pas être trop vieux pour faire ce que je crois devoir faire. Je connais une vieille femme qui est maintenant sans doute morte quelque part, d'une mort misérable, parce qu'elle croyait que c'était ce qu'elle devait faire. Poussée par une sorte de folie religieuse, j'en suis convaincu. Mais les gens qui s'efforcent de faire ce qu'ils croient être bon paraissent toujours fous. Je vais y aller. Je vais avoir froid. Mes intestins vont me faire des misères. Je me sentirai seul. Mes bégonias me manqueront. Mais... je n'oublierai pas d'être malin, croyez-moi.

Le vieil homme regarda Larry et ses yeux brillaient dans l'obscurité.

— J'en suis sûr, répondit Larry qui sentit des larmes chaudes lui picoter le coin des yeux.

— Comment va Lucy ? demanda le juge, signifiant ainsi qu'il ne voulait plus parler de son départ.

— Très bien. Nous allons tous les deux très bien.

— Pas de problèmes ?

— Non.

Mais Larry pensait à Nadine. Quelque chose dans le désespoir qu'il avait vu en elle lors de leur dernière rencontre le troublait encore profondément. *Tu es ma dernière chance,* avait-elle dit. Curieuses paroles, presque suicidaires. Et sur quelle aide pouvait-elle compter ? Psychiatrie ? Quelle blague ! Leur seul omnipraticien s'entendait surtout à soigner les chevaux. Et le numéro s.o.s ne répondait plus.

— Je suis content que vous soyez avec Lucy, mais vous vous inquiétez à propos de l'autre femme, j'ai l'impression.

— Oui, c'est exact.

La suite ne voulait pas venir, mais parler de cela avec quelqu'un d'autre lui faisait du bien.

— Je crois qu'elle pense peut-être se... se suicider. Pas simplement à cause de moi, s'empressa-t-il d'ajouter. N'allez pas croire que je pense qu'une fille puisse se tuer simplement parce qu'elle ne peut pas s'envoyer Larry Underwood, dit le super-étalon. Mais le garçon dont elle s'occupait est sorti de sa coquille et je crois qu'elle se sent seule maintenant que personne ne dépend plus d'elle.

— Si sa dépression devient chronique et cyclique, elle pourrait effectivement se tuer, répondit le juge avec une indifférence glacée.

Larry le regarda, choqué.

— Mais vous ne pouvez pas vous partager, reprit le juge, n'est-ce pas ?

— Vous avez raison.

— Et votre choix est fait ?

— Oui.

— Pour de bon ?

— Oui, je crois.

— Alors, prenez-vous en main, dit le juge qui parut infiniment soulagé. Pour l'amour de Dieu, Larry, mûrissez un peu. Prenez de l'aplomb. L'excès est mauvais en toutes choses, mais vous devez absolument prendre un peu d'aplomb pour ne pas vous laisser balayer par vos scrupules ! Votre âme a besoin d'une bonne crème solaire, comme votre peau en plein été. Vous ne pouvez être maître que de votre âme. Et de temps en temps un imbécile de psychologue viendra vous dire que vous n'en

327

êtes même pas capable. Mûrissez ! Lucy est une femme très bien. Vous rendre responsable d'autre chose que de votre âme et de la sienne, c'est trop vouloir embrasser, défaut qui n'a cessé de conduire l'humanité au bord du désastre.

— J'aime parler avec vous, dit Larry qui fut étonné et amusé de la candeur de sa remarque.

— Probablement parce que je vous dis exactement ce que vous souhaitez entendre, répondit le juge d'une voix sereine. Vous savez, il y a bien des moyens de se suicider.

Avant longtemps, Larry allait avoir l'occasion de se souvenir de cette phrase en d'amères circonstances.

À huit heures et quart le lendemain matin, le camion de Harold quittait la gare routière pour le quartier de Table Mesa. Harold, Weizak et deux autres étaient assis à l'arrière. Norman Kellogg et un autre homme s'étaient installés dans la cabine. Ils se trouvaient au carrefour de la rue Arapahoe et de Broadway lorsqu'ils virent une Land-Rover s'avancer lentement vers eux.

— Où allez-vous donc, monsieur le juge ? cria Weizak en agitant le bras.

Le juge, plutôt comique dans sa chemise de laine et son blouson, se rangea le long du trottoir.

— Je me suis mis en tête de passer la journée à Denver, répondit-il d'un air narquois.

— Et vous croyez y arriver avec cet engin ? demanda Weizak.

— J'en ai bien l'impression, si j'évite les grandes routes.

— Parfait. Si vous passez devant une librairie porno, ça vous dérangerait de remplir votre coffre ?

La plaisanterie fit rire tout le monde — même le juge — sauf Harold. Il avait l'air hagard. Son teint était cireux, comme s'il filait un mauvais coton. En fait, il n'avait pratiquement pas dormi. Nadine avait été à la hauteur de ses promesses et elle avait réalisé plus d'un de ses rêves durant la nuit. Des rêves du type mouillé, inutile sans doute de le préciser. Il attendait déjà la nuit prochaine avec impatience et la sortie de Weizak ne lui parut valoir qu'un fantôme de sourire, maintenant qu'il avait expérimenté la pornographie en vraie grandeur. Nadine dormait lorsqu'il était parti. Avant qu'ils ne mettent un terme à leurs ébats, vers deux heures, elle lui avait dit qu'elle voulait lire son journal. Vas-y si tu en as envie, lui avait-il répondu. Peut-être se mettait-il à sa merci, mais la soirée avait été trop mouvementée pour qu'il ait les idées claires. En tout état de cause, c'était le meilleur texte qu'il avait écrit de toute sa vie et le facteur qui le décida vraiment était qu'il voulait — non, qu'il avait *besoin* — que quelqu'un d'autre lise, savoure son travail.

Kellogg sortait la tête par la portière du camion :

— Vous allez faire attention, pépé. D'accord ? Il y a de drôles de types sur les routes ces temps-ci.

— À qui le dites-vous, répondit le juge avec un étrange sourire. Je vais faire attention, soyez-en sûr. Je vous souhaite une bien bonne journée, messieurs. Et à vous aussi, monsieur Weizak.

Un autre grand éclat de rire et ils se séparèrent.

Le juge ne prit pas la direction de Denver. Lorsqu'il arriva à la route 36, il la traversa pour prendre la 7. C'était une belle matinée ensoleillée et, sur cette route secondaire, les voitures immobilisées n'étaient pas assez nombreuses pour l'empêcher de passer. Ce ne fut pas la même chose lorsqu'il arriva à Brighton. Pour éviter un colossal embouteillage, il lui fallut sortir de la route et traverser un terrain de football. Puis il continua en direction de l'est jusqu'à l'autoroute A-25. Un virage à droite l'aurait conduit à Denver. Mais il tourna à gauche — au nord — et s'engagea sur la rampe d'accès. À mi-pente, il se mit au point mort et regarda de nouveau sur sa gauche, à l'ouest, là où les Rocheuses se dressaient sereinement dans le ciel bleu, dominant Boulder de leur masse imposante.

Il avait dit à Larry qu'il était trop vieux pour courir les aventures. Dieu lui pardonne, mais c'était un gros mensonge. Son cœur n'avait pas battu avec autant d'entrain depuis au moins vingt ans, l'air n'avait jamais été aussi doux, les couleurs ne lui avaient jamais paru aussi vives. Il allait suivre la A-25 jusqu'à Cheyenne, puis prendre à l'ouest, vers ce qui l'attendait derrière les montagnes. Sa peau, devenue sèche avec l'âge, se hérissa pourtant à cette pensée. La A-80 vers l'ouest, jusqu'à Salt Lake City, puis traverser le Nevada jusqu'à Reno. Ensuite, il repartirait au nord, mais c'était sans importance. Car quelque part entre Salt Lake City et Reno, peut-être plus tôt, on l'arrêterait, on l'enverrait probablement ailleurs pour l'interroger. Et, tôt ou tard, une invitation lui serait sans doute faite.

Il était même pensable qu'il rencontre l'homme noir en personne.

— Allez, vas-y mon vieux, dit-il doucement.

Il passa la première et commença à descendre vers l'autoroute. Trois voies se dirigeaient vers le nord, toutes à peu près dégagées. Comme il l'avait deviné, les embouteillages et les accidents qui s'étaient produits à Denver et aux environs avaient eu pour effet de gêner la circulation, si bien qu'il n'y avait presque pas de voitures dans ce sens. C'était le contraire de l'autre côté de la bande médiane — pauvres fous qui s'en étaient allés vers le sud, dans le fol espoir que la situation n'y serait pas aussi tragique. Tout allait donc bien. Pour le moment du moins.

Le juge Farris roulait, heureux de ce départ. Il avait mal dormi la nuit précédente. Il allait mieux dormir ce soir, à la belle étoile, son vieux corps emmitouflé dans deux sacs de couchage. Il se demanda s'il reverrait jamais Boulder et se dit que c'était sans doute assez peu probable. Pourtant, il se sentait pris d'une sorte d'ivresse.

Ce fut un des plus beaux jours de sa vie.

Tôt dans l'après-midi, Nick, Ralph et Stu se rendirent à bicyclette jusqu'à la petite maison où Tom Cullen vivait tout seul. La maison de Tom était déjà devenue une attraction pour les plus anciens nouveaux habitants de Boulder. Stan Nogotny disait de cette maison que c'était comme si les catholiques, les baptistes et les adventistes du septième jour s'étaient alliés aux démocrates et aux fidèles du très respectable Moon pour créer chez Tom Cullen une sorte de Disneyland politico-religieux.

La pelouse qui s'étendait devant la maison offrait un étrange assortiment de statues. On y voyait une douzaine de Vierges Marie, certaines apparemment en train de donner à manger à des troupeaux de flamants roses en plastique. Le plus grand dépassait Tom d'une bonne tête et se tenait debout sur une patte terminée par quatre crampons qui s'enfonçaient dans la terre. Il y avait aussi un gigantesque faux puits dans lequel un grand Jésus phosphorescent en plastique se tenait debout, les mains étendues, bénissant les flamants roses. À côté, on voyait également une grosse vache de plâtre en train de s'abreuver dans un bassin où les oiseaux venaient prendre leur bain.

La porte s'ouvrit à toute volée et Tom sortit à leur rencontre, torse nu. À cette distance, pensa Nick, avec ses yeux bleu clair et cette grosse barbe roussâtre, on aurait pu prendre Tom pour un écrivain ou un peintre extraordinairement viril. Mais de plus près, vous abandonniez cette idée en faveur d'une image un peu moins intellectuelle... Tout au plus, un artisan de la contre-culture qui prend le *kitsch* pour de l'originalité. Et de très près, quand vous le voyiez sourire et parler à toute vitesse, vous compreniez sans l'ombre d'un doute qu'il manquait une bonne couche d'isolant dans le grenier de Tom Cullen.

Nick savait que l'une des raisons pour lesquelles il se sentait proche de Tom était qu'on l'avait pris lui aussi pour un arriéré mental, d'abord parce que son handicap l'avait empêché d'apprendre à lire et à écrire, ensuite parce que les gens supposaient qu'un sourd-muet devait nécessairement être attardé. Il avait tout entendu. Il lui manque une vis. Ramolli du ciboulot. Une araignée au plafond. Il a un petit grain. Il travaille du chapeau. Et, par ordre alphabétique : cinglé, cinoque, cintré, dingo, fada, loufoque, louftingue, maboul, marteau, piqué, siphonné, sonné, tapé, timbré, toc-toc, toqué, tordu, zinzin. Il se souvenait de ce soir où il s'était arrêté prendre quelques bières chez Zack, le sale bistrot qui se trouvait à la sortie de Shoyo — la nuit où Ray Booth et ses copains lui avaient sauté dessus. À l'autre bout du bar, le garçon se penchait pour dire quelque chose à l'oreille d'un client. Sa main couvrait presque sa bouche, si bien que Nick n'avait pu saisir que quelques fragments de ce qu'il avait dit. Mais il ne lui en avait pas fallu davantage pour comprendre. *Sourd-muet... probablement attardé... presque tous ces types le sont...*

Mais de toutes ces vilaines expressions dont on se servait pour parler de l'arriération mentale, une convenait tout à fait à Tom Cullen. Nick l'avait souvent employée à son sujet, avec toute la compassion dont il était capable, dans le silence de son cœur. Et cette expression était la suivante : *Il lui manque une case.* Ou plusieurs. C'était bien cela. Tom jouait aux cartes avec un jeu incomplet. Et ce qu'il y avait de dommage dans le cas de Tom, c'est qu'il lui manquait bien peu de cartes, et des petites pardessus le marché — un deux de carreau, un trois de trèfle, quelque chose du genre. Mais sans ces cartes, vous ne pouviez tout simplement pas jouer. Sans elles, vous ne pouviez même pas réussir une patience.

— Nicky ! hurla Tom. Comme je suis content de te voir ! Putain, ça oui ! Tom Cullen est content.

Il sauta au cou de Nick qui sentit une larme picoter son œil malade, derrière le bandeau noir qu'il portait encore lorsque le soleil était très vif, comme aujourd'hui.

— Et Ralph aussi ! reprit Tom. Et celui-là... Toi, tu es... attendez...

— Je m'appelle..., commença Stu.

Mais Nick l'arrêta d'un geste de la main gauche. Il se servait de procédés mnémotechniques avec Tom, et la méthode semblait donner des résultats. S'il parvenait à associer une chose connue à un nom dont il voulait se souvenir, le déclic se produisait assez souvent.

Nick sortit son bloc-notes de sa poche et commença à écrire quelque chose. Puis il le tendit à Ralph qui le lut à haute voix.

— *Comment appelle-t-on quelqu'un qui est idiot ?*

Tom se figea. Son visage se vida de toute expression. Sa bouche s'ouvrit mollement, l'image même de l'idiot du village.

Stu était mal à l'aise.

— Nick, tu ne crois pas qu'on devrait...

— Stupide ! s'exclama Tom qui se mit aussitôt à gambader. Stu est stupide ! Non ! Il s'appelle Stu !

Tom regarda Nick pour voir sa réaction et Nick lui fit le V de la victoire.

— Putain, Stu comme stupide, Tom Cullen sait ça, *tout le monde* sait ça !

Nick montra du doigt la porte de la maison.

— Tu veux entrer ? Sûr que oui, ça oui ! Tous on va entrer. Tom a décoré sa maison.

Ralph et Stu échangèrent un regard tandis qu'ils montaient les marches de l'entrée derrière Nick et Tom. Le pauvre garçon était toujours en train de « décorer ». Il ne « meublait » pas, car la maison était naturellement meublée lorsqu'il s'y était installé. L'intérieur ressemblait maintenant à une de ces fantastiques illustrations qu'on trouve dans les livres d'enfants, illustrations qui ne peuvent sortir que de la plume de dessinateurs à l'esprit passablement dérangé.

Une énorme cage dorée où un perroquet empaillé, vert laitue, attendait patiemment, les pattes solidement ficelées au perchoir, était suspendue juste derrière la porte d'entrée et Nick dut se baisser pour passer dessous. Non, pensa Nick, Tom ne décore pas sa maison n'importe comment. Sinon, elle n'aurait pas été plus étonnante qu'une boutique de brocanteur. Mais il y avait quelque chose d'autre ici, quelque chose qui semblait à peine hors de portée d'un esprit ordinaire. Au-dessus de la cheminée du salon, une collection de stickers de cartes de crédit était artistiquement disposée sur un grand panneau carré. CARTE VISA ACCEPTÉE. EN ESPÈCES OU MASTER CARD ? AMERICAN EXPRESS, NE PARTEZ PAS SANS ELLE. DINER'S CLUB. La question qui se posait était la suivante : comment Tom savait-il que tous ces stickers faisaient partie d'un même ensemble fini, comme on dit en algèbre moderne ? Il ne savait pas lire. Pourtant, il avait compris que ces stickers avaient tous un dénominateur commun.

Une grosse bouche d'incendie en styrofoam était posée sur la table à café. Sur l'appui de la fenêtre, un gyrophare de voiture de police réfléchissait la lumière du soleil en larges éventails d'un bleu froid sur le mur.

Tom leur fit les honneurs de sa maison. Au sous-sol, la salle de jeux était remplie d'animaux empaillés que Tom avait trouvés chez un taxidermiste ; accrochés à une corde à piano pratiquement invisible, des oiseaux sem-blaient voler — hiboux, faucons, et même un aigle d'Amérique au plumage mité qui avait perdu l'un de ses yeux de verre jaunes. Une marmotte se dressait sur ses pattes de derrière dans un coin, un écureuil dans l'autre, un sconse dans le troisième, une belette dans le dernier. Au milieu de la pièce se trouvait un coyote, centre d'at-tention de tous les autres petits animaux.

La rampe de l'escalier était enrubannée avec du papier collant à rayures rouges et blanches, comme une enseigne de coiffeur. Dans le couloir du premier, des avions de chasse en plein vol, accrochés eux aussi à une corde à piano — Foker, Spad, Stuka, Spitfire, Zero, Mes-serschmitt. Le sol de la salle de bain était peint à l'émail bleu clair et sur cette mer artificielle voguaient les nom-breux petits bateaux de Tom autour de quatre îles et d'un continent en porcelaine blanche : les quatre pattes de la baignoire, le socle de la cuvette des W.-C.

La visite terminée, Tom les raccompagna au rez-de-chaussée où ils s'assirent au-dessous du collage des cartes de crédit et en face d'une photo en trois dimensions de John et Robert Kennedy, sur fond de nuages dorés. LES DEUX FRÈRES SONT RÉUNIS AU CIEL, annonçait la légende.

— Vous aimez les décorations de Tom ? Vous les trouvez jolies ?

— Très jolies, répondit Stu. Mais dis-moi, ces oiseaux, en bas... ils ne font jamais de bêtises ?

— Putain, non ! répliqua Tom, étonné. Ils sont remplis de sciure de bois !

Nick tendit un message à Ralph.

— Écoute, Tom, Nick voudrait savoir si tu veux bien qu'on fasse encore de l'hypnotisme. Comme l'autre jour avec Stan. Mais cette fois, c'est important, ce n'est plus un jeu. Nick dit qu'il t'expliquera plus tard.

— On y va, dit Tom. *Tu... as... trrrrrrès... envie... de dormirrrr...* c'est ça ?

— Oui, c'est ça, répondit Ralph.

— Vous voulez que je regarde encore la montre ? Ça me dérange pas. Vous savez, quand vous la faites balancer ? *Trrrrès... envie...* Sauf que j'ai pas très envie de dormir. Putain, non. Je suis allé au lit très tôt hier soir. Tom Cullen va toujours au lit très tôt, parce qu'il y a pas de télé.

— Tom, est-ce que tu voudrais voir un éléphant ? lui demanda Stu tout doucement.

Tom ferma immédiatement les yeux. Sa tête bascula en avant. Sa respiration se fit plus lente, plus profonde. Stu le regardait, stupéfait. Nick lui avait demandé de prononcer la phrase clé, mais Stu n'aurait jamais cru qu'elle produirait si vite ce résultat.

— Comme un poulet, quand on lui met la tête sous l'aile, dit Ralph.

Nick remit à Stu le « script » qu'il avait préparé. Stu regarda longuement Nick qui ne détourna pas les yeux, puis hocha gravement la tête pour lui faire signe de continuer.

— Tom, tu m'entends ? demanda Stu.

— Oui, je t'entends, répondit Tom d'une voix étrange.

Stu leva les yeux. Ce n'était pas la voix habituelle de Tom, mais il n'aurait pu dire exactement pourquoi. Elle lui rappelait quelque chose qui était arrivé lorsqu'il avait dix-huit ans, le jour de la remise des diplômes au lycée.

Ils étaient dans le vestiaire des garçons avant la cérémonie, tous ces camarades qu'il connaissait depuis... depuis le premier jour de l'école maternelle dans au moins quatre cas, la plupart des autres depuis presque aussi longtemps. Un instant, il avait vu à quel point ces visages avaient changé. Il était debout sur les carreaux du vestiaire, sa cravate à la main. Cette vision du changement l'avait fait frissonner alors, comme elle le faisait frissonner maintenant. Les visages qu'il avait regardés n'étaient plus des visages d'enfants... mais ils n'étaient pas encore devenus des visages d'hommes. C'étaient des visages dans les limbes, des visages en suspens entre deux états parfaitement définis. Et cette voix qui sortait des ombres du subconscient de Tom Cullen ressemblait à ces visages, si ce n'est qu'elle était infiniment plus triste. Stu pensa que c'était la voix d'un homme qui n'allait jamais être un homme.

Les autres l'attendaient.

— Je m'appelle Stu Redman, Tom.

— Oui. Stu Redman.

— Nick est ici.

— Oui, Nick est ici.

— Ralph Brentner est ici, lui aussi.

— Oui, Ralph est ici aussi.

— Nous sommes tes amis.

— Je sais.

— Nous voudrions que tu fasses quelque chose, Tom. Pour la Zone. C'est dangereux.

— Dangereux...

Le visage de Tom se troubla, comme l'ombre d'un nuage traversant lentement un champ de blé mûr.

— Il va falloir que j'aie peur ? Il va falloir...

La voix de Tom s'éteignit et il soupira.

Stu se retourna vers Nick, troublé.

Nick articula silencieusement : *Oui.*

— C'est *lui,* dit Tom en poussant un profond soupir.

Un soupir qui ressemblait au bruit que fait le vent froid de novembre dans un bois de chênes dépouillés de leurs feuilles. Stu sentit un frisson au fond de sa poitrine. Ralph était pâle.

— Qui, Tom ? demanda doucement Stu.

— Flagg. Il s'appelle Randy Flagg. L'homme noir. Vous voulez que je...

Encore ce soupir, amer, si long.

— Comment le connais-tu, Tom ?

La question n'était pas prévue dans le script.

— Les rêves... je vois sa figure dans les rêves.

Je vois sa figure dans les rêves. Mais aucun d'eux n'avait vu son visage, toujours caché.

— Tu le vois ?

— Oui...

— À quoi ressemble-t-il, Tom ?

Stu crut qu'il n'allait pas répondre et il se préparait à revenir au script quand Tom se remit à parler :

— Il ressemble à tous les gens qu'on voit dans la rue. Mais quand il sourit, les oiseaux tombent morts des fils du téléphone. Lorsqu'il vous regarde d'une certaine manière, votre prostate s'enflamme et vous fait mal quand vous urinez. L'herbe jaunit et meurt là où il crache. Il est toujours dehors. Il est venu du temps. Il ne se connaît pas lui-même. Il porte le nom d'un millier de démons. Jésus l'a transformé un jour en un troupeau de porcs. Il s'appelle Légion. Il a peur de nous. Nous sommes à l'intérieur. Il connaît la magie. Il peut appeler les loups, habiter les corneilles. Il est le roi de nulle part. Mais il a peur de nous. Il a peur de... l'intérieur.

Tom se tut.

Les trois hommes se regardaient, pâles comme la mort. Ralph avait enlevé son chapeau et le pétrissait nerveusement. Nick se cachait les yeux avec la main. La gorge de Stu était devenue râpeuse comme du verre pilé.

Il s'appelle Légion. Il est le roi de nulle part.

— Tu peux nous dire autre chose sur lui ? demanda Stu à voix basse.

— Seulement que j'ai peur de lui, moi aussi. Mais je vais faire ce que vous voulez. Tom... a si peur.

Et ce terrible soupir, encore.

— Tom, dit soudain Ralph, sais-tu si mère Abigaël...
est encore vivante ?

Le visage de Ralph était tendu, comme le visage d'un
homme qui mise tout sur les dés qu'il vient de jeter.

— Elle est vivante.

Ralph se recula contre le dossier de sa chaise en prenant une grande respiration.

— Mais elle n'est pas encore avec Dieu, ajouta Tom.

— Pas encore avec Dieu ? Pourquoi pas, Tom ?

— Elle est dans le désert, Dieu l'a emportée dans le
désert, elle ne craint pas la terreur qui vole à l'heure de
midi, ni la terreur qui rampe à l'heure de minuit... le serpent ne saurait la mordre pas plus que l'abeille la piquer...
mais elle n'est pas encore avec Dieu. Ce n'est pas la main
de Moïse qui fit jaillir l'eau du rocher. Ce n'est pas la
main d'Abigaël qui a renvoyé les belettes le ventre vide.
Il faut avoir pitié d'elle. Elle verra, mais elle verra trop
tard. Il y aura la mort. Sa mort à *lui*. Elle mourra du
mauvais côté du fleuve. Elle...

— Faites-le arrêter, gémit Ralph. Vous ne pouvez pas
le faire arrêter ?

— Tom ! dit Stu.

— Oui.

— Es-tu le Tom que Nick a rencontré en Oklahoma ?
Es-tu le même Tom que nous connaissons lorsque tu es
réveillé ?

— Oui, mais je suis plus que ce Tom-là.

— Je ne comprends pas.

Il bougea un peu, mais son visage endormi resta parfaitement calme.

— Je suis le Tom de Dieu.

Stu faillit laisser tomber les notes de Nick.

— Tu dis que tu feras ce que nous voulons.

— Oui.

— Mais est-ce que tu vois... est-ce que tu crois que tu
reviendras ?

— Ce n'est pas à moi de le voir ni de le dire. Où dois-
je aller ?

— À l'ouest, Tom.

338

Tom poussa un gémissement qui fit se dresser les cheveux de Stu. *Vers quoi allons-nous l'envoyer ?* Peut-être le savait-il. Peut-être y avait-il été lui-même, dans le Vermont, dans ce labyrinthe de couloirs où l'écho lui faisait croire qu'on le suivait, qu'on le rattrapait.

— À l'ouest, dit Tom. À l'ouest, oui.

— Nous t'envoyons pour regarder, Tom. Pour regarder, pour observer. Et ensuite pour revenir.

— Revenir et tout raconter.

— Tu peux faire ça ?

— Oui. Sauf s'ils me prennent et s'ils me tuent.

Stu fit une grimace ; et tous les autres aussi.

— Tu partiras tout seul, Tom. À l'ouest. Toujours à l'ouest. Tu sauras trouver l'ouest ?

— Là où le soleil se couche.

— Oui. Et si quelqu'un te demande pourquoi tu es là, voilà ce que tu vas répondre : Ils m'ont chassé de la Zone libre...

— Ils m'ont chassé. Ils ont chassé Tom. Ils l'ont mis sur la route.

— ... parce que tu es faible d'esprit.

— Ils ont chassé Tom parce que Tom est faible d'esprit.

— ... et parce que tu pourrais avoir une femme et que la femme pourrait avoir des enfants idiots.

— Des enfants idiots comme Tom.

L'estomac de Stu protestait violemment. Sa tête lui pesait comme du plomb, comme s'il souffrait d'une terrible gueule de bois.

— Allez, répète ce que tu vas dire si quelqu'un te demande ce que tu fais à l'ouest.

— Ils ont chassé Tom parce qu'il est faible d'esprit. Putain, oui. Ils avaient peur que j'aie une femme, comme on a une femme avec son zizi dans le lit. Que je lui fasse des petits idiots.

— C'est ça, Tom. C'est...

— Ils m'ont chassé, dit Tom d'une voix douce et plaintive. Ils ont chassé Tom de sa jolie maison et ils lui ont dit de se mettre en route avec ses pieds.

Stu s'essuya les yeux d'une main tremblante. Il regarda Nick. Mais il voyait deux Nick, trois même.

— Nick, je ne sais pas si je peux terminer, dit-il d'une voix à peine audible. Nick regarda Ralph qui secouait la tête, pâle comme un linge.

— Termine, dit Tom, et le son de sa voix surprit tout le monde. S'il te plaît, ne me laisse pas dans le noir.

Stu fit un effort pour continuer.

— Tom, tu sais de quoi a l'air la pleine lune ?

— Oui... elle est grosse et toute ronde.

— Pas une demi-lune, non, une lune toute ronde.

— C'est ça.

— Lorsque tu verras cette grosse lune ronde, tu repartiras vers l'est. Tu reviendras chez nous. Tu reviendras chez toi, Tom.

— Oui, quand je la verrai, je vais revenir. Je vais revenir chez moi.

— Et quand tu reviendras, tu marcheras la nuit et tu dormiras le jour.

— Je marcherai la nuit et je dormirai le jour.

— C'est ça. Et tu te cacheras bien pour que personne ne te voie.

— Personne.

— Mais quelqu'un pourrait quand même te voir, Tom.

— Oui, quelqu'un pourrait.

— Si quelqu'un te voit, tue-le.

— Tue-le, répéta Tom, après une hésitation.

— S'ils sont plusieurs, cours.

— Cours, répéta Tom, plus sûr de lui.

— Mais essaye bien de ne pas te faire voir. Tu peux tout répéter depuis le début ?

— Oui. Revenir à la pleine lune. Pas la demi-lune, pas la lune presque ronde. Marcher la nuit, dormir le jour. Ne laisser personne me voir. Si quelqu'un me voit, le tuer. Si plusieurs personnes me voient, courir. Mais essayer de ne pas me faire voir.

— C'est très bien. Maintenant, tu vas te réveiller dans quelques secondes. D'accord ?

— D'accord.

340

— Quand je parlerai de l'éléphant, tu te réveilleras, d'accord ?

— D'accord.

Stu se rassit en poussant un long soupir.

— Merci mon Dieu, c'est fini.

Nick approuva du regard.

— Tu te doutais que ça pouvait arriver, Nick ?

Nick secoua la tête.

— Comment peut-il savoir ces choses ?

Nick fit un geste dans la direction de son bloc-notes. Stu le lui tendit, heureux de s'en débarrasser. Ses doigts avaient maculé de sueur la page où Nick avait écrit son script, au point qu'elle était presque devenue transparente. Nick écrivit quelque chose et rendit le bloc à Ralph qui lut le message en remuant lentement les lèvres, puis passa le bloc à Stu.

— *Les fous et les retardés ont parfois été considérés dans le passé comme des hommes investis de pouvoirs divins. Je ne crois pas qu'il nous ait dit quoi que ce soit qui puisse nous être utile en pratique, mais il m'a fait drôlement peur. Il a parlé de magie. Comment combattre la magie ?*

— Ça me dépasse complètement, marmonna Ralph. Ces choses qu'il a dites sur mère Abigaël, je ne veux même pas y penser. Réveille-le, Stu, et partons d'ici aussi vite que possible.

Ralph était au bord des larmes.

Stu se pencha en avant.

— Tom ?

— Oui.

— Tu voudrais voir un éléphant ?

Tom ouvrit aussitôt les yeux et regarda autour de lui.

— Je vous avais bien dit que ça ne marcherait pas. Putain, non. Tom dort pas au milieu de la journée.

Nick tendit une feuille de papier à Stu qui y jeta un coup d'œil, puis s'adressa à Tom.

— Nick dit que tu as très bien réussi.

— Ah bon ? Je me suis mis debout sur la tête, comme l'autre fois ?

Avec un petit pincement de honte, Nick se dit en lui même : non, Tom, cette fois tu as fait des tours bien plus fantastiques.

— Non, répondit Stu. Tom, nous sommes venus te demander si tu pouvais nous aider.

— Moi ? Aider ? Sûr que oui ! J'aime beaucoup aider !

— C'est dangereux, Tom. Nous voulons que tu partes à l'ouest, puis que tu reviennes et que tu nous dises ce que tu as vu.

— D'accord, pas de problème, fit Tom sans la moindre hésitation.

Mais Stu crut voir une ombre fugace traverser son visage... et s'attarder quelque temps derrière ses yeux bleus naïfs.

— Quand ? reprit Tom.

Stu posa doucement la main sur le cou de Tom et se demanda ce qu'il pouvait bien faire ici. Comment y voir clair quand on n'est pas mère Abigaël, quand on n'a pas une ligne directe avec le ciel ?

— Très bientôt, déclara-t-il doucement. Très bientôt.

Lorsque Stu revint à son appartement, Frannie était en train de préparer le dîner.

— Harold est venu, dit-elle. Je lui ai demandé de rester à dîner, mais il n'a pas voulu.

— Ah bon...

Elle le regarda de plus près.

— Mon cher Stuart Redman, quelle mouche vous a piqué ?

— Une mouche nommée Tom Cullen.

Et il lui raconta la suite.

— Qu'est-ce que ça veut dire ? demanda Fran quand ils s'assirent pour dîner.

Son visage était pâle et elle n'avait plus d'appétit. Distraite, elle poussait machinalement la nourriture dans son assiette.

— Je veux bien être pendu si je le sais. C'est une sorte de... de voyance, sans doute. Je ne vois pas pourquoi nous devrions nous étonner que Tom Cullen ait des visions sous hypnose, après les rêves que nous avons tous faits en venant ici. Si ce n'était pas de la voyance, alors je n'y comprends plus rien.

— Mais ils paraissent si lointains aujourd'hui... du moins pour moi.

— Pour moi aussi, répondit Stu qui se rendit compte qu'il jouait lui aussi avec sa nourriture.

— Écoute, Stu... je sais que nous avons décidé de ne pas parler des affaires du comité en dehors des réunions, si possible. Tu disais que nous nous disputerions tout le temps, et tu avais probablement raison. Je n'ai pas dit un mot quand tu t'es transformé en superflic après le 25, je me trompe ?

— Non, tu n'as rien dit.

— Mais je dois te demander si tu crois toujours qu'envoyer Tom Cullen à l'ouest est une bonne idée. Après ce qui s'est passé cet après-midi.

— Je ne sais pas.

Il repoussa son assiette. Il n'y avait pratiquement pas touché. Il se leva, s'approcha du buffet et prit un paquet de cigarettes. Il ne fumait plus que deux ou trois cigarettes par jour. Il en alluma une, avala une bonne bouffée, sentit l'âcre fumée du tabac pénétrer au fond de ses poumons.

— Côté positif, reprit-il, son histoire est suffisamment simple et plausible. Nous l'avons chassé parce qu'il était idiot. Personne ne pourra lui ôter cette idée de la tête. Et s'il revient, nous pourrons l'hypnotiser — il part au quart de tour — et il nous dira tout ce qu'il a vu. Les choses importantes et les choses insignifiantes. Il est possible qu'il soit finalement un meilleur observateur que les autres. Pour ma part, j'en suis sûr.

— S'il revient.

— Oui, *si*. Nous lui avons dit de marcher uniquement la nuit et de se cacher le jour quand il reviendra à l'est. S'il voit plusieurs personnes, il doit s'enfuir. Mais s'il n'est vu que par une seule personne, il doit la tuer.

— Stu ! Tu n'as pas fait *ça* !

— Bien sûr que si ! répondit-il d'une voix où pointait la colère. Ce n'est pas un jeu d'enfants de chœur, Frannie ! Tu sais ce qui va arriver à Tom... ou au juge... ou à Dayna... s'ils se font prendre là-bas ! Si tu ne le sais pas, pourquoi étais-tu contre cette idée quand on en a parlé la première fois ?

— D'accord, répondit-elle d'une voix calme. D'accord, Stu.

— Non, je ne veux pas de tes *d'accord !* s'exclamat-il en écrasant furieusement la cigarette qu'il venait d'allumer dans un cendrier de terre cuite, projetant en l'air un petit nuage d'étincelles.

Plusieurs atterrirent sur le revers de sa main et il les fit tomber d'un geste brusque, sauvage.

— Je ne suis pas d'accord ! reprit-il. On ne peut pas envoyer un pauvre débile se battre pour vous, on ne peut pas pousser les gens comme des pions sur un putain d'échiquier, on ne peut pas donner l'ordre de tuer comme un boss de la maffia. Mais je ne sais pas quoi faire d'autre. Je ne sais tout simplement pas. Si nous ne découvrons pas ce qu'ils préparent, toute la Zone libre risque de s'évaporer un beau jour de printemps dans un énorme champignon atomique !

— D'accord. Hé ! D'accord.

Il serra lentement les poings.

— Je me suis mis en colère. Excuse-moi. Tu n'y es pour rien, Frannie.

— Ne t'en fais pas. Ce n'est pas toi qui as ouvert la boîte de Pandore.

— Je sais. Nous sommes tous en train de l'ouvrir, fitil d'une voix morne en prenant une autre cigarette dans son paquet. En tout cas, quand je lui ai donné cet... comment appelles-tu ça ? Quand je lui ai dit de tuer ceux qui se mettraient en travers de son chemin, j'ai eu l'impression qu'il fronçait les sourcils. Ça n'a pas duré longtemps. Je ne sais même pas si Ralph et Nick l'ont vu. Mais moi, j'ai eu l'impression qu'il se disait : « D'accord,

344

je comprends ce que vous voulez dire, mais je prendrai tout seul ma décision le moment venu. »

— J'ai lu qu'on ne peut pas forcer quelqu'un sous hypnose à faire quelque chose qu'il refuserait de faire éveillé. Le sujet hypnotisé refuse d'enfreindre son code moral simplement parce qu'on lui dit de le faire.

— Ouais, dit Stu en hochant la tête. J'y pensais justement. Mais qu'est-ce qui va se passer si Flagg a posté des sentinelles tout le long de sa frontière est ? C'est ce que je ferais à sa place. Si Tom tombe sur des sentinelles en allant vers l'ouest, son histoire lui donnera une bonne couverture. Mais quand il reviendra, il faudra qu'il tue, ou bien il sera tué. Et si Tom ne veux pas tuer, il est fichu.

— Tu t'inquiètes peut-être un peu trop, dit Frannie. Je veux dire, s'il y a effectivement des sentinelles, elles seront nécessairement très éloignées les unes des autres, tu ne crois pas ?

— Tu as raison. Un homme tous les quatre-vingts kilomètres à peu près. À moins qu'ils soient cinq fois plus nombreux que nous.

— Bon. Sauf s'ils ont déjà installé du matériel très perfectionné, radars, infrarouges, tous ces trucs qu'on voit dans les films d'espions, Tom devrait donc pouvoir passer à travers ?

— C'est ce que nous espérons. Mais...

— Mais tu as mauvaise conscience, dit-elle doucement.

— Tu crois ? Eh bien... peut-être, oui. Et Harold, qu'est-ce qu'il voulait ?

— Il a laissé des cartes topographiques des secteurs où son comité des recherches a essayé de retrouver mère Abigaël. Harold travaille aussi à l'enfouissement des cadavres. Il avait l'air très fatigué. Mais ses fonctions officielles n'expliquent pas tout. On dirait bien qu'il fait des folies avec son corps.

— Qu'est-ce que tu racontes ?

— Harold s'est trouvé une femme.

Stu haussa les sourcils.

— Et ce serait pour ça qu'il n'a pas voulu rester à dîner. Tu sais de qui il s'agit ?

Stu leva les yeux au plafond.

— Laisse-moi réfléchir... Voyons, avec qui Harold pourrait-il copuler ? Attends un peu...

— Tu as de ces expressions ! Et qu'est-ce que tu crois que nous faisons ?

Elle lui donna une petite tape et il recula en souriant.

— On s'amuse bien, non ? J'abandonne. C'est qui ?

— Nadine Cross.

— La femme avec des mèches blanches ?

— Exactement.

— Bigre, elle doit bien être deux fois plus âgée que lui.

— Je doute que Harold s'en soucie à ce stade de leurs relations.

— Larry est au courant ?

— Je ne sais pas et ça m'est égal. Nadine n'est plus avec Larry maintenant. Si elle l'a jamais été.

— Ouais, fit Stu.

Il était heureux que Harold se soit découvert une modeste vocation de Casanova, mais le sujet ne l'intéressait pas démesurément.

— Et qu'est-ce que Harold pense des activités du comité des recherches ? reprit-il. Il t'a donné des idées ?

— Tu connais Harold. Il sourit beaucoup, mais... il n'est pas de nature très optimiste. C'est sans doute pour ça qu'il passe tout son temps à enfouir des cadavres. On l'appelle Faucon maintenant, tu le savais ?

— Ah bon !

— Je l'ai appris aujourd'hui. Je ne savais pas de qui ils parlaient. Alors, j'ai demandé.

Elle réfléchit un instant, puis éclata de rire.

— Qu'est-ce qu'il y a de si drôle ?

Elle tendit ses jambes devant elle. Elle avait aux pieds des chaussures de sport dont les semelles étaient zébrées de lignes et de cercles.

346

— Il m'a complimenté sur mes godasses, dit-elle. Tu ne trouves pas ça un peu dingue ?

— C'est *toi* la dingue.

Harold se réveilla juste avant l'aube avec une douleur sourde mais pas du tout désagréable dans le bas-ventre. Il frissonna un peu en se levant. Il faisait nettement plus frais le matin, même si l'on n'était encore que le 22 août et que l'automne ne serait là que dans un mois.

Mais ça chauffait sous son nombril, oh oui. Le simple fait de regarder la courbe délectable de ses fesses dans cette minuscule culotte transparente tandis qu'elle dormait le réchauffa considérablement. Elle ne dirait sûrement rien s'il la réveillait... ou plutôt, elle dirait peut-être quelque chose, mais il n'y verrait pas d'*objection*. Il ne savait toujours pas vraiment ce qu'il y avait au fond de ces yeux sombres et il avait un peu peur d'elle.

Plutôt que de la réveiller, il s'habilla rapidement. Il ne voulait pas trop traîner près de Nadine, même s'il avait furieusement envie d'elle.

Ce qu'il voulait, c'était trouver un endroit où réfléchir tout seul.

Il s'arrêta à la porte, complètement habillé, ses bottes à la main. La fraîcheur presque glaciale de la chambre et le prosaïsme de l'habillage lui avaient ôté toute envie. Il planait une odeur dans la pièce, et cette odeur n'était pas des plus ragoûtantes.

Ce n'était qu'une petite chose, avait-elle dit, une petite chose dont ils pouvaient se passer. C'était peut-être vrai. Elle savait faire avec sa bouche et ses mains des choses presque incroyables. Mais si ce n'était qu'une si petite chose, pourquoi la pièce était-elle imprégnée de cette odeur vaguement aigrelette qu'il associait au plaisir solitaire de toutes ses mauvaises années ?

Tu veux peut-être tout gâcher.

Une pensée troublante. Il sortit sans faire de bruit et referma doucement la porte derrière lui.

Nadine ouvrit les yeux au moment où la porte se fermait. Elle s'assit, regarda pensivement la porte, puis se recoucha. Son corps lui faisait mal, parcouru de lentes poussées de désir qui ne trouvaient pas leur exutoire. On aurait presque dit des douleurs menstruelles. Ce n'était qu'une si petite chose, pensa-t-elle (sans savoir que ses idées étaient si proches de celles de Harold), pourquoi se sentir ainsi ? À un moment, la nuit dernière, elle avait dû se mordre les lèvres pour étouffer son cri : *Arrête de tourner autour du pot et DÉFONCE-MOI avec ton truc ! Tu m'entends ? DÉFONCE-MOI, BOURRE-MOI jusqu'à ce que j'éclate !* Tu crois que ça me fait quelque chose ce que tu fabriques ? Défonce-moi pour l'amour de Dieu — ou au moins pour le mien — et finissons-en avec ces jeux stupides !

Il était couché, la tête entre ses cuisses, et poussait d'étranges grognements de plaisir, des bruits qui auraient pu être comiques s'ils n'avaient pas été si sincères, si proches de la sauvagerie. Elle avait levé les yeux, ravalant ces mots qui tremblaient derrière ses lèvres, et elle avait vu (ou l'avait-elle seulement cru ?) un visage à la fenêtre. En un instant, le feu de son propre désir s'était éteint, étouffé sous une couche de cendres froides.

C'était *son* visage qui souriait férocement en la regardant.

Un hurlement avait monté dans sa gorge... puis le visage avait disparu, le visage n'était plus qu'un jeu d'ombres sur la vitre noircie, maculée de traînées de poussière. Rien de plus que le croque-mitaine qu'un enfant s'imagine voir dans le placard, ou sournoisement pelotonné derrière le coffre à jouets dans le coin de sa chambre.

Rien de plus.

Mais non ! C'était *bien plus*. Et même maintenant, dans les premières lueurs froides et rationnelles de l'aube, prétendre le contraire aurait été impossible, *dangereux*. C'était lui tout à l'heure, et il lui avait lancé un avertissement. Le futur époux surveillait sa promise et la fiancée déflorée serait la mariée éconduite.

Les yeux au plafond, elle réfléchissait : *Je le suce, mais je suis toujours vierge. Je le laisse me la mettre dans le cul, mais je suis toujours vierge. Je m'habille pour lui comme une putasse de dernière catégorie, mais c'est très bien ainsi.*

C'était assez pour vous demander quelle sorte d'homme pouvait bien être votre fiancé.

Nadine regarda longtemps le plafond, longtemps.

Harold se fit un café, l'avala d'un trait avec une grimace, puis sortit sur le perron pour manger les deux gaufres qu'il avait fait réchauffer sur le gaz. Le jour se levait paresseusement.

Rétrospectivement, ces dernières journées lui avaient donné l'impression d'un fantastique défilé de carnaval. Ce n'était qu'un tourbillon de camions orange, de Weizak qui lui donnaient des tapes sur l'épaule, de gens qui l'appelaient Faucon (ils l'appelaient tous ainsi à présent), de cadavres en flots verdâtres incessants, puis ce maelström tout aussi incessant de sexe cochon quand il rentrait chez lui. Assez pour vous faire tourner la tête.

Mais maintenant, assis sur les marches du perron aussi froides que le marbre d'une pierre tombale, une tasse d'horrible café gargouillant dans son ventre, il réfléchissait en mâchonnant ces gaufres qui avaient pris un arrière-goût de sciure de bois. Il se sentait l'esprit clair, sain après une saison de folie. Et il se dit que, pour une personne qui s'était toujours prise pour l'homme de Cro-Magnon perdu au milieu d'un troupeau braillard de Néandertaliens, il n'avait vraiment pas beaucoup réfléchi ces derniers temps. On l'avait mené, pas par le bout du nez, mais par le bout du pénis.

Il tourna les yeux pour regarder les monts Flatirons et l'image de Frannie Goldsmith lui vint à l'esprit. C'était Frannie qui était entrée chez lui ce jour-là, il en était sûr maintenant. Il avait trouvé un prétexte pour se rendre à l'appartement où elle vivait avec Redman, dans l'espoir de jeter un coup d'œil sur ses chaussures. Coup de chance, elle portait les chaussures de sport qui avaient laissé cette empreinte dans son sous-sol. Des cercles et des lignes, au lieu du motif habituel, quadrillé ou en zig-zag. Plus de doute, ma petite.

Les fils de l'écheveau se démêlaient assez bien finalement. D'une manière ou d'une autre, elle avait découvert qu'il avait lu son journal. Il avait dû laisser une tache ou une marque sur une page... peut-être plusieurs. Et elle était venue chez lui à la recherche de quelque chose qui lui indique ce qu'avait été sa réaction lorsqu'il avait lu ses confidences. Quelque chose d'écrit.

Naturellement, il y avait son registre. Mais elle ne l'avait pas trouvé, il en avait la conviction. Car son registre disait noir sur blanc qu'il avait l'intention de tuer Stuart Redman. Si elle l'avait lu, elle en aurait parlé à Stu. Et même si elle ne l'avait pas fait, elle n'aurait sans doute pas pu être aussi détendue et naturelle avec lui qu'elle l'avait été hier.

Il termina sa dernière gaufre en grimaçant. Elle était déjà froide. Puis il décida d'aller à pied à la gare routière, plutôt que de prendre sa bicyclette ; Teddy Weizak ou Norris pourraient le raccompagner chez lui en rentrant. Il ferma jusqu'au menton son blouson pour se protéger du froid qui dans une heure aurait disparu. Il passa devant des maisons vides aux rideaux fermés et, six pâtés de maisons plus loin, rue Arapahoe, il commença à voir des X tracés à la craie sur toutes les portes. Son idée, une fois de plus. Le comité des inhumations avait visité toutes les maisons marquées d'une croix et évacué les cadavres qui pouvaient s'y trouver. Un X, une croix sur ces gens qui avaient vécu dans ces maisons, partis à tout jamais. Dans un mois, il y aurait des X partout à Boulder, marquant la fin d'une époque.

C'était le moment de réfléchir, et de réfléchir bien. Il avait l'impression d'avoir cessé de réfléchir depuis qu'il avait rencontré Nadine... mais peut-être avait-il cessé bien avant.

J'ai lu son journal parce que j'avais mal et que j'étais

jaloux, pensa-t-il. Puis elle est entrée chez moi, probablement pour lire mon journal, mais elle ne l'a pas trouvé. Le choc qu'il avait ressenti à savoir que quelqu'un était entré chez lui avait peut-être été une revanche suffisante. En tout cas, il avait accusé le coup, et très fort. Peut-être étaient-ils quittes à présent.

Il n'avait plus vraiment envie de Frannie... *Vraiment ?*

Tout à coup, il sentit la braise de la rancœur rougeoyer dans sa poitrine. Il n'avait peut-être plus envie d'elle. Mais cela ne changeait rien au fait qu'ils l'avaient exclu. Nadine ne lui avait pas dit grand-chose sur les raisons qui l'avaient poussée vers lui, mais Harold se doutant qu'elle s'était sentie exclue elle aussi, rejetée, chassée. Elle et lui étaient devenus deux exclus, et les exclus complotent. Peut-être la seule chose qui les empêche de devenir fous. (*Souviens-toi de noter cela dans ton registre,* pensa Harold.) Il était presque arrivé.

Il y avait toute une armée d'exclus de l'autre côté des montagnes. Et, lorsque suffisamment d'exclus se réunissent au même endroit, une osmose mystique se produit et vous devenez membre du groupe. Du groupe où il fait chaud. Ce n'est qu'une petite chose, d'être à l'intérieur du groupe où il fait chaud, mais en réalité c'est une très grande chose. Presque la plus importante au monde.

Peut-être ne voulait-il pas qu'ils soient quittes. Peut-être ne voulait-il pas le match nul, pour poursuivre une carrière dans un tombereau de la mort version vingtième siècle, recevoir des lettres imbéciles de remerciements pour ses idées, attendre cinq ans que Bateman se retire de leur précieux comité pour lui laisser la place... et s'ils décidaient à nouveau d'en choisir un autre ? C'était parfaitement possible, car ce n'était pas seulement une question d'âge. Ils avaient choisi ce foutu sourd-muet qui n'avait que quelques années de plus que Harold.

La braise de la rancœur ne rougeoyait plus. Elle était blanche à présent. Réfléchir, bien sûr — facile à dire, et même parfois à faire... mais à quoi bon réfléchir lorsque tout ce que vous obtenez de ces Néandertaliens qui mènent le monde est un hennissement idiot, ou pire, une lettre de remerciements ?

Il arriva à la gare routière. Il était encore tôt et personne n'était arrivé. Sur la porte, une affiche annonçait une autre assemblée publique le 25. Assemblée publique ? Masturbation collective plutôt.

La salle d'attente était festonnée d'affiches exotiques, d'annonces Greyhound et de photos d'énormes autobus ventrus traversant Atlanta, New Orleans, San Francisco, Nashville, etc. Il s'assit et regarda d'un œil aussi froid que l'air du matin les flippers éteints, le distributeur de Coke, la machine à café qui débitait aussi une soupe chaude qui sentait vaguement le poisson pourri. Il alluma une cigarette et jeta l'allumette par terre.

Ils avaient adopté la constitution. Youppi ! Retenez-moi, c'est trop, je n'en peux plus ! Ils avaient même chanté l'hymne national, copieusement arrosé de mélasse, nom de Dieu. Mais supposez que Harold Lauder se soit levé, pas pour faire quelques suggestions constructives, mais pour leur dire ce qu'était vraiment la vie dans cette première année de l'époque post-grippe ?

Mesdames et Messieurs, je m'appelle Harold Emery Lauder et je suis là pour vous dire qu'il ne faut jamais perdre de vue l'essentiel. Les petits sont bouffés par les gros, disait le vieux Darwin. La prochaine fois que vous vous levez pour chanter l'hymne national, chers voisins et amis, fourrez-vous bien ça dans le citron : l'Amérique est morte, morte et enterrée, aussi morte qu'Elvis Presley, que Marilyn Monroe, que Harry Truman. Mais les principes que vient de nous exposer M. Darwin sont toujours parfaitement vivants — aussi vivants que le fantôme de l'Opéra à sa belle époque. Pendant que vous méditez sur les beautés de l'ordre constitutionnel, prenez quelques instants pour méditer sur Randall Flagg, l'homme de l'ouest. Je doute beaucoup qu'il ait du temps à perdre avec des niaiseries comme les assemblées publiques, les ratifications et les discussions sur la vraie signification du mot pêche au sens démocratique et libéral. Au lieu de perdre son temps, il s'intéresse à l'essentiel, au monde

selon Darwin, il se prépare à essuyer avec vos cadavres
le grand comptoir de Formica de l'univers. Mesdames et
Messieurs, permettez-moi de suggérer modestement que
pendant que nous sommes en train d'essayer de remettre
l'électricité en marche, pendant que nous attendons
qu'un médecin découvre notre jolie petite ruche, il est
peut-être en train de chercher quelqu'un qui sache piloter
pour pouvoir commencer à survoler Boulder dans la
meilleure tradition de Francis Gary Powers. Tandis que
nous nous penchons sur la question brûlante de savoir
qui sera membre du comité de nettoyage des rues, il a
probablement déjà constitué un comité de nettoyage des
fusils, sans parler des mortiers, des missiles et peut-être
même des armes bactériologiques. Naturellement, nous
savons qu'il n'y a pas d'armes bactériologiques dans ce
pays, c'est l'une des choses qui en font la grandeur —
quel pays, ha-ha — mais vous devriez comprendre que,
pendant que nous essayons de former le cercle avec nos
chariots, il...

— Hé, Faucon, tu fais des heures supplémentaires ?

Harold leva les yeux en souriant.

— Oui, pourquoi pas ? répondit-il à Weizak. J'ai pointé pour toi quand je suis arrivé. Tu as déjà fait six dollars.

— Tu es un drôle de numéro, Faucon, tu sais ça ? répliqua Weizak en éclatant de rire.

— C'est vrai. Je suis l'as de pique.

Et il se mit à relacer ses gros souliers en souriant.

56

Stu passa la journée du lendemain à refaire des bobinages à la centrale électrique. Il rentrait chez lui à
bicyclette quand il entendit Ralph l'appeler du petit
square qui se trouvait en face de la First National Bank.
Il s'arrêta, posa sa bicyclette contre un mur et s'avança
vers le kiosque à musique où Ralph était assis.

— J'espérais te voir, Stu. Tu as une minute ?

— Une seule. Je suis en retard pour le dîner. Frannie
va s'inquiéter.

— D'accord. À voir tes mains, tu as sûrement tripoté
des fils électriques toute la journée.

Ralph avait l'air absent et préoccupé.

— Oui. Même avec des gants, on se fait mal aux
mains.

Ralph hocha la tête. Il y avait une demi-douzaine de
personnes dans le square. Certaines regardaient la petite
locomotive du tortillard qui faisait autrefois la ligne
entre Boulder et Denver. Trois jeunes femmes pique-
niquaient sur la pelouse. Stu fut content de s'asseoir
un peu. Il posa ses mains écorchées sur ses genoux.
Après tout, je vais peut-être préférer le boulot de shérif,
pensa-t-il. Au moins, je ne passerai pas mon temps à
me couper les doigts.

— Comment ça va là-bas ? demanda Ralph.

— Tu sais, je n'en sais rien. Je donne un coup de
main, mais je ne suis pas dans le secret des dieux. Brad
Kitchner dit que ça marche comme sur des roulettes et

qu'on devrait avoir de la lumière à la fin de la première semaine de septembre, peut-être plus tôt, et du chauffage au milieu du mois. Évidemment, il est un peu jeunot pour faire des prédictions...

— Je suis prêt à parier sur Brad, je lui fais confiance. Il a reçu une sacrée formation sur le tas, comme on dit.

Ralph essaya de rire ; mais ce fut un soupir qui sortit, si profond qu'on aurait pu le croire venu du talon de ses bottes.

— Qu'est-ce qui ne va pas, Ralph ?

— J'ai reçu des nouvelles sur ma radio. Certaines bonnes, certaines... bon, certaines moins bonnes, Stu. Je voulais t'en parler, parce qu'on ne pourra pas garder le secret. Des tas de gens ont des C.B. dans la Zone. Je suis sûr qu'on nous a entendus quand je parlais à ce groupe qui va bientôt arriver.

— Ils sont combien ?

— Plus de quarante. Dont un médecin, George Richardson. Il a l'air d'un brave type. Une tête solide.

— Ah, ça c'est une bonne nouvelle !

— Il est de Derbyshire, dans le Tennessee. La plupart des autres sont à peu près de la même région. Bon. Apparemment, ils avaient une femme enceinte avec eux. Elle a accouché il y a dix jours, le 13. Le médecin s'est occupé d'elle. Elle a eu des jumeaux. Ils étaient en bonne santé. Au début.

Ralph se tut. Sa bouche semblait vouloir dire quelque chose.

Stu le prit par le bras :

— Ils sont morts ? Les bébés sont *morts* ? C'est ce que tu essaies de me dire ? Qu'ils sont *morts* ? Dis-moi, nom d'un chien !

— Ils sont morts, répondit Ralph à voix basse. Le premier deux heures après la naissance. Apparemment, il s'est étouffé. L'autre, au bout de deux jours. Richardson n'a rien pu faire. La mère est devenue folle. Elle parlait de mort, de destruction, disait qu'il n'y aurait jamais plus de bébés. Arrange-toi pour que Fran ne soit pas là lorsqu'ils arriveront, Stu. C'est ça que je voulais te dire. Pour que tu la mettes tout de suite au courant. Sinon, quelqu'un d'autre va s'en charger.

Stu lâcha lentement la manche de Ralph.

— Richardson voulait savoir combien nous avons de femmes enceintes. Je lui ai dit que nous n'en n'avions qu'une pour le moment. Il m'a demandé où elle en était. Je lui ai répondu qu'elle en était à son quatrième mois. C'est bien ça ?

— Cinq maintenant. Mais Ralph, il est vraiment sûr que ces bébés sont morts de la super-grippe ? Il en est *sûr* ?

— Non, et il faut que tu le dises à Frannie, pour qu'elle comprenne bien. Le toubib pense que ça pourrait être plusieurs choses... l'alimentation de la mère... un problème héréditaire... une infection des voies respiratoires... ou bien simplement une malformation congénitale. Il a aussi parlé du facteur rhésus, mais je n'ai aucune idée de ce que c'est. Impossible de savoir. La femme avait accouché au bord de l'autoroute 70. Le docteur et trois autres responsables du groupe sont restés debout très tard pour en parler. Richardson leur a expliqué ce que ça pourrait signifier si c'était *vraiment* la super-grippe qui avait tué ces bébés et il leur a dit qu'il fallait absolument en avoir le cœur net.

— Glen et moi, nous en avons parlé le jour où je l'ai rencontré, dit Stu d'une voix inquiète. C'était le 4 juillet. Ça fait longtemps... Si c'est la super-grippe qui a tué ces bébés, ça veut probablement dire que, dans quarante ou cinquante ans, nous pourrons laisser tout le bazar aux rats, aux mouches et aux hirondelles.

— C'est sans doute à peu près ce que Richardson leur a dit. En tout cas, ils étaient à soixante kilomètres à l'ouest de Chicago et il les a persuadés de faire demi-tour le lendemain pour déposer les corps dans un hôpital où il pourrait faire une autopsie. Il m'a dit qu'il était sûr de pouvoir découvrir si c'était bien la super-grippe. Il a vu assez de cas à la fin du mois de juin. Comme tous les docteurs sans doute.

— Oui.

— Mais, le lendemain matin, les bébés n'étaient plus là. La mère les avait enterrés et elle refusait de dire où. Ils ont passé deux jours à creuser, persuadés qu'elle n'avait pas pu s'écarter tellement du camp, ni les enterrer trop profond, puisqu'elle venait d'accoucher. Mais ils n'ont rien trouvé et elle refusait absolument de parler, même lorsqu'ils lui ont expliqué que c'était très important pour tout le monde. La pauvre femme avait complètement perdu la boule.

— Je la comprends, répondit Stu en pensant à Fran qui désirait tellement son bébé.

— Le docteur a dit que, même si c'était la super-grippe, deux personnes immunisées pourraient peut-être avoir un enfant immunisé, ajouta Ralph, plein d'espoir.

— Il y a à peu près une chance sur un milliard que le père naturel du bébé de Fran soit immunisé, dit Stu. En tout cas, il n'est pas là.

— Oui. J'ai l'impression que c'est presque impossible. Je suis désolé de t'avoir dit tout ça, Stu. Mais j'ai cru qu'il fallait que tu saches. Pour que tu puisses le lui dire.

— Je ne suis pas trop pressé de le faire.

Mais, lorsqu'il rentra chez lui, quelqu'un s'était déjà chargé de la besogne.

— Frannie ?

Pas de réponse. Le dîner était sur le feu — pratiquement brûlé — mais l'appartement était plongé dans le noir. Pas un bruit.

Stu entra dans le salon et regarda autour de lui. Sur la table à café, deux mégots dans le cendrier. Mais Fran ne fumait pas. Et ce n'était pas la marque des cigarettes que lui fumait.

— Chérie ?

Il ouvrit la porte de la chambre. Elle était là, couchée

sur le lit, dans le noir, les yeux au plafond. Ses yeux étaient bouffis et ses joues encore mouillées de larmes.

— Salut, Stu, dit-elle tout bas.

— Qui t'en a parlé ? demanda-t-il, furieux. Qui était si pressé de te donner la bonne nouvelle ? Je vais lui casser la gueule à ce salopard.

— C'était Sue Stern. Elle l'a appris de Jack Jackson. Il a une C.B., et il a entendu le médecin parler à Ralph. Elle a voulu m'en parler avant que quelqu'un d'autre ne mette les pieds dans le plat. Pauvre petite Frannie. À manipuler avec précaution. Ne pas ouvrir avant Noël.

Elle poussa un petit rire fragile. Il y avait tellement de chagrin dans ce rire que Stu eut envie de pleurer. Il traversa la pièce, se coucha sur le lit à côté d'elle, écarta les cheveux qui tombaient sur son front.

— Chérie, ce n'est pas certain. Il n'y a pas moyen d'être sûr.

— Je sais. Et je sais que nous pourrions peut-être avoir nos enfants à nous, même si c'était *ça*.

Elle se retourna vers lui, les yeux rouges, malheureuse :

— Mais c'est celui-là que je veux. Qu'est-ce qu'il y a de mal là-dedans ?

— Rien, naturellement.

— Je me suis couchée. J'espérais qu'il allait bouger. Je ne l'ai pas senti bouger depuis le soir où Larry est venu, quand il cherchait Harold. Tu te souviens ?

— Oui.

— J'ai senti le bébé bouger et je n'ai pas voulu te réveiller. J'aurais dû.

Elle se remit à pleurer et se cacha les yeux avec son bras.

Stu l'écarta, se rapprocha d'elle, l'embrassa. Elle le serra de toutes ses forces, puis se colla contre lui.

— Le pire, c'est de ne pas savoir, dit-elle d'une voix étouffée. Tout ce que je peux faire, c'est attendre. Mais je vais devoir attendre si longtemps pour savoir si mon bébé va mourir le jour où il sortira de mon ventre.

— Tu ne seras pas toute seule.

Elle se blottit contre lui et ils restèrent longtemps sans bouger.

Nadine Cross était dans le salon de son ancienne maison depuis près de cinq minutes, en train de faire ses bagages, quand elle le vit assis dans un coin, nu à l'exception de son slip, le pouce dans la bouche, fixant sur elle ses étranges yeux bridés gris-vert. Son cœur fit un bond dans sa poitrine. Elle poussa un hurlement. Les livres qu'elle s'apprêtait à mettre dans son sac à dos tombèrent par terre avec fracas.

— Joe... Leo...

Elle posa la main sur sa poitrine, au-dessus du renflement que faisaient ses seins, comme pour apaiser les battements affolés de son cœur. Mais son cœur n'était pas encore prêt à ralentir sa course, main ou pas. Le découvrir tout à coup avait été un choc ; mais le découvrir ainsi, habillé comme il l'était le premier jour dans le New Hampshire, agissant de la même manière, était encore bien pire. Le retour en arrière était trop brutal, comme si un dieu dément avait soudain faussé le temps, l'avait condamnée à revivre les six dernières semaines.

— Tu m'as fait affreusement peur, finit-elle par dire d'une voix blanche.

Joe ne répondit pas.

Elle s'avança lentement vers lui, s'attendant presque à voir un long couteau de cuisine apparaître dans sa main, comme autrefois, mais sa main libre reposait sagement sur ses genoux, fermée. Elle vit qu'il avait perdu son bronzage. Les cicatrices et les écorchures avaient disparu. Mais les yeux étaient les mêmes... des yeux qui pouvaient vous hanter. La vie qui y avait fait son apparition, un peu plus chaque jour, depuis qu'il s'était approché du feu pour écouter Larry jouer de la guitare, avait maintenant complètement disparu. Ses yeux étaient comme ils avaient été lorsqu'elle l'avait rencontré pour la première fois et elle sentit une sourde terreur poindre en elle.

— Qu'est-ce que tu fais là ?

Joe ne répondit pas.

— Pourquoi n'es-tu pas avec Larry et maman Lucy ?

Pas de réponse.

— Tu ne peux pas rester ici.

Elle voulut le raisonner, mais avant de continuer, elle se demanda depuis combien de temps *déjà* il était là.

C'était le matin du 24 août. Elle avait passé les deux nuits précédentes chez Harold. L'idée qu'il était peut-être assis sur cette chaise depuis quarante heures, le pouce planté dans la bouche, lui traversa l'esprit. C'était une idée ridicule, naturellement. Il aurait eu faim et soif (n'est-ce pas ?). Mais cette idée/image refusait de la quitter. Cette sourde terreur s'empara d'elle à nouveau et elle comprit alors, avec quelque chose qui ressemblait beaucoup à du désespoir, à quel point elle avait changé : à une époque, elle avait dormi sans aucune crainte à côté de ce petit sauvage, alors qu'il était armé et dangereux. Maintenant qu'il était désarmé, il la terrorisait. Elle avait cru

(Joe ? Leo ?)

que son ancien moi avait purement et simplement disparu. Mais il était de retour. Il était là.

— Tu ne peux pas rester là. Je suis venue chercher des affaires. Je déménage. Je m'installe chez... chez un homme.

Oh ! Harold, un homme ! gloussa une voix intérieure. Je croyais que ce n'était qu'un outil, un moyen pour arriver à tes fins.

— Leo, écoute...

Il secoua la tête, imperceptiblement. Mais elle le vit. Ses yeux sévères et brillants la fixaient.

— Tu n'es pas Leo ?

Encore ce mouvement imperceptible.

— Tu es Joe ?

360

L'enfant hocha la tête, à peine.

— Comme tu voudras. Mais il faut que tu comprennes que ça n'a pas vraiment d'importance, dit-elle en essayant d'être patiente.

Cette étrange impression d'avoir remonté le temps persistait, l'impression de se retrouver à la case de départ. Elle avait peur, elle se sentait irréelle.

— Cette partie de nos vies, reprit-elle, la partie où nous étions ensemble, tout seuls, cette partie-là est finie. Tu as changé, j'ai changé, nous ne pouvons plus revenir en arrière.

Mais les yeux étranges restaient fixés sur elle, dans une négation muette.

— Et cesse de me fixer, dit-elle d'une voix sèche. C'est très mal poli.

Les yeux de l'enfant semblèrent devenir vaguement accusateurs, comme s'ils disaient qu'il était tout aussi impoli de laisser les gens tout seuls, et plus impoli encore de priver de son amour des gens qui en avaient encore besoin.

— Tu n'es pas tout seul, dit-elle en se retournant.

Et elle commença à ramasser les livres qu'elle avait laissés tomber. Elle s'agenouilla maladroitement, sans grâce, et ses genoux craquèrent comme des pétards. Elle commença à fourrer les livres pêle-mêle dans le sac à dos, par-dessus ses serviettes hygiéniques, son aspirine, ses sous-vêtements — des sous-vêtements de coton bien ordinaires, tout à fait différents de ceux qu'elle portait pour les frénétiques plaisirs de Harold.

— Tu as Larry et Lucy. Tu veux être avec eux, ils veulent être avec toi. Du moins, *Larry* veut être avec toi. Et c'est ce qui compte, parce qu'elle veut tout ce qu'il veut. Un vrai paillasson cette Lucy. Pour moi, les choses ont changé, Joe, et ce n'est pas ma faute. Ce n'est pas du tout ma faute. Alors, tu ferais mieux d'arrêter d'essayer de me faire sentir coupable.

Elle commença à fermer les boucles de son sac à dos, mais ses doigts tremblaient tellement qu'elle n'y arrivait plus. La silence s'appesantit dans la pièce.

Elle se leva finalement, installa son sac d'un coup d'épaule.

— Leo...

Elle aurait voulu parler calmement, raisonnablement, comme elle parlait aux enfants difficiles lorsqu'ils faisaient des colères, du temps qu'elle était institutrice. Mais elle n'y parvint pas. Sa voix qui partait en dents de scie et le léger tremblement de tête qui salua le mot *Leo* ne firent qu'aggraver les choses.

— Ce n'est pas à cause de Larry et de Lucy, reprit Nadine d'une voix méchante. Ça, j'aurais pu le comprendre. Mais c'est pour ce vieux tas que tu m'as abandonnée, je me trompe ? Pour cette vieille bonne femme dans son fauteuil à bascule qui passe son temps à sourire à tout le monde en montrant ses fausses dents. Elle est partie, et c'est pour ça que tu t'es précipité chez moi. Mais ça ne marchera pas, tu m'entends ? *Ça ne marchera pas !*

Joe ne répondit rien.

— Et quand j'ai supplié Larry... quand je me suis mise à genoux et que je l'ai *supplié*... Il ne fallait pas le déranger. Il était trop occupé à faire l'important. Tu vois bien, ce n'est pas ma faute. *Pas du tout !*

Le garçon se contentait de la fixer, impassible.

La terreur revenait, plus forte que sa rage incohérente. Elle recula jusqu'à la porte, chercha derrière elle la poignée. Elle la trouva enfin, la tourna, poussa la porte qui s'ouvrit. Soulagée, elle sentit une bouffée d'air frais lui caresser les épaules.

— Va chez Larry, murmura-t-elle. Au revoir, petit bonhomme.

Elle recula et s'arrêta un instant sur la première marche, essayant de retrouver ses esprits. Tout à coup, elle se dit que tout n'avait peut-être été qu'une hallucination, causée par son sentiment de culpabilité... culpabilité pour avoir abandonné l'enfant, culpabilité pour avoir fait attendre Larry trop longtemps, culpabilité pour ces choses que Harold et elle avaient faites, et celles — bien pires — qui les attendaient. Peut-être

362

n'y avait-il eu personne dans cette maison, après tout, peut-être ce petit garçon n'avait-il pas été plus réel que les hallucinations de Poe — les battements de cœur du vieillard qui faisaient tic-tac comme une montre enveloppée dans du coton, ou le corbeau perché sur le buste de Pallas.

— Il frappe, il frappe sans cesse à la porte de ma chambre, dit-elle tout haut sans réfléchir.

Et elle poussa un horrible petit croassement, sans doute pas tellement différent de celui des vrais corbeaux.

Il fallait qu'elle en ait le cœur net.

Elle s'avança vers la fenêtre, à côté des marches du perron, et regarda dans le salon de ce qui avait été autrefois sa maison. Façon de parler. Quand vous vivez quelque part et qu'il suffit d'un sac à dos pour emporter tout ce que vous désirez garder, vous n'avez jamais vraiment habité cet endroit. Elle vit un napperon crocheté par une épouse aujourd'hui morte, des rideaux, un papier peint, le porte-pipes d'un mari aujourd'hui décédé, quelques numéros de *La Vie des sports* éparpillés sur la table à café. Sur la cheminée, des photos d'enfants morts. Et assis dans le coin, le petit enfant d'une femme aujourd'hui morte, nu à l'exception de son slip, assis, toujours assis, assis comme il était assis tout à l'heure...

Nadine s'enfuit, trébucha sur le fil de fer qui protégeait le parterre, à gauche de la fenêtre, faillit tomber. Elle sauta sur sa Vespa et démarra. Pendant quelques centaines de mètres, elle fila à toute allure, zigzaguant entre les voitures qui obstruaient encore ces petites rues, puis elle se calma peu à peu.

Lorsqu'elle arriva chez Harold, elle avait un peut retrouvé son calme. Mais elle savait qu'elle ne pourrait plus rester longtemps dans la Zone. Si elle ne voulait pas perdre la tête, il fallait qu'elle s'en aille bientôt.

L'assemblée convoquée à l'auditorium Muzinger se passa fort bien. On commença par chanter l'hymne national, mais cette fois la plupart des yeux restèrent secs ; l'hymne n'était plus qu'une partie de ce qui allait bientôt devenir un rituel. Dans l'indifférence générale, on décida de créer un comité du recensement dont Sandy DuChien fut chargée. Sandy et quatre assistants se mirent aussitôt à parcourir la salle, comptant les têtes, notant les noms. À la fin de l'assemblée, saluée par des acclamations, elle annonça que la Zone libre comptait désormais huit cent quatorze âmes et elle promit (un peu à la légère, comme on allait le voir) de publier un « annuaire » complet avant la prochaine assemblée — un annuaire qu'elle espérait mettre à jour toutes les semaines et où l'on trouverait par ordre alphabétique le nom des habitants, leur âge, leur adresse à Boulder, leur adresse précédente, la profession qu'ils exerçaient autrefois. Mais les arrivées dans la Zone furent si nombreuses et erratiques qu'elle eut toujours deux ou trois semaines de retard.

La question de la durée du mandat des membres du comité de la Zone libre fut posée. Après quelques propositions extravagantes (dix ans pour l'un, à vie pour l'autre, et Larry fit rire tout le monde en précisant qu'il ne s'agissait pas de peines de prison), on adopta finalement un mandat d'un an. Au fond de la salle, Harry Dunbarton agitait la main. Stu lui donna la parole.

Harry dut crier à tue-tête pour se faire entendre :

— Un an, c'est peut-être encore trop. Je n'ai rien contre les m'sieur dames du comité, je trouve qu'ils font un sacré bon boulot — cris enthousiastes, applaudissements — mais on va perdre les pédales si on continue à être de plus en plus nombreux.

Glen leva la main et Stu lui donna la parole.

— Monsieur le président, la question n'est pas à l'ordre du jour, mais je crois que monsieur Dunbarton vient de faire une excellente remarque.

Évidemment que tu la trouves excellente, le prof, pensa Stu. *Tu disais la même chose il y a une semaine.*

— Je voudrais proposer la création d'un comité des règles démocratiques pour que nous puissions vraiment remettre en application la constitution. Je crois que Harry Dunbarton devrait être à la tête de ce comité, et j'en serais volontiers membre, à moins que quelqu'un n'y voie un conflit d'intérêt.

Nouveaux applaudissements.

À la dernière rangée, Harold se tourna vers Nadine.

— Mesdames et messieurs, les fêtes du grand amour sont ouvertes, lui murmura-t-il dans le creux de l'oreille.

Elle le regarda avec un sourire mystérieux qui lui donna le vertige.

Stu fut élu shérif de la Zone libre aux rugissements enthousiastes de la foule.

— Je ferai de mon mieux, avec votre aide, dit-il. Ceux qui m'applaudissent maintenant chanteront peut-être une autre chanson si je les attrape en train de faire des bêtises. Vous m'entendez, Rich Moffat ?

Éclats de rire. Rich, saoul comme un cochon, acquiesça de bonne grâce.

— Mais je ne vois pas pourquoi nous aurions beaucoup de difficultés. Pour moi, le travail du shérif consiste surtout à empêcher les gens de se faire du mal. Et aucun de nous ne veut ça. Nous avons déjà eu notre compte. Voilà, c'est tout ce que je voulais dire.

La foule l'applaudit longuement.

— Le point suivant, dit Stu, a quelque chose à voir avec le travail du shérif. Nous avons besoin d'à peu près cinq personnes pour former un comité législatif, sinon je vais me sentir plutôt mal à l'aise si je dois mettre quelqu'un au violon. Des candidatures ?

— Et le juge ? cria quelqu'un.

— Oui, le juge ! C'est vrai ! hurla un autre.

Les têtes se tournèrent pour voir le juge se lever et accepter sa nomination dans le style rococo qui était le sien. On murmurait dans la salle — on racontait une fois de plus comment le juge avait crevé le ballon du cinglé aux soucoupes volantes. Des bruits de papiers froissés, tandis que les gens posaient leur ordre du jour sur leurs genoux pour applaudir. Les yeux de Stu rencontrèrent ceux de Glen : quelle barbe... nous aurions dû y penser.

— Il n'est pas là, dit quelqu'un.

— Quelqu'un l'a vu ? demanda Lucy Swann, inquiète.

Larry lui lança un regard appuyé, mais elle cherchait toujours le juge dans la salle.

— Je l'ai vu !

C'était Teddy Weizak qui se levait, au fond de l'auditorium. Il avait l'air nerveux et essuyait fébrilement ses lunettes cerclées de fer avec un grand mouchoir.

— Où ?

— Où ça, Teddy ?

— En ville ?

— Qu'est-ce qu'il faisait ?

Ce barrage de questions le mettait manifestement mal à l'aise.

Stu s'empara de son maillet de président.

— Mesdames et messieurs, silence s'il vous plaît.

— Je l'ai vu il y a deux jours, reprit Teddy. Il était dans une Land-Rover. Il m'a dit qu'il allait passer la journée à Denver. Il ne m'a pas expliqué pourquoi. On a fait une blague ou deux. Il avait l'air en très grande forme. C'est tout ce que je sais.

Il se rassit, rouge comme une pivoine, essuyant toujours ses lunettes.

Une fois de plus, Stu dut rappeler l'assemblée à l'ordre.

— Je regrette que le juge ne soit pas là. Il aurait été un candidat idéal. Mais puisqu'il n'est pas là, qui veut présenter une autre candidature ?

— Non, on ne peut pas en rester là ! protesta Lucy en se levant.

Elle portait un ensemble jeans très ajusté qui alluma

des regards intéressés chez la plupart des mâles présents dans l'assistance.

— Le juge Farris est un très vieil homme, reprit-elle. S'il était malade à Denver, s'il ne pouvait pas rentrer ?

— Lucy, dit Stu, Denver est une très grande ville.

Un étrange silence s'empara de la salle tandis que tous réfléchissaient à ce que Stu venait de dire. Lucy se rassit, toute pâle. Larry la prit par les épaules. Son regard croisa celui de Stu, mais Stu détourna la tête.

On proposa sans grand enthousiasme de différer l'étude de la question de la création d'un comité législatif jusqu'au retour du juge. La proposition fut rejetée après vingt minutes de délibérations. Il y avait un autre juriste dans la Zone, un jeune homme de vingt-six ans, Al Bundell, qui était arrivé tard dans l'après-midi avec le groupe du docteur Richardson. Il accepta le poste de président qu'on lui offrait, déclarant qu'il espérait bien que personne ne ferait rien de trop grave au cours du prochain mois, car il faudrait certainement plusieurs semaines pour mettre en place un système judiciaire dont les juges seraient nommés à tour de rôle. Le juge Farris fut élu membre du comité *in absentia.*

Brad Kitchner, très nerveux, un peu ridicule en costume et cravate, s'approcha du podium, laissa tomber les feuilles où il avait noté ce qu'il voulait dire, les ramassa sans parvenir à les remettre dans le bon ordre, et se contenta d'annoncer qu'il espérait rétablir l'électricité le 2 ou le 3 septembre.

La nouvelle fut accueillie avec un tel enthousiasme qu'il reprit un peu confiance en lui et termina en beauté. On lui vit même bomber un peu le torse lorsqu'il descendit de l'estrade.

Ce fut ensuite le tour de Chad Norris et Stu dit plus tard à Frannie qu'il avait abordé le sujet exactement comme il fallait : que c'était par simple décence qu'on enterrait les morts, que personne ne se sentirait complètement en paix tant que ce ne serait pas fait. Et si on pouvait terminer avant l'automne et la saison pluvieuse, tant mieux. Il demanda deux ou trois volontaires. Il aurait pu en avoir trois douzaines s'il avait voulu. Puis il termina en invitant les membres de son équipe à se lever pour qu'on les applaudisse.

Harold Lauder se leva une fraction de seconde et se rassit aussitôt. Plus tard, certains sortirent de l'auditorium en se disant que ce type était malin comme un singe, mais que ça ne lui montait vraiment pas à la tête. En réalité, Nadine lui avait murmuré des choses coquines à l'oreille et il n'avait pas eu envie de rester debout trop longtemps, car un piquet de tente de longueur non négligeable s'était dressé tout seul sous sa braguette.

Lorsque Norris descendit du podium, Ralph Brentner vint prendre sa place pour annoncer que la Zone avait enfin son médecin. George Richardson se leva (nombreux applaudissements ; Richardson fit le signe de la paix avec les deux mains, et ce fut un tonnerre de hurlements de joie) et leur annonça que soixante personnes allaient encore arriver dans les prochains jours selon ses renseignements.

— Et voilà, nous en avons terminé avec l'ordre du jour, annonça Stu. Je voudrais que Sandy DuChien revienne ici pour nous dire combien nous sommes. Mais auparavant, y a-t-il d'autres questions dont vous voudriez parler ce soir ?

Il attendit. Il voyait le visage de Glen dans la foule, celui de Sue Stern, de Larry, de Nick, et naturellement de Frannie. Ils avaient tous l'air un peu tendu. Si quelqu'un voulait parler de Flagg, voulait demander au comité ce qu'il faisait à propos de lui, c'était le moment de le faire. Mais ce fut le silence. Au bout de quinze secondes, Stu donna la parole à Sandy qui annonça ses résultats, salués par des acclamations. Et, tandis que les gens commençaient à sortir, Stu se dit : *Eh bien, on s'en est sorti encore une fois.*

Plusieurs vinrent le féliciter après la séance, notamment le nouveau médecin.

— Vous vous en êtes très bien tiré, shérif, dit Richardson.

Un instant, Stu faillit regarder derrière lui pour voir à qui Richardson pouvait bien parler. Puis il se souvint. Et il eut peur tout à coup. Lui, faire respecter la loi ? Il n'était qu'un imposteur.

Un an, se dit-il. Un an, pas davantage. Mais il avait encore peur.

Stu, Fran, Sue Stern et Nick revinrent à pied au centre de la ville. Leurs pas résonnaient sur le trottoir de ciment quand ils traversèrent le campus de l'université, en direction de Broadway. Autour d'eux, d'autres rentraient chez eux en bavardant. Il était près de neuf heures et demie.

— Il fait froid, dit Fran. J'aurais dû prendre mon blouson.

Nick fit un signe de tête. Il sentait le froid lui aussi. Les soirées étaient toujours fraîches à Boulder, mais cette nuit il ne faisait certainement pas plus de dix degrés. Ce qui voulait dire que cet étrange et terrible été touchait à sa fin. Pour la énième fois, il se dit qu'il aurait préféré que le dieu ou la muse de mère Abigaël choisisse plutôt Miami ou New Orleans. Mais ce n'aurait sans doute pas été le paradis, à bien y réfléchir. Beaucoup d'humidité, beaucoup de pluie... et beaucoup de cadavres. Au moins, le temps était sec à Boulder.

— J'en ai presque fait dans mon froc quand ils ont demandé que le juge fasse partie du comité législatif, dit Stu. Nous aurions dû prévoir le coup.

Frannie hocha la tête et Nick griffonna rapidement quelques mots sur son bloc-notes.

— *Bien d'accord. Les gens vont aussi regretter Tom & Dayna. C'est la vie.*

— Tu crois qu'ils vont avoir des soupçons, Nick ? demanda Stu.

Nick hocha la tête.

— *Ils vont se demander s'ils ne sont pas partis à l'ouest. Pour de vrai.*

Nick sortit son briquet et fit brûler la feuille de papier.

— C'est difficile à avaler, dit finalement Stu. Tu crois vraiment ?

Sue répondit pour Nick :

— Naturellement. Nick a raison. Qu'est-ce qu'ils pourraient croire d'autre ? Que le juge Farris est allé à Disneyland ?

— Nous avons eu de la chance qu'ils n'aient pas parlé ce soir de ce qui se passe à l'ouest, soupira Fran.

— *Tu peux le dire,* écrivit Nick. *La prochaine fois, je crois que nous devrons prendre le taureau par les cornes. C'est pourquoi je voudrais que nous retardions autant que possible la prochaine assemblée générale. Trois semaines, peut-être. Le 15 septembre ?*

— On pourra tenir jusque-là, répondit Sue, si Brad réussit à remettre la centrale en marche.

— Je crois qu'il réussira, dit Stu.

— Allez, je rentre, leur dit Sue. Une grosse journée demain. Dayna s'en va. Je vais aller avec elle jusqu'à Colorado Springs.

— Tu es sûre que c'est bien prudent ? demanda Fran.

— C'est moins dangereux pour elle que pour moi, répondit-elle en haussant les épaules.

— Comment est-ce qu'elle l'a pris ? questionna Fran.

— Tu sais, c'est une drôle de fille. Elle était très forte en sports à l'université. Tennis et natation, mais elle faisait un peu de tout. Elle s'est inscrite dans une petite université locale, en Géorgie. Pendant les deux premières années, elle a continué à sortir avec un type qu'elle avait connu au lycée. Un baraqué, blouson de cuir et tout le reste. Moi Tarzan, toi Jane, alors fous la camp à la cuisine et frotte les casseroles. Et puis sa compagne de chambre, une féministe dans le genre costaud elle aussi, l'a traînée à deux ou trois réunions de sensibilisation des femmes, comme on disait à l'époque.

— Et elle est devenue encore plus férocement féministe que sa camarade, devina Fran.

— D'abord féministe, ensuite lesbienne, précisa Sue.

Stu s'arrêta comme si la foudre l'avait frappé. Frannie le regarda en retenant un sourire ironique.

— Attention, réveille-toi, descends de ton nuage, dit-elle. Tu vas prendre froid aux dents si tu restes la bouche ouverte.

Stu referma la bouche en faisant claquer ses dents.

— Elle a annoncé la bonne nouvelle à son petit ami, l'homme des cavernes, reprit Sue, lequel s'est mis en pétard et il lui a sauté dessus avec un fusil. Elle l'a désarmé. Le grand tournant de sa vie, selon elle. Elle m'a raconté qu'elle avait toujours su qu'elle était plus forte que lui — elle le savait *intellectuellement*. Mais qu'il avait fallu qu'elle le désarme pour le sentir vraiment dans ses tripes.

— Tu veux dire qu'elle déteste les hommes ? demanda Stu en regardant Sue d'un air soupçonneux.

Susan secoua la tête :

— Non, elle est bi maintenant.

— Bi quoi ?

— À voile et à vapeur, avec les hommes et avec les femmes, Stuart. J'espère que tu ne vas pas demander qu'on crée un comité de la moralité publique.

— J'ai assez de soucis comme ça sans chercher à savoir qui couche avec qui, grogna Stu pour le plus grand plaisir de ses compagnons. Si j'ai posé la question, c'est simplement que je ne veux pas qu'elle aille là-bas comme si elle partait en croisade. Nous avons besoin d'yeux là-bas, pas de guérilleros. C'est un travail de belette, pas de lionne.

— Elle le sait, répondit Susan. Fran m'a demandé comment elle avait réagi quand je lui ai demandé si elle acceptait d'aller là-bas pour espionner. Elle a très bien réagi. D'abord, elle m'a rappelé que si nous étions restées avec ces hommes... tu te souviens du jour où on s'est rencontrés, Stu ?

Il acquiesça d'un mouvement du menton.

— Si nous étions restées avec eux, nous serions mortes ou nous serions de toute façon à l'ouest, parce que c'est dans cette direction qu'ils allaient... en tout cas, quand ils étaient assez sobres pour lire les panneaux indicateurs. Elle m'a dit qu'elle se demandait quelle était sa place dans la Zone et qu'elle avait deviné que cette place, c'était hors de la Zone justement. Elle a dit...

— Quoi ? demanda Fran.

— Qu'elle essaierait de revenir, reprit Sue d'une voix brusque.

Le reste était une affaire entre elle et Dayna Jurgens. Personne ne devait être au courant, pas même les membres du comité. Dayna partait à l'ouest avec un couteau à cran d'arrêt attaché sur son avant-bras au moyen d'une pince à ressort. Lorsqu'elle basculait le poignet, le ressort se déclenchait et *vlan !* Elle se retrouvait tout à coup avec un sixième doigt de vingt-cinq centimètres de long, à double tranchant. Dayna avait l'impression que la plupart des autres — les hommes — n'auraient pas compris.

Si c'est un vrai dictateur, alors il est peut-être la seule chose qui les unit. S'il n'est plus là, ils commenceront peut-être à se chamailler et à se battre. S'il meurt, leur organisation s'effondrera peut-être toute seule. Et si je m'approche de lui, Susy, il a intérêt à avoir son démon gardien à côté de lui.

Ils vont te tuer, Dayna.

Peut-être. Peut-être pas. Ça vaudra quand même la peine d'essayer, juste pour le plaisir de voir ses tripes dégouliner par terre.

Susan aurait pu l'arrêter, peut-être, mais elle n'avait pas essayé. Elle s'était contentée de faire promettre à Dayna qu'elle s'en tiendrait au scénario convenu, à moins qu'une occasion pratiquement parfaite ne se présente. Dayna avait accepté et Sue ne pensait pas que son amie puisse avoir cette chance. Flagg serait bien gardé. Pourtant, depuis trois jours qu'elle parlait à son amie de sa mission, Sue Stern avait du mal à dormir.

— Bon, dit-elle aux autres, je rentre me coucher. Bonsoir, tout le monde. Elle s'éloigna, les mains enfoncées dans les poches de sa vareuse militaire.

— On dirait qu'elle a vieilli, dit Stu.

Nick écrivit quelque chose et tendit son bloc à Stu et à Frannie.

— *Nous avons tous vieilli.*

Le lendemain matin, Stu se rendait à la centrale électrique lorsqu'il rencontra Susan et Dayna qui descendaient le boulevard Canyon en moto. Il leur fit signe et elles s'arrêtèrent. Dayna n'avait jamais été aussi jolie, pensa-t-il. Elle avait noué ses cheveux en arrière avec un foulard de soie vert vif. Un long manteau de cuir qu'elle portait ouvert laissait voir son jeans et une chemise de batiste. Un sac de couchage était attaché sur son porte-bagages.

— Stuart ! cria-t-elle en lui faisant un grand signe de la main, toute souriante.

Lesbienne ? se dit-il, pas du tout convaincu.

— On m'a dit que tu partais faire un petit voyage.

— C'est exactement ça. Et tu ne m'as pas vue.

— Non, répondit Stu. Jamais. Une cigarette ?

Dayna prit une Marlboro et approcha ses deux mains de l'allumette qu'il lui tendait.

— Fais attention.

— Tu peux compter sur moi.

— Et reviens.

— J'espère...

Ils se regardèrent dans la lumière crue de ce matin d'arrière-saison.

— Tu t'occuperas bien de Frannie, hein ?

— Compte sur moi.

— Et n'y va pas trop fort quand tu seras sherif.

— Pas de danger.

Elle jeta sa cigarette.

— On y va, Sue ?

Susan lui fit un signe de tête et posa le pied sur la pédale en s'efforçant de sourire.

— Dayna ?

Elle se retourna et Stu l'embrassa doucement sur la bouche.

— Bonne chance.

— Tu sais bien que tu dois m'embrasser deux fois pour me souhaiter bonne chance, répondit-elle en souriant. Tu avais oublié ?

Il l'embrassa une fois encore, plus lentement, plus généreusement. *Elle, lesbienne ?* Il se posait des questions.

— Frannie a bien de la chance, dit Dayna. Tu peux le lui dire de ma part.

Tout sourire, ne sachant plus quoi dire, Stu recula. Deux rues plus loin, un des camions orange du comité des inhumations traversa le carrefour comme un mauvais présage. Le charme était rompu.

— On y va, dit Dayna. Haut les cœurs !

Elles s'en allèrent et Stu, debout sur le trottoir, les regarda s'éloigner.

Sue Stern revint deux jours plus tard. À Colorado Springs, dit-elle, elle avait vu Dayna s'en aller vers l'ouest, elle l'avait regardée jusqu'à ce qu'elle ne soit plus qu'un point perdu dans l'immensité immobile du paysage. Puis elle avait un peu pleuré. La première nuit, Sue avait campé à Monument et elle s'était réveillée aux petites heures du matin, glacée par un gémissement qui semblait sortir d'un tuyau, sous la route de terre près de laquelle elle s'était installée.

Prenant son courage à deux mains, elle avait braqué sa lampe électrique à l'intérieur du tuyau et avait découvert un petit chiot squelettique qui tremblait à faire pitié. Il semblait avoir à peu près six mois. Quand elle voulut le prendre, il recula. Le tuyau était trop petit pour qu'elle puisse s'y glisser. Elle était finalement retournée à Monument, était entrée dans l'épicerie du petit village, puis était revenue aux premières lueurs de l'aube avec un sac plein de boîtes Alpo. La manœuvre avait réussi. Le chiot était revenu avec elle, blotti dans l'une des sacoches de sa moto.

Le chiot fit la joie de Dick Ellis. C'était un setter irlandais, pur ou presque, une femelle. Quand elle serait plus âgée, Kojak serait certainement très heureux de faire sa connaissance. La nouvelle se répandit dans la Zone libre et les nouveaux Adam et Ève canins firent oublier mère Abigaël. Susan Stern fut l'héroïne du jour et, à la connaissance des membres du comité, personne ne se demanda ce qu'elle faisait à Monument cette nuit-là, loin au sud de Boulder.

Mais c'est de ce matin où les deux femmes partirent de Boulder que Stu se souvint, ce matin où il les avait vues s'éloigner dans la direction de l'autoroute Denver — Boulder. Car personne dans la Zone ne revit jamais plus Dayna Jurgens.

27 août. La nuit tombait et Vénus brillait dans le ciel.

Nick, Ralph, Larry et Stu s'assirent sur le perron de la maison de Tom Cullen. Sur la pelouse, Tom jouait au croquet en poussant des hurlements.

— *C'est le moment,* écrivit Nick.

À voix basse, Stu demanda s'il allait falloir l'hypnotiser à nouveau. Nick secoua la tête.

— Tant mieux, dit Ralph. Je ne crois pas que j'en serais capable. Tom ! appela-t-il en haussant la voix. Hé, Tommy ! Viens par ici !

Tom arriva en courant, souriant de toutes ses dents.

— Tommy, c'est l'heure d'y aller.

Le sourire de Tom s'évanouit. Pour la première fois, il parut remarquer qu'il commençait à faire noir.

— Partir ? Maintenant ? Putain, non ! Quand il fait noir, Tom va au lit. Putain, oui, il va au lit. Tom n'aime pas être dehors quand il fait noir. À cause des croque-mitaines. Tom... Tom...

Il se tut. Les autres le regardaient, gênés. Tom s'était enfermé dans un silence morose. Il en sortit... mais pas à sa manière habituelle. Ce ne fut pas cette renaissance soudaine, la vie qui revenait tout à coup, mais un réveil lent, hésitant, presque triste.

— Partir à l'ouest ? dit-il. Vous voulez dire, c'est le moment pour *ça* ?

Stu posa la main sur son épaule.

— Oui, Tom. Si tu peux.

— Sur la route ?

Ralph sentit sa gorge se nouer. Il étouffa un sanglot et alla se réfugier derrière la maison. Tom ne parut pas s'en rendre compte. Il regardait Stu et Nick.

— Voyager la nuit. Dormir le jour.

Et très lentement, dans le noir, Tom ajouta :

— Et voir l'éléphant.

Nick hocha la tête.

Larry alla chercher le sac de Tom qui attendait à côté des marches. Tom passa les bretelles sur ses épaules, distraitement, comme dans un rêve.

— Tu vas faire bien attention, Tom, dit Larry d'une voix étranglée par l'émotion.

— Attention, putain, oui.

Stu se demanda un peu tard s'ils auraient dû donner à Tom une petite tente. Mais non. Tom n'aurait jamais été capable de monter ne serait-ce qu'une petite tente.

— Nick, murmura Tom. Faut vraiment ?

Nick le prit par le cou et Tom hocha lentement la tête.

— Ah bon.

— Reste sur la grande route, Tom, expliqua Larry.

La route où tu vois le chiffre 70. Ralph va t'emmener en moto pour le début.

— Oui... Ralph...

Ralph revenait de derrière la maison. Il s'essuyait les yeux.

— Tu es prêt, Tom ? demanda-t-il d'une voix bourrue.

— Nick ? Ça sera encore ma maison quand je vais revenir ?

Nick hocha vigoureusement la tête.

— Tom adore sa maison. Putain, oui.

— Nous le savons, Tommy.

Stu sentait des larmes chaudes couler au fond de sa gorge.

— Alors ça va. Je suis prêt. C'est qui qui m'emmène ?

— Moi, Tom, répondit Ralph. Jusqu'à l'autoroute 70. Tu te souviens ?

Tom fit signe que oui et s'avança vers la moto de Ralph. Au bout d'un moment, Ralph le suivit, les épaules basses. Même la plume de son chapeau n'avait plus son petit air guilleret. Il monta sur sa moto et démarra. Un moment plus tard, ils étaient sur Broadway et tournaient à l'est. Les autres regardèrent la lumière du phare s'éloigner dans le crépuscule pourpre. Puis la lumière disparut derrière un motel. Ils étaient partis.

Nick s'en alla, tête basse, les mains dans les poches. Stu voulut le rejoindre, mais Nick secoua la tête, presque violemment et lui fit signe de le laisser seul. Stu revint auprès de Larry.

— Et voilà, dit Larry.

Stu hocha la tête d'un air malheureux.

— Tu crois qu'on va le revoir, Larry ?

— Si on ne le revoit pas, nous aurons tous du mal à manger et à dormir pour le restant de notre vie, à part Fran peut-être. Elle était contre cette décision.

— Surtout Nick.

— Oui, surtout Nick.

Ils regardèrent Nick qui descendait lentement Broadway, disparaissant peu à peu perdu dans l'ombre qui grandissait autour de lui. Puis, silencieux, ils regardèrent longuement la maison de Tom où plus une lumière ne brillait.

— Partons d'ici, dit Larry tout à coup. Je pense à tous ces animaux empaillés... J'en ai des frissons dans le dos.

Quand ils partirent, Nick était revenu tout près de la maison de Tom Cullen, mains dans les poches, tête baissée.

.

George Richardson, le nouveau médecin, s'était installé au centre médical de Dakota Ridge, tout proche de l'hôpital de Boulder, de son matériel médical, de sa pharmacie, de ses salles d'opération. Le 28 août, il était déjà au travail, assisté de Laurie Constable et de Dick Ellis. Dick avait demandé qu'on l'autorise à quitter le monde de la médecine. Permission refusée.

— Vous faites un excellent travail, lui avait dit Richardson. Vous avez beaucoup appris et vous allez encore apprendre. Il y a trop de travail pour moi tout seul. Nous allons être complètement débordés si nous n'avons pas un autre médecin dans un mois ou deux. Alors, toutes mes félicitations, Dick, vous êtes le premier assistant médical de la Zone. Embrasse-le, Laurie.

Laurie s'était exécutée.

Vers onze heures du matin, Fran entra dans la salle d'attente et regarda autour d'elle, curieuse et un peu nerveuse. Laurie, assise derrière son bureau, lisait un vieux numéro de *Maisons et Châteaux*.

— Bonjour, Fran, dit-elle en sursautant. Je savais que tu viendrais tôt ou tard. George est occupé avec Candy Jones en ce moment, mais il va te recevoir tout de suite. Comment ça va ?

— Plutôt bien, merci. Je crois...

La porte d'une des salles d'examen s'ouvrit et Candy Jones sortit derrière un homme de haute taille, les épaules voûtées, vêtu d'un pantalon en velours côtelé et d'un polo décoré d'un petit crocodile. Candy regardait d'un air soupçonneux le flacon rempli d'un liquide rose qu'elle tenait à la main.

— Vous êtes sûr que c'est bien ça ? demanda-t-elle à Richardson. C'est la première fois. Je croyais être immunisée.

— Eh bien, vous ne l'êtes pas et vous l'avez attrapé, répondit George avec un grand sourire. N'oubliez pas les bains d'amidon et évitez de marcher dans l'herbe haute.

Elle sourit d'un air un peu piteux.

— Jack l'a attrapé lui aussi. Est-ce qu'il doit venir vous voir ?

— Non, mais rien ne vous empêche de prendre vos bains d'amidon en famille.

Candy hocha la tête d'un air lugubre. C'est alors qu'elle vit Fran.

— Salut, Frannie ! Comment ça va ?

— Pas mal. Et toi ?

— Très, très mal, répondit Candy en lui montrant le flacon pour que Fran puisse lire l'étiquette : CALADRYL. J'ai touché du sumac vénéneux. Et tu ne vas sûrement pas *deviner* où ça me pique, ajouta-t-elle avec un grand sourire cette fois. Mais tu vas sûrement deviner où ça pique *Jack*.

Elles se regardèrent en riant.

— Mademoiselle Goldsmith ? dit George. Membre du comité de la Zone libre. Très honoré.

Elle tendit la main.

— Appelez-moi Fran s'il vous plaît. Ou Frannie.

— D'accord, Frannie. Alors, quel est le problème ?

— Je suis enceinte. Et j'ai drôlement peur.

Puis elle éclata en sanglots sans autre préambule.

George la prit par les épaules.

— Laurie, je vais avoir besoin de toi dans cinq minutes.

— Entendu, docteur.

Il conduisit Frannie dans la salle d'examen et la fit asseoir sur une table recouverte de similicuir noir.

— Alors, pourquoi ces larmes ? À cause des jumeaux de madame Wentworth ?

Frannie fit signe que oui.

— Un accouchement difficile, Fran. La mère fumait beaucoup. Les bébés étaient très petits, même pour des jumeaux. Ils sont arrivés en début de soirée, très vite. Je n'ai pas pu faire d'autopsie. Plusieurs femmes de notre groupe s'occupent de Regina Wentworth. Je crois — *j'espère* — qu'elle va réussir à sortir de cet état de fugue mentale où elle se trouve maintenant. Mais pour le moment, tout ce que je peux dire, c'est que ces bébés avaient deux handicaps dès le départ. Ils ont pu mourir de *n'importe quoi*.

— Y compris de la grippe.

— Oui, c'est exact.

— Alors, il faut simplement attendre.

— Pas du tout. Je vais vous faire un examen complet. Je vais vous suivre, comme toutes les autres femmes qui pourraient être enceintes maintenant ou qui le seront plus tard. General Electric avait un slogan : *Notre Principal Produit est le Progrès.* Dans la Zone, les bébés sont notre principal produit et nous allons les traiter comme il faut.

— Mais nous ne savons pas vraiment ce qui s'est passé.

— Non, c'est vrai. Mais il ne faut pas vous décourager, Fran.

— Oui, vous avez raison. Je vais essayer.

On frappa à la porte et Laurie entra. Elle remit à George un formulaire et le médecin commença à questionner Fran sur ses antécédents médicaux.

L'examen terminé, George sortit dans la pièce attenante. Laurie resta avec Fran pendant qu'elle se rhabillait.

Fran boutonnait son chemisier quand Laurie lui dit d'une voix tranquille :

— Je t'envie, tu sais. Malgré ce doute. Dick et moi, nous avons tout fait pour avoir un bébé. C'est drôle. Autrefois, je portais un de ces macarons POPULATION ZÉRO au travail. *Croissance* zéro, naturellement. Mais quand je pense à ce macaron aujourd'hui, ça me fait froid dans le dos. Frannie, ton bébé va être le *premier*. Et je sais que tout se passera bien. Il *faut*.

Fran se contenta de sourire. Inutile de rappeler à Laurie que son bébé n'allait *pas* être le premier.

Les jumeaux de madame Wentworth avaient été les premiers.

Et ils étaient morts.

— Parfait, dit George une demi-heure plus tard. Tout se présente très bien.

Fran prit un Kleenex et le serra très fort dans sa main.

— Je l'ai senti bouger... mais il y a déjà quelque temps. Depuis, rien du tout. J'avais peur...

— Il est vivant, mais je doute vraiment que vous l'ayez senti bouger, vous savez. C'était sans doute des gaz.

— C'était le bébé, j'en suis sûre.

— De toute façon, il va beaucoup remuer dans quelque temps, croyez-moi. Vous devriez être maman entre le premier janvier et le quinze. Qu'est-ce que vous en pensez ?

— Parfait.

— Vous mangez bien ?

— Oui, je crois — j'essaye en tout cas.

— Bien. Pas de nausées ?

— Un peu au début, mais plus maintenant.

— Magnifique. Vous prenez beaucoup d'exercice ?

En un éclair, elle se vit en train de creuser la tombe

de son père. Elle cligna les yeux pour chasser cette vision. C'était dans une autre vie.

— Oui, beaucoup.

— Vous avez pris du poids ?

— Deux kilos.

— Pas de problème. Vous pourrez encore prendre au moins cinq kilos ; je me sens généreux aujourd'hui.

— Vous êtes le médecin, fit-elle en souriant.

— Oui, et j'étais obstétricien, si bien que vous ne pouviez pas tomber mieux. Maintenant, pour la bicyclette, la moto et le vélomoteur, interdiction formelle, disons après le quinze novembre. De toute façon, il fera trop froid. Est-ce que vous fumez ?

— Non.

— Est-ce que vous buvez ?

— Pas vraiment.

— Si vous voulez prendre un petit verre avant de vous coucher de temps en temps, aucune objection. Je vais vous donner des vitamines ; vous les dénicherez dans n'importe quelle pharmacie...

Frannie éclata de rire. George sourit, un peu désarçonné.

— J'ai dit quelque chose de drôle ?

— Non. J'ai simplement trouvé ça drôle dans les circonstances.

— Oh oui ! Je vois. Bon, en tout cas on ne se plaindra plus du prix des médicaments, n'est-ce pas ? Dernière chose, Fran. Avez-vous jamais eu un stérilet ?

— Non, pourquoi ? demanda Fran qui se souvint alors de son rêve : l'homme noir avec son cintre en fil de fer, et elle frissonna.

— Non, répéta-t-elle.

— Très bien, c'est tout, dit le médecin en se levant. Je ne vais pas vous dire de ne pas vous inquiéter...

— Non, c'est inutile.

Le sourire avait disparu de ses yeux.

— Mais je vais vous demander quand même de ne pas trop vous faire de souci. L'anxiété chez une femme enceinte peut provoquer des désordres glandulaires. Et

382

ce n'est pas bon pour le bébé. Je n'aime pas donner des tranquillisants aux femmes enceintes, mais si vous croyez...

— Non, ce ne sera pas nécessaire.

Mais, lorsqu'elle sortit sous le chaud soleil de midi, elle savait que la seconde moitié de sa grossesse allait être hantée par les jumeaux disparus de madame Wentworth.

Le 29 août, trois groupes arrivèrent, l'un de vingt-deux personnes, l'autre de seize, le dernier de vingt-cinq. Sandy DuChien alla voir les sept membres du comité pour leur dire que la Zone libre comptait désormais plus de mille habitants.

Boulder n'était plus tout à fait une ville fantôme.

Dans la soirée du 30, Nadine Cross était debout dans le sous-sol de la maison de Harold. Elle regardait le jeune homme et se sentait mal à l'aise.

Quand Harold n'était pas occupé à ses jeux sexuels biscornus, il semblait se réfugier dans un lieu secret et inaccessible. Et, lorsqu'il était dans ce lieu, il donnait l'impression d'être glacial ; plus encore, il semblait la mépriser et même se mépriser lui-même. La seule chose qui ne changeait pas, c'était sa haine de Stuart Redman et des autres membres du comité.

Harold était penché au-dessus du baby-foot, un livre ouvert à côté de lui. De temps en temps, il regardait un schéma, puis se remettait au travail. La trousse d'outils de sa belle Triumph était ouverte sur sa droite. Le baby-foot était semé de petits bouts de fils de cuivre.

— Tu sais, dit-il d'une voix absente, tu devrais aller te promener.

— Pourquoi ?

Elle se sentit un peu blessée. Le visage de Harold était tendu, crispé. Nadine comprenait maintenant pourquoi Harold souriait autant : quand il ne souriait pas, il avait l'air d'un fou. Et elle n'était pas loin de penser qu'il était *effectivement* fou, ou presque.

— Parce que je ne sais pas si cette dynamite est vieille ou pas.

— Qu'est-ce que tu veux dire ?

— La vieille dynamite *sue,* ma chère petite.

Il leva les yeux vers elle et elle vit que son visage ruisselait de sueur.

— Et ce qu'elle sue est de la nitroglycérine pure, l'une des substances les plus instables qui existent. Alors, si cette dynamite n'est pas de la dernière jeunesse, il est tout à fait possible que cette petite expérience de chimiste amateur nous expédie jusqu'en haut du mont Flagstaff, et même plus loin encore, jusqu'au pays d'Oz.

— Bon, mais ce n'est pas la peine de faire la gueule pour autant.

— Nadine ? *Mi amor ?*

— Quoi ?

Harold la regarda calmement, sans sourire.

— Ferme ta sale gueule.

Ce qu'elle fit. Mais elle ne sortit pas se promener, même si elle n'eût pas demandé mieux. Si Flagg voulait vraiment cela (et la planchette lui avait dit que Flagg avait chargé Harold de s'occuper du comité), la dynamite ne serait pas trop vieille. Et même si elle *était* vieille, elle n'exploserait qu'au moment voulu. Mais était-ce bien sûr ? À quel point Flagg était-il maître des événements ?

Suffisamment, se dit-elle, *suffisamment.* Mais elle n'en était pas sûre et se sentait de plus en plus mal à l'aise. Elle était revenue chez elle, mais Joe était parti — parti pour de bon cette fois. Elle était allée voir Lucy qui l'avait reçue avec froideur. Mais elle était restée suffisamment longtemps pour apprendre que depuis qu'elle s'était installée chez Harold, Joe (Lucy l'appelait naturellement Leo) avait « pas mal régressé ». Manifestement, Lucy l'en rendait responsable... Si une avalanche déboulait un jour du mont Flagstaff ou si un tremblement de terre ouvrait en deux la rue Pearl, Lucy l'en rendrait probablement responsable aussi. Il est vrai que bientôt ils ne manqueraient pas de choses à leur mettre sur le dos, à elle et à Harold. Pourtant, elle était bien déçue de ne pas avoir revu Joe une dernière fois... de ne pas l'avoir embrassé pour lui dire au revoir. Harold et elle n'allaient plus traîner très longtemps dans la Zone libre de Boulder.

Tant pis, il vaut mieux couper les ponts une fois pour toutes avec lui, maintenant que tu t'es embarquée dans cette horreur. Tu ne lui ferais que du mal... et tu te ferais sans doute du mal à toi aussi, parce que Joe... voit les choses, sait les choses. Laisse-le ne plus être Joe, laisse-toi ne plus être maman Nadine. Laisse-le redevenir Leo, pour toujours.

Mais il y avait là un paradoxe inéluctable. Elle était convaincue qu'aucun des habitants de la Zone n'avait plus d'un an à vivre, y compris le jeune garçon. Ce n'était pas *sa* volonté qu'il vive...

... alors, dis la vérité, Harold n'est pas son seul instrument. Toi aussi. Toi qui as dit un jour que le seul péché impardonnable dans le monde de l'après-grippe était de sacrifier une seule vie humaine...

Tout à coup, elle aurait voulu que la dynamite *soit* vieille, qu'elle saute, qu'elle les mette en pièces tous les deux. Le coup de grâce. Puis elle pensa à ce qui allait arriver après, lorsqu'ils auraient traversé les montagnes, et elle sentit cette ancienne chaleur lui réchauffer le ventre.

— Voilà, murmura Harold.

Il avait déposé son appareil dans une boîte à chaussures Hush Puppies.

— C'est fait ?

— Oui, c'est fait.

— Ça va marcher ?

— Tu veux essayer ?

Sa voix était amère et sarcastique, mais elle s'en moquait bien. Les yeux du jeune homme caressaient goulûment son corps avec cette anxiété avide de petit garçon qu'elle avait appris à connaître. Il était revenu de ce lieu lointain — le lieu où il avait écrit ce qu'elle avait lu dans son registre, avant de le remettre en place sous la pierre du foyer. Elle savait comment le prendre. Il pouvait bien parler.

— Est-ce que tu voudrais d'abord me regarder m'amuser toute seule ? Comme hier soir ?

— D'accord. Bonne idée.

— Alors, on va faire un tour dans la chambre, répondit-elle en battant des paupières. Je monte la première.

— Comme tu veux, répondit-il d'une voix rauque.

De petites gouttes de sueur perlaient sur le front de Harold, mais ce n'était pas la peur qui les avait mises là cette fois-ci.

Elle monta donc la première et elle le sentit regarder sous sa jupe courte de petite fille. Elle n'avait pas de culotte.

La porte se referma. La chose que bricolait Harold tout à l'heure était là dans la pénombre, dans cette boîte à chaussures ouverte : un walkie-talkie Radio Shack dont l'arrière était démonté. Des fils le reliaient à huit bâtons de dynamite. Le livre était encore ouvert. Harold l'avait emprunté à la bibliothèque municipale de Boulder. Le titre : *Les soixante-cinq meilleurs montages de l'Exposition nationale des sciences*. Le diagramme illustrait une sonnette branchée à un walkie-talkie identique à celui qui se trouvait dans la boîte à chaussures. Et, sous le diagramme, une légende : *Troisième prix, Exposition nationale des sciences de 1977, Montage de Brian Ball, Rutland, Vermont. Un mot... et la sonnette retentit à vingt kilomètres !*

Quelques heures plus tard, Harold descendit au sous-sol, ferma la boîte à chaussures et remonta l'escalier en la portant avec précaution. Puis il la posa sur l'étagère supérieure d'un placard de la cuisine. Ralph Brentner lui avait dit dans l'après-midi que le comité de la Zone libre avait invité Chad Norris à prendre la parole à sa prochaine réunion. Quel jour ? avait demandé Harold d'un air détaché. Le 2 décembre, avait répondu Ralph.

Le 2 décembre.

57

Larry et Leo étaient assis sur le trottoir, devant la maison. Larry buvait une bière tiède, Leo une orangeade tout aussi tiède. Vous pouviez boire ce que vous vouliez à Boulder, n'importe quoi, à condition cependant d'aimer boire tiède. De derrière la maison montait le *pout-pout* monotone d'un petit moteur. Lucy était en train de tondre la pelouse. Larry avait proposé de se charger de la corvée, mais Lucy n'avait rien voulu savoir.

— Essaye plutôt de voir ce qui ne va pas avec Leo.

C'était la dernière journée du mois d'août.

Le lendemain du jour où Nadine s'était installée chez Harold, Leo n'était pas venu pour le petit déjeuner. Larry l'avait trouvé dans sa chambre, en slip, en train de sucer son pouce. Hostile, il refusait de parler. Larry avait eu plus peur que Lucy, car elle ne savait pas qui était Leo lorsque Larry avait fait sa connaissance. Il s'appelait alors Joe. Et il brandissait un couteau de boucher.

Presque une semaine avait passé depuis. Leo était un peu mieux, mais il n'avait pas récupéré tout le terrain perdu et il refusait de parler de ce qui s'était passé.

— Cette femme y est pour quelque chose, avait dit Lucy en vissant le bouchon du réservoir de la tondeuse.

— Nadine ? Pourquoi dis-tu ça ?

— Je ne voulais pas t'en parler. Mais elle est venue l'autre jour pendant que toi et Leo vous étiez en train de pêcher au bord du ruisseau. Elle voulait voir l'enfant. Vous n'étiez pas là, et tant mieux.

— Lucy...

Elle lui donna un petit baiser. Il glissa la main sous son débardeur et la pinça gentiment.

— Je t'avais mal jugé, dit-elle. Je vais sans doute le regretter toute ma vie. Mais je ne vais jamais aimer cette Nadine Cross. Il y a quelque chose qui ne va pas chez elle.

Larry ne répondit rien, mais il pensait que Lucy n'avait probablement pas tort. Il se souvenait de cette nuit, quand elle s'était comportée comme une folle.

— Il y a encore autre chose. Quand elle était ici, elle ne l'a pas appelé Leo. Elle l'a appelé de son autre nom, Joe.

Il la regarda avec étonnement tandis qu'elle se retournait pour faire démarrer la tondeuse.

Et maintenant, une demi-heure après cette conversation, il buvait sa bière en regardant Leo faire rebondir la balle de ping-pong qu'il avait trouvée le jour où ils étaient allés tous les deux chez Harold. La petite balle blanche était toute sale, mais encore intacte. *Toc-toc-toc* sur le bitume. Qui est là ? Le grand méchant loup.

Leo (il s'appelait bien Leo maintenant, non ?) n'avait pas voulu rentrer chez Harold ce jour-là.

Dans la maison où maman Nadine habitait maintenant.

— Tu veux qu'on aille à la pêche, p'tit mec ? proposa Larry tout à coup.

— Pas pêcher, répondit Leo et il regarda Larry avec ses étranges yeux couleur de mer. Tu connais monsieur Ellis ?

— Naturellement.

— Il dit qu'on pourra boire l'eau quand les poissons seront revenus. Boire sans... tu sais bien...

Il poussa un petit sifflement et remua les doigts devant ses yeux.

— Sans la faire bouillir ?

— Oui.

Toc-toc-toc.

— J'aime bien Dick, Dick et Laurie. Donne toujours

quelque chose à manger. Il a peur de pas pouvoir, mais je crois qu'ils pourront.

— Pourront quoi ?

— Pourront faire un bébé. Dick croit qu'il est trop vieux. Mais je pense que non.

Larry allait demander comment Leo et Dick en étaient venus à parler de ce sujet, mais il se ravisa. La réponse était naturellement qu'ils n'en avaient pas parlé. Dick n'aurait jamais parlé à un petit garçon d'une chose aussi personnelle. Leo avait tout simplement... deviné.

Toc-toc-toc.

Oui, Leo savait des choses... ou les devinait. Il n'avait pas voulu entrer chez Harold et il avait dit quelque chose sur Nadine... il ne se rappelait plus exactement quoi... mais Larry s'était souvenu de cette conversation et il s'était senti très mal à l'aise lorsqu'il avait entendu dire que Nadine s'était installée chez Harold. On aurait dit que le garçon était en transe, comme si...

(... toc-toc-toc...)

Larry suivait la balle des yeux, puis soudain il regarda le visage de Leo. Les yeux de l'enfant étaient perdus dans le lointain. Le bruit de la tondeuse n'était plus qu'un vrombissement soporifique. La lumière était douce. Il faisait chaud. Et Leo était à nouveau en transe, comme s'il avait lu dans les pensées de Larry et qu'il lui eût simplement répondu.

Leo était allé voir l'éléphant.

— Oui, je crois qu'ils peuvent faire un bébé, dit Larry comme si de rien n'était. Dick n'a certainement pas plus de cinquante-cinq ans. Cary Grant a fait un enfant à près de soixante-dix ans, je crois.

— C'est qui, Cary Grant ?

Et la balle rebondissait toujours.

(Les Enchaînés. La Mort aux trousses.)

— Tu ne sais pas ?

— C'était un acteur, répondit Leo. Il a joué dans *Les Déchaînés* et dans *La Mort aux trousses.*

(Les Enchaînés.)

— Oui, *Les Enchaînés,* c'est ça, reprit Leo.

Ses yeux n'avaient pas quitté la petite balle de ping-pong qui continuait à rebondir.

— Très bien, dit Larry. Comment va maman Nadine, Leo ?

— Elle m'appelle Joe. Pour elle, je suis Joe.

— Ah bon.

Larry sentit quelque chose de froid remonter lentement dans son dos.

— C'est pas bon maintenant.

— Pas bon ?

— C'est pas bon avec les deux.

— Nadine et...

(Harold ?)

— Oui, lui.

— Ils ne sont pas heureux ?

— Il s'est moqué d'eux. Ils pensent qu'il veut d'eux.

— Il ?

— *Lui.*

Le mot se perdit dans le silence de l'été.

Toc-toc-toc.

— Ils vont à l'ouest, reprit Leo.

— Mon Dieu, murmura Larry.

Il avait très froid. L'ancienne terreur le reprenait. Voulait-il vraiment en savoir davantage ? C'était comme regarder une tombe s'ouvrir lentement dans un cimetière silencieux, voir une main en sortir...

Je ne veux pas entendre, je ne veux pas savoir.

— Maman Nadine veut croire que c'est ta faute. Elle veut croire que tu l'as poussée chez Harold. Mais elle a fait exprès d'attendre. Elle a attendu jusqu'à ce que tu aimes trop maman Lucy. Elle a attendu jusqu'à ce qu'elle soit sûre. C'est comme s'*il* limait la partie de son cerveau qui fait la différence entre le bien et le mal. Petit à petit, il lime cette partie de son cerveau. Et, lorsqu'il n'y en aura plus, elle sera folle comme tous les autres à l'ouest. Plus folle peut-être.

— Leo..., murmura Larry.

— Elle m'appelle Joe, fit aussitôt Leo. Pour elle, je suis Joe.

— Est-ce que je dois t'appeler Joe maintenant ? demanda Larry d'une voix mal assurée.

— Non, répondit l'enfant, presque suppliant. Non, s'il te plaît.

— Tu regrettes ta maman Nadine, c'est ça, Leo ?

— Elle est morte, répliqua Leo avec un calme glacé.

— C'est pour ça que tu es resté dehors si tard cette nuit-là ?

— Oui.

— C'est pour ça que tu ne voulais pas parler ?

— Oui.

— Mais tu parles maintenant.

— Je peux parler avec toi et avec maman Lucy.

— Oui, naturellement...

— Mais pas pour toujours ! lança l'enfant d'une voix inquiète. Pas pour toujours, sauf si tu parles à Frannie ! Parle à Frannie ! *Parle à Frannie !*

— De Nadine ?

— Non !

— De quoi ? De toi ?

La voix de Leo monta encore, perçante cette fois.

— Tout est écrit ! Tu sais ! Frannie sait ! *Parle à Frannie !*

— Le comité...

— Pas au comité ! Le comité ne va pas t'aider, il n'aidera personne, le comité, c'est autrefois, *il* se moque de votre comité, parce que c'est l'ancienne manière, et l'ancienne manière c'est *sa* manière, tu sais, Frannie sait, si vous parlez ensemble, vous pouvez...

Leo frappa très fort sur la balle — *TOC !* — elle rebondit plus haut que sa tête, puis elle retomba et s'éloigna en roulant. Larry la regarda, la bouche sèche, entendant les coups affolés de son cœur dans sa poitrine.

— J'ai perdu ma balle, dit Leo qui courut la chercher.

Larry le regardait.

Frannie, pensa-t-il.

Ils étaient assis sur le bord du kiosque à musique, les pieds ballants. Le soleil allait se coucher dans une heure. Quelques personnes se promenaient dans le parc, certaines en se tenant par la main. L'heure des enfants est aussi celle des amoureux, pensa Fran sans trop savoir pourquoi. Larry venait juste de lui raconter ce que Leo avait dit dans sa transe. Elle se sentait un peu perdue.

— Alors, qu'est-ce que tu penses ?

— Je ne sais pas, répondit-elle doucement, sauf que je n'aime pas du tout ces affaires-là. Des rêves prémonitoires. Une vieille dame qui est d'abord la voix de Dieu et qui disparaît ensuite dans les montagnes. Et maintenant, un petit garçon qui semble avoir le don de la télépathie. On se croirait dans un conte de fées. Parfois, j'ai l'impression que la super-grippe nous a peut-être épargnés, mais qu'elle nous a tous rendus dingues.

— Il m'a dit que je devais te parler. C'est pour ça que je suis là.

Elle ne répondit pas.

— Bon, reprit Larry, si quelque chose te passe par la tête...

— C'est écrit, dit Frannie tout bas. Il avait raison, le petit. C'est clair, tout le problème vient de là, je crois. Si je n'avais pas été si bête, si prétentieuse, si je n'avais pas écrit... que je suis stupide !

Larry la regardait, ébahi.

— De quoi parles-tu ?

— C'est Harold, et j'ai très peur. Je n'ai pas voulu en parler à Stu. J'avais honte. C'était si *bête* de tenir un journal... et maintenant, Stu... Stu *aime* vraiment Harold... tout le monde dans la Zone libre aime Harold, même toi.

Elle éclata de rire, mais son rire était bien proche des larmes.

— Après tout, reprit-elle, il était ton... ton guide, ton inspirateur pendant ton voyage, c'est bien ça ?

— Je ne te suis pas très bien, dit lentement Larry. Est-ce que tu peux me dire de quoi tu as peur ?

— C'est justement ça, *je ne sais pas vraiment*.

Elle le regarda, les yeux mouillés de larmes.

— J'ai l'impression que je ferais mieux de te dire tout ce que je sais, Larry. Il faut que je parle à quelqu'un. Je ne peux plus garder tout ça pour moi, et Stu... n'est peut-être pas la bonne personne pour m'écouter. Au moins, pas la première.

— Vas-y, Fran. Vide ton sac.

Elle commença à tout lui raconter, depuis ce jour du mois de juin quand Harold était arrivé devant chez elle, à Ogunquit, dans la Cadillac de Roy Brannigan. Tandis qu'elle parlait, le ciel jusque-là orange commença à prendre une teinte bleutée. Les couples d'amoureux qui se promenaient dans le parc s'en allaient les uns après les autres. Un mince croissant de lune se leva. Dans la grande tour qui se dressait de l'autre côté du boulevard Canyon, quelques lampes Coleman s'étaient allumées. Frannie lui parla du message peint sur le toit de la grange, lui raconta comment elle dormait à poings fermés tandis que Harold risquait sa vie pour peindre son nom. Comment ils avaient rencontré Stu à Fabyan, la réaction très forte de Harold en face de Stu. Elle lui parla de son journal, de l'empreinte qu'elle y avait vue. Quand elle eut terminé, il était plus de neuf heures et les grillons chantaient. Il y eut un temps de silence et Fran attendit avec appréhension que Larry dise quelque chose. Mais il semblait perdu dans ses pensées.

— Tu es sûre à propos de cette empreinte ? dit-il enfin. Tu es *certaine* que c'était Harold ?

Elle n'eut qu'un moment d'hésitation.

— Oui, dès que je l'ai vue, j'ai su que c'était l'empreinte de Harold.

— Cette grange, avec le message... tu te souviens que, le soir où je t'ai rencontrée, je t'ai dit que j'étais monté ? Et que Harold avait gravé ses initiales sur une poutre, dans le grenier ?

— Oui.

— Pas seulement ses initiales. Il y avait aussi les tiennes. Au milieu d'un cœur percé. Le genre de truc qu'un petit garçon fou d'amour grave sur son pupitre avec un canif.

Elle s'essuya les yeux avec les mains.

— Quel merdier !

— Tu n'es pas responsable des actes de Harold Lauder.

Il lui prit la main.

— Écoute-moi, moi le parfait salopard, la ficelle, le combinard. Tu ne dois pas te culpabiliser. Parce que si tu...

Il serrait de plus en plus fort la main de Frannie, mais son visage restait très doux.

— Si tu fais ça, tu vas devenir folle. C'est déjà assez difficile de ne pas marcher à côté de ses pompes, alors celles des autres...

Il lâcha la main de Frannie. Ils restèrent quelque temps silencieux.

— Tu penses que Harold en veut à mort à Stu ? dit-il enfin. Tu penses vraiment ça ?

— Oui, j'en suis sûre. Et il en veut peut-être à tout le comité. Mais je ne sais pas ce que...

La main de Stu s'abattit tout à coup sur son épaule et elle s'arrêta de parler. Larry ouvrait de grands yeux. Ses lèvres remuaient silencieusement.

— Larry ? Qu'est-ce que...

— Quand il est descendu ! Il est allé chercher un tire-bouchon, je crois, ou autre chose.

— *Quoi ?*

Il se tourna lentement vers elle, comme si son cou était rouillé.

— Tu sais, il y a peut-être moyen de tirer tout ça au clair. Je ne garantis rien, parce que je n'ai pas lu ton journal, mais... ça paraît tellement logique... Harold lit ton journal, il en prend plein la gueule, mais ça lui donne une idée. Il a sans doute même été jaloux que tu y penses la première. Est-ce que les grands écrivains ne tiennent pas tous un journal ?

— Tu veux dire que *Harold* aurait un journal ?

— Quand il est descendu au sous-sol, le jour où je lui ai apporté cette fameuse bouteille de vin, j'ai regardé autour de moi dans le salon, par curiosité. Il m'avait dit

395

qu'il allait mettre des meubles contemporains, chrome et cuir si je me souviens bien, et j'essayais d'imaginer de quoi ça aurait l'air. Et j'ai remarqué qu'une pierre de la cheminée était défaite !

— *OUI !* s'exclama Fran, si fort qu'il sursauta. Le jour où j'ai été fouiner chez lui... et que Nadine Cross est arrivée... je me suis *assise* devant la cheminée... et je me souviens de cette pierre. Et voilà, dit-elle en regardant Larry. Encore une fois, comme si quelque chose nous menait par le bout du nez...

— Une coïncidence, répondit-il d'une voix hésitante.

— Tu crois ? Nous avons été tous les deux dans la maison de Harold. Nous avons tous les deux remarqué cette pierre. Et maintenant nous sommes tous les deux ici. Une coïncidence ?

— Je ne sais pas.

— Qu'est-ce qu'il y avait sous la pierre ?

— Un registre. En tout cas, c'est ce qui était écrit sur la couverture. Je ne l'ai pas ouvert. Sur le moment, j'ai pensé qu'il avait pu appartenir à l'ancien propriétaire de la maison. Mais alors, Harold l'aurait certainement trouvé. Nous avons tous les deux remarqué la pierre. Bon, supposons qu'il découvre le registre. Même si le type qui habitait la maison avant la grippe l'avait rempli de petits secrets — ses petites tricheries avec le percepteur, ses fantasmes sexuels à propos de sa fille, tout ce que tu voudras — ces secrets n'auraient pas été ceux de *Harold.* Tu me suis ?

— Oui, mais...

— N'interrompez pas l'inspecteur Underwood lorsqu'il est en train d'élucider une affaire difficile, vilaine petite fille. Or donc, si les secrets n'étaient pas ceux de Harold, pourquoi aurait-il remis le registre sous la pierre ? Parce qu'il renfermait *ses secrets à lui.* Il s'agissait donc du *journal* de Harold, C.Q.F.D.

— Tu crois qu'il est encore là ?

— Peut-être. Et je pense que nous ferions mieux d'aller voir.

— Maintenant ?

— Demain. Il sera au travail, avec le comité des inhumations, et Nadine donne un coup de main l'après-midi à la centrale électrique.

— D'accord. Est-ce que tu crois que je devrais en parler à Stu ?

— Pourquoi ne pas attendre un peu ? Inutile de secouer le bateau tant que nous ne sommes pas sûrs et certains de tenir quelque chose d'important. Le registre a peut-être disparu. Ce n'est peut-être qu'une liste des choses qu'il veut faire. Des choses parfaitement innocentes. Ou c'est peut-être le grand plan politique de Harold, en code chiffré...

— Je n'y avais pas pensé. Et qu'est-ce que nous allons faire si... si nous trouvons quelque chose d'important ?

— Je suppose qu'il faudra en parler au comité de la Zone libre. Raison de plus pour ne pas traîner. Nous nous réunissons le 2. Le comité prendra une décision.

— Tu crois ?

— Oui.

Mais Larry pensait déjà à ce que Leo lui avait dit du comité.

Frannie se laissa glisser par terre.

— Je me sens mieux. Merci d'être venu, Larry.

— Il faut décider d'un lieu de rendez-vous.

— Dans le square, en face de chez Harold. À une heure. Ça te va ?

— Parfait, répondit Larry. À demain.

Frannie rentra chez elle le cœur plus léger. Il y avait des semaines qu'elle ne s'était pas sentie aussi bien. Comme l'avait dit Larry, les différentes possibilités étaient maintenant relativement claires. Le registre allait démontrer que leurs craintes n'étaient pas fondées. Ou au contraire, qu'elles...

Eh bien, si c'était le cas, le comité déciderait. Comme Larry le lui avait rappelé, ils allaient se réunir le 2, chez Nick et Ralph.

Lorsqu'elle arriva chez elle, Stu était assis dans la chambre, un crayon feutre dans une main, un énorme livre dans l'autre. Un titre en lettres dorées s'étalait sur la couverture de cuir : *Introduction au Code pénal du Colorado.*

— Dis donc, tu as de ces lectures ?

Et elle l'embrassa sur la bouche.

Stu lança le livre qui atterrit sur la commode avec un bruit sourd.

— Tu parles ! C'est Al Bundell qui me l'a donné. Al et les types du comité législatif sont partis sur les chapeaux de roues, Fran. Al veut parler au comité de la Zone libre à notre réunion d'après-demain. Et vous, qu'est-ce que que vous fabriquiez, jolie madame ?

— Je parlais avec Larry Underwood.

Il l'observa attentivement.

— Fran... tu as pleuré ?

— Oui, répondit-elle en soutenant son regard, mais ça va mieux maintenant. Beaucoup mieux.

— Le bébé ?

— Non.

— Alors quoi ?

— Je te dirai demain soir. Je te dirai tout ce qui m'a trotté dans le crâne où je devrais avoir en principe un cerveau. Jusque-là, pas de questions. D'accord ?

— C'est grave ?

— Stu, je ne sais pas.

Il la regarda longtemps, longtemps.

— D'accord, Frannie. Je t'aime.

— Je sais. Je t'aime moi aussi.

— Au lit ?

— Qu'est-ce que tu crois ?

Quand le jour se leva, le premier septembre, il pleuvait, il faisait gris. Une journée morne dont personne n'aurait dû se souvenir. Pourtant, pas un des habitants de la Zone libre n'allait l'oublier. Car ce fut le jour où l'électricité revint dans le quartier nord de Boulder... du moins pendant quelques secondes.

À midi moins dix, dans la salle de commande de la

centrale électrique, Brad Kitchner regarda Stu, Nick, Ralph et Jack Jackson qui étaient debout derrière lui. Il leur sourit nerveusement.

— Sainte Marie, pleine de grâce, priez pour moi si vous voulez bien.

Il abaissa deux gros interrupteurs à couteaux qui basculèrent d'un coup sec. En bas, dans l'énorme salle caverneuse, deux alternateurs se mirent à ronronner. Les cinq hommes s'approchèrent de la baie vitrée et regardèrent la salle des machines où près d'une centaine d'hommes et de femmes étaient debout, tous munis de lunettes de sécurité, conformément aux instructions de Brad.

— Si nous avons fait une erreur quelque part, je préfère faire sauter deux alternateurs que cinquante-deux, leur avait expliqué Brad un peu plus tôt.

Le ronronnement des alternateurs montait.

Fort.

Nick donna un coup de coude à Stu et lui montra le plafond. Stu leva les yeux et son visage s'éclaira d'un grand sourire. Derrière les panneaux translucides, les tubes fluorescents commençaient à éclairer faiblement. Les alternateurs tournaient de plus en plus vite. Bientôt, le ronronnement devint un sifflement aigu qui cessa de monter. En bas, la petite foule des travailleurs se mit à applaudir. Certains firent une grimace d'ailleurs, car leurs mains étaient en sang après des heures et des heures passées à bobiner du fil de cuivre.

Les tubes fluorescents éclairaient normalement.

La sensation qu'éprouvait Nick était exactement le contraire de la peur qu'il avait ressentie lorsque les lumières s'étaient éteintes à Shoyo — non plus l'impression d'être enfermé dans une tombe, mais celle de renaître, de ressusciter.

Les deux alternateurs alimentaient une petite section du quartier nord de Boulder. Certaines personnes ignoraient qu'un essai allait avoir lieu ce matin-là. Et beaucoup s'enfuirent à toutes jambes, comme si tous les démons de l'enfer les avaient prises en chasse.

Les téléviseurs s'allumèrent et les écrans se couvrirent

de neige. Dans une maison de la rue Spruce, un mixer se réveilla et tenta de battre un mélange d'œufs et de fromage qui depuis longtemps s'était solidifié. Son moteur surchauffa bientôt et grilla. Une scie électrique sortit de son sommeil dans un garage déserté, crachant de ses entrailles des nuages de sciure de bois. Des ronds de cuisinières commencèrent à rougir. Marvin Gaye se mit à chanter dans les haut-parleurs d'un magasin de disques d'occasion, le Musée de cire. Les paroles, sur un *beat* disco qui ne péchait pas par excès de subtilité, semblaient venir d'un passé déjà presque oublié : *Il faut... danser... il faut... chanter... on va tous recommencer... il faut danser... il faut chanter...*

Un transformateur sauta rue Maple et des étincelles violettes tombèrent en une superbe gerbe sur l'herbe mouillée avant de s'éteindre.

À la centrale électrique, l'un des alternateurs se mit à siffler plus haut, comme s'il peinait. Puis il commença à fumer. Affolés, les travailleurs de la centrale reculèrent. La salle commençait à se remplir de l'odeur douceâtre et écœurante de l'ozone. Une alarme se déclencha.

— Il tourne trop vite ! rugit Brad. Ce salopard est en train de surcharger !

Il se précipita au fond de la salle de commande et releva les deux interrupteurs. Le sifflement des alternateurs commença à baisser, mais l'on entendit quand même une forte explosion et des cris, assourdis par la baie vitrée.

— Nom de Dieu ! cria Ralph. Il y en a un qui brûle.

Au-dessus de leurs têtes, la lumière des tubes fluorescents baissa jusqu'à n'être plus qu'un petit filament blanchâtre, puis disparut complètement. Brad ouvrit la porte et sortit sur le palier de fer. Il criait, et les mots résonnaient dans l'énorme hall de la salle des machines.

— Les extincteurs chimiques ! Vite !

Plusieurs extincteurs crachèrent de la mousse sur les alternateurs et les flammes furent bientôt noyées. Une odeur pénétrante d'ozone flottait dans l'air. Les autres

400

vinrent rejoindre Brad sur le palier. Stu posa la main sur son épaule :

— Désolé que ça n'ait pas marché, mon vieux.

Brad se retourna vers lui avec un grand sourire.

— Désolé ? De quoi ?

— Il a pris feu, non ? dit Jack.

— Ça, oui ! Je peux pas dire le contraire ! Et un transformateur a sauté quelque part. J'avais oublié, nom d'une pipe, j'avais oublié ! Ils sont tombés malades, ils sont morts, et naturellèment ils n'ont pas fait le tour de leurs maisons pour éteindre les appareils ! Les télés sont allumées, les fours, les couvertures chauffantes, tout le bazar. Un appel de courant formidable. Et ces alternateurs sont conçus pour travailler en réseau : les autres viennent donner un coup de main lorsque la charge est trop forte. Celui qui a brûlé essayait de délester, mais les autres ne tournaient pas, vous comprenez maintenant ?

Brad gesticulait, très énervé.

— Gary ! reprit-il. Vous vous souvenez comment Gary a été complètement rasée, dans l'Indiana ?

Ils hochèrent la tête.

— Je ne suis pas sûr, on ne saura jamais vraiment, mais ça pourrait bien être exactement la même chose que ce qui s'est passé ici. Le délestage ne s'est pas fait assez rapidement. Un court-circuit dans une couverture chauffante aurait pu suffire dans certaines circonstances, comme à Chicago en 1871, quand la vache de cette dame, madame O'Leary, a renversé une lampe à pétrole. Toute la ville a brûlé. Les alternateurs essayaient de délester, mais il n'y en avait pas d'autres pour prendre la relève. Alors ils ont grillé. On a eu de la chance — vous pouvez me croire.

— Si tu le dis, répondit Ralph sans grande conviction.

— Il faut tout recommencer, mais seulement sur un alternateur. Tout va marcher comme sur des roulettes maintenant, mais...

Brad faisait claquer ses doigts sans s'en rendre compte.

— Il ne faut pas remettre le jus avant d'être sûrs,

reprit-il. Est-ce qu'on pourrait avoir une autre équipe ?
Une douzaine de types à peu près

— Je crois que oui, répondit Stu. Pour quoi faire ?

— Une équipe d'extincteurs, c'est comme ça qu'on pourrait les appeler. Des types qui feront le tour de Boulder pour éteindre tout ce qui est encore en marche. On ne pourra pas remettre le jus tant que ce ne sera pas fait. Nous n'avons pas de pompiers...

Brad éclata de rire, un rire un peu fou.

— Le comité de la Zone libre se réunit demain soir, dit Stu. Tu n'as qu'à venir pour expliquer ton affaire et on te donnera des hommes. Mais tu es sûr qu'il n'y aura pas d'autres surcharges ?

— Tout à fait sûr. Aujourd'hui, tout se serait bien passé s'il n'y avait pas eu autant d'appareils en marche. Pendant que j'y pense, quelqu'un devrait quand même aller dans le quartier nord pour voir si tout est en train de brûler.

Une blague ? Difficile à dire. Quoi qu'il en soit, il y avait effectivement quelques petits incendies, la plupart allumés par des appareils qui avaient chauffé. Aucun ne s'était propagé cependant, grâce à la bruine qui ne cessait de tomber. Et les habitants de la Zone se souvinrent du 1er septembre 1990 comme du jour où l'électricité était revenue — pendant une trentaine de secondes.

Une heure plus tard, Fran entra avec sa bicyclette dans le parc Eben G. Fine, en face de chez Harold. À l'extrémité nord, juste à côté des tables de pique-nique, un ruisseau gazouillait paisiblement. La bruine du matin s'était transformée en un fin brouillard.

Elle chercha Larry des yeux, ne le vit pas et posa sa bicyclette contre un mur. Puis elle fit quelques pas sur l'herbe mouillée dans la direction des balançoires quand une voix l'appela :

— Par ici, Frannie.

Elle sursauta et regarda du côté des w.-c., le cœur battant. Une silhouette se tenait debout dans l'ombre du petit passage qui séparait les toilettes des hommes de celles des femmes. Un instant, elle crut...

Mais la silhouette sortit de l'ombre. C'était Larry, vêtu d'un jeans et d'une chemise kaki. Fran se détendit.

— Je t'ai fait peur ?

— Un peu. J'ai vu une forme dans le noir...

Elle s'assit sur une balançoire. Les battements de son cœur commençaient à s'apaiser.

— Je suis désolé. J'ai pensé que ce serait plus prudent, même si on ne peut pas nous voir de chez Harold. Tu es venue en bicyclette, toi aussi.

— Oui, ça fait moins de bruit.

— J'ai caché la mienne là-bas.

Du menton, il montra un petit abri, à côté du terrain de jeux.

Frannie fit passer sa bicyclette entre les balançoires et la cacha, elle aussi, sous l'abri où régnait une odeur fétide de moisi. C'était sans doute un lieu de rendez-vous pour les adolescents trop jeunes ou trop saouls pour conduire, pensa-t-elle. Le sol était jonché de bouteilles de bière et de mégots de cigarettes. Une culotte chiffonnée traînait dans un coin. En face, on pouvait voir les vestiges d'un petit feu. Fran rangea sa bicyclette à côté de celle de Larry et sortit aussitôt. Dans ce noir, avec cette odeur de sexe et de moisi dans les narines, il était trop facile d'imaginer l'homme noir debout à côté d'elle, son cintre en fil de fer à la main.

— Charmant comme motel, non ? dit Larry.

— Je ne peux pas dire que j'aimerais traîner trop longtemps là-dedans, répondit Fran en frissonnant. Quoi qu'il arrive, Larry, je veux tout raconter à Stu ce soir.

— Oui, et pas simplement parce qu'il est membre du comité. Il est aussi le shérif.

Fran le regarda, troublée. Pour la première fois, elle comprenait vraiment que cette expédition pourrait avoir pour résultat de faire jeter Harold en prison. Ils allaient entrer en cachette dans sa maison, sans mandat, pour fouiller dans ses affaires.

— Je n'aime pas trop ça, dit-elle.

— Moi non plus. Tu préfères qu'on en reste là ?

Elle réfléchit un long moment, puis secoua la tête.

— Parfait. Il faut en avoir le cœur net, je crois.

— Tu es sûr qu'ils sont partis tous les deux ?

— Oui. J'ai vu Harold au volant d'un camion du comité des inhumations, tôt ce matin. Et tous les membres du comité de l'énergie électrique étaient invités pour les essais.

— Tu es sûr qu'elle y est allée ?

— Ça aurait quand même paru drôle qu'elle n'y soit pas, non ?

Fran réfléchit, puis hocha la tête.

— Tu as sans doute raison. Pendant que j'y pense, Stu m'a dit qu'ils espéraient rétablir l'électricité dans toute la ville d'ici le 6.

— Ça sera un grand jour.

Et Larry pensa que ce serait formidable d'aller s'asseoir chez Shannon's ou au Broken Drum avec une grosse guitare Fender et un ampli encore plus gros pour jouer quelque chose — n'importe quoi, mais quelque chose de simple, avec un *beat* bien rond — à plein volume. *Gloria,* peut-être, ou *Walkin' the Dog.* N'importe quoi, en fait, sauf *Baby, tu peux l'aimer ton mec ?*

— Nous devrions peut-être trouver une excuse quand même, dit Fran, juste au cas où...

— Tu veux leur faire croire que nous faisons du porte à porte pour les Témoins de Jéhovah ?

— Ha-ha.

— Bon, on pourrait lui dire que nous sommes venus lui annoncer ce que tu viens de m'expliquer, à propos de l'électricité. Si elle est là.

— Oui, je pense que ça pourrait coller.

— Ne te fais pas d'illusions, Fran. Elle se méfierait si nous lui disions que nous sommes venus parce que Jésus-Christ est apparu et qu'il se balade au sommet du château d'eau.

— Si elle a quelque chose à se reprocher.

— Oui, si elle a quelque chose à se reprocher.

— Allons-y, dit Fran après quelques instants de réflexion.

Ils avaient eu tort de s'inquiéter. Ils frappèrent longuement à la porte de devant, puis à celle de la cuisine. La maison de Harold était vide. Tant mieux, se dit Frannie — car plus elle y pensait, plus l'excuse qu'ils avaient inventée lui paraissait mince.

— Comment es-tu entrée la première fois ? demanda Larry.

— Par le vasistas du sous-sol.

Ils firent le tour de la maison et Larry essaya sans succès d'ouvrir le vasistas, tandis que Frannie faisait le guet.

— On dirait qu'il est fermé maintenant.

— Non, il est coincé. Laisse-moi essayer.

Mais elle n'eut pas plus de chance. Manifestement, Harold s'était barricadé depuis sa première visite clandestine.

— Qu'est-ce qu'on fait ? demanda-t-elle.

— On casse la vitre.

— Il va s'en apercevoir.

— Pas d'importance. S'il n'a rien à cacher, il va penser que ce sont des enfants qui s'amusent à casser les vitres des maisons vides. La sienne a vraiment l'air vide avec tous les stores baissés. Et, s'il a quelque chose à cacher, il va se faire beaucoup de mauvais sang. Bien fait pour lui, tu ne crois pas ?

Elle le regarda d'un air sceptique, mais elle ne l'arrêta pas lorsqu'il enleva sa chemise, l'enroula autour de son poing et de son avant-bras, puis cassa la vitre du vasistas du sous-sol. Les éclats de verre tombèrent à l'intérieur tandis que Larry cherchait à tâtons le loquet.

— Voilà, dit-il en le faisant coulisser, puis il se glissa à l'intérieur. Fais attention. Pas de fausse couche dans le sous-sol de Harold Lauder, s'il te plaît.

Il se retourna pour l'aider, la prit sous les bras et la

déposa doucement par terre. Ils regardèrent autour d'eux dans la salle de jeux. Les maillets du jeu de croquet montaient la garde. Le baby-foot était jonché de bouts de fil électrique.

— Qu'est-ce que c'est ? dit-elle en ramassant un fil. Ce n'était pas là l'autre jour.

Larry haussa les épaules.

— Harold est sûrement en train d'inventer le fil électrique à couper le beurre.

Il y avait une boîte sous la table. Il se baissa pour la ramasser : WALKIE-TALKIE RADIO SHACK DE LUXE, PILES NON COMPRISES. Larry ouvrit la boîte mais, au poids, il avait déjà compris qu'elle était vide.

— Ah bon, il monte des walkie-talkies, dit Fran.

— Non, ce n'était pas un kit. Ces machins-là s'achètent déjà montés. Mais il était peut-être en train de les modifier. Ça ne m'étonnerait pas de lui. Tu te souviens que Stu râlait comme un pou à propos de la mauvaise qualité de la réception des walkie-talkies, quand Harold, Ralph et lui étaient en train de chercher mère Abigaël ?

Elle hocha la tête, mais quelque chose à propos de ces bouts de fil la dérangeait.

Larry laissa tomber la boîte par terre et prononça alors ce qu'il allait considérer plus tard comme la plus grosse bourde dont il eût jamais été l'auteur :

— Ça n'a pas d'importance. On continue.

Ils montèrent au rez-de-chaussée. Cette fois, le verrou de la porte était mis. Frannie regarda Larry qui haussa les épaules.

— On n'est pas venus pour des prunes, non ?

Fran hocha la tête.

Il donna quelques coups d'épaule dans la porte pour éprouver la résistance du verrou, puis cogna plus fort. Un bruit sec de métal, et la porte s'ouvrit à toute volée. Larry se pencha pour ramasser le verrou qui était tombé sur le linoléum de la cuisine.

— Je peux le remettre. Il ne s'apercevra de rien. Mais je vais avoir besoin d'un tournevis.

— Pourquoi te compliquer la vie ? Il va voir la vitre cassée de toute façon.

— C'est vrai. Mais si je remets le verrou... Qu'est-ce qui te fait rigoler ?

— Remets le verrou si tu veux. Mais je voudrais bien savoir comment tu vas faire pour le fermer quand tu seras de l'autre côté de la porte !

— Eh merde ! Je déteste les bonnes femmes qui réfléchissent sans autorisation. Bon, on va voir la cheminée, continua-t-il en lançant le verrou sur le comptoir de la cuisine.

Ils entrèrent dans le salon plongé dans l'obscurité et Fran sentit son estomac se nouer. La dernière fois, Nadine n'avait pas la clé. Cette fois-ci, elle l'aurait si jamais elle revenait. Et si elle revenait, elle les prendrait la main dans le sac. Mauvais départ pour Stu, si sa première décision de shérif devait être d'arrêter pour cambriolage la femme avec laquelle il vivait.

— C'est celle-là ? demanda Larry en montrant une pierre.

— Oui. Dépêche-toi.

— Il l'a sans doute changé de place, de toute façon.

De fait, Harold l'avait changé de place. Mais Nadine l'avait remis sous la pierre. Larry et Fran n'en savaient rien, naturellement. Quand Larry souleva la grosse pierre, le livre était là et le mot REGISTRE brillait doucement de toutes ses lettres dorées. Ils le regardèrent. Tout à coup, la pièce sembla plus chaude, plus sombre, étouffante.

— Bon, dit Larry, on va rester là à l'admirer, ou on le lit ?

— Vas-y. Moi, je ne veux même pas y toucher.

Larry sortit le registre du trou et essuya machinalement la poudre blanche qui recouvrait la couverture. Puis il ouvrit une page au hasard. Harold s'était servi d'un crayon feutre qui lui donnait une petite écriture très soignée — l'écriture d'un homme extrêmement maître de lui. Le texte était écrit en un seul bloc, sans un seul paragraphe. À gauche et à droite, les marges minuscules, pas plus grosses qu'un cil, étaient d'une régularité parfaite, si droites qu'elles auraient pu être tirées à la règle.

— Il va me falloir trois jours pour lire tout ça, dit Larry en feuilletant le registre.

— Arrête !

Fran tendit la main pour revenir quelques pages en arrière. Ici, le bloc compact de l'écriture de Harold était interrompu par un épais encadré qui entourait ce qui semblait être une sorte de devise :

Suivre son étoile, c'est reconnaître le pouvoir d'une Force supérieure, d'une Providence ; pourtant, n'est-il pas concevable que cet acte d'obéissance soit à son tour la racine qui mène à une Puissance encore supérieure ? Votre DIEU, votre DÉMON, possède les clés du phare ; depuis deux mois, je n'ai cessé de m'imprégner de cette idée amère ; mais à chacun d'entre nous il a confié la responsabilité de la NAVIGATION.

HAROLD EMERY LAUDER

— Je n'y comprends rien du tout, dit Larry. Et toi ?

Fran secoua la tête.

— Je suppose que c'est sa manière de dire qu'il peut être aussi honorable de suivre que de mener. Mais je ne crois pas que son truc risque de remplacer « Aide-toi, le ciel t'aidera » au hit parade des maximes.

Larry continua à feuilleter le registre et tomba sur quatre ou cinq autres maximes encadrées, toutes attribuées à Harold, en majuscules s'il vous plaît.

— Ouch ! s'exclama Larry. Regarde celle-là, Frannie !

> *On dit que les deux grands péchés de l'homme sont l'orgueil et la haine. Est-ce vrai ? Je préfère y voir les deux grandes vertus de l'homme. Renoncer à l'orgueil et à la haine, c'est dire que vous voulez changer pour le bien d'autrui. Les cultiver, leur donner libre cours, est cent fois plus noble, car c'est dire que le monde doit changer pour votre bien à vous. Je me suis embarqué dans une grande aventure.*
>
> *HAROLD EMERY LAUDER*

— L'œuvre d'un esprit profondément dérangé, dit Fran en frissonnant.

— Le genre d'idée qui nous a conduits où nous en sommes aujourd'hui, répondit Larry qui continuait à feuilleter le registre. Mais nous perdons du temps. Essayons de voir ce qu'on peut tirer de ce truc.

Aucun d'eux ne savait exactement quoi chercher. Ils n'avaient finalement rien lu du journal, si ce n'est les maximes encadrées et une ou deux phrases ici et là, phrases qui, essentiellement à cause du style tarabiscoté de Harold (la phrase composée avait certainement été inventée tout exprès pour Harold Lauder), ne voulaient rien dire, ou en tout cas pas grand-chose.

Ce fut donc le choc total lorsqu'ils découvrirent ce qu'il y avait au début du registre.

Le journal commençait tout en haut de la première page de droite, par le chiffre 1 soigneusement entouré d'un cercle. Il y avait un retrait au début de la première ligne, le seul de tout le journal, autant que Frannie ait pu le voir, à l'exception des retraits au début de chaque maxime encadrée. Ils tenaient tous les deux le registre quand ils lurent cette première phrase, comme deux petits choristes dans une maîtrise paroissiale.

— Oh ! fit Fran d'une voix étranglée.

Puis elle recula, la main sur la bouche.

— Fran, il faut emporter le journal.

— Oui...

— Et le montrer à Stu. Je ne sais pas si Leo a raison de dire qu'ils sont du côté de l'homme noir. Mais je suis sûr que Harold a des problèmes dans sa tête et qu'il est dangereux. C'est évident.

— Oui, tu as raison.

Elle se sentait très faible, sur le point de s'évanouir. Voilà donc à quoi avait abouti toute cette histoire de journaux intimes. On aurait dit qu'elle l'avait su, qu'elle l'avait toujours su, depuis le moment où elle avait vu cette grosse empreinte de doigt. Et elle se répétait qu'il ne fallait pas s'évanouir, non, il ne fallait pas s'évanouir.

— Fran ? Frannie ? Ça va ?

La voix de Larry, lointaine.

La première phrase du journal de Harold : *Mon plus grand plaisir durant ce délicieux été post-apocalyptique sera de tuer M. Stuart Redman, dit « bite de chien » ; et peut-être bien que je la tuerai,* elle *aussi.*

— Ralph ? Ralph Brentner, tu es là ? *Hou-hou ! Il y a quelqu'un ?*

Debout sur les marches, elle regardait la maison. Pas de moto dans la cour, mais deux bicyclettes appuyées contre le mur. Ralph l'aurait entendue. Mais pas le muet. Le sourd-muet. Vous auriez hurlé jusqu'à en devenir bleue, vous n'auriez tiré aucune réponse de celui-là.

Nadine changea de bras son sac à provisions et essaya d'ouvrir la porte. Elle n'était pas fermée à clé. Un peu mouillée par la petite bruine qui ne cessait de tomber, elle entra. Un petit vestibule. Quatre marches menaient à la cuisine. Un autre escalier descendait au sous-sol où Harold lui avait dit qu'Andros avait son appartement. Son plus beau sourire sur les lèvres, Nadine descendit, préparant une excuse au cas où il serait là.

Je suis entrée parce que j'ai pensé que tu ne m'entendrais pas si je frappais. Nous voulions savoir s'il va y

410

avoir une équipe de nuit pour rebobiner les deux alterna-teurs qui ont grillé. Brad t'a dit quelque chose ?

Il n'y avait que deux pièces en bas. La première, une chambre aussi nue que la cellule d'un moine. L'autre, un petit bureau. Une table, un grand fauteuil, une corbeille à papier, une bibliothèque. La table était encombrée de bouts de papier. Nadine les regarda distraitement. La plu-part ne voulaient rien dire pour elle — sans doute les réponses de Nick au cours d'une conversation quelconque *(Je crois que oui, mais il faudrait lui demander s'il n'y a pas un moyen plus simple,* disait un de ces papiers). D'autres semblaient être des mémentos, des notes, des pensées. Quelques-uns lui rappelaient les textes encadrés du journal de Harold qu'il appelait ses « Jalons pour une vie meilleure », avec un mauvais sourire.

Parler à Glen du commerce. Savons-nous comment commence le commerce ? Rareté des marchandises ? Ou mainmise sur un secteur d'activité ? Compétences parti-culières. Sans doute la clé. Et si Brad Kitchner décide de vendre au lieu de donner ? Ou le médecin ? Avec quoi les payer ? Hum.

La protection de la communauté est une rue à deux sens.

Chaque fois que nous parlons de loi, j'ai des cauche-mars à propos de Shoyo. Je les vois mourir. Je vois Chil-dress vomir son dîner dans sa cellule. La loi, la loi, qu'est-ce que nous allons en faire ? Peine capitale. Char-mante idée. Quand Brad va remettre en marche l'électri-cité, combien de temps avant que quelqu'un lui demande de bricoler une chaise électrique ?

À regret, elle releva les yeux. Quelle expérience fasci-nante que de lire les notes d'un homme qui ne pouvait vraiment penser que par écrit (un de ses profs d'université aimait dire que la pensée ne pouvait jamais être complète sans verbalisation), mais elle n'avait plus rien à faire ici. Nick n'était pas là. Il n'y avait personne. Inutile de traîner plus longtemps.

Elle remonta au rez-de-chaussée. Harold lui avait dit qu'ils se réuniraient probablement dans le salon. C'était une énorme pièce dont le plancher était recouvert d'une épaisse moquette lie de vin. Une grande cheminée de pierre s'élevait au milieu. Tout le côté ouest était vitré, offrant une splendide vue des monts Flatirons. Elle se sentait aussi vulnérable qu'une araignée sur un mur. Pourtant, elle savait que la surface extérieure de la glace était revêtue d'une mince pellicule réfléchissante, mais cette impression d'être vue de partout lui était infiniment désagréable. Elle voulait en finir.

Elle trouva ce qu'elle cherchait du côté sud de la pièce, un profond placard où Ralph n'avait pas encore fait de l'ordre. Des manteaux étaient suspendus à une tringle et le fond était encombré par un gros tas de bottes d'hiver, de gants de ski et de chaussettes de laine.

Avec des gestes rapides, elle sortit les provisions de son sac. Ce n'était qu'un camouflage car, sous les boîtes de sardines et de purée de tomates se trouvait la boîte à chaussures Hush Puppies avec la dynamite et le walkie-talkie.

— Est-ce que ça marchera si je le mets dans un placard ? avait-elle demandé. La porte ne risque pas d'affaiblir l'explosion ?

— Nadine, avait répondu Harold, si le dispositif fonctionne, et je n'ai aucune raison de croire qu'il ne fonctionnera pas, la maison sautera avec presque tout le reste du quartier. Mets la boîte là où tu crois qu'on ne la découvrira pas avant leur réunion. Un placard fera parfaitement l'affaire. La porte sautera en mille morceaux, comme des éclats d'obus. Je fais confiance à ton jugement, ma chérie. Comme dans le vieux conte du tailleur et des mouches. Sept d'un coup. Mais cette fois, ce n'est pas à des mouches que nous allons régler leur compte, mais à des cancrelats.

Nadine écarta les bottes et les écharpes pour faire un trou où elle glissa la boîte à chaussures. Puis elle remit tout en place et sortit du placard. Voilà. C'était fait. Pour le meilleur ou pour le pire.

Elle sortit rapidement de la maison sans regarder derrière elle, essayant d'ignorer cette voix qui refusait de se

412

taire, la voix qui lui disait de revenir, d'arracher les fils qui reliaient les amorces au walkie-talkie, qui lui disait de tout laisser tomber avant qu'elle ne devienne folle. Car n'était-ce pas cela qui l'attendait vraiment, dans peut-être moins de deux semaines ? La folie n'était-elle pas la conclusion logique de toute cette affaire ? Elle mit son sac à provisions dans la sacoche de la Vespa et démarra. Mais tandis qu'elle s'éloignait, la voix ne cessait de murmurer : *Tu ne vas pas laisser ça là-bas ? Tu ne vas pas laisser ça là-bas ?*

Dans un monde où tant sont morts...

Elle se pencha pour prendre un virage, à peine capable de voir où elle allait. Les larmes brouillaient ses yeux.

... le plus grand péché est de sacrifier une vie humaine.

Sept vies. Non, plus que ça, car le comité allait recevoir les rapports des chefs de plusieurs sous-comités.

Elle s'arrêta au coin de Baseline et de Broadway, pensant faire demi-tour.

Plus tard, elle n'allait jamais pouvoir expliquer précisément à Harold ce qui s'était passé — à vrai dire, elle n'allait même jamais essayer. Car ce fut pour elle un avant-goût des horreurs à venir.

Un voile noir tomba lentement sur ses yeux.

Il descendit paisiblement, agité par une douce brise. De temps en temps, la brise se faisait plus forte, le voile battait plus vigoureusement et elle voyait un éclair de lumière percer, elle apercevait vaguement ce carrefour désert.

Mais le voile retombait pesamment et bientôt elle s'y trouva prise. Elle était aveugle, elle était muette, elle n'avait plus de toucher. La créature pensante, l'ego de Nadine dérivait dans un cocon noir et tiède comme de l'eau de mer, comme le liquide amniotique.

Et elle sentit qu'*il* se glissait en elle.

Un cri monta dans son corps, mais elle n'avait plus de bouche pour le laisser sortir.

Pénétration : entropie.

Elle ne savait pas ce que voulaient dire ces mots, ainsi associés ; elle savait seulement qu'ils disaient la réalité.

Jamais elle n'avait éprouvé une sensation pareille. Plus tard, des métaphores lui vinrent à l'esprit pour la décrire, mais elle les rejeta, une par une :

Tu nages et tout à coup, au milieu de l'eau tiède, tu tombes sur une poche d'eau glaciale qui t'engourdit les bras et les jambes.

On t'injecte de la novocaïne et le dentiste t'arrache une dent. Elle cède dans une petite secousse indolore. Tu craches le sang dans le bassinet d'émail blanc. Il y a un trou en toi ; on t'a percée. Tu peux passer la langue sur le trou où une partie de ton être vivant se trouvait il y a une seconde.

Tu te regardes dans la glace. Longtemps. Cinq minutes, dix, quinze. Sans un battement de paupières. Tu regardes avec une sorte d'horreur intellectuelle ton visage se transformer, comme dans un film de loups-garous. Tu deviens une étrangère pour toi-même, *Doppelgänger* au teint olivâtre, vampire psychotique à la peau blafarde, aux yeux de poisson mort.

Ce n'était rien de tout cela, et en même temps il y avait un arrière-goût de toutes ces choses.

L'homme noir la pénétra, *et il était froid.*

Quand Nadine ouvrit les yeux, elle crut d'abord qu'elle était en enfer.

L'enfer était blanc, la thèse qui s'opposait à l'antithèse de l'homme noir. Elle voyait du blanc ivoire, le néant lavé de toute couleur. Blanc-blanc-blanc. C'était l'enfer blanc, et il était partout.

Elle regarda cette blancheur de l'extérieur (il était impossible d'y pénétrer), fascinée, écartelée, pendant des minutes avant de se rendre compte qu'elle sentait le cadre de la Vespa entre ses cuisses, qu'il y avait une autre couleur — du vert — à la périphérie de son champ de vision.

En un sursaut, elle fit sortir ses yeux de leur état de vide, d'immobilité. Elle regarda autour d'elle. Sa bouche tremblait, toute molle ; ses yeux étaient écarquillés, drogués d'horreur. L'homme noir avait été en elle, Flagg avait été en elle et, lorsqu'il était venu, il l'avait écartée des fenêtres de ses cinq sens, des créneaux qui lui laissaient voir la réalité. Il l'avait conduite comme on conduit une voiture ou un camion. Et il l'avait emmenée... où ?

Elle lança un regard furtif vers le blanc et vit un énorme écran vide sur le fond blanc d'un ciel pluvieux de fin d'après-midi. En se retournant, elle vit le snack bar du drive-in, peint en rose chair. Et une annonce : BIENVENUE AU CINÉPARC DES ÉTOILES ! DEUX LONGS MÉTRAGES TOUS LES SOIRS !

Le voile noir était tombé sur elle au carrefour de Baseline et de Broadway. Elle était très loin maintenant, sur la Vingt-Huitième Rue, presque à la limite d'une municipalité de banlieue... Longmont, c'était bien ça ?

Elle sentait encore son goût en elle, très loin au fond de sa tête, comme de la crasse froide sur un plancher.

Elle était entourée de poteaux d'un mètre et demi de haut qui se dressaient comme des sentinelles, surmontés de deux haut-parleurs. Chaque poteau était entouré d'un cercle de gravier déjà envahi par les mauvaises herbes et les pissenlits. Apparemment, le cinéparc des étoiles n'avait pas fait de très bonnes affaires depuis le 15 juin. Pour tout dire, la saison avait même été exécrable.

— Qu'est-ce que je fais ici ? murmura-t-elle.

Elle était seule, elle parlait toute seule ; elle n'attendait pas de réponse. Si bien que, lorsqu'on lui répondit, un cri de terreur s'envola de sa gorge.

Tous les haut-parleurs tombèrent en même temps de leurs poteaux sur le gravier rongé par les mauvaises herbes. Et le bruit qu'ils firent fut un énorme *tchonk !* atrocement amplifié, le bruit d'un cadavre tombant sur le gravier.

— *NADINE !* hurlaient les haut-parleurs, et c'était *sa* voix.

Elle poussa un hurlement strident. Ses mains volèrent vers sa tête, ses paumes s'écrasèrent sur ses oreilles, mais tous les haut-parleurs se déchaînaient en même temps, impossible d'échapper à cette voix géante, remplie d'une terrifiante hilarité, d'une horrible lascivité un peu comique.

— *NADINE, Ô MA NADINE, COMME J'AIME AIMER NADINE, MA PETITE, MA MIGNONNE...*

— *Arrêtez !* hurla-t-elle.

Et la force de son cri meurtrit ses cordes vocales. Mais sa voix était si petite face au grondement du géant. Et pourtant, la voix s'arrêta un instant. Ce fut le silence. Les haut-parleurs tombés à terre sur le gravier la regardaient, comme des yeux âpres d'insectes monstrueux.

Nadine écarta lentement ses mains de ses oreilles.

Tu es devenue folle, se dit-elle pour se rassurer. *C'est tout. L'impatience de l'attente... et les jeux de Harold... finalement les explosifs... tu es à bout, tu es devenue folle. C'est probablement mieux ainsi.*

Mais elle n'était pas devenue folle, et elle le savait.

C'était bien pire que d'être devenue folle.

Comme pour le lui prouver, une voix éclata dans les haut-parleurs, la voix sévère et pourtant presque précieuse d'un proviseur réprimandant les élèves rassemblés dans la cour à propos d'un mauvais canular.

— *NADINE. ILS SAVENT.*

— Ils savent, répéta-t-elle comme un perroquet.

Elle ne voyait pas de qui il s'agissait, ni ce qu'ils savaient, mais elle était parfaitement sûre qu'on n'y pouvait plus rien.

— *TU AS ÉTÉ STUPIDE. DIEU AIME PEUT-ÊTRE LA STUPIDITÉ ; PAS MOI.*

Les mots craquaient et roulaient dans cette fin d'après-midi.

Tout à coup, les vêtements de Nadine collèrent à sa peau, ses cheveux retombèrent sur ses joues pâles, et elle commença à frissonner.

Stupide, pensa-t-elle. Stupide, stupide. Je sais ce que ces mots veulent dire. Je crois, je crois qu'ils signifient la mort.

— *ILS SAVENT TOUT... SAUF LA BOÎTE À CHAUSSURES. LA DYNAMITE.*

Des haut-parleurs. Des haut-parleurs partout qui la

fixaient au milieu de leurs cercles de gravier blanc, qui l'épiaient au milieu des pissenlits qui s'étaient refermés après la pluie.

— *VA AU CIRQUE SUNRISE. RESTE LÀ-BAS. JUSQU'À DEMAIN SOIR. JUSQU'À CE QU'ILS SE RÉUNISSENT. ALORS, TOI ET HAROLD, VOUS POURREZ VENIR. VOUS POURREZ VENIR À MOI.*

Nadine se sentit inondée de gratitude. Ils avaient été stupides... mais on leur accordait la possibilité de se racheter. Ils étaient suffisamment importants pour qu'on se soit manifesté à eux. Et bientôt, très bientôt, elle serait avec lui... et alors, oui, elle deviendrait folle, elle en était parfaitement convaincue, et tout cela n'aurait plus aucune importance.

— Le cirque Sunrise risque d'être trop loin, dit-elle.

Ses cordes vocales étaient meurtries. Elle ne pouvait plus que croasser.

— Il est peut-être trop loin pour le...

Pour le quoi ? Oh ! Oh oui ! Bien sûr !

— Pour le walkie-talkie. Pour le signal.

Pas de réponse.

Les haut-parleurs gisaient sur le gravier, la regardaient fixement, des centaines et des centaines.

Elle appuya sur le démarreur de la Vespa et le petit moteur toussota. L'écho la fit grimacer. On aurait dit des coups de feu. Elle voulait s'en aller de cet horrible endroit, fuir ces haut-parleurs qui ne cessaient de la fixer.

Il fallait qu'elle s'en aille.

Elle se pencha trop en faisant le tour du stand. Elle aurait pu se redresser sur une surface d'asphalte, mais la roue arrière de la Vespa dérapa sur le gravier et elle tomba lourdement en se mordant la lèvre jusqu'au sang. Sa joue saignait. Elle se releva, les yeux écarquillés, affolée, et repartit. Elle tremblait comme une feuille.

Elle se trouvait maintenant dans l'allée que les voitures empruntaient pour entrer dans le drive-in. Le petit kiosque du vendeur de billets, comme un poste de péage sur une autoroute, se trouvait juste devant elle. Elle allait bientôt sortir. Elle allait s'échapper. Sa bouche se desserra dans un sourire de gratitude.

Derrière elle, des centaines de haut-parleurs s'éveillèrent encore une fois, et maintenant la voix *chantait,* un horrible chant rauque et discordant :

— *JE VAIS TE VOIR... PARTOUT... TOUJOURS... DANS TOUS CES ENDROITS QUE MON CŒUR EMBRASSE... TOUTE LA JOURNÉE... TOUTE LA NUIT...*

Nadine hurla d'une voix fêlée.

Un rire énorme, monstrueux, monta alors dans le noir, un gloussement stérile qui parut remplir la terre.

TIENS-TOI BIEN, NADINE, grondait la voix. *TIENS-TOI BIEN, MA CHÉRIE, MON AMOUR.*

Puis elle retrouva la route et s'enfuit en direction de Boulder, aussi vite que pouvait l'emmener la Vespa, laissant derrière elle la voix désincarnée et les yeux grands ouverts des haut-parleurs... mais les emportant dans son cœur, pour demain, pour toujours.

Elle attendait Harold devant la gare routière. Lorsqu'il la vit, son visage se figea et se vida de toutes ses couleurs.

— Nadine..., murmura-t-il.

La boîte de plastique dans laquelle il mettait les sandwiches qu'il emportait au travail tomba par terre.

— Harold, ils savent. Il faut...

— Tes *cheveux,* Nadine, mon Dieu, *tes cheveux...*

Ses yeux dévoraient son visage.

— *Écoute-moi !*

Harold parut se ressaisir.

— Oui... oui... quoi ?

— Ils sont allés chez toi et ils ont trouvé ton livre. Ils l'ont emporté.

Des émotions contradictoires traversèrent le visage de Harold. La colère, l'horreur, la honte. Peu à peu, elles disparurent et, comme un affreux cadavre remontant des profondeurs d'un lac, un sourire glacé apparut sur ses lèvres :

418

— Qui ? Qui a fait ça ?

— Je ne sais pas au juste. De toute façon, ça n'a pas d'importance. Fran Goldsmith était dans le coup, j'en suis sûre. Peut-être Bateman ou Underwood. Je ne sais pas. Mais ils vont venir te chercher, Harold.

— Comment le sais-tu ? hurla-t-il en la secouant par les épaules.

Il se souvenait qu'elle avait remis le registre sous la pierre de la cheminée. Il la secouait comme une poupée de chiffon, mais Nadine le regardait sans crainte. Elle s'était trouvée face à face avec des choses plus terribles que Harold Lauder au cours de cette longue, longue journée.

— *Salope, comment le sais-tu ?*

— *Il* me l'a dit.

Les mains de Harold desserrèrent leur étreinte.

— Flagg ? murmura-t-il. Il t'a dit ? Il t'a parlé ? Et il a fait *ça* ?

Le sourire de Harold était effrayant, le sourire de la Faucheuse arrivant au galop sur son cheval.

— De quoi parles-tu ?

Ils se trouvaient à côté d'un magasin d'appareils ménagers. Harold la reprit par les épaules et la tourna vers la vitrine. Nadine regarda longtemps son reflet.

Ses cheveux étaient devenus blancs. Entièrement blancs. Plus une seule mèche de cheveux noirs.

Oh, comme j'aime aimer Nadine.

— Viens, dit-elle. Il faut s'en aller.

— Maintenant ?

— À la tombée de la nuit. En attendant, nous allons nous cacher et trouver le matériel de camping dont nous aurons besoin pour le voyage.

— À l'ouest ?

— Pas encore. Pas avant demain soir.

— Je ne sais pas si j'en ai encore envie, murmura Harold qui regardait toujours ses cheveux.

— Trop tard, Harold, répondit-elle en le prenant par la main.

58

Fran et Larry étaient assis dans la cuisine de l'appartement de Stu et de Fran, en train de prendre un café. En bas, Leo enlaçait amoureusement sa guitare, celle que Larry l'avait aidé à choisir dans un magasin d'instruments de musique. C'était une magnifique Gibson, vernie à la main. Au moment de sortir du magasin, Larry était retourné prendre un tourne-disques à piles et une douzaine de disques folk/blues. Lucy était avec l'enfant et une étonnante imitation de *Backwater Blues* de Dave van Ronk montait jusqu'à eux.

Il pleut depuis cinq jours
et le ciel est maintenant aussi noir que la nuit...
Il y a de l'orage dans l'air
Ce soir dans le bayou.

Dans le salon qui s'ouvrait directement sur la cuisine, Fran et Larry pouvaient voir Stu assis dans son fauteuil favori, le registre de Harold sur les genoux. Il n'avait pas bougé depuis quatre heures. Il était maintenant neuf heures et la nuit était tombée depuis longtemps. Stu n'avait rien voulu manger. Et tandis que Frannie le regardait, il tourna une autre page.

En bas, Leo joua le dernier accord de *Backwater Blues,* puis il y eut un temps de silence.

— Il joue bien, tu ne trouves pas ? dit Fran.

— Bien mieux que moi, répondit Larry en avalant une gorgée de café.

Et tout à coup monta une succession familière d'accords, course rapide des doigts sur les frettes. La tasse de Larry s'arrêta en l'air, puis la voix de Leo s'éleva, grave, insinuante, sur le lent battement de l'accompagnement :

Baby, je suis venu ce soir
Mais pas pour la bagarre,
Dis-moi seulement si tu peux,
Une fois et je te comprendrai,
Baby, tu peux l'aimer ton mec ?
C'est un brave type tu sais,
Baby, tu peux l'aimer ton mec ?

Larry renversa son café.

— Oh ! s'exclama Fran qui se leva pour aller chercher un chiffon.

— Laisse, je vais m'en occuper. Excuse-moi.

— Non, reste donc assis, fit-elle en revenant déjà avec son chiffon. Je me souviens de cette chanson. C'était juste avant la grippe. Il a dû trouver le disque quelque part.

— Sans doute.

— Quel était le nom du type ? Le type qui avait composé ça ?

— Je ne me souviens plus. Tu sais, ce genre de musique, ça rentre par une oreille, ça sort par l'autre.

— Oui, mais j'ai le nom du type sur le bout de la langue, s'écria-t-elle en tordant le chiffon au-dessus de l'évier. C'est drôle comme la mémoire joue des tours, tu ne trouves pas ?

— C'est vrai.

Stu referma le registre dont les pages claquèrent doucement. Et Larry fut soulagé de voir qu'elle le regardait lorsqu'il entra dans la cuisine. Ses yeux se posèrent d'abord sur le pistolet qu'il portait à la ceinture depuis qu'il avait été élu shérif. Il prétendait d'ailleurs qu'il n'allait sûrement pas tarder à se tirer une balle dans le pied. Frannie ne trouvait pas la plaisanterie très drôle.

— Et alors ? demanda Larry.

Stu avait l'air profondément troublé. Il posa le registre sur la table et s'assit. Fran voulut lui servir une tasse de café, mais il secoua la tête.

— Non merci, chérie, dit-il en regardant Larry d'un air absent. Je l'ai lu du début jusqu'à la fin, et j'ai un sacré mal de tête. Je n'ai pas tellement l'habitude de lire. Le dernier livre que j'ai lu d'un bout à l'autre, c'était une histoire de lapins. J'avais acheté ce bouquin pour un de mes neveux et je me suis mis à le lire...

Il s'arrêta, songeur.

— Je sais de quel livre tu parles, dit Larry. Je l'ai trouvé formidable moi aussi.

— C'était l'histoire d'une bande de lapins, reprit Stu. Ils vivaient bien peinards. Ils étaient gros, ils mangeaient bien, ils avaient chaud dans leurs petits terriers. Mais quelque chose clochait, et aucun des lapins ne voulait savoir ce que c'était. On aurait dit qu'ils ne voulaient pas savoir. Mais... mais il y avait un fermier...

— Il fichait la paix aux lapins, continua Larry, à condition de pouvoir en attraper un de temps en temps pour en faire un civet. Ou pour le vendre peut-être. Bref, il avait son petit élevage de lapins.

— Ouais. Mais il y avait un lapin, Poil d'Argent, qui écrivait des poèmes sur le fil brillant — le fil de laiton dont le fermier se servait pour faire ses collets... Poil d'Argent faisait des poèmes sur le fil de laiton qui étrangle les lapins, reprit Stu en secouant lentement la tête, comme s'il ne parvenait pas à y croire. Harold me fait penser à ça. À Poil d'Argent le lapin.

— Harold est un malade, dit Fran.

— Oui, acquiesça Stu en allumant une cigarette. Et un malade dangereux.

— Qu'est-ce qu'il faut faire ? L'arrêter ?

— Harold et Nadine Cross préparent quelque chose, répondit Stu en tapotant le registre, pour qu'on les accueille à bras ouverts quand ils iront à l'ouest. Mais le livre ne dit pas quoi.

— Il parle de beaucoup de gens que Harold n'aime pas trop, dit Larry.

— Est-ce qu'on va l'arrêter ? demanda Fran à nouveau.

— Je ne sais vraiment pas. Je veux d'abord en parler avec les autres membres du comité. Qu'est-ce qui est prévu pour demain soir, Larry ?

— La réunion va se dérouler en deux parties, séance publique d'abord, ensuite séance à huis clos. Brad veut parler de son équipe d'extincteurs, comme il dit. Al Bundell veut présenter le rapport préliminaire du comité législatif. Et puis, attendez... George Richardson doit dire quelque chose à propos de l'horaire de son dispensaire. Chad Norris veut parler lui aussi. Après ça, les autres s'en vont et nous restons entre nous.

— Si nous demandons à Al Bundell de rester et si nous le mettons au courant de cette histoire avec Harold, est-ce qu'il va la boucler ?

— Moi, j'en suis absolument sûre, répondit Fran.

— J'aimerais bien que le juge soit là, dit Stu, un peu nerveux. Ce type me bottait vraiment.

Ils restèrent un moment en silence, pensant au juge, se demandant où il pouvait être ce soir. D'en bas montait le son de la guitare de Leo qui jouait *Sister Kate* à la manière de Tom Rush.

— Mais s'il faut que ce soit Al, ce sera Al. Nous n'avons que deux possibilités, de toute façon. Il faut mettre ces deux-là hors circuit. Mais je ne veux pas les flanquer en prison.

— Alors, qu'est-ce qu'on peut faire ? demanda Larry.

Ce fut Fran qui répondit :

— L'exil.

Larry se tourna vers elle. Stu hochait lentement la tête en regardant le bout de sa cigarette.

— Chasser Harold, simplement ? demanda Larry.

— Harold et Nadine, dit Stu.

— Et Flagg les acceptera comme ça ? demanda Frannie.

Stu la regarda.

— Chérie, ce n'est pas notre problème.

Elle hocha la tête.

Oh, Harold, je n'ai jamais voulu ça. Jamais, jamais.

— Une idée sur ce qu'ils pouvaient préparer ? questionna Stu.

— Il faudra demander l'avis de tous les membres du comité, répondit Larry en haussant les épaules. Mais j'ai plusieurs idées en tête.

— Par exemple ?

— La centrale. Un sabotage. Tentatives d'assassinat contre toi et Frannie. Ce sont les deux premières choses qui me passent par la tête.

Fran était blême.

— Même s'il ne le dit pas noir sur blanc, reprit Larry, je crois qu'il est parti à la recherche de mère Abigaël dans l'espoir de se trouver tout seul avec toi pour te tuer.

— Il a eu une occasion, dit Stu.

— Il a peut-être pris peur.

— Arrêtez, arrêtez, s'il vous plaît ! fit Fran d'une voix presque imperceptible.

Stu se leva et revint au salon où se trouvait une C.B. branchée sur une grosse pile. Après quelques essais, il entra en communication avec Brad Kitchner.

— Brad, mon beau salaud ! Ici Stu Redman. Écoute. Est-ce que tu peux trouver quelques types pour garder la centrale ce soir ?

— Naturellement. Mais pour quoi faire ?

— C'est un peu délicat, Bradley. J'ai entendu dire que quelqu'un pourrait essayer de foutre le bordel là-bas.

La réponse de Brad fut claire, nette et très grossière.

Stu hocha la tête en souriant.

— Je comprends ta réaction. Seulement pour ce soir. Et à la rigueur demain soir. Ensuite, j'ai l'impression que tout sera arrangé.

424

Brad lui dit alors qu'il pourrait facilement trouver douze hommes trop heureux de châtrer ceux qui voudraient venir foutre le bordel dans sa centrale.

— C'est encore cette espèce de Rich Moffat ?

— Non, ce n'est pas Rich. Écoute, je te parlerai plus tard, d'accord ?

— D'accord, Stu. Je vais prévenir mes gars.

Stu ferma la C.B. et revint à la cuisine.

— C'est incroyable comme les gens acceptent vos petits secrets. Ça me fait un peu peur. Ce vieux chauve de sociologue a raison. Si nous voulions, nous pourrions devenir des rois.

Fran lui prit la main.

— Je voudrais que vous me promettiez quelque chose. Promettez-moi que nous réglerons cette affaire une fois pour toutes à la réunion de demain soir. Je veux qu'on en finisse.

Larry hocha la tête.

— L'exil. Ouais. Je n'y avais pas pensé, mais c'est peut-être la meilleure solution. Bon, je vais chercher Lucy et Leo et nous rentrons à la maison.

— On se voit demain, dit Stu.

— Naturellement, répondit Larry en se levant.

Un peu avant l'aube, le 2 septembre, Harold était debout au bord du cirque Sunrise, regardant à ses pieds la ville encore plongée dans l'obscurité. Nadine dormait derrière lui, dans la petite tente à deux places qu'ils avaient emportée avant de s'enfuir.

Mais nous reviendrons. Dans nos chars de feu.

Dans le secret de son cœur, Harold en doutait cependant. La noirceur qui l'enveloppait n'était pas seulement celle de la nuit. Ces salauds lui avaient tout volé — Frannie, son honneur, puis son journal, et maintenant son espoir. Il se sentait irrésistiblement entraîné vers l'abîme.

Le vent vif soulevait ses cheveux et faisait claquer

la toile de la tente qui crépitait comme une mitraillette. Derrière lui, Nadine poussa un gémissement dans son sommeil. Et ce bruit lui fit peur. Harold se dit qu'elle était aussi perdue que lui, peut-être davantage. Les bruits qu'elle faisait en dormant n'étaient pas ceux d'une personne qui fait de beaux rêves.

Mais je peux garder ma tête. J'en suis capable. Si je peux redescendre vers ce qui m'attend avec l'esprit intact, ce sera quelque chose. Oui, quelque chose.

Il se demanda s'ils étaient là-bas maintenant, Stu et ses amis, encerclant sa petite maison, s'ils attendaient qu'il rentre pour l'arrêter et le jeter en prison. Son nom passerait à l'histoire — si un de ces connards était encore capable d'écrire l'histoire — comme celui du premier taulard de la Zone libre. LE FAUCON EN CAGE. Eh bien, ils allaient attendre longtemps. Il était parti pour l'aventure et il ne se souvenait que trop clairement de ce que lui avait dit Nadine lorsqu'il avait posé la main sur ses cheveux blancs : *Trop tard, Harold.* Et ses yeux étaient ceux d'un cadavre.

— D'accord, murmura Harold. On y va.

Autour de lui, au-dessus de lui, le vent noir de septembre faisait claquer les feuilles des arbres.

La réunion du comité de la Zone libre débuta quatorze heures plus tard dans le salon de la maison où vivaient Ralph Brentner et Nick Andros. Assis dans un fauteuil, Stu réclama le silence en frappant sur la table avec sa canette de bière.

— O.K. On commence.

Glen était assis avec Larry sur le petit banc de pierre qui faisait le tour de la cheminée, le dos tourné au modeste feu que Ralph avait allumé. Nick, Susan Stern et Ralph s'étaient installés sur le canapé. Comme toujours, Nick tenait à la main son crayon et son bloc-notes. Brad Kitchner était debout à la porte, une boîte de bière Coors à la main. Il parlait à Al Bundell qui était en train de se réchauffer avec un scotch allongé d'eau gazeuze. George Richardson et Chad Norris avaient pris place devant la grande baie vitrée. Ils regardaient le soleil se coucher sur les Flatirons.

Frannie était assise en tailleur, le dos confortablement appuyé contre la porte du placard où Nadine avait caché la bombe, le sac où se trouvait le journal de Harold posé sur ses jambes.

— La séance est ouverte ! reprit Stu en tapant plus fort sur la table. Le magnétophone fonctionne, le prof ?

— Très bien, répondit Glen. Et je vois avec plaisir que votre bouche fonctionne à merveille.

— Je lui mets un peu d'huile de temps en temps.

Puis Stu regarda à tour de rôle les onze personnes installées dans le grand salon.

— O.K. Nous démarrons sur les chapeaux de roues, mais je voudrais d'abord remercier Ralph qui nous offre son toit, le liquide et les crackers...

Il se débrouille vraiment très bien, pensa Frannie. Elle essayait de voir à quel point Stu avait changé depuis le jour où Harold et elle l'avaient rencontré, mais c'est impossible. On devient trop subjectif avec les personnes à qui on tient beaucoup, décida-t-elle. Mais elle savait que, lorsqu'elle l'avait vu pour la première fois, Stu aurait été très étonné d'apprendre qu'il présiderait un jour une réunion de près d'une douzaine de personnes... et il aurait probablement sauté en l'air à l'idée de présider une assemblée générale de la Zone libre, devant plus de mille personnes. Le Stu qu'elle voyait devant elle n'aurait jamais existé sans l'épidémie.

L'épidémie t'a libéré, mon amour, pensa-t-elle. *Je peux pleurer pour les autres, et pourtant être si fière de toi, t'aimer si fort...*

Elle changea de position pour mieux s'appuyer contre la porte du placard.

— Nos invités vont parler en premier, dit Stu. Ensuite, nous aurons une courte réunion à huis clos. Des objections ?

Aucune.

— Très bien. Je donne la parole à Brad Kitchner. Écoutez-le bien, parce que c'est le type qui va remettre des glaçons dans vos verres de whisky d'ici trois jours.

L'assistance ne se fit pas prier pour l'applaudir généreusement. Rouge comme une tomate, tiraillant furieusement sa cravate, Brad s'avança au centre de la pièce. Il faillit d'ailleurs trébucher sur un coussin.

— Je suis... vraiment... très... très heureux... d'être... ici, commença Brad d'une voix chevrotante et monocorde.

Il aurait certainement préféré être ailleurs, même au pôle sud devant un congrès de pingouins.

— La... euh...

Il s'arrêta, jeta un coup d'œil à ses notes, puis son visage s'éclaira.

— Ah oui ! La centrale électrique ! s'exclama-t-il de l'air de quelqu'un qui vient de faire une grande découverte. La centrale est pratiquement réparée. Voilà.

Il fouilla encore dans ses notes, puis reprit son petit discours.

— Hier, nous avons remis en marche deux alternateurs. Comme vous le savez, l'un d'eux a surchargé et il a perdu la boule. C'est pas vraiment ça. Je veux dire qu'il a surchauffé. Non, surchargé. Bon... vous voyez ce que je veux dire.

Il y eut quelques rires étouffés qui semblèrent mettre Brad un peu plus à l'aise.

— Si c'est arrivé, c'est parce que les gens ont laissé tous leurs appareils branchés quand l'épidémie est arrivée et que les autres alternateurs n'étaient pas prêts à prendre une partie de la charge. Nous pouvons régler le problème en mettant en marche le reste des alternateurs — trois ou quatre auraient suffi — mais ça n'éliminerait pas les risques d'incendie. Il faut donc éteindre tous les appareils. Cuisinières électriques, couvertures chauffantes, tout le bazar. En fait, je me suis dit que le moyen le plus rapide serait d'entrer dans toutes les maisons où il n'y a personne et de disjoncter le compteur. Vous comprenez ? Maintenant, lorsque nous serons prêts à remettre le jus, je crois qu'il faudrait prendre quelques précautions élémentaires contre les incendies. J'ai pris sur moi d'aller faire un tour à la caserne des pompiers du quartier est, et...

Le feu pétillait joyeusement. Tout ira bien, pensa Fran. Harold et Nadine se sont envolés sans demander leur reste, et c'est peut-être mieux ainsi. Le problème est réglé et Stu n'a plus rien à craindre d'eux. Pauvre Harold, j'ai de la peine pour toi mais, tout compte fait, j'ai encore plus peur de toi. Tu me fais pitié, et j'ai peur de ce qui pourrait t'arriver, mais je suis bien contente que ta maison soit vide et que tu sois parti avec Nadine. Je suis heureuse que tu nous aies laissés tranquilles.

Harold était assis en tailleur sur une table de pique-nique, comme une illustration d'un manuel Zen écrit par un esprit dérangé. Ses yeux étaient brumeux, perdus dans le lointain. Il s'était réfugié dans ce lieu froid et étrange où Nadine ne pouvait le suivre. Elle avait peur. Dans ses mains, il tenait le jumeau du walkie-talkie qu'il avait déposé dans la boîte à chaussures. Devant eux, les montagnes cascadaient en une succession de ravins à pic tapissés de pins. Des kilomètres à l'est — vingt peut-être, ou soixante — le relief s'adoucissait, cédant la place aux grandes plaines du centre de l'Amérique qui se perdaient dans un brouillard bleuté à l'horizon. La nuit était déjà tombée sur cette partie du monde. Derrière eux, le soleil venait de disparaître au-delà des montagnes, soulignant leurs crêtes d'un trait d'or qui bientôt s'émietterait avant de s'évanouir.

— Quand ? demanda Nadine.

Elle était très tendue et avait furieusement envie d'aller au petit coin.

— Bientôt, répondit Harold.

Son sourire forcé d'autrefois s'était adouci, lui donnant une expression qu'elle ne parvenait pas à définir, car elle ne l'avait jamais vue sur son visage. Il lui fallut quelque temps pour comprendre. Harold avait l'air heureux.

Le comité décida d'autoriser Brad à recruter vingt « extincteurs ». Ralph Brentner accepta de poster deux camions de pompiers à la centrale électrique lorsque Brad serait prêt à rétablir le courant.

Ce fut ensuite le tour de Chad Norris. Les mains enfoncées dans les poches de son pantalon kaki, il parla d'une voix tranquille du travail accompli par le comité des inhumations depuis trois semaines. Ses hommes et lui avaient enterré vingt-cinq mille cadavres, plus de huit mille par semaine, et le plus gros du travail semblait fait.

— Nous avons eu de la chance, ou Dieu était avec nous. L'exode massif a fait la majeure partie du travail pour nous. Dans une autre ville de la taille de Boulder, il aurait fallu un an pour en venir à bout. Nous pensons enterrer encore vingt mille victimes d'ici le premier octobre et nous continuerons sans doute à trouver ensuite des cadavres de temps à autre, mais je voulais vous dire que le travail se fait et que nous n'avons pas trop à nous inquiéter des risques d'épidémie.

Fran changea de position pour mieux voir le coucher du soleil. L'or qui entourait les crêtes commençait déjà à pâlir en un jaune citron moins spectaculaire. Elle se sentit tout à coup emportée par une vague de nostalgie totalement imprévue, d'une violence presque étourdissante.

Il était huit heures moins cinq.

Si elle n'allait pas tout de suite dans les buissons, elle allait faire dans sa culotte. Elle se cacha derrière des arbustes, s'accroupit et lâcha tout. Lorsqu'elle revint, Harold était toujours assis sur la table de pique-nique, le walkie-talkie à la main. Il avait sorti l'antenne.

— Harold, il commence à être tard. Il est plus de huit heures.

Il lui jeta un coup d'œil indifférent.

— Ils vont passer la moitié de la nuit à se taper dans le dos. Quand le moment sera venu, je vais tirer sur la goupille. Ne t'inquiète pas.

— *Quand ?*

Le sourire de Harold s'élargit, vide.

— Dès qu'il fera noir.

Fran étouffa un bâillement quand Al Bundell, très sûr de lui, vint se placer à côté de Stu. Ils allaient discuter très tard. Tout à coup, elle aurait voulu rentrer chez elle avec Stu, être seule avec lui. Ce n'était pas simplement la fatigue, pas exactement de la nostalgie non plus. Tout à coup, elle n'avait plus envie d'être dans cette maison. Une sensation inexplicable, mais très forte. Elle voulait s'en aller. En fait, elle voulait qu'ils s'en aillent tous. Ça y est, j'ai décidé d'avoir le cafard pour le reste de la soirée, se dit-elle. Encore une histoire de femme enceinte.

— Le comité législatif s'est réuni à quatre reprises la semaine dernière, disait Al. Je vais essayer d'être aussi bref que possible. Le système sur lequel nous nous sommes mis d'accord sera une sorte de tribunal. Les membres seront choisis par tirage au sort, comme on choisissait les jurés. Le tribunal se composera de trois adultes — dix-huit ans révolus — nommés pour six mois. Leurs noms seront choisis parmi ceux de tous les adultes de Boulder.

Larry agitait la main :

— Est-ce qu'un juge pourra se désister s'il a des raisons valides ?

Al fronça légèrement les sourcils, un peu mécontent de cette interruption.

— J'y arrivais justement. Il faudra que...

Fran changea encore de position, mal à l'aise, et Sue Stern lui fit un clin d'œil. Mais Fran n'avait pas envie de s'amuser. Elle avait peur — et peur aussi de cette peur dont elle ne voyait pas la raison, si c'était possible. D'où lui venait cette impression étouffante, cette sensation d'être enfermée ? Elle savait ce qu'il fallait faire avec ces impressions : les ignorer... au moins dans le monde d'autrefois. Mais, la transe de Tom Cullen ? Et Leo Rockway ?

Sors d'ici ! cria tout à coup une voix en elle. *Fais-les tous sortir d'ici !*

Mais c'était tellement fou... Elle changea une fois de plus de position et décida de ne rien dire.

— ... une brève déposition de la personne qui veut se désister, mais je ne crois pas que...

— On vient ! dit tout à coup Fran en se relevant d'un bond.

Il y eut un moment de silence. Ils entendaient des motos qui montaient à toute allure, klaxons hurlant dans la nuit. Et la panique s'empara de Fran.

— Écoutez tous !

Tous les visages se tournèrent vers elle, surpris, inquiets.

— Frannie, est-ce que..., commença Stu en s'avançant vers elle.

Elle avala sa salive. Elle avait l'impression qu'un énorme poids écrasait sa poitrine, l'étouffait.

— Il faut sortir d'ici... *tout de suite !*

Il était huit heures vingt-cinq. Les dernières lueurs du jour s'étaient éteintes. L'heure était venue. Harold se redressa et approcha le walkie-talkie de sa bouche.

Son pouce effleurait le bouton ÉMISSION. Quand il appuierait dessus, il les ferait tous sauter en disant...

— Qu'est-ce que c'est ?

Nadine avait posé la main sur son bras. Elle lui montrait quelque chose. Loin au-dessous d'eux, une guirlande de lumières escaladait la route sinueuse. Dans le profond silence, ils pouvaient entendre le faible grondement d'un grand nombre de motos. Harold sentit un léger pincement d'inquiétude, vite oublié.

— Laisse-moi. C'est l'heure.

La main de Nadine retomba. Sa figure n'était plus qu'une tache blanche dans l'obscurité. Harold appuya sur le bouton ÉMISSION.

Elle ne sut jamais si ce fut le bruit des motos ou ce qu'elle avait dit qui les fit sortir. Mais ils ne sortirent pas assez vite. Jamais elle n'allait l'oublier : ils n'étaient pas sortis assez vite.

Stu arriva le premier à la porte. Le grondement des motos était maintenant assourdissant. Elles traversaient le pont qui enjambait un petit ravin juste en dessous de la maison de Ralph, tous phares allumés. Instinctivement, Stu effleura de la main la crosse de son pistolet.

Un bruit derrière lui. Il se retourna, pensant que c'était Frannie. Mais c'était Larry.

— Qu'est-ce que c'est, Stu ?

— Je ne sais pas. Mais on ferait mieux de les faire sortir.

Puis les motos s'engagèrent sur l'allée qui menait à la maison et Stu se détendit un peu. Il reconnaissait Dick Vollman, le petit Gehringer, Teddy Weizak, d'autres encore. Et il pouvait maintenant admettre ce qu'il avait craint tout d'abord : que derrière ces phares éblouissants, au milieu de ce tonnerre de moteurs, arrivait l'avant-garde de Flagg, que la guerre avait commencé.

— Dick, qu'est-ce que c'est que ce bordel ? cria Stu.

— *Mère Abigaël !* rugit Dick par-dessus le bruit des moteurs.

Des motos continuaient d'arriver tandis que les membres du comité sortaient de la maison, fantastique ballet de phares aveuglants et d'ombres fantomatiques.

— *Quoi ?* hurla Larry.

Derrière, Sue, Glen, Ralph et Chad Norris poussaient, forçant Larry et Stu à descendre les marches.

— *Elle est revenue !* hurla Dick de toutes ses forces pour se faire entendre par-dessus le bruit des motos. *Elle est très mal ! Nous avons besoin d'un médecin ! Nom de Dieu, nous avons besoin d'un miracle !*

— La vieille dame ? Où est-elle ? dit George Richardson en les écartant.

— Vite, docteur ! lui cria Dick. Ne posez pas de questions ! Pour l'amour de Dieu, dépêchez-vous !

Richardson monta derrière Dick Vollman qui repartit à toute vitesse en se faufilant entre les motos.

Les yeux de Stu rencontrèrent ceux de Larry qui avait l'air aussi estomaqué que Stu... mais un nuage grossissait dans la tête de Stu, et tout à coup la certitude d'une catastrophe imminente s'empara de lui.

— Nick, viens ! *Viens !* hurlait Fran en prenant le jeune homme par l'épaule.

Nick était debout au milieu du salon, très calme.

Il ne pouvait pas parler, mais il avait compris. Il *savait.* Une certitude venue de nulle part, de partout.

Il y avait quelque chose dans le placard.

Nick repoussa Frannie avec une violence extrême.

— Nick... !

VA-T'EN ! ! — il lui faisait signe de s'en aller.

Elle sortit. Nick se retourna vers le placard, ouvrit la porte, commença à écarter tout ce fouillis qui l'empêchait de s'avancer à l'intérieur, priant Dieu qu'il ne soit pas trop tard.

434

Soudain Frannie se retrouva à côté de Stu, le visage affreusement pâle, les yeux fous. Elle se cramponnait à son bras.

— Stu... Nick est encore là-bas... quelque chose... quelque chose...

— Qu'est-ce que tu dis ?

— *La mort !* hurla-t-elle. *La mort, et NICK EST TOUJOURS LÀ !*

Il écarta un tas d'écharpes, de gants de laine, et sentit quelque chose. Une boîte à chaussures. Il s'en empara et, au même instant, comme la voix d'un nécromancien possédé par les esprits malins, la voix de Harold Lauder s'éleva à l'intérieur.

— *Quoi ?* hurlait Stu en secouant Frannie par les épaules.

— Il faut faire sortir Nick, quelque chose d'horrible va arriver !

— Qu'est-ce qui se passe, Stuart ? hurla Al Bundell.

— Je ne sais pas.

— *Stu, s'il te plaît, il faut faire sortir Nick !*

Ce fut à ce moment que la maison sauta derrière eux.

Lorsqu'il appuya sur le bouton ÉMISSION, le craquement des parasites disparut, remplacé par un silence de plomb. Le vide, attendant d'être comblé. Harold était toujours assis en tailleur sur la table de pique-nique.

Il leva le bras et, à l'extrémité de ce bras, un doigt se dressa, vengeur et obscène. En cet instant, Harold ressemblait à Babe Ruth, la star du base-ball, âgé, déjà sur le déclin, montrant l'endroit où il allait envoyer la balle, le montrant à tous ces spectateurs qui le huaient et le sifflaient, les faisant taire une fois pour toutes.

Il s'approcha du micro du walkie-talkie et parla d'une voix ferme mais retenue :

— Ici Harold Emery Lauder. Je fais ceci de mon plein gré.

Une étincelle bleuâtre salua son *Ici*. Une gerbe de flammes s'éleva quand il dit *Harold Emery Lauder.* Une explosion creuse, assourdie par la distance, comme celle d'un pétard qui saute dans une boîte de conserve, parvint à ses oreilles au moment où il disait *Je fais ceci,* et lorsqu'il eut prononcé les mots *de mon plein gré* et lancé par terre le walkie-talkie, mission accomplie, une rose de feu s'était épanouie au pied du mont Flagstaff.

— Poste de commandement, mission accomplie, terminé, dit doucement Harold.

Nadine se cramponnait à lui, comme Frannie s'était cramponnée à Stu quelques secondes plus tôt.

— Il faudrait être sûrs. Sûrs qu'ils ont eu leur compte.

Harold la regarda, puis montra la rose de destruction qui s'épanouissait au-dessous d'eux.

— Tu crois vraiment qu'il peut y avoir des survivants ?

— Je... je ne... je ne sais pas, Harold. Je...

Nadine se retourna, se prit le ventre à deux mains et commença à vomir. Un son profond, constant, cru. Harold la regarda avec un certain mépris.

Elle finit par revenir, haletante, pâle, s'essuyant la bouche avec un Kleenex. Récurant sa bouche.

— Et maintenant ?

— Maintenant, on va à l'ouest, répondit Harold. À moins que tu aies envie d'aller là-bas pour faire un sondage d'opinion.

Nadine frissonna.

Harold descendit de la table de pique-nique et grimaça quand ses pieds touchèrent le sol. Il avait des fourmis dans les jambes.

— Harold...

Elle essaya de le toucher, mais il s'écarta aussitôt. Et, sans la regarder, il se mit à démonter la tente.

— Je croyais qu'on attendrait demain..., commença-t-elle timidement.

— Naturellement, répondit-il d'une voix moqueuse. Pour qu'ils partent à vingt ou trente motos et qu'ils nous tombent dessus. Tu as déjà entendu parler de la fin de Mussolini ?

Elle grimaça. Harold roulait la tente.

— Et on ne se touche plus. C'est fini. Flagg a eu ce qu'il voulait. Nous avons éliminé le comité de la Zone libre. Ils sont foutus. Ils pourront bien avoir de l'électricité, ils sont foutus. *Il* me donnera une femme qui te fera ressembler à un vieux sac de pommes de terre, Nadine. Et toi... toi, tu seras à *lui*. Le bonheur, non ? Sauf que si j'étais dans tes savates, je les ferais trembler plus qu'un petit peu.

— Harold... s'il te plaît...

Elle était malde. Elle pleurait. Il voyait son visage à la lumière lointaine de l'incendie et il sentit de la pitié pour elle. Mais il se força à la chasser de son cœur comme on chasse un ivrogne qui essaie d'entrer dans un gentil petit bar d'habitués où tout le monde se connaît. Le fait irrévocable de l'assassinat était dans son cœur à elle, pour toujours — fait qui faisait briller ses yeux d'une lueur malsaine. Et après ? Il était aussi dans le sien. Dans le sien et sur le sien, l'écrasant comme une meule.

— Tu t'habitueras, dit brutalement Harold en attachant la tente sur le porte-bagages de sa moto. C'est fini pour eux, et c'est fini pour nous. C'est fini pour tous ceux qui sont morts de la grippe. Dieu est parti pêcher dans ses célestes ruisseaux et Il ne va pas rentrer avant longtemps. Il fait nuit, complètement nuit. C'est l'homme noir qui commande maintenant. *Lui.* Fais-toi à cette idée.

Un gémissement grinçant sortit de la gorge de Nadine.

— Allez, Nadine. Le concours de beauté a pris fin il y a deux minutes. Aide-moi à faire les bagages. Je veux faire deux cents kilomètres avant le lever du jour.

Au bout d'un moment, elle tourna le dos aux flammes

de la destruction — une destruction qui paraissait presque insignifiante vue de si haut — et elle l'aida à charger le reste du matériel de camping dans ses sacoches. Un quart d'heure plus tard, ils laissaient derrière eux la rose de feu et avançaient dans le vent frais, en direction de l'ouest, au sein de la nuit.

Pour Fran Goldsmith, la fin de la journée fut indolore et simple. Elle sentit un souffle chaud dans son dos et tout à coup se retrouva en train de voler dans la nuit. Ses sandales étaient restées derrière elle.

Putain de... ?

Elle atterrit très violemment sur une épaule, mais ne sentit aucune douleur. Elle se trouvait au fond du ravin qui s'ouvrait au pied du jardin de Ralph.

Une chaise se posa bien sagement devant elle, sur ses quatre pattes. Le coussin du siège, complètement noirci, fumait comme un encensoir.

Putain de... ?...

Quelque chose tomba sur la chaise, puis roula à terre. Avec une horreur détachée et clinique, elle vit que c'était un bras.

Stu ? Stu ! Qu'est-ce qui se passe ?

Puis un rugissement assourdissant, régulier, s'éleva autour d'elle. Des objets se mirent à pleuvoir partout. Des pierres. Des débris de bois. Des briques. Un bloc de verre dont les innombrables fissures formaient comme une toile d'araignée (la bibliothèque du salon de Ralph n'était-elle pas faite de ces blocs ?). Un casque de moto, percé d'un trou horrible, mortel, à l'endroit de la nuque. Elle voyait tout très clairement... beaucoup *trop* clairement. Il faisait noir quelques secondes plus tôt...

Oh Stu, mon Dieu, où es-tu ? Qu'est-ce qui s'est passé ? Nick ? Larry ?

Des gens hurlaient. Et le rugissement continuait, continuait encore. La lumière était maintenant plus forte qu'en plein jour. Le moindre caillou jetait une ombre. Des choses continuaient à pleuvoir autour d'elle. Une planche d'où sortait un clou d'une bonne dizaine de centimètres tomba juste devant son nez.

— *le bébé !* —

Et aussitôt, une autre pensée, comme une reprise de sa prémonition : *C'est Harold, c'est Harold qui a fait ça, Harold...*

Quelque chose la frappa sur la tête, sur le cou, dans le dos. Une chose énorme qui atterrit sur elle comme un cercueil rembourré.

OH MON DIEU OH MON BÉBÉ...

Puis la noirceur l'aspira vers le vide où pas même l'homme noir ne pouvait la suivre.

59

Des oiseaux.

Elle entendait des oiseaux.

Allongée dans le noir, Fran écouta longtemps les oiseaux avant de comprendre qu'il ne faisait pas vraiment noir. Elle voyait une sorte de lumière rougeâtre qui bougeait, paisible, et lui faisait penser à son enfance, au samedi matin, quand il n'y avait pas d'école, pas de messe, le jour de la grasse matinée. Le jour où vous vous réveilliez tout doucement, à votre rythme. Vous restiez allongée les yeux fermés, et vous ne voyiez rien qu'une ombre rougeâtre, le soleil du samedi filtré par l'écran délicat des capillaires de vos paupières. Vous écoutiez les oiseaux perchés dans les vieux chênes et vous sentiez peut-être l'odeur du sel marin, car vous vous appeliez Frances Goldsmith et vous aviez onze ans, un samedi matin, à Ogunquit...

Des oiseaux. Elle entendait des oiseaux.

Mais ce n'était pas Ogunquit ; c'était

(Boulder)

Elle réfléchit longtemps dans l'obscurité rougeâtre et soudain se souvint de l'explosion.

(? Explosion ?)

(! Stu !)

Ses yeux s'ouvrirent d'un coup. La terreur.

— *Stu !*

Et Stu était là, assis à côté de son lit, Stu dont le bras était enveloppé dans une bande très blanche, dont la joue

440

était marquée d'une profonde entaille qui commençait à sécher, dont les cheveux étaient à moitié brûlés, mais c'était bien *Stu,* il était *vivant,* auprès d'elle, et quand elle ouvrit les yeux tout à coup, un grand soulagement éclaira son visage et il dit :

— Frannie... merci mon Dieu.

— Le bébé, murmura-t-elle.

Sa gorge était sèche.

Il la regardait avec des yeux vides et une folle terreur s'insinua dans le corps de Frannie, froide, engourdissante.

— Le bébé, répéta-t-elle en forçant les mots à franchir sa gorge râpeuse comme du papier de verre. Je l'ai perdu ?

Cette fois, il avait compris. Il la prit maladroitement avec son bras valide.

— Non, Frannie, non. Tu n'as pas perdu le bébé.

Alors elle se mit à pleurer des larmes brûlantes qui roulèrent le long de ses joues, elle le serra farouchement contre elle, insensible à la douleur qui faisait hurler tous les muscles de son corps. Elle le serra contre elle. L'avenir pouvait attendre. Pour le moment, tout ce dont elle avait besoin se trouvait là, dans cette chambre baignée de soleil.

Le chant des oiseaux entrait par la fenêtre ouverte.

— Raconte-moi tout, dit-elle plus tard.

Le visage de Stu était fermé, alourdi par le chagrin et la peine.

— Fran...

— Nick ? murmura-t-elle.

Elle avala sa salive et sa gorge fit un petit clic.

— J'ai vu un bras..., reprit-elle.

— Il vaudrait peut-être mieux attendre...

— Non. Il faut que je sache. Dis-moi tout.

— Sept morts... Nous avons sans doute eu de la chance. Ça aurait pu être bien pire.

— Qui ?

Il lui prit maladroitement les mains.

— Nick... Il y avait une baie vitrée — tu te souviens — et... et...

Il s'arrêta un moment, regarda ses mains, puis leva les yeux vers Frannie.

— Il... on a pu l'identifier grâce... grâce à ses cicatrices...

Il tourna la tête. Fran étouffa un sanglot.

— Sue. Sue Stern. Elle était encore dans la maison quand tout a sauté.

— C'est... c'est impossible...

— Si...

— Qui encore ?

— Chad Norris.

Fran étouffa un nouveau sanglot. Une larme glissa du coin de son œil ; elle l'essuya machinalement.

— Trois. Il ne restait plus qu'eux dans la maison. Un miracle. Brad dit qu'il y avait huit ou neuf bâtons de dynamite dans ce placard. Et Nick, il a presque... quand je pense qu'il avait sans doute la main sur cette boîte à chaussures...

— Arrête... on ne pouvait pas savoir.

— Ce n'est pas une grande consolation.

L'explosion avait fait quatre autres victimes parmi ceux qui étaient arrivés en moto — Andrea Terminello, Dean Wykoff, Dale Pedersen et une jeune fille du nom de Patsy Stone. Stu ne raconta pas à Fran que Patsy, qui apprenait à Leo à jouer de la flûte, avait été pratiquement décapitée par un morceau du magnétophone Wollensak de Glen Bateman.

Fran hocha la tête. Elle avait mal au cou. Dès qu'elle essayait de bouger, même un peu, tout son dos lui faisait atrocement mal.

L'explosion avait fait vingt blessés. L'un d'eux, Teddy Weizak, l'homme du comité des inhumations, n'avait aucune chance de s'en sortir. Deux autres étaient dans un état critique. Un homme, Lewis Deschamps, avait perdu un œil. Ralph Brentner, deux doigts de la main gauche.

— Et moi, comment je m'en suis sortie ? demanda Fran.

— Plutôt bien. Lésion de la colonne vertébrale, fracture du pied. C'est ce que m'a dit George Richardson. L'explosion t'a projetée jusqu'au fond du jardin. Tu t'es cassé le pied quand le canapé est tombé sur toi.

— *Le canapé ?*

— Tu ne te souviens pas ?

— Je me souviens de quelque chose qui ressemblait à... un cercueil... un cercueil rembourré...

— C'était le canapé. Je l'ai enlevé moi-même. J'étais fou de rage et... un peu hystérique, j'ai l'impression. Larry est venu m'aider et je lui ai donné un coup de poing en pleine figure. Tu vois le genre.

Elle lui caressa la joue. Il prit sa main dans les siennes.

— Je pensais que tu étais morte. Je me souviens que je me suis demandé ce que j'allais devenir si tu étais morte. Devenir fou, sans doute. Je t'aime.

Il la serra, tout doucement à cause de son dos, et ils restèrent ainsi un long moment.

— Harold ? demanda-t-elle.

— Et Nadine Cross. Ils nous ont fait du mal. Ils nous ont fait beaucoup de mal. Mais certainement pas autant qu'ils auraient voulu. Et si nous les rattrapons avant qu'ils soient trop loin à l'ouest...

Il étendit ses mains devant lui, couvertes de plaies et de croûtes, puis les referma d'un mouvement sec qui fit craquer les articulations. Les muscles de ses poignets se tendirent. Un sourire glacé apparut sur son visage, un sourire qui fit frissonner Fran. Elle le connaissait trop bien.

— Ne souris jamais comme ça, jamais.

Le sourire s'évanouit.

— On ratisse les montagnes depuis l'aube. Mais je ne pense pas qu'on les trouvera. Je leur ai dit de ne pas s'éloigner à plus de quatre-vingts kilomètres à l'ouest de Boulder, sous aucun prétexte, et je suppose que Harold a été assez malin pour aller plus loin. Mais nous savons comment ils ont fait leur coup. Des explosifs branchés sur un walkie-talkie...

Fran ouvrit la bouche toute grande. Stu la regarda avec inquiétude.

— Qu'est-ce qui ne va pas ? Ton dos ?

— Non.

Elle comprenait maintenant ce que Stu avait voulu dire... Nick avait la main sur la boîte à chaussures quand la dynamite avait explosé... Elle comprenait tout maintenant. D'une voix lente, elle lui parla des bouts de fil et de la boîte du walkie-talkie, sous le baby-foot.

— Si nous avions fouillé toute la maison, au lieu de chercher simplement ce sale livre, nous aurions peut-être trouvé la bombe, dit-elle d'une voix étranglée par l'émotion. N... Nick et Sue seraient vi-vivants et...

— C'est pour ça que Larry a l'air si abattu ce matin ? J'ai cru que c'était parce que je lui avais donné un coup de poing. Mais Frannie, comment auriez-vous pu savoir ? Comment ?

— Mais nous aurions *dû* savoir !

Elle se blottit au creux de son épaule. Des larmes encore, chaudes, brûlantes. Il la tenait, penché sur elle dans une position incommode, car le moteur électrique du lit d'hôpital ne fonctionnait plus.

— Je ne veux pas que tu te fasses de reproches, Frannie. Personne — sauf un spécialiste peut-être — n'aurait pu comprendre en voyant simplement quelques bouts de fil et une boîte vide. S'ils avaient laissé quelques bâtons de dynamite ou une amorce, je ne dis pas, mais... Je te reproche rien, et personne dans la Zone ne va rien te reprocher non plus.

Tandis qu'il parlait, deux choses se combinaient lentement dans la tête de Fran, comme à retardement.

Ils n'étaient plus que trois dans la maison... un miracle.

Mère Abigaël... elle est revenue... elle est très mal... il faudrait un miracle !

Avec un petit gémissement, elle se releva un peu pour regarder Stu dans les yeux.

— Mère Abigaël... nous aurions tous été dans la maison quand la bombe a sauté s'ils n'étaient pas venus nous dire...

— Oui, on dirait bien un miracle, répondit Stu. Elle nous a sauvé la vie. Même si...

Il n'en dit pas davantage.

— Stu ?

— Elle nous a sauvé la vie en revenant à ce moment-là, Fran.

— Elle est morte ? demanda Fran en lui serrant très fort la main. Stu, elle est morte ?

— Elle est revenue vers huit heures moins le quart. Le petit gars de Larry Underwood la conduisait par la main. Il ne pouvait plus dire un seul mot — tu sais que ça lui arrive quand il est énervé — mais il l'a conduite chez Lucy. Là, elle s'est effondrée par terre, dit Stu en secouant la tête. Mon Dieu, comment a-t-elle fait pour marcher aussi loin... et qu'est-ce qu'elle a bien pu manger ou faire... Je vais te dire quelque chose, Fran. Il y a bien plus dans le monde — et au-dessus du monde — que je le croyais quand j'étais à Arnette. Je crois que cette femme est envoyée par Dieu. Était envoyée par Dieu.

Fran ferma les yeux.

— Elle est morte, c'est bien ça ? Pendant la nuit. Elle est revenue pour mourir.

— Elle n'est pas encore morte. Elle devrait l'être et George Richardson dit qu'elle n'en a plus pour long-temps, mais elle n'est pas encore morte. Et j'ai peur, ajouta-t-il en la regardant dans les yeux. Elle nous a sauvé la vie en revenant, mais j'ai peur d'elle, et j'ai peur de ce qui l'a ramenée ici.

— Qu'est-ce que tu veux dire, Stu ? Mère Abigaël ne ferait pas de mal à...

— Mère Abigaël fait ce que son Dieu lui dit de faire, répondit Stu d'une voix tranchante. Un Dieu qui a tué son propre fils, à ce qu'on m'a dit.

— Stu !

Le feu qui brillait dans les yeux de Stu s'éteignit.

— Je ne sais pas pourquoi elle est revenue, ni si elle a encore quelque chose à nous dire. Je n'en sais rien. Elle va peut-être mourir sans reprendre connaissance. George dit que c'est probable. Mais je sais que l'explosion... la mort de Nick... son retour... les gens ont perdu leurs œillères cette fois-ci. Tout le monde nous parle de *lui*. Ils savent que c'est Harold qui avait préparé le coup, mais ils croient que c'est *lui* qui l'a poussé à le faire. C'est aussi mon impression. Et beaucoup disent que c'est Flagg qui a fait revenir mère Abigaël dans l'état où elle est. Moi, je n'en sais rien. Je n'en sais vraiment rien, mais j'ai peur. J'ai l'impression que ça va mal tourner. Je n'avais pas cette impression jusqu'à présent, mais maintenant, oui.

— Et nous, lui dit-elle d'une voix presque plaintive. Et nous, et le bébé ? *Nous sommes là !*

Il attendit longtemps avant de répondre, au point qu'elle crut qu'il n'allait rien lui dire.

— Oui. Mais pour combien de temps ?

La nuit tombait ce jour-là, 3 septembre, quand une petite foule commença à se diriger lentement — presque en flânant — vers la maison de Larry et de Lucy. Quelques solitaires, des couples, des groupes de trois. Ils s'asseyaient sur les marches des maisons qui portaient sur leurs portes le *X* de Harold, s'asseyaient sur les trottoirs, sur des pelouses sèches, roussies après un long été. Ils parlaient peu, à voix basse. Ils fumaient leurs cigarettes et leurs pipes. Brad Kitchner était là, un bras enveloppé dans un énorme bandage et soutenu par une écharpe. Candy Jones aussi. Et Rich Moffat armé de deux bouteilles de Black Velvet au fond d'une sacoche de livreur de journaux. Norman Kellogg s'assit à côté de Tommy Gehringer, ses manches de chemise retroussées pour montrer ses biceps bronzés, constellés de taches de rousseur. Le jeune Gehringer remonta lui aussi ses manches pour imiter Norman. Assis sur une couverture, Harry Dunbarton et Sandy DuChien se tenaient par la main. Dick Vollman, Chip Hobart et Tony Donahue, seize ans, s'étaient installés un peu plus loin de la maison de Larry et se passaient une bouteille de Canadian Club qu'ils faisaient descendre avec du Seven-Up tiède. Patty Kroger était assise avec Shirley Hammet, séparée d'elle par un panier de pique-nique. Un panier bien rempli, mais elles grignotaient sans appétit. À huit heures, la rue était pleine. Tout le monde regardait la maison. La moto de Larry était rangée devant, à côté de la grosse Kawasaki 650 de George Richardson.

Larry les observait par la fenêtre de la chambre. Derrière lui, dans le lit qu'il partageait avec Lucy, mère Abigaël était couchée, inconsciente. L'odeur douceâtre qui sortait du nez congestionné de la vieille dame lui donnait envie de vomir — et il avait horreur de vomir — mais il refusait de s'en aller. C'était sa pénitence, pour avoir échappé à la mort alors que Nick et Susan n'étaient plus là. Il entendait des murmures derrière lui, autour du lit de mort. George allait bientôt s'en aller pour visiter ses autres patients à l'hôpital. Il n'y en avait plus que seize. Trois étaient déjà sortis. Teddy Weizak était mort.

Larry s'en était tiré sans une égratignure.

Ce vieux Larry de toujours — celui qui garde sa tête alors que tous les autres autour de lui perdent la leur. L'explosion l'avait projeté dans un massif de fleurs, de l'autre coté de l'allée du garage, mais il ne s'était pas fait une seule égratignure, pas une seule. Les débris pleuvaient autour de lui, mais rien ne l'avait touché. Nick était mort, Susan était morte, et lui n'avait même pas été blessé. Oui... Larry Underwood, ce vieux Larry qui ne changerait jamais.

Veillée funèbre dans la maison, veillée funèbre dehors. Six cents personnes, facilement. Harold, tu devrais revenir avec une douzaine de grenades et terminer ton travail. *Harold.* Il avait suivi Harold à travers le pays, avait suivi sa piste de papiers de chocolat, d'improvisations ingénieuses. Larry avait failli perdre ses doigts en essayant de se procurer de l'essence, à Wells. Harold avait simplement défait le bouchon de la prise d'air pour siphonner. Harold avait été celui qui avait proposé que le nombre des membres des différents comités augmente en proportion de la population. Harold encore qui avait proposé que le comité spécial soit élu en bloc. Harold, si habile. Harold et son journal. Harold et son sourire.

Stu pouvait bien dire que personne n'aurait pu deviner ce que Harold et Nadine étaient en train de faire avec ces bouts de fil de cuivre sur un baby-foot. Avec Larry, ce genre de raisonnement ne tenait pas. Il avait été le témoin des brillantes improvisations de Harold. L'une d'elles était écrite sur le toit d'une grange en lettres de plus de cinq mètres de haut, nom de Dieu. Il aurait pu deviner. L'inspecteur Underwood était très astucieux lorsqu'il s'agissait de dénicher des papiers de chocolat, mais beaucoup moins quand il était question de dynamite. Plus exactement, l'inspecteur Underwood n'était qu'un con.

Larry, si tu savais...

La voix de Nadine.

Si tu voulais, je te supplierais à genoux.

Il y avait encore eu cette chance d'éviter le meurtre et la destruction... une chance dont il n'avait encore jamais osé parler à personne. La machine infernale était-elle déjà en marche à l'époque ? Probablement. Si ce n'est le détail des bâtons de dynamite branchés au walkie-talkie, du moins une sorte de plan général.

Le plan de Flagg.

Oui — Flagg était toujours dans les coulisses, le noir montreur de marionnettes qui tirait les ficelles de Harold, de Nadine, de Charlie Impening, de combien d'autres encore. Les gens de la Zone allaient se faire un plaisir de lyncher Harold s'ils mettaient la main dessus, mais tout était l'œuvre de Flagg... et de Nadine. Qui l'avait envoyée à Harold, sinon Flagg ? Mais avant qu'elle n'aille vers Harold, elle était allée à Larry. Et il l'avait repoussée.

Comment aurait-il pu dire oui ? Il se sentait responsable de Lucy. Une responsabilité qui l'avait emporté sur tout le reste, non pas seulement à cause d'elle, mais aussi à cause de lui — il avait compris qu'il aurait suffi d'un ou deux pas encore pour détruire en lui ce qu'il y avait de bon ; c'est pour cela qu'il l'avait écartée et sans doute

Flagg était-il content de leur travail de la nuit précédente... s'il s'appelait vraiment Flagg. Oh, Stu était
encore vivant, et il parlait au nom du comité — il était la
bouche que Nick ne pouvait utiliser. Glen était vivant lui
aussi, et il était sans doute le grand aiguilleur du comité,
mais Nick avait été son cœur, et Sue, avec Frannie, sa
conscience morale. Oui, tout bien compté, la soirée avait
été bonne pour le salopard. Harold et Nadine méritaient
une belle récompense lorsqu'ils arriveraient là-bas.

Il s'éloigna de la fenêtre. Son front lui faisait mal.
Richardson prenait le pouls de mère Abigaël. Laurie s'occupait du goutte-à-goutte. Dick Ellis était debout devant
le lit. À côté de la porte, assise, Lucy regardait Larry.

— Comment va-t-elle ? demanda Larry à George.

— Pas de changement.

— Est-ce qu'elle va passer la nuit ?

— Je n'en sais rien, Larry.

La femme allongée sur le lit n'était plus qu'un squelette recouvert d'une mince peau couleur de cendre, tendue à craquer. Elle semblait ne plus avoir de sexe. Elle
avait perdu presque tous ses cheveux. Ses seins avaient
disparu. Sa bouche était grande ouverte, comme si sa
mâchoire s'était décrochée, laissant s'échapper une respiration sifflante. Elle rappelait à Larry des photos qu'il
avait vues de momies du Yucatan — flétries, desséchées,
sans âge.

Oui, c'était cela qu'elle était maintenant, non plus une
mère mais une momie. Il n'y avait plus que ce rauque
soupir de sa respiration, comme une brise légère dans les
chaumes. Comment pouvait-elle vivre encore ? Quel Dieu
pouvait bien lui faire subir cette épreuve ? Pourquoi ?
C'était une farce, une horrible farce cosmique. George
disait qu'il avait entendu parler de cas semblables, mais
jamais aussi extrêmes. Et qu'il n'aurait jamais cru en voir
un de ses yeux. On aurait dit... *qu'elle se dévorait*. Son
organisme continuait à fonctionner alors qu'il aurait dû
succomber depuis longtemps à la malnutrition. Pour se
nourrir, elle dévorait sa propre chair. Lucy, qui avait
déposé la vieille femme sur le lit, lui avait raconté à voix

basse, presque émerveillée, qu'elle semblait ne pas peser plus lourd qu'un cerf-volant attendant une bouffée de vent pour s'envoler au loin, à tout jamais.

Et la voix de Lucy s'éleva, à côté de la porte. Ils sursautèrent tous.

— Elle veut dire quelque chose.

— Elle est dans le coma, Lucy, répondit Laurie d'une voix hésitante... il y a peu de chance qu'elle reprenne conscience...

— Elle est revenue pour nous dire quelque chose. Et Dieu ne va pas la laisser partir tant qu'elle ne l'aura pas fait.

— Mais quoi, Lucy ? demanda Dick.

— Je ne sais pas, mais j'ai peur de l'entendre. Je sais. La mort n'a pas fini. Elle vient de commencer. C'est de ça que j'ai peur.

Il y eut un long silence, puis George Richardson se décida à parler :

— Je dois aller à l'hôpital. Laurie, Dick, je vais avoir besoin de vous.

Vous n'allez pas nous laisser seuls avec cette momie ? faillit dire Larry, mais il se mordit les lèvres.

Ils s'avancèrent tous les trois vers la porte et Lucy leur donna leurs manteaux. Il faisait à peine quinze degrés dehors, beaucoup trop frais pour faire de la moto en bras de chemise.

— Est-ce qu'on peut faire quelque chose pour elle ? demanda Larry.

— Lucy va s'occuper du goutte-à-goutte, répondit George. On ne peut rien faire d'autre. Vous voyez...

Il ne termina pas sa phrase. Naturellement, ils voyaient tous, là, sur le lit.

— Bonsoir, Larry, bonsoir, Lucy.

Ils sortirent. Larry revint à la fenêtre. Dehors, tout le monde s'était levé. Vivait-elle encore ? Était-elle morte ? Mourante ? Guérie par la puissance de Dieu ? *Avait-elle dit quelque chose ?*

Il tressaillit lorsque Lucy le prit par la taille.

— Je t'aime, dit-elle.

450

Il chercha son corps, l'approcha du sien. Puis il baissa la tête et frissonna.

— Je t'aime, lui dit-elle calmement. Ne te retiens pas. Laisse-toi aller. Laisse-toi aller, Larry.

Il pleura, des larmes aussi chaudes et dures que des balles de fusil.

— Lucy...

— Chut.

Elle avait posé ses mains sur le creux de sa nuque, ses mains si douces.

— *Oh Lucy, mon Dieu, qu'est-ce que ça veut dire ?*

Il pleurait, collé contre son cou. Elle le serrait de toutes ses forces, ne sachant pas, ne sachant pas encore, et mère Abigaël respirait en sifflant derrière eux, se cramponnait dans les abîmes de son coma.

George remonta la rue très lentement, donnant partout le même message : Oui, elle vit encore. Mais le pronostic n'est pas bon. Il n'y a plus beaucoup d'espoir. Non, elle n'a rien dit. Vous devriez rentrer chez vous. S'il arrive quelque chose, on vous préviendra.

Lorsqu'ils arrivèrent au coin de la rue, ils accélérèrent en prenant la direction de l'hôpital. Le grondement de leurs motos résonna entre les maisons avant de s'évanouir.

Les gens ne rentrèrent pas chez eux. Ils restèrent là quelque temps, reprirent leurs conversations, pesèrent et soupesèrent le moindre mot que George avait prononcé. Pronostic, qu'est-ce que ça veut dire ? Coma. La mort du cerveau. Si son cerveau est mort, c'est fini. Inutile d'attendre qu'elle parle. Autant espérer qu'une boîte de petits pois se mette à causer. Peut-être, s'il s'agissait d'une situation *naturelle,* mais il n'y a plus grand-chose de naturel ces temps-ci, vous ne croyez pas ?

Ils se rassirent. La nuit tomba. Les lampes Coleman s'allumèrent dans la maison où la vieille dame attendait la mort. Ils allaient rentrer chez eux plus tard, chercher longtemps le sommeil.

Et l'on se mit à parler avec hésitation de l'homme noir. Si mère Abigaël mourait, est-ce que cela voulait dire qu'*il* était le plus fort ?

Qu'est-ce que tu veux dire : « pas nécessairement » ?

Pour moi, c'est Satan, purement et simplement.

L'Antéchrist, voilà ce que je pense, moi. Nous sommes en train de vivre l'Apocalypse... c'est bien clair. *Allez et versez sur la terre les sept coupes de la fureur de Dieu...* Pour moi, c'est clair comme de l'eau de roche que l'apôtre Jean voulait parler de la super-grippe.

Des conneries, tout ça, on disait bien que Hitler était l'Antéchrist.

Si ces rêves reviennent, je vais me tuer.

Dans le mien, je me trouvais dans une station de métro et il était le poinçonneur, mais je ne pouvais pas voir sa figure. J'avais peur. Je me suis mis à courir dans le tunnel, et je l'ai entendu, *lui,* qui courait après moi. Et il me rattrapait.

Dans le mien, je descendais à la cave chercher un pot de confitures aux fraises et j'ai vu quelqu'un debout à côté de la chaudière... simplement une forme. Mais j'ai su que c'était lui.

Les grillons commençaient à chanter. Les étoiles s'allumaient dans le ciel. On parla un peu de la fraîcheur de l'air. On continua à boire. Pipes et cigarettes rougissaient dans le noir.

J'ai entendu dire que les types de l'électricité ont commencé à éteindre les appareils électriques.

Tant mieux. Si on n'a pas bientôt de la lumière et de la chaleur, ça va être un sacré problème.

Murmures de lèvres invisibles dans l'obscurité.

J'ai l'impression que nous sommes en sécurité pour l'hiver. Presque sûr. Impossible qu'il traverse les cols. Trop de neige, trop de voitures un peu partout. Mais au printemps...

Suppose qu'il ait quelques bombes A ?

Je m'en tamponne de tes bombes A. S'il avait

quelques-unes de ces saletés de bombes à neutrons ? Ou les sept coupes de l'Apocalypse ?

Ou des avions ?

Qu'est-ce qu'on devrait faire ?

Je ne sais pas.

Moi non plus.

Pas la moindre idée.

Creuse un trou, saute dedans et rebouche tout.

Vers dix heures, Stu Redman, Glen Bateman et Ralph Brentner firent le tour des groupes, parlant à voix basse, distribuant des circulaires, demandant à tout le monde de donner le mot à ceux qui n'étaient pas là ce soir. Glen boitait un peu, car un bouton de la cuisinière électrique lui avait arraché un bout de viande au mollet droit. ASSEMBLÉE DE LA ZONE LIBRE AUDITORIUM MUNZINGER * 4 SEPTEMBRE * 20 HEURES.

Ce fut le signal du départ. Les gens s'éloignèrent silencieusement dans la nuit. La plupart emportèrent avec eux leurs circulaires, mais quelques-uns les froissèrent et les jetèrent dans le caniveau. Tous rentrèrent chez eux pour dormir un peu.

Ou peut-être rêver.

L'auditorium était plein à craquer mais extrêmement silencieux lorsque Stu ouvrit la séance le lendemain soir. Larry, Ralph et Glen étaient assis derrière lui. Fran avait essayé de se lever, mais son dos lui faisait encore trop mal. Peu superstitieux, Ralph lui avait bricolé une installation pour qu'elle écoute les débats sur un walkie-talkie.

— Nous devons parler de plusieurs choses, dit Stu avec un calme étudié. Je suppose que tout le monde a entendu parler de l'explosion qui a tué Nick, Sue et les autres. Je suppose que tout le monde sait aussi que mère Abigaël est revenue. Nous devons parler de tout ça, mais nous voulions d'abord vous donner de bonnes nouvelles. Je vais donner la parole à Brad Kitchner. Brad ?

Brad s'avança vers le podium, beaucoup moins nerveux que l'avant-veille. Des applaudissements distraits le saluèrent. Arrivé sur l'estrade, il se retourna vers le public, empoigna le micro à deux mains et dit simplement :

— Nous aurons de l'électricité demain.

Cette fois, les applaudissements furent nettement plus nourris. Brad leva les bras, mais les applaudissements ne voulaient pas cesser. Ils durèrent encore au moins trente secondes. Plus tard, Stu dit à Frannie qu'en d'autres circonstances Brad aurait probablement été porté en triomphe comme un footballeur qui vient de marquer le but décisif du championnat dans les trente dernières secondes du match. On était si près de la fin de l'été que Brad avait effectivement réussi de justesse. Les applaudissements finirent cependant par s'éteindre.

— Nous allons tout remettre en marche à midi et je voudrais que tout le monde soit chez soi. Pourquoi ? Pour quatre choses. Écoutez-moi bien s'il vous plaît, c'est important. Premièrement, chez vous, éteignez les appareils électriques et les lumières. Deuxièmement, faites la même chose dans les maisons vides à côté de la vôtre. Troisièmement, si vous sentez une odeur de gaz, fermez tous les appareils qui pourraient être en marche. Quatrièmement, si vous entendez une sirène de pompiers, dirigez-vous vers l'endroit d'où vient le bruit... mais allez-y doucement, sans vous précipiter. Ce n'est pas le moment de vous casser le cou dans un accident de moto. Des questions ?

Plusieurs questions furent posées, toutes déjà couvertes par ce que venait de dire Brad. Il y répondit patiemment. Le seul signe de nervosité qu'on pouvait déceler en lui était qu'il ne cessait de torturer son petit carnet noir.

Quand plus personne n'eut de question à poser, Brad reprit la parole :

— Je voudrais remercier tous ceux qui se sont donné un mal de chien pour faire repartir la centrale. Et je voudrais rappeler au comité de l'énergie électrique qu'il n'a pas terminé son travail. Des lignes vont casser, on va avoir des pannes. Il faudra aussi aller chercher du mazout à Denver. J'espère que vous continuerez tous à donner un coup de main. M. Glen Bateman dit que nous pourrions être dix mille quand la première neige va tomber et beaucoup plus encore au printemps prochain. Il faudra remettre en service les centrales de Longmont et de Denver avant la fin de l'année prochaine...

— Pas la peine si le cinglé débarque ! cria quelqu'un au fond de la salle.

— Pendant un moment, ce fut un silence de mort. Le teint cireux, Brad se cramponnait au micro. *Il ne va pas pouvoir terminer,* pensa Stu. Puis Brad reprit, d'une voix étonnamment posée :

— Moi, je m'occupe de l'électricité. C'est tout ce que je peux répondre à celui qui vient de dire ça. Mais j'ai bien l'impression que nous serons ici longtemps après que cet autre type sera mort et enterré. Si je pensais le contraire, je m'amuserais à faire des bobinages dans son camp. Mais j'en ai rien à foutre de cette merde de type !

Brad descendit du podium. Quelqu'un hurla dans la salle :

— T'as drôlement raison !

Cette fois, les applaudissements crépitèrent furieusement, presque sauvages, mais Stu y décela une note qui ne lui plut pas beaucoup. Et il dut se servir plusieurs fois de son marteau de président pour obtenir le silence dans la salle.

— Le point suivant de l'ordre du jour...

— On s'en tamponne de ton ordre du jour ! hurla une jeune femme d'une voix stridente. Il faut parler de l'homme noir ! Il faut parler de *Flagg* ! On attend depuis trop longtemps !

Rugissements d'approbation. Quelques cris de protestation. Des murmures aussi, à propos du vocabulaire de la jeune femme.

Stu frappa si fort sur la table que la tête de son marteau vola en l'air.

— Nous sommes en assemblée ! cria-t-il. Vous pourrez dire tout ce que vous voulez, mais tant que je préside cette assemblée, je veux... je veux... de l'ORDRE !

Il cria si fort le dernier mot que les haut-parleurs se mirent à siffler partout dans l'auditorium.

— Et maintenant, reprit Stu, d'une voix grave et calme, il faut vous informer de ce qui s'est passé chez Ralph dans la nuit du 2 septembre. Je pense que c'est à moi de le faire, puisque vous m'avez élu pour maintenir l'ordre dans la ville.

Le silence était revenu mais, comme les applaudissements qui avaient salué la fin de l'intervention de Brad, ce silence n'était pas du goût de Stu. Les gens se penchaient en avant, tendus, avides. Et Stu se sentait nerveux, déconcerté, comme si la Zone libre avait changé radicalement en quarante-huit heures et qu'il ne sût plus vraiment ce qu'elle était. Il se sentait comme ce jour où il cherchait la sortie du Centre épidémiologique de Stovington — comme une mouche qui se débat dans la toile d'une araignée invisible. Tant de visages inconnus dans cette salle, tant d'étrangers...

Mais ce n'était pas le moment d'y penser.

Il raconta brièvement les événements qui avaient précédé l'explosion, sans parler cependant du pressentiment que Fran avait eu à la dernière minute ; dans l'état d'esprit où ils étaient, inutile de leur en dire plus qu'il ne fallait.

— Hier matin, Brad, Ralph et moi, nous sommes allés fouiller dans les décombres pendant plus de trois heures. Nous avons trouvé ce que nous croyons être les restes d'une bombe artisanale branchée à un walkie-talkie. Les bâtons de dynamite étaient probablement cachés dans le placard du salon. Bill Scanlon et Ted Frampton ont trouvé un autre walkie-talkie au cirque Sunrise. Nous supposons que l'explosion a été télécommandée de là-bas. C'est...

— Au cul, les suppositions ! hurla Ted Frampton à la troisième rangée. C'est ce salaud de Lauder et sa petite putain !

Un murmure courut dans la salle.

Et ce sont les bons ? Ils se foutent comme de l'an quarante de Nick, de Sue, de Chad et des autres. Ils sont déchaînés, ils ont soif de sang, ils ne pensent qu'à attra-

456

per Harold et Nadine pour les pendre... comme un porte-
bonheur contre l'homme noir.

Ses yeux rencontrèrent ceux de Glen. Le professeur haussa imperceptiblement les épaules avec un petit sourire cynique.

— Si quelqu'un se met encore à crier sans avoir la parole, je suspends la séance et vous n'aurez qu'à discuter dans votre coin. Nous ne sommes pas à la foire. Si nous ne respectons pas le règlement, où allons-nous ?

Ted Frampton le regardait, furieux, mais Stu soutint son regard. Au bout d'un moment, Ted baissa les yeux.

— Nous soupçonnons Harold Lauder et Nadine Cross. Nous avons de bonnes raisons de le faire, mais nous n'avons découvert aucune preuve formelle, et j'espère que vous ne l'oublierez pas.

Une vague de murmures monta, puis retomba.

— Si je vous dis cela, c'est que s'ils revenaient dans la Zone, je veux qu'on me les amène. Je les mettrai en taule et Al Bundell s'occupera d'organiser le procès... un procès, c'est-à-dire qu'ils pourront donner leur version de l'histoire, s'ils en ont une. Nous... nous sommes censés être les bons. Nous savons tous où sont les méchants. Si nous sommes les bons, nous devons nous comporter comme des gens civilisés.

Il les regarda, plein d'espoir, mais ne vit devant lui que de l'étonnement, de la colère. Stuart Redman venait de voir deux de ses meilleurs amis voler jusqu'en enfer, disaient ces yeux, et il prenait parti pour les coupables.

— Je pense que Harold et Nadine ont fait le coup. Mais nous devons faire les choses comme il faut. Et je suis là pour ça.

Plus de mille paires d'yeux le transperçaient. Derrière ces yeux, il devinait la même pensée : *Mais qu'est-ce que c'est que cette connerie ? Ils sont partis. Ils sont partis à l'ouest. Et tu fais comme s'ils étaient partis en forêt regarder les petits oiseaux.*

Stu avait la gorge sèche. Il se versa un verre d'eau. Son goût insipide lui fit faire la grimace.

— C'est tout pour le moment, reprit-il avec lassitude.

Nous devrons nommer de nouveaux membres pour le comité. Nous n'allons pas nous en occuper ce soir, mais vous devriez tous y réfléchir...

Une main se leva dans la salle.

— Allez-y, dit Stu. Donnez votre nom pour que tout le monde sache qui vous êtes.

— Je m'appelle Sheldon Jones, répondit un homme en chemise de laine. Pourquoi ne pas s'en occuper ce soir ? Moi, je propose Ted Frampton.

— Je suis d'accord ! hurla Bill Scanlon. Magnifique !

Ted Frampton leva les mains au-dessus de sa tête, comme un boxeur. Quelques applaudissements clairsemés s'élevèrent. Et Stu sentit à nouveau le découragement s'emparer de lui. Ils allaient remplacer Nick Andros par Ted Frampton ? La plaisanterie n'était vraiment pas très drôle. Ted avait tâté quelques jours du comité de l'énergie électrique, mais il avait trouvé qu'il y avait trop de travail. Ensuite, il était passé au comité des inhumations qui semblait mieux lui convenir. Mais Chad avait dit à Stu que Ted était un de ces types parfaitement capables de prolonger d'une bonne heure une pause-café et de transformer un déjeuner en un congé d'une demi-journée.

Hier, il s'était empressé de partir avec les autres à la recherche de Harold et de Nadine, sans doute pour se changer les idées. Scanlon et lui étaient tombés sur le walkie-talkie par pur hasard (ce que Ted avait d'ailleurs reconnu), mais depuis, Ted se prenait un peu pour le coq du poulailler.

Une fois de plus, le regard de Stu croisa celui de Glen et Stu vit une lueur cynique dans les yeux du professeur, confirmée par la moue méprisante qu'esquissait sa bouche : *C'est peut-être le moment d'utiliser un petit truc à la Harold.*

Un mot que Nixon avait utilisé bien souvent lui revint tout à coup à l'esprit. Il comprenait maintenant la raison de son découragement, la raison de cette incertitude qu'il sentait l'envahir. Et ce mot était « mandat ». Ils n'avaient plus de mandat. Leur mandat s'était envolé deux jours plus tôt, dans un éclair et un rugissement de tonnerre.

458

— Tu sais peut-être ce que *tu* veux, Sheldon, reprit-il. Mais je suppose que les autres voudraient avoir le temps d'y réfléchir. Je pose la question. Ceux parmi vous qui veulent élire deux nouveaux représentants ce soir, levez la main.

De nombreuses mains se levèrent.

— Ceux qui voudraient avoir une semaine pour y réfléchir, levez la main.

Cette fois, les mains furent plus nombreuses, mais pas beaucoup. Beaucoup s'étaient abstenus, comme si la question ne les intéressait pas.

— D'accord, nous allons nous réunir ici, dans l'auditorium Munzinger, dans une semaine, le 11 septembre, pour recevoir les candidatures et élire deux nouveaux membres du comité.

Pas terrible comme épitaphe, Nick. Je regrette.

— Le docteur Richardson est ici pour vous parler de mère Abigaël et des personnes qui ont été blessées dans l'explosion. Doc ?

Richardson s'avança au milieu d'applaudissements nourris. Il essuya ses lunettes, puis annonça que l'explosion avait fait neuf morts, que l'état de trois blessés était encore critique, que deux étaient dans un état grave et huit dans un état satisfaisant.

— Compte tenu de la puissance de l'explosion, je crois que nous avons eu de la chance. Et maintenant, mère Abigaël.

Ils se penchèrent tous pour mieux l'entendre.

— Je pense qu'une déclaration très courte et une brève explication devraient suffire. La déclaration est celle-ci : je ne peux rien faire pour elle.

Un murmure parcourut la foule. Les gens étaient déçus, mais pas vraiment surpris.

— Des membres de la Zone qui étaient ici avant son départ m'ont dit qu'elle affirmait avoir cent huit ans. Je ne peux pas le confirmer formellement, mais c'est certainement la personne la plus âgée que j'aie jamais vue et soignée. On me dit que son absence a duré deux semaines, et je suppose — *devine* — qu'elle a dû très mal manger pendant tout ce temps-là. Racines, herbes, ce genre de choses. Elle n'a été qu'une seule fois à la selle depuis son retour, reprit-il après une pause. Les matières fécales, très peu abondantes, contenaient beaucoup de brindilles et de petits bâtonnets.

— Mon Dieu, murmura quelqu'un, sans qu'on puisse savoir si la voix appartenait à un homme ou à une femme.

— L'un de ses bras présente de multiples lésions cutanées causées par le sumac vénéneux. Ses jambes sont couvertes d'ulcérations qui suppureraient certainement si son état n'était pas si...

— Hé ! Vous allez encore continuer longtemps ? hurla Jack Jackson, blanc, furieux, misérable. Vous ne pourriez pas la respecter un peu ?

— Il n'est pas question de respect ici, Jack. Je ne fais que vous décrire son état. Elle est dans le coma, elle souffre de malnutrition, et surtout, elle est très, très âgée. Je pense qu'elle va mourir. S'il s'agissait de quelqu'un d'autre, je dirais que c'est absolument sûr et certain. Mais... comme vous tous, j'ai rêvé d'elle. D'elle et de l'autre.

Un murmure dans la salle, comme une brise passagère, et Stu sentit les poils de sa nuque se hérisser.

— Pour moi, des rêves aussi opposés me paraissent être de nature mystique, reprit George. Le fait qu'ils nous soient communs à tous semblerait indiquer un phénomène d'ordre télépathique, au minimum. Mais je ne m'étendrai pas sur la parapsychologie ni sur la théologie, pas plus que je ne parle de respect, et pour la même raison : je ne suis pas compétent dans ces domaines. Si cette femme est envoyée par Dieu, Il peut décider de la guérir. Mais moi, j'en suis incapable. J'ajouterai que le fait qu'elle soit encore vivante me paraît être une sorte de miracle. Voilà ce que je voulais dire. Des questions ?

Aucune. Ils le regardaient, bouleversés. Certains pleuraient.

— Merci, dit George qui retourna s'asseoir dans un océan de silence.

— C'est à vous, murmura Stu à l'oreille de Glen.

Très à l'aise, Glen s'approcha du podium sans se présenter et se pencha vers le micro.

— Nous avons parlé de beaucoup de choses, mais pas de l'homme noir.

À nouveau ce murmure. Plusieurs firent instinctivement le signe de la croix. Près de l'allée gauche, une vieille femme effleura rapidement ses yeux, sa bouche et ses oreilles en une étrange imitation du geste que faisait Nick Andros, avant de recroiser ses mains sur son gros sac de cuir noir.

— Les membres du comité ont abordé la question à huis clos, continuait Glen d'une voix calme et neutre, et nous nous sommes demandé si nous devions l'aborder en public. On a dit que personne dans la Zone ne semblait vraiment vouloir qu'on en parle, pas après ces cauchemars que nous avons tous eus en venant ici. Qu'il nous fallait peut-être une période de récupération. Mais je crois que le moment est venu d'aborder la question. De la mettre en pleine lumière, pour ainsi dire. Vous avez tous entendu parler des portraits-robots qu'utilisent les services de police pour identifier les criminels à partir de différents témoignages. Dans le cas qui nous occupe, nous n'avons pas de visage, mais nous disposons d'une série de souvenirs qui constituent au moins une esquisse de ce qu'est notre Antagoniste. J'en ai parlé à de nombreuses personnes et je voudrais maintenant vous présenter mon portrait-robot.

Un instant de silence.

— L'homme semble s'appeler Randall Flagg, même si certains lui donnent le nom de Richard Frye, Robert Freemont et Richard Freemantle. Les initiales R.F. pourraient avoir une signification mais, si c'est le cas, aucun des membres du comité de la Zone libre ne sait ce qu'elles veulent dire. Sa présence — au moins dans les rêves — produit une sensation d'inquiétude, d'angoisse, de terreur, d'horreur. On m'a dit et répété que la sensation physique qui est associée à lui est celle du froid.

Nombreux hochements de têtes. Un bourdonnement nerveux de conversations s'éleva. Stu eut l'impression de petits garçons qui viennent de découvrir le sexe, qui comparent leurs expériences et qui découvrent tout énervés qu'ils placent tous le réceptacle à peu près au même endroit. Il mit sa main devant sa bouche pour dissimuler son sourire et se dit qu'il faudrait absolument en parler plus tard à Fran.

— Flagg est à l'ouest, reprit Glen. Certains l'ont « vu » à Las Vegas, d'autres à Los Angeles, à San Francisco, à Portland. Certains — dont mère Abigaël — prétendent que Flagg crucifie ceux qui s'écartent du droit chemin. Tous paraissent croire qu'une confrontation se prépare entre cet homme et nous, et que Flagg n'hésitera devant rien pour nous abattre. Ce qui veut dire bien des choses. Blindés. Armes nucléaires. Peut-être... une épidémie.

— Attends que j'mette la main sur ce sale porc ! cria Rich Moffat d'une voix perçante. C'est moi qui vais lui en foutre une sacrée bonne dose d'épidémie !

Des éclats de rire saluèrent son intervention et Rich salua la salle. Glen souriait. Il avait passé le mot à Rich une demi-heure avant l'assemblée, et Rich s'en était admirablement bien tiré. Le vieux prof avait raison sur un point, découvrait Stu : dans une grande réunion, il est souvent utile d'avoir étudié la sociologie.

— Bien. Je viens de vous dire ce que j'ai appris de lui. Une dernière chose : je crois que Stu a raison de vous dire que nous devons traiter Harold et Nadine d'une manière civilisée si nous mettons la main dessus, mais comme lui, je ne pense pas que ce soit probable. Et je crois moi aussi qu'ils ont fait ce qu'ils ont fait sur les ordres de Flagg.

Les mots du professeur résonnaient dans la salle.

— Il faut nous occuper de cet homme. George Richardson vous a dit que le mysticisme n'est pas son domaine. Ce n'est pas le mien non plus. Mais je peux vous dire ceci : je pense que cette vieille femme qui est en train d'agoniser représente les forces du bien, de la même manière que Flagg représente les forces du mal. Je pense que la puissance qui dirige cette femme s'est

462

servie d'elle pour nous rassembler ici. Je n'imagine pas que cette puissance veuille nous abandonner. Peut-être devrions-nous en parler, peut-être devrions-nous dire ce que nous avons sur le cœur à propos de ces cauchemars. Peut-être devrions-nous commencer à penser à ce que nous allons faire à propos de cet homme. Une chose est sûre : il ne pourra pas arriver tout simplement dans cette Zone au printemps prochain pour s'en emparer, il ne le pourra pas si nous sommes tous prêts à monter la garde. Je rends la parole à Stu qui va diriger la discussion.

Sa dernière phrase se perdit dans un tonnerre d'applaudissements et Glen retourna s'asseoir, très satisfait. Il leur avait fouetté les sangs... ou était-il plus exact de dire qu'il avait fait vibrer leur corde sensible ? Aucune importance en vérité. Ils n'avaient pas vraiment peur, c'était surtout de la colère qu'ils ressentaient. Ils étaient prêts à relever un défi (même s'ils risquaient d'être un peu moins ardents en avril prochain, lorsqu'un long hiver les aurait refroidis)... et surtout, ils étaient prêts à parler.

Pour parler, ils le firent pendant les trois heures qui suivirent. Certains partirent à minuit, mais pas beaucoup. Comme Larry l'avait prévu, rien de bien concret ne sortit de la réunion. Quelques propositions plutôt folles : un bombardier et/ou des armes nucléaires pour la Zone, une conférence au sommet, un commando d'intervention. Très peu d'idées pratiques.

Durant la dernière heure, beaucoup racontèrent leurs cauchemars, sans que les autres paraissent se fatiguer de ces récits. Stu se souvint une fois encore de ces interminables discussions sur le sexe auxquelles il avait participé (surtout comme auditeur) du temps de son adolescence.

Glen était étonné et fort encouragé de voir qu'ils étaient de plus en plus disposés à parler, de constater que la morne indifférence du début de l'assemblée s'était maintenant transformée en une atmosphère chargée d'excitation. Une catharsis collective, trop longtemps attendue, se produisait enfin. Et lui aussi pensa au sexe, mais d'une manière différente. Ils parlent comme des gens, pensa-t-il, qui ont trop longtemps gardé pour eux leurs petits secrets, leurs culpabilités, leurs insuffisances, pour découvrir ensuite, lorsqu'ils les verbalisent, que ces choses ne sont pas aussi épouvantables qu'ils le croyaient. En récoltant au cours de ce débat marathon la terreur secrète semée dans le sommeil, cette terreur se laissait apprivoiser un peu... peut-être même pouvait-elle se laisser conquérir.

L'assemblée prit fin à une heure et demie et Glen sortit avec Stu, heureux pour la première fois depuis la mort de Nick. Il sentait qu'ils venaient de faire les premiers pas vers ce champ de bataille qui les attendait.

Et il était rempli d'espoir.

L'électricité revint le 5 septembre, comme Brad l'avait promis.

La sirène installée sur le toit du palais de justice se mit à hurler, semant la panique parmi les gens qui se promenaient dans la rue et qui levèrent les yeux vers le ciel d'un bleu limpide, persuadés qu'ils allaient voir apparaître les avions de l'homme noir. Certains coururent se réfugier dans leurs caves où ils restèrent jusqu'à ce que Brad découvre qu'un interrupteur défectueux avait fait partir la sirène. Penauds, les gens sortirent de leurs abris.

Un incendie fut causé par un court-circuit, rue Willow. Une dizaine de pompiers volontaires accoururent sur les lieux et le maîtrisèrent rapidement. Le couvercle d'un transformateur souterrain sauta à plus de dix mètres de haut à l'angle de Broadway et de Walnut avant de retomber sur le toit d'un magasin de jouets comme la pastille d'un gigantesque jeu de puce.

Il n'y eut qu'une seule victime durant cette journée que la Zone allait appeler plus tard le Jour de l'électricité. Pour une raison inconnue, un atelier de carrosserie automobile explosa rue Pearl. Rich Moffat était assis sur le trottoir d'en face, une bouteille de Jack Daniel's dans sa sacoche de livreur de journaux. Un morceau de tôle ondulée le tua sur le coup, mettant un point final à sa carrière de briseur de vitrines.

Stu était avec Fran lorsque les tubes fluorescents se mirent à bourdonner au plafond de la chambre d'hôpital. Il les regarda clignoter, clignoter, clignoter, puis s'allumer enfin. Et il resta à les regarder près de trois minutes, incapable de détourner les yeux. Quand il se retourna vers Frannie, elle avait les yeux remplis de larmes.

— Fran ? Qu'est-ce qui ne va pas ? Tu as mal ?

— Nick, ça me fait tellement de peine que Nick ne soit pas là pour voir la lumière. Prends-moi dans tes bras, Stu. Je veux prier pour lui si je peux. Je veux essayer.

Il la prit dans ses bras, mais il ne sut pas si elle priait ou non. Soudain, il sentit que Nick lui manquait beaucoup et que sa haine pour Harold Lauder n'avait fait que grandir. Fran avait raison. Harold n'avait pas seulement tué Nick et Sue, il leur avait volé leur lumière.

— Chhhut, Frannie. Chhhut.

Mais elle pleura longtemps. Quand elle s'arrêta enfin, il appuya sur un bouton pour soulever son lit et alluma la lampe de chevet pour qu'elle puisse lire.

Stu sentit qu'on le secouait. Il se réveilla, mais il lui fallut longtemps pour sortir totalement de son sommeil. Son esprit passait lentement en revue une liste apparemment interminable des personnes qui pouvaient vouloir le priver de son sommeil. Sa mère qui lui disait qu'il était temps de se lever, d'allumer le poêle et de s'habiller pour l'école. Manuel, le videur de ce minable petit bordel de Nuevo Laredo qui lui disait qu'il en avait eu pour ses vingt dollars et qu'il devait allonger encore vingt biffetons s'il voulait rester toute la nuit. Une infirmière en combinaison spatiale qui voulait lui faire une prise de sang et un prélèvement dans la gorge. Frannie.

Randall Flagg.

Ce dernier nom le réveilla comme une douche d'eau

froide. Mais ce n'était pas lui, ni les autres. C'était Glen Bateman, accompagné de Kojak.

— Vous n'êtes pas facile à réveiller, le Texan. Je dirais même que vous avez un sommeil de plomb.

Bateman n'était qu'une vague silhouette dans le noir presque total.

— Vous auriez pu allumer la lumière, pour commencer.

— Figurez-vous que j'ai totalement oublié.

Stu alluma la lampe, cligna les yeux comme une chouette et regarda son vieux réveil. Il était trois heures moins le quart.

— Qu'est-ce que vous faites ici, Glen ? Je dormais, au cas où vous ne l'auriez pas vu.

Ce n'est que lorsqu'il reposa le réveil sur la table de nuit qu'il le vit vraiment. Le professeur était pâle, il avait peur... il avait l'air vieux. De profondes rides creusaient son visage hagard.

— Qu'est-ce qui se passe ?

— Mère Abigaël...

— Elle est morte ?

— Dieu me pardonne, je souhaiterais presque qu'elle le soit. Elle s'est réveillée. Elle nous demande.

— Nous deux ?

— Nous cinq. Elle... — sa voix était rauque — ... elle savait que Nick et Susan étaient morts, que Fran était à l'hôpital. Comment ? Je n'en sais rien.

— Elle a demandé le comité ?

— Ce qui en reste. Elle est mourante et elle a quelque chose à nous dire. Je ne sais pas si j'ai vraiment envie de l'entendre.

Dehors, la nuit était fraîche, froide même. L'anorak que Stu avait sorti du placard était confortable et il remonta le fermeture jusqu'au menton. Au-dessus de lui, la lune glacée lui fit penser à Tom qui devait revenir à la pleine lune pour leur dire ce qu'il avait vu. Mais elle n'était qu'à peine sortie de son premier quartier. Dieu seul savait où elle éclairait Tom, Dayna Jurgens, le juge Farris. Dieu seul savait quelles choses étranges elle voyait ici.

— Je suis d'abord allé réveiller Ralph, dit Glen. Je lui ai dit de passer à l'hôpital pour amener Fran.

— Si le médecin voulait qu'elle se promène, il l'aurait renvoyée chez elle, répondit Stu d'une voix bourrue.

— C'est un cas particulier, Stu.

— Pour quelqu'un qui n'a pas envie d'entendre ce que la vieille dame veut nous dire, vous avez l'air drôlement pressé d'arriver là-bas.

— Vous faites erreur, je crois.

La jeep s'arrêta devant la maison de Larry à trois heures dix. Tout était éclairé — plus de lampes à gaz maintenant, mais de bonnes vieilles ampoules électriques. Dans la rue, un lampadaire sur deux brillait aussi, pas simplement ici, mais dans toute la ville, et Stu les avait regardés fixement pendant tout le trajet dans la jeep de Glen, fasciné. Les derniers insectes d'été, engourdis par le froid, se heurtaient paresseusement contre les ampoules à vapeurs de sodium.

Au moment où ils descendirent de la jeep, des phares apparurent au coin de la rue. C'était la vieille camionnette bringuebalante de Ralph. Elle s'arrêta à quelques centimètres de la jeep. Ralph sortit et Stu s'avança rapidement vers la portière du côté du passager. Frannie était assise derrière la glace, le dos appuyé contre un coussin de canapé.

— Salut, ma chérie, dit-il d'une voix douce.

Elle lui prit la main. Son visage faisait un ovale pâle dans le noir.

— Tu as très mal ?

— Pas trop. J'ai pris des comprimés. Mais ne me demande pas de danser la gigue.

Stu l'aida à sortir de la camionnette et Ralph lui prit

l'autre bras. Ils virent tous les deux la grimace qu'elle fit en se mettant à marcher.

— Tu veux que je te porte ?

— Ça va aller. Mais tiens-moi par la taille, s'il te plaît.

— Appuie-toi sur moi.

— Et marche doucement. Les vieilles mémés ont du mal à galoper.

Ils traversèrent derrière la camionnette de Ralph, si lentement qu'on aurait difficilement pu dire qu'ils marchaient. Lorsqu'ils arrivèrent enfin au trottoir, Stu vit Glen et Larry, debout à l'entrée, qui les regardaient s'approcher. Dans la lumière, on aurait dit des silhouettes découpées dans du papier noir.

— Qu'est-ce qui se passe, d'après vous ? murmura Frannie.

— Je ne sais pas, répondit Stu en secouant la tête.

Ils montèrent sur le trottoir. Frannie souffrait beaucoup maintenant et Ralph aida Stu à la faire entrer. Larry, comme Glen, était pâle et inquiet. Il était vêtu d'un jeans et d'une chemise boutonnée de travers qu'il avait oublié de rentrer dans son pantalon. Il portait des mocassins de très bonne qualité dans lesquels il était pieds nus.

— Je suis vraiment désolé d'avoir dû te faire venir, dit-il. Je somnolais à côté d'elle. Nous la veillons à tour de rôle. Tu comprends ?

— Oui, je comprends, répondit Frannie.

Mystérieusement, ces trois mots, *nous la veillons,* la firent penser au salon de sa mère... dans une lumière plus douce, plus indulgente qu'autrefois.

— Lucy s'était couchée depuis une heure à peu près. Je me suis réveillé tout d'un coup et — Fran, je peux t'aider ?

Fran secoua la tête et fit un effort pour sourire.

— Non, ça va. Continue.

— ... et elle me regardait. Sa voix est très faible, mais on la comprend parfaitement.

Larry avala sa salive. Les cinq étaient maintenant debout dans le couloir.

— Elle m'a dit, reprit Larry, que le Seigneur allait

l'emporter chez lui au lever du soleil. Mais qu'elle devait d'abord parler à ceux d'entre nous que Dieu n'avait pas emportés. Je lui ai demandé ce qu'elle voulait dire et elle m'a répondu que Dieu avait emporté Nick et Susan. Elle *savait*.

Il poussa un étrange soupir et passa sa main dans ses longs cheveux.

Lucy apparut au bout du couloir.

— J'ai fait du café. Servez-vous quand vous voulez.

— Merci, chérie, dit Larry.

Lucy avait l'air indécise.

— Est-ce que je dois venir avec vous ? Ou est-ce que vous devez être seuls, comme pour une réunion du comité ?

Larry lança un regard à Stu.

— Viens, répondit doucement Stu. J'ai l'impression que ça n'a plus d'importance maintenant.

Ils se dirigèrent vers la chambre à coucher, lentement, à cause de Fran.

— Elle va nous dire quoi faire, dit Ralph d'une voix sombre. Mère Abigaël va nous dire. Inutile de nous inquiéter.

Ils entrèrent et les yeux brillants de mère Abigaël se posèrent sur eux.

Fran était au courant de l'état de la vieille femme, mais elle eut cependant un choc. Il ne restait plus d'elle qu'une enveloppe racornie de peau et de tendons qui lui collait aux os. Pas même une odeur de putréfaction et de mort prochaine dans la chambre ; mais plutôt une odeur sèche de vieux grenier... non, une odeur de *salon*. La moitié de l'aiguille du goutte-à-goutte sortait de son bras, pour la simple raison qu'elle n'avait pas plus de place pour s'enfoncer.

Les yeux n'avaient pas changé, chauds, aimables, humains. Cependant Fran sentait une sorte de terreur... pas exactement de la peur, mais quelque chose de plus...

de plus religieux — un infini respect. Était-ce cela ? L'impression que quelque chose allait se produire. Pas une catastrophe, mais comme si une terrible responsabilité était suspendue au-dessus de leurs têtes, telle une pierre.

L'homme propose... Dieu dispose.

— Assieds-toi, ma petite fille, murmura mère Abigaël. Tu souffres beaucoup, à ce que je vois.

Larry la conduisit vers un fauteuil et Fran s'assit en poussant un soupir de soulagement, sachant pourtant qu'elle allait avoir mal au bout de quelques minutes.

Mère Abigaël la regardait toujours de ses yeux brillants.

— C'est pour très bientôt, murmura-t-elle.

— Oui... comment...

— Chhhhut...

Un profond silence tomba dans la chambre. Fascinée, hypnotisée, Fran contemplait la vieille femme qui avait vécu dans leurs rêves avant d'entrer dans leurs vies.

— Regarde par la fenêtre, ma petite fille.

Fran tourna les yeux vers la fenêtre devant laquelle Larry se trouvait deux jours plus tôt, observant les personnes rassemblées dans la rue. Ce ne fut pas le noir oppressant qu'elle vit, mais une paisible lumière. Non, ce n'était pas les lumières de la chambre qui éclairaient dehors ; c'était la lumière du matin. Elle voyait l'image floue, légèrement déformée, d'une chambre d'enfant avec des rideaux à carreaux un peu froissés. Il y avait un berceau — *mais il était vide.* Il y avait un parc de bébé — *vide.* Un mobile fait avec des papillons de plastique de couleurs vives — *agité seulement par le vent.* L'angoisse posa ses mains glacées sur son cœur. Les autres la virent sur son visage mais ne la comprirent pas ; ils ne virent rien par la fenêtre, à part un carré de gazon éclairé par un lampadaire.

— Où est le bébé ? demanda Fran d'une voix rauque.

— Stuart n'est pas le père du bébé, ma petite fille. Mais sa vie est entre les mains de Stuart, et dans celles

470

de Dieu. Ce petit aura quatre pères. Si Dieu lui permet de respirer.

— De respirer...

— Dieu n'a pas voulu que je sache, murmura-t-elle.

La chambre d'enfant vide avait disparu. Fran ne voyait plus que la noirceur. Et maintenant l'angoisse serrait les poings, écrasait son cœur battant.

— Le démon a appelé sa fiancée et il veut lui donner un enfant. Laissera-t-il ton enfant vivre ? dit mère Abigaël dans un souffle.

— Assez ! gémit Frannie en se cachant la figure dans les mains.

Silence, profond silence comme de la neige épaisse dans la chambre. Glen Bateman fouillait des yeux l'obscurité. Lucy caressait de sa main droite le col de son peignoir. Ralph taquinait distraitement la plume de son chapeau qu'il tenait à la main. Stu regardait Frannie, mais il ne pouvait la rejoindre. Pas maintenant. Un instant, il pensa à cette femme, celle qui s'était furtivement touché les yeux, les oreilles et la bouche à l'assemblée lorsqu'on avait mentionné le nom de l'homme noir.

— Mère, père, épouse, mari, chuchota mère Abigaël. Et dressé contre eux, le Prince des Hauts Lieux, le seigneur des matins sombres. J'ai péché par orgueil. Vous tous avez péché par orgueil. N'avez-vous donc pas entendu qu'il ne fallait pas placer sa foi dans les seigneurs et princes de ce monde ?

Ils la regardaient.

— La lumière électrique n'est pas la réponse, Stu Redman. La radio ne l'est pas non plus, Ralph Brentner. La sociologie ne mènera à rien, Glen Bateman. Te repentir d'une vie qui s'est depuis longtemps refermée comme un livre n'empêchera rien, Larry Underwood. Et ton petit garçon ne l'arrêtera pas non plus, Fran Goldsmith. La mauvaise lune s'est levée. On ne propose rien sous le regard de Dieu.

Elle les regarda tour à tour.

— Dieu disposera comme Il le juge bon. Vous n'êtes pas le potier, mais l'argile du potier. Peut-être l'homme de l'ouest est-il le tour sur lequel vous serez modelés. Je ne suis pas autorisée à le savoir.

Une larme, étonnante dans ce désert de mort, perla au coin de son œil gauche et roula le long de sa joue.

— Mère, qu'est-ce qu'il faut faire ? demanda Ralph.

— Approchez-vous, tous. Je n'ai plus beaucoup de temps. Je m'en vais retrouver la gloire et jamais un être humain n'a été plus prêt que moi aujourd'hui. Approchez-vous.

Ralph s'assit au bord du lit. Larry et Glen restèrent debout, tout à côté. Fran se leva en faisant une grimace et Stu lui approcha une chaise pour qu'elle s'installe à côté de Ralph. Elle s'assit et serra la main de Stu dans ses doigts froids.

— Dieu ne vous a pas réunis pour former un comité ou une communauté, dit mère Abigaël. S'il vous a amenés ici, c'est uniquement pour vous envoyer plus loin, pour entreprendre une quête. Il veut que vous tentiez de détruire ce Prince noir, cet Homme des lieues lointaines.

Un silence pesant. Puis mère Abigaël soupira.

— Je pensais que Nick devait être votre chef, mais Il l'a pris — même s'il reste encore quelque chose de lui, à mon avis. Quelque chose encore. Mais tu dois être le meneur, Stuart, et s'Il veut prendre Stu, alors tu devras mener, Larry. Et s'Il te prend toi aussi, ce sera le tour de Ralph.

— On dirait que je suis la lanterne rouge, commença Glen. Qu'est-ce que vous...

— Mener ? demanda Fran d'une voix glacée. *Mener ?* Mener où... ?

— À l'ouest, petite fille, répondit mère Abigaël. À l'ouest. Tu ne dois pas y aller. Seulement les quatre que j'ai nommés.

— *Non !* cria Fran en se levant malgré sa souffrance. Qu'est-ce que vous dites ? Qu'ils doivent tous les quatre se livrer à lui, se remettre entre ses mains ? Le cœur, l'âme et les entrailles de la Zone libre ? Pour qu'il puisse les crucifier et descendre ici l'été prochain tuer tout le monde ? Je ne veux pas que mon homme soit sacrifié à votre Dieu assassin. Qu'Il aille se faire foutre !

Ses yeux lançaient des éclairs.

— *Frannie !* s'exclama Stu.

— Dieu assassin ! *Dieu assassin !* continua Frannie en sifflant comme un serpent. Des millions — peut-être des *milliards* — morts de la super-grippe. Et ensuite, encore des millions. Nous ne savons même pas si les enfants vont vivre et Il n'en a pas encore assez ? Faut-il que ça continue jusqu'à ce que les rats et les cancrelats deviennent les maîtres de la terre ? Il n'est pas Dieu. C'est un démon, et vous êtes Sa sorcière.

— Arrête, Frannie !

— Comme tu voudras. J'ai terminé de toute façon. Je veux m'en aller. Ramène-moi à la maison, Stu. Pas à l'hôpital, à la maison.

— Nous allons écouter ce qu'elle veut nous dire.

— Très bien. Alors, écoute pour moi aussi. Je m'en vais.

— Petite fille...

— *Ne m'appelez pas comme ça !*

La main de la vieille femme bondit en avant et se referma sur le poignet de Frannie. Fran se figea. Ses yeux se fermèrent. Elle renversa d'un coup la tête en arrière.

— Non... non... *OH MON DIEU... STU...*

— Assez ! Assez ! rugit Stu. Qu'est-ce que vous lui faites ?

Mère Abigaël ne répondit pas. Le moment parut s'éterniser, s'étirer dans une poche d'éternité, puis la vieille femme lâcha la main de Fran.

Lentement, comme hébétée, Fran commença à masser le poignet que mère Abigaël avait pris. Pourtant, on n'y voyait aucune marque rouge, aucune trace de doigts. Soudain les yeux de Frannie s'élargirent.

— Chérie ? demanda Stu, inquiet.

— Parti... murmura Fran.

— Qu'est-ce que... qu'est-ce qu'elle dit ?

Stu regardait autour de lui, comme si les autres avaient

pu l'aider à comprendre. Glen ne put que hocher la tête. Son visage était blanc, ses traits tirés.

— La douleur... mon mal de dos. Parti, dit-elle en regardant Stu, complètement parti. Regarde.

Elle se pencha et se toucha le bout des pieds : une fois, deux fois. Puis elle se pencha une troisième fois et posa ses mains à plat sur le plancher sans fléchir les genoux.

Elle se releva et ses yeux croisèrent ceux de mère Abigaël.

— Votre Dieu essaye de m'acheter ? Si c'est ça, Il peut reprendre Son cadeau. Je préfère souffrir et garder Stu.

— Dieu n'achète pas les gens, mon enfant, chuchota mère Abigaël. Il se contente de faire un signe et laisse les gens l'interpréter comme ils veulent.

— Stu n'ira pas à l'ouest, répondit Fran.

— Assieds-toi, dit Stu. Écoutons ce qu'elle veut nous dire.

Fran s'assit, ahurie, incrédule, complètement perdue. Ses mains ne pouvaient s'empêcher d'aller palper le creux de ses reins.

— Vous devez vous en aller à l'ouest, murmura mère Abigaël. Sans eau, sans nourriture. Vous devez partir aujourd'hui même, dans les vêtements que vous portez. Vous devez partir à pied. Je sais que l'un d'entre vous n'arrivera pas à destination, mais j'ignore quel est celui qui tombera. Je sais que les autres seront emmenés devant cet homme, Flagg, qui n'est pas un homme en vérité, mais un être surnaturel. Je ne sais pas si Dieu veut que vous remportiez la victoire. Je ne sais pas si Dieu veut que vous reveniez jamais à Boulder. Il ne m'est pas donné de voir ces choses. Mais il est à Las Vegas, et vous devez aller là-bas, car c'est là-bas qu'aura lieu l'affrontement. Vous irez, et vous ne craindrez pas, car vous aurez pour vous appuyer le Bras éternel du Seigneur Dieu des armées. Oui. Avec l'aide de Dieu, vous tiendrez bon.

Elle hocha la tête.

— C'est tout. J'ai dit ce que j'avais à dire.

— Non, murmura Fran, c'est impossible.

— Mère, dit Glen d'une voix si étranglée qu'il dut se racler la gorge. Mère, nous ne comprenons pas comme vous pouvez comprendre. Nous... nous n'avons pas cette intimité que vous possédez avec ce qui domine ces choses. Nous ne sommes pas faits ainsi. Fran a raison. Si nous allons là-bas, nous serons massacrés, probablement par les premiers gardes que nous rencontrerons.

— N'avez-vous donc pas d'yeux ? Vous venez de voir que Dieu a guéri Fran de son mal, par mon intermédiaire. Pensez-vous que Son plan soit de vous laisser massacrer par le dernier des laquais du Prince noir ?

— Mère...

— Non, fit-elle en l'interrompant d'un geste de la main. Mon rôle n'est pas de discuter avec vous, ni de vous convaincre, mais seulement de vous aider à comprendre les projets de Dieu. Écoutez, Glen.

Et, tout à coup, de la bouche de mère Abigaël sortit la voix de Glen Bateman. Fran poussa un petit cri et se colla contre Stu.

— Mère Abigaël l'appelle la créature de Satan, disait cette voix forte et masculine qui montait de quelque part dans la poitrine creuse de la vieille femme et sortait par sa bouche édentée. Peut-être n'est-il que le dernier magicien de la pensée rationnelle, celui qui rassemble les outils de la technologie contre nous. Peut-être est-il bien davantage, bien plus sombre. Je sais seulement qu'il *est,* et je ne crois plus que la sociologie, que la psychologie ou qu'une autre discipline vienne jamais à bout de lui. Je crois seulement que la magie blanche y parviendra.

Glen était bouche bée.

— Est-ce la vérité, ou ces paroles sont-elles celles d'un menteur ? demanda mère Abigaël.

— Je ne sais pas si c'est la vérité, mais c'est bien ce que j'ai dit, répondit Glen d'une voix tremblante.

— Ayez confiance. Ayez tous confiance. Larry... Ralph... Stu... Glen... Frannie. Surtout toi, Frannie. Ayez confiance... et obéissez à la parole de Dieu.

— Avons-nous vraiment le choix ? demanda Larry d'une voix remplie d'amertume.

Elle se tourna vers lui, surprise.

— Le choix ? Il y a toujours un choix. Ainsi Dieu a-t-il toujours procédé, ainsi le fera-t-il toujours. Vous conservez votre libre arbitre. Faites comme vous voulez. Vos jambes ne sont pas prises dans les chaînes. Mais... *vous savez maintenant ce que Dieu attend de vous.*

Ce silence à nouveau, comme de la neige épaisse.

Ralph fut le premier à se décider à parler.

— La Bible raconte que David a fait sa fête à Goliath. Je vais aller là-bas, si vous dites qu'il le faut, mère.

Elle lui prit la main.

— Moi aussi, fit Larry. Moi aussi.

Il soupira et se posa les mains sur le front, comme s'il avait mal. Glen ouvrit la bouche pour dire quelque chose, mais avant qu'il ait eu le temps de parler, un gros soupir monta d'un coin de la chambre, suivi d'un choc sourd.

C'était Lucy. Tout le monde l'avait oubliée. Elle s'était évanouie.

L'aube effleurait le bout du monde.

Ils étaient assis autour de la table de cuisine de Larry, devant des tasses de café. Il était cinq heures moins dix quand Fran apparut à la porte. Son visage était bouffi par les larmes, mais elle ne boitait plus du tout. Elle était effectivement guérie.

— Je pense qu'elle s'en va, dit Fran.

Ils se rendirent tous dans la chambre. Larry passa son bras autour de la taille de Lucy.

Mère Abigaël respirait avec un affreux bruit creux et liquide qui rappelait la super-grippe. Ils se mirent autour du lit, silencieux, respectueux, effrayés. Ralph était sûr que quelque chose se produirait à la fin qui leur montrerait à tous la puissance de Dieu dans toute sa nudité et sa majesté. Elle s'en irait dans un éclair de lumière, emportée par Lui. Ou ils verraient son esprit, transfiguré, radieux, s'échapper par la fenêtre et monter au ciel.

Mais, en fin de compte, elle ne fit que mourir.

Une dernière respiration, après des millions et des millions. La poitrine de la vieille dame se souleva, s'immobilisa, puis laissa finalement l'air s'échapper. Et elle ne se releva plus.

— C'est fini, murmura Stu.

— Que Dieu ait pitié de son âme, dit Ralph, soulagé.

Il lui croisa les mains sur son ventre si plat et ses larmes tombèrent sur elles.

— Je vais y aller, dit tout à coup Glen. Elle avait raison. La magie blanche. C'est tout ce qu'il reste.

— Stu, murmura Frannie. S'il te plaît, Stu, dis non.

Ils le regardèrent — tous.

Maintenant tu dois être le meneur, Stuart.

Il se souvenait d'Arnette, de la vieille voiture de Charles D. Campion avec son chargement de morts qui culbutait les pompes de Bill Hapscomb comme une malveillante Pandore. Il se souvenait de Denninger et de Deitz, de la manière dont il les avait associés dans son esprit à ces docteurs souriants qui leur avaient menti, menti et menti encore, à lui et à sa femme — et peut-être s'étaient-ils menti aussi à eux-mêmes. Mais surtout, il pensait à Frannie. Et à mère Abigaël : *C'est ce que Dieu attend de toi.*

— Frannie, je dois m'en aller.

— Et mourir.

Elle le regarda avec des yeux lourds d'amertume, presque remplis de haine, puis se tourna vers Lucy comme si elle avait pu l'aider. Mais Lucy était bien loin, incapable de lui être d'aucun secours.

— Si nous n'y allons pas, nous mourrons, dit Stu, en se persuadant lui-même à mesure qu'il parlait. Elle avait raison. Si nous attendons, le printemps viendra. Et ensuite ? Comment pourrons-nous l'arrêter ? Nous ne savons pas. Nous n'en avons pas la moindre idée. Nous nous cachions la tête dans le sable. Nous ne pouvons l'arrêter, sauf comme le dit Glen. Par la magie blanche. Ou la puissance de Dieu.

Elle se mit à pleurer à chaudes larmes.

— Frannie, arrête, je t'en supplie.

Il essaya de lui prendre la main.

— Ne me touche pas ! cria-t-elle. Tu es mort. Tu es un cadavre, *ne me touche pas !*

Ils étaient encore autour du lit quand le soleil se leva.

Stu et Frannie partirent pour le mont Flagstaff vers onze heures du matin. Ils s'arrêtèrent à mi-hauteur. Stu apporta le panier tandis que Frannie se chargeait de la nappe et de la bouteille de vin du Rhin. C'était elle qui avait eu l'idée de ce pique-nique, mais un étrange silence s'était installé entre eux.

— Aide-moi à mettre la nappe, s'il te plaît, dit Frannie. Et fais attention aux chardons.

Ils s'étaient installés dans une petite prairie en pente, trois cents mètres au-dessous du cirque Sunrise. Boulder s'étendait devant eux dans le brouillard bleuté. C'était encore une belle journée d'été. Fort, puissant, le soleil brillait de tout son éclat. Des criquets grinçaient dans l'herbe. Une sauterelle bondit et Stu l'attrapa d'un geste vif de la main droite. Il la sentait sous ses doigts, cette petite bestiole terrorisée qui le chatouillait.

— Crache et je te laisse partir, dit-il, se souvenant d'un jeu de son enfance.

Il leva les yeux. Fran lui souriait tristement. Elle tourna brusquement la tête et cracha. Et ce geste fit mal à Stu.

— Fran...

— Non, Stu, ne parlons pas de ça. Pas maintenant.

Ils étalèrent la nappe blanche que Fran avait « empruntée » à l'hôtel Boulderado et, sans un geste inutile (il se sentait bizarre à la voir se baisser avec grâce et souplesse, comme si sa colonne vertébrale ne lui avait jamais fait mal), elle disposa sur la nappe leur pique-nique : salade de laitue et de concombres, sandwiches au jambon, une bouteille de vin, une tarte aux pommes pour le dessert.

— J'ai l'estomac dans les talons. On attaque ?

Il s'assit à côté d'elle, prit un sandwich et un peu de salade. Il n'avait pas faim. Il avait mal. Mais il mangea.

Lorsqu'ils eurent tous les deux avalé un minuscule sand-wich et presque toute la salade — elle était vraiment déli-cieuse — plus une petite part de tarte aux pommes, elle se tourna vers lui :

— Quand est-ce que tu pars ?

— À midi.

Puis il alluma une cigarette en abritant la flamme dans le creux de ses mains.

— Il te faudra combien de temps pour arriver là-bas ?

— À pied, je n'en sais rien, répondit-il en haussant les épaules. Glen n'est plus tout jeune. Ralph non plus d'ailleurs. Si nous faisons cinquante kilomètres par jour, nous devrions arriver vers le premier octobre, je suppose.

— Et si la neige commençait très tôt cette année dans les montagnes ? Ou dans l'Utah ?

Il haussa encore les épaules en la regardant dans les yeux.

— Un peu de vin ? demanda-t-elle.

— Non. Je le trouve trop acide.

Fran se servit un autre verre et le vida presque aussitôt.

— Est-ce qu'elle était la voix de Dieu, Stu ?

— Frannie, je n'en sais vraiment rien.

— Nous avons rêvé d'elle et elle était la voix de Dieu. Tout ce truc fait partie d'un jeu stupide, tu ne crois pas, Stuart ? Tu as déjà lu le Livre de Job ?

— Je n'ai jamais été très porté sur la Bible.

— Ma mère l'était. Elle voulait absolument nous don-ner une certaine culture religieuse, à mon frère Fred et à moi. Elle n'a jamais dit pourquoi. Ça ne m'a servi qu'à une seule chose, autant que je sache : je pouvais toujours répondre aux questions sur la Bible dans les jeux à la télévision. Il y en avait un qui fonctionnait à l'envers. On te donnait la réponse, et tu devais trouver la question. Quand il s'agissait de la Bible, je trouvais toutes les ques-tions. Job était l'enjeu d'un pari entre Dieu et le démon. Le démon dit : « D'accord, il Te prie. Mais il se la coule douce. Si Tu lui fais la vie dure suffisamment longtemps, il va Te tourner le dos. » Dieu accepta le pari. Et Dieu a finalement gagné, fit-elle avec un sourire éteint. Dieu gagne toujours.

— C'est peut-être un pari, répondit Stu. Mais il s'agit de leur vie à eux, de la vie de tous ces gens qui sont maintenant à Boulder. Celle du petit que tu as dans ton ventre. Elle a bien dit que c'était un garçon ?

— Elle n'a même pas pu me rassurer à son sujet. Si elle l'avait fait... simplement ça... j'aurais eu moins de mal à te laisser partir.

Stu ne trouva rien à dire.

— Il n'est pas loin de midi, dit Fran. Tu veux bien m'aider à ramasser ?

Le pique-nique à moitié intact retourna dans le panier d'osier avec la nappe et le reste du vin. Stu regarda l'endroit où ils s'étaient assis. Il ne restait plus rien, sauf quelques miettes que les oiseaux viendraient bientôt picorer. Lorsqu'il leva les yeux, Frannie le regardait, en larmes. Il s'approcha d'elle.

— Ça va. C'est que je suis enceinte. J'ai toujours les larmes aux yeux. Je ne peux pas m'en empêcher, on dirait.

— C'est normal.

— Stu, fais-moi l'amour.

— Ici ? Maintenant ?

Elle hocha la tête, puis sourit doucement.

— Nous serons très bien. À condition de faire attention aux chardons.

Ils redéplièrent la nappe.

Quand ils descendirent de la montagne, elle lui demanda d'arrêter devant la maison qui avait été celle de Ralph et de Nick. Quatre jours déjà que la bombe avait explosé. Tout l'arrière de la maison avait disparu. Un radio-réveil digital était perché au sommet de la haie du fond. À côté, le canapé qui était tombé sur Frannie. Une flaque de sang avait séché sur les marches de l'escalier de la cuisine. Fran la regardait fixement.

— C'est le sang de Nick ? Tu crois ?

— Pourquoi veux-tu savoir, Frannie ?

— C'est son sang ?

— Écoute, je n'en sais rien. Peut-être.

— Pose la main dessus, Stu.

— Frannie, tu es devenue folle ?

Il vit apparaître sur son front cette petite ride volontaire qu'il avait remarquée là-bas, dans le New Hampshire.

— Mets la main dessus !

À contrecœur, Stu posa la main sur la tache. Il ignorait si c'était le sang de Nick (sans doute pas), mais ce geste lui laissa une impression désagréable, pénible même.

— Maintenant, jure-moi que tu vas revenir.

La marche semblait vraiment trop chaude à cet endroit. Il voulut retirer sa main.

— Fran, comment veux-tu...

— Dieu ne peut pas toujours en faire à sa tête ! lança-t-elle d'une voix sifflante. Quand même pas toujours. Jure, Stu, jure-le !

— Frannie, je jure d'essayer.

— Je vais devoir me contenter de ça, n'est-ce pas ?

— Il faut aller chez Larry.

— Je sais, dit-elle en resserrant son étreinte. Dis-moi que tu m'aimes.

— Mais tu le sais bien...

— Je sais, mais dis-le quand même. Je veux t'entendre.

— Fran, je t'aime, dit-il en la prenant par les épaules.

— Merci, répondit-elle en posant la joue sur son épaule. Je peux te dire au revoir maintenant. Je crois que je peux te laisser partir.

Ils restèrent un moment enlacés dans la cour dévastée par l'explosion.

60

Du haut de l'escalier de la maison de Larry, Frannie et Lucy assistèrent au départ. Les quatre hommes restèrent un moment sur le trottoir, sans sac à dos, sans sac de couchage, sans matériel... se conformant aux consignes qu'ils avaient reçues. Tous avaient mis de grosses chaussures de marche.

— Au revoir, Larry, dit Lucy, très pâle.

— Souviens-toi, Stuart, dit Fran. Souviens-toi de ce que tu as juré.

— Oui, je m'en souviendrai.

Glen mit deux doigts dans sa bouche et siffla. Kojak, qui inspectait une grille d'égout, arriva au petit trot.

— Allons-y, dit Larry, avant que je me dégonfle.

Il était aussi pâle que Lucy. Ses yeux étaient très brillants, comme s'il allait pleurer.

Stu envoya un baiser en l'air, geste qu'il ne se souvenait pas d'avoir fait depuis l'époque où sa mère l'accompagnait à l'arrêt de l'autobus, quand il allait à l'école. Fran agita la main. Elle sentit encore les larmes monter, chaudes, brûlantes. Mais elle parvint à se retenir. Et ils partirent. Tout simplement. Ils avaient déjà fait une cinquantaine de mètres. Quelque part, un oiseau se mit à chanter. Le soleil de midi était doux, paisible. Ils arrivèrent au coin de la rue. Stu se retourna et agita la main. Larry aussi. Fran et Lucy les imitèrent. Ils traversèrent la rue. Ils étaient partis. Perdue, terrorisée, Lucy avait le teint cireux.

— Mon Dieu, murmura-t-elle.

— Rentrons, dit Fran. Je vais faire du thé.

Elles rentrèrent. Fran mit de l'eau à chauffer. Et l'attente commença.

Tout l'après-midi, les quatre hommes avancèrent lentement en direction du sud-ouest, échangeant à peine quelques mots. Ils se dirigeaient vers Golden où ils allaient passer leur première nuit. Ils dépassèrent les trois sites où les cadavres de Boulder avaient été enfouis et, vers quatre heures, quand leurs ombres commencèrent à s'allonger derrière eux et que la chaleur du jour se fit plus timide, ils arrivèrent devant un panneau qui indiquait la limite du canton de Boulder. Un instant, Stu eut l'impression qu'ils étaient tous sur le point de faire demi-tour et de rentrer. Devant eux les attendaient le noir et la mort. Derrière eux, ils laissaient un peu de chaleur, un peu d'amour. Glen sortit un foulard de cachemire de la poche de son pantalon et en fit un bandeau qu'il noua autour de sa tête.

— Chapitre quarante-trois, Le Sociologue met son bandeau de pirate, dit-il d'une voix d'outre-tombe.

Devant eux, Kojak gambadait parmi les fleurs des champs.

— J'ai l'impression que c'est la fin de tout, dit Larry d'une voix qui était presque un sanglot.

— Oui, je sens la même chose, fit Ralph.

— Vous ne voudriez pas faire une petite pause de cinq minutes ? demanda Glen, sans grand espoir.

— Allons, répondit Stu avec un pauvre sourire, les sociologues n'ont donc jamais envie de mourir ?

Ils continuèrent, laissant Boulder derrière eux. À neuf heures du soir, ils étaient installés à Golden, à un kilomètre de l'endroit où la route 6 commençait à serpenter le long d'un gros torrent avant de s'enfoncer dans le cœur de pierre des Rocheuses.

Aucun d'eux ne dormit bien cette première nuit. Ils se sentaient déjà loin de chez eux, dans l'ombre de la mort.

L'AFFRONTEMENT

7 SEPTEMBRE 1990-10 JANVIER 1991

Cette terre est la tienne,
Cette terre est la mienne,
Du Pacifique
À l'île de Manhattan,
Des forêts de séquoias,
Aux eaux du Gulf Stream,
Cette terre faite pour toi, faite pour moi.

— Woody Guthrie

« Hé, La Poubelle, qu'est-ce qu'elle a dit la vieille
Semple quand t'as brûlé son chèque de pension ? »

— Carley Yates

Quand la nuit tombe
Que la terre plonge dans le noir
Quand il n'y a plus d'autre lumière que celle de la lune,
Je n'ai pas peur
Quand tu es avec moi.

— Ben E. King

LIVRE III

61

L'homme noir avait des postes de garde tout le long de la frontière est de l'Oregon. Le plus important était celui d'Ontario, l'autoroute 80. Six hommes s'y étaient installés dans la remorque d'un gros camion Peterbilt. Ils étaient là depuis plus d'une semaine, passant la journée à jouer au poker à coups de billets de vingt et de cinquante dollars, aussi inutiles maintenant que des billets de Monopoly. L'un d'eux avait déjà gagné près de soixante mille dollars. Un autre — un homme qui ne gagnait sans doute pas plus de dix mille dollars par an dans le monde d'avant la grippe — était dans le trou de plus de quarante mille dollars.

Il avait plu presque toute la semaine et les hommes commençaient à rouspéter. Ils étaient venus de Portland, et ils voulaient retourner là-bas. Il y avait des femmes à Portland. Un puissant émetteur-récepteur était accroché au sommet d'une perche, mais il ne captait que des parasites. Les six hommes n'attendaient qu'un seul mot : *Rentrez*. Ce qui voudrait dire que l'homme qu'ils attendaient avait été capturé ailleurs.

L'homme qu'ils attendaient avait environ soixante-dix ans. Cheveux clairsemés, constitution robuste. Il portait des lunettes et conduisait une quatre roues motrices blanc et bleu, Jeep ou International-Harvester. Dès qu'il serait découvert, il fallait le tuer.

Ils étaient nerveux. Et ils s'ennuyaient — la nouveauté de miser de fortes sommes au poker avec de vrais billets de banque s'était émoussée deux jours plus tôt, même pour les moins doués — mais pas assez pour rentrer à Portland sans autorisation. Car c'était Le Promeneur lui-même qui leur avait donné leurs ordres et, en dépit de toutes ces journées passées sous la pluie dans une remorque, *il* continuait à les terroriser. S'ils salopaient le boulot et qu'il s'en aperçût, ils n'auraient plus qu'à faire leurs prières.

Ils jouaient donc aux cartes, faisant le guet à tour de rôle par une fente découpée dans la carrosserie de la remorque. L'autoroute 80 était déserte sous cette pluie maussade qui ne cessait de tomber. Mais, si la voiture du vieux arrivait, elle serait vue... et arrêtée.

— C'est un espion de l'autre camp, leur avait dit Le Promeneur, son horrible sourire sur les lèvres.

Pourquoi si horrible ? Aucun d'eux n'aurait pu le dire, mais lorsque vos yeux rencontraient ce sourire, vous aviez l'impression que votre sang se transformait en une soupe à la tomate qui vous brûlait les veines.

— C'est un espion. Nous pourrions l'accueillir à bras ouverts, tout lui montrer, le renvoyer chez lui sans lui faire de mal. Mais je le veux. Je les veux tous les deux. Et nous allons renvoyer leurs têtes de l'autre côté des montagnes avant les premières neiges. Pour les faire réfléchir pendant l'hiver.

Il avait éclaté d'un rire sonore devant ceux qu'il avait rassemblés dans une des salles de réunion du Centre des congrès de Portland. Ils avaient souri eux aussi, mais pas de bon cœur. Ils pouvaient bien se féliciter les uns les autres d'avoir été choisis pour cette mission. Au fond d'eux-mêmes, ils auraient bien voulu que ces yeux joyeux, horribles, que ces yeux de belette se posent sur quelqu'un d'autre.

Il y avait un autre poste de garde important à Sheaville, loin au sud d'Ontario. Quatre hommes attendaient dans une petite maison un peu à l'écart de l'autoroute 95 qui descend en serpentant vers le désert Alvord et ses fantastiques formations rocheuses, sillonné de cours d'eau noirs et violents.

Les autres postes, douze, s'échelonnaient depuis le tout petit village de Flora, en bordure de la route 3, à moins de cent kilomètres de la frontière de l'État de Washington, jusqu'à McDermitt, sur la frontière séparant l'Oregon du Nevada. Deux hommes attendaient dans chacun de ces postes.

Un vieillard dans une 4 x 4 bleu et blanc. Toutes les sentinelles avaient les mêmes instructions : *Tuez-le, mais ne touchez pas à sa tête*. Pas de sang ni de marques au-dessus de la pomme d'Adam.

— Je ne veux pas leur envoyer de la marchandise avariée, leur avait dit Randy Flagg, et son rire avait claqué et grondé comme la foudre.

La frontière entre l'Oregon et l'Idaho est marquée au nord par une rivière, la Snake. Si vous suivez la Snake en direction du nord à partir d'Ontario, la petite ville où les six hommes enfermés dans leur remorque jouaient aux cartes pour de l'argent qui ne valait plus rien, vous finissez par arriver à un jet de salive de Copperfield. La Snake fait un coude à cet endroit. Les géologues diraient qu'elle décrit un méandre, ce qui est exact. Quoi qu'il en soit, un barrage vient couper le cours de la Snake près de Copperfield. Et ce jour-là, 7 septembre, tandis que Stu Redman et son groupe se traînaient sur la nationale 6, plus de mille six cents kilomètres au sud-est, Bobby Terry était assis dans l'épicerie-bazar de Copperfield, une pile de bandes dessinées à côté de lui. Il se demandait si le barrage de la Snake était bien solide et si les vannes étaient restées ouvertes ou fermées. Dehors, la nationale 86 passait devant l'épicerie.

Bobby et son copain Dave Roberts (qui dormait en haut, dans le logement de l'épicier) avaient beaucoup parlé du barrage. Il pleuvait depuis une semaine. La Snake était haute. Suppose que ce vieux barrage décide de lâcher ? Pas trop bon. Une muraille d'eau balaierait Copperfield. Bobby Terry et Dave Roberts allaient se retrouver en train de barboter dans le Pacifique. Ils avaient pensé faire un tour au barrage pour voir s'il y avait des fissures, mais finalement ils n'avaient pas osé.

Les ordres de Flagg étaient nets et précis : *Ne vous montrez pas.*

Dave avait fait remarquer que Flagg pouvait être *n'importe où.* C'était un grand voyageur et l'on racontait déjà comment il apparaissait tout à coup dans un misérable hameau où il n'y avait qu'une poignée de gens en train de réparer des lignes haute tension ou de recueillir des armes dans une installation de l'armée. Il *apparaissait,* comme un fantôme. Un fantôme noir, grimaçant, chaussé de bottes poussiéreuses aux talons usés. Parfois il était seul, parfois il était accompagné de Lloyd Henreid, au volant d'une énorme Daimler, aussi longue et noire qu'un corbillard. Parfois il était à pied. Un moment il était là, l'instant d'après ailleurs. Il pouvait être à Los Angeles un jour (c'est du moins ce qu'on disait) pour apparaître à Boise le lendemain... à pied.

Mais comme Dave l'avait fait observer, Flagg pouvait bien être Flagg, il ne pouvait quand même pas se trouver à six endroits en même temps. Donc, l'un d'eux pouvait cavaler jusqu'à ce foutu barrage, jeter un coup d'œil, et revenir sans traîner. Mille chances contre une de réussir.

— Parfait, tu y vas, lui avait dit Bobby Terry. Tu as ma permission.

Mais Dave avait décliné l'invitation avec un sourire gêné. Car Flagg *savait* les choses. Il n'avait pas besoin de se pointer à l'épicerie. Certains disaient qu'il possédait un pouvoir surnaturel sur les prédateurs du règne animal. Une femme, Rose Kingman, prétendait l'avoir vu faire claquer ses doigts devant une bande de corbeaux perchés sur un fil téléphonique. Les corbeaux étaient venus se poser sur ses épaules, racontait Rose Kingman, et s'étaient mis à croasser : Flagg... Flagg... Flagg...

C'était complètement ridicule, il le savait bien. Un crétin pouvait sans doute y croire, mais Dolores, la mère de Bobby Terry, n'avait pas mis au monde un crétin. Il savait comment les histoires grossissent, entre la bouche qui parle et l'oreille qui écoute. Et que l'homme noir ne demandait pas mieux qu'on répète ces racontars.

Pourtant son instinct le faisait frissonner quand il

entendait ces histoires, comme si elles renfermaient toutes une parcelle de vérité. Certains disaient qu'il pouvait appeler les loups ou posséder en esprit le corps d'un chat. À Portland, un homme prétendait qu'il avait une belette, une loutre ou une autre bestiole infecte dans ce vieux sac à dos de boy-scout qu'il portait toujours quand il marchait. Des bêtises. Mais... supposez qu'il sache *vraiment* parler aux animaux... et supposez que lui ou Dave aille faire un tour au barrage, en violation flagrante de *ses* ordres, et qu'on le voie.

Le châtiment pour ceux qui désobéissaient était la crucifixion.

De toute façon, Bobby Terry avait l'impression que ce vieux barrage tiendrait le coup.

Il prit une Kent et l'alluma. Il fit une grimace. Le tabac était sec. Encore six mois, et ces foutues cigarettes seraient toutes infumables. Tant mieux peut-être. Ces saloperies vous tuaient à petit feu.

Il soupira et prit une autre bande dessinée dans la pile. Une idiotie à propos de tortues mutantes complètement connes, *Ninja.* Dégoûté, il lança à l'autre bout de l'épicerie l'album qui vint se percher sur la caisse enregistreuse, à moitié ouvert, comme une tente. Quand on lit ces trucs-là, pensa-t-il, c'est tout juste si on ne pense pas que le monde aurait aussi bien pu disparaître.

Il prit un autre album, un *Batman* — ça, c'était un héros à peu près vraisemblable — et il allait tourner la première page lorsqu'il vit la Scout bleue passer devant lui, en direction de l'ouest. Ses gros pneus faisaient jaillir des gerbes d'eau boueuse.

Bobby Terry regardait bouche bée l'endroit où la voiture venait de passer. Il ne parvenait pas à croire que le véhicule qu'ils recherchaient tous venait de filer sous son nez. Pour être franc, il avait cru que toute cette histoire n'était qu'un prétexte pour les occuper un peu.

Il se précipita vers la porte et l'ouvrit d'un coup. Le *Batman* à la main, il sortit en courant sur le trottoir. Peut-être n'était-ce qu'une hallucination. Il suffisait de penser à Flagg pour avoir des hallucinations.

Mais non. Il aperçut le toit de la Scout qui disparaissait derrière une côte, à la sortie du village. Au pas de course, il rentra dans l'épicerie et appela Dave en hurlant à pleins poumons.

Le juge se cramponnait à son volant, essayant de se convaincre, *primo,* que l'arthrite n'existait pas, *secundo,* que si elle existait, il n'en souffrait pas, *tertio,* que s'il en souffrait, elle ne l'avait jamais gêné par temps de pluie. Il ne chercha pas à pousser plus loin son raisonnement car la pluie était un fait indéniable, comme aurait dit son père, et qu'il n'y avait pas d'espoir, sauf le Mont de l'Espoir.

Oui... Tout cela n'allait pas le mener très loin, pensa-t-il.

Il y avait trois jours qu'il roulait sous la pluie. Parfois une petite bruine, mais le plus souvent des averses proprement torrentielles. C'était un fait indéniable. Les routes étaient sur le point de s'effondrer par endroits. Au printemps, beaucoup seraient totalement impraticables. Plus d'une fois, il avait remercié Dieu d'avoir pris cette Scout pour sa petite expédition.

Les trois premiers jours sur l'autoroute 80 l'avaient convaincu qu'il n'arriverait pas sur la côte du Pacifique avant l'an 2000 s'il ne prenait pas des routes secondaires. L'autoroute était étrangement déserte par endroits. Ailleurs, il avait pu zigzaguer en seconde entre les véhicules immobilisés. Mais trop souvent, il avait dû se servir du treuil de la Scout pour déplacer une voiture et se faufiler tant bien que mal au milieu d'un embouteillage.

À Rawlins, il en avait eu assez. Il avait pris au nord-ouest, par la nationale 287, et deux jours plus tard il campait dans le Wyoming, à l'est de Yellowstone. Dans cette région, les routes étaient presque désertes. La traversée du Wyoming et de l'est de l'Idaho avait été une expérience effrayante, cauchemardesque. Il n'aurait jamais cru que la mort puisse imprégner autant un pays aussi vide, et

492

même sur son âme à lui. Mais elle était là — immobilité maligne sous l'immense ciel de ce pays que sillonnaient autrefois les cerfs et les caravanes de camping. Elle était là dans ces poteaux de téléphone qui étaient tombés et que personne n'avait redressés ; elle était là dans l'attente glacée des petites villes qu'il traversait : Lamont, Muddy Gap, Jeffrey City, Lander, Crowheart.

Sa solitude avait grandi quand il avait compris toute la dimension de ce vide, quand il avait accepté la présence de la mort. Peu à peu, il avait acquis la conviction qu'il n'allait jamais plus revoir la Zone libre de Boulder, ni ceux qui y habitaient — Frannie, Lucy, le jeune Lauder, Nick Andros. Et il commençait à se dire qu'il comprenait maintenant ce qu'avait pu sentir Caïn quand Dieu l'exila au pays de Nod.

Si ce n'est que le pays de Nod était à l'est d'Éden.

Et le juge était à l'ouest.

Cette impression le frappa avec une violence particulière lorsqu'il passa du Wyoming en Idaho, par le col Targhee. Il s'était arrêté au bord de la route pour manger quelque chose. Aucun bruit, si ce n'est le bouillonnement colérique d'un torrent tout proche et un grincement étrange qui lui fit penser à une charnière rouillée. Au-dessus de lui, le ciel bleu commençait à s'ensabler d'écailles plombées. La pluie arrive, et avec la pluie l'arthrite. Son arthrite s'était tenue bien tranquille jusqu'à présent, malgré l'exercice, les longues heures au volant et...

... mais quel était donc ce bruit de charnière rouillée ?

Quand il eut terminé de déjeuner, il prit son Garand et descendit vers les tables de pique-nique qui bordaient le torrent — un endroit bien agréable s'il avait fait plus beau. Plusieurs se dressaient au milieu d'un petit bosquet d'arbres. Et pendu à l'un de ces arbres, ses chaussures touchant presque le sol, un homme se balançait, la tête grotesquement penchée sur le côté, son cadavre nettoyé de pratiquement toute sa chair par les oiseaux. Le bruit qui avait intrigué le juge venait de la corde qui glissait

493

sur la branche. Elle était si usée qu'elle n'allait plus tarder à se casser.

C'est alors qu'il avait compris qu'il était arrivé à l'ouest.

Dans l'après-midi, vers quatre heures, les premières gouttes hésitantes de pluie s'étaient écrasées sur le pare-brise de la Scout. Depuis, il n'avait pas cessé de pleuvoir.

Il était arrivé à Butte City deux jours plus tard. Il avait si mal aux doigts et aux genoux qu'il avait dû s'arrêter une journée entière, réfugié dans une chambre de motel. Allongé sur un lit, entouré de cet immense silence, des serviettes chaudes sur les mains et les genoux, plongé dans la lecture de *Law and the Classes of Society* de Lapham, le juge Farris faisait un bien étrange Robinson Crusoé.

Bourré d'aspirine et de brandy, il s'était remis en route, explorant patiemment les routes secondaires, contournant les véhicules immobilisés en s'enfonçant dans les accotements bourbeux plutôt que d'utiliser le treuil qui le forçait à se baisser pour attacher le câble. Mais ce n'était pas toujours possible. Alors qu'il approchait des monts de la Salmon River, deux jours plus tôt, le 5 septembre, il avait dû remorquer en marche arrière un gros camion de la compagnie de téléphone ConTel sur plus de deux kilomètres avant que l'accotement ne cède et qu'il puisse faire basculer l'horrible engin dans une rivière innommable, puisqu'il n'en connaissait pas le nom.

Dans la nuit du 4 septembre, un jour avant l'incident du camion de la ConTel et trois jours avant que Bobby Terry ne le voie traverser Copperfield, il avait passé la nuit à New Meadows. Un incident plutôt désagréable s'était alors produit. Il s'était arrêté au motel Ranchhand, avait décroché une clé à la réception et s'était trouvé quelque chose en prime — un radiateur électrique à batterie qu'il avait installé au pied de son lit. La nuit venue, il était au chaud, parfaitement bien dans sa peau pour la première fois depuis une semaine. Le radiateur chauffait très fort. Le juge était en sous-vêtements, le dos calé sur plusieurs oreillers, et il lisait le compte rendu d'un procès qui avait eu lieu à Brixton, dans le Mississippi. Une Noire illettrée avait été condamnée à dix ans de prison pour vol à l'étalage. Le procureur et trois des jurés étaient noirs. Lapham semblait vouloir dire que...

Toc, toc, toc, à la fenêtre.

Le vieux cœur du juge chancela dans sa poitrine. Lapham fit un vol plané. Le juge saisit le Garand appuyé contre une chaise et se retourna vers la fenêtre, prêt à tout. L'histoire qu'il avait préparée au cas où on l'interrogerait traversa son esprit à toute vitesse, comme un fétu de paille emporté par le vent. Et voilà. Ils voulaient savoir qui il était, d'où il venait...

C'était un corbeau.

Le juge se détendit, petit à petit, et parvint à esquisser un mince sourire.

Un corbeau, tout simplement.

Il était debout sous la pluie, perché sur le rebord de la fenêtre, ses plumes brillantes grotesquement collées ensemble, ses petits yeux observant à travers la vitre ruisselante un très vieil homme de loi et le plus vieil espion amateur du monde, allongé sur un lit de motel dans l'ouest de l'Idaho, complètement nu à part son boxer-short semé d'inscriptions en lettres mauve et or : LOS ANGELES LAKERS, un gros bouquin de droit posé sur son gros ventre. Le corbeau semblait presque sourire devant ce spectacle. Le juge se détendit complètement et rendit son sourire à l'oiseau. D'accord, tu peux te moquer de moi. Mais, après deux semaines de solitude dans ce pays désert, il pensa qu'il avait raison de se sentir un peu nerveux.

Toc, toc, toc.

Le corbeau cognait sur la vitre avec son bec. Comme tout à l'heure.

Le sourire du juge commença à s'effacer. Il y avait quelque chose dans la manière dont ce corbeau le regardait qu'il n'aimait pas beaucoup. L'oiseau semblait encore sourire, mais le juge aurait juré que c'était un sourire de mépris, une sorte de ricanement.

Toc, toc, toc.

Comme le corbeau qui était allé se percher sur le buste de Pallas. Quand vais-je découvrir ce qu'ils ont besoin de savoir, mes amis de la Zone libre qui semblent si loin ? *Jamais.*

Découvrirai-je le défaut de la cuirasse de l'homme noir ? *Jamais.*

Reviendrai-je sain et sauf ?

Jamais.

Toc, toc, toc.

Le corbeau le regardait et paraissait sourire.

Et c'est alors qu'il comprit — vague certitude qui fit se recroqueviller ses testicules — que ce qu'il voyait devant lui *était* l'homme noir, son âme, son ka incarné dans ce corbeau grimaçant, trempé de pluie, qui l'observait.

Fasciné, le juge soutenait le regard de l'oiseau.

Les yeux du corbeau semblèrent s'élargir. Ils étaient bordés de rouge, remarqua le juge, un riche rubis sombre. Les gouttes de pluie glissaient et tombaient, glissaient et tombaient. Le corbeau se pencha en avant et, d'un mouvement décidé, cogna sur la vitre.

Et le juge pensait : *Il croit m'hypnotiser. Il y arrive peut-être, un peu. Mais je suis sans doute trop vieux pour ces choses. Et supposons... c'est idiot, naturellement, mais supposons que ce soit lui. Et supposons que je puisse prendre assez vite ce fusil. Il y a quatre ans que je ne fais plus de tir au pigeon, mais j'ai été champion de mon club en 76, et encore une fois en 79. J'étais encore assez bon en 86. Rien d'extraordinaire, pas de ruban cette année-là, si bien que j'ai abandonné. Ma fierté tenait mieux le coup que mes yeux. Mais quand même capable d'arriver cinquième sur vingt-deux concurrents. Et cette fenêtre est beaucoup plus près. Si c'était lui, pourrais-je le tuer ? Emprisonner son ka — si cette chose existe — dans le cadavre de ce corbeau ? Serait-il contre l'ordre des choses qu'un vieux bonhomme mette un point final à toute cette affaire en assassinant sans gloire un corbeau dans l'ouest de l'Idaho ?*

Le corbeau grimaçait. Le juge était maintenant tout à fait certain qu'il grimaçait.

Tout à coup, le juge se redressa, épaula le Garand d'un mouvement rapide et sûr — mieux qu'il n'aurait cru pouvoir le faire. Une sorte de panique sembla s'emparer du corbeau. Ses plumes trempées de pluie battirent, projetant des gouttelettes d'eau. Ses yeux semblèrent s'ouvrir très grands, terrorisés. Le juge l'entendit pousser un *croâ !* étranglé et, un instant, il eut une certitude triomphante : c'était bien l'homme noir, il s'était trompé sur le compte du juge, et le prix qu'il allait payer pour cette erreur serait sa misérable vie...

— *PRENDS ÇA !* tonna le juge en appuyant sur la détente.

Mais elle refusa de bouger car il avait laissé le cran de sûreté. Un moment plus tard, la fenêtre était vide. Seule la pluie claquait contre les vitres.

Le juge laissa retomber le Garand sur ses jambes. Il se sentait vidé, stupide. Mais il se dit que ce n'était qu'un corbeau après tout, une petite distraction pour mettre un peu d'animation dans cette soirée. Et s'il avait cassé la vitre, il aurait plu à l'intérieur. Si bien qu'il se serait lui-même infligé l'insupportable ennui d'un changement de chambre. Bref, il avait eu de la chance.

Il dormit mal cette nuit-là. Plusieurs fois, il se réveilla en sursaut, braquant les yeux sur la fenêtre, convaincu qu'il avait entendu frapper contre la vitre. Si le corbeau se reposait sur son perchoir, cette fois il ne repartirait plus. Le juge avait pris la précaution d'ôter le cran de sûreté.

Mais le corbeau ne revint pas.

Le lendemain matin, il avait continué sa route en direction de l'ouest. Son arthrite n'allait pas plus mal, mais certainement pas mieux. À onze heures et quelques minutes, il s'était arrêté dans un petit café pour déjeuner. Comme il terminait son sandwich et son thermos de café, il avait vu un gros corbeau battre lourdement des ailes et atterrir sur un fil téléphonique un peu plus loin dans la rue. Fasciné, le juge l'observait, le gobelet rouge du thermos immobilisé à mi-chemin entre la table et sa bouche. Ce n'était pas le même corbeau, naturellement. Il devait y avoir des millions de corbeaux à présent, tous gros et gras. Le monde était devenu un monde de corbeaux. N'empêche, il avait l'impression que c'était bien le *même* corbeau et il eut alors un mauvais pressentiment, un sentiment envahissant de résignation qui lui disait que tout était fini.

Il n'avait plus faim.

Et il s'était remis en route. Quelques jours plus tard, à midi et quart — il était maintenant dans l'Oregon et suivait la nationale 86 — il traversa la ville de Copperfield, sans même jeter un coup d'œil à l'épicerie-bazar où Bobby Terry le regardait passer, bouche bée. Le Garand était à côté de lui sur la banquette, cran de sûreté enlevé, de même qu'une boîte de munitions. Le juge avait décidé de tirer sur tous les corbeaux qu'il rencontrerait.

Question de principe.

— Plus vite ! Tu peux pas aller plus vite avec cette foutue bagnole ?

— Fais pas chier, Bobby Terry. C'est pas parce que tu roupillais que tu dois me casser les roustons.

Dave Roberts était au volant de la Willys International qu'ils avaient garée à reculons dans la ruelle bordant la petite épicerie. Quand Bobby Terry avait enfin réussi à réveiller Dave et à le faire s'habiller, le vieux dans sa Scout avait pris dix minutes d'avance sur eux. Il pleuvait très fort et la visibilité était mauvaise. Bobby Terry tenait une Winchester sur ses genoux. Et il avait aussi un Colt 45 à la ceinture.

Dave, qui portait des bottes de cow-boy, un jeans, un ciré jaune et rien d'autre, lui jeta un coup d'œil.

Si tu continues à faire joujou avec cette gâchette, tu vas percer un trou dans ta portière, Bobby Terry.

— T'occupe... Dans le bide, marmonnait Bobby Terry. Le tirer dans le bide. Faut pas amocher la tête. C'est ça.

— Arrête de parler tout seul. Les gens qui parlent tout seuls jouent tout seuls avec leur petit machin dans le noir. Voilà ce que je pense.

— Où c'est qu'il est ? demanda Bobby Terry.

— On va le rattraper. Sauf si t'as rêvé. J'aimerais pas être dans ta peau si t'as rêvé, mon vieux.

— J'ai pas rêvé. C'était la Scout. Et s'il prend une autre route ?

— Quelle route ? Il n'y a que des chemins de ferme jusqu'à l'autoroute. Il pourrait pas faire cinq mètres là-dessus sans s'embourber jusqu'aux essieux, quatre × quatre ou pas. Relaxe, Bobby Terry.

— J'peux pas, répondit Bobby Terry d'une voix geignarde. J'peux pas m'empêcher de penser à ce qu'on doit sentir quand on te met à sécher en plein désert, pendu à un poteau de téléphone.

— Tu parles !... Merde ! Tu vois ? On lui colle au cul.

Devant eux, le résultat d'une collision frontale entre une Chevy et une grosse Buick, vieille de plusieurs mois déjà. Sous la pluie, les deux épaves bloquaient complètement la route, comme les ossements rouillés de deux mastodontes restés sans sépulture. Sur la droite, des marques fraîches de pneus zébraient l'accotement.

— C'est lui, dit Dave. Il y a pas cinq minutes qu'il est passé.

Un coup de volant à droite et la Willys monta sur l'accotement en cahotant furieusement. Dave retourna sur la chaussée au même endroit que le juge et les deux hommes virent les arêtes de poisson boueuses que les pneus de la Scout avaient laissées sur l'asphalte. En haut de la colline suivante, ils aperçurent la Scout qui disparaissait derrière une butte, trois kilomètres plus loin.

— Hue cocotte ! cria Dave Roberts. Vas-y ma vieille !

Il écrasa l'accélérateur et l'aiguille du compteur de la Willys monta lentement jusqu'à cent. Le pare-brise n'était plus qu'un brouillard argenté de pluie que les essuie-glaces ne pouvaient espérer dissiper. Au sommet de la butte, ils revirent la Scout, plus près cette fois. Dave alluma ses phares et se mit à faire des signaux. Quelques

499

moments plus tard, la Scout répondit en faisant clignoter ses stops.

— Bon, dit Dave. On joue les gars sympa. Faut qu'il descende de sa bagnole. Ne fais pas le con, Bobby Terry. Si on fait du beau travail, on va se retrouver dans deux belles suites au MGM Grand Hotel. Si on fait les cons, on se fait défoncer le trou du cul. Alors, *fais pas le con.* Tu t'arranges pour qu'il sorte de sa bagnole.

— Merde, pourquoi qu'il est pas passé par Robinette ? pleurnicha Bobby Terry, les mains serrées sur sa Winchester.

Dave lui donna une tape sur les mains.

— Et tu sors pas avec ton fusil !

— Mais...

— Ta gueule ! Et souris nom de Dieu !

Bobby Terry fit un effort pour sourire. Un sourire de clown mécanique.

— T'es bon à rien, grommela Dave. Je vais faire le boulot. Reste dans la bagnole.

Ils étaient arrivés à la hauteur de la Scout qui attendait, deux roues sur la chaussée, deux roues sur le bas-côté. Souriant, Dave sortit de la Willys, les mains dans les poches de son ciré. Et dans sa poche gauche, un 38 Police Special.

Le juge descendit avec précaution de la Scout. Lui aussi avait un ciré jaune. Il marchait à petits pas, comme quelqu'un qui porte un vase fragile. L'arthrite s'était précipitée sur lui toutes griffes dehors, comme une tigresse. Il avait son Garand à la main gauche.

— Hé ! Vous n'allez pas vous servir de ce machin-là ? lui dit l'homme de la Willys avec un sourire amical.

— Je ne crois pas, répondit le juge en haussant la voix pour se faire entendre sous le crépitement régulier de la pluie. Vous étiez à Copperfield ?

— C'est ça. Je m'appelle Dave Roberts, dit-il en tendant la main.

— Et moi, Farris, fit le juge en tendant lui aussi la main.

Il jeta un coup d'œil dans la direction de la Willys et

500

vit Bobby Terry qui se penchait dehors, tenant son 45 à deux mains. La pluie dégouttait au bout du canon. Pâle comme un mort, Bobby continuait à sourire comme un maniaque.

— Salopard, murmura le juge.

Et sa main glissante par la pluie échappa à celle de Roberts au moment où Roberts tirait à travers la poche de son ciré. La balle perfora l'abdomen du juge, juste au-dessous de l'estomac, s'aplatit, se mit à tourner comme une vrille, s'écrasa en prenant la forme d'un champignon et sortit à droite de la colonne vertébrale, laissant derrière elle un trou de la taille d'une soucoupe. Le juge laissa tomber son Garand et alla s'écraser contre la portière de la Scout, restée ouverte.

Aucun d'eux ne remarqua le corbeau qui s'était posé sur un fil téléphonique, de l'autre côté de la route.

Dave Roberts s'avança pour terminer son travail. Au même instant, Bobby Terry tira de la Willys. Sa balle toucha Roberts à la gorge dont il ne resta plus grand-chose une seconde plus tard. Une cascade de sang tomba sur le ciré de Roberts, se mélangeant avec la pluie. Roberts se tourna vers Bobby Terry, remua silencieusement la mâchoire, stupéfait, les yeux ronds. Il fit deux pas hésitants en avant, puis l'expression d'étonnement disparut de son visage. Rien ne vint la remplacer. L'homme tomba raide mort. La pluie tambourinait sur le dos de son ciré.

— *Merde de merde, qu'est-ce que t'as fait !* criait Bobby Terry, épouvanté.

Et le juge pensa : *Mon arthrite a disparu. Si je vivais, j'étonnerais le corps médical. Le remède contre l'arthrite : une balle dans le ventre. Oh mon Dieu, ils m'attendaient. C'est Flagg qui leur avait dit d'être là ? C'est lui, certainement, Jésus, aide les autres que le comité a envoyés...*

Le Garand était par terre. Il se baissa pour le ramasser et sentit que ses entrailles essayaient de s'échapper. Étrange sensation. Pas très agréable. Tant pis. Il prit le fusil. Le cran de sûreté était défait ? Oui. Il commença à lever son arme. Elle semblait peser une tonne.

Bobby Terry réussit enfin à s'arracher à la contemplation de Dave, juste à temps pour voir le juge qui se préparait à tirer. Le vieil homme était assis sur la route. Son ciré était rouge de sang, de la poitrine jusqu'en bas. Il avait posé le canon du Garand sur son genou.

Bobby tira au jugé et manqua sa cible. Le Garand partit dans un gigantesque coup de tonnerre et des éclats de verre se mirent à pleuvoir sur le visage de Bobby Terry. Il hurla, certain d'être mort. Puis il vit que tout le côté gauche du pare-brise avait disparu et comprit alors qu'il était toujours dans la course.

Lentement, le juge corrigeait le tir, faisant pivoter le Garand d'environ deux degrés sur son genou. Bobby Terry, fou de peur, tira trois fois en succession rapide. La première balle fit un trou sur le côté de la cabine de la Scout. La deuxième frappa le juge au-dessus de l'œil droit. Un 45 est un gros calibre. À courte distance, il provoque des dégâts importants, tout à fait déplaisants. Cette balle fit donc sauter la presque totalité de la calotte crânienne du juge qui vola dans la Scout. La tête du juge prit une forte inclinaison en arrière et la troisième balle de Bobby Terry le frappa cinq millimètres en dessous de la lèvre inférieure, faisant exploser ses dents qu'il avala en prenant sa dernière respiration. Son menton et sa mâchoire se désintégrèrent. Son doigt pressa la détente du Garand dans une dernière convulsion, mais la balle se perdit dans le ciel blanc et pluvieux.

Et le silence descendit.

La pluie tambourinait sur les toits de la Scout et de la Willys. Sur les cirés des deux morts. Seul bruit jusqu'à ce que le corbeau prenne son envol du fil téléphonique en poussant un *croâ* rauque... Son cri fit sursauter Bobby Terry qui reprit ses esprits. Il descendit lentement de la Willys, tenant toujours à la main son 45 fumant.

— Je l'ai eu, dit-il à la pluie sur le ton de la confidence. Je lui ai fait la peau. Et pas qu'un peu. Troué comme une passoire, le vieux. Bobby Terry lui a fait la peau. Plus mort que ça, tu...

Mais avec une horreur grandissante, il se rendit compte que ce n'était pas au juge qu'il venait de faire la peau.

Le juge était mort, à moitié affalé dans la Scout. Bobby Terry le prit par les revers de son ciré et le tira vers lui, contemplant ce qui restait de son visage. Pas grand-chose en vérité, à part le nez. Et même le nez n'était pas en super-forme.

Le juge ? Ça pouvait être n'importe qui.

Et dans un brouillard de terreur, Bobby Terry entendit la voix de Flagg qui leur avait dit : *Je ne veux pas leur envoyer de la marchandise avariée.*

Nom de Dieu, ce machin-là pouvait être *n'importe qui.* Comme s'il avait fait exprès de faire le contraire de ce que Le Promeneur avait dit. Deux balles en pleine gueule. Même les *dents* avaient disparu.

Et la pluie tambourinait, tambourinait.

Les carottes étaient cuites. Point final. Il n'osait pas aller à l'est, il n'osait pas rester à l'ouest. Il allait se retrouver perché sur un poteau téléphonique ou... ou pire.

Pire ?

Avec ce cinglé qui rigolait tout le temps, Bobby Terry ne doutait pas qu'il puisse y avoir pire. Alors, que faire ?

Il se passa la main dans les cheveux, contemplant le visage vraiment très esquinté du juge, essayant de réfléchir.

Au sud. Voilà la réponse. Au sud. Pas de gardes aux frontières. Au sud jusqu'au Mexique, et si ce n'était pas assez loin, jusqu'au Guatemala, jusqu'au Panama, peut-être même jusqu'au Brésil, nom de Dieu. Foutre le camp de ce sale merdier. Plus d'est, plus d'ouest, simplement Bobby Terry, sain et sauf, aussi loin du Promeneur que ses vieilles godasses pourraient le port...

Un nouveau son dans l'après-midi pluvieux.

Bobby Terry releva la tête comme un pantin.

La pluie, oui, la pluie qui tambourinait sur le toit des deux véhicules, le ronronnement des deux moteurs, et...

Un étrange tic-tac, comme des talons usés de bottes martelant l'asphalte de la petite route.

— Non, murmura Bobby Terry.

Il se retourna lentement.

Le tic-tac se faisait plus rapide. Au pas, au trot, au galop, le sprint final, et quand Bobby Terry se retourna tout à fait, trop tard, *il* arrivait, Flagg arrivait comme un horrible et terrible monstre sorti des plus épouvantables films d'horreur jamais tournés. Les joues de l'homme noir étaient peintes d'un rouge joyeux, ses yeux brillaient d'une lueur amicale, un grand sourire vorace retroussait ses lèvres qui découvraient d'énormes dents, comme des pierres tombales, comme des dents de requin, et il tendait les mains devant lui, et des plumes de corbeau noires et luisantes flottaient dans ses cheveux.

Non, voulut dire Bobby Terry, mais aucun son ne sortit de sa bouche.

— *HÉ ! BOBBY TERRY, T'EN AS FAIT DU JOLI !* hurla l'homme noir en tombant sur le malheureux Bobby Terry.

Il y avait des choses *pires* que la crucifixion.

Il y avait les dents.

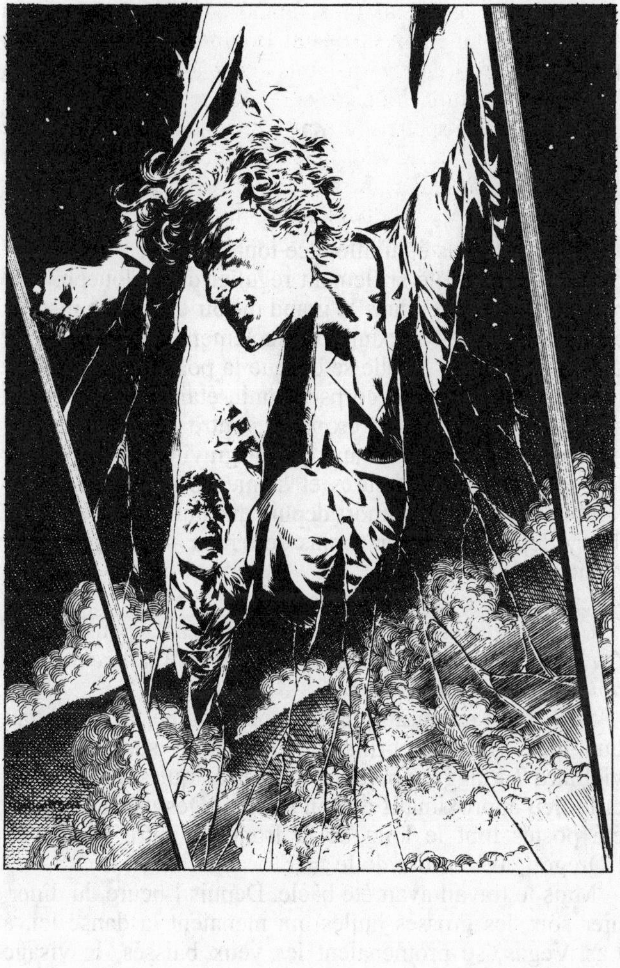

62

Dayna Jurgens était allongée toute nue sur l'énorme lit double, écoutant le sifflement régulier de la douche. Elle regardait son reflet dans le grand miroir circulaire installé au plafond qui reproduisait exactement la forme et la dimension du lit. Et elle se dit que la position qui mettait le mieux en valeur le corps féminin était d'être couchée sur le dos, les bras en croix, le ventre rentré, les seins naturellement dressés, sans que la gravité les attire vers le bas. Il était neuf heures et demie du matin, le 8 septembre. Le juge était mort depuis dix-huit heures, Bobby Terry depuis beaucoup moins de temps — malheureusement pour lui.

La douche coulait et coulait.

Complètement obsédé par la propreté, pensa-t-elle. *Qu'est-ce qui a pu lui arriver pour qu'il prenne des douches d'une demi-heure ?*

Son esprit revint au juge. D'une certaine façon, c'était une idée vraiment brillante. Qui aurait soupçonné un vieillard ? Flagg, apparemment. Flagg qui savait la date et le lieu approximatif de son arrivée. Des gardes avaient été postés tout le long de la frontière entre l'Idaho et l'Oregon, avec ordre de le tuer.

Mais le travail avait été bâclé. Depuis l'heure du dîner, hier soir, les grosses huiles qui menaient la danse ici, à Las Vegas, se promenaient les yeux baissés, le visage fermé. Whitney Horgan, un excellent cuisinier pourtant, avait servi une sorte de pâtée pour les chiens, complètement brûlée. Le juge était mort, mais quelque chose avait mal tourné.

Elle se leva, s'approcha de la fenêtre et regarda le désert. Sous le soleil écrasant, deux autobus scolaires roulaient sur la nationale 95, en direction de la base aérienne d'Indian Springs où elle avait appris qu'on donnait tous les jours des cours sur les jets militaires. Plus d'une douzaine de personnes à l'ouest savaient piloter, mais par bonheur pour la Zone libre, aucun d'eux n'était qualifié pour s'asseoir aux commandes des jets de la Garde nationale basés à Indian Springs.

Mais ils apprenaient vite. Oh oui.

Ce qui était le plus important pour elle, à propos du sort du juge, c'était qu'ils étaient au courant de son arrivée, alors qu'ils n'auraient pas dû l'être. Avaient-ils un espion dans la Zone libre ? Après tout, l'espionnage est un jeu qui peut se jouer à deux. Mais Sue Stern lui avait bien dit que la décision d'envoyer des espions à l'ouest avait été prise dans le plus grand secret et il lui paraissait tout à fait improbable que l'un des sept membres du comité puisse être dans le camp de Flagg. Pour une bonne raison : mère Abigaël aurait su qu'il y avait une pomme pourrie dans le sac. Dayna en était sûre.

Ce qui laissait une autre possibilité, fort peu alléchante : Flagg lui-même *savait*.

Dayna était à Las Vegas depuis huit jours et elle avait l'impression d'avoir été totalement acceptée par la communauté. Elle avait déjà recueilli suffisamment de renseignements pour flanquer une trouille de tous les diables à ceux qui l'attendaient à Boulder. Ce programme d'entraînement au pilotage des jets, par exemple. Mais ce qui l'effrayait le plus, c'était la façon qu'avaient les gens de s'éloigner dès que vous mentionniez le nom de Flagg, comme s'ils n'avaient pas entendu. Certains se signaient furtivement ou faisaient le signe qui éloigne le mauvais œil. Il était le grand « Celui qui est sans être ».

Le jour. Car le soir, si vous vous installiez tranquillement dans le Cub Bar du MGM Grand Hotel ou dans la salle Silver Slipper du Cashbox, vous entendiez raconter des histoires sur son compte, vous assistiez à la naissance d'un mythe. Les gens parlaient lentement, cherchaient longtemps leurs mots, sans se regarder. La plupart buvaient de la bière. Un liquide plus fort aurait pu vous délier la langue. Or c'était dangereux. Elle savait que tout ce qu'ils disaient n'était pas vrai, mais il était déjà impossible de séparer la broderie au fil d'or du canevas. Elle avait entendu dire qu'il pouvait changer de forme, qu'il était un loup-garou, qu'il avait déclenché l'épidémie, qu'il était l'Antéchrist dont la venue était annoncée dans l'Apocalypse. Elle avait entendu parler de la crucifixion de Hector Drogan, comment *il* avait appris, comme ça, que Heck se droguait au crack... comment il avait appris, comme ça, que le juge était en route.

On ne prononçait jamais le nom de Flagg dans ces discussions nocturnes, comme s'ils croyaient que l'appeler par son nom l'aurait fait apparaître, djinn sorti de sa bouteille. Ils l'appelaient l'homme noir. Le Promeneur. Le patron. Et Ratty Erwins l'avait surnommé « le vieux Judas des ombres ».

S'il était au courant pour le juge, n'était-il pas raisonnable de penser qu'il savait ce qu'elle faisait ici ?

La douche s'arrêta.

Ne perds pas la tête, ma vieille. Il aime brouiller les cartes pour paraître plus grand. Il pourrait *avoir un espion dans la Zone libre — pas nécessairement quelqu'un du comité, simplement quelqu'un qui lui aurait dit que le juge Farris n'était pas du genre à passer de l'autre bord.*

— Tu ne devrais pas te balader le cul nu. Tu vas réveiller le colosse.

Elle se retourna vers lui, lui fit un sourire invitant, pensa qu'elle aimerait beaucoup l'emmener en bas dans la cuisine pour fourrer ce colosse dont il était si fier dans le hache-viande de Whitney Hogan.

— Et pourquoi penses-tu que je me promène toute nue ?

Il regarda sa montre.

— Bon, nous avons une quarantaine de minutes.

508

Son pénis commençait déjà à tressaillir... comme une baguette de sourcier, pensa Dayna qui n'avait pourtant pas tellement envie de rire.

— Alors, viens. Et enlève ce truc, dit-elle en montrant sa poitrine. Ça me donne la chair de poule.

Lloyd Henreid regarda son amulette, larme noire marquée d'un seul éclat rouge sang, et l'ôta. Il la posa sur la table de nuit et la petite chaîne fit comme un sifflement.

— C'est mieux comme ça ?

— Beaucoup mieux.

Elle ouvrit les bras. Une seconde plus tard, il était sur elle. Une autre seconde, et il la besognait.

— Tu aimes ça ? demanda-t-il entre deux halètements. Tu aimes ce que ça te fait, ma cocotte ?

— J'adore..., gémit-elle en pensant au hache-viande, émail blanc, acier inoxydable.

— Quoi ?

— Je disais que j'*adore* ! hurla-t-elle.

Peu après, elle feignit l'orgasme, gigotant follement des hanches, criant à pleins poumons. Il éjacula quelques secondes plus tard (elle partageait le lit de Lloyd depuis quatre jours déjà et elle s'était presque parfaitement synchronisée sur son rythme) et, tandis qu'elle sentait le sperme couler le long de sa cuisse, ses yeux se posèrent par hasard sur la table de nuit.

Pierre noire.

Éclat rouge qui semblait la regarder.

Tout à coup, elle eut l'horrible impression que c'était *lui* qui la regardait, que c'était *son* œil privé de son verre de contact humain qui l'observait, comme au fond de la tombe l'œil de Dieu regardait Caïn.

Il me voit, pensa-t-elle avec horreur, sans défense, avant que son esprit rationnel ne reprenne le dessus. *Pire : il voit À TRAVERS MOI.*

Ensuite, comme elle l'avait espéré, Lloyd se mit à parler. La conversation faisait aussi partie de son rythme. Il posait le bras sur ses épaules nues, fumait une cigarette, regardait leurs images dans le miroir au-dessus du lit et lui racontait les dernières nouvelles.

— Je suis drôlement content de ne pas avoir été à la place de Bobby Terry. Ah ça, oui. Le patron voulait la tête du vieux con sans une seule égratignure. Pour l'envoyer de l'autre côté des Rocheuses. Et regarde un peu ce qui s'est passé : ce tordu lui flanque deux pruneaux de 45 en pleine gueule. À bout portant en plus. Il avait sans doute mérité ce qu'il a eu, mais je suis bien content de pas avoir été là.

— Qu'est-ce qu'il lui est arrivé ?

— Pose pas de questions, mon petit cul.

— Comment savait-il, je veux dire, le patron ?

— Il était là.

Un frisson courut dans son dos.

— Il était là par hasard ?

— Oui. Il est toujours là par hasard quand il y a des problèmes. Putain de Dieu, quand je pense à ce qu'il a fait à Eric Strellerton, cet enfoiré d'avocat qui était allé avec moi et La Poubelle à Los Angeles...

— Qu'est-ce qu'il a fait ?

Elle crut qu'il n'allait pas répondre. Habituellement, elle pouvait le pousser tout doucement dans la direction qu'elle voulait lui faire prendre en posant gentiment et respectueusement une série de questions ; en lui faisant sentir qu'il était (selon l'inoubliable expression de sa petite sœur) le Roi caca de la Montagne de merde. Mais cette fois, elle eut l'impression qu'elle était allée trop loin. Pourtant, Lloyd répondit avec une étrange voix nasillarde :

— Il l'a simplement *regardé*. Eric débitait toutes ses conneries sur la façon de gérer le business de Las Vegas... il fallait faire ci, il fallait faire ça. Et La Poubelle — pauvre Poubelle, il a un petit grain, tu sais — il le regardait avec des yeux ronds, comme s'il voyait en chair et en os un acteur de la télé. Eric se promène comme s'il faisait son baratin devant un jury, comme s'il croyait avoir gagné. Et *lui,* il dit tout doucement : *Eric.* Comme

510

ça. Eric l'a regardé. Moi, je ne voyais rien. Mais Eric l'a regardé, très longtemps. Peut-être cinq minutes. Ses yeux sont devenus de plus en plus gros... et puis la morve a commencé à lui sortir du nez... ensuite il s'est mis à rigoler... et *lui,* il rigolait avec Eric. J'ai eu très peur. Quand Flagg rit, on a peur. Mais Eric continuait à rigoler. Alors, *il* a dit : *Quand vous rentrerez, vous le ferez descendre dans le désert Mojave.* C'est ce qu'on a fait. À mon avis, Eric est encore en train de tourner en rond là-bas. Il a regardé Eric cinq minutes et l'autre a perdu la boule.

Il avala une dernière bouffée et écrasa sa cigarette. Puis il prit Dayna par le cou.

— Pourquoi est-ce qu'on parle de toute cette merde ?

— Je ne sais pas... comment ça va à Indian Springs ?

Le visage de Lloyd s'éclaira, car Indian Springs était son programme préféré.

— Très bien. Vraiment très bien. Trois types vont être prêts à piloter les Skyhawk d'ici le premier octobre, peut-être avant. Hank Rawson s'en tire vraiment très bien. Et La Poubelle est un vrai génie. Pas trop brillant dans certains domaines, mais pour les armes, il est incroyable.

Elle avait rencontré deux fois La Poubelle. Les deux fois, elle avait senti un frisson courir sur sa peau lorsque ses yeux étranges et troubles s'étaient posés sur elle, et un soulagement palpable lorsque ces yeux s'en étaient allés. Beaucoup — Lloyd, Hank Rawson, Ronnie Sykes, Le Rat — le considéraient comme une sorte de mascotte, un porte-bonheur. L'un de ses bras était une horrible masse de chairs brûlées fraîchement cicatrisées. Elle se souvenait de quelque chose d'assez bizarre qui s'était produit l'avant-veille. Hank Rawson était en train de parler. Il avait pris une cigarette, avait frotté une allumette et terminé ce qu'il était en train de dire avant d'allumer sa cigarette et d'éteindre l'allumette. Dayna avait alors vu comment les yeux de La Poubelle s'étaient braqués sur la flamme de l'allumette, comment sa respiration avait semblé s'arrêter. Comme si tout son être s'était concentré sur cette flamme minuscule. On aurait dit un homme mourant de faim devant un somptueux banquet. Puis

Hank avait secoué l'allumette, l'avait laissée tomber dans le cendrier, et le moment s'était envolé.

— Il connaît bien les armes ?

— Et comment ! Les Skyhawk sont armés de missiles air-sol. Des *Shrike*. Personne ne savait comment monter ces foutus engins sous les ailes. Personne ne savait comment les armer. Il nous a fallu près d'une journée pour comprendre comment les sortir des râteliers de stockage. Alors Hank a dit : *On ferait mieux de demander un coup de main à La Poubelle quand il reviendra, pour voir s'il arrive à nous dépanner.*

— Quan il reviendra ?

— Oui, c'est un très drôle de type. Il est à Las Vegas depuis près d'une semaine maintenant, mais il va pas tarder à refoutre le camp.

— Où va-t-il ?

— Dans le désert. Il prend une Land-Rover, et il se balade. C'est un mec vraiment bizarre, tu sais. À sa manière, La Poubelle est presque aussi étrange que le patron. À l'ouest d'ici, il n'y a rien que du désert, du désert et du désert. Je suis payé pour le savoir. Je suis resté à l'ombre quelque temps dans un trou qui s'appelait Brownsville Station, plus à l'ouest. Je ne sais pas comment il se débrouille là-bas, mais il s'en tire. Il cherche de nouveaux jouets et il en ramène toujours plusieurs. À peu près une semaine après notre retour de Los Angeles, il a rapporté un tas de mitrailleuses à lunettes laser — des mitrailleuses qui mettent dans le mille à tous les coups. Une autre fois, c'était des mines antichars, des mines antipersonnel, une bonbonne de Parathion. Il dit avoir trouvé tout un stock de Parathion, un défoliant. Il y en aurait assez pour rendre tout le Colorado chauve comme un œuf.

— Où trouve-t-il tout ça ?

— Un peu partout. Il a du flair. Mais ça n'a rien de bien extraordinaire. La majeure partie de l'ouest du Nevada et de l'est de la Californie appartenait au gouvernement fédéral. C'est là que les militaires essayaient leurs joujoux, même des bombes A. Il va en ramener une un de ces jours.

Il se mit à rire. Dayna avait froid, terriblement froid.

— La super-grippe a commencé quelque part dans le coin. Je suis prêt à le parier. La Poubelle va peut-être découvrir où. Je te dis, il renifle ces trucs-là. Le patron dit de le laisser faire. Tu sais quel est son jouet préféré en ce moment ?

— Non.

Elle n'était pas sûre de vouloir le savoir... mais pour quelle autre raison était-elle venue ici ?

— Le lance-flammes autotracté.

— Le quoi ?

— Un gros lance-flammes sur chenilles. Il y en a cinq à Indian Springs, bien alignés comme des bagnoles de formule 1, répondit Lloyd en riant. Ils s'en servaient au Viêt-nam. Les troufions appelaient ça des Zippo, comme les briquets. Ils sont bourrés de napalm. La Poubelle en est fou.

— Je vois le genre...

— Cette fois-là, quand La Poubelle est rentré, on l'a aussitôt emmené à Indian Springs. Il a tournicoté autour des Shrike en sifflotant et il a réussi à les armer et à les monter en moins de six heures. Pas croyable. Il fallait entraîner les techniciens de la U.S. Air Force pendant près de quatre-vingt-dix ans pour qu'ils y arrivent. Si La Poubelle est pas un vrai génie, je me la coupe.

Un idiot savant, tu veux dire. Et je suis presque sûre de savoir comment il s'est fait ces brûlures.

Lloyd regarda sa montre et se releva.

— À propos d'Indian Springs, je dois y aller. Juste le temps de prendre une autre douche. Tu viens avec moi ?

— Pas cette fois.

Elle s'habilla quand la douche commença à couler. Jusqu'à présent, elle avait toujours réussi à s'habiller et à se déshabiller quand il n'était pas dans la chambre. Et elle entendait bien qu'il continue à en être ainsi.

Elle fixa la pince sur son avant-bras et fit glisser le couteau à cran d'arrêt dans le mécanisme à ressort. Un mouvement sec du poignet, et elle aurait aussitôt les vingt-cinq centimètres de la lame dans la main.

Que veux-tu, pensa-t-elle en remettant son chemisier, il faut bien qu'une femme ait ses petits secrets.

L'après-midi, elle participait à l'entretien de l'éclairage public. Son travail consistait à tester les ampoules des lampadaires et à remplacer celles qui avaient grillé, ou qui avaient été cassées par les vandales à l'époque où Las Vegas connaissait les affres de la super-grippe. Elle et ses trois collègues disposaient d'un camion à nacelle hydraulique qui circulait de lampadaire en lampadaire, rue après rue.

Cet après-midi-là, perchée dans la nacelle, Dayna retirait la lentille de plexiglas d'un lampadaire en pensant à ses collègues de travail. Elle les aimait bien finalement, surtout Jenny Engstrom, une très belle fille, ancienne danseuse de strip-tease, qui aujourd'hui conduisait le camion. C'était le genre de fille que Dayna aurait voulu avoir comme amie et elle n'arrivait pas à comprendre que Jenny soit là, dans le camp de l'homme noir. Elle en était si troublée qu'elle n'osait lui demander une explication.

Les autres n'étaient pas mal non plus, tout compte fait. Las Vegas pouvait se vanter de posséder une proportion sensiblement plus élevée de crétins que la Zone, mais aucun n'avait des crocs, et ils ne se transformaient pas en chauves-souris quand la lune se levait. Il y avait aussi des gens qui travaillaient beaucoup plus dur que ceux de la Zone. Dans la Zone libre, vous pouviez voir des hommes et des femmes flâner dans les parcs à toutes les heures de la journée, d'autres prendre trois bonnes heures pour le déjeuner. Ici, il n'en était pas question. De huit heures du matin à cinq heures de l'après-midi, *tout le monde* travaillait, soit à Indian Springs, soit en ville, dans les équipes d'entretien. Et l'école avait recommencé. Il y avait une vingtaine d'enfants à Las Vegas, âgés de quatre ans (Daniel McCarthy, le chouchou de tout le monde, surnommé Dinny) à quinze ans. On avait trouvé deux anciens professeurs parmi les réfugiés et les classes avaient commencé, cinq jours par semaine. Lloyd qui avait abandonné ses études après avoir triplé sa troisième était très fier de ce résultat. Les pharmacies étaient ouvertes. Des gens y entraient sans cesse... mais ils ne prenaient rien de plus méchant que des comprimés d'aspirine ou de Bromo-Seltzer. Pas de problèmes de drogue à l'ouest. Tous ceux qui avaient vu ce qui était arrivé à Hector Drogan savaient quelle était la sanction. Pas de Rich Moffat non plus. Tout le monde était gentil, tout le monde se tenait bien. Et il était fortement recommandé de ne rien boire de plus fort qu'une bouteille de bière.

L'Allemagne en 1938, pensa Dayna. *Les nazis ? Oh, ils sont charmants. Très sportifs. Ils ne fréquentent pas les boîtes de nuit. Les boîtes de nuit sont pour les touristes. Qu'est-ce qu'ils font ? Ils fabriquent des horloges.*

La comparaison était-elle bien juste ? Dayna n'en était pas trop sûre. Cette Jenny Engstrom, par exemple, qu'elle aimait tant. Juste... ? Peut-être que oui.

Elle testa l'ampoule du lampadaire. Elle était grillée. Elle la déposa doucement entre ses pieds, prit la dernière ampoule neuve qu'il lui restait. Tant mieux, c'était bientôt fini. On allait...

Elle regarda en bas et s'arrêta, stupéfaite.

À l'arrêt d'autobus, des gens venaient d'arriver d'Indian Springs et s'apprêtaient à rentrer chez eux. Tous regardaient machinalement en l'air, comme d'habitude. Le syndrome du numéro de trapèze volant pour pas un sou, messieurs dames.

Ce visage, qui la regardait.

Ce large sourire, ces yeux interrogateurs.

Mon Dieu, non, ce n'est pas Tom Cullen ?

Une goutte de sueur salée coula dans son œil, l'empêchant de bien voir. Quand elle l'eut essuyée, le visage n'était plus là. Le groupe qui était descendu de l'autobus s'éloignait déjà dans un murmure de conversations joyeuses. Dayna regarda celui qu'elle avait pris pour Tom. Mais, vu de derrière, il était difficile de...

Tom ? Ils auraient envoyé Tom ?

Sûrement pas. C'était tellement fou que...

Mais si, justement.

Elle ne pouvait pas y croire.

— Hé ! Jurgens ! cria Jenny de sa voix éraillée. Tu roupilles là-haut, ou tu te tripotes ?

Dayna se pencha par-dessus le bord de la nacelle et regarda Jenny, le majeur dressé en l'air. C'était clair. Jenny éclata de rire. Dayna reprit son travail, installa tant bien que mal l'ampoule neuve. Quand elle eut fini, il était l'heure de rentrer. Sur le chemin du retour au garage, Dayna était silencieuse, préoccupée... si silencieuse que Jenny s'en aperçut.

— Je n'ai rien à dire, c'est tout, lui dit Dayna avec un petit sourire.

Ce n'était quand même pas Tom.

Était-ce lui ?

— Debout ! Debout ! Tu vas te lever, salope !

Elle sortait d'un sommeil brumeux lorsqu'un pied la frappa au creux des reins. Elle tomba du grand lit circulaire. Aussitôt, elle se réveilla, plissant les yeux, perdue.

C'était Lloyd qui la regardait, fou de colère. Et puis Whitney Hogan. Ken DeMott. L'As. Jenny. Mais le visage souriant de Jenny était fermé cette fois.

— Jenny ?

Pas de réponse. Dayna se mit à genoux, à peine consciente qu'elle était nue, entourée de ce cercle de visages fermés qui la regardaient. L'expression de Lloyd était celle d'un homme qui vient de découvrir qu'on l'a trompé.

Je rêve ?

— Habille-toi, saloperie d'espionne !

O.K. Ce n'était donc pas un rêve. Elle sentit s'enfoncer dans son ventre une terreur qui lui parut presque familière. Ils étaient au courant pour le juge, et maintenant ils étaient au courant pour elle. *Il* leur avait tout dit. Elle jeta un coup d'œil au réveil sur la table de nuit. Quatre heures moins le quart du matin. L'heure de la police secrète.

— Où est-il ? demanda-t-elle.

— Pas loin, répondit Lloyd entre ses dents, et tu vas bientôt le regretter.

Le visage de Lloyd était pâle, luisant de sueur. Son amulette pendait dans le V du col de sa chemise.

— Lloyd ?

— Quoi ?

— Je t'ai flanqué la vérole, Lloyd. Ne saute pas trop haut. Elle risquerait de tomber toute seule.

Il lui donna un coup de pied juste au-dessous du sternum. Dayna tomba à la renverse.

— J'espère qu'elle va tomber toute seule, Lloyd.

— Ta gueule et habille-toi.

— Sortez ! Je ne m'habille pas devant les hommes.

Lloyd la frappa encore, cette fois dans le biceps du bras droit. Une douleur cinglante. Sa bouche s'ouvrit, ses lèvres tremblèrent, mais elle ne cria pas.

— Tu es dans la merde, Lloyd. Comme ça, tu couchais avec Mata Hari ?

Elle lui fit un sourire, des larmes plein les yeux.

Whitney Hogan vit une lueur meurtrière traverser les yeux de Lloyd. Il s'avança rapidement et prit le bras de Lloyd.

— Allez, Lloyd. On va dans le salon. Jenny va la surveiller pendant qu'elle s'habille.

— Et si elle décide de sauter par la fenêtre ?

— Aucune chance, répondit Jenny.

Son visage était absolument impassible et, pour la première fois, Dayna remarqua qu'elle portait un pistolet à la ceinture.

— De toute façon, elle pourrait pas, dit l'As. Les fenêtres ne s'ouvrent pas ici. Les clients qui perdaient beaucoup au casino auraient pu décider de faire un plongeon. Mauvaise publicité pour l'hôtel.

Un éclair de compassion traversa les yeux de l'As lorsqu'ils se posèrent sur Dayna :

— T'as pas gagné le gros lot, ma petite.

— Allez, Lloyd, reprit Whitney. Tu vas faire des conneries si tu sors pas d'ici. Tu vas lui cogner sur la tête, et tu vas le regretter.

— D'accord, répondit Lloyd en se dirigeant vers la porte avec les autres.

Avant de sortir, il s'arrêta et se retourna vers Dayna :

— Crois-moi, il va te faire passer un sale quart d'heure, salope.

— Tu es le plus mauvais baiseur que j'ai jamais rencontré, Lloyd, dit-elle d'une voix sereine.

Il voulut se précipiter sur elle, mais Whitney et Ken DeMott l'arrêtèrent. La porte se referma avec un claquement sourd.

— Habille-toi, Dayna, dit Jenny.

Dayna se releva en frottant le bleu qui commençait à noircir sur son bras.

— C'est ça ce que vous aimez ? C'est ça que vous voulez ? Des types comme Lloyd Henreid ?

— C'est toi qui couchais avec lui, pas moi, répondit Jenny dont le visage trahissait pour la première fois une émotion — la colère et l'amertume. Tu trouves que c'est joli de venir ici nous espionner ? Tu mérites ce qu'on va te faire. Et crois-moi, on va t'en faire, ma petite.

— J'avais une bonne raison pour coucher avec lui, répondit Dayna en enfilant sa culotte. Et j'avais une bonne raison pour espionner.

— Ferme donc ta gueule.

Dayna se retourna et regarda Jenny dans les yeux.

— Qu'est-ce que tu crois qu'ils sont en train de faire ? Pourquoi penses-tu qu'ils apprennent à piloter des jets à Indian Springs ? Ces missiles Shrike, tu crois qu'ils sont là pour que Flagg gagne une Barbie pour sa petite amie au jeu de massacre ?

— Ça ne me regarde pas, rétorqua Jenny entre ses dents.

— Et ça ne te regardera toujours pas s'ils se servent de ces avions pour traverser les Rocheuses au printemps prochain et massacrer avec leurs missiles tous ceux qui vivent de l'autre côté ?

— J'espère que c'est ce qu'ils vont faire. Nous, ou vous ; c'est ce qu'*il* dit. Et je le crois.

— Ils croyaient Hitler aussi. Mais tu ne le crois pas. Tu as simplement la trouille de lui.

— Habille-toi, Dayna.

Dayna mit son pantalon, boutonna la ceinture, remonta la fermeture Éclair. Puis elle mit la main devant sa bouche.

— Je... je crois que je vais vomir...

Son chemisier à manches longues à la main, elle courut s'enfermer dans la salle de bain. Derrière la porte, on l'entendait vomir.

— Ouvre la porte, Dayna ! Ouvre, ou je fais sauter la serrure !

— Je suis... malade...

Encore un gargouillis pitoyable. Sur la pointe des pieds, Dayna cherchait sur le dessus de la pharmacie le couteau qu'elle avait laissé là. Encore vingt secondes, seulement vingt secondes...

Elle le trouva. Elle l'attacha sur son avant-bras. D'autres voix s'élevaient maintenant dans la chambre.

De la main gauche, elle ouvrit le robinet du lavabo.

— Une minute, je suis malade, vous ne comprenez pas ?

Mais ils n'allaient pas lui laisser une minute. Quelqu'un donna un coup dans la porte qui frissonna. La lame reposait contre l'avant-bras de Dayna comme une flèche mortelle. En un éclair, elle mit son chemisier, boutonna les manches, s'aspergea d'eau autour de la bouche, actionna la chasse.

Un autre coup dans la porte. Dayna tourna la poignée et ils se précipitèrent dans la salle de bain, Lloyd, les yeux fous, Jenny, debout derrière Ken DeMott, l'As, pistolet au poing.

— J'ai dégueulé, dit Dayna d'une voix très calme. Dommage que vous n'ayez pas pu regarder ça, hein ?

Lloyd la prit par l'épaule et la propulsa dans la chambre.

— Je devrais te casser le cou, connasse.

— Écoute bien la voix de ton maître, dit-elle en boutonnant le devant de son chemisier, les yeux étincelants. C'est votre dieu, non ? Lèche-lui le cul, tu es son esclave.

— Tu ferais mieux de fermer ta gueule, dit Whitney de sa grosse voix bourrue. Tu aggraves ton cas.

Dayna regardait Jenny, incapable de comprendre comment cette femme si souriante, tellement pleine de vie, avait pu se transformer en cette face de lune impassible.

— Vous ne voyez pas qu'il est prêt à tout recommencer ? La guerre... *la super-grippe ?*

— Il est le plus fort, dit Whitney avec une étrange douceur. Il va faire disparaître vos gens de la surface de la terre.

— Ça suffit avec les parlottes, dit Lloyd. On y va.

Ils voulurent la prendre par les bras, mais elle recula, croisa les bras sur sa poitrine et secoua la tête.

— Je vais marcher toute seule.

Le casino était désert, à l'exception de quelques hommes armés qui se tenaient près des portes. Ils avaient l'air de regarder des choses fort intéressantes sur les murs, au plafond et sur les tables de jeu quand les portes de l'ascenseur s'ouvrirent devant Dayna et le groupe de Lloyd.

Ils l'emmenèrent jusqu'à la grille, au bout de la rangée des caisses. Lloyd l'ouvrit et ils traversèrent rapidement une grande pièce qui ressemblait à une banque : machines à calculer, corbeilles pleines de bandes de papier, pots de plastique remplis d'élastiques et de trombones. Des écrans d'ordinateur, gris, éteints. Des tiroirs-caisses entrouverts. Des billets de banque jonchant le carrelage. La plupart de cinquante et de cent dollars.

Au fond de la pièce, Whitney ouvrit une autre porte et Dayna s'avança dans un couloir recouvert d'une moquette qui menait à l'ancien bureau de la réceptionniste. Joliment décoré. Meubles blancs aux lignes futuristes pour une élégante secrétaire qui était morte en crachant de gros mollards verts plusieurs mois plus tôt. Sur le mur, un poster qui ressemblait à une litho de Klee. Un épais tapis brun clair, soyeux. L'antichambre du pouvoir.

La peur s'infiltrait goutte à goutte dans le corps de Dayna comme de l'eau glacée, raidissant ses muscles. Lloyd se pencha au-dessus du bureau et appuya sur un bouton. Dayna vit qu'il transpirait un peu.

— Nous l'avons, R.F.

Elle sentit un rire hystérique monter en elle. Un rire qu'elle ne pouvait pas arrêter — et d'ailleurs elle n'avait aucune envie de l'arrêter.

— R.F. ! R.F. ! Oh, ça c'est la meilleure ! Je t'écoute, P.D. !

Elle partit d'un énorme éclat de rire et soudain Jenny la frappa au visage.

— Ta gueule ! Tu ne sais pas ce qui va t'arriver.

— Si je sais. Mais toi et les autres, vous ne savez pas.

Une voix sortit de l'interphone, chaude, agréable, pleine d'entrain.

— Très bien, Lloyd, et merci beaucoup. Fais-la entrer, s'il te plaît.

— Seule ?

— Oui, certainement.

On entendit un petit gloussement, puis un déclic. Dayna sentit sa bouche devenir sèche.

Lloyd se retourna. Il transpirait beaucoup maintenant. De grosses gouttes perlaient sur son front, puis coulaient sur ses joues creuses, comme des larmes.

— Tu l'as entendu ? Vas-y.

Elle croisa les bras sur sa poitrine, son couteau caché sous son bras gauche.

— Et si je refusais ?

— Je te traînerais de force.

— Regarde-toi donc, Lloyd. Tu as tellement peur que tu n'arriverais pas à traîner un petit chiot derrière cette porte. Vous crevez tous de peur. Jenny, tu vas bientôt faire dans ta culotte. C'est pas bon pour la peau, ma chérie, ni pour ta culotte.

— Tais-toi, salope, siffla Jenny.

— Je n'ai jamais eu peur comme ça dans la Zone libre. Je me sentais bien là-bas. Je suis venue ici parce que je voulais continuer à me sentir bien. Rien de politique là-dedans. Vous devriez réfléchir. S'il vous fait peur, c'est peut-être parce qu'il n'a rien d'autre à vous donner.

— Madame, dit Whitney, presque en s'excusant, j'aimerais beaucoup écouter le reste de votre sermon, mais il attend. Je suis désolé, mais vous allez dire amen et ouvrir toute seule cette porte ou bien je vais devoir vous y forcer. Vous pourrez lui raconter votre boniment quand vous serez avec lui... si vous trouvez assez de salive pour parler, naturellement. Mais pour le moment, vous êtes sous notre responsabilité.

Le plus étrange, pensa-t-elle, c'est qu'il a vraiment l'air désolé. Dommage qu'il ait aussi vraiment peur.

— Ce ne sera pas nécessaire.

Elle fit un effort pour lever un pied, puis la suite fut un peu plus facile. Elle allait à sa mort ; elle en était sûre. Puisqu'il en était ainsi, tant pis. Elle avait son couteau. Pour lui d'abord, si elle pouvait, ensuite pour elle, s'il le fallait.

Elle pensait : *Je m'appelle Dayna Roberta Jurgens. J'ai peur, mais j'ai déjà eu peur auparavant. Tout ce qu'il peut me prendre, j'aurais dû le donner un jour de toute façon — ma vie. Je ne vais pas le laisser me briser. Je ne vais pas le laisser m'abaisser, si je peux l'éviter. Je veux mourir d'une belle mort... et je vais avoir ce que je veux.*

Elle tourna la poignée et entra dans le bureau... Randall Flagg l'attendait.

C'était une grande pièce, presque vide. On avait repoussé le bureau contre un mur, le fauteuil pivotant coincé derrière. Les tableaux étaient recouverts de vieux draps mouchetés de taches de peinture. La lumière était éteinte.

Au fond de la pièce, un rideau était ouvert, découvrant

une baie vitrée qui donnait sur le désert. Dayna se dit qu'elle n'avait jamais vu de toute sa vie un paysage plus stérile et austère. Dans le ciel, une petite lune brillait comme une pièce d'argent. C'était presque la pleine lune.

Debout devant la baie vitrée, le dos tourné, un homme dont on ne voyait que la silhouette.

Il continua à regarder longtemps le paysage, lui tournant le dos comme si elle n'avait pas été là. Combien faut-il de temps à un homme pour se retourner ? Deux secondes, trois au maximum. Mais Dayna eut l'impression que l'homme noir n'en finissait plus de se retourner, lui découvrant de plus en plus de lui-même, comme cette lune qu'il regardait. Elle redevint une enfant, glacée par l'horrible curiosité qu'inspire une grande frayeur. Un instant, elle fut entièrement prise dans la toile qu'il tissait autour d'elle, totalement séduite par lui, et elle eut la conviction que lorsqu'il aurait terminé de se retourner, dans des siècles et des siècles, elle contemplerait le visage de ses rêves : celui d'un moine encapuchonné dans la noirceur la plus totale. Le négatif d'un homme sans visage. Elle le verrait, puis deviendrait folle.

C'est alors qu'il la regarda, qu'il s'avança vers elle, souriant. Et la première pensée qui lui vint à l'esprit fut celle-ci : *Mais... il a* mon *âge !*

Les cheveux noirs de Randy Flagg étaient ébouriffés. Son visage était beau, basané, comme s'il avait été longtemps caressé par le vent du désert. Ses traits étaient mobiles et sensibles. Ses yeux jubilaient, les yeux d'un petit enfant qui va faire une extraordinaire et merveilleuse surprise.

— Salut, Dayna !

— S-S-Salut.

Elle ne put en dire davantage. Elle s'était crue prête à tout, mais pas à cela. Elle se sentait comme un boxeur que son adversaire envoie rouler au tapis. Il sourit de sa confusion, puis étendit devant lui ses mains ouvertes, comme pour s'excuser. Il portait une vieille chemise de cachemire au col usé, un jeans et de très vieilles bottes de cow-boy aux talons usés.

— Vous vous attendiez à quoi ? À voir un vampire ? Un empaleur ? Qu'est-ce qu'on vous a raconté sur moi ?

Son sourire s'élargit, l'invitant presque à sourire elle aussi.

— Ils ont peur. Lloyd... suait comme un cochon.

Son sourire exigeait toujours une réponse et il lui fallut tout son courage pour ne pas lui faire ce cadeau. On l'avait sortie à coups de pied de son lit, sur ses ordres. On l'avait emmenée ici pour... pour quoi faire ? Pour avouer ? Pour dire tout ce qu'elle savait sur la Zone libre ? Mais il n'y avait sans doute pas grand-chose qu'il ne sache déjà.

— Lloyd..., dit Flagg avec un petit rire triste. Le pauvre a passé un très mauvais quart d'heure à Phoenix pendant l'épidémie. Il n'aime pas en parler. Je l'ai sauvé de la mort et — son sourire se fit encore plus désarmant — et d'un sort bien pire que la mort. C'est ce qu'on dit, je crois. Il m'a étroitement associé à cette expérience, même si je n'y étais pour rien. Vous me croyez ?

Elle hocha lentement la tête. Oui, elle le croyait. Et elle se demanda si les douches constantes de Lloyd n'avaient pas quelque chose à voir avec ce « très mauvais quart d'heure à Phoenix ». Elle éprouva aussi une émotion qu'elle n'aurait jamais cru pouvoir ressentir à l'égard de Lloyd Henreid : la pitié.

— Très bien. Asseyez-vous, s'il vous plaît.

Elle regarda autour d'elle. Il n'y avait pas de chaise.

— Par terre. Vous serez très bien. Nous devons nous parler franchement. Les menteurs s'asseyent sur des chaises. Nous nous en passerons donc. Nous allons nous asseoir comme si nous étions deux amis autour d'un feu de camp. Assieds-toi.

Les yeux de Flagg brillaient d'hilarité contenue et ses côtes semblaient secouées par un rire qu'il retenait à grand-peine. Il s'assit, croisa les jambes et leva vers elle des yeux suppliants. Son visage semblait dire : *Tu ne vas pas me laisser assis tout seul par terre dans ce bureau ridicule ?*

Après un moment d'hésitation, elle s'assit. Elle croisa

les jambes et posa ses mains sur ses genoux. Elle sentait le poids réconfortant du couteau dans sa pince à ressort.

— On t'a envoyée ici pour nous espionner. Est-ce que je décris correctement la situation ?

— Oui.

Inutile de le nier.

— Et tu sais ce qu'on fait des espions en temps de guerre ?

— Oui.

Le sourire de Flagg s'élargit, comme un rayon de soleil.

— Alors, tu as vraiment de la chance que nous ne soyons pas en guerre, ton peuple et le mien.

Elle le regarda, totalement surprise.

— Nous ne sommes pas en guerre, tu le sais, dit-il avec une sincérité désarmante.

— Mais... vous...

Mille idées confuses tourbillonnaient dans sa tête. Indian Springs. Les missiles Shrike. La Poubelle avec son défoliant et ses Zippo. La manière dont les conversations déviaient dès qu'on mentionnait le nom de cet homme — ou sa présence. Et puis cet avocat, Eric Strellerton, qui tournait en rond dans le désert Mojave, le cerveau brûlé.

Il l'a simplement regardé.

— Est-ce que nous avons attaqué votre Zone dite libre ? Est-ce que nous avons fait le moindre geste agressif contre vous ?

— Non... mais...

— Est-ce que vous nous avez attaqués ?

— Non, naturellement !

— Non, et nous n'avons aucune intention de ce genre. Regarde !

Tout à coup, il leva la main droite, formant un tube avec ses doigts. À travers, Dayna voyait le désert derrière la baie vitrée.

— Le grand désert de l'ouest ! criait Flagg. Le grand bordel ! Le Nevada ! L'Arizona ! Le Nouveau-Mexique ! La Californie ! Une poignée de mes gens sont dans l'État de Washington, dans la région de Seattle, et à Portland, dans l'Oregon. Une poignée de mes gens dans l'Idaho et le Nouveau-Mexique. Nous sommes trop dispersés pour penser faire un recensement avant un an ou davantage. Nous sommes beaucoup plus vulnérables que votre Zone. La Zone libre est comme une ruche, une commune très bien organisée. Nous ne sommes qu'une confédération dont je suis le chef titulaire. Il y a suffisamment de place pour les deux camps. Il y en aura encore suffisamment en 2190. À condition que les bébés vivent, quelque chose dont nous ne serons pas sûrs avant au moins cinq mois. Et s'ils vivent, si l'humanité continue, laissons nos grands-pères se battre s'ils ont des comptes à régler. Ou leurs grands-pères. *Mais mon Dieu, pour quelle raison devrions-nous nous battre ?*

— Aucune, murmura-t-elle.

Elle avait la gorge sèche. Elle était étourdie. Et elle sentait autre chose... était-ce de l'*espoir* ? Elle le regarda dans les yeux. Elle eut l'impression qu'elle n'aurait pu détourner son regard. Elle ne le voulait pas d'ailleurs. Elle ne devenait pas folle. Non, il ne la rendait pas folle. C'était... c'était un homme parfaitement raisonnable.

— Il n'existe aucune raison économique pour que nous nous battions, aucune raison technologique. Nos politiques sont un peu différentes, mais cet aspect est tout à fait mineur et les Rocheuses nous séparent...

Il est en train de m'hypnotiser.

Au prix d'un incroyable effort, elle arracha ses yeux aux siens et regarda la lune par-dessus son épaule. Le sourire de Flagg s'estompa un peu et une ombre d'irritation traversa son visage. Ou était-ce son imagination ? Quand elle le regarda à nouveau (plus méfiante cette fois), il lui souriait gentiment.

— Vous avez fait tuer le juge, dit-elle d'une voix dure. Vous voulez quelque chose de moi et, quand vous l'aurez, vous me ferez tuer moi aussi.

Il la regardait patiemment.

— Il y avait des postes de garde le long de la frontière entre l'Idaho et l'Oregon. Et les gardes attendaient le juge Farris, c'est vrai. Mais pas pour le tuer ! Ils devaient me l'amener. Je suis rentré de Portland hier seulement. Je voulais lui parler comme je te parle en ce moment : calmement, raisonnablement, entre grandes personnes. Deux de mes gardes l'ont vu à Copperfield, dans l'Oregon. Il a tiré sur eux. Il a blessé mortellement un de mes hommes et il a tué le deuxième sur le coup. Le blessé a tué le juge avant de mourir. Je suis désolé de la tournure qu'ont prise les événements. Plus désolé que tu ne peux le croire ou le comprendre.

Les yeux de Flagg s'assombrirent. Cette fois, elle le croyait... mais sans doute pas comme il aurait voulu qu'elle le croie. Et elle sentit à nouveau ce froid glacial s'emparer d'elle.

— Ce n'est pas ce qu'on raconte ici.

— Tu peux les croire, ou tu peux me croire. Mais souviens-toi que c'est moi qui leur ai donné leurs ordres.

Il était convaincant... extrêmement convaincant. Il paraissait presque inoffensif — mais pas tout à fait. Cette impression venait uniquement du fait qu'elle croyait voir devant elle un homme... ou quelque chose qui *ressemblait* à un homme. Elle en était tellement soulagée qu'elle en devenait aussi malléable que de la pâte à modeler. Il avait de la présence. Comme un politicien retors, il savait bousculer vos arguments au fond de son chapeau de prestidigitateur... mais il le faisait d'une façon qu'elle trouvait très troublante.

— Si vous n'avez pas l'intention de faire la guerre, pourquoi ces jets et ce matériel militaire à Indian Springs ?

— Mesures défensives, répondit-il aussitôt. Nous faisons la même chose à Searles Lake en Californie et à la base aérienne d'Edwards. Un autre groupe travaille au réacteur atomique de Yakima Ridge, dans l'État de Washington. Vous allez faire la même chose... si ce n'est pas déjà fait.

Dayna secoua très lentement la tête.

— Quand je suis partie, ils essayaient encore de remettre en marche la centrale électrique.

— J'aurais été heureux de leur envoyer deux ou trois

527

techniciens, mais il se trouve que j'ai appris que Brad Kitchner s'en est tiré tout seul. Il y a eu une courte panne hier, mais le problème a été réglé très rapidement. Une surcharge dans le quartier Arapahoe.

— Comment le savez-vous ?

— J'ai mes petites combines, répliqua Flagg avec un charmant sourire. Oh, pendant que j'y pense, la vieille femme est revenue. Chère vieille dame.

— Mère Abigaël.

— Oui, répondit-il, les yeux perdus dans le vague, tristes peut-être. Elle est morte. Quel dommage ! J'aurais vraiment voulu la rencontrer.

— Morte ? Mère Abigaël est morte ?

Flagg parut revenir sur terre. Il lui sourit.

— C'est vraiment une surprise pour vous ?

— Non. Mais je suis surprise qu'elle soit revenue. Et encore plus surprise que vous le sachiez.

— Elle est revenue mourir.

— A-t-elle dit quelque chose ?

Un instant, le masque charmeur de Flagg se décomposa, laissant entrevoir la déception et la colère.

— Non. Je pensais que... je pensais qu'elle... qu'elle dirait quelque chose. Mais elle est morte sans reprendre connaissance.

— Vous en êtes sûr ?

Son sourire réapparut, radieux comme le soleil d'été dissipant le brouillard du matin.

— Oublions-la, Dayna. Et parlons de choses plus agréables, comme par exemple ton retour dans la Zone. Je suis sûr que tu préférerais être là-bas. Je voudrais te charger d'une commission.

Il glissa sa main sous sa chemise, sortit un petit sac couleur chamois et en retira trois cartes routières. Il les tendit à Dayna qui les regarda, perplexe. Les cartes représentaient les sept États de l'ouest des États-Unis. Certaines régions étaient teintées en rouge. La légende inscrite à la main en bas de chaque carte les identifiait comme étant les régions où la population avait commencé à se reconstituer.

— Vous voulez que je rapporte *ça* ?

— Oui... Je sais où sont vos gens ; je veux que vous sachiez où sont les miens. Prenez cela comme un geste de bonne foi et d'amitié. Et quand tu retourneras là-bas, je veux que tu leur dises ceci : que Flagg n'a pas de mauvaises intentions, que les gens de Flagg n'ont pas de mauvaises intentions. Dis-leur de ne plus envoyer d'espions. S'ils veulent envoyer des gens ici, qu'ils parlent d'une mission diplomatique... ou d'un échange d'étudiants... ou de ce qu'ils voudront. Mais qu'ils viennent ouvertement. Tu leur diras ?

Dayna n'y comprenait plus rien.

— Naturellement. Je vais leur dire. Mais...

— C'est tout.

Il montra à nouveau ses paumes ouvertes, vides. Elle vit quelque chose et se pencha en avant, troublée.

— Qu'est-ce que tu regardes ?

Elle perçut une note d'inquiétude dans la voix de Flagg.

— Rien.

Mais elle avait vu, et elle sut à l'expression fermée de son visage qu'il savait qu'elle avait vu. Il n'y avait pas de lignes sur les paumes de Flagg. Elles étaient aussi lisses que le ventre d'un bébé. Pas de ligne de vie, pas de ligne de cœur, pas de boucles, pas de croix... rien.

Ils se regardèrent longuement dans les yeux.

Puis Flagg se releva d'un bond et s'approcha du bureau. Dayna se leva elle aussi. Elle commençait presque à croire qu'il allait la laisser partir. Flagg s'assit sur le bord du bureau et approcha l'interphone.

— Je vais dire à Lloyd de faire changer l'huile, les bougies et les vis platinées de ta moto. Je vais lui dire aussi de faire le plein. Plus besoin de penser à rationner le pétrole, hein ? Et dire qu'à une époque — je m'en souviens, et toi aussi sans doute, Dayna — on aurait cru que le monde allait disparaître dans un énorme champignon atomique parce que nous n'avions plus suffisamment de super, dit-il en secouant la tête. Les gens étaient vraiment complètement idiots.

529

Il appuya sur le bouton de l'interphone.

— Lloyd ?

— Oui, j'écoute.

— Tu voudrais t'occuper de la moto de Dayna ? Le plein et une mise au point. Laisse-la ensuite devant l'hôtel. Elle va nous quitter.

— D'accord.

Flagg relâcha le bouton.

— Voilà, c'est fait.

— Je peux... je peux m'en aller ?

— Mais oui, j'ai été très heureux de faire ta connaissance.

Il tendit la main vers la porte... paume tournée vers le bas.

Elle s'avança vers la porte. Sa main touchait à peine la poignée quand il lui dit :

— Il y a encore une chose. Une... toute petite chose.

Dayna se retourna. Il lui souriait d'un sourire amical mais, un bref instant, elle pensa à un énorme mastiff noir, babines retroussées sur des dents capables de déchirer un bras comme une serpillière.

— Qu'est-ce que c'est ?

— Il y a un autre de tes amis ici, répondit Flagg en souriant de plus belle. Qui donc ?

— Comment voulez-vous que je sache ? répondit Dayna, mais un nom traversa son esprit comme un éclair : *Tom Cullen !... lui ?*

— Allons... je croyais que nous nous entendions bien.

— C'est vrai. Regardez-moi dans les yeux, et vous verrez que je ne vous cache rien. Le comité m'a envoyée... il a envoyé le juge... et peut-être d'autres encore... mais le comité a été très prudent. Pour que nous ne puissions pas vendre la mèche si quelque chose... vous savez, si quelque chose nous arrivait.

— Si nous décidions d'arracher quelques ongles ?

— C'est ça, oui. C'est Sue Stern qui m'a demandé si je voulais bien partir. Je suppose que Larry Underwood... il est membre du comité lui aussi...

— Je sais qui est M. Underwood.

— Bon, je suppose que c'est lui qui s'est occupé du juge. Pour l'autre... ça pourrait être n'importe qui. Pour les autres... à ma connaissance, les sept membres du comité devaient recruter chacun un espion.

— Oui, il aurait pu en être ainsi, mais ce n'est pas le cas. Il n'y en a qu'un, et vous le connaissez.

Son sourire s'élargit encore. Dayna commença à en avoir peur. Ce sourire n'était pas une chose naturelle. Il lui faisait penser à un poisson mort, à de l'eau polluée, à la surface de la lune vue au télescope. Il lui faisait sentir que sa vessie était pleine d'un liquide chaud qui voulait s'échapper.

— Tu le *connais,* répéta Flagg.

— Non, je...

Flagg se pencha au-dessus de l'interphone.

— Lloyd est déjà parti ?

— Non, je suis toujours là.

Bon matériel, excellente sonorité.

— Attends pour la moto de Dayna. Nous avons encore un détail à régler.

— D'accord.

Un déclic. Flagg la regardait, souriant, les mains fermées. Il la regarda très longtemps. Dayna commençait à transpirer. Les yeux de Flagg semblaient grandir, s'assombrir. Regarder dans ces yeux, c'était comme regarder au fond de deux puits, très vieux, très profonds. Cette fois, lorsqu'elle voulut détourner les yeux, elle n'en fut pas capable.

— Dis-moi, dit-il d'une voix très douce. Évitons un incident désagréable, veux-tu ?

Très loin, elle entendit sa propre voix qui disait :

— Tout ça n'était que du théâtre, c'est ça ? Une petite pièce en un acte.

— Je ne comprends pas du tout ce que tu veux dire.

— Mais si, vous comprenez parfaitement bien. Votre erreur, c'est d'avoir fait répondre Lloyd si vite. Quand vous dites grenouille, ils se mettent tous à sauter. Il aurait dû être parti depuis longtemps avec ma moto. Mais vous lui aviez dit de rester, parce que vous n'avez jamais eu l'intention de me laisser partir.

— Ma petite, tu es complètement paranoïaque. Sans doute ces mauvais moments que tu as passés avec ces hommes. Ceux du zoo itinérant. C'était certainement terrible. Et *ceci* pourrait devenir terrible aussi. Mais nous ne voulons pas de ça, n'est-ce pas ?

Sa résistance baissait, comme si elle s'échappait par ses jambes en parfaites lignes de force. Rassemblant ce qui lui restait de volonté, elle serra sa main droite, complètement engourdie, et se donna un coup de poing au-dessus de l'œil droit. Une explosion de douleur dans son crâne. Ses yeux se troublèrent. Sa tête bascula en arrière et heurta la porte en faisant un son creux. Mais son regard s'était arraché au sien et elle sentit que sa volonté revenait. Sa volonté et sa résistance.

— Vous êtes très fort, dit-elle, haletante.

— Tu le connais.

Flagg se leva et commença à s'approcher d'elle.

— Tu sais et tu vas me le dire. Inutile de te donner des coups sur la tête.

— Et pourquoi ne savez-vous pas ? Vous étiez au courant pour le juge. Vous étiez au courant pour moi. Comment se fait-il que vous ne soyez pas au courant pour...

Les mains de Flagg s'abattirent sur ses épaules avec une force incroyable. Elles étaient froides, aussi froides que du marbre.

— Qui ?

— Je ne sais pas.

Il la secouait comme une poupée de chiffon, le visage grimaçant, féroce, terrible. Ses mains étaient froides, mais son visage brûlait comme le sable du désert.

— Tu sais. Dis-moi. Qui ?

— *Pourquoi ne le savez-vous pas ?*

— *Parce que je ne le vois pas !* rugit-il, et il la catapulta à l'autre bout de la pièce.

Elle roula par terre, s'arrêta, tas informe, et quand elle vit le pinceau lumineux de son visage balayer l'obscurité pour la retrouver, sa vessie lâcha, répandant un liquide chaud entre ses cuisses. Le visage doux et compréhensif de la raison n'était plus là. Randy Flagg était parti. Elle était maintenant avec Le Promeneur, avec le grand patron, et que Dieu la protège.

— Tu vas me dire, tu vas me dire ce que je veux savoir.

Elle le regarda, puis se releva lentement. Elle sentait le poids du couteau contre son avant-bras.

— Oui, je vais vous dire. Approchez-vous.

Il s'avança d'un pas, souriant.

— Non, beaucoup plus près. Je veux chuchoter le nom dans votre oreille.

Il s'approcha encore. Elle sentait à la fois une chaleur torride et un froid glacial. Dans ses oreilles, elle entendait des notes sans suite, très hautes. Elle sentait une odeur de pourriture et d'humidité, douceâtre, écœurante. Elle sentait une odeur de folie, comme une odeur de légumes pourris dans une cave obscure.

— Plus près, murmura-t-elle d'une voix rauque.

Il fit encore un pas et elle fit basculer son poignet d'un coup sec. Elle entendit le déclic du ressort. Et la lame vint frapper de tout son poids au creux de sa main.

— *Prends ça !* hurla-t-elle d'une voix hystérique et elle leva son bras en lui faisant décrire un grand arc de cercle, prête à l'éventrer, à le voir tituber dans la pièce, ses intestins pendant en serpentins fumants. Mais l'homme éclata de rire ; mains sur les hanches, son visage rouge comme une braise renversé en arrière, l'homme se tordait de rire.

— Oh ! ma petite..., hurla-t-il avant d'être emporté par une autre rafale de rire.

Elle regarda stupidement sa main. Sa main qui tenait une banane jaune bien dure, avec une petite étiquette bleu et blanc Chiquita. Elle la laissa tomber, horrifiée, sur le tapis où elle se transforma en un sourire jaunâtre et méchant, reflet de celui de Flagg.

— Tu vas me dire, murmura-t-il. Oh oui, tu vas me dire.

Et Dayna sut qu'il avait raison.

Elle se retourna brusquement, si brusquement que même l'homme noir fut momentanément pris de court. Une de ses mains noires s'élança mais n'agrippa que le dos de son chemisier, ne lui laissant qu'un morceau de soie entre les doigts.

Dayna bondit vers la baie vitrée.

— *Non !* hurla-t-il.

Et elle le sentit s'élancer derrière elle comme un vent noir de tempête.

Elle se donna de l'élan en poussant sur ses jambes comme sur des pistons, frappa la glace avec le sommet de son crâne. Un bruit sourd de verre qui casse et elle vit des morceaux de glace incroyablement épais pleuvoir sur le terrain de stationnement des employés. Des zébrures torturées comme des veines de vif-argent se dessinèrent autour du point d'impact. Emportée par son élan, elle passa à moitié à travers le trou et c'est là qu'elle s'arrêta, sanglante.

Elle sentit *ses* mains sur ses épaules et se demanda combien de temps il lui faudrait pour la faire parler. Une heure ? Deux ? Elle croyait bien être en train de mourir, mais pas assez vite.

Cet homme que j'ai vu, il ne peut pas le sentir, le percevoir, parce qu'il est différent, il est...

Il la tirait en arrière.

Elle se tua tout simplement en se frappant férocement la tête sur la droite. Un éclat de verre tranchant comme un rasoir s'enfonça profondément dans sa gorge. Un autre se faufila dans son œil droit. Son corps se raidit un instant, ses mains frappèrent la glace. Puis tout son corps devint mou. Et ce que l'homme noir ramena dans le bureau n'était plus qu'un sac sanglant.

Elle s'en était allée, peut-être triomphante.

Hurlant de rage, Flagg la frappait à coups de pied. À chaque coup, son corps bougeait un peu, indifférent. Flagg devint fou de colère. Et il se mit à l'envoyer valser dans toute la pièce à coups de pied, grognant, hurlant comme un dément. Des étincelles commencèrent à jaillir de ses cheveux, comme si quelque part en lui un cyclotron venait de s'éveiller, formant peu à peu un champ électrique qui le transformait en une énorme pile. Ses yeux brillaient d'un feu noir. Il hurlait, frappait, frappait, hurlait.

Dehors, Lloyd et les autres étaient pâles. Ils se regardaient. Finalement, ce fut plus qu'ils ne pouvaient supporter. Jenny, Ken et Whitney filèrent à l'anglaise et leurs visages blanc sale comme du lait caillé prirent l'expression étudiée de ceux qui n'ont rien entendu et qui ne veulent rien entendre.

Seul Lloyd attendit — non parce qu'il le voulait, mais parce qu'il savait qu'il devait le faire. Finalement, Flagg l'appela.

Il était assis sur le bureau, les jambes croisées, les mains posées sur les genoux. Il regardait dans le vide, par-dessus la tête de Lloyd. Il y avait un courant d'air et Lloyd vit que la baie vitrée était cassée. Les éclats de verre étaient gluants de sang.

Une forme vaguement humaine gisait par terre, enveloppée dans un rideau.

— Débarrasse-moi de ça.

— D'accord. J'emporte aussi la tête ? demanda Lloyd à voix basse.

— Emporte tout ça à la sortie est de la ville, arrose d'essence et mets le feu. Tu m'entends ? *Fais-la brûler ! Tu vas me faire brûler cette saloperie !*

— Entendu.

— Très bien, dit Flagg avec un sourire affable.

Tremblant, la bouche en coton, gémissant presque de terreur, Lloyd essaya de ramasser l'encombrant objet. Le dessous était collant. L'objet plia, glissa entre ses bras, retomba par terre. Il lança un regard terrifié à Flagg, mais il regardait toujours dehors, dans cette position qui imitait un peu celle du lotus. Lloyd reprit son colis, se cramponna et avança en titubant vers la porte.

— Lloyd ?

Il s'arrêta et regarda derrière lui. Un petit gémissement s'échappa de sa bouche. Flagg était toujours en semi-lotus, mais il flottait maintenant à une vingtaine de centimètres au-dessus du bureau, son regard serein toujours fixé sur la baie vitrée, à l'autre bout de la pièce.

— Q-Q-Quoi ?

— As-tu encore la clé que je t'ai donnée à Phoenix ?

— Oui.

— Garde-la sur toi. L'heure approche.

— D-D'accord.

Il attendit, mais Flagg n'en dit pas davantage. Il était là, suspendu dans l'obscurité, invraisemblable tour de fakir hindou, le regard tourné vers le désert, un doux sourire sur les lèvres.

Lloyd sortit sans demander son reste, heureux comme toujours de retourner à sa petite vie, de retrouver la raison.

La journée fut calme à Las Vegas. Lloyd revint vers deux heures de l'après-midi, empestant l'essence. Le vent avait commencé à souffler et, à cinq heures, il balayait The Strip dans tous les sens, hurlant comme une sirène entre les grands hôtels. Les palmiers qui avaient commencé à mourir après avoir été privés d'eau en juillet et en août s'agitaient furieusement comme des étendards en lambeaux sur un champ de bataille. Des nuages aux formes étranges couraient à toute allure dans le ciel.

Au Cub Bar, Whitney Hogan et Ken DeMott buvaient de la bière en dévorant des sandwiches aux œufs durs. Trois vieilles dames — Les Trois Folles, comme tout le monde les appelait — avaient quelques poules, et personne ne semblait se fatiguer des œufs. Dans le casino, en dessous de la mezzanine où se trouvaient Whitney et Ken, le petit Dinny McCarthy marchait à quatre pattes sur une table de baccara, entouré d'une armée de soldats de plastique.

— Regarde ce petit bout de chou, dit Ken. On m'a demandé de le garder une heure. Je le garderais bien toute la semaine. J'aimerais en avoir un comme ça. Ma femme en a eu un seul, et il est venu deux mois trop tôt. Il est mort dans la couveuse, au bout de trois jours.

Il leva les yeux en entendant Lloyd entrer.

— Salut, Dinny ! lança Lloyd.

— Yoyd ! Yoyd ! piailla le petit Dinny.

Il courut au bord de la table de baccara, sauta à terre et courut se jeter dans les bras de Lloyd qui le souleva et lui donna deux gros baisers.

— Tu embrasses Lloyd ?

Dinny le gratifia de deux bises sonores.

— J'ai quelque chose pour toi, dit Lloyd en sortant de sa poche une poignée de pastilles au chocolat enveloppées dans du papier d'aluminium.

Dinny était ravi.

— Yoyd !

— Qu'est-ce qu'il y a, Dinny ?

— Pourquoi tu sens l'essence ?

— J'ai fait brûler des ordures, répondit Lloyd en souriant. Allez, va jouer. Qui est ta maman en ce moment ?

— Angelina — il prononçait *Angeyina*. Ensuite, Bonnie. J'aime bien Bonnie. Mais j'aime bien Angelina aussi.

— Ne lui dis pas que Lloyd t'a donné des bonbons. Angelina donnerait la fessée à Lloyd.

Dinny promit de ne rien dire et partit en courant, riant aux éclats à l'idée d'Angelina en train de donner une fessée à Lloyd. Une ou deux minutes plus tard, il était de retour sur la table de baccara, dirigeant son armée, la bouche pleine de chocolat. Whitney arriva, en tablier blanc. Il apportait deux sandwiches et une bouteille de bière bien fraîche pour Lloyd.

— Merci. Ça a l'air bien bon.

— Du pain maison, répondit fièrement Whitney.

Lloyd commença à manger.

— Quelqu'un l'a vu ? demanda-t-il au bout de quelque temps.

— Non, je pense qu'il est reparti, dit Ken.

Lloyd réfléchissait. Dehors, une forte rafale de vent siffla en passant, comme perdue dans la solitude du désert. Dinny leva la tête un instant, inquiet, puis retourna à son jeu.

— Je pense qu'il n'est pas très loin, dit finalement Lloyd. Je ne sais pas pourquoi, mais j'en suis presque sûr. À mon avis, il attend quelque chose. Je ne sais pas quoi.

— Tu penses qu'il l'a fait parler ? demanda tout bas Whitney.

— Non, répliqua Lloyd en regardant Dinny. Je ne pense pas. Quelque chose n'a pas marché. Elle... elle a eu de la chance, ou bien elle a été plus maligne que lui. Ça n'arrive pas souvent.

— Ça ne changera strictement rien en fin de compte, dit Ken, mais il avait l'air troublé.

— C'est vrai.

Lloyd écouta le vent un moment.

— Il est peut-être reparti à Los Angeles, reprit-il.

Mais il ne le croyait pas, et son visage le montrait.

Whitney retourna à la cuisine et revint avec d'autres bouteilles de bière. Ils burent en silence, perdus dans leurs pensées qui n'avaient rien de rassurant. D'abord le juge, maintenant cette femme. Tous les deux morts. Aucun d'eux n'avait parlé. Aucun n'avait été *démarqué* comme *il* l'avait ordonné. Il semblait bien qu'ils avaient perdu les deux premiers matchs du championnat du monde ; difficile à croire, et un peu effrayant.

Le vent souffla très fort toute la nuit.

63

L'après-midi du 10 septembre touchait à sa fin. Dinny jouait dans le petit parc qui se trouvait juste au nord du quartier des hôtels et des casinos. Assise sur un banc, sa « mère » pour la semaine, Angelina Hirschfield, bavardait avec une jeune fille arrivée à Las Vegas cinq semaines plus tôt, une dizaine de jours avant elle.

Angie Hirschfield avait vingt-sept ans. La jeune fille, vêtue d'un short en jeans très serré et d'un minuscule débardeur qui ne laissait absolument rien à l'imagination, en avait dix de moins. Il y avait quelque chose d'un peu obscène dans le contraste entre son corps déjà parfaitement formé et l'expression enfantine, boudeuse et plutôt vide de son visage. Apparemment interminable, sa conversation était des plus monotones : vedettes de rock, sexe, son sale boulot qui consistait à nettoyer les armes de leur graisse à Indian Springs, sexe, sa bague de diamants, sexe, les émissions de télé qui lui manquaient, sexe.

Angie aurait bien voulu que la jeune fille trouve quelqu'un pour soulager ses appétits et qu'elle la laisse enfin tranquille. Et elle espérait que Dinny aurait au moins trente ans avant de tomber sur cette fille comme mère de la semaine.

Justement, Dinny levait les yeux, un sourire radieux sur les lèvres.

— Tom ! Salut, Tom !

À l'autre bout du parc, un homme de haute taille aux

cheveux blonds comme les blés s'avançait en traînant les pieds, une grosse sacoche battant contre sa jambe.

— On dirait qu'il est saoul, dit la jeune fille à Angie.

— Non, c'est Tom, répondit Angie en souriant. Il est simplement...

Mais Dinny courait déjà à toutes jambes.

— Tom ! Attends, Tom ! hurlait-il à pleins poumons.

— Dinny ! Salut ! fit Tom en souriant.

Dinny sauta au cou de Tom qui laissa tomber sa sacoche et le prit dans ses bras.

— On fait l'avion, Tom ! On fait l'avion.

Tom prit Dinny par les poignets et commença à le faire tourner autour de lui, de plus en plus vite. Sous l'effet de la force centrifuge, les jambes de Dinny furent bientôt à l'horizontale. L'enfant hurlait de joie. Après deux ou trois tours, Tom le reposa tout doucement par terre.

Dinny fit quelques pas en titubant, essayant de retrouver son équilibre.

— Encore, Tom ! Encore !

— Non, tu vas dégueuler. Et Tom doit rentrer chez lui. Putain, oui.

— D'accord, Tom. Au revoir !

— J'ai l'impression que les préférés de Dinny sont Lloyd Henreid et Tom Cullen, dit Angie. Tom Cullen est un peu simple, mais...

L'expression de la jeune fille la fit s'arrêter. Elle observait Tom en clignant les yeux, pensive.

— Est-ce qu'il est arrivé avec quelqu'un ? demanda-t-elle.

— Qui ? Tom ? Non, pas que je sache. Il est arrivé seul il y a une semaine et demie à peu près. Il était avec les autres, dans la Zone, mais ils l'ont mis dehors. Tant pis pour eux, tant mieux pour nous.

— Il n'est pas venu avec un muet ? Avec un sourd ?

— Un sourd-muet ? Non, je suis pratiquement sûre qu'il était seul. Dinny l'adore.

La jeune fille regarda Tom s'éloigner. Elle pensait à un flacon de Pepto-Bismol. Elle pensait à ces mots griffonnés sur un bout de papier : *Nous n'avons pas besoin de toi.* C'était au Kansas, il y avait mille ans de cela. Elle leur avait tiré dessus. Elle aurait bien voulu les tuer, surtout le muet.

— Julie ? Ça va ?

Julie Lawry ne répondit pas. Elle suivait des yeux Tom Cullen. Puis elle esquissa un sourire.

Le moribond ouvrit son carnet à couverture plastifiée, dévissa le capuchon de son stylo, réfléchit puis se mit à écrire.

C'était étrange ; alors qu'à une époque le stylo courait sur le papier, semblant couvrir chaque feuille de haut en bas comme par un acte de magie blanche, les mots peinaient maintenant, les mots se traînaient, en grosses lettres tremblées, comme s'il était revenu à l'école primaire dans sa propre machine à remonter le temps.

À l'époque, sa mère et son père avaient conservé un peu d'amour pour lui. Amy ne s'était pas encore pleinement épanouie et son propre avenir à lui, L'Étonnant Petit Gros d'Ogunquit et Aspirant Hommosessual, n'était pas encore décidé. Il se revoyait assis dans la cuisine inondée de soleil, en train de recopier lentement un livre de Tom Swift sur un bloc Cheval bleu — mauvais papier jaunâtre marqué de lignes bleues — un verre de Coke à côté de lui. Il entendait la voix de sa mère dans le salon. Sa mère qui bavardait au téléphone ou avec une voisine.

Le médecin dit que c'est seulement de la graisse de bébé. Rien d'anormal au niveau des glandes, grâce à Dieu. Et il est si intelligent !

Les mots qui grandissaient, lettre après lettre. Les phrases qui grandissaient, mot après mot. Les paragraphes qui grandissaient, une brique après l'autre dans ce grand rempart qu'était le langage.

— *Ce n'est pas ma plus grande invention, dit Tom*

d'une voix vibrante. Regardez bien ce qui va arriver lorsque je retire la plaque, mais pour l'amour de Dieu, n'oubliez pas de vous protéger les yeux !

Les briques du langage. Un caillou, une feuille, une porte dérobée. Mots. *Mondes.* Magie. La vie et l'immortalité. *La puissance.*

Je ne sais pas de qui il tient ça, Rita. Peut-être de son grand-père. C'était un pasteur et on dit qu'il faisait de magnifiques sermons...

Regardant les lettres s'améliorer avec le temps. Les regardant se lier les unes aux autres, oubliée la copie, il *écrit* désormais. Rassemblant des idées, assemblant des intrigues. Après tout, le monde n'était qu'un ensemble d'idées et d'intrigues. Il avait finalement eu sa machine à écrire (mais il ne lui restait déjà plus grand-chose d'autre ; Amy était au lycée, elle faisait partie du groupe des majorettes, de la société d'art dramatique, du club d'éloquence, premier prix dans toutes les matières, les fils de fer qu'on lui avait mis dans la bouche avaient maintenant disparu, et sa meilleure amie au monde était Frannie Goldsmith... mais la graisse de bébé de son frère n'avait pas encore disparu, même s'il avait treize ans, et il avait commencé à se servir de mots longs comme le bras pour se défendre, et avec une horreur grandissante s'était rendu compte de ce qu'était la vie, de ce qu'elle était *vraiment* : une énorme marmite infernale, et il était le missionnaire, tout seul dans cette marmite, celui qu'on faisait lentement bouillir). La machine à écrire lui fit découvrir le reste. Au début, elle était lente, si lente, et les fautes de frappe si nombreuses qu'elle l'exaspérait. Comme si la machine s'opposait sournoisement à sa volonté. Mais il avait fait des progrès et il avait commencé à comprendre ce qu'était véritablement la machine — une sorte de conduit magique entre son cerveau et la page vierge qu'il voulait conquérir. Quand l'épidémie de super-grippe avait éclaté, il pouvait taper plus de cent mots à la minute et il parvenait enfin à suivre ses pensées qui tournoyaient follement dans sa tête, à les prendre au collet. Mais il n'avait jamais complètement cessé d'écrire à la main, se souvenant que *Mobby Dick* avait été écrit ainsi, de même que *La Lettre écarlate* et *Le Paradis perdu.*

Avec les années, il avait formé cette écriture que Frannie avait découverte dans son registre — pas de paragraphes, pas de retraits, aucun repos pour l'œil. C'était un travail — terrible, épuisant pour la main tenaillée par les crampes — mais c'était un travail d'amour. La machine à écrire avait été un instrument précieux, mais le meilleur de lui-même, il l'avait toujours écrit de sa main.

Et c'est ainsi qu'il allait maintenant transcrire ce qu'il lui restait encore à dire.

Il leva les yeux et vit des busards tourner lentement dans le ciel, comme dans un film de Randolph Scott, ou dans un roman de Max Brand. Une phrase qui aurait pu sortir d'un roman : *Harold vit les busards qui tournaient dans le ciel, attendant leur heure. Il les regarda calmement, puis il se pencha sur son journal.*

Puis il se pencha sur son journal.

Finalement, il s'était vu obligé d'en revenir aux lettres traînantes, seule chose que son appareil moteur hésitant lui permettait du temps de son enfance. Le souvenir nostalgique lui revenait de la cuisine ensoleillée, du verre de Coke glacé, des vieux livres moisis de Tom Swift. Maintenant, pensait-il (et écrivait-il), il aurait enfin fait plaisir à sa mère et à son père. Il avait perdu sa graisse de bébé. Et même s'il était encore techniquement puceau, il était moralement sûr de ne pas être hommosessual.

Il ouvrit la bouche et croassa :

— En pleine forme, maman.

Il était arrivé au milieu de la page. Il regarda ce qu'il avait écrit, puis regarda sa jambe cassée qui avait pris un si curieux angle. Cassée ? Le mot était bien faible. Elle était en miettes. Il y avait cinq jours maintenant qu'il était assis à l'ombre de ce rocher. Il n'avait plus rien à manger. Il serait mort de soif hier ou avant hier si deux grosses pluies n'étaient pas tombées. Sa jambe était en train de pourrir. Verdâtre, elle dégageait une odeur de gaz. La chair avait tellement enflé qu'elle gonflait son pantalon, tendant la toile kaki jusqu'à la faire ressembler à une grosse saucisse.

Nadine n'était plus là depuis longtemps.

Harold ramassa le revolver qui se trouvait à côté de lui et vérifia le chargeur. Il l'avait vérifié au moins cent fois depuis ce matin. Et lorsqu'il avait plu, il avait fait bien attention à mettre son arme à l'abri. Il restait encore trois balles. Il avait tiré les deux premières sur Nadine quand elle l'avait regardé et qu'elle lui avait dit qu'elle s'en allait sans lui.

Ils sortaient d'une épingle à cheveux, Nadine à la corde, Harold à l'extérieur sur sa Triumph. Ils n'étaient plus qu'à une centaine de kilomètres de la frontière de l'Utah. Une flaque d'huile à l'extérieur du virage. L'accident. Harold s'était longuement interrogé sur cette flaque d'huile. Elle semblait presque *trop* parfaite. Une flaque d'huile venue *d'où* ? Pas un véhicule n'avait dû monter jusqu'ici depuis deux mois. Elle aurait eu amplement le temps de sécher. À croire que *son* œil rouge les surveillait, attendait le moment voulu pour faire apparaître une flaque d'huile et mettre Harold hors jeu. Le laisser traverser les montagnes avec elle, au cas où il aurait eu des problèmes, puis l'envoyer dans le décor, objet devenu inutile.

La Triumph avait dérapé et s'était écrasée contre la glissière de sécurité, projetant Harold en l'air comme on envoie une coccinelle valser d'une chiquenaude. Et il avait senti une terrible douleur dans sa jambe droite, entendu un affreux claquement mouillé quand elle s'était cassée. Il avait hurlé. Puis une terre rocailleuse s'était précipitée vers lui, une terre rocailleuse qui plongeait à pic vers le fond d'un ravin. Tout en bas, il entendait de l'eau courir quelque part.

Il frappa le sol, rebondit très haut, hurla encore, retomba sur sa jambe droite une fois de plus, l'entendit se casser ailleurs, reprit son vol, retomba, roula sur lui-même et finalement alla embrasser un arbre mort qui avait fait la culbute des années plus tôt au cours d'un orage. S'il n'avait été là, il serait tombé jusqu'au fond du ravin où les truites de montagne auraient pu se régaler de son cadavre, maintenant offert aux busards.

Il écrivait dans son carnet, s'étonnant encore de voir ces lettres tremblantes et enfantines : *Je ne reproche rien à Nadine.* C'était vrai. Mais il ne l'avait pas toujours pensé.

Encore en état de choc, terriblement secoué, la chair à vif, une horrible souffrance pour toute sensation dans sa jambe droite, il avait essayé de remonter la pente en rampant. Loin au-dessus de lui, il avait vu Nadine qui le regardait par-dessus la glissière de sécurité. Tout petit à cette distance, son visage blanc ressemblait à celui d'une poupée.

— Nadine ! avait-il crié dans un croassement rauque. La corde ! Dans la sacoche de gauche !

Elle s'était contentée de le regarder. Il commençait à croire qu'elle ne l'avait pas entendu et il allait répéter sa demande lorsqu'il vit sa tête pivoter à gauche, puis à droite, puis à gauche encore. Très lentement. Elle lui faisait signe que non.

— *Nadine ! Je ne peux pas remonter sans la corde ! Je me suis cassé la jambe !*

Elle n'avait pas répondu. Elle ne faisait plus que le regarder, sans même prendre la peine de secouer la tête. Il eut l'impression de se trouver au fond d'un trou profond. Et elle, au bord du trou, le regardait.

— *Nadine, lance-moi la corde !*

Encore ce lent mouvement de sa tête, aussi terrible que la porte d'une crypte se refermant lentement sur un homme qui n'est pas encore mort, mais plutôt paralysé par quelque terrible catalepsie.

— *NADINE ! POUR L'AMOUR DE DIEU !*

Enfin sa voix descendit jusqu'à lui, faible, mais parfaitement audible dans le grand silence de la montagne.

— Tout était arrangé, Harold. Je dois continuer. Je regrette.

Mais elle ne fit rien pour s'en aller ; elle restait là, derrière la glissière de sécurité, le regardant allongé cinquante mètres plus bas. Des mouches étaient déjà occupées à goûter son sang sur les différents rochers qu'il avait heurtés dans sa chute.

Harold commença à remonter en rampant, traînant derrière lui sa jambe brisée. Au début, il ne ressentit pas de haine, n'éprouva pas le besoin de la percer d'une balle. Il n'avait qu'une idée en tête : se rapprocher suffisamment pour voir son expression.

Il était un peu plus de midi. Il faisait chaud. Des gouttes de sueur ruisselaient sur son visage, puis tombaient sur les pierres aux arêtes vives sur lesquelles il se traînait. Il avançait en se hissant sur les coudes et en poussant avec sa jambe gauche, tel un insecte blessé. Sa respiration lui râpait la gorge, comme une lime brûlante. Combien de temps essaya-t-il de remonter ? Il n'en avait aucune idée. Mais, une ou deux fois, il heurta sa jambe blessée contre une pierre et une énorme bouffée de douleur lui avait alors fait presque perdre conscience. Plusieurs fois, il était retombé en arrière, gémissant d'impuissance.

Finalement, il avait compris qu'il ne pouvait aller plus loin. Les ombres s'étaient allongées. Trois heures avaient passé. Il ne se souvenait plus de la dernière fois qu'il avait regardé dans la direction de la route ; plus d'une heure, certainement. Dans sa souffrance, il s'était totalement concentré sur les minuscules progrès qu'il parvenait à accomplir. Nadine était sans doute partie depuis longtemps.

Mais elle était toujours là et, même s'il n'était parvenu qu'à regagner un peu plus de cinq mètres, l'expression de son visage était maintenant infernalement claire. C'était une expression de chagrin et de pitié, mais ses yeux étaient vides, perdus dans le lointain.

Ses yeux étaient avec *lui*.

C'était alors qu'il avait commencé à la haïr, qu'il s'était mis à tâter l'étui de son revolver. Le Colt était toujours là, retenu durant sa chute par la sangle de cuir qui immobilisait la crosse. Il la défit en faisant écran avec son corps pour qu'elle ne puisse le voir.

— Nadine...

— C'est mieux ainsi, Harold, crois-moi. Mieux pour

toi, parce que *sa* manière serait beaucoup moins douce. Tu le sais, non ? Tu ne voudrais pas le voir face à face, Harold. Il est convaincu que celui qui trahit son camp trahira probablement l'autre. Il te tuerait, mais d'abord il te rendrait fou. Il en a le pouvoir. Il m'a laissé le choix. Ça... ou *sa* manière. J'ai choisi ça. Tu peux en finir rapidement si tu as du courage. Tu sais ce que je veux dire.

Il vérifia le chargeur pour la première des cent (peut-être mille) fois qui allaient suivre, sans sortir l'arme de l'ombre de son coude meurtri.

— Et toi ? cria-t-il. Tu ne trahis pas toi aussi ?

— Je ne l'ai jamais trahi dans mon cœur, répondit-elle d'une voix triste.

— Je crois que c'est exactement là que tu l'as trahi.

Il voulait qu'elle lise la totale sincérité sur sa figure, mais en réalité il calculait la distance. Il pourrait tirer deux fois, au maximum. Et chacun sait qu'un pistolet n'est pas très précis.

— Je crois qu'il le sait lui aussi, reprit-il.

— Il a besoin de moi, et j'ai besoin de lui. Tu n'as jamais été dans le coup, Harold. Si nous étions restés ensemble, j'aurais... j'aurais pu te laisser me faire des choses. Cette petite chose. Et tout aurait été perdu. Je ne pouvais pas courir le moindre risque après tous ces sacrifices, ce sang, cette méchanceté. Nous avons vendu nos âmes ensemble, Harold, mais il me reste encore suffisamment de moi-même pour vouloir le plein prix de la mienne.

— Je vais te donner ce que tu mérites, dit Harold qui réussit à se mettre à genoux.

Le soleil était éblouissant. Le vertige le saisit dans ses mains rudes, affolant le gyroscope qui maintenait son équilibre dans sa tête. Harold crut entendre des voix — *une voix* — rugissant de surprise et de colère. Il appuya sur la détente. Le coup de feu roula entre les montagnes, rebondit, renvoyé d'une paroi à l'autre, craquements, déchirements qui n'en finissaient pas de s'éteindre. Une expression comique de surprise apparut sur le visage de Nadine.

Et Harold pensa dans une sorte d'ivresse triomphante : *Elle ne croyait pas que j'aurais le culot !* La bouche de la femme était grande ouverte, comme un O. Elle le regardait avec des yeux ronds. Les doigts de ses mains se contractèrent et palpitèrent, comme si elle s'apprêtait à jouer une étrange musique de piano. Le moment était si doux que Harold perdit une seconde ou deux à le savourer, sans se rendre compte qu'il ne l'avait pas touchée. Quand il le comprit, il braqua à nouveau son arme sur elle, soutenant son poignet droit de sa main gauche.

— *Harold ! Non ! Tu ne peux pas !*

Je ne peux pas ? Une si petite chose, appuyer sur une détente. Bien sûr que je peux.

Elle paraissait trop étonnée pour bouger et, quand le cran de mire vint se nicher dans le creux de la gorge de Nadine, il eut tout à coup la certitude glacée que c'était ainsi que tout devait se terminer, dans un dernier éclat de violence insensée.

Il la tenait, au bout de sa ligne de mire.

Mais quand il commença à presser la détente, deux choses se produisirent. De la sueur coula dans ses yeux et le fit voir double. Puis il commença à glisser. Il se dit plus tard que l'amas de cailloux avait cédé, ou que sa jambe blessée avait dû lâcher. Peut-être était-ce même vrai. Mais on aurait dit... *on aurait dit qu'on l'avait poussé* et, durant les longues nuits qui avaient suivi, il n'était pas parvenu à se convaincre du contraire. Le jour, Harold demeurait obstinément rationnel, mais la nuit s'emparait de lui la hideuse certitude qu'en fin de compte c'était l'homme noir lui-même qui était intervenu pour l'écraser. La balle qu'il avait voulu placer en plein dans le creux de la gorge de Nadine se perdit, décrivant une large et belle courbe dans l'azur d'un ciel indifférent. Harold redescendit en culbutant jusqu'à l'arbre mort, tordant et retordant sa jambe droite sous son corps, enveloppé dans un linceul d'atroces souffrances, de la cheville jusqu'au bas-ventre.

Il s'était évanoui en frappant le tronc d'arbre. Lorsqu'il avait repris connaissance, la nuit venait de tomber et la lune, aux trois quarts pleine, s'élevait solennellement au-dessus du ravin. Nadine n'était plus là.

Il passa la nuit dans un délire d'angoisse, sûr qu'il ne parviendrait pas à remonter jusqu'à la route, sûr qu'il mourrait dans le ravin. Au matin, il avait pourtant repris son ascension, trempé de sueur, fou de douleur.

Il avait commencé vers sept heures, à peu près au moment où les gros camions orange du comité des inhumations sortaient de la gare routière, à Boulder. Finalement, il avait posé une main sanglante sur la glissière de sécurité à cinq heures de l'après-midi. Sa moto était toujours là, et il pleura presque de soulagement. Frénétique, il pêcha des boîtes de conserve et un ouvre-boîte dans une sacoche de la moto, ouvrit une boîte, piocha dedans à deux mains et s'empiffra de corned-beef. Mais la viande avait mauvais goût et, après de longs efforts, il la vomit.

Il commença à admettre le fait inéluctable de sa mort prochaine. Il se coucha à côté de la Triumph et se mit à pleurer, sa jambe brisée sous son corps. Puis il parvint à dormir un peu.

Le lendemain, une averse torrentielle le laissa trempé, grelottant. Sa jambe avait commencé à sentir la gangrène. Dans la soirée, il s'était mis à écrire dans son carnet à couverture plastifiée et il avait découvert pour la première fois que son écriture commençait à régresser. Il s'était souvenu d'un roman de Daniel Keyes, *Des fleurs pour Algernon.* Des savants avaient transformé un concierge un peu retardé en génie... pour quelque temps. Ensuite, le pauvre type avait commencé à régresser. Comment s'appelait-il ? Charley quelque chose ? Oui, c'était bien ça, car le titre du film qu'ils avaient tourné ensuite était *Charly.* Pas aussi bon que le roman, plein de merde psychédélique style années soixante, s'il se souvenait bien, mais assez bon quand même. Harold allait beaucoup au cinéma autrefois, et il avait vu encore plus de films sur le magnétoscope familial. À l'époque où le monde était ce que le Pentagone aurait appelé, ouvrez les guillemets s'il vous plaît, une alternative viable, on ferme les guille-mets. La plupart du temps seul.

Il écrivait dans son carnet et les lettres tremblées s'alignaient lentement :

Sont-ils tous morts ? Tous les membres du comité ? Si c'est le cas, je le regrette. J'ai été trompé. Piètre excuse pour mes actes, mais je jure que c'est la seule excuse qui ait jamais compté pour moi. L'homme noir est aussi réel que la super-grippe, aussi réel que les bombes atomiques qui attendent quelque part dans leurs armoires de plomb. Et quand la fin approche, et quand elle est aussi horrible que les braves gens ont toujours su qu'elle le serait, il n'y a qu'une chose à dire quand tous ces braves gens s'approchent du Trône du Jugement : J'ai été trompé.

Harold lut ce qu'il avait écrit et s'essuya le front d'une main émaciée et tremblante. Ce n'était pas une bonne excuse, mais une mauvaise. Enjolive-la tant que tu voudras, elle pue quand même. Si quelqu'un lit ce paragraphe après avoir lu ton registre, tu feras figure de parfait hypocrite. Il s'était vu comme le roi de l'anarchie, mais l'homme noir avait su lire en lui et l'avait réduit sans effort à l'état d'un sac d'os tremblotants qui mourait de sa vilaine mort sur la grand-route. Sa jambe avait gonflé comme une chambre à air, elle sentait la banane trop mûre, et il était là, assis, tandis que les busards piquaient et remontaient, portés par les courants thermiques, il était là en train de vouloir rationaliser l'indicible. Il était tombé, victime de son adolescence inachevée, c'était aussi simple que cela. Il avait été empoisonné par ses propres visions de mort.

Maintenant qu'il mourait, il sentait qu'il avait retrouvé un peu de bon sens et même peut-être un peu de dignité. Il ne voulait pas rabaisser cela avec de mauvaises excuses qui clopineraient sur la page entre deux béquilles.

— J'aurais pu être quelqu'un à Boulder, dit-il d'une voix paisible.

Et cette vérité, si simple et si atroce, aurait pu lui arracher des larmes s'il n'avait été si fatigué, s'il n'avait été tellement déshydraté. Il regarda les lettres trembler sur la page, puis le Colt. Tout à coup, il voulut en finir et il pensa à la manière la plus vraie et la plus simple de mettre un terme à sa vie. Plus que jamais, il semblait nécessaire d'écrire et de laisser un message pour celui qui pourrait le trouver un jour, dans un an ou dans dix.

Il prit son stylo. Il réfléchit. Puis il se mit à écrire :

Je regrette mes actions destructrices, mais je ne nie pas les avoir accomplies de mon propre gré. Je signais toujours mes devoirs de mon nom : Harold Emery Lauder. Je signais aussi mes manuscrits — pauvres petites choses. Et Dieu me vienne en aide, j'ai même écrit mon nom sur le toit d'une grange en lettres d'un mètre de haut. Je veux signer ceci d'un nom qui me fut donné à Boulder. Je ne pouvais l'accepter alors, mais je le prends librement aujourd'hui.
Je vais mourir sain d'esprit.

Et il signa, très proprement, en bas de la page : *Faucon.*

Il glissa le carnet à couverture plastifiée dans la sacoche de la Triumph. Il revissa le capuchon du stylo qu'il glissa dans la poche de sa chemise. Il enfonça le canon du Colt dans sa bouche et regarda le ciel bleu. Il pensa à un jeu auquel ils jouaient quand ils étaient enfants, un jeu qui lui avait valu bien des moqueries, parce qu'il n'osait jamais aller tout à fait jusqu'au bout. Sur une route de terre, là-bas, il y avait une carrière de gravier et vous sautiez d'en haut, d'une hauteur terrifiante, avant de toucher le sable, de rouler et de rouler comme une balle, pour ensuite remonter jusqu'en haut et tout recommencer.

Mais pas Harold. Harold s'avançait au bord du trou et entonnait, *Un... deux... trois !* comme les autres, mais le talisman ne fonctionnait jamais pour lui. Ses jambes restaient paralysées. Il ne pouvait se résoudre à sauter. Et les autres parfois le poursuivaient jusque chez lui, l'abreuvaient d'insultes, l'appelaient Harold gras-du-bide.

Il pensait : *Si j'avais pu me décider à sauter une seule*

fois... juste une seule fois... je ne serais peut-être pas ici.
Tant pis, c'est la dernière fois qui compte.

Il compta mentalement : *Un... deux... TROIS !*

Il appuya sur la détente.

Le coup partit.

Harold eut un soubresaut.

65

Cette nuit-là, la petite étincelle d'un feu de camp rougeoyait parmi les éboulis d'Émigrant Valley, au nord de Las Vegas. Songeur, Randall Flagg était assis devant le feu, tournant la broche sur laquelle il faisait rôtir un petit lapin. La chair grésillait et crachait sa graisse sur les braises. Une brise légère emportait dans le désert la riche odeur de la viande grillée. Les loups étaient déjà là. Ils s'étaient assis un peu plus haut, hurlant à la lune, humant l'odeur de la chair juteuse. De temps en temps, Flagg leur lançait un regard et deux ou trois loups commençaient à se battre, à coups de dents, à coups de crocs, à coups de pattes, jusqu'à ce que le plus faible prenne la fuite. Alors les autres se remettaient à hurler, le museau pointé vers l'énorme lune rougeâtre.

Mais les loups l'ennuyaient maintenant.

Il portait ses bottes éculées, son jeans et sa veste en peau de mouton avec ses deux macarons sur le devant — le petit bonhomme jaune au grand sourire, et l'autre, celui du flic : VOUS AIMEZ LE COCHON ? Le vent de la nuit faisait battre son col.

Il n'aimait pas la tournure que prenaient les événements.

Il y avait de mauvais présages dans le vent, de mauvais signes partout, comme des chauves-souris voletant dans le grenier sombre d'une grange abandonnée. La vieille femme était morte et il avait cru au début que c'était bien. Malgré tout, il avait eu peur de la vieille femme. Elle était morte. Il avait dit à Dayna Jurgens qu'elle était morte dans le coma... mais était-ce vrai ? Il n'en était plus si sûr.

Avait-elle parlé à la fin ? Et si elle avait parlé, qu'avait-elle dit ?

Qu'étaient-ils en train de préparer ?

Il avait acquis une sorte de troisième œil. Comme le don de la lévitation ; quelque chose qu'il possédait et qu'il acceptait mais qu'il ne comprenait pas véritablement. Il pouvait envoyer ce troisième œil regarder pour lui... presque toujours. Mais parfois, l'œil devenait mystérieusement aveugle. Il avait vu la vieille femme sur son lit de mort, il les avait vus rassemblés autour d'elle, leurs plumes encore roussies par la petite surprise de Harold et de Nadine... mais ensuite la vision s'était évanouie et il s'était retrouvé dans le désert, emmitouflé dans son sac de couchage, regardant le ciel et ne voyant rien d'autre que Cassiopée dans son rocking-chair stellaire. Et une voix intérieure lui avait dit : *Elle s'en est allée. Ils attendaient qu'elle parle, mais elle n'a rien dit.*

Mais il ne faisait plus confiance à la voix.

Il y avait cette question troublante des espions.

Le juge, et sa tête en mille morceaux.

Cette femme, qui lui avait échappé à la dernière seconde. Et elle savait, nom de Dieu ! Elle savait !

Soudain, il lança un regard furieux aux loups et près d'une demi-douzaine se mirent aussitôt à se battre, poussant des sons gutturaux, comme un bruit de tissu déchiré dans le silence de la nuit.

Il connaissait tous leurs secrets sauf... le troisième. Qui était le troisième ? Il avait envoyé l'Œil maintes et maintes fois, mais il ne lui rapportait rien que la face idiote et cryptique de la lune. De la pleine lune.

Qui était le troisième ?

Comment cette femme avait-elle pu lui échapper ? Il avait été totalement pris par surprise, sans rien d'autre à se mettre sous la dent qu'un morceau de son chemisier. Il savait qu'elle avait un couteau — un jeu d'enfant pour lui — mais il n'avait pas prévu qu'elle se jetterait sur la baie vitrée. Et le sang-froid avec lequel elle avait sacrifié sa vie, sans un instant d'hésitation... En l'espace de quelques secondes, elle s'était en allée.

Ses pensées se poursuivaient, comme des belettes dans le noir.

Tout ça faisait quand même un peu désordre. Il n'aimait pas.

Lauder, par exemple. Harold Lauder.

Il s'était si *magnifiquement* comporté, comme un de ces petits jouets mécaniques avec une clé plantée dans le dos. Viens par ici. Va par là. Fais ci, fais ça. Mais les bâtons de dynamite n'en avaient tué que deux — tous ces préparatifs, tous ces *efforts* gâchés par le retour de cette vieille négresse moribonde. Et puis... lorsque Harold avait reçu le salaire de sa peine... il avait failli tuer Nadine ! Flagg sentait encore la rage monter en lui quand il y pensait. Et cette connasse restait là, la bouche ouverte, attendant qu'il recommence, comme si elle *voulait* être tuée. Et qui allait payer la note, si Nadine était tuée ?

Qui, sinon son fils ?

Le lapin était cuit. Il le fit glisser de la broche dans sa gamelle de fer-blanc.

— C'est pas d'la bouffe, c'est du rata, c'est pas d'la merde, mais ça viendra !

Il éclata de rire. Avait-il été un jour dans les Marines ? Il croyait bien que oui. Il y avait un bleu, un peu débile, un certain Boo Dinkway. Ils l'avaient...

Quoi ?

Flagg regarda sa gamelle en fronçant les sourcils. Est-ce qu'ils avaient démoli le petit Boo à coups de bâton ? Est-ce qu'ils ne lui avaient pas tordu le cou, plutôt ? Il se rappelait vaguement une histoire d'essence. Mais quoi au juste ?

Dans un accès de colère, il faillit jeter le lapin dans le feu. *Je devrais quand même m'en souvenir, nom de Dieu !*

— C'est pas d'la merde, mais ça viendra, murmura-t-il.

Mais cette fois ne lui vint qu'une vague bouffée de mémoire.

Il était en train de perdre la boule. À une époque, il pouvait remonter dix, vingt, trente ans en arrière comme quelqu'un regarde dans une pièce sombre du haut d'un escalier. Maintenant, il ne se souvenait plus clairement que des événements qui s'étaient déroulés depuis la super-grippe. S'il remontait plus loin, ils s'enfonçait dans un brouillard qui parfois se soulevait un tout petit peu, juste assez pour laisser entrevoir un objet ou un souvenir énigmatique (Boo Dinkway, par exemple... si cet homme avait jamais existé) avant de retomber.

Le plus ancien souvenir dont il était sûr à présent, c'était celui de ce jour où il marchait en direction du sud sur la nationale 51, vers Mountain City et la maison de Kit Bradenton.

Le souvenir de sa renaissance.

Il n'était plus vraiment un homme, s'il l'avait jamais été. Il ressemblait à un oignon qui se défaisait lentement de ses pelures, une par une, et c'était des déguisements de l'humanité dont il semblait se défaire : la réflexion organisée, la mémoire, peut-être même le libre arbitre... si pareilles choses avaient jamais existé.

Il se mit à manger le lapin.

À une époque, il en était sûr, il aurait tout simplement filé quand les choses auraient commencé à se gâter. Pas cette fois-ci. Car il était chez lui, c'était son heure, et c'est ici que tout se déciderait. Tant pis s'il n'avait pas encore pu découvrir le troisième espion, tant pis si Harold s'était rebellé à la fin et avait eu l'incroyable impertinence d'essayer de tuer la fiancée promise, la mère de son fils.

Quelque part dans le désert, cet homme étrange, La Poubelle, était en train de flairer les armes qui permettraient d'éliminer ces gêneurs de la Zone libre. Son Œil ne pouvait suivre La Poubelle et il lui arrivait de penser parfois que La Poubelle était encore plus étrange que lui, sorte de chien de chasse humain qui flairait la cordite, le napalm et la gélignite avec la précision mortelle d'un radar.

Dans un mois, ou même moins, les jets de la Garde

nationale voleraient avec leur lot de missiles sous les ailes. Et lorsqu'il serait sûr que la fiancée avait conçu, les jets décolleraient en direction de l'est.

Il leva des yeux rêveurs vers la lune aussi grosse qu'un ballon de basket et sourit.

Il y avait une autre possibilité. L'Œil la lui montrerait en temps voulu, sans doute. Peut-être irait-il là-bas, déguisé en corbeau par exemple, ou en loup, ou en insecte — une mante religieuse par exemple, quelque chose d'assez petit pour se faufiler dans une prise d'air soigneusement camouflée au milieu des hautes herbes sèches du désert. Il avancerait en rampant ou en sautant dans des conduits noirs pour se glisser finalement à travers la grille d'un climatiseur ou d'un ventilateur d'aération.

Cet endroit se trouvait sous la terre. Juste à l'entrée de la Californie.

Il s'y trouvait des éprouvettes, des rangées et des rangées d'éprouvettes, chacune avec sa petite étiquette Dymo pour l'identifier : super-choléra, super-anthrax, nouvelle version améliorée de la peste bubonique, toutes des souches mutantes comme cette super-grippe qui avait été presque si universellement mortelle. Il y en avait des centaines dans cet endroit ; assortiment complet pour tous les goûts, de toutes les couleurs.

Une pincée dans l'eau potable, Zone libre ?

Une petite bouffée dans l'atmosphère ?

Une merveilleuse maladie des Légionnaires pour Noël, ou préférez-vous la nouvelle grippe porcine, nettement plus performante ?

Randy Flagg, le noir Père Noël, dans son traîneau de la Garde nationale, avec un petit virus pour chaque cheminée ?

Il allait attendre, et il saurait quand le moment serait enfin venu.

Quelque chose le lui dirait.

Tout allait bien aller. Pas de disparition furtive cette fois-ci. Il était au sommet, il allait y rester.

Le lapin avait disparu. Le ventre plein, Flagg se sentait redevenir lui-même. Il se leva, sa gamelle à la main, et lança les os dans la nuit. Les loups se précipitèrent sur les restes et se battirent furieusement en grondant, le blanc de leurs yeux illuminé par le clair de lune.

Les mains sur les hanches, Flagg renversa la tête en arrière et éclata de rire en regardant la lune.

Tôt le lendemain matin, Nadine sortit de Glendale sur sa Vespa et prit l'autoroute 15. Ses cheveux dénoués, blancs comme neige, flottaient derrière elle comme un voile de mariée.

Elle se sentait un peu malheureuse pour la Vespa qui lui avait rendu de si bons et loyaux services, mais qui bientôt allait rendre l'âme. La route, la chaleur du désert, la traversée laborieuse des montagnes Rocheuses avaient fait souffrir la petite machine. Le moteur peinait et soufflait comme un asthmatique. L'aiguille du compte-tours avait commencé à frissonner au lieu de rester docilement en face du chiffre 5 X 1000. Tant pis. Si la machine expirait avant qu'elle arrive, elle continuerait à pied. Personne n'allait plus la poursuivre. Harold était mort. Et si elle devait continuer à pied, *il* le saurait et enverrait quelqu'un la chercher.

Harold avait tiré sur elle ! Harold avait essayé de la *tuer* !

Elle avait beau s'efforcer de ne pas y penser, elle y revenait sans cesse. Comme un chien qui ne peut s'empêcher de tourner autour de l'os qu'il a enterré. Ce n'était pas prévu. Flagg lui était apparu en rêve cette première nuit, après l'explosion, quand Harold avait finalement décidé de dormir. Il lui avait dit que Harold l'accompagnerait jusqu'à ce qu'ils arrivent tous les deux sur le versant ouest des montagnes Rocheuses, presque dans l'Utah. Là, il l'éliminerait dans un accident rapide, indolore. Une flaque d'huile. La pirouette. Propre, net, sans bavure.

Mais l'accident n'avait pas été net et sans bavure. Harold avait bien failli la *tuer*. La balle était passée à quelques centimètres de sa joue. Pourtant, elle avait été incapable de bouger. Pétrifiée, se demandant comment Harold avait pu faire une chose pareille, comment on avait pu le laisser ne serait-ce que *tenter* une chose pareille.

Elle avait essayé de trouver une explication rationnelle. Elle s'était dit que c'était la manière qu'avait trouvée Flagg pour lui faire peur, pour lui rappeler à qui elle appartenait. Mais l'explication ne tenait pas debout ! C'était insensé ! Et même si elle avait pu tenir, une voix sévère lui disait que cette balle n'avait tout simplement pas été prévue par Flagg.

Elle avait essayé d'écarter cette voix, de lui fermer la porte comme on se barricade contre un indésirable dont les yeux parlent de meurtre. Mais elle n'avait pas pu. La voix lui disait que si elle était encore vivante, c'était un pur hasard. Que la balle de Harold aurait pu tout aussi bien s'enfoncer entre ses deux yeux, et que Randall Flagg n'y aurait été pour rien non plus.

Elle avait voulu croire que la voix mentait. Flagg savait tout, jusqu'au gîte du moindre moineau...

Non, seul Dieu sait tout, répondait la voix implacable. *Il n'est pas Dieu. Et si tu es vivante, c'est par pur hasard. Ta promesse ne tient plus. Tu ne lui dois plus rien. Tu peux faire demi-tour et revenir, si tu veux.*

Revenir, quelle plaisanterie ! Revenir *où* ?

La voix n'avait pas grand-chose à dire sur ce point ; Nadine aurait été surprise du contraire. Si l'homme noir avait des pieds d'argile, elle l'avait découvert juste un peu trop tard.

Elle essayait de se concentrer sur la froide beauté du désert dans la lumière du matin pour oublier cette voix. Mais elle persistait, si basse et insinuante que Nadine en avait à peine conscience :

S'il ne savait pas que Harold allait pouvoir le défier et s'en prendre à toi, que sait-il vraiment ? Et la prochaine fois, auras-tu autant de chance ?

Mais, mon Dieu, il était trop tard. Trop tard depuis des

jours, des semaines, peut-être même des années. Pourquoi cette voix avait-elle attendu d'être inutile pour parler ?

Et, comme pour lui donner raison, la voix se tut finalement et Nadine se retrouva seule dans le matin. Elle roulait sans penser à rien, les yeux fixés sur la route qui se déroulait devant elle. La route qui menait à Las Vegas, qui menait à *lui*.

La Vespa rendit l'âme dans l'après-midi. Une sorte de grincement dans ses entrailles, et le moteur cala. Nadine sentit une curieuse odeur chaude monter du moteur, un peu comme du caoutchouc brûlé. Jusque-là, elle avait toujours roulé à soixante à l'heure. Quelques instants plus tôt, la machine avait décidé de ne plus avancer qu'au pas. Nadine se rangea sur l'accotement et actionna plusieurs fois le démarreur, sachant que c'était inutile. Elle l'avait tuée. Elle avait tué bien des choses sur la route qui la conduisait à son mari. Elle avait été responsable de l'anéantissement de tout le comité de la Zone libre et de ses invités lors de cette dernière réunion explosive. Ensuite, il y avait eu Harold. Et puis, maintenant qu'elle y pensait, il y avait eu aussi le bébé de Fran Goldsmith qui n'était pas encore né.

Elle avait mal au cœur. Elle fit quelques pas en titubant et vomit son déjeuner. Elle avait chaud, elle délirait, elle se sentait très malade, seule chose vivante dans ce cauchemar, dans ce désert écrasé de soleil. Il faisait chaud... si chaud.

Elle se retourna en s'essuyant la bouche. La Vespa était couchée sur le côté, comme un animal crevé. Nadine la regarda quelques instants, puis se mit à marcher. Elle avait déjà traversé Dry Lake. Elle allait donc devoir passer la nuit à la belle étoile si personne ne venait la chercher. Avec un peu de chance, elle arriverait à Las Vegas dans la matinée. Et tout à coup, elle eut la certitude que l'homme noir allait la laisser marcher. Elle arriverait à Las Vegas affamée, assoiffée, brûlée par le désert, vidée de la moindre parcelle de son ancienne vie. La femme qui faisait la classe à de petits enfants dans une école privée de Nouvelle-Angleterre aurait disparu, aussi morte que Napoléon. Avec un peu de malchance, la petite voix qui la taquinait et l'inquiétait serait la dernière chose de l'ancienne Nadine à expirer. Mais elle finirait par s'en aller elle aussi, naturellement.

Elle marchait sans s'arrêter et l'après-midi était déjà bien avancé. La sueur dégoulinait sur son visage. À l'endroit où la route rejoignait le ciel délavé, des nappes de mercure scintillaient en tremblotant. Elle déboutonna sa chemise et l'enleva, poursuivant sa route en soutien-gorge de coton blanc. Coups de soleil ? Et puis après ? Franchement, ma chère, je n'en ai rien à foutre.

À la tombée de la nuit, la peau qui recouvrait ses clavicules avait pris une terrible couleur rouge, presque violette. La fraîcheur du soir tomba tout à coup, la faisant frissonner, et elle se souvint qu'elle avait abandonné son matériel de camping avec la Vespa.

Elle regarda autour d'elle, hésitante, vit des voitures ici et là, certaines enterrées jusqu'au capot dans le sable. L'idée de s'abriter dans une de ces tombes la rendait malade — plus malade encore que ses terribles coups de soleil.

Je délire, pensa-t-elle.

Quelle différence ? Elle décida de marcher toute la nuit plutôt que de dormir dans une de ces voitures. Si seulement elle avait été dans les Prairies. Elle aurait trouvé une grange, une meule de foin, un champ de trèfle. Un endroit propre et doux. Mais ici, il n'y avait que la route, le sable, la croûte durcie du désert.

Elle écarta ses longs cheveux qui lui tombaient dans les yeux et comprit vaguement qu'elle aurait souhaité être morte.

Le soleil était maintenant juste en dessous de l'horizon et le jour en parfait équilibre entre lumière et ombre. Un vent glacé l'enveloppa. Elle regarda autour d'elle, effrayée.

Il faisait *trop* froid.

Les buttes étaient devenues des monolithes noirs. Les dunes de sable s'arrondissaient comme d'effrayants colosses renversés. Jusqu'aux saguaros épineux qui se dressaient comme des doigts squelettiques, les doigts accusateurs de morts enterrés sous le sable.

En haut, la roue cosmique du ciel.

Elle se souvint des paroles d'une chanson, une chanson de Dylan, froide, désespérée : *Chassé comme un crocodile... ravagé comme le maïs...*

Et aussitôt, une autre chanson, des Eagles celle-là, effrayante tout à coup : *Et je veux coucher avec toi ce soir dans le désert... entourés d'un million d'étoiles...*

Elle sut alors qu'il était là.

Avant même qu'il ne parle, elle le sut.

— Nadine.

Sa voix douce monta dans l'ombre grandissante. Infiniment douce, terreur enveloppante qui vous faisait vous sentir chez vous.

— Nadine, Nadine... comme j'aime aimer Nadine.

Elle se retourna, et il était là, comme elle avait toujours su qu'il le serait un jour, aussi simplement que cela. Assis sur le capot d'une vieille Chevrolet (était-il là un instant plus tôt ? Elle n'en était pas sûre, mais elle ne le croyait pas), les jambes croisées, les mains posées sur les genoux de son jeans délavé. Il la regardait en souriant gentiment. Mais ses yeux n'avaient rien de doux. Ils disaient clairement que cet homme ne pouvait ressentir la douceur. Elle voyait inlassablement danser en eux une noire jubilation, comme les jambes d'un pendu dansent quand la trappe du gibet vient de basculer.

— Salut, dit-elle. Je suis ici.

— Oui. Enfin. Comme promis.

Son sourire s'élargit et il lui tendit les mains. Elle les prit et, quand elle s'approcha de lui, elle sentit la chaleur qui rayonnait de son corps, comme d'un four de brique. Ses mains lisses, sans une ligne, glissèrent sur les siennes... puis se refermèrent sur elle, comme des menottes.

— Oh, Nadine, murmura-t-il.

Il se pencha pour l'embrasser. Elle tourna juste un peu la tête, regardant le feu glacé des étoiles, et son baiser toucha le haut de son cou, au lieu de ses lèvres. Mais il ne s'y trompa point. Elle sentit sa bouche dessiner une courbe moqueuse contre sa peau.

Il me dégoûte, pensa-t-elle.

Mais le dégoût n'était qu'une croûte qui cachait quelque chose de pire — une envie sourde et cachée qui fermentait depuis trop longtemps, un bouton sans âge qui mûrit enfin et s'apprête à cracher bruyamment son liquide, une douceur depuis longtemps surie. Ses mains qui glissaient sur son dos étaient bien plus chaudes que son coup de soleil. Elle se colla contre lui et, tout à coup, la petite éminence qui s'élevait entre ses cuisses lui parut plus ronde, plus pleine, plus tendre, plus consciente. La couture de son pantalon l'irritait d'une manière délicatement obscène qui lui donnait envie de se gratter, de se débarrasser de cette démangeaison, de la guérir une fois pour toutes.

— Dites-moi une chose, dit-elle.

— Ce que tu voudras.

— Vous avez dit : « Comme promis. » Qui m'a promise à vous ? Pourquoi moi ? Et comment dois-je vous appeler ? Je ne sais même pas votre nom. Je vous connais depuis presque toujours, et je ne sais même pas comment vous appeler.

— Appelle-moi Richard. C'est mon vrai nom. Appelle-moi ainsi.

— C'est votre vrai nom ? Richard ? demanda-t-elle, incrédule.

Il rit tout contre son cou et sa peau se hérissa de dégoût et de désir.

— Et qui m'a promise ? demanda-t-elle encore.

— J'ai oublié, Nadine. Viens par ici.

Il se laissa glisser en bas du capot de la Chevrolet. Il lui tenait toujours les mains et elle faillit les arracher à son étreinte pour s'enfuir... mais à quoi bon ? Il aurait couru derrière elle, l'aurait rattrapée, l'aurait violée.

— La lune, dit-il. Elle est pleine. Et moi aussi je suis plein.

Il prit sa main et la posa sur la braguette usée de son jeans. Il y avait là quelque chose de terrible qui battait, vivait de sa vie propre sous les dents froides de la fermeture Éclair.

— Non, murmura-t-elle.

Et elle essaya de retirer sa main, pensant comme elle était loin de cette autre nuit de clair de lune, si incroyablement loin. À l'autre bout de l'arc-en-ciel du temps.

Il colla sa main contre lui.

— Viens dans le désert et sois ma femme.

— Non !

— Il est beaucoup trop tard pour dire non, ma chérie.

Elle le suivit. Il y avait un sac de couchage et les ossements noircis d'un feu de camp sous le squelette argenté de la lune.

Il la coucha par terre.

— Très bien, dit-il d'une voix haletante. Très bien.

Ses doigts défirent la boucle de sa ceinture, le bouton du jeans, puis la fermeture Éclair.

Elle vit alors ce qu'il avait en réserve pour elle et elle se mit à hurler.

Le sourire grimaçant de l'homme noir s'ouvrit comme une entaille à ce bruit, énorme, scintillant, obscène dans la nuit, tandis que la lune les contemplait distraitement, gonflée, crémeuse comme un fromage blanc.

Le glas des hurlements de Nadine semblait ne pas vouloir cesser tandis qu'elle essayait de lui échapper, mais il parvint à l'immobiliser. Elle serra alors les cuisses de toutes ses forces et, lorsque sa main vierge de toute ligne se glissa entre elles, elles se fendirent comme les eaux de la mer et Nadine se dit : *Je vais regarder en l'air... je vais regarder la lune... je ne sentirai rien et tout sera fini... tout sera fini... je ne sentirai rien...*

Mais, quand sa froideur mortelle se glissa en elle, son hurlement déchira ses poumons, zébra le silence, et elle se débattit, mais sa lutte était vaine. Il l'éperonnait, bélier, envahisseur, et un flot de sang froid coula le long de ses

566

cuisses, puis il la pénétra, jusqu'au fond, jusqu'à la matrice, et elle avalait la lune dans ses yeux, froide, feu d'argent, et quand il cracha sa semence, ce fut comme un jet de fer en fusion, de *fonte* en fusion, de *bronze* en fusion, puis ce fut son tour à elle, dans un hurlement de plaisir indicible, de terreur, d'horreur, et elle franchit les portes de fonte et de bronze pour pénétrer dans les terres désertiques de la folie, poussée, *soufflée* à travers ces portes comme une feuille par son rire tonitruant, regardant son visage se fondre, masque hirsute d'un démon tirant la langue juste au-dessus de sa tête, de grosses lampes jaunes en guise d'yeux, fenêtres d'un enfer jamais imaginé, et pourtant remplies de cette folle bonne humeur, des yeux qui avaient regardé au fond des ruelles obscures pendant des milliers et des milliers de nuits ténébreuses, ces yeux brillants, scintillants, et finalement stupides. Il recommença... encore... et encore. Il semblait ne jamais vouloir finir. Froid. Il était mortellement froid. Et vieux. Plus vieux que l'humanité, plus vieux que le monde. Une fois et une fois encore il la remplit de son hurlement, de son rire porté par la nuit. Terre. Lumière. Sa semence. Sa semence encore. Le dernier hurlement s'échappe d'elle et le vent du désert l'efface, l'emporte au fond des chambres les plus secrètes de la nuit, là où un millier d'armes attendent que leur nouveau propriétaire vienne les réclamer. Tête hirsute de démon, langue pendante, langue fourchue. Haleine de mort sur son visage. Elle était désormais au pays de la folie. Les portes de fonte se refermèrent.

La lune... !

La lune allait bientôt se coucher.

Il avait attrapé un autre lapin, avait pris la petite chose tremblante dans ses mains nues, lui avait cassé le cou. Il avait fait un autre feu sur les restes de l'ancien et le lapin était en train de cuire, envoyant en l'air des rubans de savoureuses odeurs de viande grillée. Il n'y avait plus de loups. Cette nuit, ils s'étaient tenus à l'écart — et c'était bien ainsi. Après tout, c'était sa nuit de noces et cette chose informe, hébétée, apathique, assise de l'autre côté du feu, était sa jeune mariée rougissante.

Il se pencha et souleva la main qu'elle avait posée sur son ventre. Quand il la lâcha, elle resta au même endroit, au niveau de sa bouche. Il observa un instant le phénomène, puis reposa sa main sur son ventre. Les doigts de la femme commencèrent à s'agiter lentement, comme des serpents sur le point de mourir. Il fit le geste de lui crever les yeux avec deux doigts. Elle ne cilla pas. Son regard vide restait fixe, immobile.

Il était franchement étonné.

Qu'avait-il bien pu lui faire ?

Il ne s'en souvenait pas.

Mais quelle importance ? Elle était enceinte. Si elle était catatonique par-dessus le marché, quelle importance ? L'incubateur parfait. Elle engendrerait son fils, le mettrait au monde, puis elle pourrait mourir, sa mission accomplie. Après tout, c'était pour cela qu'elle était ici.

Le lapin était cuit. Il lui cassa l'échine en deux. Avec ses doigts, il déchiqueta en petits morceaux la moitié réservée à sa femme, comme pour donner à manger à un bébé. Puis il lui donna la becquée, une bouchée à la fois. Plusieurs morceaux tombèrent par terre, à moitié mâchés, mais elle mangea presque tout. Si elle restait dans cet état, elle allait avoir besoin d'une gouvernante. Jenny Engstrom, peut-être.

— Tu as très bien mangé, chérie, dit-il d'une voix douce.

Elle regardait la lune, les yeux vides. Flagg lui sourit gentiment et dévora son souper de noces.

Le sexe lui donnait toujours faim.

Il se réveilla très tard dans la nuit et s'assit dans son sac de couchage, étourdi, inquiet — inquiet à la manière instinctive d'un animal — d'un prédateur qui sent qu'on l'épie à son tour.

Était-ce un rêve ? Une vision... ?

Ils arrivent.

Effrayé, il essaya de se souvenir de cette idée, de la placer dans un contexte. Impossible. Elle planait toute seule, comme un mauvais sort.

Ils se rapprochent.

Qui ? Qui se rapprochait ?

Le vent de la nuit murmura à côté de lui, semblant lui apporter une odeur. Quelqu'un approchait et...

Quelqu'un s'en va.

Tandis qu'il dormait, quelqu'un était passé à côté de son camp, en direction de l'est. Le troisième, l'inconnu ? Il ne le savait pas. C'était la nuit de la pleine lune. Le troisième s'était-il échappé ? L'idée apportait avec elle comme un vent de panique.

Oui, mais qui s'approche ?

Il regarda Nadine. Elle était endormie, recroquevillée sur elle-même comme un fœtus, la position que son fils prendrait dans son ventre dans quelques mois seulement.

Dans quelques mois ?

Il eut l'impression que les choses commençaient à s'effriter autour de lui. Il se recoucha, convaincu qu'il ne dormirait plus de la nuit. Mais il dormit cependant. Et, lorsqu'il arriva à Las Vegas le lendemain matin, il avait retrouvé son sourire et presque oublié sa panique de la nuit précédente. Nadine était docilement assise sur la banquette à côté de lui, grosse poupée ensemencée d'une graine soigneusement cachée dans son ventre.

Il se rendit au MGM Grand Hotel où il apprit ce qui s'était passé pendant qu'il dormait. Il vit un nouveau regard dans leurs yeux, inquiet, interrogateur, et il sentit à nouveau la peur l'effleurer de ses douces ailes de papillon de nuit.

66

À peu près au moment où Nadine Cross commençait à comprendre certaines vérités qui auraient sans doute dû être évidentes, Lloyd Henreid était assis seul au Cub Bar. Il jouait au solitaire, et il trichait. Lloyd était de fort méchante humeur. Il y avait eu un incendie à Indian Springs ce jour-là, un mort et trois blessés, dont un qui allait probablement mourir de ses brûlures. Personne à Las Vegas ne savait comment traiter les brûlures du troisième degré.

Carl Hough était venu lui annoncer la nouvelle. Carl était furieux, et c'était un homme qu'il fallait ménager. Ancien pilote de Ozark Airlines avant la super-grippe, il avait été dans les Marines et aurait pu casser Lloyd en deux morceaux d'une seule main tout en se préparant un daiquiri de l'autre, s'il avait voulu. Il affirmait avoir tué plusieurs hommes au cours d'une carrière longue et mouvementée. Lloyd avait tendance à le croire sur parole. Non pas que Lloyd eût physiquement peur de Carl Hough ; le pilote était grand et solide, mais il se méfiait autant du Promeneur que les autres. Et Lloyd avait autour du cou le porte-bonheur de Flagg. Mais Carl était l'un de leurs pilotes, et de ce fait, il fallait le traiter avec diplomatie. Curieusement, Lloyd avait d'ailleurs quelque chose d'un diplomate. Ses lettres de créance étaient simples, mais impressionnantes : il avait passé plusieurs semaines avec un certain fou nommé Poke Freeman et il avait vécu assez vieux pour pouvoir raconter cette histoire. Il avait également passé plusieurs mois avec Randall Flagg, et manifestement il continuait à aspirer de l'air dans ses poumons tout en ayant gardé sa tête.

Carl était venu le voir vers deux heures le 12 septembre, son casque de moto sous le bras. Il avait une vilaine brûlure sur la joue gauche et de grosses cloques sur une main. Un incendie. Grave, mais ça aurait pu être pire. Un camion-citerne avait explosé, crachant du kérosène en flammes tout autour.

— D'accord, avait répondu Lloyd. Je vais faire prévenir le patron. On a envoyé les blessés à l'infirmerie ?

— Ouais. Mais j'ai pas l'impression que Freddy Campanari va voir le coucher du soleil. Ce qui laisse deux pilotes, Andy et moi. Tu lui diras ça quand il reviendra. Et tu lui diras aussi que je veux que La Poubelle *foute le camp*. Je ne veux plus voir cet enfoiré. C'est mon prix si on veut que je reste.

Lloyd avait lancé un curieux regard à Carl Hough :

— Ton prix ?

— Exactement, t'as bien compris.

— Bon. Je dois te dire que je ne peux pas transmettre ce message, Carl. Si tu veux *lui* donner des ordres, tu le feras toi-même.

Carl eut tout à coup l'air un peu perdu. Il avait peur, un sentiment qui ne convenait pas très bien à son visage buriné.

— Ouais, je comprends. Je suis crevé, j'en ai marre, Lloyd. Ma gueule me fait un mal de chien. Je voulais pas te faire des emmerdes.

— Pas de problème. Je suis là pour ça.

Parfois, il aurait souhaité être ailleurs. Sa tête commençait déjà à lui faire mal.

— Mais il faut qu'il s'en aille, reprit Carl. Je vais le lui dire, s'il faut. Je sais qu'il a une de ses pierres noires. Il est sûrement copain comme cochon avec le patron. Mais écoute-moi ça un peu.

Carl s'assit et posa son casque sur une table de baccara.

— La Poubelle est responsable de cet incendie. Bordel, comment est-ce qu'on va jamais faire décoller ces avions si un des types du patron fout le feu aux *pilotes* ?

Quelques personnes qui passaient dans le hall du MGM Grand Hotel jetèrent un coup d'œil distrait à la table où Lloyd et Carl étaient assis.

— Ne parle pas trop fort, Carl.

— O.K. Mais tu vois mon problème, non ?

— Tu es vraiment sûr que c'est La Poubelle ?

— Écoute, dit Carl en se penchant en avant, il fouinait dans le garage des véhicules de service. Il est resté longtemps là-bas. Beaucoup de monde l'a vu, pas simplement moi.

— Je croyais qu'il était parti. Dans le désert. Tu sais... pour trouver des trucs.

— Alors ça veut dire qu'il est rentré. Il a ramené plein de matériel dans son tout-terrain. Où qu'il trouve ces engins-là ? Pas la moindre idée. En tout cas, à la pause café, il nous a fait tout un numéro. Tu le connais. Il aime les armes comme les enfants aiment les bonbons.

— Ouais.

— La dernière chose qu'il nous a montrée, c'était une amorce incendiaire. Tu tires sur la languette, et puis tu vois un petit jet de phosphore. Ensuite, rien pendant une demi-heure ou quarante minutes, selon la dimension de l'amorce. Tu me suis ? Ensuite, un incendie du tonnerre de Dieu. Petit, mais très intense.

— Ouais...

— O.K. La Poubelle est si fier de son bazar qu'il en bave presque. Alors Freddy Campanari lui dit : « Hé, les types qui jouent avec le feu, ils font pipi au lit, La Poubelle. » Et Steve Tobin — tu le connais, il est aussi rigolo qu'une béquille de caoutchouc — il dit : « Attention les gars, planquez vos allumettes, La Poubelle arrive. » La Poubelle a eu un drôle d'air. Il nous a regardés en radotant quelque chose. J'étais assis à côté de lui et j'ai eu l'impression qu'il disait : « Ne me parlez plus du chèque de la vieille Semple. » Tu comprends, toi ?

Lloyd secoua la tête. Il ne comprenait rien aux affaires de La Poubelle.

— Ensuite, il s'est barré. Il a ramassé le machin qu'il nous montrait, et il a foutu le camp. On se sentait un peu merdeux. On voulait pas le blesser. La plupart des gars aiment bien La Poubelle. L'aimaient bien en tout cas. On dirait un mouflet, tu trouves pas ?

Lloyd hocha la tête.

— Une heure plus tard, ce putain de camion-citerne a sauté en l'air comme une fusée. Et, pendant qu'on ramassait les morceaux, j'ai regardé autour de moi, par hasard. La Poubelle était dans son tout-terrain, près du hangar, en train de nous regarder avec des jumelles.

— C'est tout ? demanda Lloyd, soulagé.

— Non, c'est pas tout. S'il y avait que ça, j'aurais même pas pris la peine de venir te voir, Lloyd. Mais ça m'a fait réfléchir à la façon dont le camion avait sauté. Pour une amorce incendiaire, on peut pas rêver mieux qu'un camion-citerne. Au Viêt-nam, les bridés ont fait sauter je ne sais pas combien de camions de munitions comme ça, avec nos amorces incendiaires à nous, bordel. Tu colles le bidule sous le camion, sur le tuyau d'échappement. Si personne le fait démarrer, le bazar explose quand la minuterie arrive au bout. Si quelqu'un démarre, le bazar explose quand le tuyau devient chaud. Dans les deux cas, *badaboum,* plus de camion. La seule chose qui ne collait pas, c'est qu'il y a toujours une douzaine de camions-citernes dans le garage et qu'on ne les utilise pas dans un ordre particulier. J'ai d'abord envoyé ce pauvre Freddy à l'infirmerie, et puis je suis allé jeter un coup d'œil avec John Waite. John est chargé du parc des véhicules et c'est tout juste s'il pissait pas dans son froc. Il avait vu La Poubelle traîner autour des camions un peu plus tôt.

— Il est sûr que c'était La Poubelle ?

— Avec son bras brûlé, c'est difficile de le confondre, tu trouves pas ? Sur le moment, personne n'avait trouvé ça bizarre. Il fouine toujours un peu partout. C'est son boulot, non ?

— Oui, je crois qu'on peut dire ça.

— John et moi, on commence à regarder le reste des camions-citernes. Sacré bon Dieu ! Ils étaient tous plombés ! Une amorce sur le tuyau d'échappement, juste au-dessous de la citerne. Si le camion qu'on utilisait a sauté le premier, c'est que le tuyau d'échappement a chauffé, comme je te disais tout à l'heure. Tu me suis ? Mais pour les autres, ça n'aurait pas tardé. Deux ou trois amorces commençaient déjà à fumer. Certains camions étaient vides, mais au moins cinq étaient remplis de kérosène. Dix minutes de plus, et nous aurions perdu la moitié de cette foutue base.

Ouch ! Mon doux Seigneur, se dit Lloyd. *Ça, ça sent mauvais. Vraiment mauvais.*

Carl lui montrait sa main couverte de cloques.

— Voilà ce que je me suis ramassé en enlevant une de ces saloperies. Tu comprends maintenant pourquoi il faut qu'il mette les bouts ?

— Quelqu'un a peut-être pris les amorces dans son tout-terrain pendant qu'il pissait, tenta Lloyd d'une voix hésitante.

— C'est pas comme ça que ça s'est passé, répondit patiemment Carl. Quelqu'un a dû le foutre en rogne pendant qu'il nous montrait ses joujoux et il a voulu nous faire tous griller. Il a presque réussi d'ailleurs. Il faut faire quelque chose, Lloyd.

— D'accord, Carl.

Lloyd passa le reste de l'après-midi à essayer de savoir où était passé La Poubelle — est-ce qu'on l'avait vu, est-ce qu'on savait où il était ? Réponses négatives, regards méfiants. La nouvelle n'avait pas tardé à se répandre. Et c'était peut-être tant mieux. Si quelqu'un le voyait, il le dirait aussitôt, dans l'espoir de se mettre dans les petits papiers du patron. Mais Lloyd avait l'impression que personne n'allait voir La Poubelle. Il leur avait un peu roussi les orteils et il était reparti se promener dans le désert dans son tout-terrain.

Il regarda le jeu de solitaire étalé devant lui et réprima une forte envie de tout envoyer par terre. Il préféra tricher, un autre as, et continuer le jeu. Aucune importance. Quand Flagg voudrait La Poubelle, il n'aurait qu'à tendre la main pour l'épingler. La Poubelle, pauvre vieux, allait se retrouver sur une croix, comme Hec Drogan. Pas de chance.

Mais, dans le secret de son cœur, il se posait des questions.

Des choses s'étaient produites ces derniers temps qu'il n'aimait pas beaucoup. Dayna, par exemple. Flagg était au courant de ce qu'elle mijotait, d'accord, mais elle n'avait pas parlé et avait réussi à lui échapper en se tuant. Et ils n'étaient pas plus avancés maintenant à propos du troisième espion.

Et ça, c'était une autre chose. Comment se faisait-il que *Flagg* ne savait tout simplement pas qui était le troisième espion ? Il avait su pour le vieux con et, quand il était revenu du désert, il avait su pour Dayna, et leur avait dit exactement ce qu'il allait faire avec elle. Mais ça n'avait pas marché.

Maintenant, La Poubelle.

La Poubelle n'était pas n'importe qui. C'était peut-être un rien du tout autrefois, mais plus maintenant. Il portait la pierre de l'homme noir, exactement comme lui. Lorsque Flagg avait grillé la cervelle de cet avocat à la grande gueule à Los Angeles, Lloyd avait vu Flagg poser ses mains sur les épaules de La Poubelle et lui dire doucement que tous ses rêves se réaliseraient. Et La Poubelle avait murmuré : « Ma vie pour vous. »

Lloyd ignorait ce qu'il pouvait y avoir d'autre entre eux, mais il paraissait clair que La Poubelle s'était promené dans le désert avec la bénédiction de Flagg. Et maintenant, La Poubelle avait perdu la boule.

Ce qui posait quelques petites questions.

Ce qui expliquait pourquoi Lloyd était assis là, tout seul, à neuf heures du soir, en train de jouer au solitaire en trichant et de se dire qu'il aimerait bien être saoul.

— Monsieur Henreid ?

Quoi encore ? Il leva les yeux et vit une jeune fille en short blanc, plutôt bien moulée. Jolie petite gueule. Débardeur qui ne couvrait pas tout à fait les aréoles de ses seins. Une bonne affaire, sans aucun doute, mais elle était pâle et semblait très nerveuse, presque malade. Elle se mordait compulsivement l'ongle du pouce et Flagg vit que tous ses ongles étaient rongés.

— Qu'est-ce que c'est ?

— Je... je dois voir monsieur Flagg.

Sa voix perdit rapidement toute sa force pour s'éteindre dans un murmure.

— Ah oui ? Tu me prends pour qui ? Pour sa secrétaire ?

— Mais... on m'a dit... de vous parler.

— Qui ?

— Angie Hirschfield. C'est elle.

— Comment tu t'appelles ?

— Julie, répondit-elle en se trémoussant.

Mais ce n'était qu'un réflexe. Son expression de frayeur ne l'avait pas quittée. Et Lloyd se demanda avec lassitude quelle nouvelle merde allait bientôt valser dans le ventilateur. Une fille comme elle ne demanderait pas à voir Flagg si ce n'était pas très grave.

— Julie Lawry.

— Eh bien, Julie Lawry, Flagg n'est pas à Las Vegas en ce moment.

— Quand est-ce qu'il va rentrer ?

— Je ne sais pas. Il se balade beaucoup et il ne me laisse pas son adresse. Si tu veux lui dire quelque chose, laisse-moi ton message et je transmettrai.

Elle le regarda d'un air sceptique et Lloyd lui répéta ce qu'il avait dit à Carl Hough plus tôt dans l'après-midi :

— C'est pour ça que je suis ici, Julie.

— Bon. Si c'est important, vous lui direz que c'est moi qui vous ai prévenu. Julie Lawry.

— D'accord.

— Vous n'allez pas oublier ?

— *Non, bordel de merde !* Ça vient, maintenant ?

— Pas la peine d'être méchant ! répondit-elle en faisant la moue.

Lloyd soupira et posa ses cartes sur la table.

— Tu as raison. Alors, de quoi s'agit-il ?

— Le muet. S'il est dans les parages, je crois que c'est parce qu'il est un espion. J'ai pensé que ça pourrait vous intéresser. Le fils de pute a voulu tirer sur moi.

Une lueur méchante brillait dans ses yeux.

— Quel muet ?

— Vous savez, quand j'ai vu l'idiot, je me suis dit que le muet devait être avec lui. Vous comprenez ? Ils ne collent pas dans le décor. Ils viennent sûrement de l'autre côté.

— Ah bon, c'est ce que tu t'es dit ?

— Oui.

— Très bien, mais figure-toi que je n'ai pas la moindre idée de ce que tu bafouilles. La journée a été longue et je suis fatigué. Si tu ne parles pas plus clairement, ma petite Julie, je vais aller me coucher.

Julie s'assit, croisa les jambes et raconta à Lloyd comment elle avait rencontré Nick Andros et Tom Cullen à Pratt, au Kansas, sa ville natale. Elle lui parla du Pepto-Bismol (« Je m'amusais simplement un peu avec le cinglé, et cet enfoiré de sourd-muet me sort son pétard ! »). Elle lui raconta même qu'elle avait tiré sur eux alors qu'ils s'en allaient.

— Ce qui prouve quoi ? demanda Lloyd quand elle eut terminé.

Le mot « espion » l'avait un peu intrigué, mais depuis il s'était laissé couler dans une sorte de brouillard d'ennui.

Julie fit encore une fois la moue et s'alluma une cigarette.

— Je vous l'ai dit. Le dingo, il est *ici*. Je suis sûre qu'il espionne.

— Tu dis qu'il s'appelle Tom Cullen ?

— Oui.

Il s'en souvenait très vaguement. Cullen était un

grand blond. Il lui manquait certainement une ou deux cases au moins, mais il n'était sûrement pas le salaud que lui décrivait cette petite putasse. Il essaya de mieux se souvenir, mais rien ne vint. Les gens continuaient à arriver à Las Vegas, de soixante à cent par jour. Il devenait impossible de se souvenir de tout le monde et Flagg disait que l'immigration allait encore augmenter. Lloyd se dit qu'il n'aurait qu'à s'adresser à Paul Burlson qui tenait un fichier sur les résidents de Las Vegas pour en savoir plus long sur ce Cullen.

— Vous allez l'arrêter ? demanda Julie.

Lloyd la regarda.

— C'est toi que je vais arrêter si tu continues à me casser les pieds.

— Ça m'apprendra ! hurla Julie Lawry avec une voix de chipie. Et moi qui essayais de vous rendre service !

Elle sauta sur ses pieds, le fusilla du regard. Dans son minuscule short de coton blanc, ses cuisses paraissaient lui monter jusqu'au menton.

— Je vais m'occuper de ça.

— O.K. J'ai compris. Je connais la chanson.

Elle partit en tapant des pieds, tandis que son postérieur décrivait de minuscules petits cercles indignés.

Lloyd la regarda s'éloigner avec un certain amusement mêlé de lassitude. Il y avait des tas de petites poules comme elle dans le monde — même maintenant, après la super-grippe. Une tape sur les fesses, et c'est parti, mais attention aux ongles ensuite. Cousines de ces saloperies d'araignées qui avalent leurs petits copains après avoir copulé. Deux mois, et elle en voulait encore à mort à ce type. Comment avait-elle dit qu'il s'appelait ? Andros ?

Lloyd sortit de sa poche revolver un vieux carnet à couverture noire, se mouilla le pouce et chercha une page blanche. C'était son aide-mémoire, rempli à craquer de petites notes de tous genres et tous modèles — ne pas oublier de me raser avant d'aller voir Flagg, faire l'inventaire des pharmacies de Las Vegas avant que la morphine et la codéine ne disparaissent. Il allait bientôt devoir le remplacer, ce petit carnet noir.

De sa grosse écriture primaire, il se mit à écrire : *Nick Andros, ou peut-être Androtes — muet. En ville ?* Et dessous : *Tom Cullen, voir avec Paul.* Il glissa le carnet dans sa poche.

Soixante kilomètres au nord-est, dans le désert, l'homme noir avait consommé son union avec Nadine Cross à la clarté des étoiles. Il aurait été vivement intéressé d'apprendre qu'un ami de Nick Andros se trouvait à Las Vegas.

Mais il dormait.

Lloyd jeta un regard morose à son jeu de solitaire, oubliant Julie Lawry, sa vengeance et son petit cul mignon tout plein. Il tricha encore une fois, un as de plus, et ses pensées revinrent douloureusement à La Poubelle et à ce que Flagg pourrait dire — ou faire — quand Lloyd le mettrait au courant.

Au moment où Julie Lawry quittait le Cub Bar, persuadée qu'on s'était foutu d'elle alors qu'elle ne faisait que se conduire en bonne citoyenne, Tom Cullen était debout devant la baie vitrée de son appartement, dans un autre quartier de la ville, contemplant rêveusement la pleine lune.

Il était temps de partir.

Temps de rentrer.

Cet appartement n'était pas comme sa maison de Boulder. Il était meublé, mais pas décoré. Il n'avait même pas mis un seul poster, même pas suspendu un seul oiseau empaillé au bout d'un fil de fer. Ce lieu n'avait été qu'une escale, et il était temps de partir. Il était content. Il détestait cet endroit. On y sentait une drôle d'odeur, une odeur sèche, une odeur de pourri qu'on ne parvenait jamais à définir tout à fait. La plupart des gens étaient gentils et il en aimait certains autant que ses amis de Boulder, Angie et le petit garçon, Dinny, par exemple. Personne ne se moquait de lui parce qu'il était un peu lent. On lui avait donné un travail et on blaguait avec lui. À l'heure du déjeuner, quand tout le monde sortait les sandwiches, on s'échangeait des affaires, on se faisait des petits cadeaux. Les gens étaient gentils, pas tellement différents de ceux de Boulder, à son avis, mais...

Mais ils avaient cette *odeur*.

On aurait dit qu'ils attendaient quelque chose. Parfois, d'étranges silences s'installaient parmi eux et leurs yeux devenaient vitreux, comme s'ils faisaient tous le même rêve déplaisant. Ils obéissaient aux ordres sans poser de questions. Comme si ces gens portaient des masques heureux, mais que dessous leur vrai visage fût celui de monstres. Tom avait vu un film d'épouvante un jour. Et il savait que ce genre de monstre s'appelle un loup-garou.

La lune s'élevait au-dessus du désert, fantomatique, fière, libre.

Il avait vu Dayna, de la Zone libre. Il l'avait vue une fois, et jamais plus depuis. Qu'est-ce qu'il lui était arrivé ? Est-ce qu'elle espionnait, elle aussi ? Était-elle rentrée ?

Il ne savait pas. Mais il avait peur.

Un petit sac à dos était posé sur le fauteuil, devant la grosse télé qui ne servait plus à rien. Le sac était rempli de tranches de jambon emballées sous vide, de saucisses fumées et de crackers. Il le prit et le mit sur son dos.

Marcher la nuit, dormir le jour.

Il sortit dans la cour de l'immeuble sans regarder derrière lui. La lune était si claire qu'elle jetait une ombre sur le ciment craquelé où les touristes attirés par l'appât du gain facile avaient autrefois garé leurs voitures.

Il regarda cette pièce de monnaie fantomatique qui flottait dans le ciel.

— Pleine lune, murmura-t-il. Putain, oui. Tom Cullen sait ça.

580

Sa bicyclette était appuyée contre le mur rose de l'immeuble. Il s'arrêta une fois pour redresser son sac, puis repartit en direction de l'autoroute. À onze heures, il était sorti de Las Vegas et pédalait en direction de l'est. Personne ne le vit. Personne ne donna l'alarme.

Son cerveau passa en roue libre, comme il le faisait presque toujours quand ses soucis les plus immédiats étaient réglés. Il pédalait régulièrement, conscient seulement de la légère brise qui venait caresser son visage en sueur. De temps en temps, il devait contourner une dune de sable sortie du désert qui était venue allonger son bras blanc squelettique en travers de la route. Plus loin, il dut aussi contourner voitures et camions arrêtés — contemple mon œuvre, Ô Tout-Puissant, et désespère, aurait pu dire Glen Bateman quand il se sentait d'humeur lyrique.

Il s'arrêta à deux heures du matin pour avaler quelques saucisses et des crackers. Et, pour se rafraîchir le gosier, un verre de Kool-Aid dont il avait emporté une bonne réserve dans un gros thermos ficelé sur son porte-bagages. Puis il reprit sa route. La lune descendait. Las Vegas s'éloignait à chaque tour que faisaient les roues de sa bicyclette. Il se sentait bien.

Mais à quatre heures et quart ce matin-là, 13 septembre, une vague glacée de terreur le balaya, d'autant plus terrifiante qu'elle était totalement imprévue, parfaitement irrationnelle. Tom aurait crié de toutes ses forces, mais ses cordes vocales se bloquèrent tout à coup. Les muscles de ses jambes devinrent tout mous et il se laissa aller en roue libre sous les étoiles. Le négatif en noir et blanc du désert se mit à défiler de plus en plus lentement.

Il était tout près.

L'homme sans visage, le démon qui maintenant arpentait la terre.

Flagg.

Le patron, comme ils l'appelaient. L'homme qui grimace, disait Tom dans son cœur. Et, quand son sourire grimaçant tombait sur vous, tout le sang de votre corps se gelait dans vos veines, laissant votre chair froide et grise. L'homme qui pouvait regarder un chat et lui faire vomir des boules de poils. S'il traversait un chantier, les ouvriers se tapaient sur les doigts avec leurs marteaux, clouaient à l'envers les bardeaux, marchaient comme des somnambules jusqu'au bout des échafaudages et...

... Mon Dieu, il était réveillé !

Un gémissement s'échappa de la gorge de Tom. Il avait senti qu'*il* s'était réveillé tout à coup. Tom crut voir/sentir un Œil s'ouvrir dans la pénombre du petit matin. Un terrible Œil rouge encore un peu hébété par le sommeil. Il regardait dans le noir. Cherchait. Le cherchait, lui. Il savait que Tom Cullen était là, mais il ne savait pas exactement où.

Ses pieds engourdis retrouvèrent les pédales et il s'élança, de plus en plus vite, couché sur le guidon pour offrir moins de résistance au vent, accélérant sans cesse au point de presque s'envoler. S'il avait rencontré une voiture, il serait entré dedans à toute allure et peut-être se serait tué.

Peu à peu, il sentit que cette présence noire et chaude s'éloignait derrière lui. Et la plus grande merveille était que cet horrible Œil rouge avait regardé dans sa direction, était passé au-dessus de lui sans le voir (*peut-être parce que je suis couché sur mon guidon,* pensa Tom Cullen)... puis s'était refermé.

L'homme noir s'était rendormi.

Comment se sent le lapin lorsque l'ombre du faucon tombe sur lui comme un crucifix noir... puis s'en va sans s'arrêter ni même ralentir ? Comment se sent la souris lorsque le chat qui la guettait patiemment à la sortie de son trou depuis une journée entière se fait prendre par son maître qui ouvre la porte d'entrée et le lance sans cérémonie dehors ? Comment se sent le cerf quand il se coule silencieusement à côté du puissant chasseur qui fait la sieste pour digérer ses trois bières ? Peut-être ne sentent-ils rien, ou peut-être sentent-ils ce que Tom Cullen ressentait tandis qu'il s'éloi-

gnait de cette noire et dangereuse sphère d'influence :
un énorme soulagement, presque électrisant, comme une
percée de soleil ; le sentiment d'une nouvelle naissance.
Et surtout, le sentiment de la sécurité chèrement
acquise, qu'une pareille chance ne peut qu'être un signe
du ciel.

Il pédala jusqu'à cinq heures du matin. Devant lui,
le ciel prenait cette couleur bleu sombre veiné d'or qui
précédait le lever du soleil. Les étoiles s'évanouissaient.

Tom était épuisé. Il continua encore un peu, puis
remarqua un grand trou à environ soixante-dix mètres
de la route. Il y descendit en poussant sa bicyclette.
Se fiant à la mécanique de son instinct, il la recouvrit
d'herbes sèches. Deux gros rochers s'appuyaient l'un
contre l'autre à une dizaine de mètres. Il rampa dans
la poche d'ombre qu'ils formaient, glissa son blouson
sous sa tête et s'endormit presque aussitôt.

67

Le Promeneur était de retour à Las Vegas.

Il était arrivé vers neuf heures et demie du matin. Lloyd l'avait vu. Flagg avait vu Lloyd lui aussi, mais il était passé tout droit dans le hall du MGM Grand Hotel, accompagné d'une femme. Les têtes s'étaient retournées sur leur passage, bien que presque tout le monde eût horreur de regarder l'homme noir. Les cheveux de la femme étaient blancs comme neige. Elle avait pris un terrible coup de soleil, si mauvais que Lloyd pensa aux victimes de l'incendie d'Indian Springs. Des cheveux blancs, un horrible coup de soleil, des yeux absolument vides qui regardaient le monde avec une absence d'expression qui n'était plus de la placidité, même plus de l'idiotie. Lloyd avait vu des yeux semblables une fois déjà. À Los Angeles, lorsque l'homme noir avait réglé son compte à Eric Strellerton, l'avocat qui croyait pouvoir dire à Flagg ce qu'il devait faire.

Flagg n'avait regardé personne. Souriant, il avait conduit la femme jusqu'à l'ascenseur. Les portes s'étaient refermées derrière eux et ils étaient montés au dernier étage.

Pendant les six heures qui suivirent, Lloyd travailla d'arrache-pied pour être prêt quand Flagg lui demanderait son rapport. Il avait la situation bien en main, pensait-il. Il ne lui restait plus qu'à trouver Paul Burlson pour lui demander ce qu'il savait de ce Tom Cullen, au cas où Judie Lawry aurait vraiment mis le doigt sur quelque chose. Lloyd n'y croyait pas vraiment, mais avec Flagg, il était préférable de prendre ses précautions. Bien préférable.

Il décrocha le téléphone et attendit patiemment. Au bout de quelques instants, un déclic, puis la voix nasillarde de Shirley Dunbar :

— Standardiste.

— Salut Shirley, ici Lloyd.

— Lloyd Henreid ! Comment ça va ?

— Pas trop mal, Shirl. Tu pourrais essayer d'appeler le 62-14 ?

— Paul ? Il n'est pas chez lui. Il est à Indian Springs. Mais je peux sans doute le joindre en appelant les Opérations.

— D'accord, essaye si tu veux bien.

— Et comment ! Dis, Lloyd, quand est-ce que tu viens faire un tour chez moi pour goûter mon moka ? J'en fais un tous les deux ou trois jours.

— Bientôt, Shirley, répondit Lloyd en faisant la grimace.

Shirley avait quarante ans, pesait quatre-vingts kilos... et avait le béguin pour Lloyd. Il se faisait constamment mettre en boîte à propos d'elle, particulièrement par Whitney et Ronnie Sykes. Mais c'était une bonne standardiste, capable de faire des miracles avec ce qui restait du réseau téléphonique de Las Vegas. Remettre les téléphones en état de marche — les plus importants en tout cas — avait été leur priorité après le rétablissement de l'électricité, mais la majeure partie du matériel de commutation automatique avait sauté. Ils en étaient donc à peu près au stade des boîtes de conserve reliées par une ficelle. Et les pannes étaient constantes. Shirley s'occupait de ce qui fonctionnait encore avec une habileté stupéfiante et elle était d'une extraordinaire patience avec les trois ou quatre jeunes standardistes qui s'entraînaient avec elle.

Et de plus, elle faisait effectivement un excellent moka.

— Bientôt, très bientôt, précisa Lloyd.

Et il rêva de greffer le splendide corps de Judie Lawry

sur la gentillesse, la bonne humeur et la compétence de Shirley Dunbar.

Shirley parut contente. Il y eut des *bip* et des *boup* sur la ligne, puis un sifflement aigu qui lui fit écarter le combiné de son oreille. Enfin, le téléphone sonna à l'autre bout de la ligne, une série de *brrr* enrhumés.

— Bailey, Opérations, dit une voix affaiblie par la distance.

— Ici Lloyd. Paul est là ?

— Lola ? Quelle Lola ?

— *Paul ! Paul Burlson !*

— Oh, lui ! O.K., il est justement là en train de boire un Coca-Cola.

Un silence — Lloyd crut que la fragile liaison était coupée — puis ce fut la voix de Paul au bout de la ligne.

— Il va falloir gueuler, Paul. La ligne est infecte.

Lloyd n'était pas absolument sûr que Paul Burlson eût la capacité pulmonaire nécessaire pour gueuler. C'était un petit homme sec avec des lunettes épaisses comme des culs de bouteilles. Certains l'appelaient Mister Frigo, parce qu'il insistait pour porter tous les jours un costume trois-pièces malgré la chaleur écrasante de Las Vegas. Mais c'était l'homme parfait pour jouer les officiers de renseignements et Flagg avait dit à Lloyd, un jour qu'il était d'humeur bavarde, que Burlson serait chargé de la police secrète en 1991. Et qu'il serait *siiii* bon à ce poste..., avait ajouté Flagg avec un sourire chaleureux, presque tendre.

Paul parvint à parler un peu plus fort.

— Est-ce que tu as ta liste avec toi ?

— Oui. Stan Bailey et moi, on était en train de travailler sur un système de rotation des tâches.

— Tu veux bien regarder si tu n'aurais pas quelque chose sur un type, Tom Cullen ?

— Une seconde.

La seconde se transforma en deux ou trois minutes. Lloyd commençait une fois de plus à se demander s'ils n'avaient pas été coupés.

— O.K. Tom Cullen... tu es toujours là, Lloyd ?

— Toujours là.

— On est jamais sûr, avec ces téléphones. Il a entre vingt-deux et trente-cinq ans. Le bonhomme n'est pas sûr. Légère arriération mentale. Peut faire certains travaux. Il a travaillé avec les équipes de nettoyage.

— Combien de temps qu'il est à Las Vegas ?

— Un peu moins de trois semaines.

— Il vient du Colorado ?

— Oui, mais nous avons des dizaines de gens ici qui ont essayé de rester là-bas et qui ont décidé qu'ils n'aimaient pas ça. Ils ont chassé ce type. Il avait des relations sexuelles avec une femme normale et je suppose qu'ils ont eu peur pour leur patrimoine génétique, ajouta Paul en riant.

— Tu as son adresse ?

Paul la donna et Lloyd la nota dans son carnet.

— C'est tout, Lloyd ?

— Encore un autre nom, si tu as le temps.

Paul se mit à rire — un rire un peu pincé de petit homme.

— Naturellement, c'était justement l'heure de la pause café. J'en prends trop de toute façon.

— Le type s'appelle Nick Andros.

— J'ai ce nom sur ma liste rouge, répondit aussitôt Paul.

— Ah bon ?

Lloyd pensa aussi vite qu'il pouvait, ce qui était loin d'être à la vitesse de la lumière. Il n'avait pas la moindre idée de ce que pouvait être la liste rouge de Paul.

— Qui t'a donné son nom ?

— Devine donc, répondit Paul avec une voix où pointait l'exaspération. La personne qui m'a donné tous les autres noms de la liste rouge.

— Oh... oui...

Il dit au revoir et raccrocha. Difficile de parler avec cette mauvaise ligne et Lloyd avait trop à penser pour papoter, de toute façon.

Liste rouge.

Des noms que Flagg n'avait donnés qu'à Paul, apparemment — même si Paul croyait que Lloyd était au courant. La liste rouge... qu'est-ce que ça voulait dire ? Rouge, ça voulait dire : Stop.

Rouge : Danger.

Lloyd redécrocha le téléphone.

— Standardiste.

— C'est encore moi, Lloyd.

— Alors, Lloyd, est-ce que...

— Shirley, je n'ai pas le temps de papoter. Je suis peut-être sur un gros poisson.

— Compris, Lloyd.

Shirley cessa aussitôt de minauder et sa voix redevint terriblement sérieuse.

— Tu connais quelqu'un de pas trop con à la sécurité ?

— Barry Dorgan.

— Passe-le-moi. Et je ne t'ai jamais parlé.

— Entendu, Lloyd.

Elle avait l'air d'avoir peur. Lloyd avait peur lui aussi, mais il n'avait pas le temps d'y penser.

Un moment plus tard, Dorgan était au bout du fil. C'était un brave type. Heureusement, pensa Lloyd. Trop d'hommes du type Poke Freeman étaient entrés dans les rangs de la police ces temps-ci.

— Je voudrais que tu ramasses quelqu'un pour moi, dit Lloyd. Vivant. Il faut que je l'aie vivant, même si nous devons perdre des hommes. Il s'appelle Tom Cullen et tu pourras probablement le trouver chez lui. Amène-le au Grand Hotel.

Il donna à Barry l'adresse de Tom et lui demanda de la répéter.

— C'est important, Lloyd ?

— Très important. Si tu t'en tires bien, quelqu'un plus haut que moi sera très content de toi.

— Compris, répondit Barry en raccrochant.

Lloyd était sûr que Barry avait compris la proposition inverse : *Rate ton coup, et quelqu'un va être très mécontent.*

Barry rappela une heure plus tard pour dire qu'il était à peu près sûr que Tom Cullen était parti.

— Mais il est complètement débile, continuait Barry. Il ne sait pas conduire. Même pas un scooter. S'il va à l'est, il ne peux pas être rendu plus loin que Dry Lake. Nous pouvons le rattraper, Lloyd, j'en suis sûr. Donne-moi le feu vert.

Barry avait l'air bien pressé. Il était l'une des quatre ou cinq personnes à Las Vegas qui étaient au courant de l'histoire des espions. Et il avait lu dans les pensées de Lloyd.

— Je vais y réfléchir, répondit Lloyd qui raccrocha avant que Barry puisse protester.

Il réfléchissait beaucoup mieux maintenant qu'il ne l'aurait cru possible avant la grippe, mais il savait que cette fois le morceau était trop gros pour lui. Et cette histoire de la liste rouge l'inquiétait. Pourquoi ne lui en avait-on pas parlé ?

Pour la première fois depuis qu'il avait rencontré Flagg à Phoenix, Lloyd éprouvait le sentiment désagréable qu'il pouvait être vulnérable dans sa position. On lui avait caché des secrets. On pouvait sans doute encore rattraper Cullen ; Carl Hough et Bill Jamieson pouvaient piloter les hélicoptères de l'armée qui se trouvaient à Indian Springs ; s'il le fallait, on pourrait fermer toutes les routes partant du Nevada en direction de l'est. Et puis, ce type n'était pas Jack l'Éventreur. C'était un débile qui foutait le camp tout seul. Mais nom de Dieu ! S'il avait entendu parler de cet Andros Machin Chouette quand Julie Lawry était venue le voir, ils auraient peut-être pu l'attraper dans son petit appartement du nord de Las Vegas.

Quelque part en lui, une porte s'était ouverte, laissant entrer une brise glaciale de frayeur. Flagg avait fait une connerie. Et Flagg était capable de ne pas faire confiance à Lloyd Henreid. Ça, ce n'était vraiment pas bon, pas bon, pas bon du tout.

Il allait quand même falloir lui parler de cette histoire. Il ne pouvait pas prendre sur lui de lancer une nouvelle chasse à l'homme. Pas après ce qui était arrivé avec le juge. Il se leva pour aller donner un coup de téléphone à la réception et rencontra Whitney Horgan qui en revenait.

— C'est le patron, Lloyd. Il veut te voir.

— Parfait, répondit-il, surpris du calme de sa voix, car il sentait maintenant en lui une terrible peur.

Et surtout, il fallait qu'il se souvienne qu'il serait depuis longtemps mort de faim dans sa cellule de Phoenix si Flagg n'était pas venu le sortir de là. Inutile de tourner autour du pot ; il appartenait à l'homme noir, il lui appartenait corps et âme, comme on dit.

Mais je ne peux pas faire mon boulot s'il me cache des trucs, pensa-t-il en se dirigeant vers les ascenseurs. Il appuya sur le bouton du dernier étage et l'ascenseur commença à monter rapidement. Cette idée continuait à le travailler sournoisement... Flagg n'était pas au courant. Le troisième espion était là, *et Flagg n'était pas au courant.*

— Entre, Lloyd.

Vêtu d'une banale robe de chambre à carreaux bleus, Flagg arborait un sourire nonchalant.

Lloyd entra. Le climatiseur fonctionnait au maximum et on aurait cru entrer dans un appartement ouvert à tous les blizzards, en plein Groenland. Pourtant, quand Lloyd passa devant l'homme noir, il sentit émaner de son corps une chaleur très forte. Et l'on aurait cru alors se trouver dans une petite pièce chauffée par un poêle brûlant.

Dans un coin, la femme qui était arrivée avec Flagg ce matin-là était assise sur une chaise de toile blanche. Ses cheveux, retenus par des épingles, étaient soigneusement coiffés. Elle était vêtue d'une robe droite. Son visage vide et lunaire fit frissonner Lloyd lorsqu'il le regarda. Quand il était jeune, lui et des amis avaient un jour volé quelques bâtons de dynamite sur un chantier. Ils avaient bricolé un détonateur et jeté la dynamite dans le lac Harrison où elle avait explosé. Les poissons morts qui étaient remontés ensuite à la surface avaient eu ce même regard de neutralité absolument vide dans leurs yeux bordés de lune.

— Je te présente Nadine Cross, dit doucement Flagg derrière lui. Mon épouse.

Lloyd sursauta. Stupéfait, il regarda Flagg mais ne vit que ce sourire moqueur, ces yeux dansants.

— Chérie, je te présente Lloyd Henreid, mon bras droit. Lloyd et moi, nous nous sommes rencontrés à Phoenix où Lloyd était en prison. Il était sur le point de manger pour son dîner un camarade détenu. En fait, Lloyd avait même déjà peut-être pris un petit hors-d'œuvre. Pas vrai, Lloyd ?

Lloyd rougit mais ne répondit rien, même si la femme avait l'air complètement dingo, ou alors tellement absente qu'elle devait se balader souvent sur la face cachée de la lune.

— Donne la main, ma chérie, dit l'homme noir.

Comme un robot, Nadine tendit la main. Ses yeux continuaient à fixer avec indifférence un point situé quelque part au-dessus de l'épaule de Lloyd.

Brrr, ça donne la chair de poule, pensa Lloyd. Il s'était mis à transpirer un peu, malgré le climatiseur qui soufflait un vent glacé.

— Enchanté, dit-il en prenant la viande douce et tiède de la main de la femme.

Il dut ensuite se faire violence pour ne pas s'essuyer la main sur la jambe de son pantalon. Quant à la main de Nadine, elle resta suspendue en l'air, molle comme du caoutchouc.

— Tu peux baisser la main maintenant, mon amour,

Nadine reposa sa main sur son ventre où elle commença à s'agiter rythmiquement. Lloyd se rendit compte avec quelque chose qui ressemblait fort à de l'horreur qu'elle était en train de se masturber.

— Mon épouse est indisposée, gloussa Flagg. Il faut dire aussi que je l'ai engrossée, comme on dit. Félicite-moi, Lloyd. Je vais être papa.

Encore ce gloussement, comme des rats détalant derrière un vieux mur.

— Félicitations, parvint à murmurer Lloyd, bien que ses lèvres fussent bleues et engourdies.

— Nous pouvons dire tout ce que nous avons sur nos petits cœurs devant Nadine, n'est-ce pas, ma chérie ? Elle est aussi silencieuse qu'une tombe. Ou qu'une momie future maman, si je peux me permettre ce petit jeu de mots. Et alors, Indian Springs ?

Lloyd cligna les yeux et essaya de remettre en marche les rouages de son cerveau, se sentant tout nu devant ces yeux, sur la défensive.

— Ça avance très bien, réussit-il à dire enfin.

— Ça avance très bien ?

L'homme noir se pencha vers lui et Lloyd crut un instant qu'il allait ouvrir la bouche et lui sectionner le cou comme un sucre d'orge. Il recula.

— Ce n'est pas exactement ce que j'appellerais une analyse objective, Lloyd.

— Il y a autre chose...

— Quand je voudrai parler d'autre chose, je te le dirai.

Flagg avait haussé la voix, inconfortablement proche à présent d'un hurlement. Lloyd n'avait jamais vu quelqu'un changer si radicalement d'humeur. Et il eut affreusement peur.

— Pour le moment, je veux un rapport sur ce qui se passe à Indian Springs, et tu ferais mieux de me le donner, Lloyd, dans ton intérêt !

— Très bien, marmonna Lloyd. D'accord.

Il sortit avec des doigts tremblants son carnet de sa poche revolver et ils parlèrent pendant une demi-heure de la base d'Indian Springs, des jets de la Garde nationale, des missiles Shrike. Flagg commençait à se détendre à nouveau — mais il était difficile d'en être sûr, et il n'était jamais bien avisé de croire quelque chose lorsque vous étiez en face du Promeneur.

— Est-ce que tu penses qu'ils pourraient survoler Boulder dans une quinzaine de jours ? Disons... le 1er octobre ?

— Carl pourrait peut-être. Pour les deux autres, je ne sais pas.

— Je veux qu'ils soient prêts, grommela Flagg qui se leva et commença à arpenter la pièce. Je veux que ceux d'en face se terrent dans des trous au printemps prochain. Je veux les frapper la nuit, quand ils dorment. Labourer cette ville d'un bout à l'autre. Je veux qu'elle ressemble à Hambourg et à Dresde à la fin de la Deuxième Guerre mondiale.

Il se retourna vers Lloyd. La pâleur de parchemin de son visage faisait ressortir ses yeux sombres qui brûlaient de leurs feux déments. Son sourire était comme un cimeterre.

— Je vais leur apprendre à envoyer des espions. Ils vivront dans des cavernes au printemps. Ensuite, nous irons là-bas, et nous ferons une grande chasse au sanglier. Je leur apprendrai à envoyer des espions.

Lloyd retrouva enfin sa langue.

— Le troisième espion...

— Nous le trouverons, Lloyd. Ne t'inquiète pas pour ça. Nous le trouverons, ce porc.

Le sourire était revenu, dangereusement charmeur. Mais Lloyd avait été le témoin d'un instant de colère, d'étonnement et de peur avant que ce sourire ne réapparaisse. Et la peur était bien le seul sentiment qu'il n'avait jamais pensé voir sur ce visage.

— Je crois savoir qui c'est, dit doucement Lloyd.

Flagg retournait entre ses mains une statuette de jade. Ses mains se figèrent. Il devint parfaitement immobile et son visage prit une expression très particulière de concentration absolue. Pour la première fois, les yeux de Nadine Cross bougèrent. Elle contempla Flagg, puis s'empressa de détourner son regard. L'air sembla s'épaissir dans la pièce.

— Quoi ? Qu'est-ce que tu as dit ?

— Le troisième espion...

— Non, dit Flagg d'une voix tranchante. Non. Encore une fois, tu prends des vessies pour des lanternes, Lloyd.

— Si je ne me trompe pas... c'est un ami d'un type qui s'appelle Nick Andros.

La statuette de jade tomba des mains de Flagg et se cassa en mille morceaux. Un moment plus tard, Lloyd se sentit soulevé de son fauteuil par une main qui lui empoignait le devant de sa chemise. Flagg avait traversé si rapidement la pièce que Lloyd ne l'avait même pas vu arriver. Puis ce fut le visage de Flagg, collé contre le sien, cette atroce chaleur qui le pénétrait par tous les pores, et les yeux noirs de belette de Flagg, à un pouce des siens.

Flagg hurlait :

— *Et tu restais là à me parler d'Indian Springs ? Je devrais te jeter par la fenêtre !*

Quelque chose — peut-être était-ce d'avoir vu que l'homme noir était vulnérable, peut-être était-ce simplement qu'il savait que Flagg ne le tuerait pas tant qu'il n'aurait pas eu toutes les informations — donna à Lloyd le courage de se défendre.

— J'ai essayé de vous le dire ! Mais vous m'en avez empêché ! Et vous ne m'aviez pas parlé de la liste rouge ! Je ne sais même pas ce que c'est vraiment ! Si j'avais su, j'aurais pu pincer ce connard de débile hier soir !

Puis Lloyd vola à travers la pièce et s'écrasa contre le mur du fond. Des étoiles explosèrent dans sa tête et il retomba sur le parquet, complètement groggy. Il secoua la tête, essayant de retrouver ses esprits. Ses oreilles sifflaient.

Flagg semblait être devenu fou. Livide, il faisait les cent pas dans la pièce. Nadine s'était recroquevillée sur sa chaise. Flagg posa la main sur une étagère peuplée d'une ménagerie d'animaux de jade d'un vert laiteux. Il les regarda une seconde, comme s'il était étonné de les voir, puis les fit tous tomber par terre. Les bibelots explosèrent comme de minuscules grenades. Il envoya voler en l'air les plus gros morceaux d'un coup de pied. Ses cheveux noirs étaient tombés sur son front. D'un mouvement de la tête, il les rejeta en arrière, puis se tourna vers Lloyd. Son visage avait pris une grotesque expression de sympathie et de compassion — aussi convaincante qu'un billet de Monopoly, pensa Lloyd. Il s'approcha pour l'aider à se relever et Lloyd remarqua qu'il marchait sur les morceaux de jade apparemment sans se faire mal... et sans saigner.

— Je suis désolé. On va prendre un verre, dit-il en tendant la main à Lloyd pour le relever.

Comme un gosse qui fait une colère, pensa Lloyd.

— Toi, c'est un bourbon sec, c'est bien ça ?

— Oui.

Flagg s'approcha du bar et servit des verres monstrueux. Lloyd engloutit la moitié du sien en une seule gorgée. Le verre cogna sur la table quand il le reposa. Mais il se sentait un peu ragaillardi.

— Je ne pensais pas que tu allais avoir besoin de la liste rouge, dit Flagg. Elle comportait huit noms — ils ne sont plus que cinq maintenant. Les membres de leur conseil de direction, plus la vieille femme. Andros en faisait partie. Mais il est mort maintenant. Oui, Andros est mort, j'en suis sûr.

Flagg fixait Lloyd en plissant les yeux.

Lloyd raconta ce qu'il savait en consultant de temps en temps son carnet. Il n'en avait pas vraiment besoin, mais il n'était pas désagréable d'échapper une seconde à ce regard menaçant. Il commença par Julie Lawry et termina par Barry Dorgan.

— Tu dis qu'il est retardé, dit Flagg d'une voix absente.

— Oui.

Flagg hochait la tête et son visage s'éclaira.

— Oui, fit-il pour lui-même, oui, c'est bien ça. C'est pour ça que je ne pouvais pas le voir...

Il s'arrêta et s'approcha du téléphone. Quelques instants plus tard, il était en communication avec Barry.

— Les hélicoptères. Carl dans le premier, Bill Jamieson dans l'autre. Contact radio permanent. Envoyez soixante — non, cent hommes. On ferme toutes les routes qui partent de l'est et du sud du Nevada. Diffusez le signalement de Cullen. Je veux un rapport toutes les heures.

Il raccrocha et se frotta joyeusement les mains.

— Nous le tenons. Je regrette simplement de ne pas pouvoir envoyer sa tête à son bon copain Andros. Mais Andros est mort. C'est bien ça, Nadine ?

Nadine avait toujours les yeux dans le vide.

— Les hélicoptères ne vont pas servir à grand-chose ce soir, dit Lloyd. Il va faire nuit dans trois heures.

— Ne t'en fais pas, mon vieux Lloyd. Les hélicoptères auront amplement le temps de faire leur travail demain. Il n'est pas loin. Non, pas loin du tout.

Lloyd tordait nerveusement son carnet entre ses mains, comme quelqu'un qui aurait donné cher pour être ailleurs. Flagg était de bonne humeur maintenant, mais ça ne risquait sans doute pas de durer quand Lloyd lui aurait parlé de La Poubelle.

— J'ai encore une chose, dit-il à regret. À propos de La Poubelle.

Il se demanda si l'autre allait piquer une crise, comme tout à l'heure avec les bibelots de jade.

— La Poubelle, un bien gentil garçon. Il est reparti faire un petit tour de prospection ?

— Je ne sais pas où il est. Mais, avant de partir, il a fait des siennes à Indian Springs.

Lloyd raconta l'histoire qu'il avait entendue de la bouche de Carl, la veille. Le visage de Flagg s'obscurcit lorsqu'il apprit que Freddy Campanari avait été mortellement blessé, mais quand Lloyd termina, il avait retrouvé sa sérénité. Au lieu de piquer une colère, Flagg se contentait d'agiter la main avec impatience.

— D'accord, d'accord. Quand il reviendra, je veux qu'on le tue. Mais rapidement et sans lui faire trop de mal. J'espérais qu'il aurait... duré davantage. Tu ne comprends probablement pas, Lloyd, mais je sentais une sorte... d'esprit de famille avec ce garçon. J'avais cru pouvoir l'utiliser — et je l'ai fait d'ailleurs — mais je n'ai jamais été totalement sûr de lui. Même un maître sculpteur peut s'apercevoir un jour que le couteau s'est retourné dans sa main, si le couteau est mauvais. Pas vrai, Lloyd ?

Lloyd, qui ne savait pas grand-chose des sculpteurs et des couteaux de sculpteur (il aurait cru qu'ils se servaient de ciseaux et de maillets), hocha aimablement la tête.

— Oui, bien sûr.

— Et il nous a rendu un grand service en armant les Shrike. C'est bien lui qui a fait ça ?

— Oui, c'est exact.

— Il reviendra. Dis à Barry que La Poubelle doit... être définitivement soulagé de ses souffrances. Sans douleur, si possible. Pour le moment, je m'intéresse bien davantage à l'arriéré mental qui est en train de s'en aller à l'est. Je pourrais le laisser continuer, mais c'est une question de principe. Peut-être pourrions-nous régler cette affaire avant la nuit. Qu'en penses-tu, ma chérie ?

Il s'était accroupi à côté de la chaise de Nadine. Il caressa sa joue et elle s'écarta comme si on l'avait touchée avec un tisonnier porté au rouge. Flagg fit un grand sourire et la toucha encore. Cette fois, elle se soumit en frissonnant.

— La lune, dit Flagg, enchanté, en se levant d'un bond. Si les hélicoptères ne le découvrent pas avant la nuit, ils pourront profiter de la lune. Je parierais qu'il est en train de pédaler au milieu de l'autoroute 15 en ce moment, en plein jour. Il espère que le Dieu de la vieille dame le prendra sous sa protection. Mais la vieille dame est morte, n'est-ce pas, ma chérie ? demanda Flagg avec le rire cristallin d'un enfant heureux. Et son Dieu est mort lui aussi, je le crains. Tout va très bien aller. Et Randy Flagg va bientôt être papa.

Il lui toucha encore la joue. Elle gémit comme un animal blessé.

Lloyd se passa la langue sur ses lèvres sèches :

— Bon, je vais me bouger maintenant, si vous n'avez plus besoin de moi.

— Bien, Lloyd, tu peux t'en aller.

L'homme noir ne s'était pas retourné. Perdu dans son extase, il regardait Nadine.

— Tout va bien. Très bien.

Lloyd s'en alla aussi vite qu'il put, presque au pas de course. C'est dans l'ascenseur qu'il craqua et il dut appuyer sur le bouton rouge pour arrêter la cabine en attendant que sa crise d'hystérie passe. Il rit et pleura pendant près de cinq minutes. La tempête calmée, il se sentit un peu mieux.

Il n'est pas foutu, se disait-il. *Il y a quelques petits accrocs, mais il peut arranger ça. La partie sera proba-blement terminée le 1ᵉʳ octobre, et sûrement le 15. Tout commence à très bien aller, comme il a dit, et tant pis s'il a failli me tuer... tant pis s'il a l'air encore plus bizarre...*

Un quart d'heure plus tard, Lloyd recevait un coup de téléphone d'Indian Springs. C'était Stan Bailey. Fou de colère contre La Poubelle, terrorisé par l'homme noir, il était au bord de l'hystérie.

Carl Hough et Bill Jamieson avaient décollé de la base d'Indian Springs à 18 h 02 pour faire une mission de reconnaissance à l'est de Las Vegas. L'un de leurs élèves-pilotes, Cliff Benson, était avec Carl comme observateur.

À 18 h 12, les deux hélicoptères avaient explosé en plein vol. Absolument stupéfait, Stan avait quand même eu la présence d'esprit d'envoyer cinq hommes au hangar nᵒ 9 où cinq autres hélicoptères, dont deux gros porteurs, étaient stationnés. Ils avaient trouvé des explosifs sur tous les hélicoptères et des amorces incendiaires branchées sur de simples minuteries de cuisine. Les amorces n'étaient pas les mêmes que celles que La Poubelle avait installées sur les camions-citernes, mais très semblables. Le doute n'était pas vraiment possible.

— C'était La Poubelle, dit Stan. Il a complètement perdu la boule. Comment savoir ce qu'il a piégé par ici !

— Vérifiez tout ! répondit Lloyd.

La peur faisait battre son cœur à petits coups rapides. L'adrénaline coulait à flots dans son organisme et ses yeux lui faisaient mal, comme s'ils voulaient lui sortir de la tête.

— Vérifiez *tout* ! Prenez tous vos zigotos et passez-moi au peigne fin cette putasserie de base. Compris, Stan ?

— À quoi bon ?

598

— *À quoi bon ?* hurla Lloyd. Il faut te faire un dessin, bougre de con ? Qu'est-ce qu'il va dire, l'autre, si toute la base...

— Tous nos pilotes sont morts, répondit tranquillement Stan. Tu ne comprends pas, Lloyd ? Même Cliff, et vraiment il ne cassait pas des briques celui-là. Nous avons six types qui sont encore loin de partir en solo, et pas d'instructeur. Tu peux me dire à quoi vont servir les jets, Lloyd ?

Et il raccrocha, laissant Lloyd abasourdi, stupéfait, un Lloyd qui commençait enfin à comprendre.

Tom Cullen se réveilla un peu après neuf heures et demie ce soir-là. Il avait faim et il se sentait courbaturé. Il prit un peu d'eau dans sa gourde, sortit en rampant de l'abri qu'il s'était trouvé entre les deux rochers, et regarda le ciel noir. La lune voguait dans le ciel, mystérieuse et sereine. C'était l'heure de repartir. Mais il fallait être prudent, putain oui.

Parce qu'ils le recherchaient maintenant.

Il avait fait un rêve. Nick lui parlait, et c'était bien étrange, car Nick ne pouvait pas parler. Il était sourd-muet, voilà ce qu'il était. Il fallait qu'il écrive tout, et Tom ne pouvait presque pas lire. Mais les rêves sont drôles, n'importe quoi peut arriver dans un rêve, et dans le rêve de Tom Nick parlait.

Nick disait : « Ils sont au courant, Tom, mais ce n'est pas ta faute. Tu as tout fait comme il fallait. La malchance. Maintenant, il faut que tu fasses attention. Il ne faut plus rester sur la route, Tom, mais tu dois continuer à aller vers l'est. »

Tom avait compris qu'il lui disait d'aller vers l'est, mais comment faire pour ne pas se perdre dans le désert ? Il allait peut-être tourner en rond.

Et Nick avait dit : « Tu sauras comment faire... d'abord, tu devras chercher le Doigt de Dieu... »

Tom raccrocha sa gourde à sa ceinture et installa son

sac. Il revint à l'autoroute, laissant derrière lui sa bicyclette. Il grimpa sur le talus et regarda dans les deux sens. Puis il traversa la chaussée, la bande médiane, et après un autre coup d'œil prudent traversa l'autre chaussée.

Ils sont au courant, Tom.

Il se prit le pied dans le câble de sécurité qui bordait l'autoroute et dévala presque jusqu'en bas du talus. Le cœur battant, il resta pelotonné en boule un moment. Pas de bruit, sauf un vent léger qui sifflait sur la terre craquelée du désert.

Il se releva et fit le tour de l'horizon. Il avait de bons yeux et l'air du désert était limpide comme du cristal. Bientôt, il le vit, planté sur le ciel semé d'étoiles comme un point d'exclamation. Le Doigt de Dieu. En regardant plein est, le monolithe était à dix heures. Il pourrait sans doute l'atteindre dans une heure ou deux. Mais la limpidité de l'air faisait paraître plus proches les accidents de terrain, comme bien des randonneurs plus expérimentés que Tom Cullen l'avaient appris à leurs dépens, et Tom ne comprenait pas que le doigt de pierre ne paraisse pas se rapprocher. Minuit passa, puis deux heures. La grande horloge des étoiles avait tourné. Tom commençait à se demander si le rocher qui ressemblait tellement à un doigt dressé en l'air n'était pas un mirage. Il se frotta les yeux, mais le doigt était toujours là. Derrière lui, l'autoroute avait disparu dans le noir.

Quand il regarda une nouvelle fois le Doigt, il parut cette fois un peu plus proche et, à quatre heures du matin, lorsqu'une voix intérieure commença à murmurer qu'il était temps de trouver une bonne cachette pour la journée, il ne pouvait plus y avoir de doute qu'il s'était rapproché du rocher. Mais il n'y arriverait pas cette nuit.

Et quand il y arriverait (en supposant qu'ils ne le trouvent pas quand le jour se lèverait) ? Ensuite quoi ?

Pas besoin de s'inquiéter.

Nick lui dirait. Ce bon vieux Nick.

Tom était pressé de rentrer à Boulder pour le voir, putain, oui.

Il trouva un endroit relativement confortable à l'ombre

d'une énorme épine dorsale de rochers et s'endormit presque instantanément. Il avait fait une cinquantaine de kilomètres au nord-est au cours de la nuit et s'approchait des monts Mormon.

Durant l'après-midi, un gros serpent à sonnettes se glissa à côté de lui pour se protéger de la chaleur du jour. Il se lova à côté de Tom, dormit un moment, puis s'en alla.

Le même après-midi, Flagg était debout au bord de la terrasse du dernier étage de l'hôtel. Il regardait vers l'est. Le soleil allait se coucher dans quatre heures et le débile reprendrait alors sa route.

Un vent vif venu du désert ébouriffait ses cheveux noirs. La ville se terminait si brutalement, cédant la place au désert. Quelques panneaux publicitaires au bord de nulle part, et c'était tout. Un désert si vaste, tant d'endroits où se cacher. Des hommes étaient partis dans ce désert qu'on n'avait jamais revus depuis.

— Mais pas cette fois, murmura-t-il. Je vais l'avoir. Je vais l'avoir.

Il n'aurait pu expliquer pourquoi il était si important de capturer le débile ; l'aspect rationnel du problème l'éludait constamment. De plus en plus, il ne ressentait plus qu'un besoin d'agir, de bouger, de *faire*. De détruire.

Hier soir, quand Lloyd l'avait informé de l'explosion des hélicoptères et de la mort des trois pilotes, il avait dû mobiliser toutes ses ressources pour ne pas sombrer dans une rage démente. Sa première impulsion avait été d'ordonner le rassemblement immédiat d'une colonne de blindés — chars, véhicules lance-flammes, automitrailleuses, toute la panoplie. Ils pouvaient être à Boulder en cinq jours. Et ce merdier puant serait oublié en une semaine et demie.

Mais oui...

Et, si la neige tombait plus tôt que d'habitude sur les cols, ce serait la fin de la grande *Wehrmacht*. On était déjà le 14 septembre. On ne pouvait plus compter sur le beau temps. Comment diable pouvait-il être si tard, si vite ?

Mais il était l'homme le plus fort sur la surface de la terre, n'est-ce pas ? Il pourrait y en avoir un autre comme lui en Russie, en Chine ou en Iran, mais le problème ne se poserait pas avant dix ans. Pour le présent, une seule chose importait : il était ascendant, il le savait, il le *sentait*. Il était fort, c'est tout ce que le débile pourrait leur dire... *si* le débile ne se perdait pas dans le désert ou ne mourait pas de froid dans les montagnes. Il pourrait simplement leur dire que les gens de Flagg vivaient dans la crainte du Promeneur et obéissaient à ses moindres ordres. Il ne pourrait que leur dire des choses qui les démoraliseraient encore davantage. Alors, pourquoi cette certitude lancinante qu'il fallait trouver Cullen et le tuer avant qu'il puisse quitter l'ouest ?

Parce que c'est ce que je veux, et je vais avoir ce que je veux, c'est tout.

Et La Poubelle. Il avait cru pouvoir oublier complètement La Poubelle. Il avait cru qu'on pouvait jeter La Poubelle comme un mauvais outil. Mais cet homme avait réussi à faire ce que toute la Zone libre n'aurait pu accomplir. Il avait jeté du sable dans l'invincible mécanisme de conquête de l'homme noir.

J'ai fait une erreur de jugement...

C'était une idée horrible et il n'allait pas laisser son esprit la poursuivre jusqu'à sa conclusion. Il jeta son verre par-dessus le parapet de la terrasse et il le vit scintiller, tomber en culbutant. Une idée méchante, une idée d'enfant turbulent, lui vint à l'esprit : *Pourvu que quelqu'un le reçoive sur la tête !*

Tout en bas, le verre heurta la surface du terrain de stationnement et explosa... si loin en bas que l'homme noir ne put même l'entendre.

On n'avait pas trouvé d'autres bombes à Indian Springs. On avait pourtant mis la base sens dessus dessous. Apparemment, La Poubelle avait piégé ce qu'il avait eu sous la main, les hélicoptères du hangar n° 9 et les camions-citernes, juste à côté.

Flagg avait confirmé qu'il fallait tirer à vue sur La Poubelle et le tuer. L'idée de La Poubelle en train de se promener parmi toutes ces anciennes installations militaires le rendait maintenant passablement nerveux.

Nerveux.

Oui. La belle tranquillité d'autrefois continuait à s'évaporer. Quand tout cela avait-il commencé ? Il n'aurait pu le dire avec certitude. Tout ce qu'il savait, c'est que les choses commençaient à s'effriter. Lloyd le savait, lui aussi. Il pouvait le voir à la manière dont il le regardait. Ce ne serait peut-être pas une mauvaise idée si Lloyd avait un accident avant la fin de l'hiver. Il était copain avec trop de membres de la garde du palais, Whitney Hogan, par exemple, Ken DeMott. Et même Burlson qui avait lâché le morceau à propos de la liste rouge. Il avait distraitement pensé écorcher vif Paul Burlson pour son indiscrétion.

Si Lloyd avait été au courant de la liste rouge, rien ne serait...

— Tais-toi, grommela-t-il. Tais-toi !

Mais cette idée ne se laissait pas chasser aussi facilement. Pourquoi n'avait-il pas donné à Lloyd le nom des dirigeants de la Zone libre ? Il ne le savait pas, il ne s'en souvenait plus. Il croyait se rappeler qu'il y avait eu une excellente raison à l'époque, mais plus il essayait de s'en souvenir, plus elle glissait entre ses doigts. N'était-ce qu'une ruse stupide, ne pas vouloir mettre tous ses œufs dans le même panier — l'impression qu'une seule et même personne ne devait pas être dépositaire de tous ses secrets, même une personne aussi bête et loyale que Lloyd Henreid ?

L'étonnement se lisait sur son visage. Avait-il donc pris des décisions stupides depuis le début ?

Et Lloyd était-il si loyal, après tout ? Cette expression dans ses yeux...

Sans transition, il décida d'oublier tout cela et d'entrer

en lévitation. Il se sentait toujours mieux après. Plus fort, plus serein, les idées claires. Il regarda le ciel du désert.

(Je suis, je suis, je suis, JE SUIS...)

Ses talons usés s'élevèrent au-dessus de la terrasse, s'arrêtèrent, montèrent encore de quelques centimètres. La paix venait en lui et tout à coup il sut qu'il pouvait trouver les réponses. Tout était plus clair. Tout d'abord, il devait...

— Ils viennent te chercher, tu sais.

Il retomba brutalement sur la terrasse au son de cette petite voix mécanique. Le choc se répercuta dans ses jambes, dans sa colonne vertébrale, jusqu'à sa mâchoire qui claqua. Il se retourna comme un chat. Mais son sourire épanoui se fana quand il vit Nadine. Elle était habillée d'une chemise de nuit blanche, des mètres et des mètres de tissu vaporeux qui volaient autour d'elle. Ses cheveux, aussi blancs que sa robe, flottaient au vent. Une sibylle à l'esprit dérangé. Et, malgré lui, Flagg eut peur. Nadine avança délicatement le pied pour faire un pas en avant. Elle était pieds nus.

— Ils arrivent. Stu Redman, Glen Bateman, Ralph Brentner et Larry Underwood. Ils arrivent et ils vont te tuer comme une sale belette voleuse de poules.

— Ils sont à Boulder, cachés sous leurs lits, en train de pleurer leur vieille négresse.

— Non, répondit-elle d'une voix neutre. Ils sont presque arrivés dans l'Utah à présent. Ils seront ici bientôt. Et ils t'écraseront comme une bête nuisible.

— Tais-toi. Descends dans l'appartement.

— Je vais descendre.

Elle s'approcha de lui, et maintenant c'était elle qui souriait — un sourire qui le remplit de terreur. Le rouge furieux de ses joues disparut, et avec lui cette étrange chaleur, cette vitalité qu'il avait en lui. Un moment, il parut vieux et fragile.

— Je vais descendre... et toi aussi, continuait Nadine.

— Va-t'en.

— Nous allons descendre, chantait-elle en souriant... descendre, oui, *descennnnnndre...*

C'était horrible.

— Ils sont à *Boulder* !

— Ils sont presque ici.

— *Descends* !

— Tout ce que tu as fait jusqu'ici s'effondre. Et pourquoi pas ? La période d'activité des œuvres du mal est relativement courte. On commence même à murmurer. On dit que tu as laissé Tom Cullen s'en aller, un pauvre demeuré, quand même assez malin pour se moquer de Randall Flagg.

Les mots sortaient de plus en plus vite de sa bouche déformée par un sourire méprisant.

— On dit que ton spécialiste des armes est devenu fou et que tu n'en savais rien. Ils ont peur que ce qu'il ramènera du désert la prochaine fois leur soit destiné plutôt qu'aux gens de l'est. Et ils s'en vont. Tu le savais ?

— Tu mens, murmura-t-il, blanc comme une feuille de papier, les yeux exorbités. Ils n'oseraient pas. Et s'ils osaient, je le saurais.

Les yeux vides de Nadine regardèrent par-dessus son épaule, vers l'est.

— Je les vois, murmura-t-elle. Ils abandonnent leurs postes en plein cœur de la nuit et ton Œil ne les voit pas. Ils abandonnent leurs postes et s'enfuient comme des lapins. Vingt hommes partent au travail, ils reviennent dix-huit. Les gardes-frontières désertent. Ils ont peur que la balance du pouvoir bascule. Ils te quittent, ils te quittent, et ceux qui restent ne lèveront pas le petit doigt lorsque ceux de l'est viendront t'achever une fois pour toutes...

La *chose* cassa. Cette chose qu'il avait en lui cassa d'un coup sec.

— *TU MENS* ! hurla-t-il.

Ses mains s'abattirent sur les épaules de Nadine et les deux clavicules se brisèrent comme des crayons. Il souleva son corps au-dessus de sa tête dans le bleu délavé du ciel du désert et, pivotant sur ses talons, il la lança très haut et très loin, comme il avait lancé le verre. Il vit un grand soupir de soulagement et de triomphe éclairer son visage, un éclair de vie dans ses yeux, et il comprit alors. Elle lui avait tendu un piège, elle l'avait poussé à commettre ce geste, sachant que lui seul pouvait la libérer...

Et elle portait son enfant.

Il se pencha par-dessus le parapet, au risque de tomber, essayant de réparer l'irréparable. Sa chemise de nuit flottait comme un voile. Sa main se referma sur le tissu vaporeux et il le sentit se déchirer, ne lui laissant qu'un bout de tissu si diaphane qu'il pouvait voir ses doigts à travers — le tissu dont sont faits les rêves.

Puis elle disparut, plongeant comme une pierre, les orteils pointés vers le sol, sa chemise de nuit lui caressant le cou et le visage. Elle ne hurla pas.

Elle plongea vers le sol aussi silencieusement qu'une fusée défectueuse.

Lorsqu'il entendit l'indescriptible bruit de son brutal atterrissage, Flagg renversa la tête en arrière et se mit à hurler, les yeux au ciel.

Aucune importance, aucune importance.

Il tenait encore tout dans la paume de sa main.

Il se pencha à nouveau par-dessus le parapet et les regarda arriver en courant, comme de la limaille de fer attirée par un aimant. Ou de la vermine attirée par des abats.

Ils avaient l'air si petits, et il était si haut au-dessus d'eux.

Il allait se mettre en lévitation, décida-t-il, et retrouver son calme.

Mais il fallut longtemps, longtemps avant que ses talons ne quittent la terrasse et, quand ils le firent, ils s'arrêtèrent à un demi-centimètre du béton. Ils refusaient d'aller plus haut.

Tom se réveilla ce soir-là à huit heures, mais il faisait encore trop clair pour qu'il se remette en route. Il attendit.

Nick était revenu le voir dans son sommeil, et ils avaient parlé. C'était si bon de parler à Nick.

Couché à l'abri de son gros rocher, il regardait le ciel noircir. Les étoiles avaient commencé à percer. Il pensa à des chips Pringle et se dit qu'il aimerait bien en manger. Lorsqu'il serait revenu dans la Zone — s'il revenait dans la Zone — il en aurait autant qu'il voudrait. Il se bourrerait de chips Pringle. Et il se prélasserait dans l'amour de ses amis. C'était ce qui manquait à Las Vegas, pensa-t-il — simplement l'amour. Les gens étaient plutôt gentils, mais ils n'avaient pas beaucoup d'amour. Ils n'avaient pas le temps, parce qu'ils avaient trop peur. L'amour ne pousse pas très bien dans un endroit où il n'y a que de la peur, comme les plantes ne poussent pas très bien dans un endroit où il fait toujours noir.

Il n'y a que les champignons qui deviennent gros et gras dans le noir, même lui savait ça, putain, oui.

— J'aime Nick et Frannie et Dick Ellis et Lucy, murmura Tom dans le noir. J'aime Larry Underwood et Glen Bateman aussi. J'aime Stan et Rona. J'aime Ralph. J'aime Stu. J'aime...

C'était sa prière. Mais il trouvait étrange de se souvenir aussi facilement de leurs noms. Là-bas, dans la Zone, il avait de la chance quand il se souvenait du nom de Stu lorsqu'il venait le voir. Ce qui le fit penser à ses jouets. Son garage, ses petites voitures, ses petits trains. Il s'était amusé avec eux pendant des heures et des heures. Mais il se demandait s'il aurait toujours envie de jouer autant lorsqu'il reviendrait de ce... s'il revenait. Ça ne serait plus la même chose. Triste, mais peut-être bien aussi.

— Le Seigneur est mon berger, récita-t-il d'une voix douce. Rien ne saurait me manquer. Dans ses verts pâturages, il me fait reposer. Il me met de la brillantine dans les cheveux. Il m'apprend le kung-fu pour me défendre contre mes ennemis. Amen.

Il faisait assez noir maintenant, et il se remit en route. À onze heures et demie, il arriva au Doigt de Dieu et s'y arrêta pour manger. Il dominait le désert d'où il était et, en regardant du côté où il était venu, il vit des lumières qui bougeaient. Sur l'autoroute, pensa-t-il. Ils me cherchent.

Puis il regarda vers le nord-est à nouveau. Très loin, à peine visible dans le noir (la lune, qui avait été pleine deux nuits plus tôt, avait déjà commencé à se coucher), il vit un énorme dôme de granit. C'est là qu'il devait aller.

— Tom a mal aux pieds, murmura-t-il avec bonne humeur.

Effectivement, les choses auraient pu être bien pires.

— Putain, ça c'est du mal de pied.

Il marcha et marcha au milieu des choses de la nuit qui s'écartaient sur son passage et, lorsqu'il se coucha à l'aube, il avait fait plus de soixante kilomètres. À l'est, la frontière entre le Nevada et l'Utah n'était plus loin.

À huit heures du matin, il était profondément endormi, la tête posée sur son blouson. Ses yeux commencèrent à bouger rapidement derrière les paupières.

Nick était venu et Tom lui parlait.

Tom fronça les sourcils dans son sommeil. Il venait de dire à Nick qu'il avait très envie de le revoir bientôt.

Mais pour une raison qu'il ne pouvait comprendre, Nick s'était en allé.

Impuissante dans leur...

...quelques-uns ont rempli en... ...mer-remède. Ils s'était logé en... ... l'embrasure d'une fenêtre... à... ... les tas ce flamme en culotte... ... en dessous... "fait! c'est... ... était énorme, il avait vingt... ... dague de Corinne lui... le... ... meuble.

Ils le revoulait; le seul de profiter? S'as...

...peau: le culotte cette table... il mourut... ...eau dit le trois au sommeil... D'un... ...son, tout de l'écher pour le... ce... ...riront une brune ici qui la gens... du... ...Hervé; le toit miser! Cajal? Vous... cria...

68

Oh, comme l'histoire se répète : La Poubelle était de nouveau en train de rôtir vivant dans la poêle du diable — mais il ne pouvait pas compter cette fois sur les fraîches fontaines de Cibola pour le soutenir dans cette épreuve.

Je l'ai bien mérité, je n'ai que ce que je mérite.

Sa peau avait brûlé, pelé, brûlé, pelé encore, et finalement noirci au lieu de bronzer. Il était la démonstration ambulante qu'un homme finit toujours par ressembler à ce qu'il est. La Poubelle avait l'air de quelqu'un que l'on a arrosé de kérosène numéro 2 avant d'approcher une allumette. Le bleu de ses yeux avait déteint à la lumière éblouissante du désert et, quand on les regardait, on avait l'impression de se pencher au bord d'étranges trous extra-dimensionnels. Il s'était habillé en une bizarre imitation de l'homme noir — chemise à carreaux rouge à col ouvert, jeans délavé, bottes de désert éraflées, écrasées, déformées. Mais il avait jeté son amulette noire. Il ne méritait pas de la porter. Il avait montré qu'il n'en était pas digne. Et, comme tous les démons imparfaits, il avait été rejeté.

Il s'arrêta sous le soleil de plomb et s'essuya le front avec une main décharnée qui tremblait de fatigue. Il était né pour ce lieu, pour cette heure — toute sa vie n'avait fait que le préparer à cet instant. Il avait franchi les corridors torrides de l'enfer pour y parvenir. Il avait enduré le shérif qui avait tué son père, il avait enduré l'asile de Terre-Haute, il avait enduré Carley Yates. Puis, après cette vie étrange et solitaire, il s'était fait des amis. Lloyd. Ken. Whitney Horgan.

Et il avait tout foutu en l'air, bordel ! Il méritait de brûler ici dans la poêle à frire du diable. Pouvait-il se racheter ? L'homme noir le savait peut-être. Pas La Poubelle.

Il se souvenait à peine de ce qui était arrivé — peut-être parce que son esprit torturé ne voulait pas se souvenir. Il était resté plus d'une semaine dans le désert avant son retour désastreux à Indian Springs. Un scorpion l'avait piqué à l'index de la main gauche (son gratte-con, comme aurait dit Carley Yates, célèbre pour sa vulgarité dans les salles de billard de Powtanville), et sa main avait gonflé comme un gant de caoutchouc rempli d'eau. Un feu qui n'était pas de cette terre avait embrasé sa tête. Et pourtant, il avait continué.

Il était finalement revenu à Indian Springs, encore persuadé de n'être que le fruit de l'imagination d'une personne qu'il ne connaissait pas. On avait bavardé agréablement tandis que les camarades examinaient ses trouvailles — amorces incendiaires, mines terrestres et autres bricoles. Et La Poubelle avait recommencé à se sentir bien, pour la première fois depuis que le scorpion l'avait piqué.

Puis, sans avertissement, le temps avait comme dérapé et il s'était retrouvé à Powtanville. Quelqu'un avait dit : « Ceux qui jouent avec le feu font pipi au lit, La Poubelle. » Il avait levé les yeux, s'attendant à voir Billy Jamieson, mais ce n'était pas Bill, c'était Rich Groudemore de Powtanville qui souriait en se curant les dents avec une allumette, les doigts noirs de graisse. Rich travaillait au Texaco du coin et il venait toujours jouer une petite partie de billard à l'heure du déjeuner. Et quelqu'un d'autre avait dit : « Planque ton allumette, Richie, La Poubelle est revenu. » On aurait dit Steve Tobin, au début, mais ce n'était pas Steve. C'était Carley Yates dans son vieux blouson de cuir râpé. Avec une horreur grandissante, il avait vu qu'ils étaient *tous* là, cadavres indociles revenus à la vie. Richie Groudemore et Carley,

Norm Morrissette et Hatch Cunningham, celui qui était déjà presque chauve à dix-huit ans, celui que les autres appelaient Hatch Cunnilingus.

Ils se moquaient de lui. Tout revenait en vrac, torrent boueux et violent, à travers le brouillard fiévreux des années. *Hé, La Poubelle, pourquoi t'as pas foutu le feu à L'ÉCOLE ? Hé, La Poubelle, tu t'es pas encore brûlé la bite ? Hé, La Poubelle, c'est vrai que tu sniffes de l'essence à briquet Ronson ?*

Et puis, Carley Yates : *Hé, La Poubelle, qu'est-ce qu'elle a dit la vieille Semple quand t'as brûlé son chèque de pension ?*

Il avait essayé de hurler, mais le seul son qui était sorti de sa bouche avait été un murmure : « Me parlez plus du chèque de pension de la vieille Semple. » Et il était parti en courant.

Le reste s'était déroulé comme dans un rêve. Aller chercher les amorces incendiaires, les flanquer sous les camions-citernes. Ses mains avaient travaillé toutes seules. Son esprit était ailleurs, emporté dans un tourbillon confus. On l'avait vu aller et venir entre le garage et son tout-terrain. Certains l'avaient salué de la main, mais personne n'était venu lui demander ce qu'il était en train de faire. Après tout, il portait au cou le porte-bonheur de Flagg.

La Poubelle avait fait son travail en pensant à Terre-Haute.

À Terre-Haute, ils le faisaient mordre dans un machin de caoutchouc lorsqu'ils lui donnaient des électrochocs, et l'homme qui tripotait les boutons ressemblait parfois au shérif qui avait tué son père, parfois à Carley Yates, parfois à Hatch Cunnilingus. Et chaque fois, il se promettait hystériquement de ne pas faire pipi dans son pantalon. Et chaque fois, il faisait pipi.

Les camions-citernes prêts, il s'était rendu dans le hangar suivant pour s'occuper des hélicoptères. Par amour du travail bien fait, il avait décidé de bricoler des détonateurs à retardement. Il était donc allé à la popote où il avait trouvé plus d'une douzaine de ces minuteries de plastique. En vente dans tous les bazars. Vous les réglez à quinze ou trente minutes et, quand le bouton revient à zéro, *ding,* c'est l'heure de sortir la tarte du four. Mais au lieu du *ding,* s'était dit La Poubelle, cette fois ce serait *bang !* L'idée l'amusait. Oui, très drôle. Si Carley Yates ou Rich Groudemore essayait de partir avec un de ces hélicoptères, ils allaient avoir une belle grosse surprise. La Poubelle avait simplement branché les minuteries sur les circuits d'allumage des hélicoptères.

Quand ce fut fait, il avait retrouvé sa tête quelques instants. Le moment du choix. Étonné, il avait regardé les hélicoptères garés dans le hangar, puis ses mains. Elles sentaient la poudre. Mais on n'était pas à Powtanville ici. Il n'y avait pas d'hélicoptères à Powtanville. Le soleil de l'Indiana ne brillait pas avec autant de sauvagerie qu'ici. Il était au Nevada. Carley et ses copains de la salle de billard étaient morts. Morts de la super-grippe.

La Poubelle avait fait demi-tour pour aller voir ce qu'il avait fait. Il n'en crut pas ses yeux. Quoi ? Il était en train de saboter le matériel de l'homme noir ? C'était idiot, complètement fou. Il allait tout défaire, et vite.

Oh, mais ces si jolies explosions.

Ces jolis *feux.*

Du kérosène en flammes giclant un peu partout. Des hélicoptères explosant en plein vol. Quelle beauté.

Et il avait soudain rejeté sa nouvelle vie. Il était revenu au petit trot à son tout-terrain, un sourire furtif sur son visage brûlé par le soleil. Il s'était glissé à l'intérieur et il était parti... mais pas trop loin. Il avait attendu, et finalement un camion-citerne était sorti du garage, s'avançant pesamment sur la piste comme un gros scarabée kaki. Et lorsqu'il avait sauté, lançant ses flammes grasses dans toutes les directions, La Poubelle avait laissé tomber ses jumelles, s'était mis à hurler au ciel, agitant ses poings dans un geste de jubilation démente. Mais la joie n'avait pas duré longtemps, bientôt remplacée par une terreur mortelle, puis par un chagrin sans nom.

Il avait roulé dans le désert en direction du nord-ouest, poussant son tout-terrain à des vitesses presque suicidaires. Quand ? Il ne s'en souvenait plus. Si on lui avait dit que c'était le 16 septembre, il se serait contenté de hocher la tête sans rien comprendre.

Il eut l'idée de se tuer, puisqu'il ne lui restait plus rien, que tout le monde était contre lui, que c'était dans l'ordre des choses. Quand tu mords la main qui te nourrit, tu peux t'attendre à ce que la main ouverte se referme en un poing vengeur. Ce n'était pas seulement la vie ; c'était aussi la justice. Il avait trois jerricanes d'essence à l'arrière de son tout-terrain. Il allait s'inonder d'essence, puis frotter une allumette. Oui, il le méritait.

Mais il ne l'avait pas fait. Sans savoir pourquoi. Une force, plus puissante que l'agonie de son remords et de sa solitude, l'avait arrêté. Il s'était dit que s'immoler par le feu comme un moine bouddhiste n'était pas une peine suffisante. Il avait dormi. Et, lorsqu'il s'était réveillé, il avait découvert qu'une nouvelle idée s'était glissée dans son cerveau pendant son sommeil, et cette idée était celle-ci :

RÉDEMPTION

Était-elle possible ? Il n'en savait rien... Mais s'il trouvait quelque chose... quelque chose de *gros*... et s'il ramenait cette chose à l'homme noir, à Las Vegas, serait-elle alors possible ? Et même si la *RÉDEMPTION* était impossible, peut-être la *RÉMISSION* ne le serait-elle pas. Si c'était vrai, il y avait encore une chance qu'il puisse mourir heureux.

Mais quoi ? Quoi ? Qu'est-ce qu'il pourrait trouver d'assez gros pour la *RÉDEMPTION,* ou même pour la *RÉMISSION* ? Des mines terrestres ? Un lance-flammes autotracté ? Des grenades ? Des armes automatiques ? Non, rien de tout cela n'était assez gros. Il savait où se trouvaient deux gros bombardiers expérimentaux (construits sans l'autorisation du Congrès, payés avec les fonds secrets de la Défense), mais il ne pouvait les ramener à Las Vegas et, même s'il l'avait pu, personne là-bas n'aurait su les piloter. Il leur fallait un équipage d'au moins dix hommes, peut-être davantage.

Il était comme un viseur infrarouge qui détecte la chaleur dans l'obscurité et représente les sources de chaleur comme de vagues formes rougeâtres et fantomatiques. Sans qu'il sache comment, il était capable de détecter ces choses qu'on avait abandonnées dans ce vaste dépotoir où tant de projets militaires s'étaient déroulés. Il aurait pu aller tout droit vers l'ouest, tout droit vers le Projet Bleu où tout avait commencé. Mais la maladie froide n'était pas de son goût et, dans son esprit troublé mais pas totalement illogique, il pensa qu'elle ne serait pas non plus du goût de Flagg. La maladie ne se souciait pas de qui elle tuait. Peut-être aurait-il été préférable pour la race humaine que ceux qui avaient financé le Projet Bleu gardent ce simple fait à l'esprit.

Il était donc allé au nord-ouest d'Indian Springs, dans les sables désolés du périmètre de la base aérienne de Nellis, arrêtant son tout-terrain lorsqu'il lui fallait cisailler une haute clôture de fils de fer barbelés : PROPRIÉTÉ DU GOUVERNEMENT FÉDÉRAL ; DÉFENSE D'ENTRER ; SENTINELLES ARMÉES ; CHIENS DE GARDE ; HAUTE-TENSION. Mais il n'y avait plus d'électricité, plus de chiens de garde, plus de sentinelles armées, et La Poubelle poursuivait sa route, corrigeant son cap de temps en temps. Il était attiré, attiré vers quelque chose. Il ne savait pas ce que c'était, mais il pensait que c'était gros. Suffisamment gros.

Les pneus ballons Goodyear du véhicule tout terrain avançaient patiemment, traversant des cours d'eau asséchés, escaladant des pentes si rocailleuses qu'elles ressemblaient à l'épine dorsale à moitié dénudée d'un stégosaure. L'air était sec. Pas un souffle de vent. La température était stable à un peu plus de 38 degrés. Le seul bruit était le ronronnement du moteur, un Studebaker modifié.

La Poubelle arriva en haut d'une butte, vit quelque chose devant lui et se mit au point mort pour mieux regarder.

Un complexe de bâtiments s'étendait en bas de la colline, brillants comme du mercure dans la chaleur qui montait. Hangars de tôle, bungalows préfabriqués. Des véhicules immobiles çà et là dans les rues poussiéreuses. Tout le secteur était entouré de trois clôtures de fils de fer barbelés. Et les fils étaient montés sur des isolateurs de porcelaine. Pas ces petits isolateurs dont on se sert quand le fil n'est là que pour vous donner un bon picotement ; des isolateurs géants, de la taille d'un poing.

À l'est, une route à deux voies menait à un poste de garde qui ressemblait à un blockhaus. Pas de mignonnes pancartes ici, dans le genre VEUILLEZ REMETTRE VOTRE APPAREIL PHOTO AU GARDE DE SERVICE ou SI VOUS AVEZ AIMÉ VOTRE VISITE, DITES-LE À VOTRE DÉPUTÉ. La seule pancarte était rouge sur fond jaune, les couleurs du danger. Le texte était bref et ne prêtait pas à équivoque : PRÉSENTEZ IMMÉDIATEMENT VOTRE LAISSEZ-PASSER.

— Merci, murmura La Poubelle, sans savoir qui il remerciait. Oh, merci... merci.

Son étrange instinct l'avait conduit jusqu'ici, mais il avait toujours su que cette chose était là, quelque part.

Il repartit et le tout-terrain commença à descendre pesamment la côte. Dix minutes plus tard, il montait la route qui conduisait au poste de garde. Devant lui, la voie était fermée par une barrière anti-crash à chevrons noirs et blancs. La Poubelle descendit de son véhicule. Les bases de ce genre ont toujours des groupes électrogènes de secours. Peu probable qu'un groupe ait continué à tourner pendant trois mois, mais il allait quand même falloir faire très attention avant d'entrer. Ce qu'il voulait était à portée de la main. Pas de précipitation maintenant, au risque de cuire comme un rôti dans un four à micro-ondes.

Derrière une glace à l'épreuve des balles épaisse de quinze centimètres, une momie en uniforme de l'armée regardait dans le vide.

La Poubelle se glissa sous la barrière et s'approcha de la porte du poste de garde. Elle s'ouvrit. Parfait. Quand une installation comme celle-là passe sur l'alimentation électrique de secours, en principe tout se ferme automatiquement. Si vous étiez en train de couler un bronze, vous restiez enfermé aux chiottes jusqu'à ce que la crise soit terminée. Mais, si l'alimentation de secours tombait en panne, tout se déverrouillait.

Le cadavre de la sentinelle dégageait une odeur intéressante, chaude et douce, comme du sucre que l'on ferait caraméliser avec de la cannelle. Il n'avait pas gonflé, il n'avait pas pourri ; il avait simplement séché. On voyait encore des taches noires sous son menton, marque déposée de l'Étrangleuse. Appuyé dans un coin, un fusil automatique Browning. La Poubelle le prit et ressortit.

Il régla son arme au coup par coup, tripota un peu la mire, puis cala la crosse dans le creux de son épaule droite squelettique. Il visa un isolateur de porcelaine et appuya sur la détente. Un claquement sec, une bouffée excitante de cordite. L'isolateur vola en éclats, mais il n'y eut pas cette étincelle violette qui indique la présence d'un courant haute tension. La Poubelle sourit.

Il s'avança en fredonnant vers la grille et l'examina. Comme la porte du poste de garde, elle n'était pas verrouillée. Il l'entrouvrit, puis s'accroupit. Il y avait une mine ici, sous l'asphalte. Comment le savait-il, il n'aurait pu le dire, mais il en était sûr. Peut-être armée ; peut-être pas.

Il revint à son véhicule et bouscula les barrières qui s'écrasèrent sous les gros pneus ballons. Le soleil du désert tapait dur. Les yeux étranges de La Poubelle brillaient de bonheur. Devant la grille, il descendit du tout-terrain qu'il laissa en marche avant. Privé de conducteur, l'engin continua sur sa lancée et acheva d'ouvrir la grille. La Poubelle s'était réfugié dans le poste de garde.

Il avait fermé les yeux, très fort, mais il n'y eut pas d'explosion. Splendide. Tout était neutralisé. Le système de secours avait dû fonctionner un mois, peut-être deux, mais finalement il était mort — sans doute la chaleur et le manque d'entretien. Il fallait quand même faire attention.

Son tout-terrain continuait à avancer paisiblement vers un grand hangar de tôle ondulée. La Poubelle courut derrière lui et le rattrapa au moment où il grimpait sur le trottoir d'une rue qu'un panneau disait être la rue Illinois. Point mort. Le véhicule s'arrêta. La Poubelle monta dans la cabine, passa en marche arrière et s'immobilisa devant l'entrée du hangar.

C'était en fait un dortoir. Plongé dans l'obscurité, il sentait lui aussi le sucre et la cannelle. Une cinquantaine de lits, une vingtaine de cadavres. La Poubelle avançait au milieu de l'allée, se demandant où il se dirigeait. Il n'y avait rien pour lui par ici. Ces hommes avaient été des armes, d'une certaine manière, mais la grippe les avait neutralisés.

Quelque chose tout au fond du hangar retint cependant son attention. Une affiche. Il s'approcha pour la regarder. Il faisait si chaud ici qu'il en avait mal à la tête. Mais lorsqu'il arriva devant l'affiche, son visage s'illumina. Non, il ne s'était pas trompé. Quelque part sur cette base se trouvait ce qu'il cherchait.

L'affiche était un dessin humoristique représentant un homme en train de prendre une douche. Il se savonnait vigoureusement les parties génitales, presque entièrement cachées par les bulles. N'OUBLIEZ PAS VOTRE DOUCHE QUOTIDIENNE ! UNE QUESTION DE SÉCURITÉ ! proclamait la légende.

Au-dessous, un symbole jaune et noir... trois triangles se rejoignant par leurs sommets.

Le symbole des radiations atomiques.

La Poubelle se mit à rire comme un petit enfant, battant des mains dans le silence.

69

Whitney Horgan trouva Lloyd dans sa chambre, allongé sur le grand lit rond qu'il partageait tout récemment encore avec Dayna Jurgens. Un grand verre de gin-tonic était posé en équilibre sur sa poitrine nue. Lloyd regardait solennellement son reflet dans le miroir installé au plafond.

— Entre donc, dit-il quand il vit Whitney. Pas de cérémonie, nom de Dieu. Pas la peine de frapper. Connard.

Il avait prononcé *co-ard.*

— Tu es saoul, Lloyd ? demanda prudemment Whitney.

— Non. Pas encore. Mais ça vient.

— Et *lui,* il est là ?

— Qui ? Le chef sans peur et sans reproche ? fit Lloyd en s'asseyant. Il est sûrement quelque part, le Joyeux Promeneur de Minuit.

Il éclata de rire et se recoucha.

— Tu ferais mieux de faire gaffe à ce que tu dis, murmura Whitney. Tu sais bien qu'il faut pas secouer le bateau quand...

— Va te faire foutre.

— Souviens-toi de ce qui est arrivé à Heck Drogan. Et à Strellerton.

— T'as raison mon gars, les murs ont des oreilles. Ces putains de murs ont des oreilles. Tu as déjà entendu dire ça ?

— Oui, une ou deux fois. Mais c'est vrai ici, Lloyd.

— Tu parles !

Lloyd se rassit d'un seul coup et lança son verre à travers la pièce.

— Et d'un pour la femme de chambre, pas vrai, Whitney ?

— Tu es sûr que ça va, Lloyd ?

— Je me sens en pleine forme. Tu veux un gin-tonic ?

Whitney hésita un instant.

— Non. J'aime pas le gin-tonic sans citron vert.

— Espèce d'andouille, pourquoi tu le disais pas plus tôt ! J'en ai du jus de citron vert. Dans une petite bouteille de plastique, une bouteille verte justement, précisa Lloyd en se dirigeant vers le bar. Regarde, on dirait le testicule gauche de l'homme aux petits pois, en plus gros. Rigolo, non ?

— Ça a le même goût que le vrai ?

— Évidemment. Qu'est-ce que tu crois ? Que ça goûte la patate frite ? Alors tu te décides ? Sois un homme, prends un verre avec moi.

— Bon... d'accord.

— On va se mettre près de la fenêtre pour regarder la vue.

— Non ! cria Whitney.

Lloyd s'arrêta, le visage très pâle tout à coup. Il se retourna vers Whitney et leurs regards se rencontrèrent.

— C'est vrai, je suis désolé. Ce n'était pas de très bon goût.

— Oublie ça.

Mais les deux hommes n'avaient pas oublié. La femme que Flagg leur avait présentée comme son épouse avait justement fait un splendide plongeon la veille. Lloyd se souvenait d'avoir entendu L'As dire que Dayna ne pourrait sauter du balcon, puisque les fenêtres ne s'ouvraient pas. Mais il y avait une terrasse au dernier étage. Probablement que les anciens patrons étaient convaincus que les très gros joueurs qui pouvaient se permettre de louer une suite au dernier étage — des Arabes la plupart — n'auraient jamais envie de piquer une tête dans le vide. Des futés ces gars-là.

620

Lloyd prépara un gin-tonic pour Whitney. Puis ils s'assirent et burent en silence. Dehors, le soleil se couchait en embrasant le ciel. Finalement, Whitney se mit à parler si bas qu'on l'entendait à peine :

— Tu crois qu'elle a plongé toute seule ?

Lloyd haussa les épaules.

— Qu'est-ce que ça peut foutre ? Oui, je crois ça. Je crois qu'elle a plongé. Et toi, si t'étais marié avec *lui* ? Tu plongerais pas ? Un autre petit verre ?

Whitney regarda le sien et vit avec surprise qu'il était vide. Il le tendit à Lloyd qui l'apporta au bar. Lloyd servait l'alcool à main levée, et il avait la main lourde. Whitney commençait à se sentir agréablement bourré.

Ils continuèrent à boire en silence en regardant le coucher de soleil.

— Alors, qu'est-ce que tu sais de ce type, Cullen ? demanda finalement Whitney.

— Rien. Que dalle. Zéro tout rond. Je ne sais rien, Barry ne sait rien. Rien sur la 40, rien sur la 30, rien sur la 2 et la 74, rien sur la 15. Rien sur les petites routes non plus. On a tout quadrillé, et rien de rien. Il est quelque part dans le désert et s'il continue à bouger seulement la nuit, s'il sait comment marcher vers l'est, il va passer à travers. Qu'est-ce que ça peut foutre de toute façon ? Qu'est-ce qu'il peut leur raconter ?

— Je sais pas.

— Moi non plus. Laissons-le s'en aller, voilà ce que je dis.

Whitney ne se sentait pas très à l'aise. Une fois de plus, Lloyd était dangereusement près de critiquer le patron. Quant à lui, il était de plus en plus pompette. Tant mieux. Peut-être trouverait-il bientôt le courage de dire ce qu'il était venu dire.

— Je vais te dire quelque chose, fit Lloyd en se penchant en avant, il perd sa forme si tu veux savoir. On approche de la fin et il perd sa forme. Personne pour le réchauffer au vestiaire.

— Lloyd, je...

— Un autre ?

— Si tu veux.

Lloyd prépara deux autres verres. Il en tendit un à Whitney qui frémit de la tête aux pieds en avalant la première gorgée. C'était du gin presque pur.

— Il perd sa forme, dit Lloyd qui avait gardé le fil de ses idées. D'abord Dayna, ensuite ce type, Cullen. Sa propre femme — si c'était sa femme — fait le plongeon. Est-ce que tu crois que son numéro de voltige aérienne faisait partie du jeu ?

— On ferait mieux de pas en parler.

— Et La Poubelle... Regarde ce qu'il a fait, tout seul comme un grand. Des amis comme ça, on peut s'en saper — on peut s'en passer, je veux dire.

— Lloyd...

— Je comprends rien du tout, reprit Lloyd en secouant la tête. Tout allait tellement bien, jusqu'à cette nuit-là où il est venu nous annoncer que la vieille dame était morte dans la Zone libre. Il a dit que le dernier obstacle était maintenant écarté. Mais c'est à ce moment-là que les choses ont commencé à tourner en eau de boudin.

— Lloyd, je crois vraiment que nous ne devrions pas...

— Je sais pas trop. Nous pourrons sans doute lancer une attaque terrestre au printemps prochain. Mais sûrement pas avant. Et au printemps, qu'est-ce qu'ils auront concocté là-bas, tu sais, toi ? On devait leur tomber dessus avant qu'ils aient le temps de préparer des petites surprises. Impossible maintenant. Et en plus, doux Seigneur Jésus sur son trône, La Poubelle est lâché dans la nature. Il se balade dans le désert et je suis sûr que...

— Lloyd, dit Whitney d'une voix étranglée. Écoute-moi.

Lloyd se pencha en avant, inquiet.

— Quoi ? Qu'est-ce qui va pas, mon pote ?

— J'étais pas sûr d'avoir le courage de te demander, répondit Whitney en serrant très fort son verre. L'As, Ronnie Sykes, Jenny Engstrom et moi, on se barre. Tu veux venir ? Je dois être complètement dingue de te dire ça, toi qu'es tellement copain avec lui.

— Vous vous barrez ? Où ça ?

— En Amérique du Sud, je crois. Au Brésil. Ça devrait être assez loin.

Il s'arrêta, hésita, puis se lança tête baissée :

— Beaucoup de gens sont partis. Bon, peut-être pas beaucoup, mais pas mal quand même, et de plus en plus tous les jours. Ils ne croient plus que Flagg peut s'en sortir. Certains vont au nord, au Canada. Mais j'ai pas envie de me les geler. Je dois absolument foutre le camp. J'irais bien à l'est si je croyais qu'ils m'acceptent. Et si j'étais sûr de pouvoir passer.

Whitney s'arrêta tout à coup et regarda Lloyd d'un air malheureux, comme un homme qui pense être allé beaucoup trop loin.

— T'en fais pas, dit doucement Lloyd. Je vais pas aller te moucharder, mon pote.

— C'est que... tout va mal ici maintenant.

— Quand est-ce que tu comptes t'en aller ?

Whitney le regarda avec des yeux méfiants.

— Oublie la question. Un autre ?

— Pas tout de suite.

— Moi, je vais m'en prendre un.

Lloyd se dirigea vers le bar.

— Je pourrais pas, dit-il, le dos tourné.

— Quoi ?

— *Je pourrais pas !* répéta Lloyd en se retournant vers Whitney. Je lui dois quelque chose. Je lui dois beaucoup. Il m'a sorti d'un sale merdier à Phoenix, et je l'ai pas quitté depuis. Ça fait très longtemps, on dirait. Parfois, j'ai l'impression que c'est depuis toujours.

— Je comprends.

— Mais il y a autre chose. Il m'a fait quelque chose, il m'a rendu moins con. Je ne sais pas ce que c'est, mais je suis plus le même homme, Whitney. Plus du tout le même homme. Avant... avant *lui*... j'étais rien qu'un minable. Maintenant, il me fait faire des trucs ici, et je m'en tire bien. On dirait que je pense mieux. Ouais, on dirait qu'il m'a rendu plus intelligent.

Lloyd prit la pierre noire qui pendait sur sa poitrine, la

regarda, puis la laissa retomber. Il s'essuya la main comme s'il avait touché quelque chose de dégoûtant.

— Je sais bien que je suis pas un génie, reprit-il. Je dois écrire tout ce que je dois faire dans un carnet, autrement j'oublie. Mais avec lui derrière moi, je peux donner des ordres, et la plupart du temps tout va bien. Avant, tout ce que je pouvais faire, c'était d'obéir à des ordres et me foutre dans la merde. J'ai changé... et il m'a changé. Ouais, j'ai l'impression que ça fait drôlement longtemps que je le connais.

Lloyd s'arrêta un instant.

— Quand nous sommes arrivés à Las Vegas, il n'y avait que seize personnes ici. Ronnie, Jenny et ce pauvre vieux Heek Drogan étaient là. Ils l'attendaient. Jenny Engstrom s'est mise sur ses jolis petits genoux et elle a embrassé ses bottes. Elle t'a sûrement jamais raconté ça au lit, ajouta-t-il avec un sourire moqueur. Et maintenant, elle veut foutre le camp. Bon, je la blâme pas, et toi non plus. Mais il faut sûrement pas grand-chose pour bousiller une opération qui fonctionne drôlement bien, tu trouves pas ?

— Tu vas rester ?

— Jusqu'à la fin, Whitney. La sienne ou la mienne. Je lui dois ça.

Il n'ajouta pas qu'il avait encore suffisamment confiance en l'homme noir pour penser qu'il était plus que probable que Whitney et les autres finiraient sur des croix. Et il y avait autre chose encore. Ici, il était le second de Flagg. Que serait-il au Brésil ? Whitney et Ronnie étaient plus intelligents que lui. L'As et lui se retrouveraient en bas de l'échelle, une perspective qui n'était pas de son goût. Autrefois, il n'y aurait pas vu d'inconvénient, mais les choses avaient changé. Et quand votre tête change, découvrait-il peu à peu, elle change généralement pour toujours.

— Enfin, on va peut-être tous s'en tirer au bout du compte, dit Whitney sans grande conviction.

— Bien sûr, répondit Lloyd.

Mais il pensait : *Je ne voudrais pas être dans vos sou-*

liers si le vent finit par tourner en faveur de Flagg. Je ne voudrais pas être dans vos souliers lorsqu'il aura finalement le temps de penser à vous, là-bas, au Brésil. Une croix, ce sera peut-être alors le moindre de vos soucis...

Lloyd leva son verre.

— Un toast, Whitney.

Whitney leva lui aussi son verre.

— Que tout le monde s'en tire bien, dit Lloyd. C'est ce que je souhaite. Que tout le monde s'en tire bien.

— Là, je suis avec toi, tu peux me croire, répondit Whitney.

Whitney s'en alla peu après. Lloyd continua à boire. Il perdit connaissance vers neuf heures et demie et dormit d'un sommeil pesant sur le lit circulaire. Pas de rêves, ce qui valait presque le prix de la gueule de bois du lendemain.

Quand le soleil se leva, le 17 septembre, Tom Cullen s'arrêta un peu au nord de Gunlock, dans l'Utah. Il faisait assez froid pour que son haleine forme un petit nuage blanc devant sa bouche. Il avait les oreilles gelées. Mais il se sentait bien. Il était passé tout près d'une mauvaise route pleine d'ornières la nuit précédente et il avait vu trois hommes assis autour d'un petit feu de camp. Ils étaient tous les trois armés.

Alors qu'il essayait de les éviter en se cachant derrière de gros rochers — il était maintenant à la limite ouest des mauvaises terres de l'Utah — il avait fait tomber des cailloux au fond du lit d'une rivière à sec. Du pipi tout chaud s'était mis à couler le long de ses jambes, mais il lui avait fallu plus d'une heure pour se rendre compte qu'il avait fait dans sa culotte comme un petit garçon.

Les trois hommes s'étaient retournés, deux avaient épaulé leurs armes. Tom était bien mal caché. Une ombre parmi les ombres. La lune s'était dissimulée derrière un récif de nuages. Si elle choisissait ce moment pour sortir...

— C'est un cerf, dit le premier. Il y en a partout.

— On devrait aller voir, dit le deuxième.

— Fous-toi le pouce dans le cul, dit le troisième, ce qui mit un point final à leurs tergiversations.

Ils s'étaient rassis et Tom avait continué à ramper prudemment, regardant leur feu de camp s'éloigner avec une lenteur désespérante. Encore une heure, et il ne fut plus qu'une lueur derrière lui. Finalement, il disparut et Tom se sentit soulagé d'un énorme poids. Il commençait à se croire en sécurité. Il était toujours à l'ouest et il n'était pas assez bête pour ne pas rester prudent — putain, non — mais le danger ne semblait plus aussi épais, il n'avait plus l'impression d'être encerclé par des Indiens ou des bandits de grand chemin.

Et maintenant, alors que le soleil se levait, il se roula en boule au milieu des buissons et se prépara à dormir. *Faut que je trouve des couvertures,* pensa-t-il. *Il commence à faire froid.* Puis le sommeil s'empara de lui, soudainement, complètement, comme il le faisait toujours.

Il rêva de Nick.

70

La Poubelle avait trouvé ce qu'il voulait.

Il avançait dans un couloir souterrain, un couloir aussi noir qu'un puits de mine. Dans sa main gauche, il tenait une torche électrique. Dans la droite, un revolver, car ce n'était pas très rassurant par ici. Il avançait à bord d'une voiturette électrique qui roulait silencieusement dans le large corridor, avec un ronronnement grave à peine audible.

Derrière le siège du conducteur se trouvait un grand plateau destiné à recevoir des marchandises. Et sur le plateau, une ogive nucléaire.

Elle était lourde.

La Poubelle n'avait aucune idée de son poids, mais il avait été incapable de la faire bouger à la main. C'était un long cylindre. Froid. En passant la main sur sa surface courbe, il avait eu du mal à croire qu'un bout de métal aussi froid, aussi mort, puisse dégager autant de chaleur.

Il avait trouvé l'ogive à quatre heures du matin. Il était revenu au garage et s'était muni d'un palan à chaîne qu'il avait ensuite installé au-dessus de l'ogive. Quatre-vingt-dix minutes plus tard, elle reposait douillettement sur la voiturette électrique, nez en l'air, son nez sur lequel des chiffres étaient peints au pochoir : A161410USAF. Les pneus pleins de la voiturette s'étaient sensiblement écrasés quand il l'avait installée.

Il arrivait maintenant au bout du couloir. Juste devant lui se trouvait le gros monte-charge dont les portes étaient

627

restées ouvertes. Il aurait été bien assez gros pour emporter la voiturette, mais naturellement il n'y avait pas d'électricité. La Poubelle était descendu par l'escalier. Il avait apporté le palan par le même chemin. Mais il ne pesait pas très lourd, comparé à l'ogive. Soixante-dix kilos, à peu près. Pas beaucoup plus en tout cas. Pourtant, lui faire descendre les cinq étages par l'escalier avait été un sacré boulot.

Comment allait-il *remonter* ces cinq étages avec l'ogive ?

Avec un treuil à moteur, murmura une voix dans sa tête.

Assis sur son siège, éclairant au hasard autour de lui, La Poubelle hocha la tête. Oui, naturellement c'était la solution. Au treuil. Installer un moteur à essence tout en haut et faire monter l'ogive, étage par étage s'il le fallait. Mais où trouver une chaîne de cent cinquante mètres ?

Nulle part, probablement. Mais il pourrait souder ensemble plusieurs chaînes. Est-ce que les soudures tiendraient ? Difficile à dire. Et, même si elles tenaient, combien de fois l'escalier changeait-il de sens en montant jusqu'au rez-de-chaussée ?

Il sauta de la voiturette et caressa la surface lisse de l'ogive mortelle dans l'obscurité silencieuse.

L'amour lui indiquerait le moyen.

Laissant l'ogive sur la voiturette, il remonta l'escalier pour voir ce qu'il pourrait trouver. Dans une base comme celle-là, il devait y avoir un peu de tout. Il allait sûrement mettre la main sur ce qu'il lui fallait.

Il monta deux étages et s'arrêta pour reprendre son souffle. Et c'est alors qu'il se posa tout à coup une question : *Est-ce que j'ai été exposé aux radiations ?* Ils protégeaient ces machins-là, avec des écrans de plomb. Mais dans les films qu'on voyait à la télé, les hommes qui manipulaient du matériel radioactif portaient toujours des combinaisons de protection et des badges qui changeaient de couleur si vous preniez une dose. Parce que les radiations sont silencieuses. On ne peut pas les voir. Elles se glissent dans votre chair et dans vos os. Vous ne savez même pas que vous êtes malade jusqu'au jour où vous commencez à dégueuler, à perdre vos cheveux et à courir aux cabinets toutes les deux minutes.

Est-ce qu'il allait connaître tout cela lui aussi ?

Il découvrit qu'il s'en moquait totalement. Il allait remonter cette bombe. D'une manière ou d'une autre, il allait la remonter. Il allait la ramener à Las Vegas. Il fallait réparer cette terrible chose qu'il avait faite à Indian Springs. S'il devait mourir pour expier sa faute, alors il mourrait.

— Je te donnerai ma vie, murmura-t-il dans l'obscurité.

Et il se remit à monter l'escalier.

71

Il était presque minuit, le 17 septembre. Randall Flagg était dans le désert, emmitouflé de la tête aux pieds dans trois couvertures. Une quatrième enveloppait son visage comme un voile de touareg, ne laissant paraître que ses yeux et le bout de son nez. Peu à peu, parfaitement immobile, il laissa toutes ses pensées s'en aller. Les étoiles brillaient de leur feu froid, de leur éclat ensorcelé.

Il envoya l'Œil.

Il le sentit se séparer de lui avec une petite secousse indolore. Et l'Œil s'envola, silencieux comme un faucon, porté par de noirs courants ascendants. Il avait maintenant rejoint la nuit. Il était l'œil du corbeau, l'œil du loup, l'œil de la belette, l'œil du chat. Il était le scorpion, l'araignée aux longues pattes velues. Il était la flèche empoisonnée qui fendait inlassablement l'air du désert. Quoi qu'il ait pu arriver, l'Œil ne l'avait pas abandonné.

Et, tandis qu'il volait sans effort, le monde des choses terrestres s'étalait au-dessous de lui comme un cadran d'horloge.

Ils arrivent... ils sont presque dans l'Utah maintenant...

Il volait haut, d'un vol large et silencieux, au-dessus d'un monde de cimetières. En bas, le désert s'étendait comme un sépulcre blanchi entaillé par le ruban noir de l'autoroute. Il vola en direction de l'est, franchit la frontière de l'État, son corps loin derrière lui, ses yeux brûlants renversés en arrière, découvrant leur blanc aveuglant.

Le paysage commençait à changer. Buttes et étranges

piliers sculptés par le vent, mesas au sommet plat comme une table. La route filait tout droit. Les plaines salées de Bonneville, loin au nord. Skull Valley, quelque part à l'ouest. Il volait. Le bruit du vent, mort et lointain...

Un aigle perché sur la plus haute fourche d'un très vieux pin éventré par la foudre, quelque part au sud de Richfield, sentit quelque chose passer près de lui, une chose douée d'une vision mortelle qui sifflait dans la nuit, et l'aigle prit son vol, intrépide, pour être aussitôt repoussé par une sensation de froid mortel. Le grand oiseau tomba presque jusqu'à terre, stupéfait, avant de se reprendre.

L'Œil de l'homme noir allait à l'est.

Et maintenant la route qu'il survolait était l'autoroute 70. Les maisons des petites villes se blottissaient les unes contre les autres, petites cités désertes à l'exception des rats, des chats et des cerfs qui avaient commencé à descendre des forêts à présent que l'odeur de l'homme s'évanouissait. Des villes qui s'appelaient Freemont, Green River, Sego, Thompson, Harley Dome. Et une autre encore, déserte elle aussi. Grand Junction, au Colorado. Puis...

Juste à l'est de Grand Junction, l'étincelle d'un feu de camp.

L'Œil descendit en décrivant une spirale.

Le feu était en train de mourir. Quatre silhouettes dormaient à côté.

C'était donc vrai.

L'Œil les jaugea froidement. Ils arrivaient. Pour des raisons qu'il ne pouvait comprendre, ils arrivaient vraiment. Nadine avait dit la vérité.

Un grognement sourd, et l'Œil se tourna dans une autre direction. Il y avait un chien de l'autre côté du feu de camp, la tête baissée, la queue recourbée sur ses parties génitales. Ses yeux brillaient comme de sinistres joyaux d'ambre. Son grondement ne s'arrêtait pas, comme un tissu qui se serait déchiré sans cesse. L'Œil le fixa et le chien ne baissa pas les yeux. Ses babines se retroussèrent et il montra les dents. L'une des silhouettes s'assit.

— Kojak, grogna-t-elle. Tu veux bien te taire ?

Kojak continua à gronder, le poil hérissé.

L'homme qui s'était réveillé — Glen Bateman — regarda autour de lui, soudain mal à l'aise.

— Qu'est-ce qu'il y a, mon vieux ? murmura-t-il au chien. Tu sens quelque chose ?

Kojak continuait de gronder.

— Stu !

Il secoua la silhouette qui se trouvait à côté de lui. Elle marmonna des mots sans suite et se retourna dans son sac de couchage.

L'homme noir qui maintenant était l'Œil noir en avait vu assez. Il remonta en un tourbillon, apercevant à peine le chien qui tournait la tête pour le suivre dans son vol. Le grondement se transforma en une salve d'aboiements, très forts d'abord, puis plus faibles, de plus en plus faibles, jusqu'à s'éteindre lentement.

Il se fondit dans le noir et le silence.

Plus tard, combien de temps plus tard, il s'arrêta au-dessus du désert et il se regarda. Puis il descendit lentement, s'approcha du corps, plongea en lui-même. Un moment il eut une curieuse sensation de vertige, comme si deux choses fusionnaient en une seule. Puis l'Œil disparut et il n'y eut plus que ses yeux qui regardaient l'éclat froid des étoiles.

Ils arrivaient, oui.

Flagg souriait. La vieille femme leur avait-elle dit de venir ici ? L'auraient-ils écoutée si elle leur avait demandé, sur son lit de mort, de se suicider de cette si nouvelle manière ? Oui, ils l'auraient probablement fait.

Ce qu'il avait oublié était si incroyablement simple qu'il était humilié à présent de s'en rendre compte : Eux *aussi* avaient leurs problèmes, eux *aussi* avaient peur... et c'est pour cette raison qu'ils commettaient cette effroyable erreur.

Était-il même concevable qu'on les ait chassés ?

Il s'attarda amoureusement sur cette idée mais décida qu'il ne pouvait finalement y croire. Ils venaient de leur propre gré. Ils arrivaient, drapés dans leur bonne conscience comme une troupe de missionnaires s'approchant du village des cannibales.

Oh, comme c'était drôle !

Les doutes allaient se dissiper. Les peurs allaient s'apaiser. Il ne suffisait plus que d'exposer leurs quatre têtes au bout de quatre piques devant la fontaine du MGM Grand Hotel. Il rassemblerait tous les habitants de Las Vegas et les ferait défiler un par un pour contempler le spectacle. Il ferait prendre des photos, il ferait imprimer des tracts, il les ferait distribuer à Los Angeles, à San Francisco, à Spokane, à Portland. Et la tête du chien aurait droit elle aussi à sa pique.

— Bon chien, dit Flagg, et il éclata de rire pour la première fois depuis que Nadine l'avait poussé à la jeter du haut de la terrasse. Bon chien, répéta-t-il en souriant.

Il dormit bien cette nuit-là et, au matin, il fit dire qu'il fallait tripler les effectifs des postes de garde sur toutes les routes entre l'Utah et le Nevada. Ils ne cherchaient plus un seul homme qui se dirigeait vers l'est, mais quatre hommes et un chien en route pour l'ouest. Et il fallait les prendre vivants. À tout prix les prendre vivants.

Oh, oui.

72

— Vous savez, dit Glen Bateman, les yeux fixés sur la ville de Grand Junction que l'on devinait dans la lumière du petit matin, il y a des années que j'entends dire « c'est dégueulasse » sans savoir exactement ce que signifie cette expression. Je crois avoir enfin compris.

Il regarda alors son petit déjeuner, qui se composait de saucisses synthétiques Étoile du Matin, et fit la grimace.

— Mais non, elles sont très bonnes, ces saucisses, répondit Ralph avec une sincérité désarmante. Vous auriez dû essayer le rata de l'armée.

Ils étaient assis autour de leur feu de camp que Larry avait ranimé une heure plus tôt. Engoncés dans des vêtements chauds, des gants épais aux mains, ils en étaient à leur deuxième tasse de café. Il faisait très frais — deux degrés à peine — et le ciel était nuageux, triste. Kojak somnolait aussi près du feu qu'il le pouvait sans se roussir le poil.

— Et voilà, j'ai mon content de nourriture spirituelle pour aujourd'hui, dit Glen en se levant. Heureux les ventres vides, les mains pleines, ou quelque chose du genre. À propos de mains pleines, donnez-moi vos ordures, je vais les enterrer.

Stu lui tendit son assiette de carton et son gobelet.

— Ça fait du bien de marcher, vous trouvez pas, le prof ? Je suis sûr que vous n'avez jamais été aussi en forme depuis que vous n'avez plus vingt ans.

— Tu veux dire soixante-dix ans, renchérit Larry en éclatant de rire.

— Stu, je n'ai jamais été aussi en forme, répondit Glen d'une voix lugubre en mettant les ordures dans un sac de plastique. Je n'ai *jamais* voulu être en forme. Mais tant pis. Après cinquante années d'agnosticisme confirmé, il semble que mon destin soit de suivre le Dieu d'une vieille femme noire jusque dans l'antre de la mort. Si tel est mon destin, alors qu'il en soit ainsi. Fin de citation. Tout compte fait, je préfère la marche à la voiture. La marche prend plus de temps, donc je vis plus longtemps... de quelques jours en tout cas. Excusez-moi, messieurs, le temps de donner une sépulture décente à vos immondices.

Ils le regardèrent s'éloigner, armé d'une petite pelle. Cette « excursion dans le Colorado avec une pointe à l'ouest », selon l'expression de Glen, avait été particulièrement éprouvante pour le professeur. Il était le plus âgé. Ralph Brentner était son cadet de douze ans. Mais il avait su faciliter les choses pour les autres avec son humour et son ironie. Et le bonhomme semblait en paix avec lui-même. Le fait qu'il puisse continuer ainsi jour après jour impressionnait beaucoup les autres. Il avait cinquante-sept ans et Stu l'avait vu faire craquer les articulations de ses doigts ces trois ou quatre derniers jours, le matin quand il faisait froid, et grimacer de douleur.

— Ça fait mal ? lui avait demandé Stu hier, après la première heure de marche.

— L'aspirine est faite pour ça. C'est de l'arthrite, vous savez, mais elle n'est pas aussi méchante qu'elle le sera sans doute dans cinq ou sept ans. Et franchement, mon cher Texan, je ne m'accorde pas une telle espérance de vie.

— Vous croyez vraiment qu'il va nous prendre ?

Et Glen Bateman avait alors répondu une étrange chose :

— Je ne crains aucun mal.

Et la conversation avait pris fin sur cette phrase.

Il entendait maintenant le professeur creuser la terre gelée en grommelant quelques gros mots.

— Un sacré type, hein ?

— Oui, tu peux le dire, répondit Larry. J'ai toujours cru que ces professeurs étaient un peu chochottes, mais celui-là ne l'est sûrement pas. Tu sais ce qu'il m'a dit quand je lui ai demandé pourquoi il ne balançait pas les ordures dans le fossé ? Que ce n'était pas la peine de recommencer ce genre de conneries. Que nous avions déjà pas mal pioché dans la vieille merde d'autrefois.

Kojak se leva et partit au petit trot voir ce que Glen était en train de faire. La voix du professeur flotta jusqu'à eux :

— Eh bien, te voilà enfin, grosse crotte paresseuse. Je commençais à me demander où tu étais parti. Tu veux que je t'enterre toi aussi ?

Larry sourit et défit le podomètre qu'il portait à la ceinture. Il s'était procuré ce petit instrument dans un magasin d'articles de sport de Golden. Vous le réglez à la longueur de votre pas, puis vous glissez la pince de l'instrument sur votre ceinture. Tous les soirs, Larry notait la distance qu'ils avaient parcourue dans la journée sur une feuille déjà passablement froissée.

— Est-ce que je peux voir ta feuille ? demanda Stu.

— Naturellement.

En haut de la page, Larry avait écrit en lettres d'imprimerie : *Boulder — Las Vegas : 1 241 kilomètres*. Et en dessous :

Date	Kilomètres	Total
6 septembre	45,2	45,2
7 septembre	43,4	88,6
8 septembre	42,6	131,2
9 septembre	45,3	176,5
10 septembre	44,9	221,4
11 septembre	46,8	268,2
12 septembre	46,3	314,5
13 septembre	47,5	362,0
14 septembre	51,5	413,5
15 septembre	52,5	466,0
16 septembre	57,1	523,1
17 septembre	59,8	582,9

Stu prit un bout de papier dans son portefeuille et fit une soustraction.

— Bon. Nous avançons plus vite qu'au début, mais nous avons encore plus de six cent cinquante kilomètres à faire. Merde, nous n'avons même pas fait la moitié du chemin.

— Normal qu'on aille plus vite. On descend maintenant. Et Glen a raison, tu sais. Pourquoi se dépêcher ? Le type va nous massacrer dès qu'on arrivera là-bas.

— Moi, j'y crois pas. Nous allons peut-être mourir, c'est d'accord, mais ça va pas du tout être facile pour lui. La partie n'est pas gagnée d'avance. Mère Abigaël ne nous aurait pas dit de partir si nous allions simplement nous faire tuer sans que ça serve à rien du tout. Impossible.

— Je ne pense pas que ce soit elle qui nous ait dit de partir, répondit Stu d'une voix tranquille.

Le podomètre de Larry fit quatre *clic* lorsqu'il le régla pour le début de la journée : 000,0. Stu jeta de la terre sur ce qui restait du feu de camp. Et le petit rituel du matin se poursuivit. Ils étaient depuis douze jours sur la route et Stu avait l'impression que cette routine allait durer toujours : Glen se plaindrait de la nourriture, pour rire naturellement, Larry noterait les kilomètres parcourus sur sa feuille froissée, chacun avalerait ses deux tasses de café, quelqu'un enterrerait les ordures de la veille, quelqu'un d'autre étoufferait le feu. La routine, une routine qui n'avait rien de désagréable. Elle vous faisait oublier ce qui vous attendait, et tant mieux. Le matin, Fran lui paraissait très distante — très claire, mais très distante, comme une photo dans un médaillon. Le soir, lorsque la nuit était tombée et que la lune avait repris sa place dans le ciel, elle paraissait très proche au contraire. Proche au point d'avoir l'impression de pouvoir la toucher... et naturellement, c'était là le bobo. C'est dans ces moments que sa foi en mère Abigaël se transformait en un doute amer, qu'il aurait voulu tous les réveiller et leur dire qu'ils étaient fous de faire ce voyage, qu'ils étaient armés de lances de caoutchouc pour renverser un moulin à vent mortellement dangereux, qu'ils feraient mieux de s'arrêter à la prochaine ville, de trouver des motos et de revenir. Qu'ils feraient mieux de profiter d'un peu de lumière et d'un peu d'amour pendant qu'il était encore temps — car Flagg n'allait pas leur en laisser le loisir.

Mais c'était la nuit. Au matin, il lui paraissait juste de poursuivre la route. Il regardait Larry et se demandait s'il avait pensé à sa Lucy tard hier soir. S'il avait rêvé d'elle, s'il aurait voulu...

Glen revenait. Il grimaçait un peu en marchant. Kojak gambadait à côté de lui.

— Allez, on va les avoir, dit-il. Pas vrai, Kojak ?

Kojak remua la queue.

— Mon chien vous dit : Sus ! Oui, c'est ce qu'il dit. À Las Vegas ! traduisit Glen avec un sourire égrillard. On y va.

Ils escaladèrent le talus et se retrouvèrent sur la nationale 70 qui descendait vers Grand Junction. Une nouvelle journée de marche venait de commencer.

En fin d'après-midi, une pluie glaciale se mit à tomber et la conversation perdit de son entrain. Larry marchait seul, les mains dans les poches. Au début, il pensa à Harold Lauder dont ils avaient trouvé le cadavre deux jours plus tôt — il semblait y avoir entre eux une entente tacite pour ne pas parler de Harold — mais finalement ses réflexions se portèrent sur la personne qu'il avait surnommée l'Homme-Loup.

Ils l'avaient découvert juste à l'est du tunnel Eisenhower. La route était complètement bouchée à cet endroit où l'on respirait une puissante odeur de mort. L'Homme-Loup, vêtu d'un jeans très ajusté et d'une chemise western en soie, était à moitié sorti d'une Austin. Les cadavres de plusieurs loups gisaient autour de la voiture. L'Homme-Loup, affalé sur le siège du passager, les jambes dehors, avait le cadavre d'un loup sur la poitrine. Il serrait encore entre ses mains le cou de l'animal dont le museau sanglant était pointé vers sa gorge. À partir de ces indices, tous avaient conclu qu'une meute de loups était sans doute descendue des montagnes, qu'elle avait vu cet homme solitaire et qu'elle avait attaqué. L'Homme-Loup était armé d'un revolver et il avait tué plusieurs de ses assaillants avant de se réfugier dans l'Austin.

Combien de temps avait-il tenu avant que la faim ne le force à sortir de son refuge ?

Larry n'en savait rien, et il ne voulait pas le savoir. Mais à voir l'extrême maigreur de l'Homme-Loup, une semaine peut-être. Bien sûr, il allait à l'ouest rejoindre l'homme noir, mais Larry n'aurait souhaité à personne un destin aussi horrible. Il en avait parlé une fois à Stu, deux jours plus tard, une fois l'Homme-Loup loin derrière eux.

— Et pourquoi une meute de loups aurait-elle attendu aussi longtemps, Stu ?

— Je n'en sais rien.

— Je veux dire, ils auraient pu trouver autre chose à manger, non ?

— Je crois que oui.

C'était pour lui un terrible mystère qu'il ressassait constamment dans sa tête, sachant qu'il ne trouverait jamais la solution. Et l'Homme-Loup avait manifestement tout ce qu'il fallait au rayon roupettes. Poussé par la faim et la soif, il avait fini par ouvrir la portière. Un loup lui avait sauté à la gorge. Mais l'Homme-Loup l'avait étranglé avant de mourir.

Larry et ses compagnons s'étaient encordés pour la traversée du tunnel Eisenhower et, dans ce noir horrible, Larry s'était alors souvenu d'un autre tunnel, le tunnel Lincoln. Si ce n'est qu'il n'était plus hanté par le souvenir de Rita Blakemoor, mais par le visage de l'Homme-Loup figé dans un dernier hurlement quand lui et son agresseur s'étaient entre-tués.

Les loups avaient-ils été envoyés pour tuer cet homme ?

Une idée trop troublante pour qu'il puisse même s'y arrêter. Il essayait d'oublier tout cela pour ne penser qu'à marcher, mais ce n'était pas facile.

Ils campèrent cette nuit-là peu après Loma, pas très loin de la frontière de l'Utah. Leur dîner se composa d'eau bouillie et des provisions qu'ils avaient pu trouver en route, comme tous leurs autres repas — ils suivaient à la lettre les consignes de mère Abigaël : Partez dans les vêtements que vous portez. N'emportez rien avec vous.

— On risque d'avoir des problèmes en Utah, fit observer Ralph. C'est là qu'on va voir si Dieu s'occupe vraiment de nous. Il y a un bout de route, plus de cent cinquante kilomètres, sans un seul village, sans une station-service, sans un restaurant.

Cette perspective ne semblait pas le déranger particulièrement.

— Et de l'eau ? demanda Stu.

— Pas tellement non plus, répondit Ralph en haussant les épaules. Bon, je crois que je vais me coucher.

Larry suivit son exemple. Glen resta pour fumer sa pipe. Stu avait encore quelques cigarettes et décida d'en fumer une. Les deux hommes restèrent silencieux quelque temps.

— Vous en avez fait un bout, depuis votre New Hampshire, le prof, dit enfin Stu.

— Votre Texas n'est pas la porte à côté non plus.

— Non, pour sûr, acquiesça Stu avec un sourire.

— Fran vous manque beaucoup, je suppose.

— Oui... et je me fais du souci... Du souci pour le bébé... Surtout la nuit.

Glen tira sur sa pipe.

— Vous ne pouvez rien y changer, Stuart.

— Je sais. Mais je m'inquiète quand même.

— Évidemment.

Glen vida sa pipe sur une pierre.

— Il m'est arrivé quelque chose de bizarre la nuit dernière, Stu. J'ai essayé toute la journée de savoir si c'était la réalité, si c'était un rêve, ou autre chose encore.

— Et qu'est-ce que c'était ?

— Attendez. Je me suis réveillé en pleine nuit. Kojak grognait. Il était sans doute plus de minuit, car le feu était presque éteint. Kojak était de l'autre côté du feu, le poil du cou tout hérissé. Je lui ai dit de se taire, mais il ne m'a même pas regardé. Il regardait quelque chose sur ma droite. J'ai pensé un instant que c'était peut-être des loups. Depuis que nous avons vu ce type que Larry appelle l'Homme-Loup...

— Oui, c'était pas très joli.

— Mais il n'y avait rien. J'ai de bons yeux pourtant. Kojak grognait, et il n'y avait *rien*.

— Il sentait quelque chose, c'est tout.

— Oui, mais je n'en suis pas encore arrivé au plus étrange. Au bout de quelques minutes, j'ai commencé à me sentir... comment dire, vraiment très bizarre. J'avais l'impression qu'il y avait quelque chose juste à côté du talus de l'autoroute et que cette chose me regardait, nous regardait tous. J'avais l'impression que je pouvais presque la voir, que si je clignais les yeux de la bonne manière, j'allais la voir. Mais je ne voulais pas. Parce que j'avais l'impression que c'était *lui*. J'avais l'impression que c'était *Flagg*.

— Ce n'était rien, probablement, dit Stu après un moment de silence.

— Pourtant, j'avais vraiment l'impression qu'il y avait quelque chose. Et Kojak aussi.

— Bon. Supposons qu'*il* était en train de nous regarder. Qu'est-ce qu'on peut y faire ?

— Rien, mais je n'aime pas ça. Je n'aime pas qu'il soit capable de nous regarder... si c'est bien ce qu'il fait. Ça me fout une trouille à chier dans mon froc, si vous me passez l'expression.

Stu tira une dernière bouffée, écrasa soigneusement sa cigarette sur une pierre, mais ne semblait pas encore prêt à retrouver son sac de couchage. Il regardait Kojak qui les observait, couché auprès du feu, le museau posé entre ses pattes.

— Comme ça, Harold est mort, dit enfin Stu.

— Oui.

— Un beau gâchis. Un gâchis pour Sue et Nick. Un beau gâchis pour lui aussi, sans doute.

— Vous avez raison.

Il n'y avait rien d'autre à dire. Ils étaient tombés sur Harold et sur sa pitoyable déclaration de moribond le lendemain du jour où ils avaient traversé le tunnel Eisenhower. Nadine et lui étaient certainement passés par le col Lowland, puisque Harold avait encore sa Triumph — ce qu'il en restait en tout cas — et qu'il aurait été impossible, comme l'avait dit Ralph, de passer avec une poussette dans le tunnel Eisenhower. Les busards avaient joliment nettoyé le cadavre, mais Harold tenait encore son carnet à couverture plastifiée dans sa main. Le 38 était planté dans sa bouche comme une grotesque sucette. Ils n'avaient pas enterré Harold. Stu avait quand même retiré le pistolet, avec une extrême douceur. De voir avec quelle efficacité l'homme noir avait détruit Harold, avec quelle insouciance il l'avait repoussé une fois son rôle joué, Stu n'en avait que davantage détesté Flagg. Il avait l'impression qu'eux-mêmes s'étaient lancés dans une idiote croisade de pastoureaux. Il savait qu'il leur fallait continuer, mais le cadavre de Harold avec sa jambe fracassée revenait le hanter, comme la grimace immobile de l'Homme-Loup hantait Larry. Et il avait compris qu'il voulait rendre à Flagg la monnaie de sa pièce, le faire payer pour Harold, pour Nick, pour Susan... même s'il était de plus en plus convaincu qu'il n'aurait jamais cette chance.

Mais tu as intérêt à faire gaffe, pensait-il. *Tu as intérêt à faire gaffe ! Si je t'attrape, salopard, je t'étrangle.*

Glen se leva sans pouvoir s'empêcher de faire une petite grimace.

— Je vais me coucher, le Texan. Ne vous vexez point, mon cher, mais cette soirée me paraît sinistre.

— Et l'arthrite ?

— Ça va pas trop mal, répondit Glen avec un sourire.

Mais il boitait quand il partit se coucher.

Stu se dit qu'il ferait mieux de ne pas fumer une autre cigarette — au rythme de deux ou trois par jour, sa provision serait épuisée d'ici la fin de la semaine — puis il en alluma une quand même. Il ne faisait pas trop froid ce soir. Cependant il était clair que l'été était bel et bien terminé dans les montagnes. Il se sentait triste, car il avait la certitude de ne plus jamais voir un autre été. Quand celui-ci avait commencé, il travaillait quand il y avait de l'ouvrage dans une usine de calculatrices électroniques. Il habitait une petite ville, Arnette, et il passait une bonne partie de son temps à traîner dans la station-service Texaco de Bill Hapscomb où il écoutait les copains papoter sur l'économie, le gouvernement, les temps difficiles. Et Stu se disait maintenant qu'aucun d'entre eux n'avait jamais su ce qu'étaient vraiment les temps difficiles. Il termina sa cigarette et la jeta dans le feu.

— Fais attention à toi, Frannie, petite fille, murmura-t-il en se glissant dans son sac de couchage.

Et dans ses rêves il crut que Quelque chose s'était approché de leur camp. Quelque chose qui montait une garde malveillante auprès d'eux. Un loup doué d'une intelligence humaine. Ou un corbeau. Ou une belette traînant son ventre au milieu des buissons. Ou peut-être une présence désincarnée, un Œil qui regardait.

Je ne crains aucun mal, murmura-t-il dans son rêve. *Oui, même si je marche dans la vallée des ombres de la mort, je ne crains aucun mal. Aucun mal.*

Le rêve finit par s'évanouir et il dormit d'un profond sommeil.

Le lendemain matin, ils se remirent en marche et le podomètre de Larry continua à marquer les kilomètres tandis que la route serpentait paresseusement en descendant vers l'Utah. Un peu après midi, ils laissèrent le Colorado derrière eux et, le soir venu, ils campèrent à l'ouest de Harley Dome. Pour la première fois, le grand silence leur parut oppressant et maléfique. Ce soir-là, Ralph Brentner alla se coucher en se parlant tout seul : *Nous sommes à l'ouest maintenant. Nous ne sommes plus dans notre cour, mais dans la sienne.*

Durant la nuit, Ralph rêva d'un loup qui n'avait qu'un seul œil rouge, descendu des mauvaises terres pour les surveiller. *Va-t'en,* lui avait dit Ralph. *Va-t'en ! Nous n'avons pas peur. Nous n'avons pas peur de toi.*

À deux heures de l'après-midi, le 21 septembre, ils sortaient de Sego. La prochaine ville d'importance, selon la carte de Stu, était Green River. Après cela, il n'y avait plus aucune agglomération pendant des kilomètres et des kilomètres. Comme l'avait dit Ralph, ils allaient voir si Dieu était avec eux ou pas.

— En fait, disait Larry à Glen, ce n'est pas tellement la nourriture qui m'inquiète, mais l'eau. La plupart des gens qui partent en voyage emportent avec eux des choses à grignoter, biscuits aux figues, petits-beurre, des trucs de ce genre. Mais l'eau...

— Peut-être le Seigneur nous enverra-t-il des déluges de bienfaits, répondit Glen avec un grand sourire.

Larry regarda le ciel bleu sans nuages et fit une grimace.

— J'ai parfois l'impression qu'elle n'avait plus toute sa tête à la fin.

— C'est possible. Si vous lisez les théologiens classiques, vous verrez que Dieu choisit souvent de parler par la bouche des mourants et des fous. Il me semble même — et regardez donc le jésuite en moi qui sort de son placard — il me semble même qu'il existe de bonnes raisons psychologiques à cela. Un fou ou une personne à l'article de la mort est un être humain dont le psychisme est radicalement altéré. Une personne en bonne santé pourrait peut-être filtrer le message divin, le modifier selon sa propre personnalité. En d'autres termes, une personne pétante de santé serait sans doute un prophète merdique.

— Les voies de Dieu, taratata taratata, dit Larry. Je connais la musique. Un écran d'obscurité... et patati, et patata. Oui, je trouve ça plutôt obscur, à mon goût. Tout ce chemin à pinces, alors qu'il nous aurait fallu une semaine en voiture... Vraiment, ça me dépasse. Mais, puisque nous faisons des trucs bizarres, autant les faire bizarrement.

— Il existe d'innombrables précédents historiques pour ce que nous faisons, reprit Glen, et je vois un certain nombre de raisons psychologiques et sociologiques parfaitement raisonnables pour justifier cette marche. Je ne sais s'il s'agit des raisons de Dieu, mais elles me semblent parfaitement logiques.

— Par exemple ?

Stu et Ralph s'étaient approchés pour écouter.

— Dans plusieurs tribus amérindiennes, « avoir une vision » faisait partie intégrante du rite de passage à l'âge adulte. Quand le moment était venu de devenir un homme, vous deviez partir seul dans la nature, sans arme. Vous deviez tuer un animal, composer deux hymnes — le premier à la gloire du Grand Esprit et l'autre sur vos prouesses de chasseur, de cavalier, de guerrier et de baiseur — et enfin, vous deviez avoir une vision. Vous ne deviez rien manger. Vous deviez entrer dans un état second — mentalement et physiquement — et attendre que cette vision se manifeste. Ce qu'elle finissait par faire, naturellement, la faim étant un merveilleux hallucinogène, comme chacun sait, précisa-t-il avec un petit gloussement.

— Alors vous pensez que mère Abigaël nous a envoyés ici pour avoir des visions ? demanda Ralph.

— Plutôt pour acquérir la force et la sainteté par un processus de purge. L'évacuation des *choses* est symbolique, vous savez. Talismanique. Lorsque vous évacuez des *choses,* vous évacuez aussi les parcelles de moi symboliquement attachées à ces choses. Vous entreprenez une sorte de nettoyage. Vous commencez à vider la cuve.

Larry secouait la tête.

— Je ne vous suis pas.

— Bon. Prenez un homme intelligent d'avant la super-grippe. Cassez-lui sa télévision. Qu'est-ce qu'il fait le soir ?

— Il lit, dit le premier.

— Il va voir ses amis, dit le second.

— Il écoute des disques, dit le troisième.

— Oui, tout ça, bien sûr. Mais sa télévision lui manque. Il y a un trou dans sa vie, le trou qu'occupait sa télévision. Au fond de sa tête, il se dit encore : *À neuf heures, je vais m'envoyer quelques petites bières en regardant le match.* Et quand il entre dans son salon et qu'il voit l'écran vide, il est terriblement déçu. Il se trouve vidé d'une partie de la vie à laquelle il était habitué, n'est-ce pas ?

— Ouais, répondit Ralph. Notre télé a fait la grève une fois pendant deux semaines et je me sentais pas dans mon assiette tant qu'elle a pas été réparée.

— Le trou dans sa vie est plus gros s'il regardait beaucoup la télévision, plus petit s'il ne la regardait qu'un peu. Mais quelque chose s'en est allé. Maintenant, enlevez-lui tous ses livres, tous ses amis et sa chaîne stéréo. Enlevez-lui toute nourriture, sauf ce qu'il peut glaner en route. Nous sommes en face d'une évacuation, mais aussi d'une réduction de l'ego. Vos *moi,* messieurs, se transforment en vitres parfaitement transparentes. Ou mieux encore, en verres vides.

— Mais pourquoi ? demanda Ralph. Pourquoi tout ce cirque ?

— Si vous lisez la Bible, vous verrez qu'il était assez fréquent que les prophètes s'en aillent de temps en temps dans le désert — visitez le désert en quarante jours et quarante nuits, vous en verrez des choses... Oui, quarante jours et quarante nuits, dit généralement la Bible, expression hébraïque qui signifie en fait « personne ne sait exactement combien de temps il est parti, mais il est resté longtemps absent ». Ça vous rappelle quelqu'un peut-être ?

— Bien sûr. Mère Abigaël, dit Ralph.

— Et maintenant, considérez-vous un moment comme une simple batterie de voiture. C'est la réalité d'ailleurs. Votre cerveau fonctionne grâce à des courants électriques qui déclenchent des réactions chimiques. Vos muscles sont eux aussi commandés par de petites charges électriques — une substance appelée acétylcholine permet à la charge de passer quand vous avez besoin de bouger ; quand vous voulez arrêter, une autre substance chimique, la cholinestérase, est fabriquée. La cholinestérase détruit l'acétylcholine, si bien que vos nerfs redeviennent mauvais conducteurs. Tant mieux d'ailleurs. Autrement, une fois que vous auriez commencé à vous gratter le nez, vous n'auriez jamais été capable de vous arrêter. L'essentiel, c'est ceci : tout ce que vous pensez, tout ce que vous faites, tout cela provient de votre batterie. Comme les accessoires électriques d'une voiture utilisent le courant de la batterie.

Ils l'écoutaient attentivement.

— Regarder la télévision, lire, bavarder avec des amis, faire un bon repas... toutes ces activités utilisent le courant de la batterie. Mener une vie normale — au moins dans ce qui était autrefois la civilisation occidentale — était un peu comme utiliser une voiture équipée de glaces électriques, de sièges électriques, de dégivreurs électriques, et tout le tremblement. Mais plus vous avez d'accessoires, moins la batterie peut charger. D'accord ?

— Ouais, répondit Ralph. Même une grosse batterie Delco ne risque pas de surcharger sur une Cadillac.

— Eh bien, ce que nous avons fait, c'est de nous débarrasser des accessoires. Nous sommes en train de charger nos batteries.

— Mais si vous chargez trop longtemps une batterie, elle explose, dit Ralph, un peu gêné.

— Mais oui. Et c'est la même chose avec les gens. La Bible nous parle d'Isaïe, de Job et d'autres, mais elle ne nous dit pas combien de prophètes sont revenus du désert la cervelle complètement frite à la suite de leurs visions. J'imagine qu'il y en a eu plus d'un. Mais j'ai un respect certain pour l'intelligence humaine et le psychisme humain, en dépit de quelques erreurs de parcours occasionnelles, comme notre Texan ici présent...

— Attention le prof, je mords, gronda Stu.

— Mais oui... De toute façon, la capacité de l'esprit humain est infiniment supérieure à celle de la plus grosse batterie Delco. Je pense que l'esprit humain peut rester en charge presque indéfiniment. Dans certains cas, peut-être même plus qu'indéfiniment.

Ils marchèrent en silence quelque temps.

— Est-ce que nous sommes en train de changer ? demanda Stu.

— Oui, répondit Glen. Oui, je pense que nous changeons.

— Nous avons perdu du poids, ajouta Ralph. Je peux le dire rien qu'en vous regardant. Et moi, j'avais une jolie bouée de sauvetage. Maintenant, je revois le bout de mes orteils. En fait, je peux voir presque tout mon pied.

— C'est un état d'esprit.

Larry était intervenu tout à coup dans la conversation. Et, lorsqu'ils le regardèrent, il sembla un peu gêné, mais continua :

— J'avais une drôle de sensation depuis une semaine à peu près, et je n'arrivais pas à la comprendre. Mais c'est peut-être possible maintenant. J'avais l'impression d'être sur un nuage. Comme si j'avais fumé un demi-pétard de mari, mais vraiment de la dynamite, ou si j'avais sniffé une bonne ligne de coke. Mais je ne me sentais pas du tout désorienté, comme avec la schnouff. Avec la drogue, vous avez l'impression que la pensée normale est légèrement hors de votre portée. Alors qu'en ce moment, j'ai l'impression de penser tout à fait bien, mieux que jamais en fait. Je me sens parti sur un nuage, ajouta Larry en riant. C'est peut-être simplement la faim.

— Mais la faim n'explique qu'en partie votre état, reconnut Glen.

— Moi, j'ai tout le temps faim, intervint Ralph. C'est bizarre, mais ça ne me dérange plus du tout. Je me sens bien.

— Moi aussi, renchérit Stu. Physiquement, il y a des années et des années que je ne me suis pas senti aussi bien.

— Naturellement. Quand vous videz le récipient, vous videz aussi toute la cochonnerie qui flottait dedans, expliqua Glen. Les additifs. Les impuretés. Bien sûr qu'on se sent bien. C'est un lavement de tout le corps, de toute la tête.

— Vous avez une drôle de manière de dire les choses, le prof.

— Peut-être pas très élégante, mais exacte.

— Est-ce que ça va nous aider avec *lui* ? demanda Ralph.

— C'est précisément la raison du lavement. J'en suis pratiquement convaincu. Mais il nous faudra attendre pour le savoir.

Ils poursuivirent leur marche. Kojak sortit des buissons et les accompagna quelque temps en faisant claquer ses griffes sur l'asphalte de la nationale 70. Larry le caressa en ébouriffant ses poils.

— Mon vieux Kojak, est-ce que tu savais que nous sommes comme une batterie ? Une grosse batterie Delco, garantie à vie ?

Apparemment, Kojak ne le savait pas et ne s'intéressait pas beaucoup à la question. Mais il remua la queue pour montrer qu'il était du côté de Larry.

Ils campèrent à vingt-cinq kilomètres à l'ouest de Sego et, comme pour apporter la démonstration de ce dont ils avaient parlé dans l'après-midi, ils ne trouvèrent rien à manger pour la première fois depuis qu'ils étaient partis de Boulder. Glen était en possession de ce qu'il leur restait de café soluble, dans un sac à ordures, et ils se le partagèrent, buvant au même gobelet. Depuis une quinzaine de kilomètres, ils n'avaient pas vu une seule voiture arrêtée sur la route.

Le lendemain matin, 22 septembre, ils arrivèrent devant une Ford qui avait fait un tonneau. Elle renfermait quatre cadavres — dont ceux de deux petits enfants. Ils y trouvèrent deux boîtes de croquettes pour les chiens et un gros sac de chips. Les croquettes étaient finalement plus appétissantes que les chips qui avaient mal vieilli. Ils les partagèrent en cinq.

Glen dut gronder Kojak :

— N'avale pas trop vite, Kojak. Mauvais chien ! Tu as oublié toute ton éducation ? Et si tu n'as plus d'éducation — comme je dois bien l'admettre à présent — qu'as-tu fait de ton charme irrésistible ?

Kojak donna plusieurs coups de queue par terre et lança aux croquettes un regard qui montrait de façon raisonnablement concluante qu'il ne tenait plus du tout à se comporter comme un chien du monde.

— Allez, bouffe et crève, dit Glen en donnant à son chien ce qui restait de sa part — une croquette en forme de tigre.

Kojak l'avala d'un coup et s'éloigna en reniflant.

Larry avait gardé toute sa provision — une dizaine de croquettes — pour la manger sans plus tarder. Ce qu'il faisait lentement, en rêvant.

— Avez-vous remarqué, dit-il, que ces trucs pour chien ont un vague arrière-goût de citron ? Je le savais quand j'étais petit. Mais j'avais oublié.

Ralph qui jonglait distraitement avec ses deux dernières croquettes décida d'en avaler une.

— Oui, tu as raison. Un petit goût de citron. Tu sais, j'aimerais bien que Nicky soit là. On aurait eu moins de ces cochonneries, mais tant pis.

Stu hocha la tête. Ils terminèrent leur collation canine

et repartirent. Dans l'après-midi, ils tombèrent sur un camion de livraison d'une chaîne de supermarchés. Le camion, qui allait sans doute à Green River, était bien garé sur l'accotement. Le chauffeur était assis derrière le volant, raide comme un piquet. Ils trouvèrent du jambon en boîte à l'arrière, mais aucun d'eux ne semblait avoir grand appétit. Glen affirmait que leur estomac avait rétréci. Pour Stu, le jambon sentait mauvais — pas avarié, non, trop *riche*. Trop *consistant*. Ça lui mettait l'estomac à l'envers. Il ne put en manger qu'une seule tranche. Ralph déclara qu'il aurait préféré deux ou trois boîtes de croquettes à chien et ils éclatèrent tous de rire. Même Kojak ne mangea qu'une petite portion avant de repartir à la poursuite d'une odeur.

Cette nuit-là, ils campèrent à l'est de Green River. Au petit matin, quelques flocons de neige se mirent à tomber.

Ils arrivèrent à l'éboulement un peu après midi, le 23. Le ciel était couvert depuis le matin et il faisait froid — assez froid pour qu'il neige, pensa Stu, et pas seulement quelques flocons.

Les quatre hommes s'arrêtèrent, Kojak aux pieds de Glen. Quelque part au nord, un barrage avait sans doute cédé. Ou peut-être était-ce le résultat de plusieurs fortes pluies d'orage durant l'été. En tout cas, la rivière San Rafael qui était complètement à sec certaines années avait débordé, emportant une dizaine de mètres de route. Le trou faisait une quinzaine de mètres de profondeur et ses parois — caillasse et roches sédimentaires — ne semblaient pas très solides. Tout au fond coulait un filet d'eau maussade.

— Misère de misère, dit Ralph. Il faudrait prévenir les ponts et chaussées.

— Regardez par là.

Ils tournèrent la tête vers l'endroit que leur montrait Larry. Le paysage désolé commençait à être semé çà et là d'étranges piliers sculptés par le vent. Une centaine de mètres plus loin, au bord de la San Rafael, on voyait un fouillis de glissières de sécurité, de câbles, de dalles d'asphalte. L'une d'elles sur laquelle était encore visible la ligne médiane se dressait vers le ciel où des nuages couraient à toute allure, comme un doigt apocalyptique.

Glen regardait l'éboulement, les mains dans les poches, l'air absent.

— Vous y arriverez, Glen ? lui demanda Stu à voix basse.

— Bien sûr. Du moins, je crois.

— Et votre arthrite ?

— J'ai connu bien pire, répondit-il en essayant de sourire. Mais pour être franc, j'ai connu beaucoup mieux aussi.

Ils n'avaient rien pour s'encorder. Stu descendit le premier, prudemment. Il n'aima pas la manière dont le sol cédait parfois sous ses pieds, en petites avalanches de cailloux et de sable. Une fois, il crut qu'il allait perdre prise et glisser jusqu'en bas sur son derrière. D'une main, il avait pu se retenir à une saillie de pierre saine, le temps de trouver un appui pour ses pieds. Kojak était alors passé en bondissant à côté de lui, soulevant de petits nuages de poussière, n'envoyant au fond que quelques cailloux. Un instant plus tard, il était en bas, agitant la queue et aboyant amicalement pour encourager Stu.

— C'est ça, fais-toi remarquer, andouille, grogna Stu en continuant à descendre.

— C'est mon tour, cria Glen. Je vous ai entendu dire des choses sur mon chien !

— Faites attention, le prof ! Faites très attention ! C'est vraiment très instable.

Glen descendit lentement, passant systématiquement d'une prise à l'autre. Stu se raidissait chaque fois qu'il voyait la terre glisser sous les vieilles chaussures de marche du professeur. Dans la petite brise qui s'était levée, ses cheveux voletaient autour de ses oreilles, comme des fils d'argent. Et Stu se dit que lorsqu'il avait fait la connaissance de Glen, ce jour où il peignait une médiocre aquarelle au bord de la route dans le New Hampshire, les cheveux du professeur étaient encore poivre et sel.

Tant que Glen n'eut pas finalement planté ses deux pieds au fond du ravin, Stu crut qu'il allait finir par tomber et se casser en deux. Quand ce fut fait, il poussa un grand soupir et donna une tape amicale sur l'épaule du professeur.

— Les doigts dans le nez, mon vieux Texan, lui dit Glen en se penchant pour caresser Kojak.

— Alors n'oubliez pas de vous laver les mains, répondit Stu.

Ralph descendit ensuite, passant prudemment d'une prise à la suivante, puis franchissant les deux derniers mètres d'un seul bond.

— Eh ben, c'est drôlement mou par ici. On aurait l'air plutôt bêtes si on ne pouvait pas remonter de l'autre côté et s'il fallait faire huit ou dix kilomètres le long de la rivière pour trouver un passage, vous ne pensez pas ?

— Ça serait encore plus rigolo si l'eau se mettait à monter d'un seul coup pendant que nous sommes au fond, renchérit Stu.

Larry descendit sans difficulté et les rejoignit.

— Qui remonte le premier ? demanda-t-il.

— Pourquoi pas vous, puisque vous êtes tellement en forme ? dit Glen.

— D'accord.

Il lui fallut beaucoup plus longtemps pour remonter. À deux reprises, le sol céda sous ses pieds et il faillit tomber. Mais il arriva finalement au sommet d'où il leur fit un geste d'encouragement.

— Le tour de qui ? demanda Ralph.

— Le mien, fit Glen en traversant la rivière à sec.

— Écoutez, dit Stu en le prenant par le bras, nous pouvons remonter la rivière et trouver un endroit plus facile, comme Ralph disait.

— Et perdre ce qui reste de la journée ? Quand j'étais enfant, je serais monté là-haut en quarante secondes et mon pouls n'aurait pas dépassé soixante-dix.

— Vous n'êtes plus un enfant, Glen.

— Non, mais je crois que j'en ai quand même gardé quelque chose.

Avant que Stu puisse en dire davantage, Glen était parti. Il s'arrêta pour se reposer au tiers de la pente, puis repartit. À peu près à mi-hauteur, il s'agrippa à une dalle de schiste qui s'effrita sous ses doigts. Stu crut qu'il allait débouler jusqu'en bas, cul par-dessus tête, arthritique ou pas.

— Merde, grogna Ralph.

Glen battit des bras et miraculeusement retrouva son équilibre. En se démenant comme un beau diable, il repartit un peu plus sur la droite, monta encore de cinq mètres, s'arrêta pour souffler, puis continua à grimper. Près du sommet, une pierre sur laquelle il avait posé le pied se détacha et Glen serait tombé si Larry n'avait pas été là. Il saisit le professeur par le bras et l'aida à se hisser jusqu'en haut.

— Presque les doigts dans le nez, cria Glen à ceux qui attendaient en bas.

— Et votre pouls, le prof ? demanda Stu avec un grand sourire de soulagement.

— Plus de quatre-vingt-dix, je le crains.

Ralph escalada l'éboulement comme un solide mouflon, assurant chacune de ses prises, déplaçant mains et pieds avec une lenteur calculée. Lorsqu'il arriva au sommet, ce fut le tour de Stu.

Jusqu'au moment où il tomba, Stu crut qu'il serait en fait plus facile de remonter que de descendre. Les prises étaient meilleures, la pente un peu moins forte. Mais le sol était un mélange de calcaire et de fragments de pierres que les pluies avaient considérablement affaibli. Sentant que la roche était pourrie, Stu redoubla de prudence.

Il était arrivé au sommet lorsque la pierre sur laquelle

s'appuyait son pied gauche disparut tout à coup. Il sentit qu'il commençait à glisser. Larry voulut saisir sa main, mais cette fois il manqua son coup. Stu agrippa un morceau d'asphalte de la chaussée qui faisait saillie. Il céda. Stu le regarda un moment, stupéfait, tandis qu'il commençait à dévaler la pente, de plus en plus vite. Il finit par jeter le morceau d'asphalte et l'image du coyote des dessins animés lui vint à l'esprit. Il ne manquerait plus que ça, pensa-t-il, que j'entende *bib-bip* avant d'arriver en bas.

Son genou heurta quelque chose et un éclair de douleur remonta dans sa cuisse. Il essayait de se retenir à la terre gluante qui défilait devant lui à une vitesse alarmante, mais ne trouvait aucune prise.

Il frappa un gros rocher comme une flèche émoussée et fit la roue. Le choc vida d'un seul coup ses poumons. Puis Stu tomba en chute libre d'une hauteur d'environ trois mètres et retomba sur une jambe qu'il entendit se casser. La douleur fut instantanée, terrible. Il cria, culbuta en arrière. Il avait de la terre plein la bouche maintenant. Des cailloux coupants lui éraflaient la figure et les bras. Il retomba sur sa jambe blessée et la sentit casser en un autre endroit. Cette fois, il ne cria pas. Il hurla.

Il fit les cinq derniers mètres sur le ventre, comme un enfant sur un toboggan. Il s'arrêta enfin, le pantalon rempli de terre, le cœur battant furieusement dans ses oreilles. Il avait l'impression d'avoir un fer rouge dans la jambe. Son blouson et sa chemise étaient remontés jusqu'à son menton.

Fracture. Grave ? Probablement. Douleur très vive. Deux endroits au moins, peut-être davantage. Et le genou s'est déboîté.

Larry descendait la pente en faisant de petits sauts qui semblaient presque une caricature de ce qui venait d'arriver à Stu. Puis il s'agenouilla à côté de lui, lui posant la question que Stu s'était déjà posée.

— C'est grave ?

Stu se redressa sur ses coudes et regarda Larry, livide, souillé de terre.

— J'espère pouvoir marcher dans trois mois.

Il sentit qu'il allait dégueuler. Il regarda le ciel nuageux et brandit ses deux poings.

— *OOOOH, MERDE !* hurla-t-il.

Ralph et Larry posèrent une attelle. Glen sortit de quelque part un flacon de ce qu'il appelait « mes comprimés pour l'arthrite » et il en donna un à Stu, sans lui dire ce que c'était vraiment. Toujours est-il que la douleur ne fut bientôt plus qu'une sorte de bourdonnement lointain. Stu se sentait très calme, serein. Et il se dit qu'ils vivaient tous à crédit, non pas nécessairement parce qu'ils allaient rencontrer Flagg, mais parce qu'ils avaient survécu au Grand Voyage, à l'Étrangleuse. En tout cas, il savait ce qu'il fallait faire... et il allait veiller à ce qu'il en soit fait ainsi. Larry venait de parler. Ils le regardaient tous avec inquiétude, attendant sa réponse.

Une réponse des plus simples.

— Non.

— Stu, dit doucement Glen, vous ne comprenez pas...

— Je comprends. Et je dis non. On ne revient pas à Green River. Pas de corde. Pas de voiture. C'est contre les règles du jeu.

— Mais ce n'est pas un *jeu* ! cria Larry. Tu vas mourir ici.

— Et vous allez presque sûrement mourir au Nevada. Allez, continuez sans moi, vous avez encore quatre heures de jour. Inutile de les gaspiller.

— On ne va pas te laisser.

— Désolé, Larry, mais vous allez me laisser. Je le veux.

— Non. C'est moi qui commande maintenant. Mère Abigaël a dit que si quelque chose t'arrivait...

— ... que vous deviez continuer.

— Non ! Non !

Larry se retourna vers Glen et Ralph, cherchant un encouragement. Ils le regardaient, troublés. Assis, la queue en demi-cercle, Kojak les observait.

— Écoute-moi, Larry, reprit Stu. Si nous avons commencé ce voyage, c'est parce que nous pensions que la vieille dame savait de quoi elle parlait. Si tu commences à jouer avec ça, tu vas tout chambouler.

— Oui, c'est vrai, renchérit Ralph.

— Non, c'pas *vrai,* péquenaud, lança Larry, furieux, en imitant l'accent de Ralph qui n'avait pas oublié son Oklahoma natal. Ce n'était pas la volonté de Dieu que Stu tombe ici, même pas celle de l'homme noir. C'était simplement une pierre qui tenait mal, rien d'autre, *une pierre* ! Je ne vais pas te laisser, Stu. Je ne laisse pas les gens derrière.

— Si. Nous allons le laisser, dit Glen d'une voix calme.

Larry ouvrit de grands yeux. Il se sentait trahi.

— Et je pensais que vous étiez son ami !

— Je suis son ami. Mais c'est sans importance.

Larry partit d'un rire hystérique et s'éloigna du reste du groupe.

— Vous êtes dingues ! Complètement dingues !

— Non, pas du tout. Nous avons conclu un accord. Nous étions autour du lit de mort de mère Abigaël et nous avons conclu un pacte. Un pacte qui signifiait presque certainement que nous allions mourir, et nous le savions. Nous avons compris les conditions de l'accord. Maintenant, nous allons les observer.

— Mais c'est ce que je *veux,* moi aussi. Pas la peine d'aller jusqu'à Green River ; on n'a qu'à trouver une grosse voiture, on l'installe à l'arrière, et on continue...

— On nous a dit que nous devions marcher, répondit Ralph. Et il ne peut pas marcher.

— Bon, très bien. Il a la jambe cassée. Qu'est-ce qu'on fait maintenant ? On l'achève, comme un cheval ?

657

— Larry..., commença Stu.

Avant qu'il puisse continuer, Glen avait pris Larry par la chemise et l'attirait vers lui.

— Mais qui êtes-vous donc en train d'essayer de sauver ? dit-il d'une voix froide et sévère. Stu, ou vous ?

Larry le regarda, ses lèvres bougèrent, mais aucun bruit n'en sortit.

— C'est très simple, reprit Glen. Nous ne pouvons pas rester... et il ne peut pas venir avec nous.

— Je ne peux pas accepter ça, murmura Larry dont le visage était affreusement pâle.

— C'est une épreuve, dit tout à coup Ralph. Voilà ce que c'est.

— Tu veux dire un test de bon sens, peut-être, répondit Larry.

— Votons. Je vote pour que vous partiez.

C'était la voix de Stu, couché par terre.

— Moi aussi, dit Ralph. Stu, je suis désolé. Mais si Dieu va s'occuper de nous, peut-être qu'il va s'occuper de toi aussi...

— Je refuse ! s'exclama Larry.

— Ce n'est pas à Stu que vous pensez, dit Glen. Vous essayez de sauver quelque chose en vous, je crois. Mais cette fois, il est juste de continuer notre route, Larry. Nous le devons.

Larry s'essuya lentement la bouche du revers de la main.

— Restons ici cette nuit. Réfléchissons encore.

— Non, dit Stu.

Ralph hocha la tête. Son regard croisa celui de Glen. Le professeur chercha le flacon des « comprimés pour l'arthrite » dans sa poche et le glissa entre les doigts de Stu.

— À base de morphine. Plus de trois ou quatre et... vous me suivez, le Texan ? dit Glen en regardant Stu droit dans les yeux.

— Oui, j'ai compris.

— Mais de quoi parlez-vous ? Qu'est-ce que vous êtes en train de lui proposer ?

— Tu n'as pas compris, Larry ? répondit Ralph avec un tel mépris que Larry se tut un moment.

Puis tout défila devant les yeux de Larry à une vitesse effarante, comme ces visages étrangers dans un manège de foire : pilules jaunes, pilules noires, jaunes et noires, comme des guêpes. Rita. Il la retourne dans son sac de couchage et voit qu'elle est morte, raide, que du dégueulis vert coule de sa bouche comme une faveur de soie d'une fraîcheur douteuse.

— *Non !* hurla-t-il en essayant d'arracher le flacon à Stu.

Ralph le prit par les épaules. Larry se débattit.

— Lâche-le, dit Stu. Je veux lui parler.

Ralph hésitait.

— Allez, Ralph, tu peux le lâcher.

Ralph lâcha Larry, prêt à bondir à la moindre alerte.

— Approche-toi, Larry. Plus près.

Larry s'approcha et s'accroupit à côté de Stu. Il le regardait d'un air malheureux.

— Non, ce n'est pas juste ! Quand quelqu'un tombe et se casse la jambe, on ne... on ne le laisse pas crever tout seul. Tu ne crois pas ? Hé, mon vieux... s'il te plaît. *Pense* un peu, dit-il en touchant le visage de Stu.

Stu prit la main de Larry et la garda dans la sienne.

— Tu crois que je suis fou ?

— Non ! Non, mais...

— Et tu crois que les gens qui ont toute leur tête ont le droit de décider tout seuls ce qu'ils veulent faire ?

— Oh, mon vieux..., dit Larry qui commença à pleurer.

— Larry, tu n'y es pour rien. Je veux que tu continues. Si tu sors de Las Vegas, reviens par ici. Dieu aura peut-être envoyé un corbeau pour me donner à manger, on ne sait jamais. J'ai lu un jour dans le journal qu'un homme peut vivre soixante-dix jours sans manger, s'il a de l'eau.

— Ce sera bientôt l'hiver ici. Tu seras mort de froid en trois jours, même si tu ne prends pas les pilules.

— Ça ne te regarde pas. Ça, c'est mon affaire.

— Ne me dis pas que je dois m'en aller, Stu.

— Je te dis de t'en aller.

— C'est dégueulasse, lança Larry en se relevant. Qu'est-ce que Fran va dire de nous ? Quand elle va savoir qu'on t'a laissé en pleine cambrousse, avec les busards et les loups ?

— Elle ne risque pas de dire quoi que ce soit si vous n'allez pas là-bas pour remettre à l'heure la pendule de l'autre. Lucy non plus. Dick Ellis non plus. Brad non plus. Personne.

— D'accord. On va repartir. Mais demain seulement. On va camper ici ce soir, et peut-être que nous ferons un rêve... quelque chose quoi...

— Pas de rêve, dit doucement Stu. Pas de signe. Ça ne marche pas comme ça. Tu resterais une nuit et il ne se passerait rien, alors tu resterais une autre nuit, et une autre encore... il faut que vous partiez maintenant.

Larry s'éloigna du groupe, tête basse, et resta là, le dos tourné.

— Bon, d'accord, dit-il enfin d'une voix si basse qu'on l'entendait à peine. Comme vous voudrez. Que Dieu ait pitié de nous.

Ralph s'approcha de Stu et s'agenouilla à côté de lui.

— Tu as besoin de quelque chose, Stu ?

— Oui. Je voudrais les œuvres complètes de Gore Vidal — ses livres sur Lincoln, Aaron Burr et les autres, répondit Stu avec un sourire. J'ai toujours eu envie de lire ces grosses briques. Je vais profiter de l'occasion.

— Oh, c'est bête, Stu ! Je les ai pas emportés avec moi, répondit Ralph en lui faisant un clin d'œil.

Stu lui serra le bras et Ralph s'éloigna. Ce fut le tour de Glen. Il avait pleuré et, lorsqu'il s'assit à côté de Stu, les larmes coulèrent à nouveau de ses yeux.

— Allez, t'en fais pas mon pote, tout ira bien, dit Stu.

— Larry a raison. C'est atroce. Comme abattre un cheval.

— Il faut bien le faire pourtant.

— Peut-être, mais qui sait ? Et la jambe ?

— Je n'ai plus mal du tout en ce moment.

— Bon, tu as tes pilules, dit Glen en s'essuyant les yeux avec le bras. Au revoir, mon vieux Texan. J'ai été drôlement content de faire ta connaissance.

Stu tourna la tête de côté.

— Ne me dites pas adieu, Glen, ça porte la poisse. Je préfère au revoir. De toute façon, vous allez probablement monter un peu cette pente, et puis vous casser la gueule et tomber jusqu'en bas. Comme ça, nous pourrons passer l'hiver à taper le carton.

— Nous nous reverrons bientôt, tu ne crois pas ?

Et, comme il le croyait lui aussi, Stu se retourna pour regarder Glen dans les yeux.

— Oui, je le crois. Mais je ne crains aucun mal, c'est bien ça ? dit-il avec un petit sourire.

— C'est ça !

La voix de Glen se fit un murmure.

— Et débranche la prise s'il le faut, Stuart. Ne tourne pas autour du pot.

— Non.

— Allez, au revoir.

— Au revoir, Glen.

Les trois hommes se rassemblèrent du côté ouest de l'éboulement puis, après un dernier regard en arrière, Glen commença à monter. Stu suivait son ascension avec une inquiétude grandissante. Glen se déplaçait avec une incroyable insouciance. À peine s'il regardait où il posait les pieds. Le sol s'effondra sous son poids une fois, deux fois. Chaque fois, il chercha nonchalamment une prise pour ses mains, et les deux fois, il en trouva une comme par hasard. Lorsqu'il arriva au sommet, Stu reprit enfin sa respiration après un long, très long soupir.

Ce fut ensuite le tour de Ralph et, quand il arriva au sommet, Stu appela Larry pour qu'il vienne une dernière fois auprès de lui. Il regarda son visage et se dit que d'une certaine façon il ressemblait beaucoup à celui de Harold Lauder — traits parfaitement immobiles, yeux aux aguets, un peu inquiets. Un visage qui ne révélait que ce qu'il voulait bien.

— Tu es le chef maintenant. Tu vas t'en sortir ?

— Je ne sais pas. Je vais essayer.

— C'est toi qui prendras les décisions.

— Tu crois ? On dirait que je n'ai pas réussi à imposer la première.

Oh oui, ses yeux révélaient quelque chose maintenant : le reproche.

— Oui, mais ce sera la seule fois. Écoute, *ses* hommes vont vous prendre.

— Oui. Je m'en doute. Ils vont nous prendre ou nous abattre comme des chiens dans une embuscade.

— Non, je crois qu'ils vont vous prendre pour vous conduire à *lui*. Bientôt. Quand vous arriverez à Las Vegas, ouvrez les yeux. Attendez. Ça viendra.

— Quoi, Stu ? Qu'est-ce qui viendra ?

— Je ne sais pas. Ce qu'on nous a envoyé chercher. Soyez prêts. Sachez le reconnaître.

— Nous reviendrons te chercher, si nous pouvons. Tu le sais.

— Mais oui.

Larry escalada rapidement l'éboulement et rejoignit les deux autres. Ils agitèrent la main. Stu leur répondit. Ils partirent. Et ils ne revirent jamais plus Stu Redman.

73

Les trois hommes campèrent à vingt-cinq kilomètres à
l'ouest de l'endroit où ils avaient laissé Stu. Ils étaient
arrivés devant un autre éboulement, beaucoup plus petit
cette fois. Mais s'ils n'avaient pas fait plus de route, c'est
qu'ils n'avaient plus le cœur à marcher. Leurs pieds leur
paraissaient de plomb. Ils avaient marché sans se parler
ou presque, évitant de se regarder dans les yeux, de peur
de voir chez l'autre la culpabilité que chacun ressentait.

La nuit tombait et ils firent un feu de broussailles. Ils
avaient de l'eau, mais rien à manger. Glen bourra sa pipe
avec ce qu'il lui restait de tabac et se demanda tout à
coup si Stu avait des cigarettes. Cette idée lui enleva toute
envie de fumer et il vida distraitement sa pipe en la tapotant sur une pierre, sans penser qu'il ne lui restait plus un
brin de Borkum Riff. Lorsqu'un hibou hulula quelque
part dans le noir, il regarda autour de lui.

— Où est Kojak ?

— C'est drôle, répondit Ralph, il me semble qu'il y a
plusieurs heures déjà que je ne l'ai pas vu.

Glen se leva d'un bond.

— Kojak ! Ohé ! Kojak ! *Kojak !*

Sa voix lui revint, renvoyée par l'écho. Mais aucun
aboiement ne lui répondit. Il se rassit en laissant échapper
un soupir, accablé de tristesse. Kojak l'avait suivi presque
d'un bout à l'autre du continent. Et maintenant, il avait
disparu. Sinistre présage.

— Vous pensez qu'il a pu se faire attaquer par une bête ? demanda Ralph d'une voix très douce.

— Il est peut-être resté avec Stu, dit tout bas Larry.

Glen leva les yeux, surpris.

— Peut-être, finit-il par répondre. Peut-être bien.

Larry jonglait machinalement avec un caillou, main gauche, main droite, main droite, main gauche.

— Stu a dit que Dieu lui enverrait peut-être un corbeau pour le nourrir. Je ne sais pas s'il y a des corbeaux par ici, mais Il a pu lui envoyer un chien.

Le feu craqua, envoyant dans la nuit noire une colonne d'étincelles qui tournoyèrent quelques instants, puis moururent.

Quand Stu vit cette silhouette noire descendre furtivement vers lui, il s'adossa contre un rocher, sa jambe cassée étendue devant lui, et prit une grosse pierre dans sa main engourdie par le froid. Il était gelé jusqu'aux os. Larry avait raison. Deux ou trois jours avec cette température, et son compte serait bon. Si ce n'est que cette ombre qui descendait paraissait décidée à lui régler son compte un peu plus tôt encore. Kojak était resté avec lui jusqu'au coucher du soleil, puis il était parti en remontant sans difficulté l'éboulement. Stu ne l'avait pas appelé. Le chien allait retrouver Glen et ses amis. Peut-être avait-il son rôle à jouer lui aussi. Mais en ce moment, il aurait bien voulu que Kojak reste un peu plus longtemps. Les comprimés, d'accord, mais il n'avait pas du tout envie que l'un des loups de l'homme noir vienne le mettre en pièces.

Il serra la pierre un peu plus fort et l'ombre s'arrêta à une vingtaine de mètres. Puis elle recommença à descendre, toute noire dans la nuit.

— Alors, viens, dit Stu d'une voix sifflante.

L'ombre remua la queue et s'approcha.

— *Kojak ?*

C'était lui. Et il avait quelque chose dans la gueule,

quelque chose qu'il déposa aux pieds de Stu. Il s'assit, frappant le sol de sa queue, attendant un compliment.

— *Bon chien ! Quel bon chien !* s'exclama Stu, stupéfait.

Kojak lui apportait un lapin.

Stu sortit son couteau de poche, l'ouvrit, dépeça le lapin en deux temps trois mouvements, arracha les entrailles fumantes et les lança à Kojak.

— Ça te plaît ?

Kojak ne se fit pas prier. Puis Stu dépiauta le lapin. L'idée de le manger cru ne plaisait guère à son estomac.

— Du bois ? dit-il à Kojak, sans grand espoir.

Il y avait pourtant du bois mort tout le long du lit de la rivière, déposé là par la crue, mais rien à portée de la main de Stu.

Kojak remuait la queue sans bouger.

— Va chercher ! Va...

Mais Kojak était parti. Il courut en rond, fila du côté est du ravin et revint avec un gros morceau de bois mort dans la gueule. Il le laissa tomber à côté de Stu et se mit à aboyer en remuant frénétiquement la queue.

— Bon chien ! Quel sacré clébard ! Allez, cherche, Kojak !

Bondissant de joie, Kojak repartit. Vingt minutes plus tard, il avait ramené suffisamment de bois pour faire un grand feu. Stu cassa quelques branches afin de l'amorcer. Des allumettes ? Il en avait une pochette pleine et la moitié d'une autre. À la deuxième allumette, le petit bois s'enflamma. Bientôt, le feu grondait avec entrain et Stu s'en approcha aussi près qu'il le put, assis dans son sac de couchage. Kojak s'était couché de l'autre côté, le museau posé entre les pattes.

Quand il y eut suffisamment de braise, Stu embrocha le lapin et le mit à rôtir. L'odeur était si forte et si appétissante que son estomac commença à gronder. Kojak dressa les oreilles, fixant le lapin avec une extrême attention.

— Moitié-moitié, d'accord mon vieux ?

Un quart d'heure plus tard, Stu retirait le lapin du feu et le détachait en deux morceaux sans trop se brûler les doigts. La viande était brûlée par endroits, moitié cuite à d'autres, mais on était loin du jambon en boîte du super-marché. Stu et Kojak avalèrent leur dîner et... au moment où ils terminaient, un hurlement descendit jusqu'à eux, les glaçant jusqu'à la moelle.

— *Non !* s'exclama Stu, la bouche pleine.

Kojak était déjà debout, le poil hérissé, grondant sour-dement. Les pattes raides, il fit le tour du feu et gronda encore. Le hurlement s'était tu.

Stu s'allongea, une grosse pierre à côté d'une main, son couteau ouvert à côté de l'autre. Les étoiles paraissaient froides, hautaines, indifférentes. Il pensa à Fran et chassa aussitôt ces souvenirs. Ils faisaient trop mal, ventre plein ou pas. *Je ne vais pas dormir,* pensa-t-il. *Pas avant long-temps.*

Mais il dormit, avec l'aide d'un comprimé de Glen. Et lorsque les braises du feu commencèrent à noircir, Kojak s'approcha et se coucha à côté de lui pour le réchauffer. C'est ainsi que, la première nuit qui suivit leur séparation, Stu mangea alors que les autres eurent faim et qu'il dor-mit d'un sommeil paisible tandis que le leur fut agité par des cauchemars et par le sentiment angoissant d'une catastrophe imminente.

Le 24, Larry Underwood et ses deux pèlerins firent une cinquantaine de kilomètres et s'arrêtèrent au nord-est de la butte San Rafael. Cette nuit-là, la température tomba au-dessous de zéro et ils firent un grand feu pour se tenir chaud. Kojak ne les avait toujours pas rejoints.

— Qu'est-ce que tu crois que Stu est en train de faire ? demanda Ralph à Larry.

— Mourir, répondit-il sèchement.

Il s'en voulut quand il vit une grimace de souffrance apparaître sur le visage simple et honnête de Ralph, mais comment réparer ce qu'il venait de faire ? Et après tout, c'était presque certainement la vérité.

Larry se recoucha avec l'étrange conviction que c'était pour demain, qu'ils étaient presque rendus.

Cauchemars cette nuit-là. Dans celui dont il se souvint le mieux au réveil, il faisait une tournée avec un groupe, The Shady Blues Connection. Ils devaient jouer au Madison Square Garden. Tous les billets étaient vendus. Ils étaient arrivés sur scène dans un tonnerre d'applaudissements. Larry s'était approché de son micro, avait voulu le régler à sa hauteur, mais il refusait de bouger. Il s'était alors approché de celui du guitariste. Bloqué lui aussi. Du bassiste, de l'organiste, même chose. Et la foule avait commencé à hurler, à siffler, à taper des pieds. Un par un, les membres du groupe s'étaient enfuis, souriant piteusement dans leurs chemises psychédéliques à haut col, comme celles que les Byrds portaient en 1966, quand Roger McGuinn planait encore à quinze kilomètres dans les airs. Ou à quinze mille. Et pourtant Larry continuait à errer de micro en micro, essayant d'en trouver au moins un qu'il puisse régler. Mais ils faisaient tous au moins trois mètres, et tous étaient bloqués, semblables à des cobras d'acier inoxydable. Quelqu'un dans la foule s'était mis à hurler : « Allez, joue *Baby, tu peux l'aimer ton mec ?* » « Non, je ne joue plus ce truc, essayait-il de dire. J'ai arrêté de le jouer avec la fin du monde. » Mais ils ne l'entendaient pas et, du fond de la salle, le public commença à scander un refrain qui se répandit bientôt comme une traînée de poudre, de plus en plus fort : *Baby, tu peux l'aimer ton mec ! Baby, tu peux l'aimer ton mec ! BABY, TU PEUX L'AIMER TON MEC !*

Il se réveilla, les cris de la foule résonnant encore dans ses oreilles. Il était en sueur.

Non, il n'avait pas besoin de Glen pour lui dire ce que signifiait ce rêve. Le cauchemar du micro inaccessible est un rêve courant pour les musiciens de rock, aussi courant que celui où le chanteur se voit sur scène, incapable de se souvenir d'un seul mot. Larry se doutait bien que tous les artistes avaient eu un cauchemar semblable à celui-ci...

Avant un spectacle.

La peur de ne pas être à la hauteur. Une seule peur, écrasante : *Et si tu ne peux pas ? Et si tu veux, et que tu ne puisses pas ?* La terreur de ne pouvoir faire ce premier saut par lequel commence tout artiste — chanteur, écrivain, peintre, musicien.

Sois gentil avec les gens, Larry.

Quelle était cette voix ? Celle de sa mère ?

Tu es un profiteur, Larry.

Non, maman — je ne suis pas un profiteur. J'ai fini ce petit numéro. J'ai arrêté avec la fin du monde. Je te le jure.

Il se recoucha et se rendormit. Sa dernière pensée fut que Stu avait eu raison : l'homme noir allait s'emparer d'eux. *Demain,* pensa-t-il. *Ce que nous cherchions, nous l'avons presque trouvé.*

Mais ils ne virent personne le 25. Toute la journée, ils marchèrent stoïquement sous le ciel bleu. Ils virent de nombreux oiseaux, de nombreuses bêtes, mais pas d'êtres humains.

— Étonnant de voir comme la faune se multiplie rapidement, dit Glen. Je savais que ce ne serait pas long, et naturellement l'hiver va faire des victimes, mais le phénomène est quand même étonnant. Après tout, l'épidémie n'a commencé qu'il y a une centaine de jours.

— Oui, mais il n'y a plus de chiens ni de chevaux, répondit Ralph. Ça me paraît injuste. Ces salauds ont inventé un microbe qui tuait presque tout le monde. Mais ça ne leur suffisait pas. Il fallait qu'ils tuent aussi les deux animaux favoris de l'homme. L'homme et ses deux meilleurs amis.

— Et les chats s'en sont tirés, ajouta Larry d'une voix morose.

Le visage de Ralph s'éclaira.

— Il y a quand même Kojak...

— Il y *avait.*

Ce qui mit un point final à la conversation. Des buttes

aux silhouettes menaçantes les regardaient, splendides cachettes pour des dizaines d'hommes armés de fusils à lunettes télescopiques. Larry croyait toujours que c'était pour très bientôt. Chaque fois qu'ils arrivaient en haut d'une côte, ils s'attendaient à voir la route barrée un peu plus bas. Et chaque fois qu'elle ne l'était pas, il pensait que c'était une embuscade.

Quand ils se remirent à parler, ce fut de chevaux. De chiens. Et de bisons. Le bison faisait un retour en force, leur dit Ralph — Nick et Tom Cullen en avaient vu. Le jour allait venir — ils le verraient même peut-être — où les Prairies seraient de nouveau noires de bisons.

Larry savait que c'était vrai, mais il savait aussi que c'était de la foutaise. Car ils n'en avaient peut-être plus que pour dix minutes à vivre.

Puis il commença à faire noir et ce fut le moment de chercher un endroit pour camper. Ils arrivèrent au sommet d'une dernière côte et Larry se dit : *Maintenant. Ils sont juste derrière.*

Mais il n'y avait personne.

Ils s'installèrent près d'un grand panneau indicateur vert : LAS VEGAS 418. Ils mangèrent mieux que d'habitude ce jour-là : chips, boissons gazeuses, deux saucisses fumées qu'ils se partagèrent équitablement.

Demain, pensa Larry, et il s'endormit. Cette nuit-là, il rêva que Barry Greig, lui et les Tattered Remnants jouaient au Madison Square Garden. Une chance unique — ils jouaient en première partie avant un groupe très connu qui portait le nom d'une ville. Boston, ou peut-être Chicago. Une fois de plus, tous les micros étaient perchés à au moins trois mètres de haut et il commença à errer de l'un à l'autre, tandis que le public frappait des mains en cadence et demandait *Baby, tu peux l'aimer ton mec ?*

Il regarda les spectateurs assis à la première rangée et ce fut comme s'il recevait un seau d'eau glacée en pleine figure. Charles Manson était là, le X de son front devenu maintenant une cicatrice blanche, Charles Manson qui battait des mains et qui criait. Et Richard Speck qui regardait Larry avec des yeux moqueurs, une cigarette sans filtre entre les lèvres. Ils encadraient l'homme noir. John Wayne Gacy était derrière eux. Et Flagg menait la danse.

Demain, pensa à nouveau Larry en titubant d'un micro à l'autre sous la lumière torride et irréelle des projecteurs du Madison Square Garden. *On se verra demain.*

Mais ce ne fut pas le lendemain, ni le surlendemain. Dans la soirée du 27 septembre, ils s'arrêtèrent à Freemont Junction où ils trouvèrent tout ce qu'il leur fallait pour manger.

— Je m'attends à chaque instant à ce que ce soit fini, dit Larry à Glen ce soir-là. Et avec chaque jour qui passe, c'est encore pire.

— J'ai la même impression, répondit Glen en hochant la tête. Ce serait quand même drôle si ce n'était qu'un mirage, vous ne trouvez pas ? Rien d'autre qu'un cauchemar dans notre conscience collective.

Larry le regarda avec étonnement, puis secoua lentement la tête.

— Non. Je ne crois pas que ce soit simplement un rêve.

— Moi non plus, jeune homme, dit Glen en souriant. Moi non plus.

Ce fut le lendemain qu'eut lieu le contact.

Il était un peu plus de dix heures du matin lorsqu'ils arrivèrent au sommet d'une colline. Au-dessous d'eux, à l'ouest, à une dizaine de kilomètres peut-être, deux véhicules étaient arrêtés en travers de la route, exactement comme Larry avait imaginé la scène.

— Un accident ? demanda Glen.

Ralph s'abrita les yeux du soleil.

— Je n'en ai ai pas l'impression. Les deux voitures sont face à face, en travers de la route.

— Ce sont *ses* hommes, dit Larry.

— Oui, je crois bien, acquiesça Ralph. Alors, qu'est-ce qu'on fait maintenant, Larry ?

Larry sortit son foulard de sa poche et s'essuya le front. L'été était revenu, ou bien ils commençaient à sentir la chaleur du désert du sud-ouest. Il faisait plus de vingt-cinq degrés.

Mais il fait sec, pensa-t-il calmement. *Je ne transpire pas beaucoup. Juste un peu.* Il remit son foulard dans sa poche. Maintenant que l'action avait commencé, il se sentait bien. À nouveau, il eut cette étrange impression qu'il s'agissait d'un spectacle.

— On descend et on va voir si Dieu est vraiment avec nous. D'accord, Glen ?

— Vous êtes le patron.

Ils recommencèrent à marcher. Une demi-heure plus tard, ils s'étaient suffisamment rapprochés pour voir que les deux voitures avaient appartenu autrefois à la police de la route de l'Utah. Plusieurs hommes armés les attendaient.

— Ils vont nous tirer dessus ? demanda Ralph d'un ton dégagé.

— Je n'en sais rien, répondit Larry.

— Parce que ce sont des gros calibres. Et ils ont des lunettes. Je vois les reflets du soleil sur les lentilles. S'ils veulent nous descendre, nous serons à portée de tir d'un moment à l'autre.

Ils continuaient à marcher. Les hommes du barrage se divisèrent en deux groupes, cinq devant, fusils braqués sur les trois compagnons qui s'approchaient d'eux, trois accroupis derrière les voitures.

— Ils sont huit en tout, Larry ? demanda Glen.

— J'en ai vu huit. Et comment ça va, Glen ?

— Ça va.

— Ralph ?

— Ça ira, si je sais quoi faire le moment venu.

Larry lui serra la main. Puis il prit celle de Glen.

Ils n'étaient plus qu'à un kilomètre du barrage.

— Ils ne vont pas nous abattre tout de suite, dit Ralph. Ils l'auraient déjà fait.

Ils commençaient à deviner les visages des hommes qui les attendaient et Larry les étudiait avec curiosité. Un homme avec une grosse barbe. Un autre, un jeune, était pratiquement chauve — *ça n'a pas dû être drôle pour lui de commencer à perdre ses cheveux au lycée,* pensa Larry. Le troisième portait un T-shirt jaune canari décoré d'un chameau souriant de toutes ses dents. Et au-dessous du chameau, en lettres gothiques : SUPER BOSS. Un autre ressemblait à un comptable. Il tripotait un Magnum 357 et avait l'air au moins trois fois plus nerveux que Larry. S'il ne se calmait pas, il n'allait pas tarder à se flanquer une balle dans le pied.

— Ils n'ont pas l'air différents de nos gars, dit Ralph.

— Oh que si, répondit Glen. Ils sont tous flingués jusqu'aux quenottes, si vous me passez l'expression.

Ils n'étaient plus qu'à cinq mètres des voitures de police qui bloquaient la route. Larry s'arrêta. Ses compagnons l'imitèrent. Il y eut un lourd silence tandis que les hommes de Flagg et les pèlerins de Larry se regardaient en chiens de faïence. Puis Larry Underwood prit l'initiative :

— Comment ça va ? dit-il d'une voix aimable.

Le petit homme qui ressemblait à un comptable fit un pas en avant. Il faisait encore joujou avec son Magnum.

— Êtes-vous Glendon Bateman, Lawson Underwood, Stuart Redman et Ralph Brentner ?

— Hé, bonhomme, lança Ralph, tu sais pas compter ? Quelqu'un ricana. Le comptable rougit.

— Qui est absent ?

— Stu a eu un accident, répondit Larry. Et je crois bien que vous allez en avoir un vous aussi si vous n'arrêtez pas de jouer avec ce revolver.

Encore quelques ricanements. Le comptable réussit à glisser son revolver sous la ceinture de son pantalon gris, ce qui le fit paraître encore plus ridicule. Je vous présente Walter, le redoutable hors-la-loi du service de la comptabilité.

— Je m'appelle Paul Burlson, dit le comptable, et en

vertu des pouvoirs qui me sont conférés, je vous arrête et vous ordonne de me suivre.

— Au nom de qui ? demanda aussitôt Glen.

Burlson le regarda avec mépris... mais un mépris où il y avait autre chose.

— Vous savez au nom de qui je parle.

— Alors, dites-le.

Burlson ne répondit pas.

— Vous avez peur ? reprit Glen en les regardant tous à tour de rôle. Vous avez si peur de lui que vous n'osez pas prononcer son *nom* ? Très bien, je vais le dire pour vous. Il s'appelle Randall Flagg, aussi connu sous le nom de l'homme noir, aussi connu sous le nom du patron, aussi connu comme Le Promeneur. N'est-ce pas ainsi que vous l'appelez ?

Sa voix sonnait, haut et clair, remplie de fureur. Plusieurs hommes se regardèrent, mal à l'aise, et Burlson recula d'un pas.

— Appelez-le donc Belzébuth, car c'est également son nom. Appelez-le Nyarlahotep, Ahaz ou Astaroth. Appelez-le R'yelah, Séti ou Anubis. Son nom est Légion, l'apostat de l'enfer, et vous et vos hommes êtes ses lèche-cul.

Sa voix baissa d'un cran et il reprit le ton de la conversation.

— J'ai cru bon de mettre les cartes sur la table d'entrée de jeu, reprit-il avec un sourire désarmant.

— Attrapez-les ! ordonna Burlson. Attrapez-les ! Et abattez le premier qui bouge.

Pendant une étrange seconde, personne ne bougea. *Ils ne vont pas le faire,* se dit Larry, *ils ont aussi peur de nous que nous avons peur d'eux, plus même, et pourtant ils sont armés...*

— Pour qui te prends-tu, avorton ? répondit-il en regardant Burlson. C'est *nous* qui voulons aller là-bas. C'est pour ça que nous sommes venus.

Ils s'avancèrent alors, comme si Larry leur en avait donné l'ordre. Lui et Ralph s'installèrent à l'arrière de l'une des voitures, Glen dans l'autre. Devant eux, un grillage d'acier les séparait des occupants de la banquette avant. Pas de poignée à l'intérieur pour ouvrir les portes.

Nous sommes arrêtés, pensa Larry, et l'idée lui parut un peu comique.

Quatre hommes s'entassèrent sur la banquette avant. La voiture de patrouille recula, fit demi-tour, puis repartit vers l'ouest. Ralph poussa un soupir.

— Tu as peur ? lui demanda Larry à voix basse.

— Je veux bien me faire peler l'oignon si je le sais. En tout cas, ça fait du bien de se reposer les pinceaux, tu peux me croire.

— Le vieux à la grande gueule, c'est le chef ? demanda un des hommes assis à l'avant.

— Non. Je suis le chef.

— Ton nom ?

— Larry Underwood. Voici Ralph Brentner. Et l'autre est Glen Bateman.

Il se retourna pour regarder la seconde voiture de police qui suivait.

— Qu'est-ce qui est arrivé au quatrième ?

— Il s'est cassé la jambe. On a dû le laisser.

— Pas de chance pour lui. Je m'appelle Barry Dorgan. Service de sécurité de Las Vegas.

Larry sentit une absurde réponse, *enchanté,* monter à ses lèvres et il ne put s'empêcher de sourire un peu.

— Combien de temps jusqu'à Las Vegas ?

— On ne peut pas rouler trop vite, à cause des épaves. On a commencé à dégager, mais ça prend du temps. Il va falloir compter cinq heures à peu près.

— C'est quand même quelque chose, dit Ralph en secouant la tête. Nous marchons depuis trois semaines, et on va arriver là-bas en cinq heures seulement.

Dorgan se tortilla entre ses camarades pour se retourner complètement vers eux.

— Je ne comprends pas pourquoi vous étiez à pied. D'ailleurs, je ne comprends pas non plus pourquoi vous êtes venus. Vous deviez bien savoir que ça allait se terminer comme ça.

— On nous a envoyés, dit Larry. Pour tuer Flagg, je suppose.

— Ça ne risque pas, mon vieux. Toi et tes copains, vous allez filer tout droit à la prison de Las Vegas. Traitement de faveur. Il s'intéresse beaucoup à vous. Il savait que vous veniez. À votre place, j'espérerais qu'il ne fera pas traîner les choses. Mais ça ne me paraît pas très probable. Il n'est vraiment pas de bonne humeur ces temps-ci.

— Et pourquoi ? demanda Larry.

Mais Dorgan crut sans doute qu'il en avait dit assez — trop peut-être. Il se retourna sans répondre. Larry et Ralph regardèrent le désert défiler à côté d'eux. En trois semaines à peine, la vitesse était redevenue une chose nouvelle pour eux.

Il leur fallut en fait six heures pour arriver à Las Vegas qui s'étendait au milieu du désert comme un improbable joyau. Beaucoup de gens dans les rues. La journée de travail était terminée et ils profitaient de la fraîcheur du début de la soirée, assis sur les pelouses, les bancs des arrêts d'autobus, les escaliers des monts-de-piété et des chapelles autrefois spécialisées dans les mariages-minute. Curieux, ils tournaient la tête pour regarder passer les voitures de police, puis reprenaient leurs conversations.

Larry regardait autour de lui. L'électricité fonctionnait, les rues étaient dégagées, plus une trace des dégâts laissés par les vandales.

— Glen avait raison, dit-il. Avec lui, les trains arrivent à l'heure. Mais je me demande si c'est la bonne manière. Vous avez tous l'air un peu nerveux, Dorgan.

Dorgan ne répondit pas.

Ils arrivaient à la prison et les deux voitures allèrent se ranger à l'arrière, dans une vaste cour bétonnée. Lorsque Larry sortit, grimaçant un peu quand il s'étira les muscles, il vit deux paires de menottes dans les mains de Dorgan.

— Hé, quand même, c'est pas la peine.

— Je regrette. Ce sont les ordres.

— Non. On m'a jamais mis les menottes de ma vie, protesta Ralph. On m'a ramassé plusieurs fois quand j'étais saoul, avant mon mariage, mais on m'a jamais passé les menottes.

Ralph parlait très lentement. Son accent de l'Oklahoma était devenu nettement plus marqué. Larry comprit qu'il était fou de colère.

— J'ai des ordres, répondit Dorgan. Ne me compliquez pas la vie.

— Tes ordres, dit Ralph, je sais qui te donne tes ordres. Il a assassiné mon copain Nick. Qu'est-ce que tu fous avec cette ordure ? T'as pourtant l'air d'un brave type quand t'es tout seul.

Ses yeux interrogeaient Dorgan avec tant de véhémence que l'autre secoua la tête et détourna les yeux.

— C'est mon boulot. Point final. Allez, tends les poignets ou il va falloir que j'appelle quelqu'un.

Larry tendit les mains et Dorgan lui passa les menottes.

— Qu'est-ce que vous faisiez avant ? demanda Larry, curieux.

— J'étais dans la police de Santa Monica. Inspecteur.

— Et vous êtes avec *lui*. C'est... désolé de dire ça, mais c'est vraiment plutôt rigolo.

Deux hommes arrivaient en poussant Glen Bateman sans ménagements. Dorgan leur lança un regard furieux.

— Qu'est-ce qui vous prend de le bousculer ?

— Si tu avais écouté ce type déblatérer pendant six heures, tu aurais envie de lui donner une petite dérouillée toi aussi, répondit l'un des hommes.

— Je veux pas savoir s'il déblatère ou pas ! Vous ne le touchez plus ! Et alors, reprit Dorgan en se retournant vers Larry, pourquoi trouvez-vous ça drôle que je sois avec lui ? Il y avait dix ans que j'étais flic quand l'Étrangleuse a débarqué. Ça m'a fait comprendre ce qui arrive quand ce sont des types comme vous qui conduisent le bateau, vous voyez.

— Jeune homme, répliqua Glen fort aimablement, votre expérience avec quelques bébés battus et quelques

676

drogués ne vous autorise aucunement à vous jeter dans les bras d'un monstre.

— Emmenez-les, dit Dorgan d'une voix égale. Un par cellule, un par bloc.

— Voyez-vous, je ne pense pas que vous puissiez tenir longtemps le coup, jeune homme, reprit Glen. Il me semble tout simplement que vous n'avez pas suffisamment l'étoffe d'un nazi.

Cette fois, ce fut Dorgan qui bouscula Glen.

Larry fut séparé de ses deux compagnons et on le conduisit le long d'un couloir vide, décoré de divers écriteaux : DÉFENSE DE CRACHER, DOUCHES & DÉSINFECTION. Et cet autre encore : VOUS N'ÊTES *PAS* À L'HÔTEL.

— J'aimerais bien prendre une douche.

— Peut-être, répondit Dorgan. On verra.

— On verra quoi ?

— Si vous êtes coopératif.

Dorgan ouvrit une cellule au bout du corridor. Larry y entra.

— Et les bracelets ? demanda Larry en tendant les mains.

— D'accord. C'est mieux comme ça ?

— Pas qu'un peu !

— Vous voulez toujours prendre une douche ?

— Et comment !

Mais surtout, Larry ne voulait pas rester seul à écouter le bruit de ces pas qui s'éloigneraient dans le couloir. Si on le laissait seul, la peur ne tarderait pas à revenir.

Dorgan sortit un petit carnet.

— Vous êtes combien ? Dans la Zone ?

— Six mille. Nous jouons tous aux boules le jeudi soir. Le gagnant a droit à une grosse dinde de dix kilos.

— Vous voulez cette douche ou pas ?

— Oui.

Mais il n'espérait plus pouvoir la prendre.

— Vous êtes combien là-bas ?

— Vingt-cinq mille, mais quatre mille ont moins de douze ans et peuvent entrer gratis au drive-in. Financièrement, c'est une excellente affaire.

Dorgan referma son carnet avec un geste de colère et regarda Larry dans les yeux.

— Je ne peux pas, lui dit Larry. Mettez-vous à ma place.

— Je ne peux pas me mettre à votre place, parce que je ne suis pas vous. Qu'est-ce que vous êtes venus fabriquer *ici*? Qu'est-ce que vous comptez faire? Il va vous écraser comme de la crotte de chien, demain, ou après-demain. Et s'il veut vous faire parler, il va y réussir, croyez-moi. S'il veut que vous dansiez la gigue en vous branlant devant tout le monde, vous allez le faire. Vous devez être complètement fous.

— C'est la vieille dame qui nous a dit de venir. Mère Abigaël. Vous avez sans doute rêvé d'elle.

Dorgan secoua la tête, mais tout à coup ses yeux ne voulurent plus regarder ceux de Larry.

— Je ne sais pas de qui vous parlez.

— Alors, on en reste là.

— Vous êtes sûr que vous ne voulez rien me dire? Vous ne voudriez pas prendre une bonne douche?

— Mon tarif est quand même plus élevé, répondit Larry en riant. Vous n'avez qu'à envoyer des espions chez nous... si vous en trouvez un qui ne se transforme pas en belette à la seconde où on prononce le nom de mère Abigaël devant lui.

— Comme vous voudrez.

Dorgan s'éloigna dans le couloir que des ampoules protégées par un grillage éclairaient. Arrivé au fond, il franchit une grille d'acier qui se referma derrière lui en claquant. Larry regarda autour de lui. Comme Ralph, il avait fait un ou deux séjours au violon du temps de sa jeunesse folle — ivresse sur la voie publique une fois, possession de quelques grammes de marijuana une autre.

— On ne peut pas dire que ce soit le Ritz, murmura-t-il.

Le matelas avait l'air vraiment moisi et Larry se

demanda avec une certaine morbidité si quelqu'un n'était pas mort dessus, en juin dernier, ou peut-être au début de juillet. Les w.-c. fonctionnaient, mais la cuvette se remplit d'eau rougeâtre la première fois qu'il actionna la chasse, signe certain qu'on ne les avait pas utilisés depuis longtemps. Quelqu'un avait laissé un livre de poche, un roman de cow-boys. Larry le prit, mais le referma presque aussitôt. Il s'assit sur son lit et se mit à écouter le silence. Il avait toujours eu horreur de rester seul — même si d'une certaine manière il l'avait toujours été... jusqu'à son arrivée dans la Zone libre. Et maintenant, ce n'était pas aussi terrible qu'il l'avait craint. Pas de quoi pavoiser, mais c'était supportable.

Il va vous écraser comme de la crotte de chien, demain ou après-demain.

Bien sûr, sauf que Larry ne le croyait pas. Non, ce n'est pas ainsi que les choses allaient se passer.

— Je ne crains aucun mal, dit-il dans le silence de mort de la cellule.

Et il aima le son que faisait sa voix. Tellement qu'il répéta la phrase.

Il s'allongea et l'idée lui traversa l'esprit qu'il était finalement presque revenu à son point de départ sur la côte ouest. Mais le voyage avait été plus long et plus étrange qu'il ne l'aurait jamais imaginé. Et il n'était d'ailleurs pas encore tout à fait terminé.

— Je ne crains aucun mal.

Il s'endormit, le visage apaisé, et aucun cauchemar ne vint troubler son sommeil.

À dix heures le lendemain, Randall Flagg et Lloyd Henreid vinrent voir Glen Bateman.

Il était assis en tailleur sur le sol de sa cellule. Il avait trouvé un morceau de fusain sous son lit et venait d'écrire cette légende sur le mur, au milieu d'un mezzo-tinto d'organes génitaux masculins et féminins, de noms, de numéros de téléphone et de petits poèmes obscènes : *Je ne suis*

pas le potier, ni le tour du potier, mais l'argile du potier ;
la valeur de la forme obtenue ne dépend-elle pas autant
de la valeur intrinsèque de l'argile que du tour et de
l'habileté du Maître ? Glen admirait cette maxime — ou
était-ce un aphorisme ? — quand la température dans le
bloc désert des cellules sembla tout à coup baisser de cinq
degrés. Au bout du couloir, la grille roula sur ses rails.
Soudain, il n'y eut plus de salive dans la bouche de Glen
et le morceau de fusain se cassa entre ses doigts.

Un claquement de talons de bottes s'approchait de lui.

D'autres pas, plus courts, insignifiants, trottinaient en
contrepoint, essayant de suivre.

Le voilà. Je vais voir son visage.

Tout à coup, son arthrite empira. Elle devint même
insupportable. On aurait dit que ses os s'étaient brutalement vidés de leur moelle, remplacée par du verre pilé.
Et pourtant, il se retourna avec un sourire plein de curiosité quand les talons s'arrêtèrent devant sa cellule.

— Enfin, vous voilà, dit-il. Et vous n'êtes pas la moitié
du croque-mitaine que nous imaginions.

Deux hommes se tenaient de l'autre côté des barreaux.
Flagg était à droite de Glen. Il était vêtu d'un jeans et
d'une chemise de soie blanche qui luisait doucement à la
lumière des ampoules. Il souriait à Glen. Derrière lui se
trouvait un homme plus petit qui ne souriait pas du tout.
Menton en galoche, des yeux qui semblaient trop gros
pour son visage. Le teint de ceux pour qui le climat du
désert ne sera jamais clément ; sa peau avait brûlé, pelé,
brûlé encore. Autour du cou, il portait une pierre noire
tachée d'un petit éclat rouge. Une pierre qui avait l'air
grasse, résineuse.

— Permettez-moi de vous présenter mon premier col-
laborateur, dit Flagg en poussant un petit gloussement.
Lloyd Henreid, voici Glen Bateman, éminent sociologue,
membre du comité de la Zone libre, seul et unique
membre du cénacle des penseurs de la Zone libre, maintenant que Nick Andros n'est plus.

— 'Chanté, grommela Lloyd.

— Et comment va votre arthrite, Glen ? demanda Flagg.

Sa voix était empreinte de commisération, mais ses yeux brillaient de plaisir.

Glen ouvrit et referma rapidement les mains en rendant à Flagg son sourire. Personne ne saurait jamais l'effort qu'il lui avait fallu pour conserver cet aimable sourire.

La valeur intrinsèque de l'argile !

— Très bien. Bien mieux depuis que je dors sous un toit, merci.

Le sourire de Flagg s'estompa un peu. Glen surprit un éclair d'étonnement et de colère. Où était-ce de peur ?

— J'ai décidé de vous laisser partir, dit-il brusquement et son sourire de renard réapparut sur ses lèvres, rayonnant.

Lloyd eut un petit hoquet de surprise. Flagg se tourna vers lui.

— N'est-ce pas, Lloyd ?

— Euh... sûrement. Sûr, sûr.

— Eh bien, c'est parfait, répondit Glen, très à l'aise.

Il sentait l'arthrite s'enfoncer de plus en plus profondément dans ses articulations, les engourdir comme de la glace, les faire gonfler comme du feu.

— Nous allons vous donner une petite moto, et vous pourrez rentrer en prenant tout votre temps.

— Naturellement, je ne pourrais pas m'en aller sans mes amis.

— Mais bien sûr, je comprends. Il vous suffit de demander. Mettez-vous à genoux et demandez.

Glen éclata de rire. Il renversa la tête en arrière et rit, longtemps et fort. Et, tandis qu'il riait, la douleur commença à diminuer dans ses articulations. Il se sentait mieux, plus solide, maître de la situation.

— Vous êtes quand même un drôle de loustic. Écoutez, voilà ce que vous devriez faire, mon cher. Pourquoi n'iriez-vous pas chercher un gros tas de sable et une belle petite cuiller d'argent, pour vous rentrer tout ce beau sable dans le trou de votre cul ?

Flagg changea d'expression. Son sourire disparut. Ses

yeux, jusque-là noirs comme la pierre de jais que portait Lloyd, semblaient maintenant briller d'une lueur jaunâtre. Il tendit la main vers le mécanisme de verrouillage de la porte, le saisit entre ses doigts. Il y eut une sorte de grésillement électrique. Des flammèches s'échappèrent et une odeur de brûlé se répandit dans la cellule. Puis la serrure noircie tomba par terre, fumante. Lloyd Henreid poussa un grand cri. L'homme noir saisit les barreaux et ouvrit d'un coup la grille.

— Cessez de rire !

Glen riait encore plus fort.

— *Cessez de rire de moi !*

— Vous n'êtes *rien* ! répondit Glen en s'essuyant les yeux, toujours secoué par son rire. Pardonnez-moi... mais nous avions tous tellement peur... nous faisions de vous une telle *histoire*... je ris autant de notre stupidité que de votre regrettable manque de substance...

— Tue-le, Lloyd.

Le visage de Flagg était parcouru d'horribles mouvements convulsifs. Les doigts de ses mains s'étaient recroquevillés, comme des griffes acérées de prédateur.

— Oh, tuez-moi vous-même si vous voulez me tuer. Vous en êtes sûrement capable. Touchez-moi avec le doigt pour arrêter mon cœur. Faites le signe de croix à l'envers pour me donner une embolie cérébrale. Faites sortir l'éclair de cette prise de courant au plafond pour me fendre le crâne en deux. Oh... mon Dieu... que c'est *drôle* !

Glen s'effondra sur son lit, se roula dans tous les sens, terrassé par un rire exquis.

— *Tue-le !* rugit l'homme noir.

Pâle, tremblant de peur, Lloyd chercha son pistolet, faillit le faire tomber, puis essaya de le braquer sur Glen. Il dut le prendre à deux mains.

Glen regardait Lloyd, toujours souriant. Il aurait pu se trouver dans un cocktail de professeurs à Woodsville, dans le New Hampshire, reprenant son sang-froid après une bonne plaisanterie, presque prêt à redonner à la conversation un tour un peu plus sérieux.

— Si vous devez tuer quelqu'un, monsieur Henreid, tuez-le donc.

— Tue-le maintenant, Lloyd.

Lloyd appuya sur la détente en fermant les yeux. Le coup partit en faisant un bruit effrayant dans la petite cellule. Puis l'écho le multiplia longtemps encore. Mais la balle ne fit qu'érafler le béton à cinq centimètres de l'épaule droite de Glen, puis ricocha, frappa autre chose et repartit en sifflant.

— Tu ne fais donc jamais rien de bon ? rugit Flagg. Tue-le, espèce de débile ! Tue-le ! Il est juste devant toi !

— J'essaye...

Glen avait gardé son sourire et c'est à peine s'il avait cligné les yeux quand le coup était parti.

— Je répète, si vous devez tuer quelqu'un, tuez-le. Ce n'est pas un être humain, vous savez. Je l'ai décrit un jour à un ami comme le dernier magicien de la pensée rationnelle, monsieur Henreid. C'était plus vrai que je ne le pensais. Mais il perd sa magie. Elle s'enfuit et il le sait. Et vous aussi, vous le savez. Tuez-le maintenant et épargnez à nous tous Dieu sait combien de sang et de morts.

Le visage de Flagg était devenu parfaitement immobile.

— De toute façon, tue l'un de nous deux, Lloyd, dit-il. Je t'ai sorti de prison quand tu mourais de faim. C'est de ces types-là que tu voulais te venger, tu as déjà oublié ? De ces types de rien du tout qui parlent comme des papes.

— Monsieur, je ne peux pas vous croire, finit par dire Lloyd. Randy Flagg a raison.

— Mais il ment, vous savez qu'il ment.

— Il m'a dit plus de vérités que personne n'a essayé de le faire dans toute ma putain de vie.

Et Lloyd tira trois fois. Glen recula, se tordit sur lui-même, se retourna comme une poupée de chiffon. Du sang vola en l'air. Glen heurta le lit, rebondit et roula par terre. Il réussit à se redresser sur un coude.

— Tant pis, monsieur Henreid, et dommage. Ce n'est pas votre faute si vous ne comprenez rien.

— *Ta gueule, ferme-la, vieux con !*

Lloyd tira encore et le visage de Glen Bateman disparut. Il tira encore, et le corps du professeur tressauta avant de retomber, inerte. Et Lloyd tira encore. Il pleurait. Les larmes roulaient sur ses joues brûlées par le soleil. Il se souvenait du lapin qu'il avait laissé se dévorer les pattes. Il se souvenait de Poke, des gens dans la Continental blanche, de George le Magnifique. Il se souvenait de la prison de Phoenix, du rat, de la toile de son matelas qu'il n'avait pu manger. Il se souvenait de Trask, de la jambe qui s'était mise à ressembler à une cuisse de poulet bien dodue. Il appuya une dernière fois sur la détente, mais l'arme ne fit qu'un petit clic stérile.

— Très bien, dit Flagg d'une voix douce. Très bien. Bon travail. Excellent travail, Lloyd.

Lloyd laissa tomber son revolver par terre et se recula.

— Ne me touchez pas ! Ce n'est pas pour vous que je l'ai fait !

— Mais si, répondit affectueusement Flagg. Tu ne le sais peut-être pas, mais c'est pour moi que tu l'as fait.

Il tendit la main et joua avec la pierre de jais qui pendait au cou de Lloyd. Il referma sa main sur la pierre et, lorsqu'il la rouvrit, la pierre n'était plus là. Une petite clé d'argent avait pris sa place.

— Je te l'avais promise, je crois, dit l'homme noir. Dans une autre prison. Cet homme avait tort... je tiens mes promesses, n'est-ce pas, Lloyd ?

— Oui.

— Les autres partent, ou s'apprêtent à le faire. Je sais qui ils sont. Je sais leurs noms. Whitney... Ken... Jenny... oh oui, je sais tous leurs noms.

— Mais alors, pourquoi ne...

— Pourquoi je ne fais rien ? Je n'en sais rien. Il est peut-être préférable de les laisser partir. Sauf toi, Lloyd. Tu es mon bon et fidèle serviteur, n'est-ce pas ?

— Oui, murmura Lloyd, vaincu. Oui, je crois.

— Sans moi, tu aurais eu du mal à être ne serait-ce qu'une petite merde, même si tu n'étais pas mort dans cette prison. N'est-ce pas vrai ?

684

— Oui.

— Le jeune Lauder le savait bien. Il savait que je pouvais faire quelqu'un de lui. Quelqu'un. C'est pour cela qu'il venait à moi. Mais il était rempli de pensées... rempli de...

Soudain, il parut perplexe — et vieux. Puis il agita la main avec impatience et le sourire fleurit à nouveau sur ses lèvres.

— Oui, Lloyd, peut-être que ça va mal, c'est vrai. Peut-être, pour une raison que même moi je n'arrive pas à comprendre... mais le vieux magicien a encore quelques tours dans son sac, Lloyd. Un ou deux. Écoute-moi maintenant. Il ne faut plus perdre de temps si nous voulons enrayer cette... cette crise de confiance. Si nous voulons l'étouffer dans l'œuf, pour ainsi dire. Il faudra en finir demain avec Underwood et Brentner. Maintenant, écoute-moi bien...

Lloyd se coucha passé minuit et ne s'endormit qu'aux petites heures du matin. Il avait parlé à l'Homme-Rat. À Paul Burlson. À Barry Dorgan, qui avait reconnu que les désirs de l'homme noir étant fort probablement des ordres, il fallait tout préparer avant l'aube. Les travaux avaient donc commencé sur la pelouse du MGM Grand Hotel vers dix heures du soir, le 29 — dix hommes équipés de soudeuses à l'arc, de marteaux, de boulons et d'une bonne provision de longs tuyaux d'acier. Installés sur deux camions, ils assemblaient les tuyaux devant la fontaine. Les arcs des soudeuses attirèrent bientôt une petite foule.

— Regarde, maman Angie ! criait Dinny. Un feu d'artifice !

— Oui, mais c'est maintenant l'heure d'aller faire dodo pour les gentils petits garçons.

Angie Hirschfield emmena l'enfant, une peur secrète au fond de son cœur, sentant que quelque chose de mauvais, quelque chose d'aussi horrible peut-être que la super-grippe, se préparait.

— Je veux voir ! Je veux voir les *étincelles* ! pleurnichait Dinny, mais elle l'emmena d'une main ferme.

Julie Lawry s'approcha de l'Homme-Rat, le seul type
à Las Vegas qu'elle trouvait trop dégoûtant pour coucher
avec lui... sauf peut-être en cas d'extrême urgence. Sa
peau noire luisait à la lueur bleuâtre des arcs électriques.
L'homme était fagoté comme un pirate éthiopien : pantalon de soie bouffant, large ceinture rouge, collier de
pièces d'argent autour de son cou décharné.

— Qu'est-ce qui se passe, Raton ? lui demanda-t-elle.

— L'Homme-Rat ne sait pas, ma chère, mais
l'Homme-Rat s'est fait une petite idée. Oui, oui, oui, oui,
oui. Je crois bien que nous aurons des petits travaux
bizarres demain, très très bizarres. À propos, tu n'aimerais pas tirer un petit coup rapide avec Raton, ma chère ?

— Peut-être, répondit Julie, mais seulement si tu me
dis ce qu'on est en train de préparer.

— Demain, tout Las Vegas le saura. Je te le jure, sur
ton charmant et délicat petit cul en sucre. Viens avec
l'Homme-Rat, ma chère, il va te faire voir les neuf mille
noms du Seigneur.

Mais Julie, au grand déplaisir de l'Homme-Rat, s'était
éclipsée.

Quand Lloyd alla finalement se coucher, le travail était
terminé et la foule s'était dispersée. Deux grandes cages
se dressaient maintenant sur la plate-forme des deux
camions, deux cages pourvues chacune de deux ouver-
tures carrées, une à droite et l'autre à gauche. Garées tout
près, toutes équipées d'un attelage de remorque, quatre
voitures. Et fixée à chaque attelage, une grosse chaîne.
Les quatre chaînes serpentaient sur la pelouse du MGM
Grand Hotel pour aboutir juste à l'intérieur des trous
ménagés dans les cages.

Et à la fin de chaque chaîne pendait une unique
menotte d'acier.

À l'aube du 30 septembre, Larry entendit coulisser dans ses rails la grille du bloc des cellules. Des pas descendirent rapidement le couloir. Larry était allongé sur son lit, les mains derrière la tête. Il n'avait pas dormi la nuit précédente. Il avait

(réfléchi ? prié ?)

C'était la même chose. En tout cas, l'ancienne blessure s'était finalement refermée, le laissant en paix. Il avait senti les deux personnes qu'il avait été toute sa vie — la véritable et l'image idéale — se confondre en un seul être vivant. Sa mère aurait aimé ce nouveau Larry. Rita Blakemoor aussi. C'était un Larry à qui Wayne Stukey n'aurait jamais eu à ouvrir les yeux. Un Larry que même cette hygiéniste buccale d'il y avait si longtemps aurait pu aimer.

Je vais mourir. S'il y a un Dieu — et je crois maintenant qu'il doit y en avoir un — telle est Sa volonté. Nous allons mourir et, sans que je sache comment, tout cela prendra fin par suite de notre mort.

Il se doutait que Glen Bateman était déjà mort. Il y avait eu des coups de feu dans l'autre bloc la veille, plusieurs coups de feu. Dans la direction que Glen avait prise. Ralph s'était éloigné vers un autre bloc. Enfin, le pauvre était vieux, son arthrite le faisait souffrir et ce que Flagg avait préparé pour eux ce matin n'allait sûrement pas être très agréable.

Les pas s'arrêtèrent devant sa cellule.

— Debout, salopette, lança une voix joyeuse. L'Homme-Rat est venu chercher tes petites fesses pâlichonnes.

Larry se retourna. Hilare, un pirate noir se tenait derrière la grille, un collier de pièces d'argent autour du cou, sabre à la main. Derrière lui, le comptable. Burlson.

— Qu'est-ce qui se passe ?

— Mon cher, répondit le pirate, c'est la fin. La toute fin.

— D'accord, répondit Larry en se levant.

Burlson se mit à parler très vite et Larry comprit qu'il avait peur.

— Je voudrais vous dire que ce n'est pas mon idée.

— Rien de ce que je vois par ici n'est votre idée, répliqua Larry. Qui a été tué hier ?

— Bateman, répondit Burlson en baissant les yeux. Il essayait de s'enfuir.

— Il essayait de s'enfuir ?

Larry se mit à rire. L'Homme-Rat fit comme lui pour se moquer. Et ils rirent ensemble.

La grille s'ouvrit. Burlson s'avança avec les menottes. Larry n'opposa aucune résistance et tendit les poignets. Burlson lui passa les menottes.

— Il essayait de s'échapper ? Un de ces jours, on va vous abattre pendant que vous essaierez de vous échapper, Burlson. Et vous aussi, Raton, ajouta-t-il à l'adresse du pirate. En train de vous échapper.

Il recommença à rire, mais cette fois l'Homme-Rat ne fut pas de la partie. Il regarda Larry d'un air furieux, puis fit le geste de lever son sabre.

— Baisse ça, andouille, lui dit Burlson.

Ils sortirent en file indienne, Burlson, Larry et l'Homme-Rat. Lorsqu'ils franchirent la grille à l'extrémité du bloc, cinq hommes les rejoignirent. L'un d'eux était Ralph, menottes aux poignets.

— Salut, Larry, dit Ralph. On t'a dit ? On t'a raconté ?

— Oui, je suis au courant.

— Les salauds. C'est bientôt fini pour eux, non ?

— Oui, bientôt.

— La ferme ! grommela un des gardiens. C'est vous qui êtes presque finis. Attendez un peu, et vous allez voir ce qui vous attend ! Vous allez adorer ça.

— Non, c'est fini pour vous, insista Ralph. Vous ne le savez pas ? Vous ne le sentez pas ?

Le Raton poussa Ralph qui trébucha.

— Ta gueule ! cria-t-il. L'Homme-Rat ne veut plus rien savoir de tes conneries de merde de vaudou ! Plus rien savoir !

— Tu es très pâle, Raton, répondit Larry avec un grand sourire. Vraiment très pâle. Presque aussi appétissant qu'un cadavre.

L'Homme-Rat brandit à nouveau son sabre, mais ce n'était plus une menace. Il avait l'air d'avoir peur. Ils avaient tous peur. Quelque chose planait en l'air, comme une ombre immense qui se précipitait vers eux.

Une fourgonnette kaki — MAISON D'ARRÊT DE LAS VEGAS, lisait-on sur le côté — attendait dans la cour ensoleillée. On poussa Larry et Ralph à l'intérieur. Les portières claquèrent, le moteur démarra et la fourgonnette partit. Ils s'assirent sur les bancs de bois, les mains entre les genoux.

— J'en ai entendu un qui disait que tout le monde allait être là, dit Ralph à voix basse. Tu crois qu'ils vont nous crucifier ?

— Oui, ou quelque chose du genre.

Larry se tourna vers son compagnon. Son chapeau maculé de sueur était enfoncé sur sa tête. La plume était toute sale, mais elle se dressait encore avec arrogance.

— Tu as peur, Ralph ?

— Tu parles, murmura Ralph. Tu sais, je supporte pas du tout la douleur physique, même pas une piqûre chez le médecin. Je trouvais toujours une excuse pour pas y aller. Et toi ?

— J'ai une trouille de tous les diables, moi aussi. Tu peux venir par ici pour t'asseoir à côté de moi ?

Ralph se leva et se rapprocha de Larry en faisant tinter les chaînes de ses menottes. Ils restèrent quelque temps sans parler, puis Ralph rompit le silence.

— On a fait un drôle de bout de chemin, dit Ralph d'une voix douce.

— C'est vrai.

— J'aurais bien voulu savoir pourquoi. Tout ce que je vois, c'est qu'il va faire un sacré spectacle avec nous. Pour que tout le monde sache qu'il est le grand manitou. Et c'est pour ça qu'on a fait tout ce chemin ?

— Je ne sais pas.

La fourgonnette poursuivait sa route. Ils étaient assis sur leur banc, silencieux, se tenant les mains. Larry avait peur, mais au-delà de cette peur subsistait, intact, un profond sentiment de paix. Tout irait bien.

— Je ne crains aucun mal, murmura-t-il.

Pourtant, il *avait* peur.

Il ferma les yeux, pensa à Lucy. Il pensa à sa mère. Des idées sans suite dans sa tête. Se lever pour aller à l'école, en hiver. Le jour où il avait vomi à l'église. La revue porno qu'il avait trouvée dans le caniveau et qu'il avait regardée avec Rudy. Neuf ans tous les deux. Le championnat de base-ball à la télévision, son premier automne à Los Angeles avec Yvonne Wetterlin. Il ne voulait pas mourir, il avait peur de mourir, mais il s'était résigné à cette idée et il était en paix. Après tout, il n'avait jamais eu le choix et il en était venu à croire que la mort n'était qu'une étape, une salle d'attente, comme on attend dans une loge avant d'aller jouer sur scène.

Il essayait de son mieux de se détendre, de se préparer.

La fourgonnette s'arrêta. Les portières s'ouvrirent brusquement. La lumière du soleil se précipita à l'intérieur, radieuse, éblouissante. L'Homme-Rat et Burlson sautèrent à l'intérieur. On entendait un curieux bruit — un faible murmure, comme un bruissement. Ralph tendit l'oreille, inquiet. Mais Larry savait déjà ce que c'était.

En 1986, les Tattered Remnants avaient connu leur heure de gloire — ils avaient joué en première partie pour Van Halen au Chavez Ravine. Et le bruit, juste avant qu'ils ne commencent, était exactement comme ce bruit qu'il entendait maintenant. Quand il sortit de la fourgonnette, il savait donc à quoi s'attendre et son visage ne changea pas d'expression. Mais, à côté de lui, Ralph eut un hoquet de surprise.

Ils étaient sur la pelouse d'un énorme hôtel-casino dont l'entrée était flanquée de deux pyramides dorées. Sur la pelouse, deux camions. Et, sur la plate-forme de chaque camion, une cage faite de tuyaux d'acier.

Des gens tout autour.

Des gens en cercle sur la pelouse. Debout sur le terrain de stationnement, sur les marches qui conduisaient à l'entrée de l'hôtel, sur l'allée de gravier où les clients avaient autrefois attendu que le portier siffle un groom. Jusque dans la rue. Certains des plus jeunes hommes avaient hissé leurs petites amies sur leurs épaules pour qu'elles puissent mieux profiter du spectacle. Et ce murmure grave était celui de l'animal-foule.

Larry regarda autour de lui et tous les yeux qui rencontraient les siens se détournèrent. Tous ces visages semblaient pâles, lointains, marqués par la mort et le sachant déjà. Pourtant, ils étaient là.

On les poussa vers les cages. En chemin, Larry remarqua les voitures et les chaînes. Mais ce fut Ralph qui comprit à quoi elles serviraient. Ne s'était-il pas occupé de mécanique presque toute sa vie ?

— Larry, dit-il d'une voix blanche, ils vont nous écarteler !

— Allez, entre, dit l'Homme-Rat en lui soufflant en plein visage une haleine qui empestait l'ail. Monte là-dedans, salopette. Toi et ton petit copain, vous allez le sentir passer.

Larry grimpa sur la plate-forme du camion.

— Donne-moi ta chemise, salopette.

Larry ôta sa chemise et resta torse nu dans l'air frais du matin qui lui caressait doucement la peau. Ralph avait déjà enlevé la sienne. Un murmure courut dans la foule, puis s'éteignit. Ils étaient tous les deux si maigres après leur longue marche qu'on pouvait compter toutes leurs côtes.

— Entre dans cette cage, charogne.

Larry entra à reculons dans la cage.

Ce fut ensuite au tour de Barry Dorgan de donner des ordres. Il courait un peu partout pour s'assurer que tout était en ordre, une expression de dégoût sur le visage.

Les quatre chauffeurs montèrent dans les voitures et firent démarrer les moteurs. Ralph resta un instant immobile, puis il prit l'une des menottes soudées au bout d'une chaîne qui pendait dans sa cage et la lança par le trou. Elle toucha Paul Burlson à la tête et un rire nerveux agita la foule.

— T'aurais pas dû faire ça, mon vieux, dit Dorgan. Je vais devoir envoyer des types pour te tenir.

— Laisse-les faire leur bazar, dit Larry à Ralph. Hé ! Barry ! Est-ce qu'ils t'ont appris ça aussi quand tu étais flic à Santa Monica ?

Un autre rire frissonna dans la foule.

— Brutalité policière ! cria un audacieux.

Dorgan rougit, mais ne répondit pas. Il fit entrer une plus grande longueur de chaîne dans la cage de Larry qui cracha sur lui, un peu surpris d'avoir encore assez de salive pour le faire. Quelques cris d'encouragement s'élevèrent quelque part et Larry se dit : *Ils... ils vont peut-être se soulever...*

Mais, dans son cœur, il n'y croyait pas. Leurs visages étaient trop pâles, trop secrets. Ces cris de défi, poussés de loin, ne signifiaient rien. Des enfants qui chahutent dans une salle de classe, rien d'autre. Il y avait du doute — il le sentait — et de la déception. Mais Flagg imprégnait jusqu'à ces sentiments. Ces gens allaient s'enfuir furtivement en pleine nuit pour retrouver ce grand espace vide qu'était devenu le monde. Le Promeneur les laisserait faire, sachant qu'il n'avait qu'à garder autour de lui une poignée de fidèles, comme Dorgan et Burlson. On rassemblerait plus tard les fuyards, les furtifs de l'heure de minuit, peut-être pour leur faire payer le prix de leur foi imparfaite. Non, il n'y aurait pas de rébellion ouverte ici.

Dorgan, l'Homme-Rat et un troisième homme entrèrent dans sa cage. L'Homme-Rat ouvrit les menottes soudées aux chaînes.

— Tendez les mains, dit Dorgan.

— Ben oui, faire respecter l'ordre démocratique, c'est quand même quelque chose, hein, Barry ?

— Tendez les mains, nom de Dieu !

— Tu n'as pas l'air d'être très en forme, Dorgan. Comment va ton cœur ces temps-ci ?

— Pour la dernière fois, mettez les mains dans ces trous !

Larry s'exécuta. Les menottes se refermèrent sur ses

poignets. Dorgan et les autres sortirent et la porte se referma. Larry regarda sur sa droite et vit Ralph, debout dans sa cage, tête baissée, les bras ballants. Lui aussi avait les menottes aux poignets.

— Vous savez que cela est mal ! cria Larry, et sa voix formée par des années de musique sortit de sa poitrine avec une force surprenante. Je n'espère pas que vous arrêterez ce spectacle, mais j'espère que vous vous en souviendrez ! Randall Flagg nous met à mort parce qu'il a peur de nous ! Il a peur de nous et de nos amis de l'est !

Un murmure commença à monter dans la foule.

— Souvenez-vous de notre mort ! Et souvenez-vous que la prochaine fois, ce sera peut-être votre tour de mourir ainsi, sans dignité, comme un animal en cage !

Ce murmure encore, faible d'abord, puis un peu plus fort, vibrant de colère maintenant... et le silence à nouveau.

— Larry ! cria Ralph.

Flagg descendait l'escalier du MGM Grand Hotel, accompagné de Lloyd Henreid. Il portait un jeans, une chemise à carreaux, son blouson avec les deux macarons sur les poches de devant, ses vieilles bottes de cow-boy. Et, dans le silence qui se fit soudain, on n'entendit plus que le bruit de ses talons qui descendaient l'allée de ciment... un son qui n'appartenait plus au temps.

L'homme noir arborait un grand sourire.

Larry le regardait du haut de sa cage. Flagg s'arrêta entre les deux cages et leva les yeux vers lui, sans se départir de son sourire charmeur et inquiétant. C'était un homme parfaitement maître de lui, et Larry comprit tout à coup que ce moment était pour lui capital, l'apothéose de toute sa vie.

Flagg se retourna pour faire face à son peuple. Son regard courut sur la foule, mais aucune paire d'yeux n'accepta de soutenir son regard.

— Lloyd...

Très pâle, Lloyd qui avait l'air égaré et malade remit à Flagg une feuille de papier roulée comme un parchemin.

L'homme noir la déroula et commença à lire. Sa voix

était grave, sonore, agréable, une voix qui faisait le silence autour d'elle comme une vaguelette d'argent se propage sur les eaux noires d'un étang.

— Sachez que ceci est un acte authentique auquel moi, Randall Flagg, j'ai apposé mon nom et ma griffe le trentième jour du mois de septembre de l'année mille neuf cent quatre-vingt-dix, désormais appelée An un, année de l'épidémie.

— Tu ne t'appelles pas Flagg ! rugit Ralph, et ce fut un murmure de surprise dans la foule. Pourquoi ne leur dis-tu pas ton vrai nom ?

Flagg l'ignora.

— Sachez que ces hommes, Lawson Underwood et Ralph Brentner, sont des espions venus ici à Las Vegas dans l'intention de nous nuire et de susciter la sédition, qu'ils se sont introduits dans cet État par la ruse et à la faveur de la nuit...

— C'est quand même curieux, dit Larry, puisque nous sommes arrivés par la nationale 70, et en plein jour. *Ils nous ont pris à midi sur l'autoroute ! C'est ça la ruse ? C'est ça la nuit ?* cria-t-il à la foule.

Flagg le laissa faire patiemment, comme s'il trouvait que Larry et Ralph avaient le droit de se défendre... leur cause étant de toute façon jugée.

Il reprit sa lecture :

— Sachez que les cohortes de ces hommes sont responsables du sabotage des hélicoptères d'Indian Springs et donc de la mort de Carl Hough, de Bill Jamieson et de Cliff Benson. Ils sont coupables d'assassinat.

Le regard de Larry rencontra celui d'un homme qui était au premier rang des spectateurs. Larry l'ignorait, mais il s'agissait de Stan Bailey, chef des Opérations à Indian Springs. Larry vit l'ahurissement descendre comme un voile sur le visage de cet homme, et sa bouche articuler quelque chose, quelque chose comme *poubelle.*

— Sachez que les cohortes de ces hommes ont envoyé d'autres espions parmi nous et qu'ils ont été tués. Il a été décidé que ces hommes subiront le châtiment qu'ils méritent, à savoir, qu'ils seront écartelés. Il est de votre devoir à chacun d'entre vous d'assister à ce châtiment, afin que vous puissiez vous en souvenir et dire aux autres que vous en avez été les témoins, ici, aujourd'hui.

Flagg afficha un sourire qu'il voulait compréhensif cette fois, mais qui rayonnait autant de chaleur et d'humanité qu'un rictus de requin :

— Les personnes accompagnées de jeunes enfants sont dispensées.

Il se tourna alors vers les voitures dont les moteurs tournaient toujours au ralenti, envoyant de petites bouffées de fumée dans l'air du matin. Au même moment, un bruit confus monta de la foule. Et tout à coup un homme en sortit, grand et fort, le visage presque aussi blanc que sa toque de cuisinier. L'homme noir avait remis le parchemin à Lloyd dont les mains se mirent à trembler convulsivement lorsque Whitney Hogan s'avança. On entendit clairement le parchemin se déchirer en deux.

— *Hé, vous tous !* cria Whitney.

Un murmure s'éleva. Whitney tremblait de tous ses membres, comme s'il avait la danse de Saint-Guy. Son menton agité de mouvements saccadés semblait vouloir désigner l'homme noir. Flagg regardait Whitney avec un sourire féroce. Lloyd s'avança vers le cuisinier, mais Flagg lui fit signe de s'arrêter.

— *C'est pas juste !* hurlait Whitney. *Vous savez que c'est pas juste !*

Un silence de mort s'était emparé de la foule.

La pomme d'Adam de Whitney montait et descendait comme un petit singe de bois sur son bâton.

— C'est nous qu'on était l'Amérique ! hurla enfin Whitney. Et c'est pas comme ça qu'on fait en Amérique. J'étais un pas grand-chose, je peux bien le dire, juste un cuistot, mais je sais que c'est pas comme ça qu'on fait en Amérique, on reste pas là à écouter un assassin complètement dingo dans ses bottes de cow-boy...

Un murmure horrifié monta de la foule. Larry et Ralph échangèrent un regard perplexe.

— C'est ça qu'il est ! reprit Whitney, et la sueur coulait sur son visage comme des larmes. Vous voulez regar-

der ces deux gars se faire déchirer devant vous, hein ?
Vous croyez que c'est une façon de commencer une nouvelle vie ? Moi, je vous dis que vous allez en rêver *tout
le reste de votre vie* !

Murmure approbateur dans la foule.

— Il faut arrêter, continua Whitney. Vous êtes d'accord ? Il faut prendre le temps de penser à... à...

— Whitney.

Cette voix, douce comme de la soie, à peine plus forte
qu'un murmure, mais suffisante pour faire taire la voix
hésitante du cuisinier qui se tourna vers Flagg, remuant
les lèvres sans qu'aucun bruit n'en sorte, les yeux fixes
comme ceux d'un maquereau. Cette fois, la sueur coulait
en torrents sur sa figure.

— Whitney, tu aurais dû te tenir tranquille, — la voix
était douce, mais elle portait facilement le message à
toutes les oreilles — je t'aurais laissé partir... pourquoi
aurais-je voulu te garder ?

Les lèvres de Whitney remuèrent, mais aucun son ne
voulait plus en sortir.

— Viens ici, Whitney.

— Non, murmura Whitney.

Mais personne n'entendit son refus, sauf Lloyd, Ralph,
Larry et peut-être Barry Dorgan. Les pieds de Whitney
bougèrent comme s'ils n'avaient pas entendu sa bouche.
Ses mocassins à semelles de crêpe écrasèrent le gazon et
il s'avança vers l'homme noir comme un fantôme.

La foule n'était plus qu'une immense bouche bée,
qu'un immense œil écarquillé.

— Je connaissais tes projets, dit l'homme noir. Je
savais ce que tu voulais faire avant que tu en sois
conscient. Et je t'aurais laissé t'en aller en rampant jusqu'à ce que je sois prêt à te reprendre. Peut-être dans
un an, peut-être dans dix. Mais tout cela est du passé
maintenant, Whitney. Crois-moi.

Whitney retrouva sa voix une dernière fois et les mots
se précipitèrent en un hurlement étranglé :

— *Vous n'êtes pas un homme ! Vous êtes un... un... un
démon !*

Flagg tendit l'index de sa main gauche qui toucha presque le menton de Whitney Hogan.

— Oui, c'est vrai, répondit-il si bas que personne ne l'entendit, sauf Lloyd et Larry Underwood. C'est vrai.

Une boule bleue pas plus grosse que la balle de ping-pong que Leo ne se fatiguait pas de faire rebondir jaillit de l'extrémité du doigt de Flagg avec un léger craquement et une vague odeur d'ozone.

Un vent de soupirs passa dans la foule, un vent d'automne.

Whitney hurla — mais il ne bougea pas d'un pouce. La boule de feu toucha son menton et une odeur écœurante de chair brûlée monta en l'air. Puis la boule effleura sa bouche, soudant ses deux lèvres l'une à l'autre, emprisonnant leurs cris derrière les yeux exorbités de Whitney. Elle traversa une joue, y creusant une longue tranchée carbonisée qui se cautérisa instantanément.

Elle lui ferma les yeux.

Elle s'arrêta au-dessus de son front et Larry entendit Ralph parler, répéter sans cesse la même chose, et Larry ajouta sa voix à celle de son compagnon, faisant de ces mots leur litanie :

— Je ne crains aucun mal... je ne crains aucun mal... je ne crains...

La boule de feu remonta sur le front de Whitney et on sentit alors une odeur de cheveux brûlés. Elle redescendit vers sa nuque, laissant derrière elle une ridicule bande chauve. Whitney vacilla un instant sur ses jambes, puis tomba en avant, enfin.

La foule poussa un long *Aaaaaaah* sibilant, le bruit qu'on faisait le jour de la fête nationale quand le feu d'artifice était particulièrement réussi. La boule de feu était maintenant suspendue en l'air. Plus grosse, trop éblouissante pour qu'on la regarde sans plisser les yeux. L'homme noir tendit le doigt vers elle et elle se déplaça lentement vers la foule. Ceux qui se trouvaient au premier rang — une certaine Jenny Engstrom au visage couleur de petit lait était parmi eux — reculèrent.

D'une voix de tonnerre, Flagg les mit au défi.

— *Y en a-t-il un autre qui conteste ma sentence ? S'il y en a un, qu'il parle !*

Un profond silence accueillit ses paroles.

Flagg parut satisfait.

— Alors, que...

Tout à coup, les têtes se tournèrent. Un murmure de surprise courut dans la foule, puis une rumeur de voix. Flagg semblait être totalement pris au dépourvu. La boule de feu voletait, indécise.

Un bourdonnement de moteur électrique arriva aux oreilles de Larry. Et une fois encore, il entendit ce nom bizarre qui passait de bouche en bouche, jamais tout à fait clair : Poub... Elle... Láp... Poub...

Quelqu'un fendait la foule, comme pour relever le défi de l'homme noir.

.

Flagg sentit la terreur se couler dans les chambres secrètes de son cœur. La terreur de l'inconnu, de l'inattendu. Il avait tout prévu pourtant, même ce sot discours que Whitney avait décidé de faire sur un coup de tête. Il avait tout prévu, sauf ça. La foule — *sa* foule — s'ouvrait, reculait. On entendit un hurlement, très haut, très clair. Quelqu'un s'enfuit en courant. Puis un autre. Et la foule, à bout de nerfs, se dispersa dans la bousculade.

— *Arrêtez !* cria Flagg de toutes ses forces.

Mais la foule s'était transformée en un ouragan que même l'homme noir ne pouvait arrêter. Une terrible rage impuissante grandit en lui, rejoignant sa peur en un nouveau mélange volatil. Une fois de plus, quelque chose n'avait pas marché. À la dernière minute, quelque chose n'avait pas marché, comme avec le vieux juge, comme avec la femme qui s'était ouvert la gorge sur les éclats de vitre... comme avec Nadine... Nadine qui tombait...

Ils couraient aux quatre coins de l'horizon, piétinant la pelouse du MGM Grand Hotel, traversant la rue, fonçant vers The Strip. Ils avaient vu le dernier invité, arrivé enfin comme une sinistre vision sortie d'une histoire d'horreur.

Ils avaient peut-être vu le grimage d'un atroce châtiment final.

Ils avaient vu ce que l'enfant prodigue rapportait avec lui.

Comme la foule se dispersait, Randall Flagg vit lui aussi, tout comme Larry, Ralph et Lloyd Henreid, frappé de stupeur, qui tenait encore le parchemin déchiré entre ses mains.

C'était Donald Merwin Elbert, désormais connu de tous sous le nom de La Poubelle, maintenant et à jamais, dans les siècles des siècles, alléluia, amen.

Il était au volant d'une longue voiturette électrique couverte de poussière. Les accumulateurs du véhicule étaient presque à plat et la voiturette avançait par à-coups, ballottant La Poubelle sur son siège, comme une marionnette devenue folle.

La Poubelle était dans la dernière phase du mal des rayons. Il avait perdu ses cheveux. Ses bras que l'on voyait à travers sa chemise en loques étaient couverts de plaies suintantes. Son visage n'était plus qu'une soupe rouge semée de cratères au milieu de laquelle un œil bleu délavé par le désert regardait fixement avec une terrible et pitoyable lueur d'intelligence. Ses dents avaient disparu. Ses ongles aussi. Ses paupières n'étaient plus que des lambeaux de peau.

On aurait dit que cet homme venait de sortir avec sa voiturette électrique de la gueule noire et brûlante de l'enfer.

Flagg le regardait s'approcher, figé. Son sourire avait disparu. Ses belles couleurs aussi. Son visage s'était tout à coup transformé en une vitre translucide.

La voix de La Poubelle, extatique, gargouillait dans sa poitrine décharnée.

— J'ai apporté... j'ai apporté le feu... s'il vous plaît... pardon...

Ce fut Lloyd qui s'avança. Il fit un pas, puis un autre.

— La Poubelle... mon pauvre vieux... La Poubelle...

L'œil bougea, cherchant douloureusement Lloyd.

— Lloyd ? C'est toi ?

— C'est moi, La Poubelle, répondit Lloyd qui tremblait aussi violemment que Whitney tout à l'heure. Qu'est-ce que tu rapportes ? Ça serait pas...

— Un beau morceau ! répondit La Poubelle d'une voix triomphante. Une bombe A.

Et il se mit à se balancer d'avant en arrière sur le siège de sa voiturette électrique, comme un possédé.

— La bombe A, la grosse, la grosse, le grand feu, *je te donnerai ma vie !*

— Remporte-la, La Poubelle, murmura Lloyd. C'est dangereux, tu sais. Ça... ça brûle. Remporte-la...

— Fais-le foutre le camp avec son truc, Lloyd, gémit l'homme noir qui était maintenant l'homme pâle. Qu'il ramène ça là où il l'a pris. Fais-le...

L'œil en état de marche de La Poubelle s'ouvrit tout grand.

— Où est-il ? demanda-t-il d'une voix angoissée. Où est-il ? Il est parti ! *Où est-il ? Qu'est-ce que vous lui avez fait ?*

Lloyd fit un dernier effort surhumain :

— La Poubelle, il faut que tu ramènes ce truc là-bas. Tu...

Et tout à coup Ralph se mit à hurler :

— *Larry ! Larry ! La main de Dieu !*

Le visage de Ralph était transporté d'une terrible joie. Ses yeux brillaient. Il montrait le ciel.

Larry leva les yeux. Il vit la boule d'électricité que Flagg avait fait jaillir de son doigt. Elle avait effroyablement grandi. Elle était à présent suspendue dans le ciel, menaçant La Poubelle, lançant des étincelles comme de longs cheveux. Larry se rendit vaguement compte que l'air était tellement chargé d'électricité que tous les poils de son corps en étaient hérissés.

Et la chose dans le ciel ressemblait à une main.

— *Nonnnnn !* hurla l'homme noir.

Larry tourna la tête vers lui... mais Flagg n'était plus là. *Devant* l'endroit où il s'était trouvé, Larry eut l'impression de sentir une chose monstrueuse, quelque chose d'accroupi, de voûté, presque sans forme — quelque chose avec d'énormes yeux jaunes fendus de deux pupilles de chat noir.

Puis l'impression disparut.

Larry vit les vêtements de Flagg — le blouson, le jeans, les bottes — qui tenaient tout seuls en l'air. Une fraction de seconde, ils conservèrent la forme du corps qui les avait habités. Puis ils s'effondrèrent.

Dans un crépitement, la boule de feu se précipita sur la voiturette électrique jaune que La Poubelle avait réussi à ramener de la base de Nellis. Il avait perdu ses cheveux, avait vomi du sang, puis finalement craché ses propres dents à mesure que le mal des rayons s'enfonçait de plus en plus profondément en lui. Mais il n'avait jamais vacillé dans sa résolution de rapporter la bombe à l'homme noir.

La boule de feu se jeta sur la plate-forme de la voiturette, cherchant ce qui était là, attirée par cette chose.

— *Oh merde ! On est tous foutus !* cria Lloyd Henreid qui tomba à genoux en se cachant la figure entre les mains.

Oh mon Dieu, merci, pensa Larry. *Je ne crains aucun mal, je ne c*

Un éclair blanc remplit silencieusement le monde.

Et les bons comme les méchants furent consumés par ce feu sacré.

74

Stu passa une nuit agitée. Il se réveilla à l'aube, brûlant de fièvre, grelottant malgré la chaleur de Kojak qui s'était couché contre lui. Le ciel du matin était d'un bleu glacé.

— Malade, murmura-t-il.

Kojak leva les yeux vers lui, remua la queue, puis s'en alla au petit trot dans le ravin. Il rapporta un morceau de bois mort qu'il déposa aux pieds de Stu.

— Merci mon vieux, c'est toujours ça.

Et il renvoya Kojak en chercher une douzaine d'autres. Bientôt, le feu crépitait. Mais les frissons refusaient de s'en aller, malgré la sueur qui ruisselait sur son visage. C'était bien le moment. Il avait la grippe, ou quelque chose qui y ressemblait fort. Il l'avait attrapée deux jours après le départ de Larry, de Glen et de Ralph. Pendant deux jours encore, la grippe avait semblé hésiter — valait-il la peine ? Apparemment, la réponse avait été positive et son état avait empiré peu à peu. Ce matin, il se sentait vraiment très mal.

En fouillant dans ses poches, Stu trouva un bout de crayon, son carnet (tous ces détails sur l'organisation de la Zone libre qui autrefois lui paraissaient si importants lui semblaient maintenant vaguement stupides) et son trousseau de clés. À maintes reprises au cours des derniers jours, il l'avait longuement regardé, surpris qu'il lui inspire une telle tristesse, une telle nostalgie. La clé de l'appartement. La clé de son casier à l'usine. Une deuxième clé pour sa voiture, une Dodge 1977, passablement rouillée. Autant qu'il sache, elle était toujours derrière l'immeuble, 31 rue Thompson, à Arnette.

Attaché au porte-clés, il y avait aussi un carton avec son adresse sous une capsule de plastique : STU REDMAN — 31 RUE THOMPSON — ARNETTE (713) 555-6283. Il détacha les clés, joua pensivement avec elles pendant quelques secondes, puis les jeta. La dernière chose qui restait de l'homme qu'il avait été disparut avec un bruit métallique dans un buisson d'armoise où elle allait rester jusqu'à la fin des temps, pensa Stu. Il sortit de la capsule de plastique le carton où était écrite son adresse, puis déchira une page blanche dans son carnet.

Chère Frannie, commença-t-il...

Puis il lui écrivit tout ce qui s'était passé depuis qu'il s'était cassé la jambe. Il lui dit qu'il comptait bien la revoir, mais que c'était peu probable, que tout ce qu'il pouvait espérer, c'était que Kojak retrouve le chemin de la Zone. Du revers de la main, il essuya distraitement les larmes qui coulaient sur son visage et écrivit encore qu'il l'aimait. *Tu vas sans doute me pleurer, et puis la vie va continuer. Vous serez deux, toi et le bébé, pour continuer. C'est le plus important maintenant.* Il signa, plia la feuille et la glissa dans la capsule de plastique. Puis il attacha le porte-clés au collier de Kojak.

— Bon chien, dit-il quand ce fut fait. Tu veux te promener un peu ? Trouver un lapin, quelque chose ?

Kojak escalada en quelques bonds la pente où Stu s'était cassé la jambe. Stu le regarda faire avec un mélange d'amertume et d'amusement, puis il prit la boîte de 7-Up que Kojak lui avait apportée hier, au lieu d'un bâton. Il l'avait remplie de l'eau boueuse du fossé. Mais la boue avait fini par se déposer au fond. Une eau qui craque sous la dent, aurait dit sa mère, mais c'était mieux que rien. Il but lentement, étanchant sa soif à petites gorgées. Sa gorge lui faisait mal quand il avalait.

— Putain de vie ! grommela-t-il.

Puis il rit de lui même. Quelques instants, il laissa ses doigts palper ses ganglions, en haut de son cou, juste sous la mâchoire. Puis il se recoucha, sa jambe blessée étendue devant lui, et il s'assoupit.

Il se réveilla en sursaut une heure plus tard, griffant la terre sablonneuse dans sa panique. Un cauchemar ? Si c'était un cauchemar, il continuait toujours. La terre bougeait lentement sous ses mains.

Un tremblement de terre ? Un tremblement de terre ici ?

Un moment, il s'accrocha à l'idée que c'était certainement le délire, que la fièvre était revenue pendant qu'il dormait. Mais, en regardant dans la direction du ravin, il vit que de la terre glissait en petites nappes poussiéreuses. Des pierres bondissaient et rebondissaient, éblouissant ses yeux étonnés de leurs éclats de mica et de quartz. Puis ce fut un bruit sourd et lointain qui semblait *pousser* dans ses oreilles. Un moment plus tard, il cherchait désespérément sa respiration, comme si l'air avait tout à coup été aspiré du ravin creusé par la crue.

Il entendit un gémissement au-dessus de lui. C'était Kojak, debout sur le bord ouest du ravin, la queue entre les jambes. Il regardait vers l'ouest, dans la direction du Nevada.

— Kojak ! cria Stu, terrorisé.

Ce bruit sourd l'avait terrifié, comme si Dieu s'était mis tout à coup à piétiner le désert, pas très loin.

Kojak descendit la pente et vint le rejoindre en gémissant. Et, quand Stu lui caressa le dos, il sentit que le chien tremblait. Il fallait qu'il aille voir, il *fallait*. Et une certitude lui vint tout à coup : ce qui devait arriver *était* en train d'arriver. Juste en ce moment.

— Je vais aller voir, murmura Stu.

Il rampa jusqu'au bord est du ravin. La pente était un peu plus raide, mais elle offrait davantage de prises. Ces trois derniers jours, il s'était dit qu'il pourrait sans doute monter par là, mais il n'en avait pas vu la nécessité. Au fond du ravin, il était relativement abrité du vent et il

avait de l'eau. Mais il fallait maintenant qu'il remonte. Il
devait voir. Sa jambe cassée traînant derrière lui comme
un bâton, il se redressa sur les mains et leva la tête pour
regarder en l'air. Le sommet paraissait si haut, si
lointain...

— Je ne peux pas, dit-il à l'intention de Kojak tout en
continuant à ramper.

Des petites pierres s'étaient amoncelées en bas de la
pente à la suite du... du tremblement de terre, si c'en était
un. Stu monta dessus, puis commença à grimper la pente
centimètre par centimètre, en se servant de ses mains et
de son genou gauche. Il fit dix mètres, puis en perdit cinq
avant de pouvoir se retenir à une saillie de quartz qui
l'arrêta dans sa glissade.

— Non, je n'y arriverai jamais, dit-il, haletant.

Dix minutes plus tard, un peu reposé, il recommençait
et gravissait encore dix mètres. Puis il s'arrêta pour
reprendre son souffle. Repartit. Arriva quelque part où il
n'y avait plus aucune prise et dut repartir un peu plus sur
la gauche. Kojak était à côté de lui, se demandant sans
doute ce que ce fou pouvait bien faire, laissant derrière
lui son eau et son feu bien chaud.

Chaud. Trop chaud.

La fièvre le reprenait probablement, mais au moins il
ne frissonnait plus. De la sueur coulait sur sa figure et ses
bras. Ses cheveux, gras et poussiéreux, lui tombaient sur
les yeux.

*Mon Dieu, je brûle ! Je dois avoir au moins quarante
de fièvre...*

Ses yeux tombèrent sur Kojak. Et il lui fallut près d'une
minute pour comprendre ce qu'il voyait. Kojak haletait.
Ce n'était pas la fièvre, en tout cas pas *simplement* la
fièvre, car Kojak avait chaud lui aussi.

Au-dessus d'eux, une escadrille d'oiseaux passa à tire-
d'aile, tournant sans but dans le ciel, piaillant à qui mieux
mieux.

Les oiseaux sentent quelque chose eux aussi.

Poussé par la peur, il reprit son ascension. Une heure
passa, deux... Il livrait un combat acharné pour gagner

dix centimètres, parfois un seul. À une heure de l'après-midi, il était à un peu moins de deux mètres du sommet. Il pouvait voir la chaussée déchiquetée qui faisait saillie au-dessus de lui. Deux mètres seulement, mais la pente était raide et il n'y avait aucune prise. Il essaya pourtant d'avancer en se tortillant comme une couleuvre, mais le gravier sur lequel la route était construite commençait à se détacher sous lui et il craignit de se retrouver d'un seul coup au fond s'il bougeait encore, après s'être probablement cassé l'autre jambe en cours de route.

— Je suis coincé. Tu parles d'une connerie. Qu'est-ce que je vais faire ?

La réponse fut bientôt claire. Même sans qu'il bouge, la terre s'en allait sous lui. Il glissa un peu et se cramponna. Sa jambe cassée lui faisait très mal et il avait oublié les comprimés de Glen.

Il glissa encore de cinq centimètres. Puis de dix. Son pied gauche se balançait maintenant dans le vide. Il ne se retenait plus que par les mains et, quand il les regarda, il vit qu'elles dérapaient en creusant dix petits sillons dans la terre humide.

— *Kojak* ! cria-t-il, désespéré, n'attendant plus rien.

Mais, tout à coup, Kojak fut là. Stu l'attrapa par le cou, sans réfléchir, n'espérant plus être sauvé, mais se raccrochant à ce qu'il pouvait, comme un homme qui se noie. Kojak ne fit aucun effort pour le repousser. Il s'arc-bouta sur ses pattes. Un instant, l'homme et la bête restèrent parfaitement immobiles, comme une sculpture vivante. Puis Kojak se mit au travail, creusant pour trouver un appui, faisant sonner ses griffes sur les cailloux et le gravier. La terre pleuvait sur le visage de Stu qui ferma les yeux. Et Kojak le traînait, haletant comme un compresseur dans le creux de son oreille droite.

Stu entrouvrit les yeux et vit qu'ils étaient presque arrivés en haut. Kojak baissait la tête. Ses pattes de derrière s'agitaient furieusement. Il gagna encore dix centimètres, et ce fut suffisant. Avec un cri de désespoir, Stu lâcha le cou de Kojak et s'empara d'un morceau d'asphalte qui débordait au-dessus du vide. Le morceau cassa

net. Il en saisit un autre. Deux de ses ongles se retournèrent, comme on décolle une décalcomanie. Il poussa un
hurlement. Une douleur aiguë, galvanisante. Il eut encore
la force de se démener, de pousser avec sa jambe valide,
et il retomba enfin sur la route, haletant, les yeux fermés.

Kojak était à côté de lui. Il gémissait en lui léchant le
visage.

Lentement, Stu s'assit et regarda vers l'ouest, longuement, insensible à la chaleur qui frappait encore son
visage en énormes vagues chaudes.

— Mon Dieu ! dit-il enfin d'une voix cassée. Regarde
ça, Kojak. Larry. Glen. Ils ont disparu. Mon Dieu, *tout* a
disparu. Il n'y a plus rien.

Un énorme champignon s'élevait à l'horizon comme
un poing au bout d'un long bras couvert de poussière. Il
tournait sur lui-même, flou sur les bords, commençant
déjà à se dissiper. Un soleil maussade, rouge-orange,
l'éclairait par-derrière comme s'il avait décidé de se coucher très tôt cet après-midi-là.

La tempête de feu, pensa-t-il.

Ils étaient tous morts à Las Vegas. Quelqu'un avait
joué avec le feu. Un engin nucléaire avait explosé... très
puissant à en juger par les résultats. Peut-être tout un
stock d'armes nucléaires. Glen, Larry, Ralph... même s'ils
n'étaient pas encore arrivés à Las Vegas, même s'ils marchaient encore, ils étaient certainement suffisamment près
pour avoir brûlé vifs.

À côté de lui, Kojak pleurnichait.

*Les retombées. Dans quelle direction le vent va les
pousser ?*

Était-ce important ?

Il se souvint du mot qu'il avait écrit pour Fran. Oui, il
était important qu'il raconte ce qui venait d'arriver. Si le
vent poussait les retombées à l'est, ils risquaient d'avoir
des problèmes... mais surtout, il fallait qu'ils sachent que,
si Las Vegas était la capitale choisie par l'homme noir,
elle avait disparu à présent. La population s'était vapori-
sée avec tous les jouets mortels qui s'étaient trouvés là,

707

attendant que quelqu'un les ramasse. Il fallait qu'il ajoute tout ça sur son mot.

Mais pas maintenant. Il était trop fatigué. L'ascension l'avait épuisé, et l'extraordinaire spectacle de ce champignon en train de se dissiper, encore davantage. Ce n'était pas de la jubilation qu'il ressentait, mais une lassitude sourde et angoissante. Allongé sur l'asphalte, sa dernière pensée avant de sombrer dans le sommeil fut celle-ci : *combien de mégatonnes ?* Et il se dit que personne ne le saurait jamais, ni ne voudrait le savoir.

Quand il se réveilla, il était plus de six heures. Le champignon avait disparu, mais dans la direction de l'ouest le ciel avait pris une vilaine couleur rosâtre, comme une brûlure fraîchement cicatrisée. Stu s'était traîné sur le côté de la route et il était resté là, à bout de forces. Les frissons avaient repris. La fièvre aussi. Il se toucha le front avec le poignet pour essayer de se faire une idée de sa température. Aucun doute. Il avait beaucoup de fièvre.

Kojak sortit de nulle part avec un lapin dans la gueule. Il le déposa aux pieds de Stu en remuant la queue, attendant qu'on le félicite.

— Bon chien, dit Stu d'une voix lasse. Bon chien.

Kojak agita la queue un peu plus vite. *Oui, je suis un sacré bon chien,* semblait-il dire. Mais il continuait à regarder fixement Stu, comme s'il attendait quelque chose. Le rituel était incomplet. Stu essaya de voir ce qui pouvait manquer. Son cerveau fonctionnait vraiment au ralenti, comme si quelqu'un lui avait versé un plein seau de mélasse dans la boîte crânienne pendant son sommeil.

— Bon chien, répéta-t-il en regardant le lapin mort.

Puis il se souvint qu'il fallait du bois, sans être sûr cependant qu'il avait encore des allumettes.

— Va chercher du bois, Kojak, dit-il pour faire plaisir au chien.

Kojak partit en bondissant et revint presque aussitôt avec un gros morceau de bois mort.

Il avait des allumettes, mais une forte brise s'était levée et ses mains tremblaient beaucoup. Il lui fallut longtemps pour allumer le feu. À la dixième allumette, il parvint à mettre le feu aux brindilles qu'il avait préparées, mais un coup de vent éteignit les flammes. Stu refit soigneusement son feu et l'alluma en l'abritant de son corps et de ses mains. Il lui restait huit allumettes dans la pochette qui faisait de la réclame pour l'école de commerce LaSalle. Il fit cuire le lapin, donna à Kojak la part qui lui revenait, toucha à peine à la sienne qu'il lança finalement à Kojak. Le chien n'en voulut pas. Il jeta un coup d'œil à la viande, puis se retourna en gémissant.

— Vas-y, mon vieux, je n'ai plus faim.

Kojak engloutit le morceau de viande. Stu le regarda faire et frissonna. Naturellement, ses deux couvertures étaient restées en bas.

Le soleil se coucha et le ciel prit alors d'extraordinaires couleurs. C'était le plus spectaculaire coucher de soleil que Stu avait vu de toute sa vie... mais un coucher de soleil empoisonné. Il se souvenait d'un documentaire qu'on avait passé un jour au cinéma, dans les années soixante. Le speaker expliquait d'une voix enthousiaste que les couchers de soleil étaient extraordinaires pendant des semaines après un essai nucléaire. Et naturellement, après les tremblements de terre.

Kojak remontait du ravin avec quelque chose dans la gueule. L'une des couvertures de Stu. Il la déposa sur les jambes du blessé.

— Dis donc, fit Stu en le prenant maladroitement dans ses bras, tu es un sacré bon chien, tu sais ça ?

Kojak remua la queue pour dire qu'il était au courant.

Stu s'enveloppa dans la couverture et se rapprocha du feu. Kojak se coucha à côté de lui et tous les deux s'endormirent bientôt. Mais Stu dormait d'un sommeil agité, à la limite du délire. Un peu après minuit, il réveilla Kojak en hurlant dans son sommeil.

— Hap ! Tu ferais mieux de couper tes pompes ! Il

arrive ! L'homme noir vient te chercher ! Tu ferais mieux de couper tes pompes ! Il est dans la vieille bagnole, là-bas !

Kojak pleurnicha. L'Homme était malade. Il pouvait sentir la maladie et, mêlée à cette odeur, une autre encore. Une odeur noire. L'odeur qu'avaient les lapins quand il bondissait dessus. Le loup qu'il avait étripé sous la maison de mère Abigaël à Hemingford Home sentait comme ça lui aussi. Il avait senti la même dans les villes qu'il avait traversées en allant à Boulder pour retrouver Glen Bateman. C'était l'odeur de la mort. S'il avait pu l'attaquer et la chasser hors de cet Homme, il l'aurait fait. Mais elle était *à l'intérieur* de cet Homme. L'Homme aspirait de l'air frais et renvoyait cette odeur de mort prochaine. Il n'y avait rien à faire, sinon attendre la fin. Kojak pleurnicha encore, tout bas, puis se rendormit.

Le lendemain matin, Stu se réveilla plus fiévreux que jamais. Sous sa mâchoire, les ganglions étaient maintenant aussi gros que des balles de golf. Ses yeux lui faisaient l'effet de deux billes chaudes.

Je suis en train de mourir... oui, c'est certain.

Il appela Kojak, défit le porte-clés et sortit son billet de la capsule de plastique. D'une écriture appliquée, il ajouta ce qu'il avait vu et remit le billet en place. Il se recoucha et s'endormit. Puis, étrangement, ce fut déjà presque la nuit. Un autre coucher de soleil spectaculaire, horrible, brûlant et sanglant, à l'ouest. Et Kojak lui rapporta un gros écureuil de terre pour le dîner.

— C'est tout ce que tu as trouvé ?

Kojak agita la queue d'un air piteux.

Stu fit cuire l'animal, le partagea en deux et parvint à manger toute sa part. La viande était coriace et elle avait un goût très prononcé. À peine avait-il terminé que Stu fut pris de violentes crampes d'estomac.

— Quand je serai mort, je veux que tu retournes à Boulder, dit-il au chien. Tu vas là-bas et tu cherches Fran. Tu cherches Frannie. D'accord, brave couillon de chien ?

Kojak remuait la queue, un peu perplexe.

Une heure plus tard, l'estomac de Stu gronda pour

l'avertir. Il n'eut que le temps de se redresser sur un coude pour ne pas se salir avant que sa part de l'écureuil ne remonte à toute vitesse.

— Merde !

Il s'endormit aussitôt.

Il se réveilla aux petites heures et se redressa, la tête bourdonnante de fièvre. Le feu s'était éteint. Aucune importance. Il n'en avait plus pour très longtemps.

Un bruit dans le noir l'avait réveillé. Un bruit de pierres. Kojak qui remontait du ravin, sans doute...

Mais Kojak dormait à côté de lui.

Au moment où Stu le regardait, le chien se réveilla. Sa tête sortit d'entre ses pattes et, un instant plus tard, il était debout, face au ravin, grognant sourdement.

Bruits de cailloux, bruits de pierres. Quelqu'un — quelque *chose* — approchait.

Stu parvint à s'asseoir, non sans mal. *C'est lui,* pensa-t-il. *Il était là-bas, mais il s'en est tiré quand même. Et maintenant, il est ici, et il veut avoir ma peau avant la grippe.*

Kojak grognait plus fort, la tête basse, les poils hérissés. Le bruit se rapprochait. Stu pouvait entendre maintenant un faible halètement. Puis il y eut un silence, assez long pour que Stu ait le temps de s'éponger le front. Un moment plus tard, une silhouette noire surgissait au bord du ravin, une tête et des épaules qui cachaient les étoiles.

Kojak s'avança, les pattes raides, grondant toujours.

— Hé ! fit une voix étonnée mais familière. Hé, c'est Kojak ? C'est toi ?

Le grondement s'arrêta aussitôt et Kojak bondit joyeusement en avant, agitant furieusement la queue.

— Non ! croassa Stu. C'est un piège ! *Kojak !*

Mais Kojak cabriolait autour de la silhouette qui avait finalement réussi à prendre pied sur la chaussée. Et cette silhouette... il y avait quelque chose de familier dans cette silhouette. Elle s'avança vers lui, suivie de Kojak. Un Kojak qui lançait aux étoiles des aboiements de joie. Stu se passa la langue sur les lèvres et se prépara à se battre s'il le fallait. Il réussirait sans doute à donner au moins un bon coup de poing, peut-être deux.

— Qui est là ? Qui est là ?

La silhouette noire s'arrêta, puis parla.

— C'est moi, Tom Cullen, c'est moi, tiens, putain, oui. Tom Cullen, quoi. Et qui c'est, là-bas ?

— Stu, fit une voix qui lui parut extrêmement lointaine, comme tout le reste à présent. Salut, Tom ! Content de te voir.

Mais il ne le vit pas, pas cette nuit-là. Stu s'était évanoui.

Il revint à lui dans la matinée du 2 octobre, mais ni Tom ni lui n'avaient la moindre idée de la date. Après avoir fait un énorme feu, Tom avait enveloppé Stu dans son sac de couchage et ses couvertures. Puis il s'était assis devant le feu pour faire cuire un lapin. Couché entre les deux hommes, Kojak était heureux comme un poisson dans l'eau.

— Tom, réussit à articuler Stu.

Tom s'approcha. Il avait une barbe maintenant, pensa Stu ; il ne ressemblait plus tellement à l'homme qui était parti de Boulder pour l'ouest, cinq semaines plus tôt. Ses yeux bleus brillaient de bonheur.

— Stu Redman ! Tu es réveillé. Putain, oui ! Alors là, je suis content ! Oh là là, je suis content de te voir. Qu'est-ce que t'as fait à ta jambe ? Tu t'es fait mal, je crois. Un jour, je me suis fait mal à la mienne. J'ai sauté d'une meule de foin et je l'ai cassée, je crois. Est-ce que mon papa m'a donné la fessée ? Putain, oui ! C'était avant qu'il foute le camp avec DeeDee Packalotte.

— La mienne est cassée aussi. Et plutôt mal. Tom, j'ai terriblement soif...

— Oh, il y a de l'eau ! Voilà.

Il tendit à Stu une bouteille de plastique qui avait peut-être contenu du lait autrefois. L'eau était limpide, délicieuse. Pas une trace de sable. Stu but avidement, puis vomit aussitôt.

— Tout doucement, expliqua Tom. C'est comme ça qu'il faut faire. Tout doucement. Putain, ça fait plaisir de te voir. Tu t'es fait mal à la jambe, hein ?

— Oui, elle est cassée. Depuis une semaine, peut-être plus, répondit Stu qui reprit un peu d'eau, sans vomir cette fois. Mais il n'y a pas que la jambe. Je suis vraiment malade, Tom. J'ai de la fièvre. Écoute-moi.

— D'accord ! Tom écoute. Tu me dis ce que je fais.

Tom se pencha en avant. Stu était très étonné. *On dirait qu'il est plus intelligent. Serait-ce possible ?* Où avait-il été ? Est-ce qu'il savait ce qu'était devenu le juge ? Dayna ? Ils avaient tant de choses à se dire, mais ce n'était pas le moment. Son état empirait. Au fond de sa poitrine, Stu entendait comme un sourd cliquetis de chaînes. Des symptômes très semblables à ceux de la super-grippe, à s'y tromper.

— Il faut faire baisser la fièvre, dit-il à Tom. Ça, c'est la première chose. J'ai besoin d'aspirine. Tu sais ce que c'est ?

— Évidemment. Comme à la télé. Pour votre mal de tête, une seule marque, une seule...

— C'est ça, c'est exactement ça. Bon, tu vas sur la route, Tom. Tu regardes dans la boîte à gants de toutes les voitures. Tu regardes s'il y a une trousse de premiers soins — en général, c'est une petite boîte avec une croix rouge dessus. Quand tu trouveras de l'aspirine, tu la ramènes ici. Et si par hasard tu trouves une voiture avec du matériel de camping, tu rapportes une tente. Compris ?

— Évidemment, dit Tom en se levant. De l'aspirine, une tente, et puis tu seras guéri, c'est bien ça ?

— Au moins, ça sera un début.

— Dis, comment qu'il va, Nick ? J'ai rêvé à lui. Dans les rêves, il me dit où aller, parce que dans les rêves il peut parler. C'est rigolo, les rêves, non ? Mais, quand j'essaie de lui parler, il s'en va toujours. Il va bien ?

Tom regardait Stu d'un air inquiet.

— Pas maintenant. Je... je ne peux pas parler maintenant. Pas de ça. Cherche l'aspirine, tu veux ? Ensuite on va parler.

— D'accord...

Mais la peur était tombée sur le visage de Tom comme un nuage gris.

— Et Kojak, il veut venir avec Tom ?

Kojak voulut bien. Ils s'en allèrent ensemble, en direction de l'est. Stu se recoucha, un bras sur les yeux.

Quand Stu reprit conscience de la réalité, le soleil se couchait. Et Tom était en train de le secouer.

— Stu ! Réveille-toi ! Réveille-toi, Stu !

Cette manière qu'avait le temps d'avancer par saccades l'effrayait — comme si les dents du pignon de sa réalité personnelle commençaient à s'user. Tom dut l'aider à s'asseoir et, quand il fut assis, Stu dut appuyer sa tête sur ses genoux pour tousser. Il toussa si longtemps et si fort qu'il faillit reperdre connaissance. Tom le regardait, l'air très inquiet. Peu à peu, Stu se ressaisit. Il ramena les couvertures sous son menton, car il grelottait encore.

— Qu'est-ce que tu as trouvé, Tom ?

Tom lui tendit une trousse de premiers soins : sparadrap, mercurochrome, un gros flacon d'aspirine dont Stu fut stupéfait de constater qu'il ne parvenait pas à ouvrir le capuchon. Il dut le donner à Tom qui réussit enfin à le convaincre de s'ouvrir. Stu avala deux comprimés qu'il fit descendre avec un peu d'eau.

— Et j'ai trouvé ça, dit Tom. C'était dans une voiture pleine de choses de camping, mais il y avait pas de tente.

C'était un énorme sac de couchage double, orange fluorescent à l'extérieur, drapeau américain à l'intérieur.

— Fantastique, presque aussi bien qu'une tente. Beau travail, Tom.

— Et ça. J'ai trouvé ça dans la même voiture.

Tom chercha dans la poche de son anorak et en sortit une demi-douzaine de sachets. Stu n'en croyait pas ses

yeux. Des concentrés lyophilisés. Œufs. Petits pois. Cour-
gettes. Bœuf.

— C'est de la bouffe ? Moi, j'ai vu les images de
bouffe dessus. Putain, oui.

— Oui, mon vieux, c'est de la bouffe, comme tu dis.
À peu près la seule sorte que je puisse manger, j'ai l'impression.

Sa tête bourdonnait. Très loin, au fond de son cerveau,
une note étourdissante vibrait sans cesse, un *ut* suraigu.

— On peut faire chauffer de l'eau ? demanda Stu. On
n'a pas de marmite.

— Je vais trouver quelque chose.

— Très bien.

— Stu...

Stu regarda ce visage inquiet, misérable, encore un
visage d'enfant malgré cette barbe, et il secoua lentement
la tête.

— Mort, mon vieux Tom, dit-il doucement. Nick est
mort. Il y a près d'un mois. C'était une... une histoire
politique. Un assassinat, c'est sans doute le mot. Je suis
désolé.

Tom baissa la tête et, à la lueur du feu qu'il venait
d'allumer, Stu vit des larmes tomber entre ses jambes,
comme une douce pluie d'argent. Mais Tom pleurait sans
bruit. Finalement, il releva la tête, ses yeux bleus plus
clairs que jamais. Il les essuya du revers de la main.

— Je savais, dit-il d'une voix étranglée. Je voulais pas
le croire, mais je savais. Putain, oui. Il me tournait toujours le dos. Et il s'en allait. C'était mon homme, Stu —
tu savais ?

— Je le savais, Tom, dit Stu en prenant sa grosse main.

— Oh, oui, ça oui, mon homme. Et il me manque,
terrible, terrible comme il me manque. Mais je vais le
voir au ciel. Tom Cullen va le voir là-bas. Et il pourra
parler, et je pourrai penser. C'est bon ça, non ?

— Ça ne me surprendrait pas du tout, Tom.

— Tu vois, c'est l'homme méchant qui a tué Nick.
Tom le sait. Mais Dieu a bousillé l'homme méchant, bien

bousillé. Je l'ai vu. La main de Dieu est descendue du ciel.

Un vent froid sifflait au-dessus des mauvaises terres de l'Utah et Stu frissonna sous sa caresse glacée.

— Il l'a bousillé pour ce qu'il a fait à Nick et au pauvre juge. Putain, oui.

— Qu'est-ce que tu sais sur le juge, Tom ?

— Mort ! En Oregon ! Ils l'ont tué à coups de fusil !

Stu hocha la tête.

— Et Dayna ? Tu sais quelque chose sur elle ?

— Tom l'a vue, mais il ne sait pas. Moi, je nettoyais les rues. Et, quand je suis revenu un jour, je l'ai vue faire son travail. Elle était grimpée en l'air et elle changeait une ampoule de rue. Elle m'a regardé et...

Il se tut un moment et, lorsqu'il se remit à parler, ce fut plus pour lui que pour Stu.

— Est-ce qu'elle a vu Tom ? Est-ce qu'elle a reconnu Tom ? Tom sait pas. Tom... *pense*... que oui. Mais Tom l'a jamais revue.

Peu après, Tom repartit explorer les environs en compagnie de Kojak et Stu s'assoupit. Tom revint non pas avec une grande boîte de conserve, tout ce que Stu avait espéré, mais avec un énorme plat creux, assez grand pour y mettre une dinde de Noël. Apparemment, il y avait des trésors dans le désert. Stu fit un grand sourire malgré les douloureux boutons de fièvre qui avaient commencé à se former sur ses lèvres. Tom lui dit qu'il avait trouvé le plat dans un camion orange sur lequel il avait vu les lettres *LOCAT,* et d'autres encore — une famille qui avait fui la super-grippe avec toutes ses possessions terrestres, devina Stu. Beaucoup de mal pour rien.

Une demi-heure plus tard, le dîner était prêt. Stu mangea lentement en s'en tenant uniquement aux légumes, diluant suffisamment les concentrés pour faire une bouillie liquide. Il réussit à tout garder et se sentit un peu mieux. Peu de temps plus tard, Tom et lui se couchèrent et Kojak alla s'installer avec eux.

— Tom, écoute-moi.

Tom s'accroupit à côté de l'énorme sac de couchage de Stu. C'était le lendemain matin. Stu avait à peine mangé au petit déjeuner ; sa gorge très enflée lui faisait mal. Toutes ses articulations étaient douloureuses. Sa toux avait empiré et l'aspirine n'avait pas vraiment fait baisser la fièvre.

— Il faut que je me trouve une maison et que je prenne des médicaments, sinon je vais mourir. Aujourd'hui ! La ville la plus proche est Green River, cent kilomètres à l'est. Il va falloir prendre une voiture.

— Tom Cullen sait pas conduire, Stu. Putain, non !

— Je sais. Il va falloir que je me débrouille, et ça sera pas facile, parce qu'en plus d'être malade comme un chien, je me suis cassé la mauvaise patte.

— Qu'est-ce que tu dis ?

— Tu... pas d'importance pour le moment. Trop difficile à expliquer. On efface tout et on recommence. Le premier problème, c'est de faire démarrer une voiture. La plupart traînent sur la route depuis au moins trois mois. Les batteries sont sûrement complètement à plat. Pas une goutte de jus. Comme un vieux citron. Alors, on aura besoin d'un peu de chance. Il faudra trouver une voiture avec une boîte manuelle en haut d'une colline. C'est possible. La région est plutôt vallonnée.

Il ne crut pas utile d'ajouter que la voiture devrait avoir été raisonnablement entretenue, qu'elle devrait avoir un peu d'essence... et une clé de contact. Tous ces types à la télé savaient faire démarrer une voiture sans clé, mais pas Stu.

Il leva les yeux au ciel qui se salissait peu à peu de nuages.

— Tu vas avoir du travail, Tom. Il faudra que tu sois mes jambes.

— D'accord, Stu. Quand on trouve la voiture, on rentre à Boulder ? Tom veut rentrer à Boulder. Et toi ?

— Oh oui, mon vieux Tom.

Il regarda dans la direction des Rocheuses, une ombre à peine perceptible à l'horizon. La neige avait-elle commencé à tomber sur les cols ? Presque certainement. En tout cas, elle ne tarderait plus maintenant. L'hiver arrive tôt dans cette région perdue du monde.

— Ça nous prendra peut-être un bout de temps, dit-il à Tom.

— Par quoi qu'on commence ?

— On fait un travois.

— Un quoi ?

Stu tendit à Tom son couteau.

— Tu vas faire des trous au fond de ce sac de couchage. Un trou de chaque côté.

Il leur fallut une heure pour fabriquer leur travois. Tom trouva deux perches relativement droites qu'il enfonça dans le sac de couchage en les faisant sortir par les trous du bas. Puis il alla chercher une petite corde dans le camion où il avait trouvé son plat et Stu attacha le sac de couchage aux perches. Quand ce fut fait, Stu se dit que son œuvre ressemblait sans doute davantage à un étrange pousse-pousse qu'au travois qu'utilisaient autrefois les Indiens des plaines.

Tom souleva les deux perches qui servaient de brancards et regarda derrière lui.

— Tu es dedans, Stu ?

— Oui, répondit Stu qui se demandait combien de temps les coutures des côtés allaient encore tenir. C'est lourd, Tommy ?

— Pas trop. Je peux faire beaucoup de route avec toi. En voiture !

Et ils s'en allèrent. Le ravin où Stu s'était cassé la jambe — où il avait été sûr de mourir — disparut lentement derrière eux. Malgré son extrême faiblesse, Stu sentit une joie folle s'emparer de lui. Non, ce ne serait pas ici en tout cas. Il allait mourir quelque part, sans doute bientôt, mais pas seul dans ce fossé boueux. Le sac de couchage se balançait, comme pour le bercer. Il s'assoupit. Tom le traînait derrière lui, tandis que des nuages de plus en plus épais défilaient à toute allure dans le ciel. Kojak trottait à côté d'eux.

Stu se réveilla quand Tom reposa les brancards.

— Excuse-moi. Il faut que je repose mes bras.

Et Tom se mit à faire de grands gestes avec ses bras.

— Repose-toi tant que tu veux. Qui va lentement, va sûrement.

Stu avait vraiment mal à la tête. Il trouva les comprimés d'aspirine et en avala deux, à sec. Une torture. Comme si sa gorge était du papier de verre et qu'un sadique sans âme s'en servît pour frotter des allumettes. Il jeta un coup d'œil aux coutures du sac de couchage. Comme il l'avait prévu, elles commençaient à se défaire, mais pas trop encore. Ils étaient en train de monter une longue côte, exactement ce qu'il cherchait. Sur une pente comme celle-ci, longue de plus de trois kilomètres, une voiture en roue libre ne tarderait pas à prendre pas mal de vitesse. Et il devrait être possible de démarrer en seconde, peut-être même en troisième.

Il regarda avec envie sur sa gauche où une Triumph lie de vin était arrêtée en travers de la piste d'urgence. Une chose squelettique en pull-over rouge vif était au volant. La Triumph avait naturellement une boîte manuelle, mais jamais Stu ne parviendrait à glisser sa jambe blessée dans le petit habitacle.

— On a fait combien de kilomètres ? demanda-t-il à Tom.

Mais Tom ne put que hausser les épaules. Un bon bout de chemin, en tout cas, pensa Stu. Tom l'avait traîné pendant au moins trois heures avant de s'arrêter pour se reposer. Le bonhomme avait une force colossale. Le paysage de ces derniers jours avait disparu derrière eux. Bâti comme un jeune taureau, Tom avait dû le traîner sur dix ou douze kilomètres pendant qu'il dormait.

— Repose-toi tant que tu veux, répéta-t-il. Ne te crève pas.

— Tom va bien, très bien, putain, oui. Tout le monde sait ça.

Tom engloutit un solide déjeuner et Stu parvint à manger un peu. Puis ils repartirent. La route continuait à grimper et Stu comprit qu'il fallait absolument que ce soit cette colline. S'ils arrivaient en haut sans trouver de voiture, il leur faudrait encore marcher deux heures avant d'atteindre la suivante. Puis ce serait la nuit. De la pluie ou de la neige, à voir le ciel. Une belle nuit glacée sous la pluie. Et adieu, Stu Redman.

Ils arrivèrent à côté d'une Chevrolet.

— Arrête, bêla Stu.

Tom posa les brancards du travois par terre.

— Va voir dans cette voiture. Compte les pédales. Dis-moi s'il y en a deux ou trois.

Tom trotta jusqu'à la voiture et ouvrit la portière. Une momie en robe à grosses fleurs tomba dehors, comme un gag de farces et attrapes. Son sac à main s'ouvrit à côté d'elle, crachant produits de beauté, mouchoirs de papier et pièces de monnaie.

— Deux, cria Tom.

— D'accord. On continue.

Tom revint, prit une grande respiration et saisit les brancards du travois. Un peu plus loin, ils arrivèrent devant une fourgonnette Volkswagen.

— Tu veux que je compte les pédales ? demanda Tom.

— Non, pas cette fois.

Trois des pneus de la fourgonnette étaient à plat.

Il commençait à penser qu'ils n'allaient rien trouver, que la chance n'était pas avec eux. Ce fut ensuite le tour d'une station-wagon qui n'avait qu'un seul pneu à plat ; on aurait pu monter la roue de secours mais, comme pour la Chevrolet, Tom annonça qu'elle n'avait que deux pédales. Donc, boîte automatique. Donc, inutilisable dans les circonstances. Ils se remirent en route. La longue côte s'adoucissait maintenant, tout près du sommet. Il n'y avait plus qu'une seule voiture devant eux, leur dernière chance. Stu sentit son cœur se serrer. C'était une très vieille Plymouth, 1970 dans la meilleure hypothèse. Miraculeusement, ses quatre pneus étaient bien gonflés, mais la voiture était complètement rongée par la rouille. Son défunt propriétaire n'avait certainement pas prodigué des soins très attentifs à ce vieux tas de ferraille. Stu avait longuement fréquenté les bagnoles de ce genre, à Arnette. La batterie était certainement d'un âge canonique et probablement fissurée. L'huile devait être plus noire que du charbon au fond d'une mine. Mais il y avait nécessairement une moumoute rose sur le volant et peut-être un caniche en peluche avec des yeux de verre en train de branler éternellement du chef sur la tablette arrière.

— Tu veux que je regarde ?

— Oui, c'est pas le moment de faire les difficiles.

Une petite pluie glacée commençait à tomber.

Tom traversa la route et regarda dans la voiture qui était vide. Stu grelottait dans son sac de couchage. Tom revint enfin.

— Trois pédales ! annonça-t-il.

Stu essayait de réfléchir. Ce sifflement aigu dans sa tête l'empêchait de se concentrer.

La vieille Plymouth était presque certainement une cause perdue. Ils pouvaient continuer de l'autre côté du sommet, mais alors toutes les voitures seraient pointées dans la mauvaise direction, en montant, à moins de traverser la bande médiane... qui était ici large d'un bon kilomètre et plutôt accidentée. Peut-être trouveraient-ils une voiture à boîte manuelle de l'autre côté... mais il ferait déjà noir.

— Tom, aide-moi à me lever.

Tom réussit à le mettre debout sans qu'il se fasse trop mal à la jambe. Sa tête bourdonnait et il sentait des coups sourds contre ses tempes. Des étoiles filantes toutes noires passèrent devant ses yeux et il faillit perdre connaissance. Mais il se rattrapa au cou de Tom.

— On se repose, bredouilla-t-il. On se...

Combien de temps restèrent-ils ainsi, Tom le soutenant patiemment tandis qu'il allait et venait dans la zone grise de la semi-conscience ? Quand le monde retrouva finalement sa place autour de lui, Tom le soutenait toujours sans broncher. La bruine de tout à l'heure s'était épaissie en une grosse pluie glacée.

— Tom, aide-moi à traverser.

Tom prit Stu par la taille et les deux hommes s'avancèrent en titubant vers la vieille Plymouth arrêtée sur la piste d'urgence.

— Le capot, murmura Stu.

Il cherchait quelque chose derrière la calandre de la Plymouth. La sueur ruisselait sur son visage. De grands frissons le secouaient de la tête aux pieds. Il trouva finalement le levier de déverrouillage du capot mais, ne parvenant pas à le faire bouger, il guida la main de Tom sous le capot qui voulut bien s'ouvrir.

Le moteur était à peu près dans l'état auquel s'attendait Stu — un gros V-8 crasseux, sans doute passablement négligé par le propriétaire de la Plymouth. Mais la batterie n'était pas aussi mauvaise qu'il l'avait cru. C'était une Sears, certainement pas un modèle haut de gamme, mais le poinçon de garantie indiquait comme date le mois de février 1991. Luttant contre la marée fiévreuse qui lui faisait tourner la tête, Stu compta à rebours et se dit que la batterie devait avoir été flambant neuve en mai dernier.

— Essaye le klaxon, dit-il à Tom.

Stu s'adossa à la voiture tandis que Tom se penchait à l'intérieur. Il avait entendu parler d'hommes en train de se noyer qui s'étaient sauvés grâce à une simple paille. Et il croyait comprendre maintenant. Sa dernière chance était ce tacot réchappé des griffes des casseurs.

Le klaxon fit un coassement enrhumé. Parfait. S'il y avait une clé, l'affaire était dans le sac. Il aurait sans doute dû demander à Tom de s'en assurer d'abord. Mais à la réflexion, ça n'avait pas tellement d'importance. S'il n'y avait pas de clé, tout était probablement fini.

Il referma le capot en s'appuyant dessus de tout son poids. Puis il s'approcha en boitillant de la portière du conducteur et regarda à l'intérieur, sûr que la clé de contact ne serait pas là. Elle y était pourtant, attachée à un porte-clés en similicuir orné des initiales A.C. Avec d'infinies précautions, Stu se pencha et tourna la clé au premier cran. Lentement, l'aiguille de la jauge à essence commença à grimper. Il restait un peu plus d'un quart de réservoir. Étrange mystère. Pourquoi le propriétaire de la Plymouth, pourquoi ce A.C. s'était-il arrêté pour marcher alors qu'il aurait pu conduire ?

La tête légère comme un ballon d'hélium, Stu se souvint de ce Charles Campion, presque mort, qui était rentré dans les pompes de Hap. Ce bon vieux A.C. a donc la super-grippe, une bonne dose. Phase terminale. Il s'arrête, coupe le moteur — machinalement, parce que c'est une habitude — et sort de sa voiture. Il délire. Il a peut-être des hallucinations. Il se met à gambader au bord de la route en riant, en chantant, en marmonnant, en caquetant, et il meurt là. Quatre mois plus tard, Stu Redman et Tom Cullen arrivent sur les lieux, les clés sont dans la voiture, la batterie est relativement neuve, il y a de l'essence...

La main de Dieu.

N'était-ce pas ce que Tom avait dit à propos de Las Vegas ? *La main de Dieu est descendue du ciel.* Et peut-être Dieu avait-il laissé là cette vieille Plymouth 70 pour eux, comme la manne dans le désert. C'était une idée folle, mais pas plus folle que celle d'une vieille noire centenaire conduisant une bande de réfugiés vers la terre promise.

— Et elle fait encore elle-même ses crêpes, grinça-t-il. Jusqu'à la toute fin, elle faisait encore ses crêpes.

— Qu'est-ce que tu dis, Stu ?

— Pas d'importance. Viens par là, Tom.

Tom s'exécuta.

— On va faire de l'auto ? demanda-t-il, plein d'espoir.

Stu abaissa le siège du conducteur pour que Kojak puisse sauter à l'intérieur, ce qu'il fit après avoir prudemment reniflé une ou deux fois.

— Je ne sais pas encore. Tu ferais bien de prier pour que cette guimbarde démarre.

— Je veux bien, répondit Tom avec beaucoup de courtoisie.

Il fallut cinq minutes à Stu pour s'installer au volant. Il s'assit complètement de côté, presque au centre de la banquette, là où se serait installé le passager du milieu. Très attentif, Kojak avait pris place sur la banquette arrière, langue pendante. La voiture était remplie de vieilles boîtes McDonald's ; l'intérieur sentait les frites froides.

Stu tourna la clé. Le moteur de la vieille Plymouth se mit à tourner sans démarrer pendant une vingtaine de secondes, puis commença à perdre de son entrain. Stu appuya sur le klaxon. Cette fois, il ne poussa qu'un faible croâ. Tom fit une figure d'enterrement.

— T'inquiète pas, c'est pas fini, dit Stu.

Oui, il y avait encore un peu de jus dans cette batterie Sears. Il débraya et passa la seconde.

— Ouvre ta porte et pousse, Tom. Ensuite, tu sautes dedans.

— Mais la voiture va dans le mauvais sens, non ?

— Oui, pour le moment. Mais si nous arrivons à la mettre en marche, ça va pouvoir s'arranger en un rien de temps.

Tom sortit et se mit à pousser. La Plymouth commença à rouler. Quand l'aiguille du compteur marqua dix kilomètres heure, Stu cria à Tom :

— Allez, grimpe !

Tom sauta sur la banquette et claqua la portière. Stu tourna d'un autre cran la clé et attendit un peu. La direction assistée ne fonctionnant pas sans le moteur, il dut utiliser tout ce qu'il lui restait de force pour que la Plymouth roule à peu près droit. L'aiguille du compteur grimpait lentement : 15, 25, 30. Ils descendaient silencieusement la côte que Tom leur avait fait grimper pendant la majeure partie de la matinée. Des gouttes d'eau commençaient à couvrir le pare-brise. Trop tard, Stu se rendit compte qu'ils avaient laissé le travois derrière eux. Quarante à l'heure maintenant.

— Elle ne marche pas Stu, dit Tom, très inquiet.

Cinquante à l'heure.

— À la grâce de Dieu, dit Stu en relâchant la pédale d'embrayage.

La Plymouth hoqueta, tressauta. Le moteur cracha, toussa, s'arrêta. Stu grogna, autant de découragement que de douleur car sa jambe lui faisait souffrir le martyre.

— Vas-y, bon Dieu ! cria-t-il en débrayant à nouveau. Pompe sur l'accélérateur, Tom ! Avec ta main !

— C'est laquelle ?

— La plus longue !

Tom s'accroupit et pompa deux fois sur l'accélérateur. La vieille voiture accélérait à nouveau et Stu dut faire un effort pour attendre encore. Ils avaient descendu plus de la moitié de la côte.

— *Maintenant !* cria-t-il, et il relâcha la pédale d'embrayage.

Le moteur de la Plymouth poussa un rugissement. Kojak aboya. De la fumée noire sortit en gros tourbillons du pot d'échappement rouillé, puis s'éclaircit peu à peu. Le moteur tournait, pas très bien, sur six cylindres seulement, mais il tournait. En un éclair, Stu passa la troisième en actionnant toutes les pédales avec son pied gauche.

— C'est parti, Tom, hurla-t-il. Allez, roulez !

Tom hurla de joie. Kojak aboya et remua la queue. Dans sa vie antérieure, celle d'avant le Grand Voyage, quand il était Big Steve, il avait souvent été en voiture avec son maître. Et il était bien content de recommencer maintenant, avec ses nouveaux maîtres.

Cinq kilomètres plus loin, ils arrivèrent à une voie de service qui reliait les deux chaussées de l'autoroute. RÉSERVÉ AUX VÉHICULES DE SERVICE, disait un panneau. Stu parvint à manœuvrer assez bien l'embrayage pour qu'ils réussissent leur demi-tour. Le vieux moteur sembla vouloir caler, mais il était chaud maintenant et ne fit pas trop de caprices. Stu repassa en troisième et se détendit un peu, hors d'haleine, essayant d'apaiser les battements affolés de son cœur. Ce brouillard gris semblait vouloir l'engloutir à nouveau, mais il refusait de se laisser faire. Quelques minutes plus tard, Tom découvrait le sac de couchage orange vif qui avait été le travois de Stu.

— Au revoir ! lança un Tom d'excellente humeur. Au revoir, on va à Boulder, putain, oui !

Je me contenterai de Green River ce soir, pensa Stu.

Ils y arrivèrent juste à la tombée de la nuit. Stu conduisit lentement la Plymouth dans les rues obscures qui étaient jonchées de voitures abandonnées. Il se gara sur la rue principale, devant un établissement qui prétendait être l'Utah Hotel. C'était une maison de bois de deux étages, en très piteux état, ce qui fit dire à Stu que le Waldorf-Astoria n'avait pas trop à s'en faire pour le moment. Sa tête résonnait de bruits étranges et il avait beaucoup de mal à garder le contact avec la réalité. Depuis une trentaine de kilomètres, il lui avait semblé par moments que la voiture était remplie de gens. Fran. Nick Andros. Norm Bruett. Il s'était retourné une fois et il avait cru voir Chris Ortega, le barman de l'Indian Head avec son fusil à canon scié.

Fatigué. Avait-il jamais été aussi fatigué ?

— Ici, murmura-t-il. Il faut passer la nuit ici, Nicky. Je suis crevé.

— C'est Tom, Tom Cullen. Putain, oui.

— Tom, c'est vrai. Il faut s'arrêter. Tu peux m'aider ?

— Sûrement. J'ai bien aimé la balade dans la vieille bagnole.

— Je vais prendre un autre verre, lui dit Stu. T'aurais pas une cigarette ? J'ai très envie de fumer.

Il tomba en avant sur le volant.

Tom le sortit de la voiture et le porta jusqu'à l'hôtel. La réception était sombre et humide, mais il y avait une cheminée et un coffre à bois à moitié plein. Tom installa Stu sur un canapé usé jusqu'à la corde, en dessous d'une grosse tête d'orignal empaillée, puis il alluma un feu pendant que Kojak faisait le tour du propriétaire. La respiration de Stu était lente et difficile. Il marmonnait de temps en temps, criait parfois des choses inintelligibles. Et Tom sentait alors son sang se glacer.

726

Il fit un énorme feu, puis partit à la recherche de ce qu'il leur fallait pour la nuit. Il trouva des oreillers et des couvertures. Ensuite, il poussa le canapé sur lequel Stu était étendu un peu plus près du feu, puis Tom se coucha à côté de lui. Kojak s'installa de l'autre côté.

Tom regardait le plafond qui n'était décoré que de toiles d'araignée. Stu était très malade. C'était mauvais, mauvais. S'il se reveillait encore, Tom lui demanderait ce qu'il fallait faire pour la maladie.

Mais s'il... s'il ne se réveillait pas ?

Dehors, le vent s'était levé et passait en hurlant devant l'hôtel. La pluie claquait sur les vitres. À minuit, après que Tom se fut endormi, la température tomba encore de quatre degrés et ce fut bientôt de la neige fondante qui vint fouetter les vitres. Loin à l'ouest, le front de la tempête poussait un vaste nuage de pollution radioactive en direction de la Californie où d'autres encore allaient mourir.

Un peu après deux heures du matin, Kojak dressa la tête et se mit à pleurnicher. Tom Cullen était en train de se lever. Il avait les yeux grands ouverts, mais complètement vides. Kojak pleurnicha encore, mais Tom ne fit pas attention à lui. Il ouvrit la porte et sortit dans la nuit où le vent hurlait. Kojak s'approcha de la fenêtre de la réception, posa les pattes sur le rebord, regarda dehors. Il regarda quelque temps en poussant de petits sons gutturaux, puis il revint se recoucher à côté de Stu.

Dehors, le vent hurlait en fouettant les vitres.

75

— J'ai failli mourir, tu sais, dit Nick.

Tom et lui marchaient sur le trottoir désert. Le vent hurlait sans cesse, interminable fantôme de train filant dans le ciel noir, faisant d'étranges hululements au fond des ruelles. *Hhhhououou,* aurait dit Tom éveillé, et il aurait pris ses jambes à son cou. Mais il n'était pas éveillé — pas exactement — et Nick était avec lui. La neige fondue lui donnait de petits baisers froids sur les joues.

— Ah bon ! dit Tom, ah putain de putain !

Nick éclata de rire. Sa voix était grave et chantante, une belle voix. Tom adorait l'écouter parler.

— Eh oui. Et tu as bien raison de dire putain de putain ! La grippe ne m'a pas eu, mais une petite égratignure à la jambe m'a presque fait crever. Regarde ça.

Apparemment insensible au froid, Nick déboutonna son jeans et le fit descendre jusqu'à ses pieds. Curieux, Tom se pencha, comme un petit garçon à qui l'on donne l'occasion de jeter un coup d'œil sur une verrue poilue ou sur une intéressante blessure. Et le long de la jambe de Nick, on voyait une vilaine plaie, à peine cicatrisée. Elle commençait très haut à l'intérieur de la cuisse et descendait en tire-bouchon jusqu'au genou, puis à la moitié du mollet où elle finissait par s'effacer.

— Et c'est ça qui t'a presque *tué* ?

Nick remonta son jeans et rattacha sa ceinture.

— Ce n'était pas profond, mais la plaie s'est infectée. Une infection, c'est quand des microbes rentrent dedans.

C'est parfois très dangereux, Tom. La super-grippe, c'était une infection qui a tué tout le monde. Et ceux qui ont fabriqué le microbe, ils avaient une infection eux aussi. Une infection dans la tête.

— Ah bon... une infection..., murmura Tom, fasciné.

Ils marchaient à nouveau, flottant presque sur le trottoir.

— Tom, Stu a une infection en ce moment.

— Non... non, ne dis pas ça, Nick... tu fais peur à Tom Cullen, putain oui, tu lui fais peur !

— Je sais, Tom. Je suis désolé. Il faut que tu saches. Il fait une pneumonie double, une maladie qui attaque ses deux poumons. Il a dormi dehors pendant près de quinze jours. Il faut que tu fasses certaines choses pour lui. Et même comme ça, il va presque certainement mourir. Il faut t'y préparer.

— Non, il faut pas que...

— Tom, dit Nick en posant la main sur son épaule, mais Tom ne sentit rien... comme si la main de Nick n'était que de la fumée. S'il meurt, toi et Kojak, vous devez continuer. Vous devez rentrer à Boulder pour leur dire que vous avez vu la main de Dieu dans le désert. Si c'est la volonté de Dieu, Stu viendra avec vous... à son heure. Si c'est la volonté de Dieu que Stu meure, alors il mourra. Comme moi.

— Nick, s'il te plaît..., suppliait Tom.

— Je t'ai montré ma jambe pour une bonne raison. Il y a des pilules contre les infections. Comme ici.

Tom regarda autour de lui et fut surpris de voir qu'il n'était plus dans la rue. Ils étaient dans un magasin plongé dans le noir. Une pharmacie. Un fauteuil roulant était accroché au plafond, comme un étrange cadavre mécanique. Une pancarte à droite de Tom annonçait : ARTICLES POUR LES ÉNURÉTIQUES.

— Oui, monsieur ? Vous désirez ?

Tom se retourna. Nick était derrière le comptoir, en blouse blanche.

— Nick ?

— Certainement, monsieur, répondit Nick en alignant

une série de petits flacons devant Tom. Voici de la péni-cilline. Excellent contre la pneumonie. Ceci est de l'ampi-cilline, et ici nous avons de l'amoxicilline. Excellent également. Voici de la V-cilline, administrée surtout aux enfants. Elle peut donner des résultats si les autres ne sont pas efficaces. Le malade devrait boire beaucoup d'eau et de jus de fruits, mais la chose n'est peut-être pas possible. En ce cas, donnez-lui donc ceci. Ce sont des pastilles de vitamine C. Il faut également le faire marcher...

— *Je vais pas pouvoir me souvenir de tout ça !* gémit Tom.

— J'ai bien peur d'être obligé de vous demander de faire un effort, car il n'y a personne d'autre. Vous êtes tout seul.

Tom se mit à pleurer.

Nick se pencha en avant. Son bras se précipitait sur lui. Il ne sentit pas le coup — à nouveau, Nick était comme de la fumée qui passait à côté de lui, peut-être même à travers lui — mais Tom sentit sa tête basculer en arrière quand même. Et quelque chose dans sa tête parut se briser.

— Arrête ça ! Tu ne peux plus être un bébé, Tom ! Sois un homme ! Pour l'amour de Dieu, sois un homme !

Tom regarda Nick, la main sur la joue, les yeux écar-quillés.

— Fais-le marcher, dit Nick. Fais-le marcher sur sa bonne jambe. Traîne-le s'il le faut. Mais ne le laisse pas couché sur le dos, sinon il va se noyer.

— Il a changé, disait Tom. Il crie... il crie à des gens qui ne sont pas là.

— C'est qu'il délire. Fais-le marcher quand même. Autant que tu peux. Fais-lui prendre de la pénicilline. Un comprimé à la fois. Donne-lui de l'aspirine. Tiens-le au chaud. Prie. Voilà ce que tu peux faire.

— D'accord, Nick. Je vais essayer d'être un homme. Je vais essayer de me souvenir. Mais j'aimerais bien que tu sois là, putain, oui !

— Fais de ton mieux, Tom. C'est tout.

Nick n'était plus là. Tom se réveilla et se retrouva

debout dans la pharmacie déserte, devant le comptoir. Quatre flacons remplis de capsules étaient alignés sur la tablette de verre. Tom les regarda un long moment, puis les mit dans un sac.

Tom revint à quatre heures du matin, les épaules poudrées de givre. Dehors, le jour commençait à percer et l'on voyait une mince ligne de lumière à l'est. Kojak se répandit en aboiements frénétiques de bienvenue, Stu gémit et se réveilla. Tom s'agenouilla à côté de lui.

— Stu ?

— Tom ? J'ai du mal à respirer.

— J'ai des médicaments. Nick m'a montré. Tu prends ça et l'infection s'en va. Tu en prends une tout de suite.

Du sac qu'il avait apporté avec lui, Tom sortit les quatre flacons de capsules et une grande bouteille de jus d'orange. Nick s'était trompé à propos du jus de fruits. Il y en avait en abondance au supermarché de Green River.

Stu approcha les flacons tout près de ses yeux.

— Tom, où as-tu trouvé ça ?

— À la pharmacie. C'est Nick qui me les a donnés.

— Non, la vérité...

— C'est la vérité ! Tu dois d'abord prendre la pénicilline pour voir si ça marche. C'est lequel la pénicilline ?

— Celui-là... mais Tom...

— Non. Tu dois les prendre. C'est Nick qui l'a dit. Et tu dois marcher.

— Je ne peux pas marcher. J'ai la jambe foutue. Je suis malade.

Stu avait pris la voix geignarde, une voix de malade grognon dans sa chambre.

— Il faut. Ou bien je vais te traîner.

Stu perdit le contact ténu qu'il gardait avec la réalité. Tom glissa une capsule de pénicilline dans sa bouche et Stu l'avala mécaniquement quand il lui fit boire du jus d'orange. Stu se mit à tousser à fendre l'âme et Tom prit sur lui de lui donner de grandes tapes dans le dos, comme à un bébé qui ne veut pas faire son rot. Puis il força Stu à se mettre debout sur sa bonne jambe et commença à le traîner d'un bout à l'autre de la réception, tandis que Kojak les suivait avec un air inquiet.

— S'il te plaît, Dieu, disait Tom. S'il te plaît, Dieu. S'il te plaît, Dieu.

— Je sais où je peux lui trouver une planche à laver, Glen ! hurla Stu tout à coup. Dans le magasin d'instruments de musique ! J'en ai vu une en vitrine !

— S'il te plaît, Dieu, continuait Tom d'une voix haletante.

La tête de Stu roula sur son épaule, chaude comme un four. Sa jambe cassée traînait derrière, inutile.

Boulder n'avait jamais semblé aussi loin que ce lugubre matin.

Le combat de Stu contre la pneumonie dura deux semaines. Il but des litres et des litres de jus d'orange, de jus de tomate, de jus de raisin, de jus de pomme. Mais ce n'est que rarement qu'il sut ce qu'il buvait. Son urine était acide et sentait fort. Il se mouillait comme un bébé. Et, comme ceux d'un bébé, ses excréments étaient jaunes et liquides, parfaitement impossibles à retenir. Tom le nettoyait. Tom le traînait dans la réception de l'Utah Hotel et Tom attendait la nuit où il se réveillerait, non pas parce que Stu délirerait dans son sommeil, mais parce que sa respiration laborieuse se serait finalement arrêtée.

La pénicilline provoqua une vilaine éruption rouge au bout de deux jours et Tom passa à l'ampicilline. Ce fut mieux. Le 7 octobre, Tom se réveilla le matin pour trouver Stu dormant d'un sommeil plus profond qu'il ne l'avait fait depuis longtemps. Son corps était trempé de sueur, mais son front était frais. La fièvre avait baissé durant la nuit. Pendant les deux jours qui suivirent, Stu ne fit pratiquement que dormir. Tom devait se battre pour le réveiller le temps de prendre ses capsules et des morceaux de sucre chipés au restaurant de l'hôtel.

Stu fit une rechute le 11 octobre et Tom eut terriblement peur que ce soit la fin. Mais la fièvre ne monta pas autant et sa respiration ne fut jamais aussi épaisse et laborieuse qu'elle l'avait été ces terribles matins du 5 et du 6.

Le 13 octobre, Tom qui somnolait dans un fauteuil, abruti de fatigue, se réveilla pour trouver Stu debout qui regardait autour de lui.

— Tom, murmura-t-il. Je suis vivant.

— Oui, s'exclama Tom joyeusement. Putain, oui !

— J'ai faim. Est-ce que tu pourrais trouver une boîte de soupe quelque part, Tom ? Et des nouilles peut-être ?

Le 18, il avait commencé à retrouver ses forces. Il pouvait se promener cinq bonnes minutes dans la réception en s'aidant des béquilles que Tom lui avait rapportées de la pharmacie. Sa jambe cassée le démangeait furieusement, maintenant que les os commençaient à se ressouder. Le 20 octobre, il sortit pour la première fois, dans un épais caleçon long, gilet de flanelle assorti, emmitouflé dans un énorme manteau en peau de mouton.

La journée était chaude et ensoleillée, mais le fond de l'air restait frais. À Boulder, c'était peut-être encore la mi-automne, l'époque où les trembles resplendissaient de leurs ors. Mais ici, l'hiver était si proche qu'on l'aurait cru à portée de la main. On pouvait même voir de petites plaques de neige glacée, granuleuse, dans les endroits ombragés où le soleil ne parvenait jamais.

— Je ne sais pas, Tom. Je pense que nous pouvons aller jusqu'à Grand Junction, mais après ça, je ne sais vraiment pas. Il va y avoir beaucoup de neige dans les montagnes. Et je n'ose pas bouger avant quelque temps, de toute façon. Je dois reprendre des forces.

— Combien de temps ça va te prendre pour que tu les retrouves, toutes ces forces-là ?

— Je ne sais pas, Tom. On verra bien.

Stu était résolu à ne pas avancer trop vite, à ne pas forcer — il avait frôlé la mort d'assez près pour vouloir profiter maintenant de sa convalescence. Ils déménagèrent de la réception pour s'installer dans deux chambres communicantes, au fond du couloir du rez-de-chaussée. La chambre d'en face allait être pour quelque temps la niche de Kojak. La jambe de Stu était effectivement en train de se réparer mais, comme les fractures n'avaient pas été convenablement réduites, elle ne serait jamais aussi droite qu'avant, à moins que Georges Richardson ne la recasse pour tout remettre en place. De toute façon, il allait certainement boiter quand il laisserait tomber ses béquilles.

Tant pis ! Il se mit au travail, essayant de redonner du tonus à ses muscles. Il allait sûrement falloir du temps pour que sa jambe retrouve ne serait-ce que soixante-quinze pour cent de son efficacité, mais apparemment il allait avoir tout l'hiver pour l'exercer.

Le 28 octobre, Green River disparaissait sous près de quinze centimètres de neige.

— Si nous ne nous décidons pas rapidement, dit Stu à Tom tandis qu'ils regardaient tomber la neige, nous sommes partis pour passer tout l'hiver à l'Utah Hotel.

Le lendemain, ils se rendirent avec la Plymouth jusqu'à la station-service, à la sortie de la ville. S'arrêtant souvent pour souffler, demandant l'aide de Tom quand il fallait de la force, il remplaça les pneus arrière qui avaient autant d'adhérence que des savonnettes par des pneus à crampons. Stu pensa changer de véhicule pour faire la route en 4 x 4. Mais il avait finalement décidé, parfaitement irrationnellement, de ne pas changer de monture puisque celle-ci leur avait porté chance jusque-là. Tom acheva de la préparer en chargeant quatre sacs de sable de vingt-cinq kilos dans le coffre de la Plymouth. Et ils sortirent de Green River la veille de la Toussaint, en direction de l'est.

Ils arrivèrent à Grand Junction le 2 novembre à midi. Juste à temps, car ils n'auraient pas eu plus de trois heures encore devant eux. Le ciel avait été d'un gris de plomb toute la matinée et, au moment où ils débouchèrent sur la grand-rue, les premiers flocons de neige commencèrent à tomber sur le capot de la Plymouth. Cette fois c'était sérieux. Le ciel promettait une vraie tempête.

— Choisi ton endroit, dit Stu. Nous risquons de rester ici un bon bout de temps.

— Ici ! Le motel avec une étoile ! dit Tom.

Le motel avec l'étoile était le Grand Junction Holiday Inn. Au-dessous de l'enseigne, une marquise où l'on pouvait encore lire ce message en lettres rouges de plastique : NVENUE AU FESTIV D'ÉTÉ 90 DE GR ND JUNC   ! 12 JUIN-4 JUI ET !

— D'accord, dit Stu. Allons-y pour le Holiday Inn.

Il se gara et arrêta le moteur de la Plymouth qui, à sa connaissance, n'allait plus jamais tourner. À deux heures de l'après-midi, les flocons clairsemés s'étaient transformés en un épais rideau blanc qui tombait inlassablement, sans un bruit. À quatre heures, le vent léger s'était transformé en une véritable bourrasque qui balayait la neige, l'empilant en congères à une vitesse presque hallucinante. Il neigea toute la nuit. Quand Stu et Tom se levèrent le lendemain matin, ils découvrirent Kojak assis devant les grandes portes doubles de la réception, regardant dehors un monde blanc complètement paralysé. Rien ne bougeait, à l'exception d'un seul geai bleu qui se promenait sur le store en lambeaux d'un magasin, de l'autre côté de la rue.

— Salerpipopette, bafouilla Tom. Ça, c'est de la neige, pour sûr.

Stu hocha la tête.

— Et comment qu'on va rentrer à Boulder là-dedans ?

— Il va falloir attendre le printemps.

— Quoi ?

Tom avait l'air affreusement déçu et Stu prit le grand garçon par les épaules.

— On va voir le temps passer, dit-il.

Mais même ainsi, il n'était pas sûr que Tom et lui puissent attendre aussi longtemps.

Stu gémissait et haletait dans le noir depuis quelque temps. Finalement, il poussa un cri assez fort pour se réveiller. Quand il sortit de son rêve, il était dans sa chambre de motel, au Holiday Inn, dressé sur les coudes, les yeux écarquillés, regardant dans le vide. Il poussa un long soupir, chercha à tâtons la lampe sur la table de chevet et actionna deux fois l'interrupteur avant de se souvenir. C'était drôle comme le souvenir de l'électricité refusait de s'éteindre. Il trouva la lampe Coleman par terre et l'alluma. Quand ce fut fait, il se servit du pot de chambre. Puis il s'assit devant le bureau, regarda sa montre et vit qu'il était trois heures et quart du matin.

Ce rêve encore. Frannie. Un cauchemar.

Toujours le même. Frannie qui souffrait, le visage baigné de sueur. Richardson entre ses cuisses, et Laurie Constable debout à côté de lui pour l'aider. Les pieds de Fran reposaient sur des supports d'acier inoxydable...

Pousse, Frannie. Pousse fort. C'est bien. Très bien.

Mais à voir les yeux de George au-dessus de son masque, Stu savait que ça n'allait pas du tout. Quelque chose n'allait pas. Laurie essuyait le visage de Frannie, écartait les cheveux qui recouvraient son front.

Accouchement par le siège.

Qui avait dit cela ? Une voix sinistre, désincarnée, grave et traînante, comme une voix sur un 45 tours que l'on fait jouer à 33 1/3.

Naissance par le siège.

La voix de George : *Tu ferais mieux d'appeler Dick. Dis-lui que nous allons peut-être devoir...*

La voix de Laurie : *Docteur, elle perd beaucoup de sang...*

Stu alluma une cigarette. Elle n'avait aucun goût, mais après ce rêve, elle lui fit tout de même du bien. *Un rêve d'anxiété, c'est tout. Tu as cette idée typiquement macho*

*que les choses tournent mal si tu n'es pas là. Alors,
remets tout ça dans ta poche, Stuart, et ton mouchoir par-
dessus. Elle va bien. Tous les rêves ne se réalisent pas.*

Mais trop de rêves s'étaient réalisés depuis six mois.
L'impression qu'on lui faisait entrevoir l'avenir dans ce
cauchemar où il revoyait sans cesse l'accouchement de
Fran refusait de le quitter.

Il écrasa sa cigarette sans en avoir fumé la moitié et
regarda fixement le globe de la lampe à gaz. C'était le
29 novembre ; ils étaient prisonniers dans le Holiday Inn
de Grand Junction depuis près de quatre semaines. Le
temps avait passé lentement, mais ils avaient réussi à se
tenir occupés avec une ville entière à piller pour se dis-
traire.

Stu avait trouvé une génératrice Honda dans un magasin. Tom et lui l'avaient ramenée au Palais des congrès,
en face du Holiday Inn, en l'installant avec un palan à
chaîne sur un traîneau tiré par deux motoneiges —
méthode qui somme toute n'était pas tellement différente
de celle que La Poubelle avait utilisée pour apporter son
dernier cadeau à Randall Flagg.

— Qu'est-ce que tu veux faire avec ? demanda Tom.
Amener l'électricité au motel ?

— Oh non, elle est trop petite pour ça.

— Alors quoi ?

Tom dansait d'impatience.

— Tu verras bien.

Ils installèrent la génératrice dans l'armoire électrique
du Palais des congrès, et Tom l'oublia bientôt — ce qui
était exactement ce que Stu espérait. Le lendemain, Stu se
rendit en motoneige au Cineplex de Grand Junction. Toujours avec l'aide du palan et du traîneau, il descendit un
vieux projecteur 35 millimètres par la fenêtre du premier
étage qui donnait sur le débarras où Stu avait découvert la
machine au cours d'un de ses voyages d'exploration. On
l'avait enveloppée dans du plastique... puis oubliée là, à en
juger par la couche de poussière qui la recouvrait.

Même si sa jambe allait beaucoup mieux, il lui avait
fallu près de trois heures pour déplacer le projecteur de

l'entrée du Palais des congrès jusqu'au centre de la salle. Il s'attendait à voir Tom apparaître d'un moment à l'autre. Bien sûr, s'il était venu donner un coup de main, le travail aurait avancé plus vite, mais il n'y aurait plus eu de surprise. Tom vaquait à ses propres affaires et Stu ne le vit pas de la journée. Lorsqu'il rentra au Holiday Inn vers cinq heures, les joues comme des pommes d'api, une écharpe autour du cou, la surprise était prête.

Stu avait apporté les six films qu'on jouait au Cineplex Grand Junction.

— Viens avec moi au Palais des congrès, dit Stu d'un air détaché quand ils eurent terminé de dîner.

— Pour faire quoi ?

— Tu vas bien voir.

Une rue à traverser, et ils étaient rendus. À l'entrée, Stu tendit à Tom une boîte de pop-corn.

— Pourquoi ?

— On peut pas regarder un film sans pop-corn, gros bêta.

— *UN FILM !*

— Évidemment.

Tom se précipita dans la salle. Il vit le gros projecteur, déjà installé, le film monté. Il vit le grand écran abaissé. Il vit deux chaises pliantes au milieu de l'énorme salle vide.

— Ouch ! murmura-t-il, et rien n'aurait pu mieux récompenser Stu de sa peine que son expression d'émerveillement.

— J'ai travaillé trois étés au drive-in de Braintree, expliqua Stu. J'espère que je sais encore réparer si le film casse.

— Ouch ! fit encore Tom.

— Il va falloir attendre un peu entre les bobines. J'allais quand même pas me coltiner une deuxième machine.

Stu enjamba l'écheveau de fils qui reliait le projecteur à la génératrice Honda installée dans le placard électrique, puis il tira la poignée noire du démarreur. La génératrice commença à tourner joyeusement. Stu referma de son mieux la porte du placard pour assourdir le bruit du

738

moteur et il éteignit toutes les lumières. Cinq minutes plus tard, ils étaient assis côte à côte et regardaient Sylvester Stallone tuer des centaines de trafiquants de drogue dans *Rambo IV.* La bande sonore leur arrivait en Dolby par les seize haut-parleurs du Palais des congrès, parfois si fort qu'il en devenait difficile de suivre le dialogue (assez mince il est vrai)... mais tous les deux adorèrent le spectacle.

Et maintenant, Stu souriait en repensant à cette soirée. Si quelqu'un l'avait vu faire, il l'aurait sans doute trouvé idiot — pourquoi ne pas brancher un magnétoscope sur une génératrice beaucoup plus petite et regarder des centaines de films, sans même sortir du Holiday Inn ? Mais pour lui, un film regardé à la télévision n'avait jamais été la *vraie* chose. Pourtant, ce n'était pas exactement l'explication non plus. L'explication, c'était tout simplement qu'ils avaient du temps à tuer... et que certains jours ce temps-là avait vraiment la vie dure.

Le deuxième film était une nouvelle version de l'une des dernières bandes dessinées de Disney, *Oliver et Compagnie,* jamais sorti sur vidéo-cassette. Tom ne se lassait pas de le regarder, riant comme un enfant aux pitreries d'Oliver, d'Artful Dodger et de Fagin qui habitaient une péniche à New York et dormaient dans un fauteuil d'avion.

Mais il n'y avait pas que le cinéma. Stu avait construit plus de vingt modèles réduits de voitures, dont une Rolls-Royce de deux cents quarante pièces qui se vendait soixante-cinq dollars avant la super-grippe. Tom avait aménagé un étrange mais saisissant décor qui couvrait la moitié du parquet de la salle de bal du Holiday Inn, prenant pour matières premières du papier journal, de la colle, du plâtre et des colorants alimentaires. Il l'avait baptisé Base lunaire Alpha. Oui, ils s'étaient occupés, mais...

Ce que tu penses est complètement fou.

Il fléchit la jambe. Elle allait mieux qu'il ne l'aurait jamais espéré, en partie grâce à la salle de conditionnement physique du Holiday Inn. Elle était encore très raide et lui faisait un peu mal, mais il pouvait boitiller sans ses béquilles. Elles avaient bien travaillé, qu'elles se reposent maintenant. Stu était sûr de pouvoir montrer à Tom comment piloter une de ces motoneiges qui sommeillaient dans presque tous les garages de la ville. Trente kilomètres par jour, un abri de plastique, de gros sacs de couchage, une bonne provision de concentrés lyophilisés...

Voyons donc, et quand une avalanche vous tombera dessus dans un col, vous n'aurez qu'à lui faire peur avec un sachet de carottes lyophilisées pour qu'elle s'en aille ailleurs. Complètement dingue !

Mais pourtant...

Il écrasa sa cigarette et éteignit la lampe de camping. Mais il attendit longtemps le sommeil.

— Tom, tu as vraiment très envie de rentrer à Boulder ? demanda-t-il alors qu'ils prenaient leur petit déjeuner.

— Pour voir Fran ? Dick ? Sandy ? Putain, oui ! Tu crois qu'ils ont donné ma petite maison à un autre ?

— Non, certainement pas. Écoute, est-ce que tu serais prêt à prendre des risques ?

Tom le regarda, étonné. Stu allait essayer de mieux lui expliquer, quand Tom répondit :

— Putain, il y a toujours des risques, non ?

Et la décision fut ainsi prise, sans autre forme de procès. Ils partirent de Grand Junction le dernier jour du mois de novembre.

Il ne fut pas nécessaire d'enseigner à Tom les rudiments de la conduite en motoneige. Stu se trouva une monstrueuse machine dans le hangar des Ponts & Chaussées du Colorado, à moins d'un kilomètre du Holiday Inn. Elle était dotée d'un moteur très puissant et d'un carénage qui coupait le vent. Mais surtout, un grand compartiment de chargement avait été aménagé à l'arrière, sans doute pour transporter du matériel de secours. Le compartiment était suffisamment spacieux pour loger confortablement un chien de bonne taille. Ce n'était pas les magasins de sports d'hiver qui manquaient en ville, si bien qu'ils n'eurent aucune difficulté à s'équiper pour le voyage, même si la super-grippe avait frappé au début de l'été. Ils se munirent donc d'un abri de plastique ultra-léger, de sacs de couchage épais, d'une paire de skis de fond chacun (bien que l'idée d'enseigner à Tom le ski de fond glaçât le sang de Stu), plus un gros réchaud à gaz Coleman, des lampes, des bonbonnes de gaz, des piles de rechange, des concentrés lyophilisés et un gros fusil Garand équipé d'une lunette.

À deux heures, le premier jour, Stu comprit qu'il avait eu tort de craindre de mourir de faim s'il se trouvait bloqué quelque part. La forêt grouillait de gibier ; il n'en avait jamais vu autant de toute sa vie. Plus tard, dans l'après-midi, il abattit un cerf, son premier depuis qu'il avait quinze ans, depuis ce jour où il avait fait l'école buissonnière pour aller chasser avec son oncle Dale. Ils avaient abattu un cerf, qui était en fait une biche étique et coriace dont la chair avait un goût amer et sauvage... parce qu'elle mangeait des orties, avait expliqué l'oncle Dale. Celui-ci était un mâle, solidement bâti, large de poitrail. Mais l'hiver venait juste de commencer, se dit Stu en dépeçant la bête avec un grand couteau, souvenir de Grand Junction. La nature avait sa manière à elle de régler les problèmes de surpopulation.

Tom fit un feu pendant que Stu découpait le cerf de son mieux, tachant de sang les manches de son anorak qui en furent bientôt raides et gluantes. Quand il eut fini, il faisait noir depuis trois heures déjà et sa jambe chantait l'*Ave Maria*. Le cerf qu'il avait tué avec son oncle Dale avait atterri chez Schoey, un vieil homme qui habitait dans une cabane, juste à la sortie de Braintree. Il avait découpé le cerf pour trois dollars et cinq kilos de viande.

— J'aurais bien aimé que le vieux Schoey soit avec nous ce soir, dit Stu en soupirant.

— Qui ça ? demanda Tom qui dormait presque.

— Personne, Tom. Je parlais tout seul.

Mais l'effort valait la peine. La venaison était succulente. Lorsqu'ils en eurent mangé leur content, Stu fit encore cuire une quinzaine de kilos qu'il rangea dans l'un des petits compartiments de la motoneige des Ponts & Chaussées. Cette première journée, ils ne firent que vingt-cinq kilomètres.

Durant la nuit, il fit un autre rêve. Il était de nouveau dans la salle d'accouchement. Il y avait du sang partout — les manches de sa blouse blanche étaient trempées de sang, raides et gluantes. Le drap qui recouvrait Frannie était complètement inondé. Elle hurlait.

— *Ça vient,* haletait George. *Ça y est. Frannie, il va sortir. Pousse ! POUSSE !*

Et il sortit, il sortit dans un dernier flot de sang. George dégagea le bébé en le saisissant par les hanches puisqu'il s'était présenté par le siège.

Laurie se mit à hurler. Des instruments d'acier inoxydable volèrent dans tous les sens...

Car c'était un loup dont le visage humain arborait un furieux sourire grimaçant, *son* visage. C'était Flagg, Flagg qui était revenu, qui n'était pas mort, pas mort encore, qui marchait encore de par le monde, Frannie avait donné naissance à Randall Flagg...

Stu se réveilla, le bruit de sa respiration haletante remplissant ses oreilles. Avait-il crié ?

Tom dormait toujours, si bien pelotonné dans son sac de couchage qu'on ne voyait que sa tignasse. Kojak était couché en boule à côté de Stu. Tout allait bien. Ce n'était qu'un rêve...

Mais un hurlement solitaire monta dans la nuit, hulula, carillon argentin d'horreur et de désespoir... le hurlement d'un loup, ou peut-être le cri du fantôme d'un tueur.

Kojak leva la tête.

Stu sentit qu'il avait la chair de poule sur les bras, les cuisses, le ventre.

Le hurlement ne revint pas.

Stu se rendormit. Au matin, ils firent leurs bagages et repartirent. Ce fut Tom qui remarqua que les viscères du cerf avaient disparu. Il y avait des traces autour de l'endroit où ils les avaient laissés. Le sang de la bête faisait maintenant une tache rosâtre sur la neige... mais c'était tout.

Cinq jours de beau temps leur permirent d'arriver à Rifle. Le lendemain matin, quand ils se réveillèrent, la ville était prise dans le blizzard. Stu dit qu'ils feraient mieux d'attendre là et ils s'installèrent dans un motel. Tom tint ouvertes les portes qui donnaient dans la réception et Stu fit une entrée triomphale en motoneige. Comme il l'expliqua à Tom, c'était plus pratique pour décharger. Naturellement, la grosse chenille de la machine brouta un peu l'épaisse moquette.

Il neigea pendant trois jours. Quand ils se réveillèrent le 10 décembre et qu'ils sortirent après s'être creusé un tunnel à travers la neige, le soleil brillait et la température n'était pas loin du point de congélation. La neige était beaucoup plus profonde à présent et il était devenu difficile de suivre les virages de la nationale 70. Mais en cette belle journée ensoleillée, ce n'était pas de suivre la route qui inquiétait Stu. Tard dans l'après-midi, quand les ombres bleutées commencèrent à s'allonger, Stu réduisit les gaz, puis arrêta le moteur de la motoneige, tendant l'oreille, semblant écouter de tout son corps.

— Qu'est-ce que c'est, Stu ? Qu'est-ce que...

Mais Tom venait d'entendre lui aussi. Un grondement sourd sur leur gauche, en avant. Il grandit, devint aussi fort que celui d'un train passant à toute vitesse, puis s'évanouit. Et ce fut à nouveau le silence.

— Stu ?

— Ne t'en fais pas, répondit Stu.

Je vais me faire du souci pour nous deux.

Le temps continuait d'être doux. Le 13 décembre, ils étaient presque arrivés à Shoshone et ils escaladaient encore les Rocheuses — pour eux, le point culminant qu'ils devraient atteindre avant de commencer à descendre serait le col Loveland.

À maintes et maintes reprises, ils entendirent le grondement sourd des avalanches, parfois très loin, parfois si près qu'il n'y avait rien d'autre à faire que de regarder et d'attendre, d'espérer que ces grandes nappes blanches de mort ne viendraient pas effacer le ciel. Le 12, l'une d'elles engloutit un endroit où ils étaient passés une demi-heure plus tôt, enterrant les traces de la motoneige sous des tonnes de neige compacte. Stu craignait de plus en plus que les vibrations causées par le bruit du moteur ne finissent par les tuer en déclenchant une avalanche qui les enterrerait en moins de rien sous dix mètres de neige. Mais il n'y avait rien à faire, si ce n'est continuer et espérer.

Puis la température baissa et la menace se fit beaucoup moins présente. Il y eut une autre tempête de neige et ils durent s'arrêter deux jours. Ils finirent par sortir, reprirent leur route... et les loups se mirent à hurler la nuit. Parfois ils étaient loin, parfois si près qu'ils semblaient juste derrière l'abri de plastique. Kojak bondissait alors sur ses pieds, grognait sourdement, tendu comme un ressort d'acier. Mais la température restait glaciale et la fréquence des avalanches diminua, ce qui ne les empêcha pas d'avoir une autre chaude alerte le 18.

Le 22 décembre, à la sortie d'Avon, Stu sortit de la route sans le vouloir. Un instant plus tôt, ils avançaient tranquillement à quinze kilomètres heure, projetant derrière eux des nuages de neige. Tom venait de lui montrer du doigt un petit village en contrebas, silencieux comme une photographie stéréoscopique des années 1880 avec son clocher blanc, ses congères immaculées qui montaient jusqu'aux toits. L'instant d'après, le capot de la motoneige basculait dans le vide.

— Bordel de..., commença Stu, mais il n'eut pas le temps d'en dire plus.

La motoneige piqua du nez. Stu coupa les gaz, mais trop tard. Il eut la curieuse impression de ne plus rien peser, comme lorsqu'on vient de quitter le plongeoir et que l'attraction de la gravité équilibre exactement l'élan vers le haut que vous vous êtes donné. Ils furent catapultés hors de la machine. Stu perdit de vue Tom et Kojak. La neige froide lui montait jusqu'au nez. Lorsqu'il ouvrit la bouche pour crier, elle s'engouffra dans sa gorge, se coula dans son dos. Et il tombait, il culbutait. Finalement, il s'arrêta au milieu d'un épais édredon de neige.

Il remonta, ramant avec ses bras comme un nageur, crachant le feu de sa gorge brûlée par la neige.

— Tom ! hurla-t-il.

Curieusement, sous cet angle, il pouvait voir très clairement le remblai de la route et l'endroit où ils étaient sortis, provoquant une petite avalanche. L'arrière de la machine émergeait de la neige à une quinzaine de mètres en dessous de la route, comme une grosse bouée orange. Étrange comme ces images d'eau persistaient... mais justement, Tom était-il en train de se noyer ?

— Tom ! *Tommy !*

Kojak sortit de quelque part comme un diable de sa boîte, saupoudré de sucre glace de la proue à la poupe, fendant la neige pour rejoindre Stu.

— Kojak ! lui cria Stu. Cherche Tom ! *Cherche Tom !*

Kojak aboya et pataugea dans la neige pour faire demi-tour. Puis il se dirigea vers un endroit où la neige avait été labourée et il aboya à nouveau. Ahanant, trébuchant, avalant de la neige à pleine bouche, Stu le rejoignit et se mit à chercher autour de lui. Sous son gant, il sentit l'anorak de Tom et commença à tirer furieusement. Tom remonta à la surface, hors d'haleine, et tous les deux tombèrent à la renverse sur la neige.

— Ma gorge ! Ça brûle ! Oh putain ! Putain, oui...

— C'est le froid, Tom. Ça va s'arranger.

— Je pouvais pas... respirer...

— C'est fini maintenant, Tom. Tout ira bien.

Assis sur la neige, ils reprenaient leur souffle. Stu prit Tom par les épaules. Le pauvre tremblait comme une feuille. Plus loin, de plus en plus fort, puis diminuant à nouveau, le grondement froid d'une autre avalanche.

Il leur fallut le reste de la journée pour faire le kilomètre qui les séparait de la ville d'Avon. Pas question de récupérer la motoneige et le matériel — la pente était beaucoup trop raide. Elle resterait donc là au moins jusqu'à l'été — peut-être même pour toujours si les choses continuaient ainsi.

Il faisait nuit depuis une demi-heure quand ils arrivèrent en ville, trop fatigués et trop frigorifiés pour penser à autre chose que faire un feu et trouver un endroit pas trop froid pour dormir. Ce fut une nuit sans rêves, une nuit plongée dans le noir total de l'épuisement absolu.

Au matin, ils s'occupèrent de se rééquiper, opération nettement plus complexe dans la petite ville d'Avon qu'à Grand Junction. À nouveau, Stu pensa s'arrêter ici pour passer l'hiver — s'il se disait qu'il le fallait, Tom ne poserait pas de questions. N'avaient-ils pas eu hier la démonstration parfaite de ce qui arrive aux gens qui jouent avec le feu — ou avec la neige ? Mais il finit par écarter cette idée. Le bébé devait naître au début du mois de janvier. Il voulait être là. Il voulait voir de ses propres yeux que tout irait bien.

Il y avait un concessionnaire John Deere au bout de la courte grand-rue d'Avon. Dans le garage qui se trouvait derrière, ils découvrirent deux motoneiges d'occasion. Aucune n'était de la classe de la grosse machine des

Ponts & Chaussées que Stu avait envoyée dans le décor, mais l'une d'elles était équipée d'une chenille surdimensionnée. Stu pensa qu'elle ferait l'affaire. Ils ne purent se procurer de concentrés lyophilisés et durent se contenter de boîtes de conserve. La fin de la journée fut consacrée à fouiller les maisons pour y chercher du matériel de camping, travail que ni l'un ni l'autre n'aimèrent beaucoup. Les victimes de l'épidémie étaient partout, transformées en momies de la période glaciaire.

Ils finirent par trouver à peu près tout ce qu'il leur manquait dans une grande pension de famille, un peu à l'écart de la grand-rue. Avant que n'arrive la supergrippe, elle s'était apparemment remplie de jeunes gens venus au Colorado pour faire toutes ces choses dont John Denver parlait dans ses chansons. De fait, Tom avait même déniché un grand sac à ordures en plastique vert sous l'escalier, un sac rempli d'une version très puissante de « L'Ivresse des Rocheuses ».

— Qu'est-ce que c'est ? Du tabac, Stu ?

— Certains devaient le croire, répondit Stu avec un grand sourire. C'est de la marijuana, Tom. Tu ferais mieux de laisser ça où tu l'as pris.

Ils chargèrent la motoneige : provisions, sacs de couchage, abri en plastique. Quand ils eurent terminé, les premières étoiles s'allumaient déjà dans le ciel et ils décidèrent de passer encore une nuit à Avon.

Tandis qu'ils revenaient lentement sur la neige dure jusqu'à la maison où ils s'étaient installés, Stu se souvint tout à coup : on allait être le 24 décembre le lendemain. Il avait peine à croire que le temps avait passé si vite, mais la preuve était là devant lui, sur le cadran de sa montre à calendrier. Ils étaient partis de Grand Junction depuis plus de trois semaines.

Ils arrivèrent finalement à la maison.

— Toi et Kojak, vous entrez et vous faites du feu en m'attendant. J'ai une petite course à faire.

— Quelle course ?

— Une surprise.

— Une surprise ? Je vais savoir quoi ?

— Oui.

— Quand ? demanda Tom avec des yeux brillants.

— Dans quelques jours.

— Tom Cullen peut pas attendre quelques jours quand c'est une surprise, putain, non.

— Tom Cullen va devoir attendre quand même. Je vais rentrer dans une heure. Sois prêt.

— Bon... d'accord.

Il fallut plutôt une heure et demie avant que Stu ne trouve exactement ce qu'il cherchait. Tom ne cessa de tourner autour de lui pendant les deux ou trois heures qui suivirent, impatient de savoir ce qu'était cette surprise. Stu ne lui dit rien et, quand ils allèrent se coucher, Tom avait déjà tout oublié.

— Je parie que tu aimerais mieux qu'on soit resté à Grand Junction, hein ? demanda Stu tandis qu'ils étaient couchés tous les deux dans le noir.

— Putain, non, répondit Tom d'une voix ensommeillée. Je veux revenir vite dans ma petite maison. J'espère simplement qu'on va pas encore sortir de la route et retomber dans la neige. Tom Cullen a failli s'étrangler !

— Il faudra simplement aller moins vite et faire plus attention, répondit Stu sans lui mentionner ce qui leur arriverait probablement s'ils sortaient encore de la route... et s'il n'y avait pas d'abri à proximité.

— Quand est-ce que tu crois qu'on va arriver là-bas, Stu ?

— Il faut encore compter un petit bout de temps, mon bonhomme. Mais ça vient. Et je crois qu'on ferait mieux de dormir maintenant, tu crois pas ?

— Si, je crois.

Stu éteignit la lumière.

Il rêva que Frannie et son enfant-loup étaient morts pendant l'accouchement. Il entendit la voix très lointaine de George Richardson : *C'est la grippe. Plus de bébés, à cause de la grippe. La grossesse, c'est la mort, à cause de la grippe. Une poule dans chaque pot, un loup dans chaque ventre. À cause de la grippe. Nous sommes finis. L'humanité est finie. À cause de la grippe.*

Et quelque part, plus près, de plus en plus près, monta le rire de l'homme noir, comme un hurlement.

La veille de Noël, ils commencèrent une série de longues étapes qui allaient durer presque jusqu'au nouvel an. Le froid avait fait geler la neige en surface, dure comme une croûte. Le vent soulevait des tourbillons de cristaux de glace qui s'entassaient en dunes poudreuses que la motoneige franchissait facilement. La lumière était si vive que Stu et Tom ne pouvaient enlever leurs lunettes de soleil.

Ce soir-là, ils campèrent sur la neige à quarante kilomètres à l'est d'Avon, pas très loin de Silverthorne. Ils étaient maintenant dans la gorge du col Loveland, un peu au-dessus et à l'ouest du tunnel Eisenhower. Et, tandis qu'ils attendaient que leur dîner chauffe, Stu découvrit une chose étonnante. Alors qu'il cassait machinalement la croûte de glace avec une hache et qu'il creusait avec la main la neige poudreuse qui se trouvait dessous, il avait découvert du métal bleu à seulement un coude de profondeur de l'endroit où ils étaient assis. Il faillit appeler Tom pour lui montrer sa découverte, mais se ravisa. L'idée qu'ils se trouvaient assis à moins de cinquante centimètres d'un embouteillage, à moins de cinquante centimètres de Dieu savait combien de cadavres, n'était pas très rassurante.

Lorsque Tom se réveilla le matin du 25, à sept heures moins le quart, Stu était déjà debout en train de préparer le petit déjeuner. C'était un peu étrange, car Tom se levait toujours avant Stu. Une marmite de soupe aux légumes Campbell mijotait au-dessus du feu. Kojak observait la scène avec un enthousiasme non dissimulé.

— Bonjour, Stu, dit Tom en remontant la fermeture Éclair de son anorak avant de sortir de son sac de couchage et de l'abri de plastique. Il avait terriblement envie de faire pipi.

— Bonjour, répondit Stu d'un ton détaché. Et joyeux Noël.

— Noël ?

Tom le regarda et oublia complètement qu'il avait furieusement envie de faire pipi.

— *Noël ?*

— Oui, Noël, répondit Stu en montrant quelque chose avec le pouce, sur la gauche de Tom. C'est tout ce que j'ai pu trouver.

Planté dans la neige dure se dressait un petit sapin de cinquante centimètres, plus exactement la tête d'un grand sapin. Stu l'avait décoré avec des glaçons trouvés dans l'arrière-boutique d'un bazar.

— Un arbre de Noël, murmura Tom, stupéfait. Et des cadeaux. Ce sont des cadeaux, Stu ?

Il y avait trois paquets sous l'arbre, tous emballés dans du papier bleu clair décoré de cloches de Pâques en argent — il n'y avait pas de papier de Noël au bazar, même pas dans l'arrière-boutique.

— Oui, ce sont des cadeaux. Pour toi. De la part du Père Noël, j'ai l'impression.

Tom lui lança un regard indigné.

— Tom Cullen sait qu'il n'y a pas de Père Noël ! Putain, non ! C'est toi qui me fais les cadeaux !

Et tout à coup, il eut l'air triste.

— Et je t'ai même pas rien donné ! J'ai oublié... je savais pas que c'était Noël... je suis stupide ! Stupide !

Il serra le poing et se donna un bon coup en plein front. Tom était au bord des larmes.

Stu s'accroupit à côté de lui.

— Tom, tu m'as déjà donné mon cadeau de Noël.

— Non, je t'ai pas fait de cadeau. J'ai oublié. Tom Cullen est un idiot, un *grand con* !

— Je te dis que si. Le plus beau de tous les cadeaux. Je suis toujours vivant. Et c'est grâce à toi.

Tom le regardait sans comprendre.

— Si tu n'étais pas arrivé, je serais mort dans ce ravin

750

à l'ouest de Green River. Si tu n'avais pas été là, Tom, je serais mort de la pneumonie, ou de la grippe, ou de ce que j'ai attrapé, là-bas, dans l'Utah Hotel. Je ne sais pas comment tu as trouvé ces médicaments... si c'était Nick, si c'était Dieu, ou seulement le hasard... Mais tu les a trouvés en tout cas. Tu ne dois plus jamais dire que tu es un grand con. Ce n'est pas vrai. C'est grâce à toi que je vois ce Noël.

— C'est pas du tout pareil, répondit Tom, mais il rayonnait de bonheur.

— C'est la même chose.

— Bon...

— Allez, ouvre tes cadeaux. Regarde ce qu'il t'a apporté. J'ai entendu son traîneau cette nuit, j'en suis sûr. J'ai l'impression que la grippe n'est pas arrivée jusqu'au pôle Nord.

— Tu l'as entendu ?

Tom regardait attentivement Stu pour voir s'il le faisait marcher.

— J'ai entendu quelque chose.

Tom prit le premier paquet et défit soigneusement l'emballage — c'était un petit flipper en plastique, un nouveau gadget que tous les mioches avaient réclamé à grands cris le Noël précédent, avec ses piles garanties deux ans. Les yeux de Tom s'allumèrent.

— Essaye-le, proposa Stu.

— Non, je vais regarder mes autres cadeaux.

Un sweat-shirt avec sur le devant un skieur hors d'haleine se reposant sur des skis tordus, appuyé sur ses deux bâtons.

— Le dessin dit : J'AI FAIT LE COL LOVELAND, expliqua Stu. Nous, pas encore, mais ça ne va pas tarder.

Tom ôta aussitôt son anorak pour enfiler le sweat-shirt.

— Il est beau ! Très beau.

Le dernier paquet, le plus petit, contenait un simple médaillon d'argent monté au bout d'une chaînette. Pour Tom, le motif du médaillon ressemblait à un *8* couché sur le côté. Il le regarda, très étonné.

— Qu'est-ce que c'est, Stu ?

— C'est un symbole grec. Je me souviens de l'avoir vu il y a très longtemps dans une émission de télévision. Ça veut dire l'infini, Tom. Toujours, si tu préfères.

Il se pencha vers Tom et lui prit la main dans laquelle il tenait son médaillon.

— Nous allons peut-être arriver à Boulder, Tommy. Et je crois qu'il était écrit que nous arriverions là-bas. J'aimerais que tu portes cette médaille, si tu veux bien. Si tu as jamais besoin d'un service et si tu ne sais pas à qui demander, regarde la médaille et souviens-toi de Stuart Redman. D'accord ?

— L'infini, dit Tom en retournant le médaillon. Pour toujours.

Puis il se passa la chaîne autour du cou.

— Je vais m'en souvenir. Tom Cullen va se souvenir de ça.

— Merde ! J'ai failli oublier ! s'exclama Stu en rentrant dans l'abri d'où il ressortit avec un autre paquet. Joyeux Noël, Kojak ! Je vais l'ouvrir pour toi, si tu veux bien.

Stu défit l'emballage et sortit une boîte de friandises canines Toutou Gourmet. Il en répandit une poignée sur la neige et Kojak avala le tout sans se faire prier. Il revint aussitôt vers Stu en agitant la queue, rempli d'espoir.

— Plus tard, dit Stu en glissant la boîte dans sa poche. Les bonnes manières en toutes choses, n'oublie jamais, comme disait ce vieux... le prof.

Il sentit que sa gorge se nouait et que des larmes lui piquaient les yeux. Tout à coup, Glen lui manquait, Larry lui manquait, Ralph lui manquait avec son éternel chapeau. Tout à coup, ils lui manquaient tous, ceux qui n'étaient plus là, ils lui manquaient terriblement. Mère Abigaël avait dit qu'ils pataugeraient dans le sang avant que tout soit fini. Elle avait eu raison. Dans son cœur, Stu Redman la maudissait et la bénissait en même temps.

— Stu ? Ça va ?

— Mais oui, Tommy, ça va.

Et il serra très fort Tom dans ses bras.

— Joyeux Noël, mon vieux Tom.

— Et je peux chanter une chanson avant de partir ? demanda Tom d'une voix hésitante.

— Bien sûr, si tu en as envie.

Stu s'attendait à entendre *Petit papa Noël,* chanté avec la voix fausse et sans timbre d'un petit enfant. Mais ce fut un fragment de *Il est né le divin enfant* qu'il entendit, chanté par une belle voix de ténor.

— *Il est né,* la voix de Tom planait au-dessus des champs de neige, revenait doucement, renvoyée par l'écho, *le divin enfant... chantons tous... son avènement... ah qu'il est beau... qu'il est charmant...*

Stu se joignit à Tom pour le refrain. Sa voix n'était pas aussi belle que celle de Tom, mais elle s'harmonisait suffisamment bien à elle pour qu'ils en soient tous les deux fort contents. Et le vieux chant déroulait ses cadences dans la profonde cathédrale silencieuse de ce matin de Noël :

— *Jouez hautbois, résonnez musettes... il est né le divin enfant...*

— Je me souviens pas des couplets, dit Tom avec un air coupable.

— C'était très joli comme ça.

Les larmes montèrent de nouveau à ses yeux. Il n'en fallait plus beaucoup pour qu'il se mette à pleurer. Et Tom allait avoir de la peine.

— Il faut s'en aller, Tom. Le temps passe.

— D'accord, répondit Tom, tandis que Stu commençait à démonter l'abri de plastique. C'est mon meilleur Noël de tout le temps.

— Je suis bien content, Tommy.

Peu après, ils reprenaient leur route en direction de l'est, vers les hauteurs, sous le brillant soleil glacé de ce jour de Noël.

À la nuit tombée, ils campèrent près du sommet du col Loveland, mille sept cents mètres au-dessus du niveau de la mer. Ils dormirent tous les trois serrés les uns contre les autres, car la température tomba à moins vingt-cinq. Le vent soufflait sans cesse, froid comme la lame fraîchement repassée d'un couteau de cuisine. Parmi les hautes ombres des rochers, alors que le semis des étoiles d'hiver semblait presque assez proche pour qu'on puisse le toucher, les loups hurlaient. Le monde semblait être une gigantesque crypte au-dessous d'eux, à l'est comme à l'ouest.

Tôt le lendemain matin, avant l'aube, Kojak les réveilla par ses aboiements. Stu rampa hors de l'abri, son fusil à la main. Pour la première fois, les loups se montraient. Ils étaient descendus de leurs tanières pour s'asseoir en rond autour du camp, silencieux maintenant, les yeux braqués vers eux. Des yeux où passaient des lueurs d'un vert profond. Et tous semblaient sourire, d'un sourire sans pitié.

Stu tira six fois au hasard et les loups se dispersèrent. L'un d'eux fit un bond en l'air et retomba en tas. Kojak s'approcha en trottant, renifla, puis leva la patte et urina sur le cadavre.

— Les loups sont encore à *lui,* dit Tom. Ils le seront toujours.

Tom avait l'air encore à moitié endormi. Ses yeux étaient étranges, très lents, comme perdus dans un rêve. Et Stu comprit tout à coup ce que c'était : Tom était retombé dans cet étonnant état d'hypnose.

— Tom... est-ce qu'il est mort ? Tu le sais ?

— Il ne meurt jamais. Il est dans les loups, putain, oui. Dans les corbeaux. Dans le serpent à sonnettes. Dans l'ombre du hibou à minuit et dans le scorpion en plein midi. Il se perche la tête en bas comme les chauves-souris. Il est aveugle comme elles.

— Est-ce qu'il va revenir ? demanda Stu d'une voix anxieuse.

Il avait froid partout.

Tom ne répondit pas.

— Tommy...

— Tom est en train de dormir. Il est allé voir l'éléphant.

— Tom, est-ce que tu peux voir Boulder ?

L'aube dessinait une amère ligne blanche derrière les montagnes stériles.

— Oui. Ils attendent. Ils attendent un mot. Ils attendent le printemps. Tout est calme à Boulder.

— Est-ce que tu vois Frannie ?

Le visage de Tom s'éclaira.

— Frannie, oui. Elle est grosse. Elle va avoir un bébé, je crois. Elle habite avec Lucy Swann. Lucy va avoir un bébé aussi. Mais Frannie va avoir son bébé d'abord. Sauf que...

Et le visage de Tom s'assombrit.

— Tom ? Sauf quoi ?

— Le bébé...

— *Quoi, le bébé ?*

Tom regardait autour de lui, incertain.

— On était en train de tuer des loups, non ? Je me suis endormi, Stu ?

— Un petit peu, Tom, répondit Stu en se forçant à sourire.

— J'ai rêvé d'un éléphant. C'est rigolo, non ?

— Oui.

Le bébé ? Fran ?

Il commença à se dire qu'ils n'arriveraient pas à temps ; que cette chose que Tom avait vue se produirait avant qu'ils soient là.

Le beau temps prit fin trois jours avant le nouvel an et ils durent s'arrêter à Kittredge. Ils étaient suffisamment près de Boulder pour que ce retard fût une grosse déception — même pour Kojak qui parut inquiet et nerveux.

— Est-ce qu'on pourra repartir bientôt ? demanda Tom.

— Je ne sais pas. J'espère. Si nous avions eu encore deux jours de beau temps, nous serions sans doute arrivés. Saleté ! Enfin, dit-il en haussant les épaules, ça ne va peut-être pas durer.

Mais ce fut la pire tempête de l'hiver. Il neigea pendant cinq jours d'affilée et les congères s'élevaient à plus de quatre mètres par endroits. Lorsqu'ils sortirent, le 2 janvier, pour regarder un soleil aussi plat et chétif qu'une pièce de cuivre ternie, ils ne virent plus rien autour d'eux. Le centre de la petite ville était pratiquement enterré. Le vent avait sculpté d'étranges formes sinueuses dans les montagnes de neige qu'il avait poussées devant lui, formes que l'on aurait pu croire venues d'une autre planète.

Ils repartirent, plus lentement que jamais car il était devenu extrêmement difficile de savoir où se trouvait la route. La motoneige s'enfonçait fréquemment et il fallait alors la dégager à la pelle. Le deuxième jour de l'année 1991, le grondement des avalanches recommença.

Le 4 janvier, ils arrivèrent à l'endroit où la nationale 6 bifurque en direction de Golden et, à leur insu — il n'y eut ni rêves ni prémonitions —, ce fut le jour où Frannie Goldsmith entra dans les douleurs.

— Bon, dit Stu alors qu'ils s'étaient arrêtés à la bifurcation. Nous n'aurons plus de difficulté à trouver la route. Ils l'ont percée à la dynamite dans le rocher. Mais on a eu drôlement de la chance de trouver la sortie.

Rester sur la route fut effectivement relativement facile, mais traverser les tunnels beaucoup moins. Pour trouver les entrées, ils durent parfois creuser dans la poudreuse, ou pire à travers la neige tassée d'anciennes avalanches. Et une fois dans le tunnel, la motoneige avançait dans un bruit d'enfer sur l'asphalte sec.

Ces tunnels faisaient peur — Larry ou La Poubelle auraient pu le leur dire. Il y faisait noir comme dans un four, à l'exception du pinceau de lumière projeté par le phare de la motoneige, car les deux extrémités étaient obstruées par la neige. À l'intérieur, on avait l'impression de se trouver enfermé dans un réfrigérateur. Leur progression était affreusement lente et sortir d'un tunnel était chaque fois une prouesse technique. Stu avait très peur qu'ils finissent par tomber sur un tunnel absolument impraticable, encombré de voitures qu'ils n'arriveraient jamais à déplacer. Il leur faudrait alors faire demi-tour et revenir jusqu'à l'autoroute. Ils perdraient au moins une semaine. Quant à abandonner la motoneige, ce serait une manière plutôt désagréable de se suicider.

Et Boulder était si proche, et pourtant si lointaine.

Le 7 janvier, à peu près deux heures après être sortis à la pelle d'un autre tunnel, Tom se mit debout à l'arrière de la motoneige.

— Qu'est-ce que c'est, Stu ?

Stu était fatigué et de mauvaise humeur. Il ne rêvait plus. Mais, étrangement, l'absence de ses rêves était peut-être encore plus effrayante.

— Ne te mets pas debout en marche, Tom, je te l'ai dit cent fois ! Tu vas tomber la tête la première dans la neige et...

— Oui, oui, mais qu'est-ce que c'est ? On dirait un pont. Est-ce qu'on arrive à une rivière, Stu ?

Stu regarda, coupa les gaz et s'arrêta.

— Qu'est-ce que c'est ? demandait encore Tom.

— Le viaduc, murmura Stu. Je... je n'arrive pas à y croire...

— Viaduc... viaduc ?

Stu se retourna et prit Tom par les épaules.

— Ça, c'est un viaduc, Tom ! En haut, c'est la 119 ! La route de Boulder ! Nous ne sommes plus qu'à trente kilomètres ! Peut-être moins !

Tom comprit. Sa bouche s'ouvrit toute grande et son visage prit une expression si comique que Stu éclata de rire et lui donna une grande tape dans le dos. Même cette douleur sourde dans sa jambe ne pouvait plus le déranger à présent.

— Alors on est vraiment arrivés, Stu ?

— Oui, oui, *oui !*

Ils se prirent par les mains, se mirent à danser comme des ours, tombant, se roulant dans la neige. Kojak les regardait, un peu surpris... mais il ne tarda pas à bondir avec eux en aboyant et en remuant frénétiquement la queue.

Ils s'arrêtèrent à Golden pour la nuit. Tôt le lendemain matin, ils repartaient pour Boulder. Ni l'un ni l'autre n'avaient très bien dormi. Stu n'avait jamais été aussi impatient de toute sa vie... et pourtant, cette sourde inquiétude à propos de Frannie et du bébé ne cessait de le ronger.

Vers une heure, la motoneige commença à hoqueter. Stu arrêta le moteur et défit le jerricane qui était attaché sur le côté de la petite niche de Kojak.

— Nom de Dieu ! dit-il en le soulevant.

— Qu'est-ce qu'il y a ?

— C'est ma faute ! C'est ma faute ! Je savais que ce foutu jerricane était vide, et j'ai oublié de le remplir ! J'étais trop pressé. J'ai l'air fin.

— On est en panne d'essence

Stu lança le jerricane au loin.

— Tu peux le dire. Comment est-ce que je peux être aussi stupide ?

— C'est parce que tu pensais beaucoup à Frannie. Alors, qu'est-ce qu'on fait maintenant ?

— On va marcher. Emporte ton sac de couchage. On divise les conserves en deux et on les met dans les sacs de couchage. On laisse l'abri derrière. Je suis désolé, Tom. C'est entièrement ma faute.

— Ça fait rien, Stu. Qu'est-ce que tu disais pour l'abri ?

— On le laisse là, mon vieux.

Ils n'arrivèrent pas à Boulder ce jour-là. Ils durent s'arrêter à la tombée de la nuit, épuisés d'avoir pataugé dans cette neige poudreuse qui semblait si légère mais qui les avait considérablement ralentis. Pas de feu cette nuit-là. Pas de bois à portée de la main et ils étaient tous les trois trop fatigués pour aller en chercher. De hautes collines de neige aux formes douces les entouraient. Et, même quand la nuit fut tombée, ils ne virent aucune lueur au nord. Nouvelle déception pour Stu.

Ils mangèrent froid et Tom disparut dans son sac de couchage où il s'endormit aussitôt, sans même dire bonne nuit. Stu était fatigué et sa jambe lui faisait atrocement mal. *J'ai de la chance si elle n'est pas foutue pour de bon,* se dit-il.

Mais ils allaient arriver à Boulder demain soir, dormir dans de vrais lits — promis, juré.

Une idée infiniment désagréable lui passa par la tête au moment où il se glissait dans son sac de couchage. Ils allaient arriver à Boulder, et la ville serait vide — aussi vide que Grand Junction, que Avon, que Kittredge. Des maisons vides, des magasins vides, des immeubles dont les toits se seraient effondrés sous le poids de la neige. Des rues remplies de congères. Aucun bruit, sauf le goutte à goutte de la neige qui fond quand le soleil décide de se montrer — il avait lu à la bibliothèque qu'il n'était pas rare à Boulder que la température remonte à vingt degrés en plein cœur de l'hiver. Mais tout le monde serait parti, comme les personnages d'un rêve lorsque vous vous réveillez. Parce qu'il ne resterait plus personne au monde, sauf Stu Redman et Tom Cullen.

C'était une idée idiote, mais il ne parvenait pas à s'en débarrasser. Il sortit de son sac de couchage et regarda à nouveau vers le nord, espérant voir à l'horizon cette faible lueur qui indique que des gens n'habitent pas très loin. Il devrait sûrement voir *quelque chose.* Il essaya de se rappeler combien d'habitants devaient vivre dans la Zone libre, selon les prévisions de Glen, maintenant que les routes étaient fermées à cause de la neige. Il ne s'en souvenait plus. Huit mille ? C'était bien ça ? Huit mille, ce n'était pas tellement, finalement ; ils ne devaient pas faire de lumière, même si l'électricité était complètement rétablie. Peut-être...

Peut-être que tu devrais dormir un peu et oublier toutes ces bêtises. Tu verras bien demain.

Il se coucha et, après qu'il se fut retourné dans tous les sens pendant plusieurs minutes, la fatigue eut enfin raison de lui. Il s'endormit. Et il rêva qu'il était à Boulder, en plein été, que toutes les pelouses étaient jaunies à cause de la chaleur et de la sécheresse. Le seul bruit était celui d'une porte qui battait, poussée par le vent. Ils étaient tous partis. Même Tom n'était plus là.

Frannie ! appela-t-il, mais la seule réponse fut celle du vent et de cette porte qui claquait lentement.

À deux heures de l'après-midi le lendemain, ils n'avaient encore fait que quelques kilomètres. Stu et Tom devaient se relayer pour ouvrir une piste. Stu commençait à croire qu'ils n'arriveraient pas avant le lendemain. C'était lui qui les ralentissait. Sa jambe commençait à coincer. *Bientôt, je vais me traîner à quatre pattes,* pensa-t-il. Depuis quelque temps, Tom ouvrait la piste pratiquement tout seul.

Lorsqu'ils s'arrêtèrent pour déjeuner, Stu se dit qu'il n'avait même pas eu l'occasion de voir Frannie quand elle était réellement grosse.

Peut-être que je vais la voir cette fois-ci. Mais il n'en était pas convaincu. Il était de plus en plus certain que tout s'était passé sans lui... pour le meilleur ou pour le pire.

Et maintenant, une heure après leur déjeuner, il était tellement perdu dans ses pensées qu'il faillit bousculer Tom qui s'était arrêté.

— Qu'est-ce qui se passe ? demanda-t-il en se frottant la jambe.

— La route, dit Tom, et Stu s'empressa de tourner la tête pour regarder.

— Eh ben... eh ben... ça alors..., fit-il après un long silence.

Ils étaient debout au sommet d'une congère de près de trois mètres de haut. La neige glacée descendait en pente raide jusqu'à l'asphalte de la route, en bas. À droite, un panneau disait simplement : BOULDER 5 KM.

Stu éclata de rire. Il s'assit sur la neige et leva la tête au ciel, hurlant de rire, sans se soucier de Tom qui le regardait d'un air interrogateur.

— Ils ont dégagé les routes, finit-il par dire. Tu vois ? On est arrivé, Tom ! On est arrivé ! Kojak ! Viens ici !

Stu répandit ce qui restait des friandises Toutou Gourmet sur la neige et Kojak les avala tandis que Stu fumait une cigarette et que Tom regardait cette route qui venait d'apparaître comme un mirage après des kilomètres et des kilomètres de neige vierge.

— On est revenu à Boulder, murmurait lentement Tom. On y est. Cinq kilomètres, ça veut dire Boulder, putain, oui.

Stu lui donna une grande tape sur les épaules et jeta sa cigarette.

— Allez, Tommy. On rentre à la maison.

Vers quatre heures, il recommença à neiger. À six heures, il faisait nuit et le goudron noir de la route était devenu d'un blanc fantomatique sous leurs pieds. Stu boitait fortement. Tom lui demanda s'il voulait s'arrêter. Stu se contenta de secouer la tête.

À huit heures, la neige tombait très dru. Une ou deux fois, ils allèrent se perdre dans les tas de neige qui bordaient la route avant de retrouver leur chemin. La route devenait très glissante. Tom tomba deux fois puis, vers huit heures et quart, ce fut le tour de Stu qui fit une chute sur sa mauvaise jambe. Il dut serrer les dents pour étouffer un gémissement. Tom se précipita pour l'aider à se relever.

— Ça va, merci.

Vingt minutes plus tard, une voix jeune et nerveuse sortit du noir. Ils se figèrent sur place :

— Q-Qui v-va là ?

Kojak se mit à gronder, le poil hérissé. Tom ouvrit la bouche. Et, à peine audible sous le hurlement constant du vent, Stu entendit un bruit qui le remplit de terreur : le bruit d'une culasse de fusil.

Des sentinelles. Ils ont posté des sentinelles. Ça serait drôle d'arriver ici et de se faire descendre par une sentinelle, devant le centre commercial de Table Mesa. Vraiment drôle. Celle-là, même Randall Flagg pourrait l'apprécier.

— Stu Redman ! cria-t-il dans le noir. Stu Redman !

Il avala sa salive qui fit un *clic* dans sa gorge.

— Et qui êtes-vous ? demanda-t-il.

Stupide. Tu ne le connais certainement pas...

Mais la voix qui sortait de la neige paraissait pourtant familière.

— Stu ? Stu *Redman ?*

— Tom Cullen est avec moi... pour l'amour de Dieu, ne tirez pas !

— C'est un piège ?

L'homme semblait se parler tout seul.

— Non, ce n'est pas un piège ! Tom, dit quelque chose.

— Salut ! dit sagement Tom.

Il y eut un silence. La neige tourbillonnait autour d'eux. Puis la sentinelle (oui, cette voix était familière) se manifesta à nouveau :

— Stu avait un tableau dans son ancien appartement. Qu'est-ce que c'était ?

Stu chercha fiévreusement dans sa tête. Le claquement de cette culasse lui revenait à l'esprit et l'empêchait de réfléchir. *Mon Dieu, je suis ici, en pleine tempête de neige, en train d'essayer de me souvenir d'un tableau qui se trouvait dans l'appartement* — l'ancien *appartement. Fran a dû déménager pour s'installer avec Lucy. Tiens, justement, Lucy se moquait de ce tableau. Elle disait que John Wayne attendait sûrement ces Indiens au bar...*

— Frederic Remington ! hurla-t-il de toutes ses forces. Et... et le tableau s'appelle *Le Sentier de la Guerre* !

— Stu ! répondit la sentinelle.

Une forme noire sortit de la neige, courut vers eux en glissant.

— Je n'arrive pas à y croire...

Et il était devant eux. Billy Gehringer, le jeune homme qui leur avait donné du fil à retordre l'été dernier avec sa manie de faire du stock-car en pleine rue.

— Stu ! Tom ! Et Kojak, nom de Dieu ! Et Glen Bateman ? Larry ? Où est Ralph ?

Stu secoua lentement la tête.

— Je ne sais pas. Il faut qu'on se mette à l'abri, Billy. Nous sommes gelés.

— Bien sûr. Le supermarché est juste au bout de la rue. Je vais appeler Norm Kellogg... Harry Dunbarton... Dick Ellis... merde, je vais réveiller toute la ville ! C'est fantastique ! J'arrive pas à y croire !

— Billy...

Billy se retourna et Stu s'approcha de lui en boitillant.

— Billy, Fran devait avoir un bébé...

Billy se raidit, puis murmura :

— Merde, je n'y pensais plus.

— Elle l'a eu ?

— George. George Richardson va t'en parler, Stu. Ou Dan Lathrop. C'est le nouveau médecin. Il est arrivé à peu près un mois après votre départ. Dans le temps, il était oto-rhino, mais il est très...

Stu secoua Billy, coupant net son babillage presque frénétique.

— Qu'est-ce qui ne va pas ? demanda Tom. Il y a quelque chose qui va pas avec Frannie ?

— Dis-moi, Billy, dit Stu. S'il te plaît.

— Frannie va bien. Elle va s'en sortir.

— C'est ce qu'on t'a dit ?

— Non, je l'ai vue. Tony Donahue et moi, on est allés lui porter des fleurs qu'on avait cueillies dans la serre. La serre, c'est l'idée de Tony. Il y fait pousser des tas de trucs, pas seulement des fleurs. Si elle est encore à l'hôpital, c'est simplement parce qu'elle a eu une... c'est ça, une romaine.

— Une césarienne ?

— Oui, c'est ça, parce que le bébé venait dans le mauvais sens, je crois. Mais ça s'est passé en douceur. Nous sommes allés la voir trois jours après l'accouchement, le 7 janvier, avant hier. On lui a apporté des roses. On s'est dit qu'elle avait besoin d'être consolée, parce que...

— Le bébé est mort ?

— Non, il n'est pas mort. Pas encore, ajouta-t-il après un long moment d'hésitation.

Stu se sentit soudain très loin de là, précipité dans le vide. Il entendait un rire... le hurlement des loups...

Et cette fois, un torrent de paroles sortit de la bouche de Billy :

— Il a la grippe. Il a attrapé le Grand Voyage. C'est la fin pour nous tous, c'est ce que les gens disent. Frannie l'a eu le 4, un garçon, près de trois kilos. Au début, il avait l'air d'aller bien et je crois que tout le monde dans la Zone s'est saoulé. Et puis le 6, il... il a attrapé la maladie. Oui, c'est comme ça, continua Billy dont la voix commençait à vaciller. Il l'a attrapée... Merde ! C'est une mauvaise nouvelle pour quelqu'un qui rentre, je suis vraiment désolé, Stu...

Stu tendit la main, trouva l'épaule de Billy, l'attira vers lui.

— Au début, tout le monde disait qu'il allait peut-être aller mieux, que c'était simplement une grippe ordinaire... ou la bronchite... ou le croup... mais les toubibs, ils disaient que les nouveau-nés n'attrapent presque jamais ces maladies-là. C'est comme une immunité naturelle, parce qu'ils sont trop petits. Et puis George et Dan... ils ont tellement vu de super-grippes l'année dernière...

— Qu'ils auraient du mal à se tromper.

— C'est ça, murmura Billy. T'as compris.

— Quelle merde, murmura Stu.

Il se retourna et commença à redescendre la rue en boitillant.

— Stu, où est-ce que tu t'en vas ?

— À l'hôpital. Voir ma femme.

76

Fran était réveillée. Sa lampe de lecture était allumée à côté d'elle, jetant une flaque de lumière vive sur le côté gauche du drap blanc immaculé qui la recouvrait. Au centre de la tache de lumière, retourné, un roman d'Agatha Christie. Fran était réveillée, mais elle s'en allait doucement vers cet état où les souvenirs s'éclaircissent magiquement au moment où ils commencent à se transformer en rêves. Elle allait enterrer son père. Ce qui était arrivé après cela n'avait pas d'importance, mais elle allait sortir de l'état de choc où elle se trouvait, le temps d'accomplir ce travail. Un acte d'amour. Et, quand ce serait fait, elle se couperait une part de tarte à la fraise et à la rhubarbe. Une grosse part, bien juteuse, et très, très amère.

Marcy était venue voir une demi-heure plus tôt si elle avait besoin de quelque chose et Fran lui avait demandé : « Est-ce que Peter est mort ? » Au moment où elle parlait, le temps avait paru s'étirer deux fois plus longtemps, si bien qu'elle n'était pas sûre d'avoir voulu dire Peter le bébé ou Peter le grand-père du bébé, aujourd'hui décédé.

— Chut, il va bien, avait répondu Marcy.

Mais Frannie avait lu la véritable réponse dans ses yeux. Le bébé qu'elle avait fait avec Jess Rider était en train de mourir quelque part entre quatre vitres. Peut-être celui de Lucy aurait-il plus de chance ; ses deux parents étaient immunisés contre le Grand Voyage. La Zone avait oublié son petit Peter pour placer tous ses espoirs dans ces femmes qui avaient conçu après le 1er juillet de l'an dernier. C'était brutal, mais parfaitement compréhensible.

Son esprit dérivait, planait à basse altitude, à la frontière du sommeil, explorant le terrain de son passé, le paysage de son cœur. Elle pensa au salon de sa mère où l'horloge égrenait le temps sec des saisons. Elle pensait aux yeux de Stu, à son bébé quand elle l'avait vu la première fois, à Peter Goldsmith-Redman. Elle rêvait que Stu était avec elle, dans sa chambre.

— Fran ?

Rien n'avait fonctionné comme il aurait fallu. Tous les espoirs s'étaient révélés faux, aussi trompeurs que les automates de Disney World, mensonge, fausse aurore, fausse grossesse, une...

— Hé, Frannie !

Dans son rêve, elle voyait Stu qui était de retour. Il se tenait dans l'embrasure de la porte de sa chambre, un énorme anorak doublé de fourrure sur le dos. Encore une illusion. Mais elle vit que le Stu de son rêve portait la barbe. C'était drôle, quand même.

Elle commençait à se demander si c'était bien un rêve lorsqu'elle vit Tom Cullen debout à côté de lui. Et... mais c'était *Kojak* assis aux pieds de Stu !

Sa main courut jusqu'à sa joue et elle se pinça furieusement, au point qu'une larme perla au coin de son œil gauche. Mais rien ne changea dans cette vision.

— Stu ? murmura-t-elle. Mon Dieu, c'est toi, Stu ?

Son visage était très bronzé, sauf autour des yeux, sans doute parce qu'il avait porté des lunettes de soleil. Un détail comme on n'en voit pas souvent dans les rêves...

Elle se pinça encore.

— C'est bien moi, répondit Stu en entrant dans la chambre. Arrête de te triturer, ma chérie.

Il boitait tellement qu'il faillit tomber en avant.

— Frannie, c'est moi, je suis revenu.

— Stu ! cria-t-elle. *Tu es bien réel ?* Si tu es réel, viens ici !

Il s'approcha d'elle et la prit dans ses bras.

77

Stu était assis à côté du lit de Fran quand George Richardson et Dan Lathrop entrèrent. Fran prit aussitôt la main de Stu et la serra très fort. Son visage était devenu absolument rigide et, en l'espace d'un instant, Stu vit à quoi elle ressemblerait lorsqu'elle serait vieille. Un moment, il crut voir mère Abigaël.

— Stu, dit George, j'ai appris que tu étais rentré. C'est un miracle. Tu ne peux pas savoir comme je suis content de te voir. Moi et les autres.

George lui serra la main, puis lui présenta Dan Lathrop.

— Nous avons entendu dire qu'il y a eu une explosion à Las Vegas, dit Dan. Est-ce que vous l'avez vue ?

— Oui.

— Ici, les gens pensent que c'était une explosion nucléaire. C'est vrai ?

— Oui.

George hocha la tête, puis sembla vouloir changer de sujet et se tourna vers Fran.

— Et comment ça va ?

— Pas trop mal. Je suis si contente d'avoir retrouvé Stu. Et le bébé ?

— C'est en fait pour cela que nous sommes venus, répondit Lathrop.

— Il est mort ?

George et Dan échangèrent un regard.

— Frannie, je voudrais que vous écoutiez très attentivement et que vous compreniez bien ce que je vais dire.

— S'il est mort, dites-le-moi tout de suite ! lança Fran d'une voix détachée, au bord de l'hystérie peut-être.

— Fran..., dit Stu.

— Peter semble aller mieux, reprit Dan Lathrop d'une voix très douce.

Il y eut un moment de silence dans la chambre. Fran, son visage ovale très pâle sous la masse châtain de ses cheveux étalés sur l'oreiller, regarda Dan comme s'il avait perdu la tête. Quelqu'un — Laurie Constable ou Marcy Spruce — jeta un coup d'œil dans la chambre et poursuivit son chemin. Un moment que Stu n'allait jamais oublier.

— Comment ? murmura enfin Fran.

— Il ne faut pas trop espérer, précisa George.

— Vous dites... qu'il va mieux ?

Fran était absolument hébétée. Jusqu'à ce moment, elle ne s'était pas rendu compte à quel point elle s'était résignée à la mort de son enfant.

— Dan et moi, nous avons vu des milliers de cas pendant l'épidémie, Fran... Tu remarques que je ne dis pas « traité », parce que je ne pense pas que nous ayons modifié d'un iota le cours de la maladie. Exact, Dan ?

— Oui.

Cette petite ride volontaire que Stu avait remarquée pour la première fois dans le New Hampshire quelques heures après avoir fait sa connaissance apparut de nouveau sur le front de Fran :

— Vous voulez bien cesser de tourner autour du pot, s'il vous plaît ?

— Je ne demande pas mieux, mais je dois être prudent, et je *vais* être prudent, répondit George. Nous sommes en train de parler de la vie de ton fils, et je ne vais pas te laisser me forcer la main. Je veux que tu comprennes ce que nous pensons. Le Grand Voyage était une grippe à antigène mutant, c'est ce que nous croyons à présent. Chaque sorte de grippe — je parle de l'ancienne grippe — possède un antigène différent ; c'est pour cette raison qu'on la voit revenir tous les deux ou trois ans, malgré les vaccins. Supposons qu'il y ait une épidémie de grippe

A, la grippe de Hong-Kong ; vous vous faites vacciner contre cette variété ; deux ans plus tard, une grippe de type B se présente et vous tombez malade, sauf si vous vous faites donner un autre vaccin.

— Mais vous finissiez par guérir quand même, continua Dan, parce que votre organisme produisait ses propres anticorps. Il s'adaptait à la grippe. Avec le Grand Voyage, c'est la grippe elle-même qui changeait chaque fois que votre organisme se mettait en position de défense. À cet égard, elle était plus semblable au virus du sida que les variétés ordinaires de grippe que nos organismes avaient l'habitude de combattre. Et comme avec le sida, elle changeait de forme jusqu'à ce que l'organisme s'épuise complètement. Le résultat était inévitablement la mort.

— Mais alors, pourquoi ne l'avons-nous pas attrapée ? demanda Stu.

— Nous ne le savons pas, répondit George. Et il est probable que nous ne le saurons jamais. La seule chose dont nous puissions être sûrs, c'est que les immunisés n'ont pas attrapé la maladie pour ensuite en venir à bout ; ils ne l'ont tout simplement jamais attrapée. Ce qui nous ramène à Peter. Dan ?

— Oui. Avec le Grand Voyage, tous les malades semblaient *presque* aller mieux, mais ils ne se rétablissaient jamais *complètement*. Ce bébé, Peter, est tombé malade quarante-huit heures après sa naissance. Il ne fait absolument aucun doute qu'il s'agissait du Grand Voyage — les symptômes étaient parfaitement classiques. Mais les taches sous la mâchoire, que George et moi avions pris l'habitude d'associer au quatrième et dernier stade de la super-grippe — ces taches *ne sont jamais apparues*. D'autre part, ses périodes de rémission se sont faites de plus en plus longues.

— Je ne comprends pas, dit Fran. Qu'est-ce que...

— Chaque fois que la grippe change de forme, Peter s'adapte aussitôt, expliqua George. Il est encore techniquement possible qu'il fasse une rechute, mais il est clair qu'il n'est jamais entré dans la phase finale. En fait, il semble être en train de s'en tirer.

Un moment, ce fut le silence total.

— Fran, reprit Dan, vous avez transmis à votre enfant une immunité partielle. Il a attrapé la maladie, mais nous pensons qu'il est capable de la combattre. Nous supposons que les jumeaux de Mme Wentworth avaient la même capacité, mais la situation leur était beaucoup moins favorable — et je continue de croire qu'ils ne sont peut-être pas morts de la super-grippe, mais de complications provoquées par la super-grippe. La distinction paraît sans doute minime, je sais, mais elle est cruciale.

— Et les autres femmes qui sont enceintes d'hommes qui n'étaient pas immunisés ? demanda Stu.

— Nous croyons qu'elles verront leurs bébés traverser la même expérience pénible, répondit George, et certains enfants mourront peut-être — Peter a frôlé la mort de près, et il pourrait encore le faire. Mais très bientôt, nous atteindrons le point où tous les fœtus de la Zone libre — du *monde* — seront le produit de deux parents immunisés. Il est toujours hasardeux de faire des prédictions, mais je serais quand même prêt à parier que, lorsqu'il en sera ainsi, la balle sera de nouveau dans notre camp. En attendant, il va falloir suivre Peter de très près.

— Et nous ne serons pas seuls à le suivre, si c'est une consolation supplémentaire, ajouta Dan. Car Peter appartient à toute la Zone libre désormais.

— Je veux tout simplement qu'il vive, parce que c'est mon bébé et que je l'aime, murmura Fran. C'est lui qui me rattache à l'ancien monde, ajouta-t-elle en se tournant vers Stu. Il ressemble plus à Jess qu'à moi, et j'en suis heureuse. Ça me paraît juste. Tu comprends, mon amour ?

Stu hocha la tête et une étrange idée lui traversa l'esprit — comme il aurait aimé être assis avec Hap, Norm Bruett et Vic Palfrey, prendre une bière avec eux, regarder Vic en train de rouler une de ses cigarettes qui puaient la merde, leur raconter toute cette histoire. Ils l'avaient toujours appelé Stu le muet, ce vieux Stu, prétendaient-ils, il ne dirait même pas « merde » s'il en avait plein la gueule.

Cette fois, il leur en raconterait des choses, à leur casser les oreilles et les pieds. Il parlerait toute la nuit, et toute la journée suivante. Les yeux fermés, il chercha la main de Fran, sentant que les larmes n'allaient pas tarder à couler.

— Nous avons d'autres malades à voir, dit George en se levant, mais nous te tiendrons au courant, Fran. Dès que nous saurons quelque chose, nous te préviendrons.

— Quand est-ce que je vais pouvoir l'allaiter ? Si... s'il ne... ?

— Dans une semaine, répondit Dan.

— C'est bien long !

— Ce sera long pour nous tous, vous savez. Nous avons soixante et une femmes enceintes dans la Zone. Neuf ont conçu avant la super-grippe. Le temps va leur paraître vraiment très long. Stu, j'ai été très heureux de faire votre connaissance.

Dan tendit la main, Stu la serra. Le médecin sortit rapidement, pressé de retourner à ses autres malades.

George serra lui aussi la main de Stu.

— Mon vieux, je veux te voir demain après-midi au plus tard, d'accord ? Dis simplement à Laurie à quelle heure tu veux venir.

— Pour quoi faire ?

— Ta jambe, répondit George. Elle te fait mal, non ?

— Pas trop.

— Stu ? Qu'est-ce qu'il y a avec ta jambe ? demanda Frannie en s'asseyant sur son lit.

— Fracture mal réduite, efforts excessifs, répondit George à la place de Stu. Plutôt vilain tout ça. Mais on pourra réparer les dégâts.

— Mais..., commença Stu.

— Il n'y a pas de mais ! Montre-moi ça, Stuart !

La ride volontaire creusait à nouveau le front de Frannie.

— Plus tard.

— Tu t'arranges avec Laurie, d'accord ? dit George en se levant.

— Tu peux compter sur lui, répondit Frannie.

— Bon. Si la patronne le dit...

— Je suis vraiment bien content de te revoir, ajouta George.

Mille questions semblaient se bousculer sur ses lèvres. Mais il secoua la tête et s'en alla, refermant soigneusement la porte derrière lui.

— Montre-moi comment tu marches.

La ride volontaire était toujours là.

— Écoute, Frannie...

— Allez ! Montre-moi comment tu marches !

Il s'exécuta, un peu comme un marin qui cherche son équilibre sur un bateau en perdition. Lorsqu'il se retourna vers elle, elle pleurait.

— Oh, Frannie, je t'en prie !

— Il faut bien, répondit-elle en se cachant la figure dans les mains.

Il s'assit à côté d'elle, écarta ses mains.

— Non, non, ce n'est pas la peine de pleurer.

Elle le regarda dans les yeux, les joues ruisselantes de larmes.

— Tellement de gens sont morts... Harold, Nick, Susan... et Larry ? Et Glen ? Et Ralph ?

— Je ne sais pas.

— Et qu'est-ce que Lucy va dire ? Elle sera ici dans une heure. Elle vient tous les jours. Elle est enceinte de quatre mois. Quand elle va te demander...

— Ils sont morts là-bas, dit Stu comme s'il se parlait à lui-même. C'est ce que je crois. Ce que je crois, au fond de mon cœur.

— Ne le dis pas comme ça. Pas quand Lucy va venir. Tu vas lui faire trop de mal.

— Je crois qu'ils étaient offerts en sacrifice. Dieu demande toujours un sacrifice. Ses mains sont tachées de leur sang. Pourquoi ? Je n'en sais rien. Je ne suis pas un homme très intelligent. Peut-être sommes-nous les responsables. Tout ce que je sais, c'est que la bombe a explosé là-bas et pas ici, que nous sommes en sécurité pour quelque temps. Pour un petit bout de temps.

— Est-ce que Flagg a disparu ? Vraiment disparu ?

772

— Je ne sais pas. Je pense que oui... mais il faudra rester vigilants. Plus tard, quelqu'un devra trouver l'endroit où ils fabriquaient ces microbes et ces virus pour le recouvrir de sable et de sel, et pour prier sur ce lieu. Prier pour nous tous.

Beaucoup plus tard dans la soirée, un peu avant minuit, Stu poussa dans le couloir silencieux de l'hôpital le fauteuil roulant dans lequel elle s'était installée. Laurie Constable les accompagnait et Fran s'était assurée que Stu avait bien pris son rendez-vous.

— C'est plutôt toi qui devrais être dans ce fauteuil roulant, Stu, dit Laurie.

— Pour le moment, je n'en ai pas du tout envie.

Ils arrivèrent devant une grande baie vitrée qui donnait sur une pièce peinte en bleu et rose. Un mobile pendait au plafond. Un seul berceau était occupé, juste devant.

Stu regardait derrière la vitre, fasciné.

GOLDSMITH-REDMAN, PETER, disait la carte du petit berceau. GARÇON 2 980 GRAMMES. M. FRANCES GOLDSMITH, CH. 209 P. JESS RIDER (D.)

Peter pleurait.

La figure toute rouge, il serrait ses petits poings. Il avait une étonnante houppe de cheveux très noirs et ses yeux bleus semblaient regarder Stu, comme si le bébé l'accusait d'être l'auteur de toute cette misère.

Son front était creusé d'une profonde ride verticale... une ride qui disait : « Je veux. »

Frannie pleurait.

— Frannie, qu'est-ce qui ne va pas ?

— Tous ces berceaux vides, dit-elle entre deux sanglots. C'est ça qui ne va pas. Il est tout seul dans cette pièce. Pas étonnant s'il pleure, Stu, il est tout seul. Tous ces berceaux vides, mon Dieu...

— Il ne sera pas seul bien longtemps, répondit Stu en la prenant par les épaules. Et j'ai l'impression qu'il va très bien s'en tirer. Tu ne crois pas, Laurie ?

Mais Laurie les avait laissés seuls devant la pouponnière.

Avec une grimace de douleur, Stu s'agenouilla à côté de Frannie et l'enlaça maladroitement. Émerveillés tous les deux, ils regardaient Peter, comme si l'enfant était le premier jamais engendré sur terre. Un peu plus tard, Peter s'endormit, ses petites mains serrées sur sa poitrine. Ils continuèrent pourtant à le regarder... étonnés qu'il fût là.

PREMIER MAI

L'hiver était enfin derrière eux.

Il s'était éternisé, et pour Stu, venu de son Texas enso-
leillé, il avait été incroyablement dur. Deux jours après
son retour à Boulder, on lui avait recassé la jambe droite
pour l'immobiliser ensuite dans un énorme plâtre dont il
n'avait pu se débarrasser qu'au début du mois d'avril. Il
commençait alors à ressembler à une carte routière d'une
étonnante complexité ; tous les habitants de la Zone semblaient y avoir laissé leur signature, bien que ce fût une
impossibilité patente. Car les pèlerins avaient recommencé à arriver au goutte à goutte dès le 1er mars et, le
jour qui avait été la date limite pour le dépôt des déclara-
tions d'impôt dans le monde d'autrefois, la Zone libre
comptait près de onze mille habitants, selon Sandy
DuChien, maintenant à la tête d'un Service démographique de douze personnes équipé d'un ordinateur
emprunté à la First Bank de Boulder.

Stu et Fran étaient montés avec Lucy Swann jusqu'au
terrain de pique-nique aménagé à mi-hauteur du mont
Flagstaff pour regarder la traditionnelle course de mai.
Tous les enfants de la Zone paraissaient y participer (et
plus d'un adulte aussi). Le panier de mai, orné de rubans
et rempli de fruits et de jouets, avait été confié à Tom
Cullen. Une idée de Fran.

Tom avait attrapé Bill Gehringer (qui avait déclaré être trop grand pour ces jeux de marmots, mais qui n'avait pas tardé quand même à entrer dans la ronde), et ensemble, ils avaient attrapé ce garçon, Upshaw — ou était-ce plutôt Upson ? Stu avait beaucoup de mal à se souvenir de tous ces noms — puis les trois étaient partis à la poursuite de Leo Rockway qui se cachait derrière Brentner Rock. Leo s'était finalement fait prendre par Tom.

Et la course s'était poursuivie dans les rues encore pratiquement désertes, nuée d'enfants et d'adolescents autour de Tom qui criait à tue-tête en brandissant son panier. Finalement, ils étaient montés jusqu'ici où le soleil était chaud et le vent agréablement tiède. Plus de deux cents enfants « prisonniers » pourchassaient encore la demi-douzaine de ceux qui n'avaient pas été pris. Terrorisés, des dizaines de cerfs qui refusaient absolument de jouer le jeu s'enfuyaient dans la montagne.

Cinq kilomètres plus haut, au cirque Sunrise, on avait préparé un énorme pique-nique à l'endroit où Harold Lauder avait attendu un jour le moment de parler dans son walkie-talkie. À midi, deux ou trois mille personnes allaient s'asseoir ici, regarder à l'est, dans la direction de Denver, manger de la venaison, des œufs durs à la diable, des tartines à la confiture et au beurre de cacahuètes, avec de bonnes tartes maison comme dessert. Ce serait peut-être la dernière grande réunion de la Zone, à moins qu'ils ne descendent tous à Denver pour se retrouver dans le stade où les Broncos jouaient autrefois au football. Aujourd'hui, 1er mai, le goutte à goutte du début du printemps était devenu un raz de marée de nouveaux arrivants. Depuis le 15 avril, huit mille personnes étaient arrivées, ce qui portait la population à dix-neuf mille habitants à peu près — le Service démographique de Sandy ne suffisait plus à la tâche, pour le moment du moins. Une journée de cinq cents arrivées seulement était une rareté.

Dans le parc que Stu avait apporté, Peter pleurait. Fran s'approchait déjà, mais Lucy, enceinte de huit mois et grosse comme une montagne, l'avait devancée.

— Je te préviens, dit Fran, il faut le changer. Je le devine à sa manière de pleurer.

— Ce n'est pas en regardant au fond d'une couche que je vais me mettre à loucher.

Lucy souleva Peter, rouge d'indignation, puis le berça doucement dans ses bras.

— Alors, mon petiot... Qu'est-ce que tu fabriques ? Pas grand-chose, hein ?

Peter se mit à gazouiller.

Lucy le déposa sur la grosse couverture qu'ils avaient apportée pour le changer. Peter fit aussitôt mine de s'en aller en rampant, sans cesser de gazouiller. Lucy le retourna et défit son pantalon bleu en velours côtelé. Les petites jambes de Peter pédalèrent furieusement en l'air.

— Pourquoi n'allez-vous pas vous promener tous les deux ? dit Lucy.

Elle souriait à Fran, mais Stu trouva que son sourire était un peu triste.

— Pourquoi pas ? répondit Fran en prenant le bras de Stu.

Stu se laissa emmener. Ils traversèrent la route et entrèrent dans un pré vert tendre qui grimpait vers les nuages blancs d'un ciel radieux.

— Qu'est-ce que ça voulait dire ? demanda Stu.

— Quoi donc ?

Fran faisait l'innocente.

— Ce regard.

— Quel regard ?

— Je sais quand je vois un regard bizarre. Je ne sais peut-être pas ce que ça veut dire, mais je sais quand j'en vois un.

— Assieds-toi à côté de moi, Stu.

— Comme ça ?

Ils s'assirent et regardèrent vers l'est le paysage qui descendait comme un gigantesque escalier jusqu'à ces plaines que l'on voyait s'évanouir dans un brouillard bleuté. Le Nebraska était par là, quelque part.

— C'est sérieux. Et je ne sais pas comment t'en parler, Stuart.

— Vas-y, fais de ton mieux, répondit-il en lui prenant la main.

Mais Fran ne disait toujours rien. Son visage se plissa, une larme roula le long de sa joue, sa bouche se mit à trembler.

— Fran...

— Non, je ne vais *pas* pleurer ! dit-elle avec colère.

Et aussitôt, elle fondit en larmes. Médusé, Stu la prit par les épaules et attendit.

— Explique-moi maintenant, dit-il quand le pire de la crise parut passé. Qu'est-ce qui se passe ?

— J'ai le mal du pays, Stu. Je veux rentrer dans le Maine.

Derrière eux, des enfants couraient en hurlant. Stu la regarda, absolument sidéré. Puis il esquissa un timide sourire.

— C'est ça ? Je pensais que tu avais décidé de divorcer, au minimum. Non pas que notre union ait été sanctifiée par l'Église, mais...

— Je ne partirais jamais sans toi, tu le sais bien.

Elle avait pris un Kleenex dans sa poche et s'essuyait les yeux.

— Je m'en doutais.

— Mais je veux revenir dans le Maine. J'en rêve, tu sais. Est-ce que tu rêves parfois du Texas, Stu ? Est-ce que tu rêves d'Arnette ?

— Non. Je pourrais vivre aussi vieux et aussi content sans jamais revoir Arnette. Tu veux retourner à Ogunquit, Frannie ?

— Peut-être plus tard. Pas tout de suite. Je voudrais aller dans les montagnes du Maine, la région des lacs. Tu es presque passé par là quand nous t'avons rencontré, Harold et moi, dans le New Hampshire. Il y a des endroits magnifiques. Bridgton... Sweden... Castle Rock. Les lacs doivent être remplis de poissons. Plus tard, on pourrait s'installer sur la côte. Mais pas la première année, je n'en serais pas capable. Trop de souvenirs. Ce serait trop d'un seul coup. La mer...

Elle jouait nerveusement avec ses mains.

778

— Si tu veux rester ici, reprit-elle, pour les aider... je comprendrai. Les montagnes sont très belles ici aussi. Mais... ce n'est pas comme chez moi.

Il regarda en direction de l'est et découvrit qu'il pouvait enfin nommer quelque chose qu'il sentait bouger en lui depuis que la neige avait commencé à fondre : l'envie de partir. Il y avait trop de gens par ici ; ils ne se marchaient pas encore tout à fait sur les pieds, pas encore, mais ils commençaient à le faire se sentir nerveux. Il y avait des Zonards (ils avaient commencé à s'appeler ainsi) qui pouvaient s'en accommoder, qui semblaient même l'apprécier. Jack Jackson, par exemple, le chef du nouveau comité de la Zone libre (qui comptait maintenant neuf membres). Brad Kitchner aussi — il avait des centaines de projets en route, et d'innombrables volontaires pour lui donner un coup de main. C'est lui qui avait eu l'idée de remettre en marche une des stations de télévision de Denver. On y passait de vieux films tous les soirs de six heures à une heure du matin, avec un journal télévisé de dix minutes à neuf heures.

Et l'homme qui avait pris le poste de shérif en l'absence de Stu, Hugh Petrella, n'était pas le genre de type que Stu aimait trop fréquenter. Le simple fait que Petrella ait fait *campagne* pour obtenir son poste mettait Stu mal à l'aise. C'était un homme dur, puritain, avec un visage taillé à coups de serpe. Il avait dix-sept hommes sous ses ordres et en demandait davantage à chaque séance du comité. Si Glen avait été là, pensait Stu, il aurait dit que l'éternel combat entre la loi et la liberté individuelle venait de reprendre aux États-Unis d'Amérique. Petrella n'était pas un mauvais homme, mais c'était un homme dur... Hugh était convaincu que la loi apportait la réponse finale à tous les problèmes, et Stu se disait que cette conviction faisait sans doute de lui un meilleur shérif que lui-même ne l'aurait été.

— Je sais qu'on t'a offert un poste au comité, dit Fran après un court moment d'hésitation.

— J'ai l'impression que c'était surtout par gentillesse, tu ne crois pas ?

Fran parut soulagée.

— Mais...

— J'ai dans l'idée que je pourrais très bien m'en passer. Je suis le dernier de l'ancien comité. Nous étions un comité de crise. Il n'y a plus de crise. Et Peter ?

— Je pense qu'il sera assez grand pour voyager en juin. Et j'aimerais attendre que Lucy ait son bébé.

Il y avait eu dix-huit naissances dans la Zone depuis que Peter était venu au monde, le 4 janvier. Quatre bébés étaient morts ; les autres étaient en pleine forme. Les enfants nés de parents immunisés allaient très bientôt naître, et il était parfaitement possible que celui de Lucy fût le premier. Elle devait accoucher le 14 juin.

— Qu'est-ce que tu dirais si nous partions le 1er juillet ?

— Tu veux dire que tu acceptes de partir ? répondit Fran, rayonnante.

— Évidemment.

— Tu ne dis pas ça simplement pour me faire plaisir ?

— Non. D'autres gens vont partir aussi. Pas beaucoup, en tout cas pendant quelque temps. Mais certains.

Elle lui sauta au cou.

— Ce sera peut-être simplement des vacances. Ou peut-être... peut-être que nous allons vraiment aimer ça. Peut-être que nous voudrons rester là-bas, ajouta-t-elle en le regardant timidement.

— Peut-être.

Mais il se demandait s'ils seraient capables de rester au même endroit plus de quelques années.

Il tourna la tête vers Lucy et Peter. Assise sur la couverture, Lucy faisait sauter Peter dans ses bras. Le petit enfant se tortillait et essayait de lui attraper le nez.

— Est-ce que tu as pensé qu'il pourrait tomber malade ? Et toi, si tu étais encore enceinte ?

— Il y a des livres, répondit-elle avec un sourire. Tu sais lire et moi aussi. On ne peut pas passer toute sa vie à avoir peur, non ?

— Non, tu as raison.

— Des livres, et puis des médicaments. Nous pouvons apprendre à nous en servir ; et les médicaments qui sont trop vieux maintenant... nous apprendrons à les fabriquer. Et pour la maladie, et pour la mort...

Elle regarda le grand pré où les derniers enfants revenaient vers le terrain de pique-nique, en sueur, épuisés.

— Ça arrivera ici aussi, reprit-elle. Tu te souviens de Rich Moffat ? Et de Shirley Hammett ?

— Oui.

Shirley était morte d'une crise cardiaque en février.

Frannie lui prit les mains. Ses yeux brillaient de détermination.

— On prend le risque, et on vit comme on veut.

— D'accord. Je trouve que c'est une bonne idée. Une très bonne idée.

— Je t'adore, Texan.

— Même chose pour vous, madame.

Peter avait recommencé à pleurer.

— Allons voir ce qui ne va pas avec l'empereur.

Fran se leva et fit tomber des brins d'herbe restés collés à son pantalon.

— Il voulait marcher à quatre pattes, et il s'est cogné sur le nez, expliqua Lucy en tendant Peter à Frannie. Pauvre bébé !

— Pauvre bébé ! répéta Fran en collant Peter sur son épaule.

Il se blottit contre son cou, regarda Stu et sourit. Stu lui rendit son sourire.

— Pic, pic, fit Stu en lui touchant le bout du nez.

Peter éclata de rire.

Lucy regarda Fran, puis Stu, puis encore Fran.

— Vous vous en allez ? Tu l'as persuadé, hein ?

— Elle m'a persuadé, répondit Stu. Mais on va encore rester un bout de temps pour voir ce que tu sais faire.

— Je suis bien contente, dit Lucy.

Très loin, une cloche commença à égrener des notes fortes et claires qui semblaient planer dans l'air limpide.

— C'est l'heure du déjeuner, dit Lucy en se levant. Tu entends ça, junior ? On va manger. Ouille ! Ne me donne pas de coups de pied, j'y vais, dit-elle en tapotant son gros ventre.

Stu et Fran se levèrent eux aussi.

— Tiens, prends le petit, dit Fran.

Peter s'était endormi. Et ils partirent ensemble vers le cirque Sunrise.

CRÉPUSCULE D'UN SOIR D'ÉTÉ

Le soleil se couchait. Ils étaient assis sous la véranda tandis que Peter marchait à quatre pattes dans la terre. Stu était installé dans un fauteuil dont le cannage s'était creusé avec les ans. À sa gauche, Fran avait pris place dans le fauteuil à bascule. Dans la cour, à gauche de Peter, l'ombre du pneu projetée sur le sol par la douce lumière du soleil couchant se balançait.

— Elle a vécu très longtemps ici, n'est-ce pas ? demanda Fran d'une voix douce.

— Très longtemps... Il va se salir, fit Stu en montrant Peter du doigt.

— Il y a de l'eau. Elle avait une pompe à manivelle. Il suffit de l'amorcer. Toutes les commodités, Stuart.

Il hocha la tête, alluma sa pipe, commença à fumer lentement. Peter se retourna pour s'assurer qu'ils étaient toujours là.

— Salut, bébé, fit Stu en agitant la main.

Peter roula sur le dos. Il se remit à quatre pattes et repartit de plus belle en décrivant un grand cercle. Au bout de la route de terre qui traversait le champ de maïs sauvage se trouvait un camping-car Winnebago équipé d'un treuil à l'avant. Ils n'avaient pris que des routes secondaires, mais le treuil leur avait quand même été utile en plusieurs occasions.

— Tu te sens seul ? demanda Fran.

— Non. Avec le temps, peut-être.

— Tu as peur pour le bébé ?

Elle se caressa le ventre, encore totalement plat.

— Non.

— Peter va être jaloux.

782

— Ça passera. Et Lucy a eu des *jumeaux*. Tu t'imagines ça ?

Il souriait en regardant le ciel.

— Je les ai vus de mes yeux vus, comme on dit. Quand est-ce qu'on va arriver dans le Maine, d'après toi ?

Il haussa les épaules.

— Vers la fin du mois de juillet. Tout le temps pour se préparer à l'hiver. Tu t'inquiètes ?

— Non, pas du tout, répondit-elle en se levant. Regarde-le, il est en train de se salir.

— Je te l'avais dit.

Il la regarda descendre les quelques marches de la véranda et prendre le bébé dans ses bras. Il était assis là où mère Abigaël s'était si souvent et si longtemps assise, et il pensait à la vie qui les attendait. Tout irait bien. Plus tard, il faudrait qu'ils reviennent à Boulder, ne serait-ce que pour que leurs enfants en rencontrent d'autres de leur âge, se fassent la cour, se marient, fassent de nouveaux enfants. Ou peut-être qu'une partie de Boulder viendrait à eux. Des gens les avaient longuement questionnés sur leurs projets, presque un interrogatoire... mais il y avait plus d'envie dans leur regard que de mépris ou de colère. Stu et Fran n'étaient apparemment pas les seuls à avoir des fourmis dans les jambes. Harry Dunbarton, l'ancien opticien, avait parlé du Minnesota. Et Mark Zellman, de Hawaï, rien que ça. Il voulait apprendre à piloter un avion pour s'en aller à Hawaï.

— Mark, tu vas te tuer ! lui avait dit Fran d'une voix sévère.

Et Mark s'était contenté de lui sourire et de lui répondre gentiment :

— C'est toi qui dis ça, Frannie ?

Stan Nogotny parlait très sérieusement du sud, peut-être Acapulco pour quelques années, et puis peut-être le Pérou.

— Je vais te dire, Stu, avait-il expliqué. Tous ces gens me rendent nerveux comme un unijambiste dans un concours de bottage de cul. Je ne connais plus une personne sur douze maintenant. Les gens s'enferment chez

783

eux la nuit... ne me regarde pas comme ça, c'est la réalité. Je sais qu'à m'écouter, tu ne croirais jamais que j'ai habité Miami pendant seize ans, et que je me barricadais chez moi tous les soirs. Mais nom de Dieu ! C'était une habitude que j'ai bien aimé perdre. De toute façon, il commence à y avoir trop de monde par ici. Je pense vraiment à Acapulco. Si seulement je pouvais convaincre Janey...

Après tout, ce ne serait pas si triste, pensa Stu en regardant Fran pomper de l'eau, si la Zone libre ne tenait pas le coup. Glen Bateman serait certainement de cet avis. La Zone avait rempli son but, dirait Glen. Mieux valait se séparer avant...

Avant quoi ?

Eh bien, à la dernière séance du comité, avant que lui et Fran ne s'en aillent, Hugh Petrella avait obtenu l'autorisation d'armer ses hommes. Tout le monde ne parlait plus que de ça à Boulder depuis quelques semaines. Début juin, un ivrogne avait malmené un des hommes du shérif et l'avait envoyé valser dans la vitrine d'un bar de la rue Pearl. Trente points de suture et une transfusion. Petrella avait soutenu que ça ne se serait jamais produit si son homme avait été armé d'un Police Special. La controverse avait fait rage. Beaucoup (et Stu était du nombre, même s'il avait préféré garder son opinion pour lui) estimaient que, si le policier avait été armé, on aurait fort bien pu avoir en fin de compte un ivrogne mort plutôt qu'un policier blessé.

Vous armez vos hommes, s'était dit Stu. Et ensuite ? Quelle est la suite logique ? Et il avait cru entendre la voix professorale, un peu sèche, de Glen Bateman : Vous leur donnez de plus gros calibres. Et des voitures de police. Et quand vous découvrez une communauté qui s'appelle Zone libre au Chili ou peut-être au Canada, vous nommez Hugh Petrella ministre de la Défense, on ne sait jamais, et vous commencez peut-être à envoyer des patrouilles de reconnaissance, parce que après tout...

Elles sont là, elles attendent simplement qu'on les ramasse.

— Allons le coucher, dit Fran en montant les marches.

— D'accord.

— Qu'est-ce que tu fabriques ? Des idées noires, si je peux demander ?

— Tu crois que je me faisais des idées noires ?

— Absolument.

Stu releva les coins de sa bouche avec ses doigts.

— C'est mieux comme ça ?

— Beaucoup mieux. Aide-moi à le coucher.

— Je te suis.

En entrant dans la maison de mère Abigaël, il se dit qu'il serait préférable, bien préférable, que les habitants de la Zone se dispersent, qu'ils s'en aillent un peu partout. Retarder aussi longtemps que possible l'organisation. Car c'était l'organisation qui semblait toujours être la cause des problèmes. Comme quand les cellules commencent à s'agglutiner, à noircir. Il n'était pas nécessaire de donner des armes aux flics tant que les flics pouvaient se souvenir du nom et du visage de tout le monde.

Fran alluma une lampe à pétrole qui fit autour d'elle un rond de lumière jaune pâle. Peter les regardait, tout tranquille, déjà à moitié endormi. Il avait beaucoup joué. Fran lui mit son pyjama.

Nous ne pouvons que gagner du temps, pensait Stu. *La vie de Peter, la vie de ses enfants, peut-être la vie de mes arrière-petits-enfants. Jusqu'à l'an 2100 peut-être, sûrement pas plus longtemps. Peut-être moins. Suffisamment de temps pour que cette pauvre terre se recycle un peu. Une saison de repos.*

— Qu'est-ce que tu dis ?

Il se rendit compte qu'il avait parlé tout haut.

— Une saison de repos, répéta-t-il.

— Et qu'est-ce que ça veut dire ?

— Tout, dit-il en lui prenant la main.

Et en regardant Peter, il pensa encore : *Si nous lui disons ce qui s'est passé, peut-être le dira-t-il à ses propres enfants, peut-être les mettra-t-il en garde. Chers enfants, ces jouets sont mortels — brûlures au troisième degré, mal des rayons, la maladie qui étrangle et qui tue.*

Ces jouets sont dangereux. Le diable dans le cerveau des hommes a guidé les mains de Dieu lorsqu'ils furent fabriqués. Ne jouez pas avec ces jouets, chers enfants, s'il vous plaît, jamais plus. Jamais, jamais plus. S'il vous plaît... s'il vous plaît, apprenez la leçon. Que ce monde vide soit votre leçon de choses.

— Frannie, dit-il en se retournant pour la regarder dans les yeux.

— Oui, Stuart ?

— Crois-tu... crois-tu que les gens apprennent ?

Elle ouvrit la bouche, hésita, ne répondit rien. La flamme de la lampe à pétrole vacilla. Les yeux de Frannie paraissaient très bleus.

— Je ne sais pas, dit-elle enfin.

Elle sembla malheureuse de sa réponse ; elle sembla vouloir faire un effort pour en dire davantage, pour l'éclairer peut-être. Mais elle ne put que répéter :

Je ne sais pas.

LE CERCLE SE REFERME

Il nous faut de l'aide, décida le Poète.
— Edward Dorn

Il se réveilla à l'aube.

Il avait ses bottes.

Il s'assit et regarda autour de lui. Il se trouvait sur une plage dont le sable était blanc comme de la poudre d'os. Si loin au-dessus de lui, un ciel de céramique d'un bleu sans nuages. Devant lui, une mer turquoise déferlait au loin sur un récif, puis s'étalait doucement, portant sur ses vagues d'étranges bateaux qui étaient...

(pirogues canots pirogues)

Il savait cela... mais comment ?

Il se mit debout et faillit tomber. Il chancelait sur ses jambes. Mal en point. Comme un lendemain de cuite.

Il se retourna. La jungle verte sembla lui sauter aux yeux, sombre fouillis de lianes, de feuilles larges et luisantes, de fleurs éclatantes qui étaient

(aussi roses que le mamelon d'une choriste)

De nouveau, il était déconcerté.

Qu'était-ce qu'une choriste ?

Et d'ailleurs, qu'était-ce qu'un mamelon ?

Un ara poussa un cri en le voyant, s'envola sans regarder devant lui, s'écrasa sur le gros tronc d'un vieux banian et tomba raide mort au pied de l'arbre, les pattes en l'air.

(l'assit sur la table, les pattes en l'air)

Une mangouste regarda son visage rouge dévoré par la barbe et mourut d'une embolie cérébrale.

(la sœur entre avec une cuiller et un verre)

Un scarabée qui déambulait pesamment sur le tronc d'un nipa noircit tout à coup et se recroquevilla pour n'être plus qu'une carapace vide, tandis que des décharges électriques lançant de minuscules éclairs bleus grésillaient entre ses antennes.

(et se met à piocher dans la bouillie épaisse oui-oui-oui)

Qui suis-je ?

Il ne le savait pas.

Où suis-je ?

Quelle importance ?

Il se mit à marcher — à chanceler — vers la lisière de

la jungle. La faim lui faisait tourner la tête. Le bruit des vagues battait dans ses oreilles comme le bruit d'un cœur affolé. Son esprit était aussi vide que celui d'un enfant nouveau-né.

Il était à mi-chemin de la jungle vert sombre lorsqu'elle s'écarta et que trois hommes en sortirent. Puis quatre. Puis une demi-douzaine.

Des hommes bruns à la peau douce.

Ils le regardaient fixement.

Il les regarda.

Les choses commencèrent à venir.

Les six hommes devinrent huit. Les huit, une douzaine. Ils étaient tous armés de lances. Ils les brandirent dans un geste menaçant. L'homme au visage dévoré par la barbe les regarda. Il portait un jeans et de vieilles bottes de cowboy ; rien d'autre. Son torse affreusement maigre était aussi blanc que le ventre d'une carpe.

Les lances se dressèrent. Puis l'un des hommes bruns — le chef — éructa un mot qu'il répéta ensuite, un mot qui ressemblait à *Youn-nah !*

Ouais, les choses venaient.

À pic.

Son nom, pour commencer.

Il sourit.

Ce sourire était comme un soleil rouge perçant à travers un nuage noir. Un sourire qui découvrait des dents éclatantes et des yeux étonnants, remplis de flammes. Alors il tourna vers eux ses paumes vierges, sans une seule ligne, dans le geste universel de la paix.

Et ils ne purent résister à la force de ce sourire. Les lances tombèrent sur le sable ; l'une d'elles resta plantée en biais, frémissante.

— *Do you speak English ?*

Ils le regardaient sans comprendre.

— *Hablan español ?*

Non, ils ne parlaient pas l'espagnol. Ils ne hablaient pas du tout ce foutu espingouin.

Qu'est-ce que ça voulait dire ?

Où était-il ?

Tant pis, tout ça viendrait avec le temps. Rome ne s'était pas construite en un jour, ni d'ailleurs Akron, État de l'Ohio. Ici ou ailleurs...

L'endroit du combat n'avait jamais d'importance. La seule chose qui comptait, c'est que vous fussiez là... toujours debout.

— *Parlez-vous français ?*

Pas de réponse. Ils le regardaient, fascinés.

Il essaya l'allemand, puis hurla de rire devant leurs visages stupides de moutons. L'un d'eux commença à sangloter désespérément, comme un enfant.

Ce sont des gens simples. Primitifs ; simples ; illettrés. Mais je peux m'en servir. Oui, je peux parfaitement bien m'en servir.

Il s'avança vers eux, toujours souriant, ses paumes sans la moindre marque toujours tournées vers eux. Ses yeux pétillaient de chaleur, de joie maniaque.

— Je m'appelle Russel Faraday, dit-il d'une voix lente et claire. J'ai une mission.

Ils le regardaient fixement, hébétés, ahuris, fascinés.

— Je suis venu vous aider.

L'un après l'autre, ils tombèrent à genoux et inclinèrent la tête devant lui. Et, tandis que son ombre noire, noire, tombait sur eux, son sourire s'élargit encore.

— Je suis venu vous apprendre à être civilisés !

— *Youn-nah !* sanglota le chef, terrorisé, fou de joie.

Puis il baisa les pieds de Russel Faraday et l'homme noir se mit à rire. Il rit, rit, et rit encore.

La roue de la vie tournait si vite qu'aucun homme ne pouvait y rester debout bien longtemps.

Et en fin de compte, elle finissait toujours par revenir à son point de départ.

Février 1975
Décembre 1988

Stephen King
dans Le Livre de Poche

Bazaar   n° 15160

Bazaar est au cœur de Castle Rock, une petite ville américaine où l'auteur a situé nombre de ses thrillers… Une poudrière où s'accumulent et se déchaînent toute la violence et la démence que recèle l'âme de chacun. Jusqu'à l'implosion.

Blaze   n° 31779

Clay Blaisdell, dit Blaze, enchaîne les casses miteux. George, lui, a un plan d'enfer pour gagner des millions de dollars : kidnapper le dernier-né des Gerard, riches à crever. Le seul problème, c'est que George s'est fait descendre. Enfin, peut-être…

Brume   n° 15159

Imaginez une brume qui s'abat soudainement sur une petite ville, si épaisse que les clients d'un supermarché hésitent à en ressortir. Un cauchemar hallucinant…

Ça   nos 15134 et 15135

À Derry, Ben, Eddie, Richie et la bande du « Club des ratés » ont été confrontés à l'horreur absolue : *ça*, cette chose épouvantable, tapie dans les égouts et capable de déchiqueter vif un garçonnet de six ans… Vingt-sept ans plus tard, les membres du Club doivent affronter leurs plus terrifiants souvenirs, brutalement ressurgis.

Carrie
n° 31655

Carrie White vit un calvaire : elle est victime du fanatisme religieux de sa mère et des moqueries incessantes de ses camarades de classe. Sans compter cet étrange pouvoir de déplacer les objets à distance, bien qu'elle le maîtrise encore avec difficulté...

Cellulaire
n° 15163

Si votre portable sonne, surtout ne répondez plus. L'enfer est au bout de la ligne.

Chantier (écrit sous le pseudonyme de Richard Bachman) n° 15138

Son usine et le pavillon de banlieue qui a vu naître et grandir son fils vont être rayés de la carte. Bart Dawes fera face, seul, à l'irrésistible marche du « progrès » qui menace d'engloutir sa vie.

Charlie
n° 15165

Un homme et une femme font l'objet d'une expérience scientifique ultra-secrète du gouvernement américain sur les pouvoirs psychiques. Tout a été prévu, sauf qu'ils auraient une fille : Charlie…

Christine
n° 14769

Christine est belle. Elle aime les sensations fortes, les virées nocturnes et le rock' n' roll. Elle aime Arnie. Signe particulier : Christine est une Plymouth « Fury », sortie en 1958 des ateliers automobiles de Detroit.

Cœurs perdus en Atlantide
n° 15140

1960 : Bobby fait la connaissance d'un étrange voisin. 1966 : à l'université, Pete mène joyeuse vie. 1983 : Willie, vétéran de la guerre du Vietnam, gagne sa vie en jouant les aveugles.

Leurs destins se croisent autour d'une femme, Carol. Tous l'ont aimée.

Cujo   n° 15156

Cujo est un saint-bernard de cent kilos, le meilleur ami de Brett Camber, dix ans. Un jour, Cujo chasse un lapin qui se réfugie dans une petite grotte souterraine habitée par des chauves-souris.

Danse macabre   n° 31933

Macabres, ces rats qui filent en couinant dans les sous-sols abandonnés d'une filature. Des milliers et des milliers de rats en lente procession. Comment s'en débarrasser ? Une machine infernale qui semble avoir une vie propre entreprend un macabre nettoyage... et l'horreur commence.

Dead zone   n° 7488

Greg Stillson, candidat à la Maison-Blanche, est un grand admirateur de Hitler. Quand il sera élu, ce sera l'Apocalypse. John Smith le sait, car il est doué d'un étrange pouvoir : il devine l'avenir.

Désolation   n° 15148

La route 50 coupe à travers le désert du Nevada, sous un soleil écrasant. C'est là qu'un flic, aux méthodes très particulières, arrête des voyageurs sous de vagues prétextes, puis les contraint de le suivre jusqu'à la ville voisine : Désolation. Et le cauchemar commence…

Différentes saisons   n° 15149

PRINTEMPS : un prisonnier prépare son évasion… ÉTÉ : un adolescent découvre le passé d'un vieillard… AUTOMNE : quatre garçons s'aventurent dans les forêts du Maine…

HIVER : un médecin raconte l'histoire d'une femme décidée à accoucher quoi qu'il arrive...

Docteur Sleep   n° 33654

Danny Torrence, le petit garçon qui, dans *Shining*, sortait indemne de l'incendie de l'Overlook Place, est maintenant aide-soignant dans un hospice où, grâce à ses pouvoirs surnaturels, il apaise la souffrance des mourants. On le surnomme Docteur Sleep.

Dôme   n° 32912 et 32913

Un matin d'automne, la petite ville de Chester Mill, dans le Maine, est inexplicablement et brutalement isolée du reste du monde par un champ de force invisible. Un nouvel ordre social régi par la terreur s'installe et la résistance s'organise autour de Dale Barbara, vétéran d'Irak...

Dreamcatcher   n° 15144

Quatre amis se retrouvent annuellement pour une partie de chasse dans une forêt du Maine, jadis leur terrain d'aventures, en compagnie de Duddits, l'enfant mongolien qu'ils avaient adopté comme un petit frère. Et le théâtre, aussi, d'événements qu'ils se sont efforcés d'oublier.

Duma Key   n° 32121

Duma Key, une île de Floride, hantée par des forces mystérieuses, qui ont pu faire d'Edgar Freemantle un artiste célèbre... mais, s'il ne les anéantit pas très vite, elles auront sa peau !

Écriture   n° 15145

Durant la convalescence qui suit un accident de la route, le romancier découvre les liens toujours plus forts entre l'écriture et la vie. Résultat : ce livre hors norme, tout à la fois essai sur la création littéraire et récit autobiographique.

Histoire de Lisey n° 31513

Pendant vingt-cinq ans, Lisey a partagé les secrets et les angoisses de son mari, un romancier célèbre et tourmenté. À la mort de Scott, Lisey s'immerge dans les papiers qu'il a laissés, s'enfonçant toujours plus loin dans les ténèbres...

Insomnie n° 15147

Des visions étranges peuplent les nuits de Ralph Roberts : deux nains en blouse blanche, une paire de ciseaux à la main, de singulières auras colorées… Tandis qu'une agitation incontrôlée gagne la ville de Derry à propos d'une clinique où se pratiquent des avortements, Ralph se transforme en justicier, bien malgré lui…

Jessie n° 14770

Jessie s'est longuement prêtée aux bizarreries sexuelles de son mari, Gerald, puis elle s'est rebellée. Et, à présent, la voilà nue, enchaînée à un lit, dans une maison perdue, loin de tout. Un cadavre à ses pieds…

Joyland n° 34028

L'atmosphère des fêtes foraines vous angoisse ? Alors, un petit conseil : ne vous aventurez pas sur une grande roue un soir d'orage…

Juste avant le crépuscule n° 32518

C'est l'heure trouble où les ombres se fondent dans les ténèbres, où l'angoisse vous étreint… L'heure de Stephen King. Treize nouvelles jubilatoires et terrifiantes.

La Ligne verte n° 27058

Paul Edgecombe, ancien gardien-chef d'un pénitencier, entreprend d'écrire ses mémoires. Il revient sur l'affaire

John Caffey, condamné à mort pour le viol et le meurtre de deux fillettes, en 1932.

Marche ou crève (Richard Bachman)   n° 15139

Garraty va concourir pour « La Longue Marche », une compétition qui compte cent participants. Cet événement sera retransmis à la télévision et suivi par des milliers de personnes. Mais ce n'est pas une marche comme les autres, plutôt un jeu sans foi ni loi…

Minuit 2   n° 15157

Vous êtes-vous déjà demandé ce qui se passait après minuit ? Le temps se courbe, s'étire, se replie ou se brise en emportant parfois un morceau de réel. Et qu'arrive-t-il à celui qui regarde la vitre entre réel et irréel juste avant qu'elle explose ?

Minuit 4   n° 15158

Les cauchemars de Stephen King vous ont empêché de dormir avec *Minuit 2* ? Avec *Minuit 4*, la nuit sera encore plus longue.

Misery   n° 15137

Misery est l'héroïne qui a rapporté des millions de dollars au romancier Paul Sheldon. Puis il l'a fait mourir pour écrire enfin le « vrai » roman dont il rêvait. Victime d'un accident, lorsqu'il reprend conscience, il est allongé sur un lit, les jambes broyées. Sauvé par Annie, une admiratrice qui ne lui pardonne pas d'avoir tué Misery.

Nuit noire, étoiles mortes   n° 33298

Quatre nouvelles puissantes et dérangeantes, quatre personnages confrontés à des situations extrêmes qui vont les faire basculer du côté obscur, plus une nouvelle inédite vraiment inquiétante…

La Peau sur les os (Richard Bachman)   n° 15154

Billy Halleck est un gros et paisible avocat du Connecticut. Un vieux chef gitan le touche du doigt en lui disant : « Maigris ! » Après avoir tué accidentellement une femme de la tribu, Billy venait quasiment d'être innocenté par ses amis, juge et policier… Et Billy se met à maigrir …

La petite fille qui aimait Tom Gordon   n° 15136

Trisha s'est laissé distancer par sa mère et son frère, au cours d'une excursion dans les Appalaches. Elle est lasse de leurs disputes depuis que Papa n'est plus là. Quelques minutes plus tard, la voici réellement perdue dans ces forêts marécageuses…

Les Régulateurs (Richard Bachman)   n° 15150

Les Régulateurs sont lâchés. Personne ne pourra plus leur échapper…

Rêves et cauchemars   n° 15161

20 histoires pour explorer des territoires connus seulement de Stephen King et rencontrer ses créatures les plus inquiétantes, les plus bizarres ou les plus monstrueuses. 20 histoires qui empoisonneront vos rêves et blanchiront vos nuits.

Roadmaster   n° 15155

Un inconnu s'arrête dans une station-service, au volant d'une Buick « Roadmaster » des années 1950… qu'il abandonne avant de disparaître. Le véhicule est entièrement composé de matériaux inconnus. Vingt ans plus tard, la Buick est toujours dans un hangar de la police, et des phénomènes surnaturels se produisent à son entour.

Rose Madder n° 15153

Quatorze ans de mariage et de mauvais traitements. Un enfer pour Rosie ! Et une obsession : fuir son tortionnaire, flic jaloux et sadique, prêt à la massacrer à la première occasion. Qui donc pourrait lui venir en aide ? Personne en ce monde. Mais il existe un autre monde. Celui de Rose Madder.

Running man (Richard Bachman) n° 15151

La dictature s'est installée aux Etats-Unis. Une chaîne unique de télévision diffuse une émission de jeux suivie par des millions de fans : « la Grande Traque ». Ben Richards décide de s'y engager. Pendant trente jours, il devra fuir les « chasseurs » lancés sur sa piste et activement aidés par la population.

Sac d'os n° 15037

Dans sa maison de campagne, depuis la mort de sa femme, Mike Noonan n'écrit plus. La rencontre de la petite Kyra, puis de sa mère Mattie, jeune veuve en butte à la malveillance de son riche beau-père, amorce-t-elle pour lui un nouveau départ ?

Salem n° 31272

Ben Mears revient à Salem et s'installe à Marsten House, inhabitée depuis la mort tragique de ses propriétaires. Il se passe des choses étranges à Salem : un chien est immolé, un enfant disparaît, et l'horreur s'infiltre, se répand, aussi inéluctable que la nuit qui descend.

Shining n° 15162

Dans les montagnes Rocheuses, l'Overlook Palace est fermé. Seul l'habite un gardien. Cet hiver-là, c'est Jack Torrance : un alcoolique et écrivain raté. Avec lui sa femme,

Wendy, et leur fils, Danny, qui possède le don de voir, de ressusciter les choses et les êtres que l'on croit disparus.

Simetierre   n° 15143

Louis Creed s'installe avec sa famille à Ludlow. Leur voisin les emmène visiter le « simetierre » où des générations d'enfants ont enterré leurs animaux familiers. Au-delà, tout au fond de la forêt, se trouvent les terres sacrées des Indiens...

La Tempête du siècle   n° 15133

Sur l'île de Little Tall, on a l'habitude des tempêtes. Celle qui s'annonce devrait être particulièrement violente. Et, surtout, la petite communauté tremble d'héberger Linoge, l'assassin de la vieille Mrs Clarendon, qui fait peur même au shérif...

Les Tommyknockers   n° 15146

Tard, la nuit dernière et celle d'avant, Toc ! Toc ! à la porte – les Tommyknockers, les esprits frappeurs...

Tout est fatal   n° 15152

Ça vous dirait de vivre votre propre autopsie ? De rencontrer le diable ? De vous tuer par désespoir dans les plaines enneigées du Minnesota ? De devenir assassin via l'Internet ou de trouver la petite pièce porte-bonheur qui vous fera décrocher le jackpot ?

22/11/63   n° 33535

Jacke Epping, professeur d'anglais à Lisbon Falls, n'a pu refuser la requête d'un ami mourant : empêcher l'assassinat de John Fitzgerald Kennedy. Une fissure dans le temps va l'entraîner en 1958.

Le Livre de Poche s'engage pour l'environnement en réduisant l'empreinte carbone de ses livres. Celle de cet exemplaire est de : 750 g éq. CO₂ Rendez-vous sur www.livredepoche-durable.fr

PAPIER À BASE DE FIBRES CERTIFIÉES

Composition réalisée par NORD COMPO

Achevé d'imprimer en juillet 2016, en France sur Presse Offset par
Maury Imprimeur – 45330 Malesherbes
N° d'imprimeur : 209925
Dépôt légal 1re publication : juin 2003
Édition 12 – juillet 2016
LIBRAIRIE GÉNÉRALE FRANÇAISE – 21, rue du Montparnasse – 75283 Paris Cedex 06

31/5142/0